教育部人文社会科学基金项目"百年中国宗教文学研究史论"(12YJA751064)

国家社会科学基金重大招标项目"中国宗教文学史"(15ZDB069)

百年中国佛道文学研究史论

吴光正 著

中国社会科学出版社

图书在版编目(CIP)数据

百年中国佛道文学研究史论/吴光正著. —北京：中国社会科学出版社，2021.1
ISBN 978-7-5203-6624-3

Ⅰ.①百… Ⅱ.①吴… Ⅲ.①佛教文学—文学史研究—中国②道教—宗教文学—文学史研究—中国 Ⅳ.①I207.99

中国版本图书馆 CIP 数据核字(2020)第 096301 号

出 版 人	赵剑英	
责任编辑	李炳青	
责任校对	冯英爽	
责任印制	李寡寡	

出　版	中国社会科学出版社	
社　址	北京鼓楼西大街甲 158 号	
邮　编	100720	
网　址	http://www.csspw.cn	
发行部	010-84083685	
门市部	010-84029450	
经　销	新华书店及其他书店	
印　刷	北京明恒达印务有限公司	
装　订	廊坊市广阳区广增装订厂	
版　次	2021 年 1 月第 1 版	
印　次	2021 年 1 月第 1 次印刷	
开　本	710×1000　1/16	
印　张	28.25	
插　页	2	
字　数	391 千字	
定　价	158.00 元	

凡购买中国社会科学出版社图书，如有质量问题请与本社营销中心联系调换
电话：010-84083683
版权所有　侵权必究

目 录

上编 百年中国佛教文学研究的历史进程

二十世纪中国佛教文学研究史论 …………………………………（3）

二十世纪以来僧诗文献研究综述 …………………………………（29）

1949 年前敦煌文学研究的新开拓 …………………………………（52）

苏轼与佛禅研究述评 ………………………………………………（106）

明末清初僧诗研究综述 ……………………………………………（136）

下编 百年中国道教文学研究的历史进程

二十世纪中国道教文学研究史论 …………………………………（153）

域外中国道教文学研究史论 ………………………………………（219）

民族精神的把握与宗教诗学的建构
　　——李丰楙教授的道教文学研究述评 ………………（281）

疆域的界定与个性的彰显
　　——詹石窗的道教文学史研究述评 …………………（310）

宗教视野与文学本位
　　——张松辉教授的"道家道教与古代文学"研究述评 ………（333）

二十世纪"道教与中国古代戏曲"研究述评 ……………………（349）

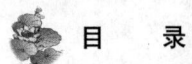

目 录

发凡起例,别创一格
　　——王青、孙昌武、孙逊的宗教文学研究 …………………（378）

附 录

附录一　《中国宗教文学史》导论 …………………………（399）

附录二　民族本位、宗教本位、文体本位与历史本位
　　　　——《中国道教文学史》导论 ……………………（413）

附录三　扩大中国文学版图　建构中国佛教诗学
　　　　——《中国佛教文学史》编撰刍议 ………………（431）

后记 ……………………………………………………………（448）

上 编

百年中国佛教文学研究的历史进程

二十世纪中国佛教文学研究史论

在多种文化思潮和学术思潮的统摄下，20世纪中国佛教文学的研究经历了曲折而复杂的衍变历程。前期主要是在西方知识体系的参照下参与了古代文学研究的现代化进程，不少文学史著作甚至以佛教的传入作为文学史分期的依据；中华人民共和国成立后，由于宗教被视为"鸦片"，中国佛教文学的研究逐渐淡出研究者的视野；随着20世纪80年代方法论探索、宏观研究和文化热的兴起，中国佛教文学的研究迅速成为古代文学研究的一个重要领域，产生了很多重要的成果。20世纪的中国佛教文学研究产生了200余部专著和一大批论文，在佛教文学的综合研究、佛教与六朝文学研究、佛教与唐宋文学研究、佛教与元明清文学研究四个领域都取得了较好的成绩。由于这方面的成果实在太多，本文将通过对代表性论文的分析来阐述这一专题研究的内在理路，并作简要评价，以期为今后的研究提供借鉴。

一 佛教文学的综合研究

在佛教文学的综合研究层面，学者们就佛典翻译文学、佛教对各体文学的影响、佛教对文学语言的影响、佛教对文艺理论的影响、佛教文艺创作、佛教文学现象展开了深入研究。这些研究发凡起例，有力地推动了中国佛教文学研究的历史进程。

佛典翻译文学是学者们最早切入的话题。早在1920年，梁启超

上编　百年中国佛教文学研究的历史进程

便首次确立了佛典翻译文学的概念，对佛典翻译的代表人物、翻译所据原本、译场组织、翻译文体、译学之进步作了详细介绍，指出佛典翻译文学从如下三个方面影响了中国本土的文学：国语实质之扩大、语法及文体之变化、文学的情趣之发展。① 胡适为了宣扬白话文而撰写的《白话文学史》，认为佛教的翻译文学极大地推动了白话文学的发展。他梳理翻译文学的发展时，侧重论述翻译文学的特性，指出佛教翻译文学在中国文学上发生影响是在6世纪以后，具体体现为：白话文体的形成、想象力的大解放、布局与结构等文学形式的大变化。他还进一步指出，这三大影响不是短时期能产生的，也不是专靠译经就能收效的，经文转读、梵呗、唱导这三种宣教方法在其中起了非常重要的作用。② 鉴于治文学和文学史的人对于佛典翻译文学未能充分利用，周一良撰文从三个方面论述其价值：一是把佛典翻译文学当作纯文学看待，二是把翻译佛典当作寓言、故事一类的通俗文学看，三是从语言文史的观点来看佛典翻译文学。③ 陈寅恪、顾随先后在大学开设过佛典翻译文学的课程，中华人民共和国成立初期，相关的研究一度有所停滞。顾随的《佛典翻译文学选》写于1954年，直到1980年才发表。④ 孙昌武指出佛典翻译文学作品兼具宗教和文学两方面的意义和价值，在文学领域，可以而且应该按照文学自身的规律把它们当作古典文学的一个重要组成部分来研究。他对佛典翻译文学中文学价值影响比较巨大的佛传、本生故事、譬喻故事、《法句经》作了分析，指出佛典翻译文学对中国文学的语言、文体、构思和表现手法产生了重要影响。⑤ 一些研究者还对具体的佛典翻译文学展开了研究。比如，

---

① 梁启超：《翻译文学与佛典》，载《佛学研究十八篇》，辽宁出版社1998年版。
② 胡适：《白话文学史》，新月出版社1928年版。
③ 周一良：《论佛典翻译文学》，《申报》"文史"1947年、1948年第3—5期；又载《周一良集》第3卷，辽宁教育出版社1998年版。
④ 顾随：《佛典翻译文学选》，《河北大学学报》1980年第3期。
⑤ 孙昌武：《关于佛典翻译文学的研究》，《文学评论》2000年第5期。

二十世纪中国佛教文学研究史论

周一良就对佛传文学的代表作《佛所行赞》的名称及其作者马鸣进行了考察①，侯传文则对该书的形成过程、具体内容、形象塑造、艺术成就作了分析②。

佛教对各种文学文体的影响，也是学者们的关注焦点。从综论方面来看，谢无量、钱锺书、季羡林、张中行、巨赞等人的观点值得重视。文学史家谢无量特撰鸿文，分"梵音入中国以成沈约四声及骈文律诗之发展""译经之正确及注疏教义之大成""佛教普及平民文学及变文以后新体文学之发展"三个层面介绍了佛教对中国文学的影响。他将这些观点写进了他的《中国大文学史》，此后的一些文学史甚至以外来文化的输入作为文学史分期的标准。③ 此外，钱锺书的《管锥编》中涉及大量佛典，巨赞法师撰有《佛教与中国文学》④，季羡林列举大量实例从题材、体裁、意象、语言等方面来说明印度文学、佛教文学对先秦、三国、六朝、唐代以至现代文学的影响⑤。张中行认为佛教对中国诗歌的影响表现在诗的格律、语言和内容三个方面，佛教对中国文学的影响主要表现在题材和内容两个方面，佛教对诗文评的影响主要体现在用禅理来谈论文学并提出了韵味说、妙悟说、神韵说等文学理论。为了说明他的观点，张中行引用了大量作品和评论，可谓如数家珍。⑥

从分论方面来看，学者们已经注意到佛教对中国小说、戏剧、散文和民间文学的影响。小说方面，鲁迅论述中古小说的发展时曾论及佛教

---

① 周一良：《汉译马鸣〈佛所行赞〉的名称和译者》，载《周一良集》第3卷，辽宁教育出版社1998年版。
② 侯传文：《〈佛所行赞〉与佛传文学》，《东方论坛》1999年第3期。
③ 谢无量：《佛教东来对中国文学之影响》，载张曼涛主编《佛教与中国文学》，台湾大乘文化出版社1978年版。
④ 巨赞：《佛教与中国文学》，载《巨赞集》，中国社会科学出版社1995年版。
⑤ 季羡林：《印度文学在中国》，华文出版社1998年版；又载《季羡林学术精粹》第4卷，山东友谊出版社2006年版。
⑥ 张中行：《佛教与中国正统文学》，《张中行作品集》，中国社会科学出版社1995年版。

· 5 ·

上编 百年中国佛教文学研究的历史进程

和佛典的作用。① 霍世休就唐代传奇文的意境和题材与印度故事尤其是佛经故事的关系作了探讨,并对有关故事的发展演变作了勾勒,在故事类型及其原型和母题的研究上具有开拓意义。② 潘建国认为佛教俗讲、转变在说话的发展壮大过程中起到了非常关键的作用:"首先,它促使说话走出狭小的宫掖府邸,走入广阔的寺院、斋会、广场,直接面向世俗大众;其次,它改变了说话讲说即兴、片段性内容的定式,转向讲唱富有生动人物、复杂情节的佛教果报故事、历史故事和民间传说;再次,它成熟的仪轨全面影响了说话的体制,包括标题方式、篇首篇尾诗、头回、配画插图等,并促使其最终形成自己的轨范;最后,它还在讲说语言,尤其是在一些特别用语上,对说话产生了不小的影响。"③

戏剧方面,学者们关注的是梵剧和佛教对中国戏剧的影响,新疆发现的多种《弥勒会见记剧本》将这一问题的探讨引向深入。许地山从"中古时代中国与近西底交通""宋元以前底外国歌舞""梵剧底原始及其在中国底印迹""梵剧与中国戏剧底体例"四个方面梳理了印度乐舞、印度戏剧对中国戏剧的影响,辨析了梵剧的体例及其在中国戏剧上的体现。④ 卢前通过对中印戏剧形式和法则的比较推论中国戏剧曾受到印度戏剧的影响,通过分析《归元镜》《劝善金科》等剧作指出中国戏剧在题材上深受佛教的影响。在论述过程中,卢前披露了《四面观音》《享千秋》《阴阳二气山》《无底洞》等稀见佛教剧作,并用专节介绍了《诸佛世尊如来菩萨尊者名称歌曲》,称该书"对曲学之贡献尤伟"。⑤ 焉耆文《弥勒会见记》剧本残卷在新疆不断发现,引发了学术界再次讨论中印戏剧文化交流的兴趣。季羡林曾撰文就吐火罗文剧本的情况、

---

① 鲁迅:《中国小说史略》(上、下册),北京大学第一院新潮社 1923—1924 年版。
② 霍世休:《唐代传奇文与印度故事》,《文学》1934 年第 6 期。
③ 潘建国:《佛教俗讲、转变技艺与宋元说话》,《上海师范大学学报》1999 年第 4 期。
④ 许地山:《梵剧体例及其在汉剧上底点点滴滴》,《小说月报》1927 年第 17 卷号外。
⑤ 卢前:《中国戏曲所受印度文学及佛教之影响》,《文史杂志》1944 年第 4 卷第 11—12 期;又载张曼涛主编《佛教与中国文学》,台湾大乘文化出版社 1978 年版。

印度戏剧的发展、印度戏剧在中国新疆的传播、印度戏剧与古希腊戏剧的关系、中国戏剧的发展情况、吐火罗文剧本与中国内地戏剧发展的关系等问题发表自己的看法。① 廖奔勾勒了梵剧东传的情势和东传的轨迹，指出其东传过程中发生了由梵文—吐火罗文—回鹘文—汉文的语言转换，当梵剧到达敦煌时其剧本特征已经大大减弱而朝书面文学的方向发展，又由于戏剧样式引进的艰难，说唱俗讲便逐渐取代戏剧演出而成为宣扬佛理教义的主要工具，因此，梵剧、西域戏剧对汉族戏剧发生影响只局限在某些内容和表现手段上的启发，它不能对其本体的发展进程产生根本性的作用。② 此外，还有学者从演出形态的角度探讨印度文化、佛教文化对中国戏剧的影响。黄天骥认为元杂剧戏剧角色名"旦"和"末"均是从印度传来的外来语，这充分说明中国戏剧的勃兴曾受到印度文化的启迪。③ 康保成指出瓦舍在佛教文献中系指僧房而言，勾栏是佛教所谓夜摩天上的娱乐场所，由于古代戏场等娱乐场所多设置在佛寺，因此瓦舍和勾栏后来均被借用为演出场所。可见，"瓦舍"和"勾栏"从名称到内涵都反映了佛教对中土戏剧文化的巨大影响。④

佛教对散文和民间文学的影响也有学者关注。孙昌武指出，译经的文章观念强调传信、重质、尚古、尊经；写作实践也重视内容，文风疏朴；佛典在表现上喜欢以譬喻为修辞手段、写作方法和文体；佛典的议论文字对名相事数的辨析、条分缕析的论说结构、因明三支作法的运用等，谨严而富于思辨；佛教输入了大量新的词语和新的句法，这些都对中国的散文写作产生了重大影响。⑤ 鲁迅为王品清校点之《痴华鬘》作题记，盛赞印度寓言文学之发达及其对他国文学的影响。⑥ 陈允吉探讨

---

① 季羡林：《吐火罗文A（焉耆文）〈弥勒会见记剧本〉与中国戏剧发展之关系》，载季羡林《比较文学与民间文学》，北京大学出版社1991年版。
② 廖奔：《从梵剧到俗讲——对一种文化转型现象的剖析》，《文学遗产》1995年第1期。
③ 黄天骥：《"旦"、"末"与外来文化》，《文学遗产》1986年第2期。
④ 康保成：《"瓦舍"、"勾栏"新解》，《文学遗产》1999年第5期。
⑤ 孙昌武：《佛典与中国古典散文》，《文学遗产》1988年第4期。
⑥ 鲁迅：《〈痴华鬘〉题记》，《鲁迅全集》，人民文学出版社2005年版。

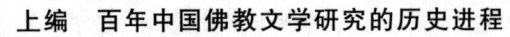

了柳宗元寓言的佛经影响,并考辨了《黔之驴》故事的渊源和由来,指出柳宗元倾心并沉溺佛典的时期恰好是他寓言创作最丰盛的时期。①故事学家刘守华发现大量民间故事可以在佛教类书《经律异相》中找到源头,并进而对相关故事的发展轨迹作了梳理。②

佛教语言对中国文学的影响,一表现为译经文体对中国文学的影响,一表现为禅宗语言对中国文学的影响。关于前者,学者在探讨佛典翻译文学时常常论及。关于后者,则有顾随、朱自清、葛兆光等人的倡导。朱自清指出禅家是"离言说"的,但是禅家却最能够活用语言,并列举大量公案剖析禅家对语言的活用。③ 葛兆光分析了佛道两教语言传统"不立文字"与"神授天书"的形成过程,呼吁学术界研究佛教与道教的语言传统及其对中国古典诗歌的影响。他认为,佛教"为了挣脱语言的牢笼,直接地把握意义与价值,佛教执着地要求人们,不要过分地相信典籍上的文字,而要以'心'来领悟佛陀的奥旨。在这一方面,最为激烈的表述即后来禅宗的所谓'以心传心,不立文字'"。道教则"强化着经典与文字本身的神圣性与权威性,试图通过信仰者对文字以及与文字类似的图形的神秘感受,引出信仰者的神秘联想"。这两种不同的语言习惯影响了中国文学世界中的不同语言风格和文学形式:受佛教影响的诗歌偏向于自然流畅,与口语接近;受道教影响的诗歌奇崛深涩、古奥神秘,诗歌创作的复古主义和知识主义也与道教影响密切相关。④ 他还指出,中唐以来的诗人爱用"云",且把"云"和佛寺禅僧联系起来,禅宗应对时也常常提到"云",这些"云"象征着一种淡泊、清净的生活与闲散自在的心境,体现了禅的境界;从"云"的使

---

① 陈允吉:《柳宗元寓言的佛经影响及〈黔之驴〉故事的渊源和由来》,载《古典文学佛教溯源十论》,复旦大学出版社 2002 年版。
② 刘守华:《从〈经律异相〉看佛经故事对中国民间故事的渗透》,《佛学研究》1998年第 7 期。
③ 朱自清:《禅家的语言》,载《朱自清古典文学论文集》,上海古籍出版社 1981 年版。
④ 葛兆光:《"神授天书"与"不立文字"——佛教与道教的语言传统及其对中国古典诗歌的影响》,《文学遗产》1998 年第 1 期。

用史来看，除了陶渊明笔下的"云"象征"闲适"外，六朝时期的"云"只有漂泊不定、孤寂彷徨的悲凉色彩和飘然遐举、御风远翔的仙家风姿这些象征意味，真正赋予"云"以盎然禅意的是中晚唐诗人，这与他们的心境和视境密切相关：他们在失落与幻灭中转而追求内在心境的宁静与闲恬，他们的视境中将外在的自然物象与充满闲适禅意的心灵"打成一片"了；诗歌中"云"的意义的变化实际上与不同时代诗人的人生情趣和审美方式密切相关，透露了不同时代人们心境和视境的变化，显示古代诗人文化心理上的变化与观物审美上的变化。①

关于佛教对中国文艺理论的影响，郭绍虞、蒋述卓、吴言生等人曾作过较为深入的研究。郭绍虞《〈沧浪诗话〉以前之诗禅说》一文梳理了寒山、皎然、司空图、魏泰、叶梦得、苏轼、黄庭坚、陈师道、徐俯、韩驹、吴可、吕本中、曾几、赵蕃、陆游、杨万里、姜夔等人关于诗禅关系的论述，清理了诗禅说的形成前史。② 蒋述卓从"仗境而生的因缘和合论及思与境偕、情与景合的意境生成论""非有非无的虚空境界与虚实结合的意境特征论""极象外之谈与景外景、象外象、味外味的理想意境论"三个层面论述了佛教境界说和艺术意境论的关系，指出儒道释是意境论的哲学来源：儒道开其先，而释子助其成，其主要的理论观点和思维方式乃由佛教的境界说引申转化而来。③ 吴言生撰有三部著作探讨佛教对中国文艺理论的影响。比如，他指出，《涅槃经》"一切众生悉有佛性""一阐提人亦能成佛"影响了禅的心性论，《涅槃经》对客尘烦恼的譬喻、对自性沉迷的譬喻影响了禅的迷悟论，《涅槃经》对生死无常的譬喻、圆融通达的语言观、应病与药的对治门、超越对立的不二门影响了禅的解脱论，《涅槃经》超越无常的涅槃妙有不即不离的处世禅机、小大如一的空间意识、一切现成的现量境界影响了禅的境

---

① 葛兆光：《禅意的"云"——唐诗中的一个语词的分析》，《文学遗产》1990年第3期。
② 郭绍虞：《照隅室古典文学论集》，上海古籍出版社1983年版。
③ 蒋述卓：《佛教境界说与艺术意境论》，载《佛教与中国文艺美学》，广东高等教育出版社1992年版。

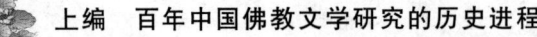

界论,这一切都对禅诗产生了重大影响。①

佛教传入中土后,其宣教文艺也随之进入中土,中土僧众和信众创作了大量的文艺作品,这部分作品的内容、风格和文体特征均引起了学者们的兴趣。张长弓第一次对中国佛教徒的诗歌创作进行了专题研究。他在专书绪论中指出:自有诗以来,诗与禅就有密切的关系,严羽的诗禅一致论、王渔洋的神韵说就是这种关系的理论表述;僧诗之特质在于无酸馅气,应具有淡远的旨趣;僧人中之所以多诗人是由于感慨世变的文人、事业失败的墨客多逃隐于浮屠,也由于历代文人喜欢和僧人唱和往来。② 孙昌武指出禅宗在观念、思想、思维方式、表达方法等方面对文人生活和文学创作产生了深刻、巨大的影响,并对文学特性特别强烈的语录、偈颂、禅史、灯录的发展演变、文本特征及其在形象塑造、语言表达等方面的文学成就作了详细介绍。③ 王小盾梳理了汉唐佛教音乐的发展轨迹:早期佛教音乐以呗赞和转读为代表,转读用于佛经散文的唱诵,呗赞用于佛经偈颂的唱诵,在雅正原则指导下发展,其稳定性基本未变;唱导制度于东晋确立后,唱导音乐在善诱原则指导下走上了地方化、民歌化的道路,用于教义宣传和俗讲;佛曲是礼佛娱佛之曲,其特点是同乐工结合,在北朝随着乐工入华而进入中土,用于佛教庆典和佛寺文艺活动,在"歌咏颂法"原则指导下也走上了民间化的道路。这三大系统各自独立而又结合为用,渗透到中国音乐文化的各个方面。④ 车锡伦指出,宝卷渊源于唐代佛教僧侣讲经说法、悟俗化众的俗讲,与南宋瓦子中的"说经"无关。⑤ 他还以现存最早的宝卷《销释金刚科仪》《目连救母出离地狱生天宝卷》《佛门西游慈悲宝卷道场》为例,讨论宝卷的形成及其演唱形态。在他看来,宝卷的演唱形式形成

---

① 吴言生:《论〈涅槃经〉对禅思禅诗的影响》,《世界宗教研究》2001 年第 3 期。
② 张长弓:《中国僧伽之诗生》,新野张长弓书店 1933 年版。
③ 孙昌武:《禅文献与禅文学》,载《文坛佛影》,中华书局 2001 年版。
④ 王小盾:《汉唐佛教音乐述略》,载《中国早期艺术与宗教》,东方出版社 1998 年版。
⑤ 车锡伦:《中国宝卷的渊源》,《扬州大学学报》2000 年第 5 期。

于南宋时期,宝卷本身则形成于元代,其产生的宗教背景是宋元时期弘扬西方净土的弥陀信仰的普及,尤其是茅子元白莲宗的创立;宝卷虽继承了俗讲讲经说法的传统,但内容上有时代特色、形式上有格式严整的分段演唱形态和文辞格式化的特点,是宋元时期新出现的用于佛教徒信仰活动的说唱形式。①刘祯认为,日本发现的《佛说目连救母经》初版于元代中期的武宗至大四年,它并不是宋元时代的说话技艺,而是一部伪经;他还进一步将这部伪经和《慈悲道场目连报本忏法》《目连救母出离地狱生天宝卷》加以比较,指出宝卷是宗教忏法科仪与文学(韵文)结合、俗化而直接产生的。②

佛教文学发展过程中出现的一些突出现象也得到了学者们的关注。吕威利用楚帛书、敦煌残卷与佛教伪经分析洪水神话,指出在楚帛书所载初创世型洪水神话之外,还可能流行着以女娲伏羲为洪水遗民的再创世型洪水传说,而同胞配偶是洪水——创世神话的原初性、结构性母题;此外,他还指出,重新挖掘民间洪水神话的文化论、道德论价值是在佛教传入中土以后的事情。③孙昌武分析了中国文学中的维摩诘和观世音形象的演变,指出维摩诘是义学沙门和士大夫心仪的偶像,是六朝唐宋时期士大夫理想生活方式的投影,随着佛教义学的衰落和理学统治的加强,维摩诘的形象也逐渐淡出文坛;而观世音则一直流传于世俗生活中,并不断根据中国人的意识改变自身的面貌,得到广大民众尤其是妇女的普遍信仰。④

二 六朝佛教文学研究

六朝时期是作为异质文化的佛教文化和中土固有文化大冲突大融会

---

① 车锡伦:《中国宝卷的形成及其演唱形态》,《燕京学报》2001年第11期。
② 刘祯:《宋元时期非戏剧形态目连救母故事与宝卷的形成》,《民间文学论坛》1994年第1期。
③ 吕威:《楚地帛书、敦煌残卷与佛教伪经中的伏羲女娲故事》,《文学遗产》1996年第4期。
④ 孙昌武:《中国文学中的维摩诘与观世音》,《社会科学战线》1993年第1期。

上编 百年中国佛教文学研究的历史进程

的时期,佛教的音声、义理、仪式对六朝文学和六朝文论产生了重大影响,在一定程度上决定了六朝文学和六朝文论的历史进程。经过百年来的努力,这一历史进程的轮廓终于呈现在我们面前。

佛教音声对六朝文学的影响是这一领域最早引起关注的话题。陈寅恪指出,入声和平上去合为四声,平上去三声之分别是依据及模拟当日转读佛经之三声,而当日转读佛经之三声又出于印度古时声明论之三声;四声之说由沈约等人创立于南齐永明年间,乃在于审音文士和善声沙门对四声研究甚众且精而恰逢时运于竟陵王京邸结集发表;五音与四声乃体与用的关系,前者是中国传统之理论,后者是西域输入之技术。① 许云和进一步指出,转读之于永明四声说的影响,在于其在中土形成了一套声病原则,为永明四声八病说的建立提供了理论和实践的依据。在他看来,永明四声说的发明是依据及模拟中国当日转读佛经之三声,即汲取五言偈赞的转读原则和做法。此外,他还认为,六朝歌诗极哀特征的形成,实出于梵呗哀亮特征的推助。② 丁永忠从陶渊明《归去来兮辞》的标题和咏叹主词——"归去来"一语是佛教阿弥陀净土信仰流行赞辞这一现象得到启发,钩稽今存日本的释僧亮《归去来》《隐去来》佛曲,指出《归去来兮辞》的创作受佛曲影响,其内容当含佛理,体现了玄佛合流的时代精神。③ 关于中国七言诗的渊源,梁启超、陈钟凡、容肇祖、逯钦立、青目正儿等断定七言诗系从楚辞脱胎而来,罗根泽、余冠英认为七言诗脱胎于秦汉的民歌和谣谚,陈允吉则认为早期汉译佛典中数量众多的七言偈在中土流布,对于七言诗形式结构上臻于成熟起到过一定的促进作用,其来龙去脉可以概括为:汉译佛典七言偈—梵呗七言诗颂、唱导七言歌赞—文人所作的七言诗颂—梁末

---

① 陈寅恪:《四声三问》,《清华学报》1934 年第 2 期。
② 许云和:《梵呗、转读、伎乐供养与六朝歌诗、声律》,《文学遗产》1996 年第 3 期。
③ 丁永忠:《〈归去来兮辞〉与佛曲〈归去来〉——陶渊明〈归辞〉思想及创作新探》,载丁永忠《陶诗佛音辨》,四川大学出版社 1997 年版。

成熟期的七言乐府①。

　　佛教义理对六朝文学文体、题材的影响是这一领域又一个非常重要的论题。关于前者，范子烨有一个很精彩的个案研究。他指出，中古僧侣学者的格义风尚使中国传统文化中"合本子注"现象进入佛学的廊庑，并在其中不断升华，进而为杨衒之所用，造就了《洛阳伽蓝记》正文与注语合体构成的新文体特征。② 关于后者，则涉及山水诗、玄言诗、宫体诗的兴起和兴盛。蒋述卓指出，玄学和佛学思辨性的理论及其方法给山水诗的产生提供了深厚的理论基础，两晋时期玄佛二家对理想人格的讨论推动了山水审美观的发展进而影响到山水诗的产生，佛教造像以及玄佛二家在"形象"认识上的相互吸收和融合也对山水诗的产生发生了较大影响。③ 张伯伟指出，魏晋玄学与佛学的交融促进了玄言诗和佛理诗交融，前者的交融具体体现为僧人注重外学、名士留心佛典、僧人与名士交往频繁以及佛、玄互阐，后者体现为许询、孙绰、支遁等人大规模地在玄言诗中渗入佛理，从一个侧面展示了佛教中国化的轨迹。④ 关于梁代宫体诗的创作，汪春泓较早关注到宫体诗与佛教的关系。⑤ 对于学界将宫体诗写作归结为作者的低级趣味的做法，许云和深表怀疑。他考察了梁代君臣对现实声色生活的态度，指出萧梁君臣父子对荒淫的社会风气表示了强烈的批判态度，并有了切实的整改措施和行动；徐摛写宫体诗实际上是响应梁武帝以佛法化俗的号召，以诗歌的形式来为之鸣锣呐喊，为梁氏君臣所接纳并大力倡导；徐摛创为宫体的确寄寓了模仿佛经极演欲色异相以说法化俗的深刻用心；宫体诗写女性的淫欲姿态和妒行是为了否定女色，这一传统完全来自佛经对女性丑恶天

---

① 陈允吉：《中古七言诗体的发展与佛偈翻译》，《复旦学报》1998 年第 1 期。
② 范子烨：《〈洛阳伽蓝记〉的文体特征与中古佛学》，《文学遗产》1998 年第 6 期。
③ 蒋述卓：《玄佛并用与山水诗的兴起》，《广东民族学院学报》1989 年第 1 期。
④ 张伯伟：《玄言诗与佛教》，载《禅与诗学》，浙江人民出版社 1992 年版。
⑤ 汪春泓：《论佛教与梁代宫体诗的产生》，《文学评论》1991 年第 5 期。

性的否定,其理论依据则是佛教的修不净观想。①

学者们在研究中发现,佛教仪式也对文学产生了不可估量的影响。伎乐供养作为一种希冀随愿得福的礼佛仪式刺激了六朝声伎、歌舞的发展,使得六朝言情歌诗的创作更为活跃,并呈现出淫艳的诗风。② 陈洪从宗教仪式的角度考察中古小说,清理了八关斋的渊源及其在中土的演变,指出八关斋仪式从其功能、性质和程式三方面赋予南北朝小说以佛教精神,并模铸、制约了小说的艺术内容和形式,由此认定佛教仪式是佛教文化影响中国小说的一大中介环节。③

学者们在研究中还发现,佛教义理对六朝文学观念的生发起到了重要的作用。比如,普慧指出,东晋南北朝时期的审美虚静说的真正确立、形成是与佛教分不开的:慧远把"虚静"从宗教扩展到了审美和艺术领域,但其虚静说是和禅智论粘连于一体的,着眼点在于佛教本身;宗炳有意引进虚静,并着意于艺术上的运用,着眼点在佛教与审美的结合;刘勰虽然还在禅智论的背景下把虚静运用于艺术领域,但已经完全着意于审美规律。④ 又如,汪春泓指出,刘勰在顿悟、渐悟之争中秉持折中态度,并将这种态度移用到文章之学中,从而决定了《文心雕龙》的思想体系,使其文论思想不偏不倚,成为后世文论的"万世师表",其般若中道的"折中"意识对后世最具正面意义。⑤

三 唐宋佛教文学研究

唐宋佛教文学的专题研究肇端于敦煌讲唱文学的发现且以对敦煌讲唱文学的研究为最重要的业绩。此外,在经典作家作品研究、方外作家

---

① 许云和:《欲色异相与梁代宫体诗》,《文学评论》1996年第5期。
② 许云和:《梵呗、转读、伎乐供养与六朝歌诗、声律》,《文学遗产》1996年第3期。
③ 陈洪:《佛教八关斋与中古小说》,《江海学刊》1999年第4期。
④ 普慧:《慧远的禅智论与东晋南北朝的审美虚静论》,《文艺研究》1998年第5期。
⑤ 汪春泓:《佛教的顿悟和渐悟之争与刘勰的"唯务折衷"》,载汪春泓《文史探真》,昆仑出版社2004年版。

二十世纪中国佛教文学研究史论

研究、宗教诗学研究等层面也取得了不俗的业绩。

学界对敦煌讲唱文学的总体认识经历了一个逐渐深入的历程。关于敦煌讲唱文学的名称，从王国维将它泛称为"通俗诗"和"通俗小说"开始，先后拥有了各式各样的称呼，郑振铎采用"变文"这一名称后，逐渐得到学界公认。郑振铎还对变文的体制和题材作了分析，指出变文的发现是中国文学史上最大的消息之一，人们突然之间发现宋元以来的诸宫调、戏文、话本、杂剧、宝卷、弹词、平话等文艺样式成了"有源之水"。① 向达为了探讨这批讲唱文学作品，曾对"唐代寺院中之俗讲""俗讲之仪式""俗讲之话本问题""俗讲文学起源""俗讲文学之演变"作了详尽的研究，材料上几乎做到了"竭泽而渔"，基本上廓清了俗讲的方方面面。② 孙楷第则将敦煌讲唱文学判为四科，即讲唱经文、变文、唱导文、俗讲与后世伎乐之关系，并拟对其轨范和文本体裁展开全面分析。可惜的是，作者只完成讲唱经文的体裁分析。他分唱经、吟词、吟唱与解说之人、押座文与开题、表白五个层面对讲唱经文的仪轨及其文本形态作了分析。③ 随着研究的深入，周绍良指出这些文学作品在形制、体裁等方面差异巨大，不能只用"变文"一词来概括，于是他分变文、讲经文、因缘（缘起）、词文、诗话、话本和赋对这些通俗文学作了重新分类和界说。④ 王小盾则根据表演艺术上的类属将敦煌文学分为讲经文、变文、话本、词文、俗赋、论议文、曲子辞、诗歌等八类，并对其文体规范作了辨析。他还认为，就艺术渊源来看，曲子、词文、讲经文、变文、话本、相嘲及其所联系的表演艺术是西乐东渐的产物，论议、俗赋及其所联系的表演艺术则根植于本土文化。他还进一步指出，敦煌文学反映了唐五代文学的状况，为重新认识文学的性质、传

---

① 郑振铎：《变文的出现》，载《插图本中国文学史》，朴社1933年版。
② 向达：《唐代俗讲考》，初稿刊于《燕京学报》1959年第16期，修改稿刊于《国学季刊》1959年第6卷第4号。
③ 孙楷第：《唐代俗讲轨范与其本之体裁》，《国学季刊》1938年第6卷第2号。
④ 周绍良：《唐代变文及其他》，《文史知识》1985年第12期、1986年第1期。

上编　百年中国佛教文学研究的历史进程

播方式及其演进规律提供了新的基点。他表明："在古代中国，文学主要是依靠口头手段传播的，一直密切地联系于各种讲唱艺术；文体的变革乃通过讲唱艺术的不断变革而发生，以民间创造为渊薮；文学不仅具有娱乐功能，而且具有宗教功能、政治功能、知识功能和交际功能，本质上是社会群体的共同活动。"①

　　上述认识的深化与学者对这些作品的整理、释读密切相关。罗振玉、陈寅恪等民国学者写了大量的文章对这些作品进行研究。如陈寅恪指出佛典长行与偈颂相间的文体在"后世衍变既久，其散文体中偶杂以诗歌者，遂成今日章回体小说；其保存原式，仍用散文诗歌合体者，则为今日之弹词"。并以《敦煌本维摩诘经文殊师利问疾品演义跋》和鸠摩罗什所译经文对勘，"推见演义小说文体原始之形式，及其嬗变之流别"。② 1949年后在这方面作出重大贡献的当推项楚。他的佛学素养和文献功力为解读这些作品提供了坚实的基础。比如，他指出《敦煌变文集》卷六把北京衣字33号变文拟为《地狱变文》是不对的，因为饿鬼鞭尸发生在墓地，与地狱无关，这个故事实际上出自《经律异相》《法苑珠林》等书。根据佛书，项楚复原了这一残文的情节：一部分写鞭打死尸，一部分写摩挲死尸，共同宣扬"罪福追人，久而不置，不可不慎"。③ 又如，他指出释典所载释迦牟尼降魔事详略、细节各有差异，伯2187号卷子所演释迦牟尼降魔事是变文作者在博采众经的基础上创作的，具有很高的艺术性，但却不可能找到所依据的特定经本。④ 再如，他指出苏联科学院亚洲民族研究所藏《维摩碎金》是唐代俗讲僧手录的俗讲底本，系依据鸠摩罗什译本演绎《佛国品》的一部分。这一俗

---

　　① 王小盾：《敦煌文学与唐代讲唱艺术》，《中国社会科学》1994年第3期。
　　② 陈寅恪：《敦煌本维摩诘经文殊师利问疾品演义跋》，《历史语言研究所集刊》1930年第2本第1分。
　　③ 项楚：《关于〈地狱变文〉》，载《敦煌文学杂考》，原载《1983年全国敦煌学术讨论会文集（遗书编）》，甘肃人民出版社1987年版。
　　④ 项楚：《〈破魔变文〉与释典》，载《敦煌文学杂考》，原载《1983年全国敦煌学术讨论会文集（遗书编）》，甘肃人民出版社1987年版。

讲底本披露出一个事实：现存的各种《维摩诘经讲经文》，并非全部出自一个系统，即并非都是同一部完整的《维摩诘经讲经文》的残存碎片，它们至少来自两部不同的长篇《维摩诘经讲经文》，足见当时开讲盛况和俗讲僧人的艺术创造力。①

关于变文和变相关系的探讨也推进了学界对敦煌讲唱文学的认识。日本学者首创图文说，梅维恒甚至指出只有变相图相配合的释家讲唱才是变文，似乎在表明变相与变文是同一关系。李小荣则从变相的创作方法、用途及其在变文讲唱中的作用入手，阐明了变相的含义，并由此推定它和变文并非同一关系。② 美术史家金维诺根据伯第3784号卷子所载变文尾题《祇园因由记》将原拟题《牢度叉斗圣变》的敦煌第九窟的图像改称为《祇园记图》，指出这一图像进一步在壁画上提供了变文、变相密切结合的实例，即《祇园记图》上的题榜不与其他经变一样照写佛经原文，而是由佛经演变而来的变文与变文中的唱词。这一研究开启了图像和文字互相阐释的先河，具有发凡起例的作用。③

关于唐宋方外文学，王梵志、寒山是学界关注的焦点。敦煌石室发现王梵志诗歌的多种写本后，他才进入人们的视野。首先是胡适从倡导白话诗的角度对之大唱赞歌，紧接着有一批实力雄厚的学者投入了相关研究，张锡厚和项楚先后出版了王梵志诗歌的整理本。张锡厚还就敦煌写本王梵志诗歌的著录、卷次、本子和整理提出了自己的看法。④ 项楚指出，王梵志的出生是一个神话故事，王梵志诗绝不是一人所作，也不是一时所作，而是在数百年间，由许多无名白话诗人陆续写成的。理由是：王梵志的一部分诗作从客观上观察评论宗教问题，其思想倾向对佛教不利，绝对不是"菩萨示化"的王梵志所作；以佛教徒身份创作的

---

① 项楚：《〈维摩碎金〉探索》，《南开学报》1983年第2期。
② 李小荣：《变文变相关系论——以变相的创作和用途为中心》，《敦煌研究》2000年第3期。
③ 金维诺：《〈祇园记图〉与变文》，《文物参考资料》1958年第4期。
④ 张锡厚：《关于敦煌写本王梵志诗整理的若干问题》，《文史》1982年第15辑。

上编 百年中国佛教文学研究的历史进程

诗歌，观念上差异乃至矛盾依然很大。他还根据诗歌的内容将王梵志诗歌分为三部分，认为：敦煌所出三卷本《王梵志诗》产生于初唐时期，特别是武则天当政时期，大约在武周晚期最迟不会在开元以后编辑成集；敦煌所出一卷本《王梵志诗》是唐代民间的童蒙读本，大约编写于晚唐时期；散见的王梵志诗没有一首见于三卷本《王梵志诗》，是盛唐至宋初陆续产生并附丽于王梵志名下；三卷本《王梵志诗》在内容上表现出反映现实的强烈的自觉意识和批判精神，许多作品打上了浓烈的佛教印记，艺术上主要采用白描、叙述和议论手法再现、评价生活，显得质朴明快。①

关于寒山的年代，一说初唐，一说中唐，《四库总目提要》并载二说。余嘉锡根据《元和郡县志》《天台山记》和《嘉定赤城记》考定闾丘胤序为伪托，而杜光庭所说寒山事迹比较可信，并从《寒山子诗集》中求得内证，断定寒山绝对不是初唐人。② 王运熙、杨明着重对寒山诗的体制加以分析，与唐初诗歌的体制进行比较，进一步证明寒山诗歌绝对不是初唐所作。作者还认为，所谓闾丘胤序确系伪托，杜光庭《仙传拾遗》关于寒山大历间隐居天台寒岩之说是相当可信的。③ 钱学烈举证驳斥了寒山为唐初贞观时人的传统偏见，又以寒山诗内证修正了胡适、余嘉锡、钱穆等学者以及作者自己以前的中唐大历说，确定寒山生活的年代大致为725—830年，即生于玄宗开元年间，卒于文宗宝历、太和年间。④ 钱学烈还对寒山诗歌的内容作了分析。她指出，寒山的诗歌按内容可分为自叙诗、风俗诗、隐逸诗、道教诗、佛禅诗五类，其中的一百五十余首佛禅诗又可分为佛教劝诫诗和禅悦诗两类，禅悦诗又可分为禅语禅典诗、禅理诗、禅悟诗、禅境诗和禅趣诗五种。禅语禅典诗直接以禅家语录、禅宗公案入诗；禅理诗和禅悟诗则表现诗人对心为宗本、

---

① 项楚：《王梵志诗论》，《文史》1998 年第 31 辑。
② 余嘉锡：《四库提要辨证》，中华书局 1980 年版。
③ 王运熙、杨明：《寒山子诗歌的创作年代》，《中华文史论丛》1980 年第 4 辑。
④ 钱学烈：《寒山子年代的再考证》，《深圳大学学报》1998 年第 2 期。

二十世纪中国佛教文学研究史论

明心见性、顿悟成佛的理解和体悟；禅境诗和禅趣诗是以诗寓禅，或以禅入诗，以诗境表禅境，以诗心会禅心，在山林景色的描绘中蕴含禅机禅趣。①

此外，皎然、惠洪、永嘉玄觉等诗僧也引起了学界的兴趣。蒋寅梳理了皎然的生平、学佛经历和诗歌创作大势，对其诗歌境界作了评析，其目的在于凸显皎然这样一位有着完整文集流传又有诗学著作的诗僧的典型意义，具有很强的问题意识。② 学界一直有人认为永嘉玄觉其人子虚乌有，其《证道歌》乃伪托，张子开则钩稽禅宗史料和敦煌文献作了详细考辨。③ 张宏生分析了诗僧惠洪复杂而多元的性格特征，指出其艳体诗包含了如下四种情形：以艳情写佛理、女性容貌体态的直接描摹、香艳情境的烘托与暗示、香艳的比喻句。他还认为惠洪其人其诗的这些特征实际上反映了宋代文化的如下信息：宋代僧诗的士大夫倾向、宋代佛教的世俗化、元祐前后宽容的文化精神、北宋相对松弛的禅门精神。④

佛教尤其是禅宗思想深刻地影响了唐宋作家的心态和创作，这在一些经典作家身上表现得尤为明显，学界的关注点也体现在这里。张晶指出，禅是唐宋士大夫的心灵哲学，深刻地影响了唐宋诗人的价值观念、人生态度乃至行为方式，并在诗歌创作中吐露如下心态：人生如梦身如浮云、任运自在随缘自适、忘机与安闲、幽与静，这些心态使得诗歌呈现出独特的美学风貌。⑤ 胡遂指出，白居易兼修戒、定、慧，是为了珍惜生命；白居易双修禅净，既解脱现实苦恼，又祈求未来幸福；白居易学佛的最大收获在于不贪、不嗔、不痴，随缘任运。⑥ 张海沙钩稽了岑

---

① 钱学烈：《寒山子禅悦诗浅析》，《中国人民大学学报》1998年第2期。
② 蒋寅：《皎然诗禅论》，《学人》1992年第3辑。
③ 张子开：《永嘉玄觉及其〈证道歌〉考辨》，《宗教学研究》1994年第2—3期。
④ 张宏生：《释子绮语——诗僧惠洪的一个面相及其文化信息》，载《中国作家与宗教》，中华书局2001年版。
⑤ 张晶：《禅与唐宋诗人心态》，《文学评论》1997年第3期。
⑥ 胡遂：《三学兼修妙赅真俗》，载胡遂《中国佛学与文学》，岳麓书社1998年版。

· 19 ·

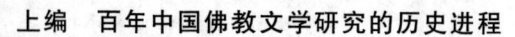

参与佛教的因缘，指出其写景诗深受《楞伽经》《法华经》的影响，前者主要表现在岑参诗歌中观照、表现自然的态度和方式上，后者主要表现在岑参诗歌对《法华经》事项、意象、文辞、文意的咏叹和借鉴上。① 陈允吉认为，王维那些描绘自然风景的作品确实在不同程度上反映着他的世界观，具体体现为禅宗的"空"观、入寂理念、禅悟思维和居士情趣。② 陈允吉还从"奇踪异状""地狱变相""曼荼罗画"三个方面分析了唐代壁画的题材和形象特征，指出韩愈的诗歌创作在艺术构思和形象特征上都深受这些壁画的影响，其险怪诗风的形成无疑与寺庙壁画有着密切的联系。③ 王启兴则探讨了佛教对柳宗元在永州时的人生态度、生活情趣和审美趣味的影响，指出柳宗元山水游记和景物诗具有如下三大特征：淡化儒家伦理本位主义思想的影响、张扬创作主体意识，摆脱儒家功利主义美学观、营造情景浑然物我相融的境界，创造空寂幽旷宁静的艺术意境。④

具体到宋代作家，学者们无一例外地指出禅学对他们的影响。王季思认为，"江西派诗骨子里是禅，所以其意境是静的；但在这静的意境中，却含有一点动的机趣，这正是善于打诨的效果"⑤。钱志熙钩稽了黄庭坚接触禅宗的各种渠道，认为黄庭坚思想中有两个明显受禅宗影响的地方，一是借鉴禅宗顿悟真如的方式来进行心灵修养，二是融合佛禅平等观及庄子齐物论思想来培养超然物外、万物一家的社会伦理观念；受禅学的影响，黄庭坚创作了大量禅境诗和禅悟式的诗歌，形成了奇崛拗硬、幽默风趣的诗风。⑥ 王琦珍则指出禅家观照方式和思维方式的影

---

① 张海沙：《岑参的写景诗与佛经的影响》，《文学遗产》1998 年第 1 期。
② 陈允吉：《论王维山水诗中的禅宗思想》，载陈允吉《唐音佛教辨思录》，上海古籍出版社 1988 年版。
③ 陈允吉：《论唐代寺庙壁画对韩愈诗歌的影响》，《复旦学报》1983 年第 1 期。
④ 王启兴：《超尘越俗徜徉山水——佛教对柳宗元及其山水游记和景物诗的影响》，《湖北大学学报》1989 年第 6 期。
⑤ 王季思：《打诨、参禅与江西诗派》，《之江文会》1948 年第 1 期。
⑥ 钱志熙：《黄庭坚与禅宗》，《文学遗产》1986 年第 1 期。

响是"诚斋体"形成过程中的一个重要因素。① 赵仁珪认为关注苏轼散文中的禅可以更清楚地勾画苏轼的禅思想、可以更深刻地揭示苏轼散文的风格特色。通过对正面谈禅之文的分析，他指出，苏轼的禅学思想有两大特征，一是坚持禅宗的严肃性而不满其堕落性，一是提炼禅宗哲学的精髓吸取其合理内核；通过对禅趣之文的研究，他还指出，禅学影响了苏轼的论文主张以及苏轼散文的思维方式、表述手法和意境。②

关于佛教与唐宋文学理论的探讨，则集中在禅学与诗学的关系上。郁沉指出，"严羽诗歌理论的核心就是由'识'→'悟第一义'→'妙悟'，也就是通过培养对诗歌的阅读、欣赏和辨别能力，领会唐诗形象饱满的特点，进而认识诗歌创作的艺术规律和特殊方法"。③ 程亚林指出，前人论诗禅关系只关注严羽《沧浪诗话》等少数材料，忽略了僧诗中的观点，因而他从皎然和齐己等人的诗歌中梳理相关资料，阐述诗禅关系。④ 由于宋代文字禅风靡整个文学界，因此文字禅的言说方式及其对诗学的影响就成了学界探讨的重点。魏道儒分析了代别、颂古、拈古和评唱四种文字禅的样式和文字禅的代表性著作《碧岩集》，指出"'文字禅'的兴起和发展是宋代禅宗的重要特点，它不仅反映了禅学思想的变化，也反映了一部分禅僧经济地位和生活条件的变化。文字禅的四种样式都是以文字教禅和从文字悟禅作为目的，禅从不可说变为可说。禅僧不仅重视'说似一物即不中'，而且也重视'玄言'了，并且逐步走上追求华丽辞藻的道路。禅僧不仅重视直观体验的证悟，而且也重视知性思维的解悟了"。⑤ 周裕锴探讨了宋代文字禅的阐释方式对宋代诗歌表达技巧的影响。在他看来，宋代禅师借鉴并改造了佛经诠释学

---

① 王琦珍：《论禅学对诚斋诗歌艺术的影响》，《辽宁大学学报》1992年第5期。
② 赵仁珪：《苏轼散文中的禅》，《北京师范大学学报》1997年第4期。
③ 郁沉：《严羽诗禅说析辨》，《学术月刊》1980年第7期。
④ 程亚林：《诗禅关系认识史上的重要环节——读皎然、齐己诗》，《文学遗产》1989年第5期。
⑤ 魏道儒：《宋代禅宗的"文字禅"》，《世界宗教研究》1991年第1期。

中"遮诠"的方法，形成了绕路说禅的语言技巧，这种技巧被引进宋诗创作后，丰富了宋诗的修辞技巧，扩展了宋诗的表现方法，并给富于理性精神的宋代诗人和读者带来几分机智的想象力，但有的作品因绕得太远而缺乏审美的直接性。① 周裕锴还指出，大量的禅宗术语被引进诗学从而形成了宋代诗学"以禅喻诗"的鲜明特色，并重点分析了"反常合道""句中有眼""点铁成金""夺胎法""换骨法""待境而生""中的""识取关捩""饱参与遍参""熟与生"等诗学术语的禅学语源。② 此外，还有学者关注佛学对诗歌创作的技术层面的影响。张伯伟认为，佛学对晚唐五代诗格的影响是通过两条途径实现的，一是间接的途径，即佛学以皎然诗格为中介从而对晚唐五代的诗格产生影响；二是直接的途径，即晚唐五代的诗格作者大部分为僧人，门、势、作用等诗格的形式和内容都是佛学影响所致。③

四　元明清佛教文学研究

佛教在元明清时期以本土文化的姿态渗透到了中国文艺的各种体裁和各种文艺论争中，参与了中国文学的文化建构和理论建构，20世纪的相关研究对这一文学律动作了较为准确地把握。

小说方面，学者们关注佛学对小说民族特色的熔铸。张稔穰指出，佛道影响了古典小说的思想结构，具体体现为：辅教宣教、以儒为主以佛道为辅的"神道设教"和儒道释互补互渗三种方式，而尤其以第三种方式体现着价值判断和哲学玄思的完美统一；佛道思想在人物形象上超越儒家、史家的尚实而朝着虚的方向发展，增强了人物形象的虚幻色彩，导致人物情节的虚幻性、形象构成的玄秘性和二元性；佛道丰富了古典小说的表现手段，宗教力量成为情节发展的驱动力和结构逻辑的依

---

① 周裕锴：《绕路说禅：从禅的诠释到诗的表达》，《文艺研究》2000年第3期。
② 周裕锴：《宋代诗学术语的禅学语源》，《文艺理论研究》1998年第6期。
③ 张伯伟：《略论佛学对晚唐五代诗格的影响》，《唐代文学研究》1992年第3辑。

据，更具有民族特色的是宗教思想刺激了古典小说假象见义方法的运用，使得古典小说具有了隐喻性、象征性、夸张性和抒情性的特征。①张锦池在研究《水浒传》和《西游记》的神学问题时将宗教在古代小说的形象设计、艺术构思和叙事结构中的作用界定为"神道设教"：小说通过"神—外魔内神—神"三段式生命历程来设计人物形象从而决定了作品的讽喻文学特色；小说中的"神喻"和"圣喻"亦即作者的自喻。神道设教在叙事结构中的作用有三：提供了"神境—人境—神境"这样一种三段式情境结构格局，用天命论和五行说安置人物的内部关系，或以偈子作为情节发展的伏脉或以菩萨出没沟通"人境"和"神境"，从而严密了作品叙事结构的针线。张锦池还通过分析偈语在艺术构思中的作用指出最早的《水浒传》版本无征辽事，为我们考证古代小说的版本演变提供了新的思路。②张锦池还用"神道设教"来界说《红楼梦》的艺术构思，认为《红楼梦》中存在一个类似佛教生命观架构故事情节的三世生命说，《红楼梦》中的神道在创作学、结构学和主题学上的意义重大。透过这一神道设教，曹雪芹借助《红楼梦》发出了"一支王道曲，千红无子遗""四大皆虚设，惟情不虚假"的呐喊。③孙逊认为古代小说中的宗教观念逐渐由内容淡化为一种形式而成了小说诗学的重要组成部分：遇仙小说模式在后来的小说中主要起组织全书结构、推动情节发展、暗示人物命运的作用；"转世"和"谪降"模式是古代小说常见的两种结构模式，为古代小说提供了时空自由从而增加了小说容量和表现力，为古代小说提供了宗教关怀，使小说拥有了哲学意味，为小说提供了回环兜锁、圆如转环的结构特点，从而使小说具有独特的形式美感。④

---

① 张稔穰：《佛道影响与中国古代小说的民族特色》，《文学评论》1989年第6期。
② 张锦池：《论〈水浒传〉和〈西游记〉的神学问题》，《人文中国学报》1997年第4期。
③ 张锦池：《论〈红楼梦〉的三世生命说与两种声音——说〈红楼梦〉思想意蕴之精髓》，《红楼梦学刊》1997年增刊。
④ 孙逊：《中国古代小说与宗教》，复旦大学出版社2000年版。

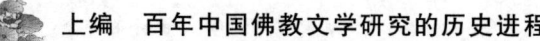

一些注重从宗教史和文化史立场来关注具体小说作品的论文也分外引人注目。下列关于《西游记》的一组论文就是从宗教史尤其是教派史的立场立论的。例如，陈寅恪从印度佛经中搜寻《西游记》唐僧弟子之原型，探讨其演变并归纳故事演变之公例，实有发凡起例的作用。① 又如，张乘健爬梳史料，指出《大唐三藏法师取经记》中的猴行者即是哈努曼的中国变相，传入的媒介即是佛教的密宗，传入的渠道即是不空为首的求法者一行。② 再如，陈洪比勘《西游记》吴本和杨本中的宗教文字来论证版本变迁，为版本研究提供了新的思路。他指出，"心猿""白牛""心经"等佛教文字在吴本中含有特殊的作用和意义且互相连贯构成了一个有机的寓意系统，而杨本中的这些文字大多孤单而突兀且无意义，与整个文本不协调，因此可以断定杨本是删节本，并进一步推断《西游记》的版本变迁是"删繁为简"。③ 刘敬圻的《聊斋志异》论文则是从文化史立场立论的。她指出，《聊斋志异》的宗教现象极为芜杂，大略可以分为正宗型、混融型、原始型、困惑型四大类型，《聊斋志异》存在两大世俗关怀模式，即佛教意绪与多神崇拜相混融的果报模式和道教意绪与多神崇拜相混融的遇仙模式，果报模式与现实人生的对接更突出其警示意图也更具震撼性，遇仙模式更具有童话性、宽容性和机遇色彩，而支配《聊斋志异》创作旨趣的依然是儒家思想，作者的生活经历和惯性思维方式决定了《聊斋志异》儒教指向的兴奋点集中于"修身""治心"。④ 梅新林在其专著⑤中指出，石头的生命循环三部曲以及蕴含于其中的思凡、悟道、游仙三重复合模式都是神话原型，蕴含着儒、佛、道家哲学旨

---

① 陈寅恪：《〈西游记〉玄奘弟子故事之演变》，《历史语言研究所集刊》1930年第2期。
② 张乘健：《〈大唐三藏法师取经记〉史实考原》，《文史》1994年第38辑。
③ 陈洪：《〈西游记〉有关佛教的文字与版本繁简问题》，《运城学院学报》1997年第1期。
④ 刘敬圻：《〈聊斋志异〉宗教现象解读》，《文学评论》1997年第5期。
⑤ 梅新林：《红楼梦哲学精神》，华东师范大学出版社2007年版。

归，它们都经《周易》阴阳哲学的复合而有了阴阳悖论的形而上学意味，并使《红楼梦》确立了"对立幻影"符号分形、循环易位、本体象征等艺术法则；其主题由贵族家族的挽歌向尘世生命的挽歌再向生命之美的挽歌不断超越，最后通过天道之命与人道之情的两相悖裂的矛盾运动及其之于人类悲剧命运终极旨归的深刻思辨而获得了永恒魅力。

戏剧方面，学者们既关注佛学对作品深层结构的渗透也关注佛教作品在民间的传播。前者如郑传寅从"装神弄鬼与戏曲表演""因果业报观念与戏曲结构模式""宗教幻想与戏曲情节的传奇性""形神二元论与戏曲的传神特色"四个层面探讨了宗教与戏曲的深层结构。① 张则桐指出，《度柳翠》杂剧存在一个"禅—文字—人物"的转换层次，是作家将文字禅引入杂剧创作的产物，因此，《度柳翠》杂剧是禅的戏曲载体。具体说来，剧中的月明和柳翠既是人名也是传达禅意的意象，剧中的疯魔和尚体现了禅宗的一种人生态度和精神气质，在结构上作者通过月和柳意象的不同组合引起的禅意变化来推进情节，在曲辞上采用了禅宗颂古绕路说禅的作风。作者还进一步指出，文字禅介入杂剧在元初并没有产生影响，但在杂剧由场上之曲向案头之曲过渡的过程中发挥了巨大作用。② 后者如刘祯、朱恒夫、凌翼云对目连戏的关注。从朱恒夫的论述中，我们可以发现，印度传来的目连故事在中土传播繁衍，最终形成了众多的目连戏种，也留下了明代万历年间郑之珍编的《目连救母劝善戏文》和清宫的《劝善金科》这样的大戏剧本。朱恒夫梳理文献探讨了目连戏的演出情况，指出明郑之珍以前就存在大型民间目连戏，在郑之珍剧本的影响下各地出现了大量的目连戏，清代目连戏演出在民间和宫廷盛极一时。③

---

　　① 郑传寅：《精神的渗透与功能的混融——宗教与戏曲的深层结构》，载《传统文化与古典戏曲》，湖北教育出版社1990年版。
　　② 张则桐：《元杂剧〈度柳翠〉与文字禅》，《中国典籍与文化》1999年第4期。
　　③ 朱恒夫：《明清目连戏散论》，《中华戏曲》1986年第2辑。

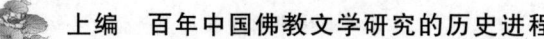

佛教与元明清诗歌的研究，主要体现在两个层面上。一是佛学律动对文学的影响。皮朝纲对元代禅宗中影响最大的祖先系禅学及其美学思潮作了考察，指出祖先系禅师大力倡导"实参实悟"的禅学思想，在参禅方法上作了重要调整，强调实修渐修，把修行看得比顿悟更为重要，标志着元代禅学及其美学思想出现了向早期禅宗禅法回归的倾向，其根本目的在于了生死获自由，于生死反思中追求人生的诗意栖息。① 陆草回顾了近代百年间佛学对诗坛的影响，得出了如下结论：由出世到入世以及为革新所用的功利主义文学观念是近代佛学对诗坛的主要影响；禅诗具有极其顽韧的生命力和独特的审美价值；中国近代诗坛是以文学与佛学的日渐分离而告终的；在中国近代诗坛上，儒家思想始终居于主导地位，儒道释互补的这一中国文化的传统机制并没有发生根本变化。② 二是佛学对文艺论争、文论建构的作用。詹杭伦就元好问诗禅观中的诗禅互动、诗禅异同、诗禅修养历程发表了自己的看法。③ 黄卓越梳理了"性灵"一词的起源以及晚明诸家使用"性灵"概念的复杂状况，从"性灵即真常之体""性灵即虚灵""性灵即自性流行"等层面阐释性灵说的佛学渊源，剖析性灵概念对晚明文学的影响。④ 周群指出："竟陵派的文学思想和创作，与公安派袁中道一样，是革新高潮过后的沉静的理论思考，是对公安派文学的修正，这从其尚'厚'的美学旨趣、注重学殖的学术追求都可以看出。当然，他们虽都受佛禅浸润，但公安派主要从'狂禅'中得离经慢教的精神，竟陵派则据此形成了荒寒孤峭的风格。公安派之失在浅露，竟陵派之失主要在于通过苦寂之境的描写表现了落寞的情绪。"⑤

---

① 皮朝纲：《实参实悟与元代禅宗美学思潮》，《四川大学学报》2000 年第 2 期。
② 陆草：《佛学与中国近代诗坛》，《文学遗产》1989 年第 2 期。
③ 詹杭伦：《元好问诗禅观中的几个问题》，载朱耀伟主编《中国作家与佛教》，中华书局 2001 年版。
④ 黄卓越：《晚明性灵说之佛学渊源》，《文学评论》1995 年第 5 期。
⑤ 周群：《禅佛旨趣与竟陵派诗论》，《江海学刊》1998 年第 2 期。

陈洪梳理了金圣叹、钱谦益、王夫之与佛学的因缘，指出他们或移佛学命题与概念于文论，或运佛学思路于品评，使其理论观点程度不同地蒙上了佛光，具体体现为金圣叹的"无"字说、"忍辱心地"说，钱谦益的"熏习"说、"弹斥淘汰"说，王夫之的"现量"说。① 程相占认为，禅宗影响了王渔洋的人生态度，也影响了他的诗歌理论："他借助禅宗弥补自己的心理裂痕，放弃了早年'哀时托兴微'的诗歌理想而独倡浸透禅宗意味的神韵说。王渔洋出于迎合现实的目的而倾心禅宗，这种若即若离的生活态度，直接导致了神韵说的迷离朦胧，在题材、风格、内容诸方面未免陷于狭小的天地，其局限也是不言自喻的。"②

五　小结

从以上的回顾中可以知道，20世纪中国佛教文学的研究已经为今后的研究奠定了坚实的基础；但是，这一学术领域依然存在大量问题。首先是一些研究者知识结构不健全，对宗教信仰和宗教仪式尤其是教派特色缺乏同情之理解，不少结论不能切中要害；其次是视野不够开阔，大量文体、作家、题材、主题、现象无人问津；再次就是实证精神不强，许多结论流于泛泛而谈或牵强比附，文献整理工作甚至还处于草创阶段；最后就是缺乏本土化的理论建构。何谓佛教文学？何谓佛教诗学？诸如此类的命题很少被探讨或探讨得不够深入。有鉴于此，笔者曾在《武汉大学学报》"中国宗教文学研究"专栏"开栏弁言"中特意指出，专栏将围绕"中国宗教文学的生成与传播""中国宗教文学的文体构成与文体特征""中国宗教文学的话语体系""中国宗教文学与民族精神""中国宗教诗学"等命题展开学术研讨；专栏将优先刊载从如下维度切入论题的论文：从宗教史（尤其是教派

---

① 陈洪：《清初文论中的佛学影响》，《南开学报》1996年第6期。
② 程相占：《王渔洋与禅宗》，《山东大学学报》1993年第1期。

史)、文化史的立场对相关论题展开论述的论文,打破文学、艺术、宗教、民俗、考古、语言、文献等学科的界限对相关论题作综合研究的论文,坚守民族本位建构宗教诗学的论文。[①] 故将当年的"开栏弁言"的核心主旨转录于此,作为开编的结语。

---

① 吴光正、何坤翁:《坚守民族本位　走向宗教诗学》,《武汉大学学报》2009年第3期。

二十世纪以来僧诗文献研究综述

诗僧是古典诗史上特殊的诗人群体。他们创作的诗歌，相当真切地反映了僧侣阶层的生活境遇和心灵世界，代表着僧侣文学的最高成就。然而，佛门历来视诗歌为"小道""外学"，经藏所录僧徒著述，一般收"经论""语录"而略"外集"；僧徒亦极少措意于诗集的刊刻和流布。职是之故，古代僧诗散佚甚为严重。李国玲《宋僧著述考》著录的两宋释氏别集存佚比为29/80[1]，冼玉清《广东释道著述考》所录近代以前广东释氏别集"见""未见"比竟为17/78[2]。初步估算，当有七成以上的僧诗别集已不复存于天壤间，而仅存的僧诗文献，亦散无统计。以《古今禅藻集》为例，虽网罗颇富，但所收亦仅377名诗僧的2824首诗作[3]，实泰山一毫芒耳。此种状况，随着20世纪现代学术体系的建立、完善而逐渐得以改观，海内外学者在古代僧诗文献发掘、整理、著录、校注等方面，取得了令人瞩目的成绩。本文拟对其略作综述，挂一漏万处，祈请识者补正。

---

[1] 李国玲：《宋僧著述考》，四川大学出版社2007年版。按：此统计包括拈古、偈颂的单行本，未涵括诗学著作。九僧诗，宋人已都为一集，故仅算作一种。

[2] 冼玉清：《广东释道著述考》，载《冼玉清文集》，中山大学出版社1995年版，第386—667页。

[3] 正勉、释性：《古今禅藻集》第1416册，《文渊阁四库全书》，上海古籍出版社1987年版。

上编　百年中国佛教文学研究的历史进程

一　僧诗文献研究的对象

僧诗文献，顾名思义，即释子创作的诗歌文献。但历来对诗僧、僧诗的内涵与外延均无明确界定，故在论述之前，应略予辨析。

清人魏禧曾指出："夫僧有始于真，终于伪；有以伪始，以真终；又或始终皆伪愈不失其真者。"① 僧徒此种游离于僧俗两界的现象，使人们在判别诗僧的身份时，常出现分歧。例如，《四库全书总目》评《古今禅藻集》的编选范围时就说："中间如宋之惠休、唐之无本，后皆冠巾仕宦，与宋之道潜老而遭祸、官勒归俗者不同，一概收入，未免泛滥。"② 可见诗僧身份的认定，主要还在于其为僧的真确性。关于此，我们以为余嘉锡的提法颇值得重视。他说："……（周）贺平生所作诗，多作于为僧之时，其集之行世者，又或直题清塞之名，未及一一追改，故选僧诗者得而录之。若贾岛官至长江簿，以官名集，其诗又皆作贾岛，无追题其无本之名者，故不得而阑入之，是亦春秋名从主人之义也。昔梁刘勰出家，改名慧地；宋饶节为僧，改名如璧；而《南史》勰本传及吕居仁《江西宗派图》皆仍用其本名，以其著述成名，在未为僧之前故也。周贺少而出家，老始还俗，为僧之日长而为士人之日短；故《诗人主客图》及《唐诗纪事》《唐才子传》皆直名之曰僧清塞，李龏列入唐僧之中，初非漫然无所据者，不可谓之自乱其例。"③ 余氏以"春秋名从主人之义"及"为僧时日之长短"定夺"诗僧"之身份，显得更为灵活，也比较符合事实。像贾岛、刘勰、饶节这样很难称为诗僧者，历史上还有不少。例如，屈大均，字翁山，顺治七年广州屠城，即避难出家，更名今种，字灵一，"自首至足，遂无一而不僧"④。旋又浪

---

① 魏禧：《魏叔子文集》外编卷十《赠顿修上人序》，中华书局2003年点校本，第509页。
② 永瑢：《四库全书总目》卷一八九，中华书局1965年版，第1724页。
③ 余嘉锡：《四库提要辨正》卷二四，云南人民出版社2004年版，第1340页。
④ 屈大均：《翁人说》第3册，载欧初点校《屈大均全集》，人民文学出版社1996年版，第471页。

迹岭外,拜访前朝遗老,凭吊故迹;返粤后,竟以儒者自尊,猛烈"辟佛"。这表明貌似缁流、实为遗民的屈大均,是绝不愿意人们将他视为诗僧的。

"诗僧"一词较早见于中唐皎然的《杼山集》卷四《酬别襄阳诗僧绍微》、卷九《与权从事德舆书》和刘禹锡《澈上人文集纪》等文献,所指皎然、灵澈、护国、清江、法振等,均为当世擅诗僧人。因此孙昌武认为:"诗僧可以说是以写诗为'专业'的僧人,也可以说是披着袈裟的诗人。他们产生在特定的历史时期。"① 高华平也认为:"'诗僧'并非一般指那些偶尔能吟诵一两句诗的僧侣,而是指那些以诗著名的僧人。……'诗僧'主要是相对于'义学僧'而言的一个概念。"② 此二说,旨在排除诗作不多之僧。"诗僧"之地位在丛林历来不显,那些仅撰有少量诗作的高道大德,若以"诗僧"目之,确非"春秋名从主人之义"。但就学术研究(尤其文献整理)而言,这一界定失之过严。正如古代大多诗人,未必皆视吟诗为一己之业,所重者仍是借以建功立业之身份,但在文学研究中,我们所认定的依然是其作为诗人之属性。从此一层面言,凡有吟诗经历之僧,皆应称作"诗僧"。

关于僧诗的分歧主要在于佛教偈颂与诗歌之关系,历来意见不甚统一,或等而观之,或判分为二。支谦《法句经序》称"偈者结语,犹诗颂也",拾得亦云"我诗也是诗,有人唤作偈;诗偈总一般,读者须子细"③。然《全唐诗》却以为释家偈颂与道家章咒"本非歌诗之流",一并删除。④ 此种断然否认释家偈颂为歌诗的观念,在古代实非主流。唐宋的诗歌总集,入选僧人偈颂者,比比皆是。《全唐诗》之所以不予收录,正如陈尚君所言,"并不在'非歌诗'。《全唐文序》解释不取偈

---

① 孙昌武:《佛教与唐代文学》,陕西人民出版社1985年版,第126页。
② 高华平:《唐代的诗僧与僧诗》,《闽南佛学》2007年第5期。
③ 项楚:《寒山诗注(附拾得诗注)》,中华书局2000年版,第844页。
④ 彭定球:《全唐诗》,中华书局1979年版,"凡例"第8页。

上编　百年中国佛教文学研究的历史进程

颂原因为'以防流弊，以正人心'，始道出个中原因"①。

偈颂，原是印度佛教的一种韵文，梵文作 gāthā，音译伽陀、伽他、偈陀，意译讽诵、偈颂、颂、歌谣等，种类甚多。隋代释吉藏以为重要者有通偈、别偈两种：前者又称首卢偈，"莫问长行与偈，但令三十二字满即便名偈"，每句字数不定，句数亦不拘，齐行、散行并存，满三十二字即为一偈，在形式上与诗歌区别较明显；后者则"四言、五言、六言、七言皆以四句而成"，句式齐整，每句字数相同，甚至押韵、平仄、对仗等与近体诗亦无二致。② 可见，人们摒弃偈颂，还在于其内容主说理而寡诗味。其实，诗歌内容的解读，见仁见智，无统一之定规，况且偈颂中亦不乏诗情浓郁之作；再者，说理诗亦为诗歌题材之一，像宋明理学家的性气诗，其说理意味并不亚于偈颂。因而，轻易将佛家偈颂逐出诗歌园地的做法，是不可取的。

综上所论，僧诗文献研究的对象，应包括僧徒所撰诸体诗歌与宗门偈颂。而对于那些半途还俗的"僧徒"，应以"春秋名从主人之义"及"为僧时日之长短"来判定，贾岛、饶节、屈大均等人不应阑入诗僧队伍。

二　大陆地区历朝僧诗的收集、辑佚与整理

释子作诗，始于东晋，历唐宋元明诸朝而逮清季，丛林吟咏之风，未尝断绝。然时移治乱，像运升沉，历代诗僧的兴衰并不平衡。学界对僧诗文献的整理，亦用力不均。1993 年，艾若、林凡联络数十位学者，着手编纂《中国历代僧诗全集》，拟分晋唐五代、宋代、元代、明代、清代五卷，系统整理东晋至清末释氏之诗。③ 此一宏大构想，诚有功于

---

① 陈尚君：《全唐诗续拾》，载《全唐诗补编》下编，中华书局 1992 年版，"前言"第 4 页。
② 吉藏：《百论疏》，《大正新修大藏经》第 42 卷，财团法人佛陀教育基金会 1990 年版，第 238 页。
③ 沈玉成、印继梁：《中国历代僧诗总集·晋唐五代卷》，当代中国出版社 1997 年版，"凡例"第 1 页。

僧诗文献的研究。但直至今日，唯"晋唐五代卷"出版行世，余者皆付之阙如。此种状况，基本反映了20世纪以来古代僧诗文献研究的大势——东晋、南北朝、隋唐最为完备，两宋次之，元、明、清三朝最弱。兹缕述如下。

先唐的僧诗文献，《隋书·经籍志》著录了支遁、慧远、惠琳等僧人的十三种别集，惜除支遁集外①，皆散佚无存。明人冯惟讷所编《古诗纪》，广泛采摭，得诗僧32人74首诗作，是收录六朝僧诗最完备的古籍之一。② 但冯氏考证殊疏，讹误屡出，前有清人冯班《诗纪匡谬》以纠之，后有近人丁福保《全汉三国晋南北朝诗》以补之③。20世纪40年代，逯钦立先生历二十余载，撰辑《先秦汉魏晋南北朝诗》，"以冯惟讷《古诗纪》为基础，以杨守敬《古诗存目》为参考"，广取群书，补苴阙佚，共收40名释氏"本土之谣"86首，并传其生平，详明出处。④ 逯著的特点在于，每参稽《广弘明集》《高僧传》《庐山记》诸校本，以广异文，斟酌校订。但是，逯著在处理偈颂时，仅收入题有"赞诗"字样者，致使遗漏甚多。⑤ 例如，其失收的傅翕（108首）、菩提达摩（25首）等，即为陈尚君《〈全唐诗〉续补》和《中国历代僧诗全集·晋唐五代卷》（共收入44人252首诗）收入。先唐基础文献有限，学者之订补，虽东鳞西爪，实属不易。

唐代的僧诗文献，因有《全唐诗》（共收115位诗僧2800余首诗）而较显集中、系统。但由于其编者观念的偏颇和视域的缺失，漏辑、误

---

① 支遁：《支道林集》一卷，《续修四库全书》第1304册，南图藏明末吴家雕刻本影印。按，此本有文无诗，系明人皇甫涍辑，非《隋书·经籍志》所著录"晋沙门《支遁集》八卷"。
② 冯惟讷编：《古诗纪》，《文渊阁四库全书》第1379—1380册，上海古籍出版社1987年版。
③ 丁福保：《全汉三国晋南北朝诗》，中华书局1959年版。按，该书初印于1916年，其"绪言"提出了七条改正的事项。
④ 逯钦立：《先秦汉魏晋南北朝诗》，中华书局1983年版，"凡例"第1页。
⑤ 参见跃进《〈先秦汉魏晋南北朝诗〉编撰方面的一些问题》，《清华大学学报》1989年第2期；陈尚君《〈先秦汉魏晋南北朝诗〉再检讨》，《人文中国》2005年第11辑。

植、重出等现象，仍复不少。20世纪以来，随着大批地下文献的发掘和遗存于域外古籍的"回流"（例如《祖堂集》），唐代僧诗文献整理取得了极大的成绩。这里首先需提到的是刘复、胡适、郑振铎、王重民、向达、刘铭恕、张锡厚、项楚等几代学者，他们从敦煌文献中抄录、勘校的三百余首王梵志诗，不仅全面填补了《全唐诗》未收其诗的空白，而且肇始了学界对白话僧诗的关注。此外，像任半塘的《敦煌歌辞总编》（上海古籍出版社1987年版）、高嵩的《敦煌唐人诗集残卷考释》（宁夏人民出版社1982年版）等敦煌文学总集所收僧诗，亦多数未见于《全唐诗》。20世纪90年代后，英藏、法藏、俄藏等敦煌文献以集成方式影印出版，使敦煌文献整理再掀高潮，徐俊的《敦煌诗集残卷辑考》（中华书局2000年版）、汪泛舟的《敦煌僧诗校辑》（甘肃人民出版社1994年版）和《敦煌石窟僧诗辑校》（香港和平图书有限公司2002年版）等著作，陆续面世。这三本撰著，除王梵志诗因已有校注本而未收外，余者皆力图网罗并尽，或考察作者、抄者及创作时代，或依别本、义例，精心校勘，虽非敦煌僧诗的全帙，但网罗放佚，使零章残什，并有所归，称之为渊薮，亦无不允当。

《全唐诗》的辑校、补遗，是20世纪古典文学研究的重要成就。唐代僧诗文献的研究，也借此获益甚丰。代表该项工作最高的成果，主要有王重民辑校《全唐诗外编》和陈尚君辑校《全唐诗补编》，共约辑录出130余位僧人1700余首诗作。学者之整理，或移正、或补入、或正题、或考生平，皆为完善唐代僧诗作出了重大贡献。此外还有一些相关的文章，亦值得重视，例如佟培基的《唐代僧诗重出甄辨》（载《中华文史论丛》1985年第3辑）、张如安的《唐释宗亮诗辑存》（载《宁波大学学报》1986年第1期）、曹汛的《淡然考》（载《中华文史论丛》1989年第1期），等等。总之，唐代僧诗文献，经几代学者百年捃摭，庶无遗佚。

两宋僧诗文献，除《九僧集》《石门文字禅》等二十余种别集存世外,还有一些像陈起的《增广圣宋高僧诗选》之类断代僧诗选本。但这些选本,或囿于一体,或限于特定时段,尚不能全面反映两宋僧诗的总体面貌。1998年,历十余载、聚众多专家心血的大型诗歌总集——《全宋诗》,由北京大学出版社出版。《全宋诗》取材甚广,凡别集史传、语录灯录、稗乘地志、金石墨迹等文献,"长编短制,细大不捐,断章残句,在所必录"①,共得818②位诗僧近两万余首诗作。撰者所据文献,力择善本、足本,酌校异同,详明出处,并撰有僧人小传,附以篇目索引。赵宋三百年僧诗之体貌,于斯概见。

元代僧诗文献的整理,在20世纪前,以清人顾嗣立、席世臣所编《元诗选》《元诗选癸集》最为完备,共收入132名僧人607首诗作。此后很长时间里,元诗未引起学人足够的重视,更鲜见专门致力于元僧诗文献的研究者。20世纪90年代后,杨镰接手了《中国历代僧诗全集·元代卷》《全元诗》的主编工作,对元诗文献做了大量的辑佚、校勘、考辨、汇录工作,"已经编录出198位释子的4896首诗"③,诗作总量为顾、席所辑的八倍。相信待其成果面世后,必将厚惠学林。

明清的僧诗文献,繁多芜杂,积累甚薄,整理难度很大。《中国历代僧诗全集》"缘起"称,"邀请了江庆柏、陈敏杰、李灵年三位先生为分册主编或编委,由他们与上海复旦大学同仁协作,负责明、清两代部分",并称"进展很快,有一个四十多位学人组成的班子"。④ 但近二十年过去,未见其后续报道。这从一个侧面说明了明清僧诗文献整理的艰巨性。

陈尚君言:"断代全集的编纂,是程功钜大而学术要求极为严格的

---

① 傅璇琮主编:《全宋诗》,北京大学出版社1995年版,"凡例"第23页。
② 许红霞:《〈全宋诗〉所收僧诗致误原因探析》,《中华文史论丛》2007年第4期。
③ 杨镰、张颐青:《元僧诗与僧诗文献研究》,《北京工业大学学报》2003年第1期。
④ 艾若:《〈中国历代僧诗全集〉缘起》,载沈玉成、印继梁《中国历代僧诗全集·晋唐五代卷》,当代中国出版社1997年版,第9—10页。

工作。"① 僧诗文献散佚极多,分布广泛,整理的难度尤为巨大,非知晓内典、外学者莫能为,否则遗憾在所难免。例如,《中国历代僧诗全集·晋唐五代卷》"考订、注释均过于疏略,遗漏、错误亦不少"②;《全宋诗》中所收僧诗,"同样存在着漏收、误收、重出等现象"③。补苴罅漏,精益求精,乃文献整理应有之义;况且孤本、秘籍迭现,更为订补提供了便利。例如,不少学者对宋代僧诗文献进行校释和辑补,取得了较大的成绩。2005年出版的《全宋诗订补》,辑补、校订了104位僧人的诗作④;冯国栋的《〈全宋诗〉僧诗补佚(一)》(载《古籍整理研究学刊》2009年第2期)、卞东波的《陈起〈圣宋高僧诗选〉丛考》(载《南宋诗选与宋代诗学考论》,中华书局2009年版)等,辑佚诗、举异文、考生平,均颇具价值。此外,陈捷、陈小法、江静、张如安、傅璇琮等人,从《一帆风》《中兴禅林风月集》《江湖风月集》《贞和集》等日藏文献中,辑录了数百首宋代僧诗⑤,有些文献"甚至闻所未闻"⑥,特别是许红霞在日本访学期间,发现了数种日本刊刻的南宋僧诗别集,并承担了《全宋诗补正》僧诗部分的工作⑦。可见,文献勘校,讹若渡河,喻同扫叶,无有竟时。20世纪以来有关历朝僧诗文献的整理,尽管取得了很大的成绩,但欲臻完善之途仍艰巨漫长,尚需更多的学者付出努力。

---

① 陈尚君:《断代文学全集编纂的回顾与展望》,《四川大学学报》2005年第5期。
② 查明昊:《转型中的唐五代诗僧群体》,华东师范大学出版社2007年版,第13页。
③ 许红霞:《〈全宋诗〉所收僧诗致误原因探析》,《中华文史论丛》2007年第4期。
④ 陈新、张如安、叶石健、吴宗海:《全宋诗订补》,大象出版社2005年版。
⑤ 陈捷:《日本入宋僧南浦绍明与宋僧诗集〈一帆风〉》,《中国典籍与文化论丛》2007年第9辑;陈小法、江静:《径山文化与中日交流》,上海古籍出版社2009年版;陈钰:《宋代禅僧诗辑考》,硕士学位论文,复旦大学,2009年。
⑥ 张如安、傅璇琮:《日藏稀见汉籍〈中兴禅林风月集〉及其文献价值》,《文献》2006年第4期。
⑦ 许红霞这方面的代表作有《〈全宋诗〉所收僧诗致误原因探析》《在日本所见到的一部宋僧诗文集——〈物初剩语〉》,等等。

三 大陆（内地）僧诗别集的著录和版本流传研究

专门考录僧人著述者，以冼玉清的《广东释道著述考》为最早。该书凝聚了冼氏毕生治学的心血，全面稽考了广东 102 位释子、学者的佛教著述，僧诗别集有 78 种，备录诸家序跋、僧传资料，详赡赅洽，对未见文献均如实说明，体现了朴实精细的学风。[1] 2007 年，李国玲的《宋僧著述考》出版，该书爬梳了大量方内外文献和公私书目，共辑录宋僧著述 1183 种，别集 80 余种，较为详细地考索了它们的存佚、版本状况。[2] 类似的著述考还有：云南省图书馆所编《云南历代僧人著述考略》，收录了 65 位僧人留存于世或已佚仅见于古今目录中的撰著、篇章近百余种[3]；李彦辉的《东晋南朝隋唐诗僧丛考》分别考察了东晋 11 家、南朝 13 家、隋朝 13 家、唐代 36 家诗僧别集的刊刻和历代选集的选录情况[4]；李舜臣的《元代诗僧已佚别集叙录》叙录了 43 种已佚的元僧别集[5]。此外，王秀林的《晚唐五代诗僧著述考》（载《文献》2003 年第 2 期）、赵荣蔚的《唐代诗僧七家诗文别集提要》（载《图书馆论坛》2006 年第 6 期）、冯国栋的《〈宋史·艺文志〉释氏别集、总集考》（载《中华佛学研究》2006 年第 10 期）等单篇文章，也是值得重视的成果。

众多的相关目录学著作，往往也会涉及僧诗别集。例如，1966 年商务印书馆出版的《敦煌遗书总目索引》，即著录了数十种王梵志诗及禅诗写本，其中，王重民的《伯希和劫经录》著录巴黎博物馆所藏十种王梵志诗抄本和两个禅诗抄本；向达的《记伦敦所藏的敦煌俗文学》

---

[1] 冼玉清：《广东释道著述考》，载《冼玉清文集》，中山大学出版社 1995 年版，第 386—667 页。
[2] 李国玲：《宋僧著述考》，四川大学出版社 2007 年版。按：此统计包括拈古、偈颂的单行本，未涵括诗学著作。九僧诗，宋人已都为一集，故仅算作一种。
[3] 云南省图书馆编：《云南历代僧人著述考略》，云南美术出版社 2007 年版。
[4] 李彦辉：《东晋南朝隋唐诗僧丛考》，硕士学位论文，东北师范大学，2006 年。
[5] 参见李舜臣《元代诗僧研究丛稿》，博士后出站报告，武汉大学，2009 年。

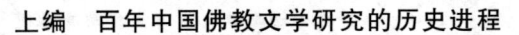

《伦敦所藏〈敦煌卷子经眼录〉》共著录了伦敦不列颠大英博物馆所藏的六种王梵志诗抄本。此外，万曼的《唐集叙录》（中华书局1980年版）、王重民的《中国古籍善本书提要》（上海古籍出版社1983年版）、祝尚书的《宋人别集叙录》（中华书局1999年版）、袁行云的《清人诗集叙录》（文化艺术出版社1994年版）等也叙录、考辨了不少诗僧别集的刊刻、流传情况。而较为集中的有崔建英的《明别集版本志》，著录见存明诗僧别集33家43种①；江庆柏负责的《清人别集总目》"释氏"部分，著录今存265名清代诗僧357种别集的版本和馆藏地，并提供了较丰富的传记资料线索②。今之学人，欲窥古典僧诗之涯涘，无不需依循此类书录为津筏。

20世纪以来中国内地专门研究僧诗别集版本的成果，主要集中于王梵志和寒山两人身上。

敦煌遗书所藏王梵志诗的写本，分别庋藏英、法、俄诸国，残损严重，其分卷、来源皆复杂难辨。例如，胡适当年即主观地认为伯2718、伯2842、伯4094为王梵志的卷上，试图与明确标明了"王梵志诗第三"写本整合成全帙，但这一做法，已为日本学者入矢义高驳证。随着更多的王梵志诗写本相继披露，学者们仔细比勘同异，试图厘清传写源流。举其要者，例如张锡厚认为，王梵志诗有两种版本系统，即三卷本和一卷本：三卷本或标明卷上、卷中、卷下，或标明第一卷、第二卷、第三卷；一卷本则类似家训、世训、佛戒，与三卷本相比"迥然不同"。③项楚则认为王梵志诗的来源有四：一是敦煌写卷中有编号的三卷本《王梵志诗集》，二是敦煌写卷中标明为一卷本的《王梵志诗集》，

---

① 崔建英辑，贾卫民、李晓亚整理：《明别集版本志》，中华书局2006年版，第303—331页。

② 江庆柏：《清代僧诗别集的典藏及检索》，《中国典籍与文化》1997年第2期。其著录清代诗僧别集见李灵年、杨忠主编《清人别集总目》，安徽教育出版社2000年版，第2463—2495页。

③ 张锡厚：《敦煌写本王梵志诗考辨》，载《王梵志诗校辑》，中华书局1983年版，第301—331页。

三是法忍抄"一百一十首",四是散见于诗话、笔记、小说中的王梵志诗。①

寒山诗集,国内外现存20余种版本,其系统源流也很复杂。② 20世纪50年代,余嘉锡征引大量史料,考证出宋本《寒山子诗集》闾丘胤之序属伪作,并推翻了寒山为贞观时人的说法。③ 钱学烈的《寒山子与寒山诗版本》(载《文学遗产》增刊第16辑)主要分析、比勘了其中较易寻见的十三种寒山诗集,认为它们主要归属五种源本:宋版本、国清寺本、东皋寺本、无我慧身本、宝祐本。陈耀东也长期致力于寒山的研究,认为寒山诗最早的结集者为寒山本人,其诗共六百余首,并对海内外百余种版本、写本、校本、注本的源流作梳理考辨,认为主要可分四个系统:寒山拾得诗之"二圣诗"系统;宋刻《寒山子诗》一卷、《丰干拾得诗》一卷系统;宋刻国清寺本系统;宋刻宝祐本系统。④ 贾晋华从内容、形式上对比,指出《寒山诗集》中的禅诗作者不是寒山,而是曹洞宗创始人曹山本寂,闾丘胤序和拾得诗亦为曹山本寂所编造依托。⑤ 张德中、区鉷、胡安江等则对寒山诗在美国、日本、中国港台地区的刊刻、译本进行了专题研究。⑥

其他僧诗别集的版本研究,主要有以下成果:田道英考察了贯休的《西岳集》和《禅月集》结集过程、卷数及其版本流传情况。⑦ 许红霞

---

① 项楚:《王梵志诗校注》,中华书局1991年版;又见其《王梵志诗论》,《文史》1988年第31辑。

② 本节关于寒山诗集版本的研究,参看了王早娟《寒山子研究综述》,载《曹溪——禅研究》,中国社会科学出版社2002年版,第480—489页。

③ 余嘉锡:《四库提要辨正》卷二十,云南人民出版社2004年版,第1060—1074页。

④ 陈耀东:《寒山子诗集版本研究》,世界知识出版社2007年版。

⑤ 贾晋华:《传世〈寒山诗集〉中禅诗作者考辨》,载浙江省社会科学联合会编《寒山子暨和合文化国际研讨会论文集》,浙江大学出版社2009年版。

⑥ 参看张德中《试论美国的"寒山热"》,《东南文化》1998年增刊第1期;区鉷、胡安江《寒山诗在日本的传布与接受》,《外国文学研究》2007年第3期;胡安江《寒山诗的返程之旅及其在港台地区的传布与接受》,载《寒山寺文化论坛论文集2008年》,上海古籍出版社2009年版。

⑦ 田道英:《〈禅月集〉结集及其版本流传考》,《四川师范大学学报》2004年第6期;田道英:《贯休的诗集〈西岳集〉考》,《西南民族大学学报》2004年第9期。

对域外留存、刊刻的宋代僧诗别集进行研究,先后发表了相关系列论文。① 杨铸的《和刻本稀见中国元代僧人诗集叙录》叙录了释英的《白云集》四卷,并称比国内现存诸版本多出一卷101首诗;释克新《雪庐稿》一卷,更是为国内失传;释克新所编《金玉集》则不仅国内久已失传,而且"几乎找不到任何相关的藏书著录和流传记载"。② 此外,曹汛根据清人李呈祥《东村集》中有《与湄村贻上两公商刻〈徂东集〉〈金塔铃〉》一诗,对函可的《金塔铃》的源流作了较详尽的发覆。③ 李福标则对函昰的《瞎堂诗集》《梅花诗》的版本价值、流传情况作了专门研究。④ 卞东波的《〈中兴禅林风月集〉考论》(载《域外汉籍研究集刊》2007年第3辑)、侯体健的《南宋禅僧诗集〈一帆风〉版本关系蠡测:兼向陈捷女史请教》(载《中国典籍与文化》2009年第4期)对两部域外僧诗集的版本进行了探讨。陈斐和张倩、刘锋焘几乎同时细致地梳理了宋李龏编《唐僧弘秀集》的版本流变。⑤

这里要特别指出的是,杨镰的《元诗史》(人民文学出版社2003年版)中论列的元代13位诗僧,虽主要以描述创作为主,但对他们诗文集的流传、存佚、版本也作精详考订。例如,在论述宗衍时,撰者花去大半篇幅考察了《诗渊》中署名"本释道原"的诗,即《元诗选》二集《碧山堂集》中的诗作。《元诗史》之所以能获得学界好评,与撰者扎实的文献功力是不可分的。这也可看出,文献资料是推进一切学术进步的基石。

---

① 许红霞发表的论文主要有《北涧居简著作的编纂流传及与日本禅僧的密切关系》,"禅文化与和谐世界"研讨会论文,北京大学,2007年;《日藏宋僧诗集〈一帆风〉相关问题之我见》,《中国典籍与文化论丛》第13辑。
② 杨铸:《和刻本稀见中国元代僧人诗集叙录》,《中国典籍与文化论丛》2005年第8辑,第188—197页。
③ 曹汛:《剩和尚和〈金塔铃〉诗集考述》,《中华文史论丛》1986年第1期。
④ 李福标:《天然老人梅雪诗单刻本的文献价值》,《文献》2007年第1期;《岭南诗僧别集〈瞎堂诗集〉及其流传经过》,《图书馆论坛》2006年第1期。
⑤ 陈斐:《〈唐僧弘秀集〉版本考》,《南都学刊》2010年第1期;张倩、刘锋焘:《李龏〈唐僧弘秀集〉版本源流考》,《广西师范大学学报》2010年第1期。

四 大陆（内地）僧诗别集、选集的校注

20世纪以来，有关僧诗别集、选集校注的成果，总体难言丰硕。然二三精品，却颇为学林瞩目。兹就笔者所及见者，略予评述。

1. 王梵志诗集。① 最早刊布于国内的王梵志诗，是1924年刘复从巴黎博物馆抄回的三个写本（伯3418、伯3211、伯2718）。不过，刘复仅作移录，未予勘校。② 1935年，郑振铎据伯2718、伯3266两个王梵志诗抄本，校录出《王梵志诗》一卷，并编有《王梵志诗拾遗》（16首）。③ 郑氏此本，虽非王梵志诗之全帙，校勘亦简，却是20世纪最早的校录本。此后，大陆学者历经千难，远涉重洋，抄录、考察王梵志诗，于校注几无暇顾。直至1980年，赵和平、邓文宽才对伯3211、伯3418王梵志诗进行了尝试性的校注。④ 1983年，张锡厚出版了《王梵志诗校辑》（中华书局1983年版），其凡例称"基本依据敦煌写本原卷'卷次'之顺序"，分五卷收诗348首，选用的底本主要为斯0778、伯3211、伯3833、伯2718、伯3418等，不仅对王梵志诗进行分首、标题、校录、辑补，还扼要注释了一些语词。然而，张著常率尔"据文改义"⑤，失校、误校、误注处良多，一时商兑、匡补类的文章大量涌现⑥。故台湾学者潘重规说，张著虽为"第一部完备的'足本'"，却非"一部无疵的'善本'"。⑦ 可谓的评。1991年，项楚出版了《王梵志诗

---

① 本节有关王梵志诗的评述，参考了齐文榜《百年爬梳　百年开掘：〈王梵志诗集〉散佚整理与辑集研究回眸》，《汉语言文学研究》2010年第2期；《王梵志诗集叙录》，《河南大学学报》2005年第4期等文。
② 刘复：《敦煌掇琐》，中央研究院历史语言所1925年刻本。
③ 郑振铎校辑：《王梵志诗》，载《世界文库》第5册，生活书店1936年版。
④ 赵和平、邓文宽：《敦煌写本王梵志诗校注》，《北京大学学报》1980年第5、6期。
⑤ 参见周一良《王梵志诗的几条补注》，《北京大学学报》1984年第4期。
⑥ 从1981年到1988年间，周一良、项楚、吕明林、蒋绍愚、袁宾、刘瑞明、黄征等发表了20余篇相关文章。郭在贻将诸家商榷意见汇集成《敦煌写本王梵志诗汇校》长文，载杭州大学古籍研究所编《敦煌语言文学论文集》，浙江古籍出版社1989年版，第312—410页。
⑦ 潘重规：《简论〈王梵志诗校辑〉》，（台北）《"中央"日报》（文艺评论版）1984年第21期。

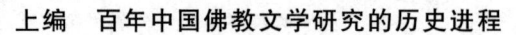

校注》①，搜集三十五种敦煌王梵志诗残卷，特别是新获得了列1456法忍抄本残卷写本（60余首），并钩稽传世文献，共得390首，厘为七卷。无论收诗总量，抑或校注质量，皆明显优于张著，尤其是对俗字、俗语、事典的注释，更为敦煌学者所钦佩。入矢义高即称："对其极周详精审之至的注释，我只能起久长的惊叹之感。"② 2009年，项著又利用了新近公开的俄藏王梵志诗卷，重新修订了《王梵志诗校注》，使其愈臻完善。③

2. 寒山诗集。长期以来，寒山诗的研究，一直是"墙内开花墙外香"。20世纪初叶，虽经胡适、郑振铎大力推介，但并未成为研究热点。直到80年后，寒山诗经历了日本、美国的"旅行"后，方引起广泛重视。这从20世纪90年代相继出版的数种寒山诗的校注本，可以得到充分反映。1991年，钱学烈的《寒山诗校注》由广东教育出版社出版，这是大陆第一部寒山诗的校注本；同年，徐光大的《寒山子诗校注》（山西人民出版社1991年版）也正式出版。这两种校注本，在校勘、注释等方面各有创获，但疏漏、缺憾也很多。因此，钱学烈又历时七年，广查版本，撰成《寒山拾得诗校评》（天津古籍出版社1998年版），无论校勘还是注释，较前著更为精审。2000年，项楚又发表了《寒山诗注（附拾得诗注）》（中华书局2000年版），以《四部丛刊》景宋刻本《寒山子诗集》为底本，不仅广集日本（9种）、高丽（1种）等版本，而且还参稽了大量禅宗语录，备举各本文字之异同，对寒山诗中的口语、俗词、生词、僻典和佛家语汇，作了推源溯流式的考释。不仅注解寒山之诗旨，多所取益，即其体式、方法亦值得参效。总之，在

---

① 项楚：《王梵志诗校注》，上海古籍出版社1991年版。按，该书稿于1987年6月已由北京大学出版社出版的《敦煌吐鲁番文献研究论集》（第四辑）全文刊发。
② 参见张子开《〈项楚论敦煌学〉序言》，上海科学技术出版社2008年版，第3页。
③ 从1991年到1995年，刘瑞明、蒋冀骋、张涌泉、黄征、郭在贻、朱迥远、平新谊、张生汉等陆续发表了十余篇商榷之文。

20世纪末出版的五种寒山诗校注本中[①]，项著可谓后出转精，是公认的寒山诗最为详尽、完备的注本。

3. 贯休《禅月集》。先后有陆永峰的《〈禅月集〉校注》（巴蜀书社2006年版）和胡大浚的《贯休歌诗系年笺注》（中华书局2011年版），均以《四部丛刊》景宋本为底本，并参考了汲古阁刻本、《全唐诗》季振宜写本以及历朝总集，斟酌商定。前者的长篇前言，考述贯休生平，评析诗歌，均言之凿凿，颇具功力；后者则厘清贯休诗之系年，笺注冷僻、事类语词，末附年谱、资料、题跋、评论等，尤具参考价值。

4. 齐己《白莲集》。王秀林的《齐己诗集校注》（中国社会科学出版社2011年版）以涵芬楼影印明抄本为底本，参校《全唐诗》本、《文津阁四库全书》本以及其他诗歌选本，比较异同，共得齐己诗歌十卷815首，残句8句，是研究齐己诗的精善之本。

5. 惠洪《注石门文字禅》。宋元释氏别集东传日本极多，甚至是日人习汉文之教材，还有不少日僧致力于校注工作。2012年，张伯伟组织力量，将日本曹洞宗僧侣廓门贯彻所注的《石门文字禅》点校出版。廓门贯彻注释惠洪此集，是为日本禅林"知作为诗文之标准"，故尤详于文字、典故的考释，对语辞、句法和翻案亦予以特别关注。[②]

6. 担当别集。担当的著述罕见传本，20世纪20年代，云南学者方树梅深慨乡邦文献之凋零，数十年广泛搜讨，刻有《担当和尚诗》七卷。2003年，余嘉华、杨开达据方氏刻本，编有《担当诗文全集》（云南人民出版社2003年版）。该著全面校录担当诗文，厘清作品系年，末附有《传记》《年谱》等。此书与1998年云南人民出版社出版的《担当诗画全集》，互相发明，皆为研究担当的必备文献。

7. 清初岭南诗僧别集。明清之际，岭南地区崛起了一个规模庞大

---

① 另有郭鹏《寒山诗注释》，长春出版社1995年版；宋先伟《寒山拾得诗》，大众文艺出版社2004年版，虽注极简，但为推广寒山诗，起到一定的作用。

② （宋）释惠洪：《注石门文字禅》，廓门贯彻注，张伯伟、郭醒、童岭、卞东波点校，中华书局2012年点校本。

的诗僧群。这些僧人多属曹洞宗"函""今""古"字辈法系，时际鼎革，每寄故国之戚于诗咏，流传至今的别集即有十五种，曾引起汪宗衍、陈寅恪等先生的注意。近年，中山大学古文献所着力整理他们的著述，计划分两辑出版，名曰《清初岭南佛门史料丛刊》。首辑已出版的有：函昰的《瞎堂诗集》（李福标、仇江点校，中山大学出版社2006年版）、大汕的《大汕和尚集》（万毅、杜霭华、仇江点校，中山大学出版社2007年版）、函可的《千山诗集》（严志雄、杨权点校，广东旅游出版社2008年版）、澹归的《遍行堂集》（段小华点校，广东旅游出版社2008年版）、成鹫的《咸陟堂集》（曹旅宁、蒋文仙等点校，广东旅游出版社2010年版）等。这些整理本，侧重于校点，都力寻善本、足本，并参照其他版本。例如《瞎堂诗集》，校者分别参照了本集的康熙刻本、道光重刻本、1976年何氏至乐楼刊本以及单刻本《雪诗》《梅花诗》等多种版本，故校注虽较为简略，但也颇为精审。

8. 八指头陀诗文集。八指头陀的诗文，最早刊于光绪七年，名曰《嚼梅吟》。而后，陈伯严、叶德辉等递行刊刻，版本繁多。民国初年，杨度于北京法源寺掇拾遗稿，辑成《八指头陀诗集》十卷、《文集》十卷、《续集》一卷，称为法源寺刻本。1984年，梅季撰成《八指头陀诗文集》（岳麓书社1984年版），以法源寺刻本为基础，查遗补苴，点辑校正，厘清作品系年，是迄今所见最为完备的八指头陀诗文集。

僧诗选本，今所见者约有18种，盖可分为两类：一为合编僧人与文人的禅诗选本，以选禅诗为主，未拘限诗人的身份，如段小华的《禅诗三百首选注》（江西人民出版社1995年版）、蒋述卓的《禅诗三百首赏析》（广西师范大学出版社2003年版）；二为专门的僧诗选本，主要有忏庵居士的《佛教山居诗》及《续编》（商务印书馆1936年版）、陈耳东的《诗情禅趣：历代高僧诗选》（天津人民出版社1995年版）、吕子都《中国历代僧诗精华》（东方出版中心1996年版）、廖养正的《中国历代名僧诗选》（中国书籍出版社2004年版）等。诸家选本各具特点，或长于注释，或精于编选，皆有助于僧诗的流播。但诚如李东阳所云："选诗诚难，必识足以兼诸家者，乃能选诸家；识足以兼一代者，乃能选一代。一代不数人，一人不数篇，而欲以一人选之，不亦难乎！"① 僧诗选本的精审与否，系于选家的学养根底和整体研究积累。因学界尚未整理出相对完备的明清僧诗文献，故以上诸家的编选视域难免不受局限，甚至出现了仅凭一两总集即率尔选诗的现象。相较而言，廖养正的选本，所选五百余家八百余首诗作，多系选家爬梳第一手材料而来；同时，注释也颇为详尽，作者简介、诗歌题旨皆扼要精到，堪称目前所见较全面、完备的僧诗选本。

五 港台地区及海外僧诗文献整理与翻译管窥

20世纪以来港台地区及海外古代僧诗文献的整理与翻译，也取得了较为显著的成绩。因篇幅所限，这里仅举要者管窥其特色。

港台地区向来比较注重佛教文献的整理和挖掘，方内、方外的学者齐聚力量，先后影印出版了《大藏经》《续大藏经》《大藏遗珍》等大型丛书，所收大量僧人语录中偈颂、诗歌，大多是其他文献未载者。值得一提的是，1981年台北明文书局和1987年台湾汉声出版社分别出版了释明复主编的《禅门逸书初编》20册，共收录了80余种释氏别集，古代重要的僧诗别集，几乎皆囊括其中；而像宋永颐的《云泉诗集》、宋元肇的《淮海外集》、宋斯植的《采芝集》《采芝续稿》等僧人别集，多据精本、善本、孤本影印，具有极高的文献价值。

港台学者还善于选取独特的主题类型对相关文献进行全面清理。例如，佛门中的"牧牛颂"，1978年香港佛学印书局据同治浙江孝和堂刊本影印了普明禅师的《牧牛图颂》；1983年台北黎明文化事业股份有限公司出版了杜松柏的《禅家理趣诗牧牛图颂丛编》，系此类诗作之大全。再如，王晴慧的《六朝汉译佛典偈颂与诗歌之研究》（台湾花木兰

---

① 李东阳：《麓堂诗话》，载《历代诗话续编》下册，中华书局1997年版，第1376页。

文化出版社2006年版)对《大正新修大藏经》第一至第二十一册经藏偈颂,"予以地毯式搜索",并制成表格,凡119页,极便于研究者检索。再如,丁原基的《明代遗民隐于僧者著述考》(载台湾《东吴文史学报》1988年第6期)则对明季大批逃禅遗民的著述,进行钩沉提要。另,杜松柏的《禅门开悟诗二百首》(中国社会科学出版社1993年版)、圆观的《指月录禅诗偈颂》(台北老古文化事业股份有限公司1997年版)等,也是别开生面之作。此种特定主题的文献清理,催生出大量的相关研究。例如,蔡荣婷对唐宋牧牛诗的专题研究,就极具特色。

港台地区的学术传统一直未尝中辍,能自觉地与国际学术接轨。受日本和美国"寒山热"和国际"敦煌学"的影响,港台地区的寒山诗和敦煌释氏诗歌的研究较大陆(内地)更早形成热潮。例如,20世纪70年代以来,笺注、注释寒山诗者,即有黄山轩的《寒山诗笺注》(台湾善言文摘社1970年版)、曾普信的《寒山诗解》(台湾华光书局1971年版)、陈慧剑的《寒山诗重组并注》(载《寒山子研究》,台湾东大图书公司1974年版)、李谊的《禅家寒山诗注》(台湾正中书局1972年版)、卓安琪的《寒山子其人及其诗之笺注与校订》(硕士学位论文,台湾文化大学中国文学研究所,1971年)、叶珠红的《寒山诗集校考》(台湾文史哲出版社2005年版)等十余种。其中,陈慧剑对寒山诗进行了重新排列笺注,试图寻绎出更多关于寒山的信息;而叶珠红将9种不同版本的寒山诗进行考校,并撰写了校后记,细致详赡,堪称后出转精之作。敦煌释氏诗歌整理方面,港台地区以1974年7月香港新亚研究所敦煌学会创刊的《敦煌学》为平台,发表大批学者的成果以及海外学者的译作。此外,饶宗颐与法国学者戴密微合作完成《敦煌曲》,包括法文、中文和图版三部分,以佛曲、赞、法乐、法曲和梵呗等类分敦煌曲子词,"总共辑录了318首敦煌曲子词,其中既有为数可观前人所未披露的敦煌曲子词,更订正任、王等旧录的误校误录"。[①] 朱凤玉的

[①] 参见朱凤玉《饶宗颐先生与敦煌文学研究》,《敦煌吐鲁番研究》2005年第8卷。

《王梵志诗研究》（台湾学生书局1986年版），下册为"校注篇"，讨论范围与大陆张锡厚的《王梵志诗校辑》大致相同，除了网罗英、法、俄藏文献外，还增加了日本宁乐馆所藏写本，对张著误认原卷、误改、误释、句读错误、分首错误等方面，进行了较为细致的订正。林仁昱的《敦煌佛教歌曲之研究》将敦煌佛教歌曲分为"歌曲集""歌曲丛抄""散篇歌曲"三大类，从写卷样貌、文学内容、艺术形式、艺术类型及其演出形态进行了详尽的清理。①

随着佛教东传朝鲜半岛和日本列岛，很多中国僧人的别集亦流播于兹地。20世纪以来，这些别集不断被披露、整理和翻译，成为研究中国佛教文学的重要文献。例如，长期致力于寒山诗研究的韩国学者金达镇，先后出版了《寒山诗》的系列译著（法宝院1964年版、弘法院1970年版、世界社1989年版），对推动寒山诗在韩国的流播作出了重要贡献。韩国学者李钟美的《寒山诗版本研究》（博士学位论文，北京大学，2001年），勘查了现存14种寒山诗版本的异文，梳理、归纳出寒山诗的四个系统——宋刊本、国清寺本、宝佑寺本、东皋寺本，是研究寒山诗版本的重要成果。

日本存留中国古代僧人别集更多，据一些书志著录，数量不下百种。宋元肇的《淮海挐音》、宋孔汝霖的《中兴禅林风月集》、宋大观的《物初剩语》、元释英的《白云集》、元宗衍的《碧山草堂》、明守仁的《梦观集》、明释克新的《雪庐稿》等，更为海内孤本。同时，中国佛学研究在日本一直是"显学"，致力于披露、重刊这些重要文献的学者极多。例如寒山诗集，据张石著录，明治以前的日版寒山诗集即有12种，明治之后寒山诗的注释本达41种。② 较著名的有：岛田翰翻印的皇宫所藏南宋版《寒山诗集》（民友社1905年版）、入矢义高的《寒

---

① 林仁昱：《敦煌佛教歌曲之研究》，博士学位论文，"国立"中正大学，2001年。后收入《法藏文库》第89册，台湾佛光山文教基金会2004年版。

② 张石：《寒山与日本文化》，上海交通大学出版社2011年版，第57—60页。

山》(岩波书店1958年版)和久须本文雄的《寒山拾得》(东京讲谈社1985年版)等,对推动日本的"寒山热"起到了积极的作用。其他的僧诗文献整理,较重要的有:1922年,筑前远孙玄外据宽文四年跋刻本铅印宋卢堂等撰《一帆风》;2003年,京都禅文化研究所出版了芳泽胜的《江湖风月集译注》;等等。值得注意的是,日本学者较早接触敦煌文献,对王梵志诗歌的整理,成果更多。例如,羽田亨将P.4097号卷子摄影流通后,日本《大正新修大藏经》第85册即收录英藏S.778号"王梵志诗集并序上"。矢吹庆辉的《鸣沙余韵》(岩波书店1930年版)、《鸣沙余韵解说》(岩波书店1933年版)对S.778号"王梵志诗集并序上"图录解说。入矢义高的《王梵志について(上、下)》(载《中国文学学报》1955年、1956年第3、4期)、《王梵志诗集考》(载《神田喜一郎博士还历纪念书志学论集》,东京平凡社1957年版),怀疑王梵志并非一人而是传说人物,并对12个卷子进行了考释。游佐升的《王梵志诗のつ两侧面》(载《大正大学大学院研究论集》1978年第2号)、《敦煌文献にぁらゎれた童蒙庶民教育伦理——王梵志诗太公家教等中心として》(载《大正大学大学院研究论集》1980年第4号)等文,认为王梵志诗一卷本的形式、内容、旨趣和其他卷次的写本完全不同,与《太公家教》同属童蒙庶民教育类教材,并对一卷本予以校注和语译。

自敦煌文献被斯坦因、伯希和等劫掠后,"敦煌学"逐渐成为欧美汉学研究的主要方向,而王梵志诗卷的研究更是持续的热点之一。1982年法国学者戴密微的遗著《王梵志诗附太公家教》出版,该书集编注、翻译、评论为一体,是"王梵志诗的第一个全辑本"。陈庆浩的《法忍抄本残卷王梵志诗初校》(载《敦煌学》1987年第12辑),对列宁格勒亚洲人民学院藏卷进行了初步的校勘;魏普贤的《王梵志诗补遗:两个没有署名的抄卷(P.3724、S.6032)》,在戴密微的《王梵志诗》基础上,查遗补校。俄国孟列夫的《黑城出土汉文遗书叙录》(宁夏人民出版社1994年版）则著录了270号牧牛诗残卷。

除了敦煌僧诗文献外，欧美中国僧诗的整理主要体现在翻译上。影响较大的有：1954年出版罗宾逊（R. Robinson）的《中国佛教诗歌》、1988年出版保尔·雅各布（Paul Jacob）的《唐代佛教诗人》、1994年出版泰罗姆（I. S. Terome）的《浮舟：中国禅诗选》。20世纪五六十年代，寒山成为"垮掉一代"的偶像，寒山诗被欧美确定为中国诗歌经典，很多学者像阿瑟·韦利（Arther Waley）、加里·斯耐德（Gary Snyder）、伯顿·华生（Burton Watson）、雷德·派恩（Red Pine）、罗伯特·亨里克斯（Robert C. Henricks）都是寒山诗的翻译家，特别是斯耐德（Gary Snyder）以其丰富的山居经验和高超的翻译能力赢得了广泛的读者，著有《乱石与寒山诗》（*Riprap and Cold Mountain Poems*）。

欧美的一些华裔学者对中国僧诗文献也产生了浓厚的兴趣。例如，纽约霍巴特和威廉史密斯学院黄启江教授多次至东京、京都、台北等地，收集南宋禅僧诗歌文献，对日藏南宋僧人别集进行了系统清理，断言"根据笔者对南宋文学僧所作之初步研究，孝宗朝至南宋末约有四五十位以上之文学僧，至少留下了四五十种诗集、文集或者诗文集"。[①]

综上所述，港台欧美地区的僧诗文献整理明显具有两个特点：一是具有持续性，特别是港台地区一直有一批学者致力于这方面的研究，且取得了很高的成就，某些方面文献资料的积累甚至比大陆地区还要丰厚；二是与特定的学术思潮和文化思潮有着密切的关系，像王梵志诗卷的研究整理和寒山诗的校注和翻译，即是此一特点的集中体现。

六　僧诗文献整理的新进展

综观20世纪以来僧诗文献研究，经过学者们百年的努力，较之以往，范围由小到大，成果也由浅到深，已略具规模，特别是像《广东释

---

① 黄启江：《一味禅与江湖诗：南宋文学僧与禅文化的蜕变》，台湾商务印书馆2010年版，第3页。

道著述考》《王梵志诗校注》《寒山诗注（附拾得诗注）》等撰著，更堪称古籍整理的典范。这些成果，不仅极大地促进和拓深了古代僧诗的研究，也推动了佛禅思想史、古典诗歌史的研究。近年涌现出的大批以诗僧为研究对象的博士、硕士学位论文，莫不受益于此。① 然而，也必须指出的是，除王梵志诗集、寒山诗集的整理外，僧诗文献整理一直都是冷门，也未自成体貌。随着岁月的流逝和研究的推进，一批新的僧诗文献被学界整理出版，极大地推进了诗僧与僧诗的研究。现择要简介如下。

朱刚、陈钰著《宋代禅僧诗辑考》。复旦大学出版社2012年3月出版。本书共10卷，分宗派辑录北宋、南宋禅僧诗，附录收有《中兴禅林风月集》《江湖风月集》《无象照公梦游天台石橘颂轴》（一名《一帆风》）。作者所收禅僧诗，大致包括如下五类：第一类与士大夫所作之诗无别，如酬唱之作，以及山居诗、乐道歌等；第二类是偈颂；第三类是颂古；第四类是赞、铭等韵文；第五类是语录、灯录中的有韵法语。作者辑佚用书包括与禅宗有关的语录、语录总集、灯录、传记、禅僧诗歌别集、总集、笔记、杂著等，尤其是《禅宗颂古联珠通集》《禅宗杂毒海》《新撰贞和分类古今尊宿偈颂集》《重刊贞和类聚祖苑联芳集》等四书。此书可看作《全宋诗》的补编。

许红霞辑著《珍本宋集五种》。北京大学出版社2013年3月出版。本书收录系许红霞补辑《全宋诗》的重要成果。收录居简的《北磵和尚外集》、梦真的《籁鸣集》及其《续集》、大观的《物初剩语》《无象照公梦游天台偈》和《中兴禅林风月集》五种诗集。前三者属别集，后两者属总集，均为中土已经亡佚、今存日本的重要僧人诗歌文献。作者收集各种版本资料加以校勘，并撰有专题论文加以介绍，是宋代僧人诗歌整理与研究的重要成果。

黄锦君校注《道璨全集校注》。巴蜀书社2014年11月出版。本书

---

① 据笔者统计，21世纪以来仅大陆地区以诗僧、僧诗为研究对象的硕士、博士学位论文共有50余篇。诗僧研究已然成为大陆古典文学研究的重要领域。

收录宋末道璨现存诗文集《无文印》、语录《无文和尚语录》以及其他现存作品文字的全部内容。以《宋集珍本丛刊》第 85 册影印的宋刻配旧抄本《无文印》《无文和尚语录》为底本，《无文印》校以《四库全书》本《柳塘外集》《宋百家诗存》，《无文和尚语录》校以台湾新文丰新编《卍续藏经》本《无文道璨禅师语录》，有校记和注释。

高慎涛、张昌红编写的《参寥子诗集校注》。中州古籍出版社 2014 年出版。本书分十二卷收录北宋诗僧道潜的诗歌，附录有《诗集序跋》《道潜生平事迹考略》和《道潜年谱简编》。本书以上海涵芬楼影印宋刊本《参寥子诗集》为底本，以《文渊阁四库全书》本、明崇祯乙亥汪汝谦刻本、清光绪己亥钱塘丁氏南昌刊本为校本整理而成。

沈潜、唐文权编《宗仰上人集》。华中师范大学出版社 2011 年 7 月出版。本书为清末民初著名革命僧人宗仰的诗文别集，分文录和诗录两部分。附录有时人为宗仰所撰之传记与塔铭、时人与宗仰往来书信以及唱和诗作、编者所撰《宗仰上人年谱简编》。

竺摩著、卢友中编《篆香室诗集》。宗教文化出版社 2005 年 9 月出版。本书共八辑，包括《石火心声》《港澳吟唱》《南洋清韵》《西游诗草》《说偈撷英》《题画集粹》《妙联佳句》。书末附录有竺摩文三篇：《谈文学的诗与禅理》《石火集前序》《佛教与诗》。

张培锋主编《佛语禅心》。天津人民出版社 2017 年 5 月出版。该书为佛教文学选集，包括《佛经故事集》《佛典撷英集》《佛教美文集》《禅林妙语集》《佛禅歌咏集》《高僧山居诗》六个分册，后两册即为佛教诗歌选集。此书的注释具有很高的学术参考价值。

杨镰主编《中国历代僧诗总集》。广陵书社 2017 年 9 月出版。本书为我国第一部僧诗总集，分《晋唐五代僧诗》《宋代僧诗》《元代僧诗》《明代僧诗》《清代僧诗》五个分卷，共收录 3000 多位诗僧创作的 13 万余首各体诗歌，总计 1700 余万字。整理者对收录诗篇作了必要的校订，并为每位诗僧撰写了小传。

1949 年前敦煌文学研究的新开拓

1900 年 9 月 26 日，王道士在敦煌藏经洞发现约 5 万卷古逸经卷文书；1909 年 9 月 4 日，伯希和携带部分敦煌文书在北京六国饭店举办展览会，正式向中国学界披露他在敦煌获宝的经过。若干年后，陈寅恪撰文指出："一时代之学术，必有其新材料与新问题，取用此材料以研究问题，则为此时代学术之新潮流。"陈先生第一次用"敦煌学"来指称这一"学术之新潮流"。[①] 敦煌学是一个涵盖面极广的学问，敦煌文学研究无疑是其中的一大重镇。本文拟从如下三个方面梳理 1949 年前的敦煌文学研究。

一 敦煌文学的搜集、著录和整理

敦煌文书发现后，一直没有引起清朝地方当局的重视（敦煌县令汪宗翰、甘肃学台叶昌炽接触过敦煌文献），结果被英国的斯坦因，法国的伯希和，日本大谷探险队的橘瑞超、吉川小一郎，俄国的奥登堡等人劫掠而去，仅存的部分经卷一部分散在民间，大部分由清政府运归学部，藏京师图书馆。因此，20 世纪的敦煌文学研究是从搜集、著录、整理敦煌文献开始的。

---

① 陈寅恪：《陈垣〈敦煌劫余录〉序》，载陈寅恪《金明馆丛稿二编》，生活·读书·新知三联书店 2001 年版，第 266 页。

(一) 敦煌文学的搜集

1909年6月，伯希和拜访当时执考古收藏之牛耳的两江总督端方，向他透露了敦煌文书。"端制军（端方）闻之扼腕，拟购回一部分，不允。则嘱他日以精印本寄与，且曰：此中国考据学上一生死问题也。"① 8月，伯希和到达北京，端方通过董康将消息告诉北京学界，罗振玉、王仁俊、蒋黼、董康、曹元忠、叶恭绰等前往八宝胡同参观，并拍照、抄录经卷，开始了敦煌经卷的研究："至北京，行箧尚存秘籍数种，索观者络绎不绝。诸君有端制军之风，以德报怨，公设盛筵邀余上座。一客举觞致词，略云：如许遗文，失而复得，凡在学界，欣慰同深。已而要求余归后，择精要之本照出，大小一如原式，寄还中国。闻已组织一会，筹集巨资，以供照印之费云。此事余辈必当实心为之，以餍彼邦人士之意。"② 在北京六国饭店举办的展览会上正式提出影印所携精要之本和已运回法国的卷子要求的便是翰林院侍读学士恽毓鼎。

罗振玉、王国维、董康等人为敦煌文献的收集做了不少努力。

在敦煌遗书的收集方面，罗振玉可谓厥功至伟。正是在罗振玉的奔走呼吁下，清政府才将敦煌残余经卷运至北京，归京师图书馆收藏。罗振玉虽未参加六国饭店的展览会，但正是他请端方敦请伯希和出售随身携带的和已运回的卷子照片，又多次写信向伯希和索要敦煌写卷照片。辛亥革命爆发，罗振玉偕王国维前往日本，一待就是八年，埋首整理、研究包括敦煌遗书在内的出土文献。除了从日本公私收藏者那里获得敦煌文献外，他还从曾前往欧洲调查敦煌写本的日本学者那里获得不少敦煌文献。1910年，罗振玉计划刊行伯希和所得敦煌遗书，委托商务印

---

① 伯希和巴黎演说词：《流沙访古记》，载罗振玉、蒋黼编《敦煌石室遗书》，载黄永武主编《敦煌丛刊初集》，台湾新文丰出版公司1985年版。

② 同上。

书馆张元济西行巴黎，张元济又到伦敦和斯坦因商谈影印敦煌遗书，但最终没有结果。1913 年，罗振玉与伯希和、沙畹、斯坦因联系，欲亲往欧洲调查敦煌遗书，在沙畹等学者的努力下，罗、王一切就绪，但因战争未能成行。王国维在日本充分利用日本学者收集的敦煌文献，校勘了不少文学作品，写了许多研究文章（详后）。

1922 年，董康辞财政总长职，率实业考察团到达巴黎，埋首图书馆抄写敦煌卷子，后又往伦敦，抄得《云谣集》等珍贵文学史料。1926 年后，避难日本，而后又三次前往日本，著《书舶庸谭》，著录、抄录了日本公私收藏的写卷以及日本学者从伦敦、巴黎摄回的写卷和国内流失到日本的写卷（如刘廷琛藏敦煌经卷目录）。从《书舶庸谭》可知，他从湖南、狩野、羽田亨等人那里抄录了《刘子新编》《王绩集》、唐写本《文选》《明妃曲》《王梵志诗集》、韦庄《秦妇吟》《舜子至孝变文》《珠英集》《唐人选唐诗》《二十四孝押座文》等文学作品。

此外，傅芸子 1932 年赴日任京都帝国大学东方文化研究所讲师，对于日本公私藏书有精到研究，20 世纪 40 年代初回北京大学任教，著有《俗文学讲稿》以及一系列论文，对敦煌文学用力甚勤。在日本期间，他抄录了日本学者狩野直喜、小岛祐马、冈崎文夫、那波利贞、矢吹庆辉等人从欧洲收集到的敦煌俗文学文献，澄清了不少问题。

20 世纪 20 年代，具备新的知识结构的学者前往欧洲，把收集的目光对准了敦煌俗文学。

1920 年，刘半农留学伦敦，第二年转赴巴黎，攻读语言学博士学位。他把目光对准了巴黎所藏的敦煌文献，利用余暇时间手抄了 104 种敦煌文学、社会、语言材料。刘氏一抄就是五年。郑振铎曾对他大加称赞："我们应该感谢刘半农先生，他为我们抄回了并传布了不少罕见的通俗作品。"①

1926 年，胡适为参加在英国召开的中英庚款委员会会议来到伦敦，

---

① 郑振铎：《中国俗文学史》，载《唐代的民间歌赋》，商务印书馆 1998 年版，第 128 页。

而后又前往巴黎。"我在巴黎读了五十卷子，在伦敦读了近一百卷子。"①胡适此行是为了写《中国禅宗史》而查阅敦煌卷子，同时意外地获得了不少文学史料。

1927年，郑振铎避难巴黎，"因了各处图书馆的搜集阅读中国书，可以在中国文学的研究上有些发现"。他在巴黎国家图书馆借到的第一份中国古迹便是敦煌文书。他在6月30日的日记里这么写道："我借的是《太子五更转》，没有别的书。"② 9月到伦敦查阅变文，感慨万千："关于伦敦的一部分（通俗文学材料），简直还没有什么人去触动它们，利用它们。著者曾经自己去抄录过一部分，所得究竟寥寥有数。伦敦藏的敦煌写本目录至今还不曾编好，我们简直没有法子知道其中究竟藏有多少珍宝。"③ 1928年回国，1929年发表《敦煌的俗文学》和《词的启源》，后来又将所得俗文学整理出版。

20世纪30年代，国家公派的学者终于起程前往欧洲调查敦煌文献；此外，还有一批学者自费到图书馆去抄写敦煌卷子。

1933年底，北平图书馆托清华大学浦江清与大英博物馆商拍敦煌文献佛经以外的写本，遭到拒绝，甚至义务为之编目也遭到拒绝。

1934年秋，北平图书馆负责人袁同礼派编撰部索引组组长王重民前往巴黎查阅和编辑、摄影敦煌遗书，直至1939年德国军队占领巴黎而前往美国。1935年底，又利用圣诞节假期前往伦敦观看敦煌卷子。王重民夫妇拍摄了3万多张敦煌遗书及其他古籍的缩微片，并对之摘录题跋，加以叙录。同时在《大公报·图书副刊》《北平图书馆馆刊》《图书季刊》《东方杂志》《金陵学报》发表见闻和研究心得。他在致胡适的信中表露了心迹："重民在欧洲流落了几年，受了不少洋气，也算

---

① 胡适：《海外读书杂记》，载《胡适文存》，亚东图书馆1930年版，第533页。
② 郑振铎：《欧行日记》，载郑振铎《西谛三记》，上海文艺出版社2001年版，第17页。
③ 郑振铎：《敦煌的俗文学》，《小说月报》1929年第20卷第3号；郑振铎：《中国文学史》，商务印书馆1930年版。

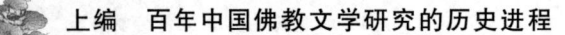

看了一点洋玩意儿（在东方学方面），所以图强之心非常迫切。"① 后来，在1958年6月初版的《敦煌古籍叙录》中他回忆道："我在巴黎和伦敦为北京图书馆选择并且摄制敦煌古籍影片的时候，曾顺手写过一些题记，略记卷轴的起讫和内容，并且把巴黎部分辑印为《巴黎敦煌残卷叙录》第一、第二辑。关于伦敦部分，虽说没有印成专辑，也在报刊上发表过一些，还有一些没有发表过。"② 1947年，王重民夫妇在滞留国外10多年后回国。

1935年，袁同礼因写经组组长向达在"本馆服务五年成绩卓著，并对于经典夙有研究"派他往英国"影印及研究英伦博物馆所藏敦煌写经"。1936年秋，来到伦敦的向达备受刁难："此种情形，大有陷弟于进退两难之势。然现已至此，不能不尽力想办法，庶不致如入宝山，空手而返。现在拟托其他英国人代为转圜，将来研究一层或百有万一之望也。""达虽一介书生，身无傲骨，然与其向此辈人足恭唯诺以讨生活，则毋宁返国饿死为之愈耳。惟念祖国风尘艰难，断不敢效叔宝之流，以海外桃源为避秦之乐土也。"③ 他为敦煌文献编目做卡片写提要，抄录卷子，著《伦敦所藏敦煌卷子经眼目录》。1955年补记当年情形说明了他的工作成绩："1936年9月至1937年8月，我在不列颠博物馆阅读敦煌卷子。因为小翟理斯博士的留难，一年之间，看到的汉文和回鹘文卷子，一共才五百卷左右……我所看到的，其中重要的部分都替北京图书馆照了相（当时并替清华大学也照了一份），后来王有三先生到伦敦，又替北京图书馆补照了一些。现在这些照片仍然保存在北京图书馆。"④ 可惜没有得到充分利用。1937年他又到法国巴黎研究敦煌遗书。1938年，向达带着手抄、拍照、晒图所得的几百万字的资料回国。

---

① 王重民致胡适书信。
② 王重民：《敦煌古籍叙录》，中华书局1979年版，第2页。
③ 向达1937年2月21日致袁同礼信。
④ 向达：《伦敦所藏敦煌卷子经眼目录》，载向达《唐代长安与西域文明》，河北教育出版社2001年版，第201页。

1934年姜亮夫留学法国，1935年开始抄录拍摄文物古籍，光照片就拍了3000多张。"我在一九三九年，曾去翻阅过近千卷，也摄制了些儒家经典、韵书、字书、老子卷子，并抄录了些有关文学、史地的卷子，校录了所有的儒家、道家经典。真是美不胜收的祖国文化的宝库呵！连在伦敦所抄得的，辑为《瀛涯敦煌韵辑》《敦煌经籍校录》与《杂录》诸书。"①

1948年王庆菽自费前往英国陪读。1949年初来到伦敦从头到尾阅读斯氏经卷，除了将敦煌俗文学资料抄录外，还影印了一些诗词、药方等资料，共计262卷1182张显微照片。1950年又到巴黎抄录敦煌俗文学资料，并影印了45卷533张显微照片。"我在国外目睹如此丰富、宝贵的祖国文化瑰宝，心里很激动和焦虑，恨不能都把它们抄录、影印回来。可是由于我往伦敦、巴黎阅读、搜集敦煌卷子和影印显微照片，都是从我的爱人的薪金里节衣缩食自费进行的……所以只能侧重那些俗讲、变文和有关通俗文学的资料，除抄录一部分和影印外，就无法再对其他材料予以注意和搜集了。"②

在中国的敦煌，政府在一批学者的呼吁下，有关的考察和研究也开展起来了。在这一过程中，又一批文献被发现。

1942年2月至1943年7月，向达加入西北史地考察团到敦煌做实地调查，在当地文人那里访查到不少敦煌写卷，编成《敦煌余录》，其中就有毛氏、郑氏笺注，《文选》等文学资料。可惜，这些资料至今没有印行。

1944年元旦，国立敦煌艺术研究所成立。当年的7月初，在拆土地庙建职工宿舍的时候，常书鸿等艺术家发现了68件经卷，其中就有珍贵的《诗经》残卷。后来研究者发现，这批经卷来自藏经洞。

---

① 姜亮夫：《敦煌——伟大的文化宝藏》，云南人民出版社1999年版，第24页。
② 王庆菽：《我研究、搜集敦煌文学变文的概况》，载王庆菽《敦煌文学论文集》，吉林大学出版社1987年版，第57—58页。

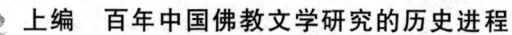

上编　百年中国佛教文学研究的历史进程

　　日本学界获悉敦煌文献被法国人运走的消息后，京都大学曾组织"五教授团"访华。当发现北京的敦煌遗书大都是与宋代以后刊本《大藏经》相同内容的佛教经籍后，他们把目光转向西方。狩野直喜（1911）、矢吹庆辉（1916、1922）、羽田亨（1920）、内腾湖南、石滨纯太郎（1924）、神田喜一郎（1935）、那波利贞（1931）、小岛祐马、冈崎文夫等人先后前往欧洲调查研究敦煌遗书。其中对中国敦煌俗文学研究起推动作用的是狩野直喜和羽田亨。羽田亨和伯希和编有《敦煌遗书》（活字本和影印本各一本，13件），由上海东亚研究会印行。狩野直喜发表《中国俗文学史研究底材料》，指出："治中国俗文学而仅言元明清戏剧、小说者甚多，然而从敦煌文书的这些残本察看，可以断言，中国俗文学之萌芽，已显现于唐末五代，至宋而渐推广，至元更获一大发展。"[①] 他从伦敦抄录的"秋胡故事""孝子董永故事"，从巴黎抄录的"伍子胥故事"等材料为王国维所利用，完成了中国第一篇敦煌文学专题论文。傅芸子对狩野直喜作了很高的评价："盖于敦煌石室遗书所寓目者，可谓至夥，世界学者恐无几人。关于经籍方面卷子，如《古本尚书释文》《毛诗》残卷等，已有考证介绍；而敦煌发见之俗文学乃亦特为注意，其卓识洵可钦敬。时敦煌书发见不久，存于伦敦、巴黎者，国人尚未寓目。以我东亚人之最初阅览者，恐以狩野博士为最早；而博士以一经学家而能注意此种俗文学资料，且抄归不自珍秘，以示国人，尤为难得之至。吾人今日所见之《云谣集杂曲子》《季布歌》《孝子董永传》《唐太宗入冥记》《秋胡小说》等，皆狩野博士介绍于吾国者也。自经此种资料发见，吾人既见《云谣集杂曲子》，始知唐人词用韵之宽及词之本来面目。既见《季布歌》《孝子董永传》，始知吾国古代有此种传变文。既见《唐太宗入冥记》《秋胡小说》等，始知宋人话本之前，吾国已有以白话文写作小说者。其所予吾国文学史上之影响，至大且巨。至于韦庄《浣花集》所未载，久不传世之《秦妇吟》，

[①] ［日］狩野直喜：《中国俗文学史研究底材料》，汪馥泉译，《语丝》1928年第12期。

及从未有人道及王敷之滑稽文章《茶酒论》,亦经狩野博士抄归或介绍,吾人始知唐代有此种作品也。总之,吾国近十年来,俗文学之兴起,一方固由于敦煌俗文学之力,而提高文学上之位置;然首先认识敦煌俗文学之价值者,恐推狩野博士为第一人,厥功诚不可没,故特表而出之,以谂国人。"①

(二) 敦煌文学的著录

敦煌文书除少数系刊本外,大都是写本,而且大部分分散在国外;因此,建立一个完整的编目便成了敦煌学研究者尤其是敦煌文学研究者的迫切期望。陈寅恪在陈垣的《敦煌劫余录》序中指出:敦煌文献"自发见以来,二十余年间,东起日本,西迄法英,诸国学人,各就其治学范围,先后咸有所贡献。吾国学者,其撰述得列于世界敦煌学著作之林者,仅三数人而已。夫敦煌在吾国境内,所出经典,又以中文为多,吾国敦煌学著作,较之他国转过独少者,固因国人治学,罕具通识,然亦未始非以敦煌所出经典,涵括至广,散佚至众,迄无详备之目录,不易检校其内容,学者纵欲有所致力,而凭借未由也……敦煌者,吾国学术之伤心史也。其发见之佳品,不流于异国,即秘藏于私家。……佛本行集经演义,维摩诘经菩萨品演义,八相成道变,地狱变等,有关小说文学史者也。佛说孝顺子修行成佛经,首罗比丘见月光童子经等,有关佛教故事者也。维摩诘经颂,唐睿宗玄宗赞文等,有关唐代诗歌之佚文者也。……今日斯录既出,国人获兹凭借,宜益能取用材料以研究问题,勉作敦煌学之预流。庶几内可以不负此历劫仅存之国宝,外有以襄进世界学术之将来。"② 这实际上道出了所有编目者的学术追求。

这一时期的敦煌文献著录实际上分为五大块。即国内、巴黎、伦敦

---

① 傅芸子:《正仓院考古记 白川集》,辽宁教育出版社 2000 年版,第 193—194 页。
② 陈寅恪:《陈垣〈敦煌劫余录〉序》,载陈寅恪《金明馆丛稿二编》,生活·读书·新知三联书店 2001 年版,第 266—267 页。

敦煌文献目录和有关文献散录及敦煌文学专科目录。

巴黎敦煌文献目录整理在伯希和进京后即已开始。1909年，罗振玉发表《敦煌石室书目及发见之原始》（《东方杂志》第6卷第10期），后来补写成《莫高窟石室秘录》（《东方杂志》第6卷第11、12期），最后改定为《鸣沙山石室秘录》，于年底或翌年初由国粹学报社印行。共记石室书目67种，其中便有文学作品《秦人吟》（实即《秦妇吟》）。罗氏后来将有关敦煌遗书的叙录汇编为《雪堂校刊群书叙录二卷》，加以出版。1910年，端方将伯希和寄来的照片交给刘师培，刘师培写成《敦煌新出唐写本提要》。其中便著录有《毛诗故训传国风残卷》（p.2529）、《毛诗故训传邶风残卷》（p.2538）、《文选李注卷第二残卷》（p.2528）、《文选李注卷残卷》（p.2527）、《文选白文卷残卷》等。

1924年，叶恭绰发起成立"敦煌经籍辑存会"，登报征求目录，欲汇编成一个总目。在此背景下，历史博物馆编成《海外所存敦煌经籍分类目录》（1926—1927年《国立博物馆丛刊》第1卷第1、2、3期）。不过，这个总目并没有完成。1923年，罗福苌根据伯希和目录翻译《巴黎图书馆敦煌书目（2000—3511号）》（《国学季刊》第1卷第4期）。1933年，陆翔再次翻译了伯希和的《巴黎图书馆敦煌写本目录》（《国立北平图书馆馆刊》第7卷第6期、第8卷第1期）。1925年10月，刘复发表《敦煌掇琐叙目》（《北大国学月刊》第3期）。王重民编成《伯希和劫经录》初稿，并以《巴黎敦煌残卷叙录》为题在《大公报·图书副刊》连载（1935年5月23日—1937年8月22日），最后结集为《敦煌残卷叙录》第一辑和第二辑出版。其中叙录的文学卷子包括《毛诗音》《东皋子集》《楚辞音》《故陈子昂遗集》《文选音》《唐人选唐诗》《云谣集杂曲子》《李峤杂咏》《高适诗集》《白香山诗集》《甘棠集》《文选》等，这些卷子中也有作者往伦敦翻阅斯坦因所劫卷子而作的叙录。1940年，姜亮夫发表《瀛外访古劫余录·敦煌卷子目次叙录》（《志林》第1期、《说文月刊》第2卷第4期）。

大英博物馆的有关人员对前往调查敦煌写卷的学者设置了种种障碍，而翟里斯的《大英博物馆藏敦煌汉文写本注记目录》直到1957年才出版，因此伦敦的编目工作更是曲折。罗福苌根据沙畹从大英博物馆抄本转录和展览厅展出卷子记录写成《伦敦博物馆所藏敦煌书目》，1923年发表于《国学季刊》第1卷第1期。1939年向达的《伦敦所藏敦煌卷子经眼目录》发表于《图书季刊》新1卷第4期，其中著录了作者寓目的大量文学作品。国内完整的目录为1957年刘铭恕编成的《斯坦因劫经录》。

　　我国学者拍摄回的照片也由袁同礼写成《国立北平图书馆现藏海外敦煌遗籍照片总目》，发表于《图书季刊》第2卷第4期。

　　京师图书馆所藏敦煌文献目录的编撰完成有着一段漫长的、不断改进的历程。敦煌文献入藏后，佛学家李翊灼在1911—1912年编成《敦煌石室经卷总目》和《敦煌石室经卷中未入藏经论著述目录》（疑伪外道目录附）。1922年陈垣在《敦煌石室经卷总目》的基础上进行全面考订，1929年傅斯年和陈寅恪敦请陈垣修订付印，1931年由中央研究院历史语言研究所以《敦煌劫余录》为书名刊印，其第十四帙为周叔迦的《续考诸经》。1935年北平图书馆胡鸣盛、许国霖又在此基础上编成《敦煌石室写经详目》。另外，不太完整的经卷也陆续清理出来，并在这一年的年初编成了《敦煌石室写经详目续编》。1936年，北平图书馆敦煌遗书秘密转移到上海英国租界，后又转移至法租界。写经组解散，编目也束之高阁，直到1987年北京图书馆搬家时才发现。此外，1936年许国霖的《敦煌石室写经题记与敦煌杂录》由上海商务印书馆出版，后者分8类，为非佛典史料文书。其中变文类8种12卷，偈颂类29种32卷，传记类4种4卷。许国霖还有《敦煌石室写经题记汇编》一书，由北平菩提学会出版。《说文月刊》1943年第3卷第10期发表董作宾《敦煌纪年——敦煌石室写经纪年表》，其中还研究了变文之代兴。

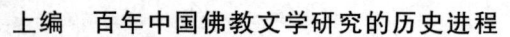

上编 百年中国佛教文学研究的历史进程

这里需要强调的是1928年中央研究院历史语言研究所成立对敦煌文献整理的促进作用。当时的所长傅斯年在《历史语言研究所工作之旨趣》中指出："着实不服气就是物质的原料以外，即便学问的原料也被欧洲人搬了去乃至偷了去。""我们要科学的东方学之正统在中国！"[①]第二年6月，史语所改为三组，陈寅恪的历史组计划对内阁大库明清档案、汉晋简牍和敦煌遗书进行整理和研究。《敦煌劫余录》便是作为史语所专刊第四种出版的，陈寅恪在序言中正式提出了敦煌学这一学术概念。

此外，还有学者对流散在国内和东洋的敦煌文献作了著录。这些敦煌文献散录包括如下数种：1914年，罗振玉东渡日本，从橘瑞超处目睹大谷探险队所获敦煌文书目录，抄编成《日本橘氏敦煌将来藏经目录》（见《雪堂丛刊》第十种）。罗氏《贞松堂藏西陲秘籍丛残》收录《罗振玉藏敦煌卷子目录》。1926年，叶恭绰发表《关东厅旅顺博物馆所存敦煌出土之佛教经典》（《图书馆学季刊》第1卷第4期）。1933年12月15—21日《中央时事周报·学觚》发表《德化李氏出售敦煌写本目录》。1939年董康出版《书舶庸谭》（诵芬室刻本），卷九收有《刘幼云（廷琛）藏敦煌卷子目录》。

敦煌文学专题目录的编制也在上述努力的基础上有了起色。向达著有《记伦敦所藏的敦煌俗文学》（《新中华杂志》1937年第5卷第13号）、《敦煌丛抄叙录》（《国立北平图书馆馆刊》第5卷第6号）和《敦煌所出俗讲文学作品目录》（附《唐代俗讲考》后）。傅芸子的《敦煌俗文学之发见及其展开》（《中央亚细亚》第1卷第2期，民国三十年10月；又载傅芸子的《正仓院考古记 白川集》，辽宁教育出版社2000年版）和关德栋的《变文目》（《俗文学》1948年第64期），列出他们考出的变文作品，带有总结性质。1943—1946年，南京国立

[①] 傅斯年：《历史语言研究所工作之旨趣》，载刘梦溪《中国现代学术经典·傅斯年卷》，河北教育出版社1996年版，第346、350页。

编译馆的王庆菽着手编制唐代小说总目提要，除利用《敦煌掇琐》《敦煌零拾》《敦煌劫余录》《敦煌杂录》中提供的信息外，还利用了王重民抄寄的英法所藏俗文学14篇。向达《记伦敦所藏的敦煌俗文学》是最早的文学类专科目录，将"看到的关于敦煌俗文学的卷子，大约四十卷左右"作了排列：

s.4398 纸背 降魔变一卷，s.4654 舜子变一卷，s.5437 汉将王陵变，s.4571 维摩诘经唱文，s.1156 纸背 大汉三年楚将季布骂阵词文一卷，s.2056 纸背 大汉三年楚将季布骂阵汉王羞耻群臣 骂收军词文一卷，s.5439 季布歌，s.5440 季布骂阵词文，s.5441 捉季布传文一卷大汉三年楚将季布骂阵汉王羞耻群臣骂收军词文，s.133 纸背 秋胡小说，s.328 伍子胥小说，s.778 王梵志诗集，s.2710 王梵志诗一卷，s.3393 王梵志诗一卷，s.5441 王梵志诗集卷中，s.2947 百岁篇，s.5549 百岁篇一卷，s.1588 叹百岁诗，s.3877 纸背 下女夫词一本，s.5515 下女夫词，s.5949 下女夫词一卷，s.4129 书 十二时曲 崔夫人训女文，s.4329？，s.3835 百鸟名，s.1339 纸背 少年问老，s.2204 孝子董永 太子赞 父母恩重赞 十劝 禅关，s.2679 禅门五更曲 禅门十二时曲，s.2922 韩朋赋一卷，s.3904 韩朋赋，s.3227 韩朋赋一卷，s.4901 韩朋赋，s.214 燕子赋一卷，s.6297 燕子赋，s.1163 太公家教一卷，s.1291 太公家教，s.3835 太公家教一卷，s.6173 太公家教，s.4307 新集严父教一本。

（三）敦煌文学的整理

敦煌文献的整理工作与敦煌文献的收集和著录是同步的。胡适在《白话文学史》自序中谈到有关情况："敦煌石室的唐五代写本的俗文学，经罗振玉先生、王国维先生、伯希和先生、羽田亨博士、董康先生的整理，已经有许多篇可以供我们的采用了。我前年（1926）在巴黎伦敦也收集了一点俗文学的史料。这是一批很重要的新材料。"①

伯希和向学界公布敦煌秘宝之时，便是我国学者整理敦煌文献之时。1909年9月，王仁俊的《敦煌石室真迹录》30篇由国粹堂刊行。他在前言中指出："俊则斋油素，握铅椠，怀饼就钞者四日。复读其归国报告书一册，乃择要甄录凡关系历史、地理、宗教、文学者，详加考订……录入以下五卷焉。"②但其中的《张淮深传》《惠超往五天竺国传》等文学材料有按语无录文。1909年11月，罗振玉、蒋黼的《敦煌石室遗书》出版（诵芬室铅印本），除蒋黼的《沙州文录》外，尚收敦煌卷子11种，并附录有关报告。其中有《惠超往五天竺国传残卷》这样带有文学色彩的卷子。另外，存古学会出版《石室密宝》（图五幅，文十种），为民国初年上海有正书局影印本。③

后来，伯希和次第邮来敦煌文献的照片，罗振玉次第加以整理出版。

1913年，罗振玉的《鸣沙石室佚书》18种（上虞罗氏影印本）出版。他在序言中云："海内再见古佚宝有二，一是殷墟甲骨文字，二是西陲之简轴。""宣统改元，伯希和君始为予具言之，既就观目录，复示以行箧所携，一时惊喜欲狂，如在梦寐，亟求写影。遽承许诺，后先三载次第邮至，则斯篇所载是也。"④其中有文学文献《唐人选唐诗》和《太公家教》。

1917年，罗振玉《鸣沙石室佚书续编》（上虞罗氏影印本）出版，为4种宗教典籍。

1917年，罗振玉出版《鸣沙石室古籍丛残》（30种，伯希和寄品

---

① 胡适：《白话文学史》（上卷），安徽教育出版社1999年版，"自序"第6页。该书原由上海新月书店1928年出版。
② 王仁俊：《敦煌石室真迹录》，《孔教会杂志》1913年第1卷第1期。
③ 又见常钧、王重民纂，存古学会编《敦煌杂抄·敦煌随笔·巴黎残卷叙录·石室密宝》，黄永武主编《敦煌丛刊初集》第9册，台湾新文丰出版公司1985年版。
④ 罗振玉：《〈鸣沙石室佚书〉序》，上虞罗氏1913年影印本。

从此中断。罗氏日本影印本),分"群经丛残"和"群书丛残"。前者录有《唐写本毛诗传笺》和《六朝写本毛诗传笺》(共六个写本),后者录有《唐永隆写本文选卷二》《唐写本文选》《唐永隆写本文选卷第二十五》《隋写本文选》和《唐写本玉台新咏》。

  罗氏后来又将这些文献汇编为《敦煌石室遗书百廿种》,刊刻出版,以广流传。不过,在编排上作了调整,具体目次为:《敦煌石室遗书》《鸣沙石室佚书》《敦煌石室碎金》(内有《毛诗豳风残卷》《流沙访古记》)、《贞松堂藏西陲秘籍丛残》(内有《鱼歌子词残页》《文殊问疾佛曲》,也包括《鸣沙石室古籍丛残》)、《敦煌零拾》《敦煌零拾附录》《敦煌古写本诸经校勘记周易王注二卷》《敦煌古写本毛诗校记》《散颁刑部格一卷》。[①]

  罗氏家族成员也为敦煌文献的整理作出了贡献。

  1924年,罗继祖出版《敦煌石室遗书三种》(上虞罗氏影印本)。

  1924年,罗福葆出版《沙州文录补》(上虞罗氏编印)。他在序中指出:"宣统初年,蒋伯丈斧就伯希和博士行箧中所携敦煌古卷轴,录其残丛文字为《沙州文录》,既已印行矣。及辛亥国变,家大人避地海东,值日本大谷伯爵展览其所得西陲古卷轴、古器物,于往吉之二乐庄别墅。先叔兄每怀絜侍家大人往观,辄录其残丛文字以归。嗣京都大学教授狩野博士,游历欧洲,复就英法两馆,手录西陲残籍。先兄复手录之,将以续蒋丈之书,而尚待增续。及辛酉岁,先兄不录,家大人因蒋丈文录文完,命予重校印。因从王丈借录先兄旧稿并就。家大人返国后,所得与在欧洲有复印件流传者,合辑为一卷,以竟先兄未竟之志,其出自他处,不自敦煌者,别为卷附。""卷中凡英伦博物馆所藏,皆从狩野博士移录。"[②] 其中有文学文献《回文诗》《孝子董永传》《唐太宗入冥残小说》《秋胡小说残卷》《僧道猷残诗》《刘廷坚诗》《十二娘

[①] 黄永武主编:《敦煌丛刊初集》第6—8集,台湾新文丰出版公司1985年版。
[②] 罗福葆:《〈沙州文录补〉序》,上虞罗氏1924年编印本。

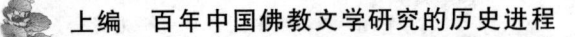

祭叔父文》等。

关于罗氏的贡献，王国维在多处作了评价。他指出："古来新学问起，大都由于新发现"，"中国纸上之学问赖于地下之学问者，固不自今日始"，"自汉以来，中国学问上之最大发现有三：一为孔子壁中书，二为汲冢书，三则今之殷墟甲骨文字、敦煌塞上及西域各处之汉晋木简、敦煌千佛洞六朝及唐人写本书卷、内阁大库之元明以来书籍档册"。"其中佛典居百分之九五，其四部书为我国宋以后久佚者：……集部有唐人词曲及通俗诗小说各若干种。己酉冬日，上虞罗氏就伯氏所寄复印件，写为《敦煌石室遗书》，排印行世。越一年，复印其景本，为《石室密宝》十五种。又五年癸丑，复刊行《鸣沙石室逸书》十八种。又五年戊午，刊行《鸣沙石室古籍丛残》三十种。皆巴黎国民图书馆之物。而英伦所藏，则武进董授经（康）、日本狩野博士（直喜）、羽田博士（亨）、内藤博士（虎次郎），虽各抄录景照若干种，然未有出版之日。"① 因此，"其有功学术最大者，曰《殷墟书契前后编》，曰《流沙坠简》，曰《鸣沙石室古佚书》（按：18种）及《鸣沙石室古籍丛残》（按：30种）。此四者之一，已足敌孔壁、汲冢之所出。"②

此外，我国学者对日本敦煌文献也作了整理，如1940年金祖同的《流沙遗珍》出版，收录的就是中村不折收藏品。③

敦煌文学专题文献的出版也肇始于罗振玉，后来有刘半农、许国麟、郑振铎踵其步武。

1923年罗振玉的《敦煌零拾》出版，这是第一部专科类文学文

---

① 王国维：《最近二三十年中国新发现之学问》，载王国维《静庵文集》，辽宁教育出版社1997年版，第203—204页。
② 王国维：《〈雪堂校刊群书叙录〉序》，载王国维《观堂集林》，河北教育出版社2001年版，第714页。
③ 史岩、李证刚纂，金祖同辑：《敦煌石室画像题识·流沙遗珍·敦煌石室中未入藏经论著述目录》，载黄永武主编《敦煌丛刊初集》第5册，台湾新文丰出版公司1985年版。

集，收有《秦妇吟》《云谣集杂曲子三十首》（后缺 12 首）、《季布歌》《佛曲三种》（《降魔变文》《维摩诘经讲经文》《欢喜国王缘》）、《俚曲三种》《小曲三种》（《鱼歌子》《长相思》《鹊踏枝》）、《搜神记》一卷。罗振玉、王国维跋文对它们的来源进行了研究，并作了分类和校勘。①

1925 年刘复的《敦煌掇琐》②出版，共计 17 类 104 件。其文学类目如下：小说类（14 件）：2653《韩朋赋》（原、全）；2654《晏子赋》（原、全）；2653《燕子赋》；2653《燕子赋》；2648《季布歌》（拟、残）；2747《季布歌》（拟、残）；3386《季布骂阵词文》；3248《丑女缘起》；3213《伍子胥》；2794《伍子胥》（拟、缺前半）；2721《舜子变至孝文》；2962《西征记》；2553《昭君出塞》；2718《茶酒论》。杂文类（7 件）：2564《㘑𪘓新妇文》；3086《那梨国神话》；2955《佛国种种奇妙鸟》；2129《海中有神龟》；2129《老少问答寓言》；2633《崔夫人要女文》；3168《女人百岁篇》。小唱（8 件）：3137《翠柳眉间绿》；3125《闻阿耶名字何何》；3123《一只银瓶□两手全》；2838《云谣集杂曲子共三十首》；1809《孟姜女等小唱七首》；2647《五更调小唱》；3137《悔嫁风流婿》；3360《十四十五上战场》。诗（5 件）：3418《五言白话诗》；3211《五言白话诗》；2718《王梵志诗》；2129《禅师四首》；2748《王昭君怨》。经典演绎（11 件）：2734《太子十二时》；2483《太子五更转》；3065《太子入山修道赞》；2963《南宗赞》；2721《新集孝经十八章》；2721《开元皇帝赞金刚经》；2809《劝戒杀生文》；2713《辞娘赞说言》；3117《救诸众生苦难经》；2650《劝善经》；3117《新劝善经》。

郑振铎主编的《世界文库》由上海生活书店于 1936 年出版，收有

---

① 黄永武主编：《敦煌丛刊初集》第 8 册，台湾新文丰出版公司 1985 年版。
② 刘复：《敦煌掇琐》，北京大学国学门丛书之一，中国科学院考古所 1957 年重印，载黄永武主编《敦煌丛刊初集》第 15 册，台湾新文丰出版公司 1985 年版。

不少敦煌文学资料。此外，他还编有《敦煌俗文学参考资料》《变文及宝卷选》等资料。《世界文库》所收敦煌文学资料均有郑氏写的注释或跋语，交代了材料的来源。此外，郑氏还对一些材料作了校订。总计有如下一些材料：第五册收《王梵志诗一卷》，第六册收《云谣集杂曲子共三十首》，第九册收《八相变文》，第十册收《大目犍连冥间救母变文并序》、（附录一）《目连变文第二种》、（附录三）《目连变文第三种》，第十一册收《维摩诘变文第二十卷》《维摩诘变文持世菩萨第二》《维摩诘经变文"文殊问疾第一卷"》，第十二册收《王昭君变文》《舜子至孝变文》。这些一部分为郑氏从伦敦和巴黎抄回的材料，一部分为国内所藏或国内已出版的材料。

1936年，许国霖的《敦煌石室写经题记与敦煌杂录》由上海商务印书馆出版。《敦煌杂录》分8类，为非佛典史料文书。其中变文类8种12卷（《维摩诘所说经变文光字94号》《佛本行集经变文潜字80号》《八相成道变文云字24号》《八相成道变文乃字91号》《譬喻经变文衣字33号》《目连救母变文丽字85号》《目连救母变文霜字89号》《目连救母变文盈字76号》《目连救母变文成字96号》《父母恩重变文河字12号》《太子变文推字79号》《阿弥陀经变文殷字62号》），偈诵类35种32卷（《悉昙颂》《维摩经颂》《第八尊者代（门者）罗弗多罗大阿罗汉及第十一尊者罗护大阿罗汉颂》《金刚经赞文》《佛母赞一本》《涅槃赞》《大乘净土赞一本》《净土乐赞》《念佛赞》《西方念佛赞》《西方赞偈文》《归西方赞》《四十八愿赞》《僧功德赞》《悉达太子赞一本》《出家赞》《辞娘赞文》《尸毗王舍身赞》《五台山赞文》《太上皇帝赞》《开元皇帝赞》《散花乐制字5号》《散花乐周字90号》《散花乐果字11号》《归去来文字89号》《辞道场文》《劝善文皇字76号》《劝善文结字93号》《利涉法师劝善文》《十恩德》《了性句》《饮酒十过及念佛十功德文》《五更调周字70号》《五更调露字6号》《南宗定邪五更转》），传记类4种4卷（《义净三藏法师碑文》《唐末禅宗杂记付法事》《佛说诸经杂缘喻因由记》《姓氏录》)。此外，杂类当中还有《太公家教》《杂诗》等作品，文疏类中的大部分作品都可列入文学的范畴。

此外，几部重要的敦煌文学作品（作品集）也在资料增加的基础上得到进一步的整理。

《云谣集杂曲子三十首》：伦敦藏本（斯1441）《云谣集杂曲子共三十首》存18首，董康在伦敦摄回照片，朱孝臧参校巴黎本，于1924年刻入《蕙风丛书》（又《彊村丛书》）。罗振玉据伯希和摄影本（1909年收到部分照片，1928年收到18首胶片残卷伯2833，按：实际上是伦敦本）于1924年刻入《敦煌零拾》。刘复从巴黎抄回，1931年刻入《敦煌掇琐》。1932年，龙榆生据两本，定为30首，刻入《彊村遗书》。此外，还有郑振铎的《世界文库》本（根据上述本子参校）、冒广生的《新校云谣集杂曲子》本（《同声月刊》1941年第1卷第9期）。唐圭璋撰有《云谣集杂曲子校释》（《文史哲季刊》1943年第1卷第1期），王重民撰有《敦煌曲子词集》（商务印书馆1950年版）。

《秦妇吟》：罗振玉的《莫高窟石室秘录》著录为《秦人吟》。1912年，狩野直喜游学欧洲，从斯坦因宅录敦煌写本《秦妇吟》残卷，王国维根据这一残卷及其他材料写出《敦煌发见唐朝之通俗诗及通俗小说》。1923年，伯希和寄巴黎唐天复五年张龟写本和伦敦梁贞明五年安友盛写本给王、罗二人。1924年，罗、王为这两个本子写跋，罗氏刊入《敦煌零拾》；1924年，王国维根据以上三个本子发表《韦庄的〈秦妇吟〉》（《国学季刊》第1卷第4号）。《通报》1926年第24卷第4—5期发表英国人小翟里斯论文，1929年张荫麟译成中文，载《燕京学报》第1卷第1期。1931年郝立权发表《韦庄〈秦妇吟〉笺》（《齐大学报》第2卷第2期），1933年黄仲琴发表《〈秦妇吟〉补注》（《中山大学文史学研究所月刊》第1卷第5期），周云青发表《〈秦妇吟〉笺注》（商务印书馆），陈寅恪发表《读〈秦妇吟〉》（《清华学报》第11

卷第4期)和《〈秦妇吟〉校笺》，1947年刘修业发表《〈秦妇吟〉校勘续记》。刘还交代了写作缘起："有三于1934年赴法国巴黎图书馆工作，于整理敦煌写本时，复发现两种写本，为前人所未及，来书为余道及，并谓若综合前人研究之成果，不难重作一篇校勘记。"①

王梵志诗歌：1925年《敦煌掇琐》抄录巴黎三个写本，题《王梵志诗一卷》；1927年胡适《白话文学史》根据四个卷子对王梵志作了研究。1935年郑振铎校录《王梵志诗一卷》（伯2718、伯3266）、编辑《王梵志诗拾遗》（胡适引伯2914写卷及佚诗），收入《世界文库》第5册。王重民《伯希和劫经录》列出十个写本和伯3418、伯3724两个白话诗残卷。1932年《大正新修大正藏》第85卷收有"斯〇七七八王梵志诗并序"。矢吹庆辉《鸣沙余韵解说》（岩波书店1933年版）对这一写本作了解说。1936年向达的《记伦敦所藏的敦煌俗文学》记录了四个写本（斯0778、2710、3393、5441），1938年《伦敦所藏敦煌卷子经眼目录》又记录了2个写本（斯5474、5796）。

此外，关于赋等文体也不断被收进有关的集子里。

如唐代文：1948年，正中书局出版卢前的《敦煌文抄》。

如唐代赋：1935年9月王重民写出《东皋子集跋》，考订抄本年代，并对《游北山赋》《元正赋》进行了校勘、移录。② 同时还移录了高适的《双六头赋》。1914年，叶德辉的《双梅影暗丛书》收入白行简的《天地阴阳交欢大乐赋》。

如唐诗：《鸣沙石室佚书》第4册（日本宸翰楼1913年9月影印本）和《雪堂校勘群书叙录》卷下将伯2567号写卷取名《唐人选唐诗》，并指出此残卷有六份。赵万里的《芸庵群书题记》研究伯2552号《诗选》残卷，又发现两卷及同一本《诗选》残卷。1939年，向

---

① 刘修业：《〈秦妇吟〉校勘续记》，《学原》1947年第1卷第7期。
② 王重民：《东皋子集跋》，《巴黎敦煌残卷叙录》1936年第1辑；王重民：《敦煌古籍叙录》卷5，中华书局1979年版。

达著有《皇帝癸未年膺运灭梁再兴诗》，载《北平图书馆》（季刊）新 1 卷第 4 期。

如敦煌曲子辞：1913 年王国维的《唐写本春秋后语背记跋》介绍了《望江南》2 首、《菩萨蛮》1 首。① 周泳先 1935 年编《敦煌词掇》，收敦煌曲子词 35 首，后收入《唐宋金元词钩沉》（1936 年排印本）。唐圭璋也有《敦煌唐词校释》② 行世。

另外，不少敦煌文学文献以论文的形式被发表在有关的刊物上。如向达的《敦煌丛抄（变文）》③ 和《禅门十二时曲（敦煌丛抄）》④。还有不少敦煌文学作品是附录在论文后，作为新发现或新校勘的成果发表。（参见后文相关文字）

日本学者对敦煌文献的整理也促进了中国文学的研究，因此，有必要作一介绍。羽田亨和伯希和于大正五年（1916）九月由上海东亚研究会发行《敦煌遗书》影印本第一集，后来又出版活字本《敦煌遗书》第一集，前者收有《慧超往五天竺国传残卷》，后者收有《小说明妃传残卷》。1931 年，小岛祐马在巴黎发现《季布骂阵词文残卷》，共 396 句，载于他的《敦煌遗书所见录》里。矢吹庆辉博士有《鸣沙余韵外编》和《鸣沙余韵解说》（岩波书店 1933 年版）。傅芸子研究敦煌本《温室经讲唱押座文》时曾指出该文"与《维摩经》《三身》《八相》诸押座文，合为一卷，日本矢吹庆辉博士自英伦摄影归，影印原卷于《鸣沙余韵外编》（岩波书店 1930 年版），复收于《大正新修大藏经》卷八五《古逸部》"。⑤ 神田喜一郎于昭和丁丑九月刊刻《敦煌秘籍留真》，影印有《毛诗音》《冥报记》《法琳别传》《梁武

---

① 王国维：《唐写本春秋后语背记跋》，载《观堂集林》卷 21，中华书局 1959 年版。
② 唐圭璋：《敦煌唐词校释》，《中国文学》1944 年第 1 卷第 1 期。
③ 向达：《敦煌丛抄（变文）》，《北平图书馆刊》1931 年第 5 卷第 6 期、1932 年第 6 卷第 2、6 期。
④ 向达：《禅门十二时曲（敦煌丛抄）》，《北平图书馆刊》1932 年第 6 卷第 6 期。
⑤ 傅芸子：《敦煌本〈温室经讲唱押座文〉跋》，《北大文学》1944 年第 1 辑。

帝发愿文》《楚辞音》《敦煌廿咏》《文选》（伯3345）、《文选》（伯2658）、《文选音》等文，并认为此举使"世有真赏，当不以为敝帚自珍耳"。① 后来又编成《敦煌秘籍留真新编》，未出版而台湾光复，改由台湾大学印行。若干年后，王重民对此感慨万千："可是日本人神田喜一郎辑成了《敦煌秘籍留真新编》共三十四种，内有《楚辞音》《毛诗音》《文选音》等，1947年由台湾大学印行。"② 《敦煌秘籍留真新编》除了王氏提到的作品外，还包括《文选》（伯2658）、《文选》（伯3345）、《还冤记》。1924—1928年，日本人还把巴黎、伦敦、日本的敦煌遗书编入《大正新修大藏经》第85卷，其中有不少变文作品。

抗战爆发，北平图书馆敦煌遗书的整理和研究工作被打断，王重民和向达的海外调查工作被打乱，学者西迁，研究资料不易获得，敦煌文学的研究中断。他们新得的伦敦、巴黎两方面的四部书照片，由于抗日战争而没有印行。但是，他们对于敦煌文学文献的整理却一直在进行，他们搜集的材料为后来的敦煌文学的整理工作作出了贡献。

1951年，王庆菽回国，将国外所得整理出了敦煌文学作品196篇，写出《敦煌俗讲文学及通俗小说总目提要》《英法所藏敦煌卷子经目记》，为《敦煌变文集》的出版作出了突出贡献。③ 姜亮夫根据他抄录的敦煌卷子写了一部《敦煌学志》，分总论、经籍校录、杂录、文录、韵集、敦煌学论文集等六类，1949年后，先后出版《莫高窟资料编年》《敦煌学论文集》《瀛涯敦煌经籍校录》《敦煌经籍杂录》《敦煌文录》《敦煌随笔》等专著。其中的杂录和文录所收全为文学类卷子。

---

① ［日］神田喜一郎：《〈敦煌秘籍留真〉序》，台湾大学1947年版；参见黄永武《敦煌丛刊初集》，台湾新文丰出版公司1985年版。
② 王重民：《敦煌四部书六十年（1900—1959）提纲》，载王重民《敦煌遗书论文集》，中华书局1984年版，第17页。
③ 王庆菽：《我研究、搜集敦煌文学变文的概况》，载王庆菽《敦煌文学论文集》，吉林大学出版社1987年版，第58页。

王重民的贡献更大。从20世纪30年代开始，他先后完成一系列著作，但直到1949年后才陆续发表出版。1950年，《敦煌曲子词集》（20世纪30年代开始整理，1940年成书）由商务印书馆印行；1957年，和向达、王庆菽等人主编的《敦煌变文集》，由人民文学出版社出版；1958年6月，汇编《敦煌古籍叙录》，由商务印书馆印行；1962年，王重民主持的《敦煌遗书总目索引》出版；1963年，发表《补全唐诗》（《中华文史论丛》1963年第3期）；1982年，《敦煌诗集残卷》收入《全唐诗外编》，由中华书局出版；1981年，《补全唐诗拾遗》发表于《中华文史论丛》第4辑；王重民最先发现并整理了72首敦煌诗歌，后由王尧整理，题名舒学《敦煌唐人诗集残卷》，发表于《文物资料丛刊》1977年第1期。王重民去世后，刘修业整理出版了《敦煌遗书论文集》《中国目录学史论丛》《冷庐文薮》等专著。他发表《补全唐诗》时，曾在序言中交代其科研进程："敦煌遗书给我们保存了极其丰富的古典文学作品，最重要的有诗词、变文和俗曲。我在阅读和整理遗书的过程里，拟把这些古典文学作品分别辑为专集，词与变文已出书，诗与俗曲尚待校理。……自从1935年我开始这一工作……曾于1942年略加排比，编成草稿……直到1954年我才编成了这样形式的初稿。……1962年《中华文史论丛》创办，我请求刊载出来。"①

二　敦煌文学的研究进程

　　"1909—1912，在中国，'敦煌学'的研究是一日千里，'敦煌学'的成就也是一日千里，敦煌学的灿烂之花已经怒放了。"②"国人愈认识敦煌古籍的重要价值，而盗窃敦煌古籍的帝国主义侵略者和国内官僚资产阶级的'学者'，便愈'秘而不宣'。一九二〇年以后，敦煌古籍的

---

① 刘修业：《补全唐诗》，《中华文史论丛》1963年第3期。
② 王重民：《敦煌文物被盗记》，载王重民《敦煌遗书论文集》，中华书局1984年版，第14页。

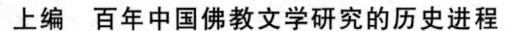

发见已有二十年了,可是敦煌学的研究者,反因资料缺乏,大有停顿不前之势。一九二五年,刘半农先生从巴黎抄回一些语言文学资料;北京图书馆所藏的佛经中,也有不少的文学资料。因此,自从一九二五年以后,我国治敦煌学者,对于唐代俗文学和唐代韵书的研究,有了较多的进步。一九三四年以后,我和向觉民先生分别到了巴黎和伦敦,摄取了更多的四部书和文学资料照片。但由于抗日战争不久开始了,往日作科学研究工作者,多数避居到西南,得不到资料,没有把敦煌学的研究深入下去。"① 王重民的这些回忆是对敦煌学乃至敦煌文学研究历程的准确概括。纵观这一时期的敦煌文学研究,我们可以发现,它是由文献考订、总体研究、作品研究三部分构成的。

(一) 文献考订

敦煌文学的研究首先以提要、序跋的形式出现,以文献考订为主。罗振玉、王国维、刘师培、陈寅恪等人的成果都是如此。

1910 年,刘师培写出《敦煌新出唐写本提要》(《国粹学报》第 7 卷第 75—82 期),侧重介绍写本、考订年代,并与传世他本校勘。其中《毛诗故训传国风残卷》(p. 2529)、《毛诗故训传邶风残卷》(p. 2538)、《文选李注卷第二残卷》(p. 2528)、《文选李注卷残卷》(p. 2527)、《文选白文卷残卷》(p. 2525) 的提要与文学有关。"尽管以简明的提要形式写出,却抵得上一篇篇精粹的论文。时至今日,他对写本四部书的校勘仍是不刊之论。"②

罗振玉的《雪堂校刊群书叙录》收录《敦煌石室遗书》《鸣沙石室佚书》《敦煌零拾》《松翁近稿》等书中的跋文。在 60 余篇敦煌文献跋文中,涉及文学的有如下篇章:《唐写本毛诗传笺跋》《毛诗·豳风残卷跋》(p. 2529、p. 1538、p. 2514、p. 2570、p. 2506)、《文选跋》

---

① 王重民汇编:《敦煌古籍叙录》,中华书局 1979 年版,第 4 页。
② 林家平、宁强、罗华庆:《中国敦煌学史》,北京语言学院出版社 1992 年版,第 26 页。

（p. 2528、p. 2527、p. 2542、p. 2525）、《唐人选唐诗跋》（p. 2567）、《唐写本玉台新咏跋》（p. 2503）、《秦妇吟跋》《云谣集杂曲子跋》《季布歌跋》《俚曲三种跋》《佛曲三种跋》《小曲三种跋》。罗氏的跋文主要对写本的状况、写本的年代及其与传世他本的差异进行了研究。

王国维为敦煌文献写的序跋有30余篇。涉及文学的有《唐写本韦庄秦妇吟跋》《唐写本云谣集杂曲子跋》《唐写本春秋后语背跋记》（三首词）、《唐写本太公家教跋》（《王国维遗书》第3册）、《唐写本季子歌》《唐写本季子歌跋》（《王国维遗书》第4册）、《唐写本季布歌孝子董永传跋》（《观堂别集补遗》，《海宁王忠悫遗书初集》，上虞罗氏1927年铅印本）、《唐写本残小说跋》（《观堂集林》卷21）等。

陈寅恪利用敦煌文献写了不少精彩的论文，有关敦煌文学的研究却仍以跋文的形式出现：《有相夫人生天因缘曲跋》《须达起精舍因缘曲跋》（《国学论丛》第1卷第4号）、《敦煌本维摩诘经文殊师利问疾品演义跋》（《中央研究院历史语言研究所集刊》第2本第1分，1930年版；又见《海潮音》第12卷第9期）（以上原刊《敦煌零拾》之《佛曲三种》）、《敦煌本维摩诘经文殊师利问疾品演义书后》（《清华周刊》1932年第37卷第9、10期合刊）、《忏悔灭罪金光明经冥报传跋》《敦煌本唐梵对字音般若波罗蜜多心经跋》《三国曹冲华陀传与佛教故事》《莲花色尼出家因缘跋》（《清华学报》1932年第7卷第1期文哲专号）、《读秦妇吟》（《清华学报》1936年第11卷第4期）等。

以上四人的研究都以文献的考订为主，但由于知识结构的变化而呈现不同特色。王国维尽管也和刘、罗一样对写本的状况、写本的年代及其与传世他本的差异进行了研究，但他关于敦煌俗文学的跋文明显增多。傅芸子曾经指出："吾国从事此项之研究者，以罗振玉、王国维二氏为最早。罗氏有《雪堂校勘群书叙录》，王氏有《观堂集林》，所载关于敦煌遗书之序跋甚多，皆有创获之作；而罗氏影印敦煌佚书至夥，

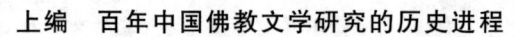

厥功尤伟。至于敦煌俗文学,亦以罗王二氏绍介于国人者为最早,然其启之者,则以日本狩野博士之力为多。"①

　　陈寅恪除了考订写本的有关情况外,还以其深湛的宗教学素养从文化史的高度对相关文本的故事来源作了考索,具有融会贯通的特色。比如,他在《莲花色尼出家因缘跋》中认为出家的记载有"七报"之说而少一报之叙事(即缺少佛典记载之母女共事一夫为莲花色出家之关键一报),"传写之伪误,或无心之脱漏,二种假定俱已不能成立",是由于不合国人心态而故意删削的。② 这就从文化史的角度解释了敦煌俗文学的传播心态。又如,陈寅恪写《敦煌本维摩诘经文殊师利问疾品演义跋》,"今取此篇与鸠摩罗什译《维摩诘所说经》原文互勘之,益可推见演义小说文体原始之形式,及嬗变之流别,故为中国文学史之绝佳材料"。在结论中,作者还作了理论上的把握:"盖《维摩诘经》本一绝佳故事,自译为中文后,遂盛行于震旦,其演变滋乳之途径,与其在天竺本土者不期而暗合:即原无眷属之维摩诘,为之造作其祖父母妻子女之名字,各系以事迹,实等于一姓之家传,而与今日通行小说如《杨家将》之于杨氏,《征东》《征西》之于薛氏,所纪内容,虽有武事哲理之不同,而其原始流别及变迁滋乳之程序,颇复相似。……当六朝之世,由维摩诘故事而演变滋乳之文学,有印度输入品与支那自制品二者,相对并行;外国输入者如《顶王经》等,至今流传不绝,本土自制者如《佛䫻喻经》等久已湮没无闻,以同类之书,千岁而后,其所遭际殊异至此,诚可谓有幸有不幸者矣。尝谓吾国小说,大抵为佛教化,六朝维摩诘故事之佛典,实皆哲理小说之变相,假使后来作者,复递相仿效,其艺术得以随时代而改进,当更胜于昔人,而此类改进之作品,自必有以异于《感应传》《冥报记》等滥俗文学。惜乎近世小说虽

---

　　① 傅芸子:《敦煌俗文学之发现及其展开》,《中央亚细亚》1941 年第 1 卷第 2 期;又载傅芸子《正仓院考古记　白川集》,辽宁教育出版社 2000 年版,第 193 页。
　　② 陈寅恪:《莲花色尼出家因缘跋》,《清华学报》1932 年第 7 卷第 1 期。

多，与此经有关系者，殊为罕见。岂以支那民族素乏幽渺之思，净名故事纵盛行于一时，而陈义过高，终不适于民族普通心理所致耶？"① 这就从文化史的高度和比较文学的高度探讨了中印文学的影响及其差异，有高屋建瓴之感。

随着文献的不断发现，对于相关作品的考订和笺校仍是此后敦煌文学研究的重要内容。除了前面已经叙述到的关于王梵志诗、《云谣集杂曲子辞》《秦妇吟》的整理研究外，主要文章将在"作品研究"中介绍。

（二）总体研究

敦煌文学的总体研究主要表现为两个方面：一是对敦煌文学作品的总体把握，二是对敦煌文学相关体制特点的研究。

王国维的《敦煌发见唐朝之通俗诗及通俗小说》（《东方文库》第71种《考古学零简》）是对敦煌文学作总体研究的第一篇论文，被认为是敦煌文学研究的首篇力作。他根据日本学者从欧洲获得的资料对《秦妇吟》（斯本）、《季布歌》（斯本）、《孝子董永传》、唐人小说《唐太宗入冥》（斯本）、俗体诗文《太公家教》（罗本、斯本、伯本）、唐人词《西江月》《菩萨蛮》《云谣集杂曲子》（《凤归云》二首、斯本《天仙子》）作了研究，"将敦煌文学的全貌简明地描述出来"，"堪称敦煌文学研究史上里程碑式的作品"。②

1928年初，胡适的《白话文学史》由上海新月书店出版。该书"自序""引子""佛教的翻译文学"（第九章、第十章）、"唐朝的白话诗"（第十一章）认为敦煌文学给白话文学史增添了新史料，译经文学对中国文学产生了巨大影响，并进而指出敦煌文学是俗文学之源，首先

---

① 陈寅恪：《敦煌本维摩诘经文殊师利问疾品演义跋》，《历史语言研究所集刊》1930年第2本第1分。
② 林家平、宁强、罗华庆：《中国敦煌学史》，北京语言学院出版社1992年版，第43页。

在文学史著作中从文学史的高度充分肯定了敦煌文学的价值。尽管后者是胡适计划中的下篇的内容，并未写就，但是他在上篇中的预告却深深地影响了此后的敦煌文学研究。

郑振铎的《敦煌的俗文学》（《小说月报》1929年第20卷第3号）在"敦煌文献及敦煌文学的估价""敦煌文学作品的研讨""中国小说的起源""关于俗文内部关系的探讨""对俗文学作者的大致揣测""《目连变文》的纵横比较""俗文与变文的影响"等方面作了探讨。他的这篇文章中的观点在后来的《插图本中国文学史》和《中国俗文学史》中不断得到修正、深化和拓展。

此外，对敦煌文学作总体研究的还有如下一些文章：郑振铎的《词的启源》（《小说月报》第20卷第4号，《中国文学史》中世卷第3篇第1章）；郑振铎的《佛曲叙录》（《小说月报》1927年第17卷号外）；徐家瑞的《对于敦煌发现佛曲的疑点》（《国学月报汇刊》1926年第1集）；郑振铎的《三十年中国文学新资料发现史略》（《文学》1934年第2卷第6号）；姜亮夫的《敦煌经卷在中国学术文化上之价值》（《说文月刊》1942年第3卷第10期）；王庆菽的《小说至唐代始达成立时期之原因》（《中央日报》1947年10月6日《文史周刊》第92期）；傅芸子的《三十年来中国之敦煌学》（《中央亚细亚》1943年第2卷第4期）；向达的《敦煌学导论》（《图书季刊》新3卷第1—2期、1941年第6期）。

关于敦煌文学体制的探讨是在向达、孙楷第等学者的推动下展开的。

向达的《论唐代佛曲》在佛曲钩沉和佛曲考原的基础上，"申论佛曲与俗文变文是两种不同的东西，以证罗氏之失"。[1] 向达的《唐代俗讲考》论述了"唐代寺院中之俗讲"（考出"俗讲之与唱导，论其本旨，实殊而同归，异名而共实"）、"俗讲之仪式"（伯3489号卷子纸背

---

[1] 向达：《论唐代佛曲》，载《唐代长安与西域文明》，河北教育出版社2001年版，第270页。

之"俗讲仪式")、"俗讲之话本问题"("私意以为俗讲话本名称,第一类之为押座文或缘起,第二类可以变文统摄一切大概可无问题……则俗讲话本第三类之名称,疑应作讲经文,或者为得其实也")、"俗讲文学起源试探"("私意以为俗讲文学之来源,当不外乎两途:转读唱导,一也;清商旧乐,二也")、"俗讲文学之演变"等问题。① 周一良认为"向觉民先生《唐代俗讲考》贯串旧文,辅以新知,源源本本,对于唐代俗讲问题,可谓阐发无遗。第四节'俗讲之话本问题',以为俗讲文学作品大体可分为三类:押座文、变文、讲经文。辩近人一律称变文之误,尤其卓识"。②

论述变文和俗讲的文章还有:阎万章的《说诸宫调与俗讲的关系》(北平《华北日报》1948年10月15日《俗文学》第68期);孙楷第的《读变文二则》(1936年写,《现代佛学》1951年第1卷第10期);孙楷第的《唐代俗讲轨范与其本之体裁》(《国学季刊》1937年第6卷第2号模印,1938年装订于长沙);关德栋的《谈"变文"》(《觉群周报》1946年第1卷第1期至第12期);关德栋的《略说"变"字的来源》(《大晚报·通俗文学》1947年4月14日);傅芸子的《俗讲新考》(《新思潮月刊》1946年第1卷第2期);傅芸子的《敦煌俗文学之发见及展开》(《中央亚细亚》1941年第1卷第2期);刁奴钧的《变文研究》(《文艺先锋》1946年第8卷第1期);觉先的《从变文的产生说到佛教文学在社会上的地位》(《人海灯》1937年第4卷第1期)。

其中最重要的是孙楷第、傅芸子和关德栋的文章。孙楷第的《唐代俗讲轨范与其本之体裁》是对向达观点的补充:"唐时僧侣讲论有所谓'俗讲'者……余友向君觉明有《唐代俗讲考》一文曾历引之,以为今敦煌写本所录诸说唱体俗文即唐时'俗讲'之本,其立义善矣。顾向

---

① 向达:《唐代俗讲考》,《燕京学报》1934年第16期;《文史杂志》1944年第3卷第9—10期。

② 周一良:《读〈唐代俗讲考〉》,《大公报·图书副刊》1947年第6期。

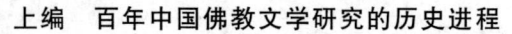

君文限于体裁,其论说旨趣在证明唐代有'俗讲'之事,其'俗讲'之轨范、门类,以及其本之形式影响于后世之散乐杂伎者,则为篇章所限犹未得畅言之。""今释此诸本,语其流变,判为四科:一讲唱经文、二变文、三唱导文、四俗讲与后世伎乐之关系。"①但该文只就"唱经、吟词、吟唱与说解之人、押座文与开题、表白"等方面对讲唱经文的体制作了翔实的分析。傅芸子在《俗讲新考》开篇便指出"本篇小文乃继两君(向达、孙楷第)之后,对于当时俗讲地方的情状以及变文讲唱的方式,略作补益"。②关德栋的《略说"变"字的来源》一文总结各种说法,提出自己的意见。《谈"变文"》是一篇长文,分变文的渊源(佛教翻译文学的影响、六朝时代佛教的唱导文学、唐代的俗讲与变文、唐代的变相与变文)、变文的体制(变文的组成、变文的分类)等几部分对变文作了阐释。

向达关于俗讲的论文还引起了一场大讨论。相关的论文如下:周一良的《读〈唐代俗讲考〉》(《大公报·图书副刊》1947年第6期);关德栋的《读〈唐代俗讲考〉的商榷》(《大公报·图书副刊》1947年第15期);向达的《补说唐代俗讲二三事——兼答周一良、关德栋先生》(《大公报·图书副刊》1947年第18期);周一良的《关于〈俗讲考〉再说几句话》、向达的《附记》(《大公报·图书副刊》1947年第31期);吴晓铃的《关于〈俗讲考〉也说几句话》(《华北日报》1947年7月4日、9月12日,《俗文学》第1、11期)。

(三) 作品研究

随着文献的不断面世,学者们对具体的作品展开了研究,现将敦煌讲唱文学宗教类作品的研究和非宗教类作品的研究以及诗词曲赋等方面

---

① 孙楷第:《唐代俗讲轨范与其本之体裁》,《国学季刊》1937年模印,1938年装订于长沙第6卷第2号。
② 傅芸子:《俗讲新考》,《新思潮月刊》1946年第1卷第2期。

的研究介绍如下。

宗教类作品的研究有如下一些文章。

胡适：《维摩诘经唱文的作者与时代》，《胡适文存》三集，1930年。

关德栋：《丑女缘起故事的根据》，《中央日报·俗文学》1947年第9期。

青木正儿：《关于敦煌遗书〈目连缘起〉〈大目乾连冥间救母变文〉及〈降魔变押座文〉》，汪馥泉译，《中国文学研究译丛》，上海北新书局1930年版。

董康：《圆鉴大师二十四孝押座文跋》，上海大东书局1920年石印本。

傅芸子：《关于破魔变文和丑女缘起与贤愚经》，《艺文》1943年第3卷第3期。

傅芸子：《关于破魔变文——敦煌写本之发现》，《艺文》1943年第1卷第3期。

傅芸子：《〈敦煌本温室经讲唱押座文〉跋》，《北大文学》1944年第1辑。

关德栋：《降魔变押座文与目连缘起》，《文艺复兴·中国文学研究号》1948年12月号。

陈志良：《唐太宗入冥故事的演变》，《新垒月刊》1935年第5卷第1期。

徐调孚：《讲唱文学的远祖——八相变文及其他》，《中学生》1947年第189期。

仓石武四郎：《写在目连变文介绍之后》，汪馥泉译，《中国文学研究译丛》，上海北新书局1930年版。

郑振铎：《大目乾连冥间救母变文并序》，《世界文库》第10册，上海生活书店1936年版。

赵景深：《目连故事的演变》，《银字集》，上海永祥印书馆1946

年版。

吴晓铃：《说"诸佛世尊如来菩萨尊者名称歌曲"》，《海潮音》1943年第24卷第5期。

关德栋：《敦煌本的还怨记》，上海《中央日报》1948年7月3日，《俗文学》第77期。

这一类研究文章或作文献的校订，或揭示故事的宗教来源，或梳理故事的流变，各具特色。

非宗教类敦煌讲唱文学作品的研究论文有如下一些文章。

容肇祖：《敦煌本韩朋赋考》，《庆祝蔡元培先生六十岁论文集》下册，《中央研究院历史语言研究所集刊》外编第一种，1935年。

董康：《昭君变文跋》《舜子至孝变文跋》，《书舶庸谭》，上海大东书局1920年石印本。

董康：《茶酒论跋》，《书舶庸谭》，上海大东书局1920年石印本。

容肇祖：《唐写本明妃传残卷跋》，《民俗周刊》1928年第27、28期。

张寿林：《王昭君故事演变之点点滴滴》，《文学年报》1932年第1期。

王庆菽：《季布歌考证》，《中央日报·文史周刊》1947年1月20日。

吴世昌：《〈敦煌卷季布骂阵词文〉考释》，《史学集刊》1939年第3期。

王重民：《敦煌本捉季布传文》，《北平图书馆馆刊》1936年第10卷第1号。

王重民：《敦煌本王陵变文》，《北平图书馆馆刊》1936年第10卷第6号。

王重民：《敦煌本王陵变文跋》，《华北日报·俗文学》1937年8月29日。

王重民：《敦煌本捉季布传文校录》，《北平图书馆馆刊》1936年第10卷第1期。

刘修业：《敦煌本伍子胥变文之研究》，《大公报·图书副刊》1937年第184期。

王重民：《金山国坠事零拾》，《北平图书馆馆刊》1935年第9卷第6期。

孙楷第：《敦煌写本张义潮变文跋》，《图书季刊》1936年第3卷第3期。

孙楷第：《敦煌写本张淮深变文跋》，《历史语言研究所集刊》1937年第7本第3分。

王重民：《敦煌本董永变文跋》，《图书季刊》1940年新2卷第3期。

王重民：《敦煌本董永变文跋》，上海《大公报·文史周刊》1946年第11期。

向达：《敦煌本董永变文跋》，《图书季刊》1940年新2卷第3期。

邢庆兰：《敦煌石室所见〈董永董仲歌〉与红河上游摆夷所传借钱葬父故事》，《边疆人文》1946年第3卷第5—6期。

这些文章可分为文献考订和故事研究两类。从事文献考订的是有缘见到写卷的学者，如王重民和吴世昌对季布写卷的考订，王氏有自我交代："民国元年，狩野直喜博士游欧，从斯坦因抄回残卷一……十三四年前，刘半农先生留学巴黎，又抄回残卷三……余来巴黎，又发现3697号卷子全本。"① 吴氏也有自我交代："现在我把狩野抄的一卷《季布歌》、刘氏抄的二卷《季布歌》和一卷《季布骂阵词文》合起来仔细校，知道这四卷实在是一整卷的《季布骂阵词文》。"② 从事故事研究的学者大都是民俗学、民间文学研究者，多以故事史事的考证和故事流变的梳理见长。如容肇祖的《敦煌本韩朋赋考》这一鸿篇巨制，从韩朋故事最早的记载及韩朋夫妇名氏职位的歧异、《史记》里所说的韩冯、古书上所说的宋王、韩朋故事产生的地域及自北移南的关系、化鸳

---

① 王重民：《敦煌本捉季布传文》，《北平图书馆馆刊》1936年第10卷第1号。
② 吴世昌：《〈敦煌卷季布骂阵词文〉考释》，《史学集刊》1939年第3期。

莺的故事在古书及唐诗上的引用、化蝶故事的产生及其他的幻化、韩朋的古迹、《青陵台歌》《乌鹊歌》的著录及故事盛行于文人间的原因、《韩朋赋》的内容、用韵及其时代的推测、韩朋赋的体制、余说——纳兰性德诗词中的韩冯等方面对这一故事作了全面的研究。

关于诗词歌赋方面的研究有如下一些文章。

王国维：《韦庄的秦妇吟》，《国学季刊》1923年第1卷第4号。

胡适：《白话诗人王梵志》，《现代评论》1927年第6卷第156期。

郑振铎：《王梵志诗跋》，《世界文库》第5册，生活书店1936年版。

菊隐：《初唐的民间诗人王梵志》，《西北公论》1942年第2卷第6期。

刘复：《敦煌写本中之孟姜女小唱》，《歌谣周刊》1925年第83号。

赵万里：《唐写本文心雕龙残卷校记》，《清华学报》1926年第3卷第1期。

周千蕊：《评秦妇吟》，《中日文化》1941年第1卷第5期。

冯友兰：《评秦妇吟校笺》，《国文月刊》1941年第8期。

刘修业：《秦妇吟校勘续记》，《学原》1947年第1卷第7期。

张尔田：《与龙榆生论云谣集书》，《同声月刊》1941年第1卷第10期。

冒广生：《新校云谣集杂曲子》，《同声月刊》1941年第1卷第9期。

魏建功：《十二辰歌》，天津《大公报》1947年4月2日，《文史周刊》第23期。

傅芸子：《五更调的演变——从敦煌的叹五更到明代的闹五更》，《中国留日同学会季刊》1943年第1号。

王重民：《说五更转》，《申报》1947年12月13日，《文史》第2期。

王重民：《说十二月》，《申报》1948年1月24日，《文史》第7期。

王重民：《说五更转》，《申报》1948年5月8日，《文史》第22期。

唐圭璋：《敦煌唐词校释》，《中国文学》1944年第1卷第1期。

敦煌诗词歌赋不是此期研究的重点，但是有些文章还是开启了学术研究的方向。如胡适《白话诗人王梵志》云："去年我在巴黎检读伯希和先生从甘肃敦煌莫高窟带回去的六朝唐五代的写本，检得三个残卷，都是王梵志的诗。""曾借抄董康先生抄日本羽田亨博士摄影本"，并辑佚10首，对王梵志生平、诗歌作了考证和分析。[①] 这对以后的研究无疑是一个重要的启示。

三 敦煌文学研究的若干特点

由于受材料、观念和知识结构等因素的影响，这一时期的敦煌文学研究带有很强的探索性。尽管不少观点带有局限性，但整个研究是不断向前推进的。概而言之，这一时期的研究具有如下一些特点。

（一）随材料的发现而进展

敦煌藏经洞里的俗文学材料保留的是一千多年前的文学文本，在我国的文献上早已失载，而且面世的过程又非常曲折，东鳞西爪一点一点地被挖掘出来。因此，学术界对这些材料的认识和研究也经历了一个曲折的过程。在这方面，向达颇有感触："本文初稿曾刊《燕京学报》第16期。其后获见英法所藏若干新材料，用将旧稿整理重写一过。一九四零年向达谨记于昆明。""唯以作者之志在于化俗，是以文辞鄙俚意旨浅显。敦煌学者之于此种作品，非意存鄙弃，即不免误解；研究通俗文学者又多逞臆之辞，两者俱未为得也。"[②] 傅芸子对此体会也很深："关于敦煌俗文学，前虽有人为文介绍，然因近年新材料之继续的发见，因之亦获得与前不同之新的解释。"[③]

---

① 胡适：《白话诗人王梵志》，《现代评论》1927年第6卷第156期。
② 向达：《唐代俗讲考》，《燕京学报》1934年第16期；《文史杂志》1944年第3卷第9—10期。
③ 傅芸子：《敦煌俗文学之发见及其展开》，《中央亚细亚》1941年第1卷第2期；又载傅芸子《正仓院考古记　白川集》，辽宁教育出版社2000年版，第191页。

由于写本的残缺不全和写本的不易获得，常常导致学者对有关文本产生错觉，只有等到文献充分挖掘出来后，才能有正确的认识。这在当时是一个普遍的现象。如傅芸子在研究《破魔变文》时就提到这一现象："此种敦煌古写本变文，残阙的居多，完整的很少，像伦敦巴黎所藏的《大目建连冥间救母变文》那样首尾完备的实不多见，可惜都流传到海外去了！非我国人所有。幸而有一卷结构宏伟、篇幅完整的《降魔变文》，前些年出现于世，为歙县胡氏所购藏，保存于国内。此卷在罗叔言氏《敦煌零拾》里，也收藏过残卷，自从那足本发现后，才知道这卷子的题目，也是《降魔变文》。又法人伯希和氏，自敦煌携走的卷子里，尚有《降魔变押座文》、《破魔变文》共一卷（伯2187）。此卷最早曾经冈崎文夫氏自巴黎抄回，由青木正儿氏简单介绍于《支那学》中，当时也没引用原文，洎至后来'降魔变文'出现，所以世间对于这两个变文是一是二，多莫名其妙，连亲到巴黎去的郑西谛氏也没有看到此卷，所以他说：巴黎国家图书馆藏有《降魔变押座文》（伯2187）一卷，又《破魔变押座文》（同上号）（按今检之原卷抄本，仅有《破魔变文》而无《押座文》，郑氏有误）一卷，不知与这部《降魔变文》有什么不同处。或是另一个抄本吧？而《破魔变文》不知和《降魔变文》有什么不同。惜今日未读到原文，尚不能定论。——《中国俗文学史》上册第六章'变文'。前年为预备编《俗文学研究》讲义，曾收集变文资料，在日本承青木正儿介绍，蒙冈崎文夫氏好意，将他巴黎手抄变文三种的旧笔记借来，抄得《降魔变押座文》《破魔变文》，如获至宝，可惜误字脱句甚多，很是费解。后来又蒙那波利贞氏盛意，据他旅法时的抄本，为我校补一下，于是始成完璧。从看了这个抄本以后，才知道《降魔变文》与《破魔变文》并非一个东西。……至于《降魔变押座文》，实应作'破魔'而非'降魔'，因此一点，所以使人易于误会了。"[①]

---

① 傅芸子：《关于破魔变文——敦煌足本之发现》，《艺文》1943年第3期。

关于这些讲唱文学的称呼问题，也经历了一个复杂的认识过程。傅芸子从文献搜集的角度谈到这一问题："最初介绍此种文体者为罗振玉氏之《敦煌零拾》，内有《佛曲》三种，时尚未知有变文之目，罗氏名为'佛曲'也。变文之名最早介绍于世者，恐即胡适博士所记之《维摩诘经变文》，而狩野博士抄归之《孝子董永》，今知实亦变文，不过仅存唱词而已。厥后日本冈崎文夫博士又在巴黎抄得《目连缘起》、《大目犍连变文》、《破魔变文》三种，由青木正儿、仓石武四郎两博士为文绍介于《支那学》中，自是变文之名益著。继之者为刘复、小岛祐马、郑振铎、王重民、那波利贞诸君，先后续有抄录，而国立北京图书馆所藏变文，嗣亦整理完毕。"① 郑振铎则从文献研究的角度谈到这一问题："在前几年，对于变文一类的东西，是往往由编目者或叙述者任意给他以一个名目的。或称之为'俗文'，或称之为'唱文'，或称之为'佛曲'，或称之为'演义'，其实都不是原名。又或加'明妃变文'以'明妃传'之名，'伍子胥变文'为'伍子胥'或'列国传'，也皆是出于臆度，无当原义。"②

这些称呼中影响最大的是"佛曲"，为学界所沿用。徐嘉瑞撰文指出："所以我断定敦煌所遗俗文，即是天竺乐中的佛曲。原抄虽无佛曲之名，而罗振玉先生已在《敦煌零拾》上标目为佛曲，这是很妥当的。并断定天竺乐佛曲的体裁也是弹词体，因为印度经文的体裁，即是弹词体。"③ 容肇祖也指出："这类的作品，就敦煌石窟发现计之，除了佛曲——如京师图书馆所藏《佛本行集经俗文》、《八相成道俗文》、《维摩诘所说经俗文》，以及罗振玉先生编印的《敦煌零拾》中所有的

---

① 傅芸子：《敦煌俗文学之发见及其展开》，《中央亚细亚》1941年第1卷第2期；又载傅芸子《正仓院考古记　白川集》，辽宁教育出版社2000年版，第195页。

② 郑振铎：《插图本中国文学史》，北京出版社1999年版，第455页。该书由北平朴社1932年初版。

③ 徐嘉瑞：《敦煌发见佛曲俗文时代之推定》，《澎湃》1925年第13、14期；《文学周报》1935年第199期。

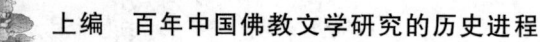

佛曲——不易发现了。"① 佛曲这一称呼流传之广，以上二文可以窥一斑矣。

但这一称呼一开始就受到质疑。陈寅恪《敦煌本维摩诘经文殊师利问疾品演义跋》是为罗氏《敦煌零拾》而作，他在文章中反对罗氏的界定，建议改称"演义"。

向达一开始也相信这一说法，后来接触到更多的材料，于是撰文加以修正，在学术界产生了很大的影响。在论文集《唐代长安与西域文明》的"作者致辞"中，向达作了说明："开始接触到'佛曲'这样一个名词，于是追溯到音乐方面，提出了龟兹苏祗婆琵琶七调渊源于印度北宗音乐的假设。后来逐渐明白佛曲与敦煌所出通俗文学中的变文是两回事，佛曲与龟兹乐有关，而变文一类的通俗文学乃是唐代通行的一种讲唱文学即俗讲文学的话本。1937年在巴黎看到记载俗讲仪式的一个卷子，这一问题算是比较满意地解决了。"② 在论文《论唐代佛曲》中，作者说得更详细："那时不知是那一位朋友远远地从云南寄了几期《澎湃》给我，在十三、十四两期中得读徐嘉瑞先生所著《敦煌发现佛曲俗文时代之推定》一文，因此我于南卓《羯鼓录》所纪诸佛曲调而外，知道还有许多有宫调的佛曲。不过徐先生文内未说那些有宫调的佛曲，出于何书。罗叔言先生的《敦煌零拾》中收有俗文三篇，罗先生也漫然定名为佛曲。我那时没有过细研究，又没有将徐先生所举有宫调的佛曲寻得出处，便也循罗、徐两先生之误，以唐代佛曲与敦煌发现的俗文变文之类，混为一谈。所以在《龟兹苏祗婆琵琶七调考原》一文中附带论及苏祗婆琵琶七调与佛曲的关系时候，以为这些佛曲俗文，都是苏祗婆传来七调之支与流裔。后来我把《敦煌零拾》中所收的三篇俗文反复阅看，丝毫不见有宫调之迹。我疑心所见敦煌发现的俗文只是一斑，不足以概全体，遂又托人从北京京师图书馆抄得敦煌卷子俗文三

---

① 容肇祖：《唐写本明妃传残卷跋》，《民俗周刊》1928年第27、28期。
② 向达：《唐代长安与西域文明》，河北教育出版社2001年版。

篇,此外又在《支那学》第四卷第三号得见青木正儿介绍敦煌发见《目连缘起》、《大目乾连冥间救母变文》及《降魔变押座文》的一篇文章。知道敦煌发见的俗文变文体制大致相同,可是徐先生文中所举诸宫调却一律没有踪影。其后看梁廷枏《曲话》,其中也曾约略提到徐先生所举诸宫调佛曲,始知所谓诸宫调佛曲原是唐时乐署供奉之物。因此疑心敦煌发见的俗文之类而为罗先生所称为佛曲者,与唐代的佛曲,完全是两种东西;佛曲大约与苏祗婆传来的七调一系音乐有关,而为一种乐曲;而敦煌发见的俗文变文,则又是一种东西,大约导源于《佛本行经》一类的文学,而别为一种俗文学。近来找得徐先生所举诸宫调佛曲的出处,又将以前所假设诸点,从头理董一过,自觉所立佛曲是佛曲,俗文变文是俗文变文,二者截然不同的说法,大致可以成立。遂不揣冒昧,写成这一篇东西,一方面钩稽唐代佛曲,考其源流;一方面申论佛曲与俗文变文是两种东西,以正罗氏之失,并自己忏悔以前轻信之过。"①

郑振铎对敦煌讲唱文学的界定则随着材料的不断挖掘而经历了一个自我否定的过程。他放弃佛曲说和变文俗文说,最后将敦煌讲唱文学界定为变文,在相当长的时期内成了敦煌讲唱文学的通称。

一开始,他也依据罗氏的提法写了一篇《佛曲叙录》,后来觉得不妥,于是又写了一篇《佛曲、俗文与变文》加以订正:"我在前几年写《佛曲叙录》一文时,曾将敦煌石室文库中所发现的《维摩诘所说经变文》《佛本行集经变文》《八相成道经变文》诸种,以及后代的《目连救母宝卷》《香山宝卷》《刘香女宝卷》等等,皆作为'佛曲'。佛曲这个名词原是罗振玉氏刊行《敦煌零拾》时所给予他所藏的三种变文的总名,我也沿其误而未及发觉——许多研究佛曲的人,如徐嘉瑞君、向觉民君,也都沿其误。去年,我着手写《中国文学史》中世卷,其

---

① 向达:《论唐代佛曲》,载向达《唐代长安与西域文明》,河北教育出版社 2001 年版,第 269—270 页。

中有一章是'俗文与变文'。因为对于俗文与变文有了一番很浅薄的讨究，便察觉出俗文与佛曲乃是完全不同性质的两种东西，不能相提并论的。后来的宝卷，乃是俗文或变文的支裔，所以与佛曲亦相差同样的远。"①

在《敦煌的俗文学》中，作者对敦煌俗文学进行分类时指出："敦煌抄本的最大珍宝，乃是两种诗歌与散文连缀成文的体制，可谓变文与俗文者也。""此二者大别有二：第一，'俗文'是解释经典的，先引原来经文，后再加以演释，换言之，即将艰深不为'俗人'所懂得的经文，再加以通俗的演释，使人人都能明白知晓，所以可以称之曰：'俗文'。'变文'二字的意义没有那末明了，但就其性质而言，我们亦可知其为：采取古相传的一则故事，拿时人所乐闻的新式文体——诗与散文合组而成的文体——而加以敷演，使之变为通俗易解，故谓之曰：'变文'。第二，在文字上，'变文'与'俗文'便有了很大的差异，'俗文'是以'经文'提纲，先列原来经文，然后再将经文敷演为散文与诗句的，所以经文便是纲领，其他的全部散文与诗句便是'笺释'，便是'演文'，换言之，即系复述经文之意的。至于'变文'则其全部的散文与诗句皆相生相切，映合成篇，既无一提纲的文字，又不是屡屡复述前文的。换言之，则他们是整片的记载、纯全的篇章，其所取的故事，并不是仅仅加以敷演，而是随意的用他们为题材的。总之，'俗文'不能离了经典而独立，他们是演经的，是释经的；'变文'则与所叙述的故事的原来来源并不发生如何的关系，他们不过活用相传的故事，以抒写作者自己的情致而已。"②

在《插图本中国文学史》中，作者又指出："变文的名称，到了最近，因了几种重要的首尾完备'变文'写本的发现，方才确定。……

---

① 郑振铎：《佛曲、俗文与变文》，载《中国文学研究》，人民文学出版社 2000 年版，第 211 页。

② 郑振铎：《敦煌的俗文学》，《小说月报》1929 年第 20 卷第 3 号；《中国文学史》，商务印书馆 1930 年版。

我在商务版的《中国文学史》中世卷第三编第三章'敦煌的俗文学'里，也以为这种韵散结合体的叙事文字，可分为俗文和变文。现在才觉察出其错误来。原来在变文外，这种新文体，实在并无其他名称，正如变相之没有第二种名称一样。"①

后来，郑振铎在《中国俗文学史》再一次指出："我在《中国文学史》中世卷上册里，曾比较详细的讨论到'变文'的问题。但那个时候，所见材料甚少，《敦煌掇琐》也还不曾出版。将零零落落的资料作为研究的资料，实在有些嫌不够。我在那里把'变文'分为'俗文'和'变文'两种，以演述佛经者为俗文，以演述'非佛教'的故事者为变文，这也是错误的。总缘所见太少，便不能没有臆测之处。（那时北平图书馆目录上，是有'俗文'的这个名称的，故我便沿其误了。）"在这种认识的基础上，郑振铎广泛阅读所能找到的材料，对学术界关于这个"文体"的种种臆测的称谓如佛曲、俗文、唱文、讲唱文、押座文、缘起等作了辨析，最后指出："但就今日所发现的文卷来看，以变文为名的，实在是最多。……像变相一样，所谓变文之变，当是指变更了佛经的本文而成为俗讲之意（变相是变佛经为图相之意）。后来变文成了一个专称，便不限定是敷演佛经之故事了（或简称为'变'）。"②

关于敦煌文学的分类，由于受到材料的限制，更是经历了一个五花八门而又逐渐走向正确的历程。

罗振玉编《敦煌零拾》时，除《秦妇吟》《云谣集杂曲子》《季布歌》外，尚有《佛曲三种》《俚曲三种》《小曲三种》三类，显示了一定的分类意识。王国维的《敦煌发现唐朝之通俗诗及通俗小说》介绍敦煌文学时曾使用"似后世七字唱本"、唐人小说、俗体诗文、唐人

---

① 郑振铎：《插图本中国文学史》，北京出版社1999年版，第455—456页。该书由北平朴社1932年初版。
② 郑振铎：《中国俗文学史》，商务印书馆1998年版，第183、190页。

词、"当时歌唱脚本"等类别概念。

胡适将敦煌遗书分成七类，丁类"俗文学（平民文学）：我们向来不知道中古时代的民间文学。在敦煌的书洞里，有许多唐、五代、北宋的俗文学作品。从那些僧寺的《五更转》《十二时》，我们可以知道填词的来源。从那些'季布''秋胡'的故事，我们可以知道小说的来源。从那些'《维摩诘》唱文'，我们可以知道弹词的来源"。己类"佚书：如《字宝碎金》《贾耽劝善经》《太公家教》、韦庄《秦妇吟》、王梵志《诗集》等等，皆是"。①

向达《记伦敦所藏的敦煌俗文学》列出目录后指出"以上简目，略就性质归类，不依号码次序"，并分变文、唱文或唱经文、白话词文、故事、白话诗、俗赋、通俗书（《太公家教》《新集严父教》）作了简单介绍。这一分类对后来的几篇专科目录都有影响。②

郑振铎在《敦煌的俗文学》中把敦煌俗文学分为三类。1. 诗歌，包括民间杂曲（《叹五更》《孟姜女》《十二时》）、叙事诗（《孝子董永》《季布歌》《太子赞》）、杂曲子（《凤归云》《长相思》《雀踏枝》）。2. "散文的俗文学"（"《唐太宗入冥记》《秋胡》，行文亦笨拙无伦，时有不成语处，当是俗文学的本来面目，然结构很好，状述亦多曲折，描写亦多精切入微"）。3. "敦煌抄本的最大珍宝，乃是两种诗歌与散文连缀成文的体制，可谓变文与俗文者也。"③

他在《中国俗文学史》中又作了调整。在第一章中，他把俗文学分为五大类，即诗歌、小说、戏剧、讲唱文学和游戏文章。他把敦煌变文和宝卷、诸宫调、弹词、鼓词列为讲唱文学的子目，又把《燕子赋》《茶酒论》当作游戏文章的典范。在第五章，他把"唐代的民间歌赋"即敦煌歌赋分为王梵志等的通俗诗、民间词（《云谣集杂曲子》）、民间

---

① 胡适：《海外读书杂记》，《胡适文存》第3集第4卷，亚东图书馆1930年版，第537页。
② 向达：《记伦敦所藏的敦煌俗文学》，《新中华杂志》1937年第5卷第13号。
③ 郑振铎：《敦煌的俗文学》，《小说月报》1929年第20卷第3号；《中国文学史》，商务印书馆1930年版。

小曲（《叹五更》《太子五更转》）、长篇叙事歌（《太子赞》《董永行孝》）和小品赋。在第六章中，又将变文分为关于佛经的故事和非佛经的故事两大类，前者包括严格的说经的和离开经文而自由叙状的两类，后者包括历史传说、当代"今闻"两类。严格的说经的又包含仅演述经文而不叙写故事和叙写佛经的故事两类，叙写佛经的故事又包括佛及菩萨故事和佛经里的故事两类。

后来，傅芸子《敦煌俗文学之发见及展开》在综述敦煌学学术史的同时，"旨在将敦煌俗文学之分类目录作一总记录，以为研究俗文学者之一参考"，分变文（关于唱经及佛教故事的、关于非佛教故事的）、诗歌（佛曲及民间杂曲）、通俗诗、杂曲子、民间之赋、杂文、小说等类别对敦煌文学作了著录。

以上分类，无论是根据内容的分类还是根据体制的分类，其类目和作品的类别归属在今天看来都有不当乃至错误之处，但总的趋势还是随着材料的不断掌握而接近科学的敦煌文学类别。

（二）随观念的转变而进展

早期的敦煌学研究是以对四部书的整理和研究为中心的，敦煌文学的研究是这种研究的附带品。只是在白话文学、俗文学观念兴起之后，敦煌文学才被研究者从文学史的高度加以肯定、加以研究。

罗振玉、王国维、董康都曾东渡日本，对狩野直喜关于敦煌俗文学的认识有所了解，但他们囿于传统四部书的理念，虽对俗文学作过收集整理乃至研究，却无法对这些文献的重要性作出科学的解说。

罗振玉的注意力在四部书，所以尽管编辑了俗文学的资料却名之曰《敦煌零拾》，所以尽管在《〈佛曲三种〉跋》中指出"佛曲三种……《武林旧事》载，技艺亦有说经。今观此残卷，是此风肇始于唐而盛于宋，两京、元明以后，始不复见矣"[①]，却未能对之作出科学的评价。

---

① 罗振玉：《雪堂类稿·乙图籍序跋》，辽宁教育出版社2003年版，第349页。

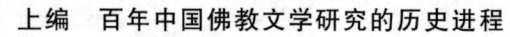

上编　百年中国佛教文学研究的历史进程

王国维写了第一篇敦煌文学论文，但他还是把敦煌文学文献归入集部："敦煌千佛洞六朝及唐人写本书卷……其中佛典居百分之九五，其四部书为我国宋以后久佚者：……集部有唐人词曲及通俗诗小说各若干种。"①

董康抄录了不少俗文学资料，也认识到："弹唱演义亦名说书。……近今敦煌发见唐写本《舜子大孝》《明妃曲》若干种，则此风唐代已然。"② 但是，他也没有对这些作品进行研究。

胡适为倡导白话文而写《白话文学史》。他在"引子"中声称："我为什么要写白话文学史呢？第一，我要大家知道白话文学不是这三四年来几个人凭空捏造出来的；我要大家知道白话文学是有历史的，是有很长又很光荣的历史的。""第二，我要大家知道白话文学在中国文学史上占一个什么地位。老实说罢，我要大家知道白话文学史就是中国文学史的中心部分。""其实革命不过是人力在那自然演进的缓步徐行的历程上，有意的加上了一鞭。白话文学的历史也是如此。"③

在这种理论视野下，《白话文学史》不仅仅是一种学术著作，而且反映了五四新文化运动的社会变革要求，是白话文运动的学术体现。因此，《白话文学史》能够从文学史的高度对敦煌的俗文学作出极高的评价。他在第九章、第十章"佛教的翻译文学"中指出："印度文学（佛经）……的体裁，都是中国没有的；他们的输入，与后代的弹词、平话、小说、戏剧的发达有直接或间接的关系。"佛教的宣传除了译经之外，还有转读和梵呗，"转读之法使经文可读，使经文可向大众宣读。这是一大进步。宣读不能叫人懂得，于是有'俗文''变文'之作，把

---

① 王国维：《最近二三十年中中国新发现之学问》，载王国维《静庵文集》，辽宁教育出版社1997年版，第206页。
② 董康：《〈书舶庸谭〉自序》，载董康《书舶庸谭》，辽宁教育出版社1998年版。
③ 胡适：《白话文学史》，安徽教育出版社1999年版，第1、2、4页。该书原由上海新月书店1928年出版。

经文敷演成通俗的唱本，使多数人容易了解。这便是更进一步了。后来唐五代的《维摩变文》等，便是这样起来的。（说详下编，另有专论）梵呗之法用声音感人，先传的是梵音，后变为中国各地的呗赞，遂开佛教俗歌的风气。后来唐五代所传的《净土赞》《太子赞》《五更转》《十二时》等，都属于这一类。佛教中白话诗人的起来（梵志、寒山、拾得等）也许与此有关系罢。唱导之法借设斋拜忏做说法布道的事。唱导分化出来，一方面是规矩的忏文与导文，大概脱不了文人骈偶的风气，况且有名家导文作范本，陈套相传，没有什么文学上的大影响。一方面是由那临机应变的唱导产生'莲花落'式的导文，和那通俗唱经的同走上鼓词弹词的路子了。另一方面是原来说法布道的本意，六朝以下，律师宣律，禅师谈禅，都倾向白话的讲说；到禅宗的大师的白话语录出来，散文的文学上遂开一面了。（也详见下编）"[1] 而敦煌王梵志的白话诗和小说则改写了白话文学史："六年前的许多假设，有些现在已得着新证据了，有些现在须作大大的改动了。如六年前我说寒山的诗应该是晚唐的产品，但敦煌出现的新材料使我不得不怀疑了。怀疑便引我去寻新证据，寒山的时代竟因此得着重新考定了。又如我在《国语文学史》初稿里断定唐朝一代的诗史，由初唐到晚唐，乃是一段逐渐白话化的历史。敦煌的新史料给了我无数佐证，同时却又使我知道白话化的趋势比我六年前所悬想的还要更早几百年！我在六年前不敢把寒山放在初唐，却不料隋唐之际已有了白话诗人王梵志了。我在六年前刚见着南宋的《京本通俗小说》，还很诧异，却不料唐朝已有不少通俗小说了！六年前的自以为大胆惊人的假设，现在看来，竟是过于胆小，过于持重的见解了。"[2]

向达也在多篇文章中强调敦煌文学的价值。他认为"谈中国文化史的，平空添了将近两万卷的材料，不仅许多古籍可藉以校订……尤其重

---

[1] 胡适：《白话文学史》，安徽教育出版社1999年版，第167—168页。
[2] 同上书，"自序"第7—8页。

要的便是佛教美术同俗文学上的新发现"。敦煌文学对俗文学的贡献："一是题材方面,第二是活的辞汇的收集。""今从敦煌所出诸俗讲文学作品观之,宋代说话人宜可溯源于此。纪伍子胥故事、《汉将王陵变》《季布骂阵词文》《昭君变》以及《张淮深变文》之类,即宋代说话人中讲史书一科之先声,而说经说参请,又为唐代诸讲经文之支与流裔。弹词宝卷,则俗文学之直系子孙也。"鼓子词、诸宫调乃至合生都与之有渊源。①

　　这种文学观念的改变大大促进了敦煌俗文学资料的搜集和整理。刘半农的《敦煌掇琐》出版,及时为敦煌俗文学研究提供了关键材料。他抄写、出版这部作品跟白话文运动密切相关。1917 年,刘半农被聘为北京大学教员,一变鸳鸯蝴蝶派才子而为新文学革命的闯将,受到胡适挖苦后出国留学。他把新文学理念带到了国外,除了创作白话诗和编辑民歌之外,他把目光对准了巴黎所藏的敦煌文献。他在前言里表白了自己的心迹："书名叫掇琐,因为书中所收,都是零零碎碎的小东西,但这个小字,只是依着向来沿袭的说法说,并不是用了科学方法估定的。""直到最近数年这种谬误的大小观念才渐渐的改变了。我们只须看一看北京大学研究所国学门中所做的工作,就可以断定此后的中国国学界必定能另辟一新天地,即使一时不能希望得到多大的成绩,至少总能开出许许多多古人所梦想不到的好法门。……总而言之,我们新国学的目的乃是要依据了事实,就中国全民族各方面加以精详的观察与推断,而找出个五千年来文明进化的总端与分绪来。"他还举吴立模研究五更调、顾颉刚研究孟姜女倚重他抄录的文献来说明《敦煌掇琐》的价值："记得前年,上海有位吴立模先生研究五更调,我将五更调小唱及太子五更转,抄寄给他,承他称为合用。去年顾颉刚先生研究孟姜

---

① 分别见向达《论唐代佛曲》,《小说月报》1929 年第 20 卷第 10 号;《记伦敦所藏的敦煌俗文学》,《新中华杂志》1937 年第 5 卷第 13 号;《唐代俗讲考》,《文史杂志》1944 年第 3 卷第 9—10 期。

女,我将孟姜女小唱寄去,承他称为所得材料中最重要的一种。因有此两次的经验,我颇希望全书出版之后,能替学者们当得一点小差,同时我又希望几种兴趣较浓的文件,能博得一般读者的赏玩和惊奇,这就是我发表此书的小意思了。"①

《敦煌杂录》的编者也在自序中指出《敦煌杂录》"略就文之性质分为八类(变文、偈赞、音韵、文疏、契约、传记、目录、杂类),以唐代民间通俗之作为多,可以考谣谚之源流,窥俗尚之迁易,欲知千年来社会之演进,及经济之转变者,此是重要之史料也。"②

当时学术界的顶尖人物分别为这两部敦煌俗文学文集作序,对文献的价值和作者的辛勤劳动作了充分肯定。北大校长蔡元培认为:"刘半农先生留法四年,研究语言学的余暇,把巴黎国家图书馆中敦煌写本的杂文,都抄出来,分类排比,勒成此集……至于唐代文词……读是编所录一部分的白话文和白话五言诗,我们才见到当时通俗文词的真相。就中如五更转、孟姜女等小唱,尤可以看出今通行的小唱,来源尤古。"③ 胡适认为:"《敦煌杂录》是继蒋斧、罗振玉、罗福葆、刘复、羽田亨诸先生的工作,专抄敦煌所藏非佛教经典的文件。……北平所藏的经典以外的文件,除了向达先生抄出的几件长卷之外,差不多没有发表,所以外间的学者只知道北平所藏尽是佛经,而不知道这里面还有许多绝可宝贵的非教典的史料。……第一类的佛教通俗文学,近年来已得着学者的注意,许君所辑之中,最重要的是几残卷变文,虽不如巴黎所藏《维摩变文》和我所藏《降魔变文》的完整,但我们因此可知道当时变文种类之多,数量之大,所以是很

---

① 刘半农:《〈敦煌掇琐〉序》,载黄永武主编《敦煌丛刊初集》,台湾新文丰出版公司1985年版。
② 许国霖:《〈敦煌石室写经题记与敦煌杂录〉自序》,载黄永武主编《敦煌丛刊初集》,台湾新文丰出版公司1985年版。
③ 蔡元培:《〈敦煌掇琐〉序》,载黄永武主编《敦煌丛刊初集》,台湾新文丰出版公司1985年版。

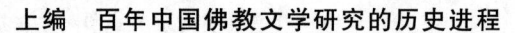

可贵的。这里面的佛曲,如《辞娘赞》……如《归去来》都属于同一体制,使我们明白当时的佛曲是用一种极简单的流行曲调,来编佛教的俗曲。"①

胡适关于敦煌俗文学的观点对郑振铎和傅芸子影响甚大。我们从他们的论述中可以看出文学观念的变化对敦煌文学研究的推动。

胡适关于敦煌文学的思考由于《白话文学史》有头无尾而没能够展开,郑振铎除了表示惋惜外,还以撰写文学史的方式对胡适的观点作了发挥和拓展。他的这种发挥和拓展是通过三部文学史的撰写而一步步走向深入的。郑振铎在《敦煌的俗文学》中对敦煌文学作了总的评价:"第一,他使我们知道许多已佚的杰作,如韦庄的《秦妇吟》,王梵志的诗集之类。第二,他将中古文学的一个绝大的秘密对我们公开了。他告诉我们以小说、弹词、宝卷以及好些民间小曲的来源。他使我们知道中近代的许多未为人所注意的杰作,其产生的情形和来历究竟是怎样的。这是中国文学史的一个绝大的消息。可以用这个发现而推翻古来无数的传统见解。"② 在《插图本中国文学史》中,他不仅设"变文的产生"一章论述敦煌文学,而且在"话本的产生""鼓子词与诸宫调"等专章里谈到了变文对这些文体的影响。他关于敦煌俗文学的想法在《中国俗文学史》中得到了最充分的体现。他在第一章中强调:"俗文学就是通俗的文学,就是民间的文学,也就是大众的文学。换一句话,所谓俗文学就是不登大雅之堂,不为学士大夫所重视,而流行于民间,成为大众所嗜好所喜悦的东西。""俗文学不仅成了中国文学史主要的成分,且也成了中国文学史的中心。"③ 第八、十一、十二、十三章分别在论述鼓子词与诸宫调、宝卷、弹词、鼓子词与子弟书时都把源头追溯到变

---

① 胡适:《〈敦煌石室写经题记与敦煌杂录〉序》,载黄永武主编《敦煌丛刊初集》,台湾新文丰出版公司1985年版。
② 郑振铎:《敦煌的俗文学》,《小说月报》1929年第20卷第3号;《中国文学史》,商务印书馆1930年版。
③ 郑振铎:《中国俗文学史》,商务印书馆1998年版,第1、2页。

文,并进行了论证;第五、六两章分论"唐代的民间歌赋"和"变文"。他在文学史中设专章介绍敦煌文学尤其是变文的原因在于:"在敦煌所发现的许多重要的中国文书里,最重要的要算是变文了。在变文没有发现以前,我们简直不知道:'平话'怎么会突然在宋代产生出来?'诸宫调'的来历是怎样的?盛行于明清二代的宝卷、弹词及鼓词,到底是近代的产物呢?还是'古已有之'的?许多文学史上的重要问题,都成为疑案而难于有确定的回答。但自从三十年前史坦因把敦煌宝库打开了而发现了变文的一种文体之后,一切的疑问,我们才渐渐的可以得到解决了。""敦煌石室的发现,使我们对于唐代的通俗文学研究有了极重要的收获。'变文'的发现,固然是最重要的消息,使我们对于宋元的通俗文学的发展的讨论上,有了肯定的结论。而同时,许多民间歌曲的被掘出,也使我们得到不少的好作品,同时并明白了后来的许多通俗作品的产生的线索和原因。"①

20世纪40年代,北京大学专事俗文学研究和教学的傅芸子已经在他的学术史论文中阐述敦煌文学的历史价值了:"敦煌俗文学自发见以后,吾人及今试一思索,其影响于后世俗文学最力者厥为变文。此种变文,至宋初虽被禁止,其名称渐趋消灭,佚存卷子秘藏敦煌石室八百余年,在宋时由寺院中之俗讲,一变而为瓦子中之说话;说经,说参请,均为讲唱经变之余波。然其特有体制反而自然发展,一方直接演变成为宗教性讲唱的宝卷,此种宝卷亦系用散文韵语组成,与变文体制,完全相同;一方间接演变成为非宗教性讲唱的弹词。而弹词至近世又复继续发展,南北各有繁衍,在北则为鼓词,在南则为南词,其开展之广,乃驾乎各种文体之上。至于宋人说话中之小说、讲史,亦与讲唱经变有密切关系……至于近世宝卷弹词鼓词南词,作品极多,而流行区域亦广,在近世俗文学上占有重要位置,至今几成为文学史之中心,然观其结构形式,句法组织,又皆变文之流裔。吾人探本寻源,是皆敦煌俗文学之

---

① 郑振铎:《中国俗文学史》,商务印书馆1998年版,第180、128页。

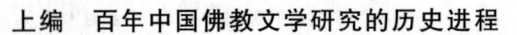

力使之然也。其重要性如此。"①

通过学者们的不懈努力，敦煌文学乃至俗文学的地位已经牢固地确立起来，俗文学地位的确立甚至在很大程度上仰仗于敦煌俗文学的力量。这可以从傅芸子对敦煌俗文学研究的回顾中看出来："夫俗文学者，向为吾国士大夫所不耻，谥为鄙陋卑俗，毫无研究价值；乃自敦煌俗文学发现以来，始引起世人之注意。直至五四后，国语文学运动勃兴，俗文学之研究，亦随之兴起。至今俗文学已成为中国文学史上主要的成分，并且成为中国文学史的中心。吾人夷考其故，实皆由于敦煌俗文学之力有以造成之。此种敦煌俗语文学可谓'敦煌学'之一部分，其新材料与新问题，固亦可谓今日世界学术新潮流之一支流也。"②

（三）随着争鸣的展开而走向深入

在敦煌文学的研究进程中，有关的学术观点还在学术争鸣中向前推进。关于变文之"变"的意义、变文的来源和俗讲话本构成的争论就是当时比较激烈的三大论争。

关于变文之"变"的意义的争论是其中最大的一次。

如前所述，用变文来指称敦煌的讲唱文学是郑振铎确立的。但他关于变文的定义却经历了一个自我否定的过程。他最初将敦煌的讲唱文学分为"俗文"和"变文"，认为"'俗文'不能离了经典而独立，他们是演经的，是释经的；'变文'则与所叙述的故事的原来来源并不发生如何的关系，他们不过活用相传的故事，以抒写作者自己的情致而已。"③ 1932 年又指出："原来'变文'的意思，和'演义'是差不多的。就是说，把古典的故事，重新再说一番，变化一番，使人容易明

---

① 傅芸子：《敦煌俗文学之发见及其展开》，《中央亚细亚》1941 年第 1 卷第 2 期；又载傅芸子《正仓院考古记 白川集》，辽宁教育出版社 2000 年版，第 202 页。
② 同上书，第 191 页。
③ 郑振铎：《敦煌的俗文学》，《小说月报》1929 年第 20 卷第 3 号；郑振铎：《中国文学史》，商务印书馆 1930 年版。

白。……其初,变文只是专门讲唱佛经里的故事。但很快的便为文人们所采取,用来讲唱民间传说的故事。"① 1938年再一次指出:"所谓变文之变,当是指变更了佛经的本文而成为俗讲之意(变相是变佛经为图相之意)。后来变文成了一个专称,便不限定是敷演佛经之故事了(或简称为变)。"②

后来,向达发表《唐代俗讲考》,引发了学术界关于"变文"之"变"的大讨论。现加以综合介绍。周一良认为:郑振铎的观点"近乎假设。长泽规矩(《东洋文化史大系·隋唐之盛世》)也说:变文据说原来是指曼荼罗的铭文。也无根据。向文第五节'俗讲文学起源试探'求变文之渊源于南朝清商旧乐,其说至为新颖。但除去乐府里有变歌以及若干以变为名的曲子以外,似乎中国找不出什么连锁来"。"我觉得变文之变,与变歌之变没有关系。变文者'变相之文'也。……我觉得这个变字似非中华固有,当是翻译梵语","我疑心变字原语,也就是'citra'(此字有彩绘之意)"。③ 关德栋认为"变文一词的来源就是与变相图相同,也就是如郑振铎所谓像变相一样,所谓变文之变当指变更了佛经的本文而成为俗讲之义";看到周一良的文章后却认为"我以为与其说变字的原语是'citra',不如说变字的原语是'mandala'";后来又在另外一篇文章中列举四种说法后指出:"变文的变字就是变相的变字,变相的渊源是'曼荼罗';变相的变字就是翻译梵语'mandala'一字的略语。"④ 向达对这些争鸣作了回应:"变或变相一辞的来源,周、关两先生的解释,都不能令人满意,尚待续考。"⑤

---

① 郑振铎:《插图本中国文学史》,北京出版社1999年版,第454页。该书由北平朴社1932年初版。
② 郑振铎:《中国俗文学史》,商务印书馆1998年版,第190页。
③ 周一良:《读〈唐代俗讲考〉》,《大公报·图书周刊》1947年第6期。
④ 关德栋:《谈"变文"》,《觉群周报》1946年第1卷第1—12期;《读〈唐代俗讲考〉的商榷》,《大公报·图书副刊》1947年第15期;《略说"变"字的来源》,《大晚报·通俗文学》1947年第4期。
⑤ 向达:《补说唐代俗讲二三事——兼答周一良、关德栋先生》,《大公报·图书副刊》1947年第18期。

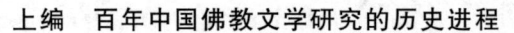

此外，傅芸子又提出了一种观点："所谓变者乃佛的说法神变（佛有三种神变，见《大宝积经》八十六）之义。""唐五代间，佛教宣传小乘，有二种方式，即变相图与变文，均剌取经典中的神变作题材，一为绘画的，一为文辞的，即以绘画为空间的表现者为变相图，以口语或文辞为时间的展开者为变文是也。"① 在《俗讲新考》中，傅芸子也表达了类似的观点。

关于变文来源的争论。

最先发表意见的是胡适。他认为："但5世纪以下，佛教徒倡行了三种宣传教旨的方法：（1）是经文的转读，（2）是梵呗的歌唱，（3）是唱导的制度。据我的意思，这三种宣传法门便是把佛教文学传到民间去的路子，也便是民间佛教文学的来源""转读之法使经文可读，使经文可向大众宣读。这是一大进步。宣读不能叫人懂得，于是有'俗文''变文'之作，把经文敷演成通俗的唱本，使多数人容易了解。这便是更进一步了。后来唐五代的《维摩变文》等，便是这样起来的。"②

郑振铎和胡适的观点是一致的。他谈到"变文的韵式"时指出："变文的来源绝对不能在本土的文籍里来找到。我们知道，印度的文籍，很早的便已使用到韵文散文合组的文体……讲唱变文的僧侣们，在传播这种新的文体结构上，是最有功绩的。"③

关德栋也承袭了胡、郑二人的观点。他在分析变文的渊源时谈到"佛教翻译文学的影响"和"六朝时代佛教的唱导文学"，并认为："我们知道因为支昙龠输入转读之法，使佛教深入民间。其逐渐演进，遂有中晚唐五代变文之作。"④

与胡适稍有不同的是向达。他关于俗讲文学来源的认识经历了一个

---

① 傅芸子：《关于破魔变文——敦煌写本之发现》，《艺文》1943年第1卷第3期。
② 胡适：《白话文学史》，安徽教育出版社1999年版，第160、167页。
③ 郑振铎：《中国俗文学史》，商务印书馆1998年版，第191页。
④ 关德栋：《谈"变文"》，《觉群周报》1946年第1卷第1—12期。

复杂的过程，最后试图从中国的文艺传统中寻找渊源。1929年，向达认为"敦煌发现的有韵的俗文学大致可分成纯粹的韵文和韵散相兼的两种。……这两种俗文学大概都受有佛教文学的影响。……至于敦煌俗文学发达的程序，大约先有《维摩诘经唱文》等等带宗教性的东西，然后有《孝子董永》《季布歌》之类的世俗文学"。1937年，向达认为："关于敦煌俗文学的真价……说到思想方面，自然受佛教的影响最大，表现得最浓厚……更进一步地去考察，这种俗文学的策源地原来就在寺院。"1944年，向达有了新的看法："私意以为俗讲文学之来源，当不外乎两途：转读唱导，一也；清商旧乐，二也。"变文、讲经文各有其渊源，讲经文源于转读唱导，变文原为"民间流行说唱体"，其来源"当于南朝清商旧乐中求之"，即"变歌一类"，"唐代俗讲话本，似以讲经文为正宗，而变文之属，则其支裔。换言之俗讲始兴，只有讲经文一类之话本，浸假而采取民间流行之说唱体如变文之类，以增强其化俗作用。故变文一类作品，盖自有其渊源，与讲经文不同，其体制亦各异也。"①

周一良反对向达的看法，认为："向文第五节'俗讲文学起源试探'求变文之渊源于南朝清商旧乐，其说至为新颖。但除去乐府里有变歌以及若干以变为名的曲子以外，似乎中国找不出什么连锁来。"②

和郑振铎把敦煌讲唱文学统称为变文不同，向达和孙楷第等学者倾向于从体制特点的角度对俗讲话本进行分类，于是引发了关于俗讲话本构成的争论。

向达根据伯3849号一卷纸背论俗讲仪式的记载指出："私意以为俗讲话本名称，第一类之为押座文或缘起，第二类可以变文统摄一切大概可无问题……则俗讲话本第三类之名称，疑应作讲经文，或者为

---

① 分见向达《论唐代佛曲》，《小说月报》1929年第20卷第10号；《记伦敦所藏的敦煌俗文学》，《新中华杂志》1937年第5卷第13号；《唐代俗讲考》，《文史杂志》1944年第3卷第9—10期。

② 周一良：《读〈唐代俗讲考〉》，《大公报·图书周刊》1947年第6期。

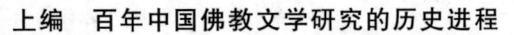

得其实也。"①

孙楷第的观点也和向达接近："凡敦煌写本所录说唱诸本，其篇目虽繁，约而言之，不过二体。其一为引用经文者：其本先录经文数句或一小节，标曰'经云'。继以说解，又继之以歌赞。如是回还往复，迄于经文毕为止，此经疏之体，乃讲经存文句之本也。此等本余初目之为'唱经文'，向君文亦不弃余说，而又据伦敦藏敦煌本《温室经讲唱押座文》一题，疑本名'讲唱文'。……故余今取向君之说而变通之，目曰'讲唱经文'。此一体也。其二以说解与歌赞相间，虽说经中之事而不唱经文，当时谓之'转变'。谓其本曰'变文'，亦省称曰'变'，乃讲经而不存文句之本。此又一体也。其转变而非说经者，则又变文之别枝。然所说之事不同而文体实一。以文而论，自当附于经变，不得判为二也。"②

向、孙二人在写作期间曾互相讨论，对第三类话本是称"讲经文"还是"唱经文"有过不同看法。在《记伦敦所藏的敦煌俗文学》中对敦煌文学分类时，向达还对有关概念举棋不定："敦煌文学中有一种敷衍《维摩诘经》故事的……这一种不仅体裁与变文不同，其气概之雄伟，也不是变文所可仿佛……这真是中国俗文学史上的一个奇迹。……至于这一件的名称，究应是'唱文'还是'唱经文'，国内时贤，议者纷纷，尚无定论，姑从'盖阙'。"后来向达在《唐代俗讲考》的修改稿中指出："囊时与孙楷第先生讨论俗讲话本名目，孙先生据上引诸篇，谓应称为唱经文。当时颇以为然。反复此说，不无未安之处。"所以称为讲经文。③

另外，关德栋对向达的观点作了补充："所以我以为在'押座文'与

---

① 向达：《唐代俗讲考》，《燕京学报》1934 年第 16 期；《文史杂志》1944 年第 3 卷第 9—10 期。
② 孙楷第：《唐代俗讲轨范与其之体裁》，《国学季刊》1937 年模印，1938 年装订于长沙第 6 卷第 2 号。
③ 参见向达《唐代俗讲考》（修改稿），《文史杂志》1944 年第 3 卷第 9—10 期。

变文之间应当有这一类——缘起。"他在另外一篇文章中也谈道:"由缘起与经文的对读,可知缘起是以《贤愚经》为根据而演述的故事。"①

这些争论尽管无法达成一致的见解,有的争论甚至一直持续到20世纪八九十年代。但有一点是肯定的,即这些争论是逐渐接近事实的真相的,并对此后的敦煌文学研究起到了重要的奠基作用。

---

① 分见关德栋《读〈唐代俗讲考〉的商榷》,《大公报·图书周刊》1947年第15期;关德栋《丑女缘起故事的根据》,《中央日报·俗文学》1947年第9期。

苏轼与佛禅研究述评

苏轼为宋代文坛巨擘，宋代诗风的杰出代表，历来为学者所重视，近百年来的研究著述颇为壮观。其中，涉及东坡与佛禅的专著不少，仅笔者目力所见，即有如下一些著作：杜松柏《禅学与唐宋诗学》[1]，孙昌武《佛教与中国文学》[2]，王世德《儒道佛美学的融合——苏轼文艺美学思想研究》[3]，朴永焕《苏轼禅诗研究》[4]，唐玲玲、周伟民《苏轼思想研究》[5]，孙昌武《禅思与诗情》[6]，周裕锴《文字禅与宋代诗学》[7]，王树海《禅魄诗魂：佛与唐宋诗风的变迁》[8]，刘石《论苏轼与佛教》[9]，李赓扬、李勃洋《潇洒人生——苏轼与佛禅》[10]，张晶《禅与唐宋诗学》[11]，张文利《理禅融会与宋诗研究》[12]，张培锋《宋代士大夫佛学与文学》[13]，

---

[1] 杜松柏：《禅学与唐宋诗学》，台湾黎明文化事业股份有限公司1976年版。
[2] 孙昌武：《佛教与中国文学》，上海人民出版社1988年版。
[3] 王世德：《儒道佛美学的融合——苏轼文艺美学思想研究》，重庆出版社1993年版。
[4] 朴永焕：《苏轼禅诗研究》，中国社会科学出版社1995年版。
[5] 唐玲玲、周伟民：《苏轼思想研究》，文史哲出版社1996年版。
[6] 孙昌武：《禅思与诗情》，中华书局1997年版。
[7] 周裕锴：《文字禅与宋代诗学》，高等教育出版社1998年版。
[8] 王树海：《禅魄诗魂：佛与唐宋诗风的变迁》，知识出版社2000年版。
[9] 刘石：《论苏轼与佛教》，载星云大师监修、佛光山文教基金会总编辑《中国佛教学术论典》第38册，台湾佛光山文教基金会2001年版。
[10] 李赓扬、李勃洋：《潇洒人生——苏轼与佛禅》，河南人民出版社2001年版。
[11] 张晶：《禅与唐宋诗学》，人民文学出版社2003年版。
[12] 张文利：《理禅融会与宋诗研究》，中国社会科学出版社2004年版。
[13] 张培锋：《宋代士大夫佛学与文学》，宗教文化出版社2007年版。

达亮《苏东坡与佛教》[1]，李赓扬、李勃洋《苏轼禅学》[2]，张海沙《佛教五经与唐宋诗学》[3]，冷成金《苏轼的哲学观与文艺观》[4]，李勃洋《东坡禅话》[5]，李慕如《东坡诗文思想之研究》[6]，萧丽华《"文字禅"诗学的发展轨迹》[7]，张煜《心性与诗禅：北宋文人与佛教论稿》[8]，萧丽华《从王维到苏轼——诗歌与禅学交会的黄金时代》[9]，阮延俊《苏轼的人生境界及其文化底蕴》[10]，吴明兴《苏轼佛教文学研究》[11]，周裕锴《法眼与诗心——宋代佛禅语境下的诗学话语建构》[12]。至于专题论文，自20世纪80年代以来，即已呈逐年递增之趋势。本文无意对这一研究进程作全面描述，只是抽取专题研究中的几个面向进行述评，以凸显苏轼与佛禅研究的特色。

一 苏轼的佛禅因缘研究

关于苏轼的佛禅因缘，学术界均能紧扣苏轼的仕途浮沉，从家庭环境、佛教语境、僧俗交游、经典阅读、学佛历程等层面加以立论。综合性的专题论述如朴永焕的专著《苏轼禅诗研究》便是从这几个层面展开，专论性的论文则侧重某一层面加以挖掘，苏轼的佛禅因缘因此得到

---

[1] 达亮：《苏东坡与佛教》，四川大学出版社2009年版，文津出版社2010年增补本。
[2] 李赓扬、李勃洋：《苏轼禅学》，实学社出版股份有限公司2004年版。
[3] 张海沙：《佛教五经与唐宋诗学》，中华书局2012年版。
[4] 冷成金：《苏轼的哲学观与文艺观》，学苑出版社2004年版。
[5] 李勃洋：《东坡禅话》，中华书局2011年版。
[6] 李慕如：《东坡诗文思想之研究》，载曾永义主编《古典文学研究辑刊》，台湾花木兰文化出版社2011年版。
[7] 萧丽华：《"文字禅"诗学的发展轨迹》，台湾新文丰出版社2012年版。
[8] 张煜：《心性与诗禅：北宋文人与佛教论稿》，华东师范大学出版社2012年版。
[9] 萧丽华：《从王维到苏轼——诗歌与禅学交会的黄金时代》，天津教育出版社2013年版。
[10] 阮延俊：《苏轼的人生境界及其文化底蕴》，世界图书出版北京有限公司2014年版。
[11] 吴明兴：《苏轼佛教文学研究》，载曾永义主编《古典文学研究辑刊》，台湾花木兰文化出版社2014年版。
[12] 周裕锴：《法眼与诗心——宋代佛禅语境下的诗学话语建构》，中国社会科学出版社2014年版。

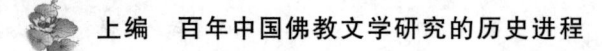

全面而真实的展示。

关于苏轼与佛僧的交往，目前已经积累了不少成果。学界已经对苏轼与佛僧的交往进行了细致爬梳，并确认东坡禅学属于云门与临济法脉。黄启江指出苏轼交往的大觉怀琏、圆通居讷、佛印了元属于云门宗[1]；孙昌武在专著中考辨了苏轼和僧人的交往，列有《苏轼与云门学人关系表》《苏轼与临济学人关系表》[2]，认为苏轼接触最密切的是云门宗，并受其宗风影响[3]；周裕锴亦曾详考苏轼与大觉怀琏、灵隐云和、云居了元、玉泉承皓、慧琳宗本等二十位云门禅师的交往[4]；陈中浙《苏轼书画艺术与佛教》第一章第二节"苏轼与佛僧的交往"[5]、杨曾文《宋元禅宗史》第七章第四节"苏轼与禅僧的交游"[6] 对苏轼与佛僧的交往亦进行了梳理。

另外，还有不少专题论文聚焦苏轼与道潜、佛印、宝月的交往。关于道潜，早在20世纪90年代，于翠玲便指出道潜初识苏轼于苏轼徐州任上，后同往湖州，以诗为缘，结为诗友，此后，道潜不断探访、关怀贬谪中的苏轼，可谓苏轼的患难相知。从他们的交往可知，苏轼非常欣赏道潜的诗歌和性情，道潜文人化，苏轼佛禅化，体现了儒禅契合的时代氛围。[7] 杨胜宽指出，苏轼与道潜的交谊是宋代文士与僧人之间交往时间最长、往来最频繁、彼此友谊最深厚的范例之一："诗"与"禅"架起了文学与宗教的立交桥，"静"与"清"是他们共同追寻的艺术境界，"道德高风"则谱写了一个超越僧俗界限的人生话题。[8] 喻世华认为研究苏轼的交往史最可靠的办法是从苏轼著作入手，因此列表展示苏

---

[1] 黄启江：《北宋佛教史论稿》，台北商务印书馆1997年版。
[2] 孙昌武：《禅思与诗情》，中华书局1997年版。
[3] 孙昌武：《苏轼与佛教》，《文学遗产》1994年第1期。
[4] 周裕锴：《文字禅与宋代诗学》，高等教育出版社1998年版。
[5] 陈中浙：《苏轼书画艺术与佛教》，商务印书馆2004年版。
[6] 杨曾文：《宋元禅宗史》，中国社会科学出版社2006年版。
[7] 于翠玲：《苏轼与道潜交游探微》，《文学遗产》1992年第2期。
[8] 杨胜宽：《苏轼与道潜交谊述论》，《乐山师范学院学报》2005年第3期。

轼直接、间接写给道潜的诗词（33首）和文牍（53篇），指出道潜是苏轼最亲密的方外友人。他们的友谊从徐州开始，成熟于黄州、杭州，高潮在岭表。在苏轼贬谪、流放时期，道潜与苏轼交往最为频繁，其方式包括诗歌唱和、谈佛说理、生活旅游。性格投契是他们交往的基础，道义相助是他们交往的核心。道潜患难相从、相助、情义为先，谱写了"道德高风果在世外"的华章。① 关于苏轼与道潜初会的问题，学界有徐州说和密州说，且一直以徐州说为主导。李俊搜检辨析相关材料，确认他们熙宁年间初会于杭州。② 关于苏轼与佛印，胡莲玉指出他们的传说故事聚焦于苏轼佛印二世重逢与高僧面对女色诱惑时的取舍两个主题，虽有现实基础，但大多为小说家言，不能完全当真。③ 喻世华根据苏轼诗文进行了补说，认为苏轼贬谪黄州期间与佛印开始交往，苏轼离黄赴汝期间路经润州与佛印交往最为密切，元祐时期两人还保持了相当密切的联系，他们之间之所以会产生诸多故事，既与野史、戏剧、小说的传播有关，也与两人的性格有关。④ 此外，梁银林梳理了苏轼与宝月（即惟简）的交往，认为在苏轼交往的僧侣中宝月是其中交往时间最长的一个，苏轼在学佛习禅方面取得比较突出的成绩与他有关。⑤

近些年来，学术界非常重视文人通过阅读佛经而学佛的路径，相关的论文常常提到甚至统计苏轼阅读经典的情形。董雪明、文师华指出，苏轼学佛主要靠多读佛典，他不只爱读禅宗的灯史、语录，而且很熟悉《般若》《维摩》《楞伽》《圆觉》诸经，对华严学说和禅宗理论有更深的体会。⑥ 萧丽华根据冯应榴《苏轼诗集合注》注文资料统计苏轼诗歌

---

① 喻世华：《"道德高风果在世外"——论苏轼与道潜的交往》，《江南大学学报》2012年第3期。
② 李俊：《苏轼与杭僧道潜初会考》，《兰州学刊》2007年第10期。
③ 胡莲玉：《苏轼、佛印故事在戏曲小说中的流传及演变》，《南京师范大学文学院学报》2003年第3期。
④ 喻世华：《苏轼与佛印交游考》，《江苏大学学报》2013年第4期。
⑤ 梁银林：《苏轼与宝月大师的交往》，《文史杂志》2006年第1期。
⑥ 董雪明、文师华：《苏轼的参禅活动与禅学思想》，《南昌大学学报》2003年第3期。

与佛经的关系,认为苏轼经常诵读濡染的典籍有《金刚经》《六祖坛经》《景德传灯录》《华严经》《楞严经》《楞伽经》《维摩诘经》《般若经》。①梁银林指出,苏诗涉及的佛经主要有《维摩经》《楞严经》《楞伽经》《圆觉经》等。②李明华按照创作时段分析苏轼的佛禅诗,详列苏轼阅读佛典的情形:黄州时期的诗作共 387 首,其中佛禅诗 90 首,所用典故几乎涉及佛禅全部的主要经典,如《楞严经》《维摩经》《法华经》《传灯录》《华严经》《涅槃经》《圆觉经》《阿弥陀经》《行集经》《等量经》等;惠儋时期苏轼诗作中频繁使用佛禅典故,在数量上前所未有,计有《法华经》《华严经》《圆觉经》《坛经》《楞严经》《摩诘经》《涅槃经》《普门品》《首楞严经》《金刚经》《木槵子经》等 43 类比较明确的佛教典籍,使用数量在 100 次以上。③

关于苏轼的学佛历程,学术界已经从早期的泛论走向分段论述,即结合苏轼自身的人生历程和佛教发展的地理分布,分阶段透视苏轼与佛教的内在关联。这类论著大致分为两类。一类是综论。王水照按照在朝—外任—贬居将苏轼人生分为七个时期,认为苏轼儒释道杂糅的思想贯穿各个时期,笔力纵横挥洒自如的艺术风格贯穿各个时期;他还认为苏轼任职和贬居时思想上有儒家和佛老思想变化之不同,艺术上有豪健清雄、清旷简远、自然平淡之别。④夏露则将苏轼事佛分为三个阶段:从初出西蜀到首次任职杭州为"踌躇思隐"时期,从黄州至惠州及海南前期为"物我相忘"时期,海南后期至去世为"佛言如泡"的学佛终结期。⑤李明华的博士学位论文将苏轼诗歌创作分为倅杭之前、倅杭时期、密徐湖时期、黄州时期、元祐时期、惠州儋州时期,并对其

---

① 萧丽华:《佛经偈颂对苏轼诗的影响》,载萧丽华《从王维到苏轼——诗歌与禅学交会的黄金时代》,天津教育出版社 2013 年版。
② 梁银林:《苏轼诗与〈楞严经〉》,《社会科学研究》2010 年第 1 期。
③ 李明华:《论苏轼诗歌创作与佛禅关系的三次转折》,《江西师范大学学报》2014 年第 3 期。
④ 王水照:《苏轼创作的发展阶段》,《社会科学战线》1984 年第 1 期。
⑤ 夏露:《苏轼事佛简论》,《江汉论坛》1983 年第 9 期。

中的490篇与佛禅有关系的诗作进行了细致分析。该博士学位论文认为,倅杭时期、黄州时期和晚年惠儋时期为苏轼一生佛禅诗创作的三个高峰:倅杭之前,苏轼还没有真正接受佛禅思想;凤翔时期前后,苏轼诗作多采用佛教艺术史中的典故;黄州时期,苏轼借用佛禅话语,书写自我苦闷的情怀;到了晚年惠儋时期,禅宗语言基本上构成了苏轼的日常话语;这种变化既有苏轼个人人生经历的必然性,也与苏轼贬谪所在地域佛禅发展情形相吻合。[1]

另一类是分论。刘石强调,苏轼兄弟开始阅读佛典、接触佛教应该是庆历八年"少与辙皆师先君"的少年时代。[2] 司聘认为,苏轼蜀中十九年的佛家因缘大致是赖以对地域、佛教因缘的耳濡目染,在他成年后的诗文中鲜少记录,但这种与佛教的亲近奠定了他日后研习佛经之基础。[3] 她还认为,苏轼成都礼佛是一种游览心态,出川至凤翔任前后是苏轼仕宦生涯和学佛生涯的开端,他开始对佛教有了直接的观感,佛教典故也随即入诗,颇多诗文涉及佛禅。[4] 王树海、李明华则认为,苏轼青少年时期所受教育及家庭环境决定他受到佛禅影响较少,从具体的诗作考察,可知凤翔之前,苏轼完全是以局外人的态度对寺院进行客观描述,佛禅并未真正进入他的精神领域。凤翔时期,苏轼诗作虽然数量上没有大幅增加,但佛教内容比重增加,显示出苏轼在凤翔签判任上,真正开始关注佛教。[5] 范春芽钩稽了苏轼与杭州诗僧的诗文情缘,指出苏轼在莅杭之时,形成颇具规模的诗僧交往群落与苏轼所处的现实政治环境、其思想上的佛老意识和杭州的客观环境都有着密切的关系,对苏轼的人生观、世界观、诗文创作和诗文理论均有影响。[6] 梁银林则认为,

---

[1] 李明华:《苏轼诗歌与佛禅关系研究》,博士学位论文,吉林大学,2011年。
[2] 刘石:《苏轼与佛教三辨》,《北京师范大学学报》1990年第3期。
[3] 司聘:《苏轼出川前佛教因缘探析》,《内蒙古师范大学学报》2013年第1期。
[4] 司聘:《简析苏轼出川至凤翔任前后的佛禅诗文》,《中国佛学》2015年第1期。
[5] 王树海、李明华:《略论苏轼早期对佛教的接受》,《山西大学学报》2011年第2期。
[6] 范春芽:《苏轼与杭州诗僧诗文酬唱及其相互影响》,《南昌大学学报》2004年第2期。

苏轼在黄州建立的功业，除文学业绩外，佛禅"功业"应当是重要内容：苏轼宣布"归诚佛僧"、自号"东坡居士"、广交继连等僧人禅师，在学佛习禅的道路上取得了标志性成果。① 关于苏轼在惠州儋州的学佛形态，学者们有不同看法。覃召文梳理苏轼岭南时期的僧侣交游后指出，苏轼岭南时期开始斋戒，佛理也有所长进，这影响了其诗文的感伤主义基调和人格重塑。在他看来，"旷达豪放"不适合晚期苏轼——禅佛信仰与自我实现要求的激烈冲突导致强烈的忧伤。② 陈师旅则强调其豁达的一面，认为佛老思想影响了他的人生态度，并在家庭住房问题、经济开销问题这类日常琐事上体现出来。③ 张海沙认为苏轼被贬岭南后与南宗禅的关系进一步密切，并以此作为他在贬谪之地的精神支柱及精神归宿，苏轼在岭南诗歌中推出了一个饱含宗教和哲学意味的意象：曹溪水。④

二　苏轼学佛特征研究

关于苏轼的学佛特征，学术界普遍注意到苏轼学佛不仅杂糅各宗而且三教合一，不仅具有强烈的实用理性色彩而且具有自觉的审美化追求，而这正是居士佛学的本质特征。具体说来，学术界的研究凸显了苏轼华严宗禅宗合流、庄禅合流的特色；也关注到儒家思想在苏轼思想中居于主导地位，佛老思想只是其安顿个人心灵的良药，因此其学佛而无意证佛，在将佛老诗化、审美化的背后有着难以言说的苦涩和悲凉。

关于苏轼与禅宗的关系，不仅是学术界关注苏轼与佛教内在关联的

---

① 梁银林：《苏轼黄州佛禅"功业"述论》，《西南民族大学学报》2005年第10期。
② 覃召文：《佛之梦魇与禅之忧伤——岭南时期苏轼的禅佛情结》，《文史知识》1996年第6期。
③ 陈师旅：《漫议苏轼寓惠时的佛老思想》，《惠阳师专学报》1983年第1期。
④ 张海沙、赵文斌：《曹溪一滴水：苏轼在岭南及其心灵的安顿》，《华南师范大学学报》2009年第2期。

起点，而且是学术界研究苏轼与佛教的重点。这方面的论文非常多，这里仅列举几篇作为代表。例如，黄宝华分析禅宗对苏轼人生哲学与艺术哲学的影响，认为禅宗的影响在前一方面主要是形成"入世而又超然"的人生态度，在后一方面则形成活处参理、议论风生、平中见奇等创作特色。[1] 周裕锴分析苏轼和黄庭坚的禅悦倾向时指出，在苏轼表现个人内心世界的诗歌中始终贯穿着一个鲜明的禅学主题，即人生如梦、虚幻不实，这一主题来自禅宗的般若空观。这是苏轼用禅宗精神来弥合伦理本体与自己的感性存在之间的分裂，意识到人生虚幻从而游戏人生，以嬉笑怒骂的态度来消解缓和内心痛苦的有效途径。如果仔细体会诗意，自宽之中的确饱含着一种无法排遣的痛苦。[2] 王树海认为，在苏轼思想的脉流里，融汇着儒、释、道的血液，儒家的"入世"、佛家的"出世"、道家的"忘世"形成了苏轼混杂的人生观、艺术观。苏轼对生命就是过程的洒脱体味、超然认识得益于佛禅，他"有意参禅"却"无心证佛"，将生命过程加以审美化处理，形成了旷达乐天、谈笑死生的生活态度、艺术风范。[3]

随着研究的深入，学者们发现苏轼在学佛上是个泛宗派论者。他遍阅佛教各宗经典，而且有所认同。阿部肇一注意到苏轼的净土信仰，认为东坡禅带有因果报应观。[4] 萧丽华在《苏轼诗中的华严世界》一文中分析东坡与《华严经》的关系时指出，东坡不仅接受华严禅，也接受华严净土。[5] 许外芳在梳理相关文献的基础上指出苏轼的净土思想主要表现在如下几个方面：他相信自己的前身是一个僧人；他多次施舍财物以造阿弥陀佛像，并且作了不少颂佛诗文；他为死去的亲人、朋友作水

---

[1] 黄宝华：《禅宗与苏轼》，《上海师范大学学报》1989 年第 4 期。
[2] 周裕锴：《梦幻与真如——苏、黄的禅悦倾向与其诗歌意象之关系》，《文学遗产》2001 年第 3 期。
[3] 王树海：《佛禅的人生观和苏轼生命历程的审美化》，《齐鲁学刊》1994 年第 3 期。
[4] ［日］阿部肇一：《中国禅宗史》，关世谦译，台湾东大图书公司 1991 年版。
[5] 萧丽华：《从王维到苏轼——诗歌与禅学交会的黄金时代》，天津教育出版社 2013 年版。

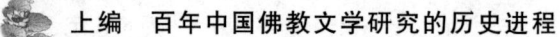

陆道场，以求往生西方极乐净土。① 许外芳、张君梅还考察了苏轼戒杀、施舍、祈祷和净土信仰等事佛事迹，认为这些事迹反映了初期禅、净、教合流的倾向。② 在泛教派论上，萧丽华的观点比较周延。她根据冯应榴《苏轼诗集合注》注文资料统计苏轼诗歌与佛经的关系，认为统计所得资料透显出东坡佛学与佛教信仰的几个面向：一、东坡以禅宗为主轴，引用《景德传灯录》144 次是最明显的痕迹；二、禅之外，交融着华严宗与天台宗思想，如用《法华经》38 次、《华严经》25 次；三、东坡同时融合着净土信仰，如对《金光明经》《阿弥陀经》的接触。③

在佛教信仰的泛教派论上，苏轼禅学与华严学的融合是学术界关注最多、研究也最充分的一个领域。苏轼与华严的关系，前人很早就注意到了这一点。刘熙载《艺概》云："滔滔汩汩说去，一转便见主意，《南华》《华严》最长于此。"④ 施补华《岘佣说诗》云："人所不能喻者，东坡能比喻；人所不能形容者，东坡能形容。比喻之后，再用比喻；形容不尽，重加形容。此法得自《华严》《南华》。"⑤ 钱谦益《读苏长公文》亦云："吾读子瞻《司马温公行状》《富郑公神道碑》之类，平铺直叙，如万斛水银，随地涌出，以为古今未有此体，茫然莫得其涯涘也。晚读《华严经》，称心而谈，浩如烟海，无所不有，无所不尽，乃喟然而叹曰：'子瞻之文，其有得于此乎？'文而有得于《华严》，则事理法界，开遮涌现，无门庭，无墙壁，无差择，无拟议，世谛文字，固已荡无纤尘，又何自而窥其浅深议其工拙乎？"⑥

现代学者在此基础上踵事增华，得出了颇为精彩的结论。早在 20

---

① 许外芳：《论苏轼的净土信仰》，《法音》2002 年第 11 期。
② 许外芳、张君梅：《苏轼佛教行事略考》，《浙江师范大学学报》2003 年第 3 期。
③ 萧丽华：《从王维到苏轼——诗歌与禅学交会的黄金时代》，天津教育出版社 2013 年版，第 208 页。
④ 刘熙载：《艺概》，上海古籍出版社 1978 年版。
⑤ 施补华：《岘佣说诗》，载《清诗话》下册，上海古籍出版社 1978 年版。
⑥ 钱谦益：《读苏长公文》，载《牧斋初学集》卷 83，上海古籍出版社 2009 年版。

世纪八九十年代，学者们便对这一命题进行了研究。孙昌武根据苏轼的诗文指出，苏轼不只喜读禅宗的灯史、语录，对《般若》《维摩》《楞伽》《圆觉》诸经都很熟悉，受华严学说的影响尤大。"华严法界思想帮助苏轼以一体平等的观点看待外物，树立一种夷旷潇洒的人生态度。""读苏试的作品，人们可以感受到他对现实、对人生有一种透彻的、超脱的认识，对世界与自我的种种矛盾都有一种旷达的理解，在他的热烈的诗情背后有着深沉广大的理性探索，达到这种境界，应是得到了华严思想之助的。"[①] 赵仁珪认为，苏文得力于《华严》主要有二，一是层出不穷的比喻形容，二是辩证无碍的论证方法。因为《华严》所要宣扬的就是法界缘起，理事无碍，圆融自在，认为宇宙间的各类关系都是圆融相通的，苏轼的辩证观确实取自这一点。[②]

进入 21 世纪，学者们从多个角度对这一命题进行了论证。刘石在他的学位论文中亦注意到华严法界观的思想对苏轼文学理论的启发与诗禅会通的论题。[③] 董雪明、文师华指出，苏轼在学佛过程中，根据自身的需要，主要吸取了华严宗诸法圆融无碍的宇宙观和禅宗心性本净、见性成佛的顿悟学说，形成空静圆通的宇宙观和人生观，主要表现为众生平等的观念和追求心性的自由解脱。[④] 吴增辉分析苏轼和陶而不和柳的佛教原因时也谈到了苏轼复杂的佛学思想：北宋后期的党争对苏轼的政治热情造成严重打击，苏轼的佛教信仰逐渐抬头，华严宗的平等空观则极大地消解了苏轼的忠君观念，使之逐渐游离出儒家思想的范域而趋向庄禅，从而与陶渊明纵浪大化的自然心性产生共鸣。柳诗虽亦为苏轼所欣赏，但其清峭的风格与苏轼晚年平和淡泊的心境越发疏离，因而并不能与陶诗等量齐观。苏轼和陶而不和柳反映了苏轼晚年文化心态及审美

---

① 孙昌武：《苏轼与佛教》，《文学遗产》1994 年第 1 期。
② 赵仁珪：《苏轼散文中的禅》，《北京师范大学学报》1997 年第 4 期。
③ 刘石：《论苏轼与佛教》，载星云大师监修、佛光山文教基金会总编辑《中国佛教学术论典》第 38 册，台湾佛光山文教基金会 2001 年版。
④ 董雪明、文师华：《苏轼的参禅活动与禅学思想》，《南昌大学学报》2003 年第 3 期。

趣味的变化，在一定意义上折射出北宋后期士人入世精神的衰颓趋势。① 萧丽华则从诗歌意象和用事的角度来分析苏轼对华严学的接受和熔铸。她在《苏轼诗的〈圆觉〉意象与思想》《苏轼诗中的华严世界》两文中梳理了宋代华严禅的发展，认为华严禅借教悟宗方法的运用，使得禅人十分重视圆融类经典，特别是《圆觉经》和《华严经》，苏轼等宋代士人亦特别重视这两部经典，因此特意比勘这两部经典在苏轼诗歌中的反映，进而论证华严思想对苏轼的重要意义。② 张煜分析苏轼慕白与和陶之作后指出，"苏轼思想中最具时代特色者，是一种庄子与华严相打通的人生境界，与一种无施不可、飘逸超迈的文学才能，故于白居易陶渊明既有所相似又有所演化"。③ 这些研究表明，苏轼禅学和华严学的熔铸，有庄学的推助。

学术界普遍认为苏轼学佛具有三教合一的特征。④ 这种认识不仅体现在专题论文中，而且贯穿于相关论文的论述过程中。王水照认为儒道释三教关于出、处矛盾的解决途径均影响了苏轼，苏轼融会贯通，兼采并用，形成自己的鲜明特征，其人生苦难意识和虚幻意识带有独创性，形成了一套从苦难—省悟—超越的思路，其文化性格濡染上了狂、旷、谐、适的特质。⑤ 唐玲玲、周伟民的专著分章综论苏轼的儒道释思想，指出苏轼的禅思佛意不但"是与庄学相通"，而且在思想会通上是"以儒学释佛学"。⑥ 冷成金指出，苏轼哲学思想在本体论、宇宙观方面受佛道两家影响，社会政治方面则主要受儒家影响。苏轼的艺术思维也受

---

① 吴增辉：《苏轼和陶而不和柳的佛教原因探析》，《浙江学刊》2010年第1期。
② 萧丽华：《从王维到苏轼——诗歌与禅学交会的黄金时代》，天津教育出版社2013年版。
③ 张煜：《心性与诗禅：北宋文人与佛教论稿》，华东师范大学出版社2012年版，第296页。
④ 关于苏轼与道家、道教的研究专著有钟莱因的《苏轼与道家道教》，台湾学生书局1990年版。
⑤ 王水照：《苏轼的人生思考和文化性格》，《文学遗产》1989年第5期。
⑥ 唐玲玲、周伟民：《苏轼思想研究》，文史哲出版社1996年版，第253页。

惠于佛学，尤其是禅宗，使他的诗文创作上升到了哲理层面。① 杨胜宽指出，苏轼早期文章颇有《战国策》纵横议论之风，他遭贬以后对佛道典籍的兴趣明显增浓，苏轼接触佛道典籍并醉心于其中的思想，可以追溯到他儿时在家塾学习时对庄子思想和文辞的喜爱；但他终究没能离开名利场是儒家思想使然。② 周裕锴认为，苏轼内心的强大除了因为有范滂这样的儒家典范之外，还有来自老庄和佛教的影响，共同形成了苏轼观察人生的独特的智慧。③ 王渭清分析了苏轼诗歌中的中道思想，认为这种思想对于苏轼儒、释、道三教圆融的人格建构具有重要的整合作用，并促成了苏轼超越有无之间、不即不离、无往而不乐的人生审美化境界。④ 在分析《金刚经》和苏诗的内在联系时，张海沙指出，苏诗的梦幻思想是以佛教为主而糅合了道家的梦幻观，苏轼还把《金刚经》"无所住"的思想同儒家的"思无邪"思想相互参证，以佛解儒，显示出儒佛相融的思想观念。⑤ 张煜对《东坡易传》进行研究后指出，该书于儒释道三家思想均有涉及，而其中的如来藏思想与儒家的心性论尤其契合，在更多场合，苏轼用"水"这一形象来表达他的观念，其随物赋形，以无生有，既为道家思想的生动体现，又以之来贯通三教，这均与苏轼诗文中的思想相一致。⑥ 梁银林指出，苏轼学贯儒、释、道三家，若勉强以分别而论，大概是三分天下，而在他思想学识的府库中，"三家"其实并无分别，而是完全融会贯通的；他的佛学思想主要来源于大乘佛教经典，他研读佛教经书和禅宗典籍，汲取佛教文化精华，并深有感悟，多有心得，具有较高的佛学修养。但他又不是专精佛禅义理的理论家，而是佛学精神的实践者。⑦

---

① 冷成金：《苏轼的哲学观与文艺观》，学苑出版社 2003 年版，第 22、319 页。
② 杨胜宽：《佛道思想与苏轼仕途生涯》，《西南民族学院学报》1993 年第 4 期。
③ 周裕锴：《苏轼的艺术人生智慧》，《光明日报》2015 年 6 月 11 日第 11 版。
④ 王渭清：《般若中道智慧与苏轼的人格境界》，《贵州文史丛刊》2004 年第 2 期。
⑤ 张海沙、赵文斌：《苏轼与〈金刚经〉》，《中国文学研究》2010 年第 2 期。
⑥ 张煜：《心性与诗禅：北宋文人与佛教论稿》，华东师范大学出版社 2012 年版。
⑦ 梁银林：《苏轼与佛学》，博士学位论文，四川大学，2005 年。

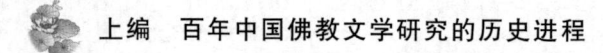

关于三教合一的论述，比较深入的是庄禅合一的论述。关于东坡诗歌的庄禅合流，前人早有觉察。如方东树《昭昧詹言》卷十一云："（东坡）时出道根语，然坡之道只在《庄子》与佛理耳！"① 刘熙载《艺概》卷二亦云："东坡诗善于空诸所有，又善于无中生有，机括实自禅悟中来。以辩才三昧为韵言，固宜其舌底翻澜如是。""滔滔汩汩说去，一转便见主意，《南华》《华严》最长于此。"② 现代学者在此基础作了深入论证。孙昌武认为，苏轼作品体现了庄、禅交融的特色，禅宗的清静自性和庄子的物我齐一理念、老庄和佛教的梦幻观激发了苏轼的诗思。③ 刘石认为苏轼受佛教道家影响存在差异，苏轼对于庄子"天全"理论有强大共鸣，但佛教思想成为观照事物的理论后苏轼的认识产生了飞跃。④ 董雪明、文师华指出，苏轼正是从庄、禅一致的角度来接受禅宗。庄、禅思想不仅直接影响了苏轼随缘放旷的人生观，而且渗透到苏轼的文学艺术创作之中。这些作品共同抒写了悠然旷远、超逸绝尘的生命情调，表现出旷达豪迈的性格。⑤ 不少学者从谪居心态来展开论述。例如，王水照先生以为苏轼的谪居心态标志着中国封建士人"贬谪心态的最高层次"，他在黄州、惠州、儋州的长期贬谪生活中，咀嚼尽孤独、窘困、凄苦等种种况味，并从佛老哲学中寻求过摆脱、超越悲哀的思想武器，以保持对生活、对美好事物的信心和追求，坚持对自我价值的肯定。就其成熟和典型而言，代表了封建文人士大夫人生思考的最高境界。⑥ 又如，张玉璞指出，在宋代，最能代表文人士大夫成熟、稳定的谪居心态的是苏轼。其一生三黜，依次被贬至黄州、惠州、儋州。在长期的贬谪生活中，苏轼积极吸纳佛、道思想中利于精神超越、利于

---

① 方东树：《昭昧詹言》卷十一，人民文学出版社1961年版。
② 刘熙载：《艺概》卷二，上海古籍出版社1978年版。
③ 孙昌武：《苏轼与佛教》，《文学遗产》1994年第1期。
④ 刘石：《苏轼与佛教三辨》，《北京师范大学学报》1990年第3期。
⑤ 董雪明、文师华：《苏轼的参禅活动与禅学思想》，《南昌大学学报》2003年第3期。
⑥ 王水照：《元祐党人贬谪心态的缩影——论秦观〈千秋岁〉及苏轼等和韵词》，载《王水照自选集》，上海教育出版社2000年版。

生存需要的合理因素以涵养自己对抗苦难、摆脱困境的心理素质和文化人格，保持一种稳定、平和、旷达、不走极端的心态，不介怀于个人之穷通得失、祸福生死。所至无不安怀适命，以贬地为"吾乡"，恬然以处，随遇而安，坦然应对官场的失意和人生的挫折，平稳度过这段人生低谷期。①萧丽华则从意象运用的角度分析苏轼诗歌的庄禅合流。在分析东坡诗中般若譬喻的种类与思想主题时，萧丽华发现，东坡诗歌中的"梦幻"意象是典型的庄禅合流所产生的语言。②她指出，自己"以东坡诗中的舟船意象为观察素材，分析出其中庄禅合流的现象，主要目的有二：一以呈现东坡思想的精彩、文学之博喻，用来印证历代评论家吉光片羽之言；一以分析东坡诗如何与北宋禅宗庄禅合流的特质合拍，印证出东坡诗禅仍属南宗禅的本色"。③在她看来，东坡诗歌意象，有或庄或禅的意象，也有亦庄亦禅的意象：当东坡用舟船来譬喻生命与归隐之志时，其意涵多数出自《庄子》；当舟船用以表示宇宙变动不羁与寻道觅师之意时，其意涵多数出自禅宗；有些作品更显出思想上庄禅的格意交融，语文上庄禅典故与用语相生相济。

关于苏轼学佛的理性特征和审美化倾向，已成学术界的共识。孙昌武认为，"苏轼对佛教态度的一个特点，就是利用佛教的观念，对人生进行理智的思索。在深刻的反省中，求得心理上的平定"。④朴永焕从家学渊源、个人经历、方外交游三个层面剖析苏轼之习佛，认为其习佛具有"理性的追求"和"融合儒佛"两大特点⑤，李慕如亦认为他"习佛而不佞佛"⑥。夏露认为苏轼之学佛，"是站在儒家立场上去对待佛

---

① 张玉璞：《此心安处是吾乡——苏轼之迁谪历程与谪居心态》，《齐鲁学刊》2015 年第 6 期。
② 萧丽华：《从王维到苏轼——诗歌与禅学交会的黄金时代》，天津教育出版社 2013 年版。
③ 萧丽华：《从庄禅合流的角度看东坡诗中的舟船意象》，载萧丽华《从王维到苏轼——诗歌与禅学交会的黄金时代》，天津教育出版社 2013 年版，第 324 页。
④ 孙昌武：《佛教与中国文学》，上海人民出版社 2007 年版，第 124 页。
⑤ 朴永焕：《苏轼禅诗研究》，中国社会科学出版社 1995 年版。
⑥ 李慕如：《谈东坡思想生活入禅之启迪》，《屏东师范学院学报》1998 年第 11 期。

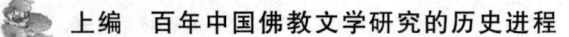

学，把佛学作为一种思想体系，一种学术思想，一种人生哲学来吸取其中那些能够补充、丰富儒家思想的有价值的成分"。苏轼在学佛中走了一条全新的道路，学佛而不佞佛。具体体现在以下几个方面：去烦琐之节，不为戒律所束缚；勇于思索，对佛教提出批评；全盘否定苦空教义，热爱人生，主张积极进取。[1] 梁银林指出，苏轼之于佛教，关键之处是在于"学"而不在于"信"，他主要是学习和汲取佛禅思想文化的精华，以资用于人生实践和提高精神境界。他亲好佛道，但并不真正信奉佛祖，他终究只是一个士大夫之学佛者，而不是虔诚的佛教徒。[2] 王树海、宫波指出，从苏轼的行迹和创作经历来看，其所以学佛参禅，旨趣不在于悟道成佛，也可以说文学艺术才是他所殉的宗教，他之于佛禅是一种艺术上的实用主义态度，诗人把自己的生命历程也审美化了。[3]

更为值得注意的是，一些学者通过苏轼的个案研究来透视士大夫佛学的特质，并揭示这种特质对未来的影响。张培锋强调，在宋代士大夫那里，佛与释是作为一种学问、学术而不仅仅是一种宗教信仰来看待的。即使是一些信佛的士大夫，也更多的是从佛教义理的层面来修学佛法的，这意味着佛教的宗教性渐渐淡化。他指出，苏轼认为佛老之教可以用于个人修习但不应该成为国家性宗教，这一点应是理解苏轼佛学思想的枢纽。苏轼平实的佛学观、独立的人格精神、旷达的人生态度典型地体现了士大夫佛学的根本性特征。士大夫佛学与儒家道学、道教内丹学是同时并存、互动发展的三大学术思潮，是明清以后居士佛教运动和人间佛教思想的先驱。[4]

三　佛禅与苏轼文学创作研究

关于佛教与苏轼文学创作的关系，学术界从早期泛论佛教对苏轼文

---

[1] 夏露：《苏轼事佛简论》，《江汉论坛》1983年第9期。
[2] 梁银林：《苏轼与佛学》，博士学位论文，四川大学，2005年。
[3] 王树海、宫波：《苏轼诗风及其"禅喜"旨趣辨证》，《北方论丛》2009年第4期。
[4] 张培锋：《宋代士大夫佛学与文学》，宗教文化出版社2007年版。

学创作的影响，发展到后期细论具体佛教理念乃至具体佛经对苏轼创作的影响，论证越来越细密，立论越来越坚实。

在20世纪的学术研究中，学者们习惯于综合探讨佛教对苏轼文学创作的影响。刘乃昌指出，苏轼早年有辟佛老的言论，但随着阅历加深尤其是宦海浮沉后，走向三教兼容，苏轼文学风格的形成，技巧的提高，在不少地方得力于庄释。① 张弛认为，禅宗意识在苏轼文学创作中所产生的特殊效应十分显著，主要表现为三个方面：禅宗意识使苏轼的文学创作风格显得高旷清雄；苏轼在许多文学作品中表现出以追求自我精神解脱为核心的随缘自适的人生哲学与清净淡泊的生活情趣，因而也同时呈现出了幽静恬淡的艺术境界；苏轼受禅宗"直了""顿悟"这种独特思维方式的启发常常采用凝神观照、沉思冥想的艺术构思手段，以寻求一种与传统艺术构思方式理乖而趣合的契合点，创作出许多富有哲思妙理的短篇佳作，这便是人们通常所谓的理趣诗。② 王水照指出，"从苏轼的思想面貌和艺术特点来看，任职时期（包括在朝和外任，三十多年）以儒家思想为主导，追求豪健清雄的风格；贬居时期（十多年）则以佛老思想为主导，追求清旷简远、自然平淡的风格"。③ 朴永焕探讨苏轼禅诗的渊源，并从以禅理、禅典、禅迹、禅趣、禅法入诗五个层面，论述苏轼诗禅融合的情形；从强调人生如梦、标榜随遇而安、追求心灵安和、揭示万法平等、提示妙悟玄理、归于乐观旷达、寻觅自我解脱等七个层面论述苏轼禅诗主题；从自然、平淡、幽远、理趣、奇趣、谐趣、妙悟、翻案等层面论述苏轼禅诗风格。④

这一时期，佛教思想与苏轼词作的分析比较充分。齐文榜指出，儒

---

① 刘乃昌：《论佛老思想对苏轼文学的影响》，载《苏轼文学论集》，上海古籍出版社2001年版。
② 张弛：《阅世走人间 观身卧云岭——论苏轼倾心向禅》，《社会科学辑刊》1992年第2期。
③ 王水照：《苏轼研究》，河北教育出版社1999年版，第413页。
④ 朴永焕：《苏轼禅诗研究》，中国社会科学出版社1995年版。

家思想是东坡思想的主导和核心,但佛道思想在东坡头脑中始终占有相当重要的位置,且以"乌台诗案"为界,明显地分为前后两个时期。这对苏轼词风产生了影响:他的一些豪放之作被释道思想蒙上了一层虚无的色彩,他的不少旷达、飘逸的作品则是以释道思想作为词的思想内容,纯粹的豪放之作在乌台诗案后已经不复存在。[①] 祁光禄、祝彦认为,"佛老精神,铸成了他在创作中不拘泥于固有的表现形式,而是突破已有的模式,力求一种更适合自己天性的艺术方式",苏轼"将婉转蕴藉的词风变为气势恢宏、雄旷豪宕,这正是他那种复杂多变深厚广阔的儒道佛思想相互冲撞的结晶"。[②] 张玉璞指出,苏轼对佛老思想的接受持一种分析的态度,他不深究佛老义理,而是"取其粗浅假说",即把握其基本精神,以充实、完善其人格思想,其词中诸如彻悟的人生感受、随缘自适的人生态度等表现主题,以及空灵澄澈的意境等,都反映着佛老思想的影响、浸润。[③]

关于佛禅与苏轼散文的研究显得比较低迷,但亦有颇见力度的论文。黄进德认为,《前赤壁赋》的动静观受到僧肇《物不迁论》的影响,其遣词造句有释道色彩。[④] 赵仁珪指出,苏轼于佛教虽为"泛宗派"论者,但于禅宗情有独钟。其表现有二:一是对伪禅学的批判,对真禅学的坚持;二是能从中提炼静而达的哲学精髓,取其实用、重人情及富有辩证的思维方法。这些思想影响于散文,主要表现有三:一是很多论文主张直接来自禅宗;二是能将禅宗的某些思维方法及表述手法如比喻、话头、典故、术语、辩证法等巧妙自如地引用到各类文章中去;三是扫除一切外在痕迹,将禅理禅趣圆融无碍地化入文章尤其是小品文中去。[⑤]

[①] 齐文榜:《东坡词风与释道思想》,《河南大学学报》1993年第2期。
[②] 祁光禄、祝彦:《略论苏轼思想与宋词解放》,《吉首大学学报》1995年第2期。
[③] 张玉璞:《佛老思想与苏轼词的创作》,《齐鲁学刊》1997年第3期。
[④] 黄进德:《从〈前赤壁赋〉看苏轼与佛学》,《扬州师院学报》1987年第1期。
[⑤] 赵仁珪:《苏轼散文中的禅》,《北京师范大学学报》(社会科学版)1997年第4期。

不少学者亦注意到佛禅理论对苏轼文学理论和美学风格的影响。陈晓芬谈到佛教的静空理论对苏轼创作理论的影响。[①] 王世德将苏轼的美学思想归纳为"七论",即寓意于物的审美态度论、有为而作的述意抒情论、有融于中的自然感兴论、虚静物化的成竹于胸论、了然口手的审美辞达论、形理传神的象外意境论、妙出法度的至味新意论,每一论均注意从儒道佛思想的融合出发加以探讨。

进入 21 世纪,学术界对佛禅与苏轼文学创作的研究显得更加细致和深入。一方面,学者们对佛禅理论的把握更加到位,因此对苏轼诗词的佛禅内涵以及受其影响的美学风格的分析和把握更加精确,无论是对词作还是对诗作的研究,均有颇见力度的论文。

关于佛禅对苏轼词作的影响。迟宝东指出,苏轼不仅对禅宗经典语录了然于胸,对《维摩》《楞伽》《圆觉》等经亦甚为熟悉,这种复杂状况也相应体现在苏轼词的创作中,并对其词特有的审美风貌产生了重要影响:苏轼对人生之虚幻与无常的深刻体验,使得其词往往否定现实价值观念的束缚,从而透示出人生思索的深度;而禅宗"真如本性""安心"等思想更是苏轼乐观旷达词风得以形成的重要根源;中国传统文人接受禅宗思想启发,对恬淡静谧、与自然融合而又跃动着生命灵性的美感偏爱有加,苏轼亦将此种美感写入词中,从而再一次拓展了词的境界。[②] 王树海、赵宏指出,苏词中的佛禅精神主要表现为"一念清净,染污自落""人生如梦,万法皆空""任性逍遥,随缘放旷"三个方面。[③] 刘晓珍对苏轼和姜夔、张炎词进行了比较,指出禅宗对他们词作清境的形成有重要影响,而姜、张词的禅意清境有继承苏词的一面,也存在明显的不同:苏词多具体的禅理禅意,姜、张词多泛化的禅宗审美符号;苏词重人生感悟之清旷,姜、张词重自然山水之清幽;苏词重

---

① 陈晓芬:《佛教思想与苏轼的创作理论》,《文艺理论研究》1992 年第 6 期。
② 迟宝东:《试论佛禅对苏轼词之影响》,《海南师范学院学报》2002 年第 3 期。
③ 王树海、赵宏:《论苏轼词的佛禅精神》,《学习与探索》2013 年第 11 期。

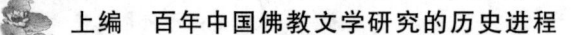

精神意度之清，姜、张词重形态外貌之清；苏词乃阔大超迈之清，姜、张词乃细微精巧之清。①

关于佛禅对苏轼诗歌的影响，不少学者擅长从艺术手法和美学风格立论。周裕锴分析了苏轼和黄庭坚的禅悦倾向，认为般若与真如两种禅悦取向影响到苏、黄诗中的意象选择以及诗歌风格。苏诗中不仅常见到直接出自佛经的梦、幻、泡、影、露、电、浮沤、浮云、微尘等象征虚幻不实的意象，而且有不少他创造性描写的转瞬即逝的自然现象或心理现象。正是这些意象及其倏忽变化的性质造就了苏诗动荡明快的风格。而黄庭坚诗中常见的意象往往具有坚固永恒或澄明高洁的性质，这些象征真如心性的意象大致可分为两类：一类作为虚幻无常的世事的对立物而存在，或是于岁时变化的严酷中坚贞自守的松柏、古树，或是于迁流不住的外境中屹然挺立的金石、砥柱；另一类则是作为污秽浑浊的人世的对立物而存在，或是表里澄澈的明月、秋江，或是出淤泥而不染的莲花。这两类意象使黄诗具有一种既清且峻、既玲珑剔透又沉着厚重的特殊韵味。如果说苏诗的意象以不断变化的动态之美取胜的话，那么黄诗的意象则别具一种以流动相陪衬的静穆之美。② 王树海、宫波指出，苏轼诗风得佛禅浸润，其具象美学特征表现为"天地一如，雄视百代"之雄奇、"若醉若醒，诗思超然"之飘逸、"嬉笑怒骂，活泼幽默"之诙谐、"萧散简远，澹淡清美"之淡远等，是宋诗成熟期的代表标识。苏轼"禅喜"大致可归于"有意参禅""无心证佛"之属，乃"以文字作佛事"，其"禅喜"旨趣的最终旨归是审美的，从此意义上审视，文学艺术才是他真正的"宗教"。③ 陈才智分析了东坡诗中的禅影后指出，禅趣禅意渗透在审美趣味、创作思维、语言运用、意象撷取、题材选择、意境营造上；渗透在其独具特色的旷放豪迈归于雅淡自然、清静

---

① 刘晓珍：《苏词与姜、张词禅意清境比较》，《山东师范大学学报》2005 年第 3 期。
② 周裕锴：《梦幻与真如——苏、黄的禅悦倾向与其诗歌意象之关系》，《文学遗产》2001 年第 3 期。
③ 王树海、宫波：《苏轼诗风及其"禅喜"旨趣辨证》，《北方论丛》2009 年第 4 期。

幽远的艺术风格中；渗透在其机锋敏锐的议论、深邃透辟的思理，"出新意于法度之中，寄妙理于豪放之外"的种种翻案、妙喻和谐趣、奇趣中。①

还有一批论文专论苏轼的禅意诗、禅理诗、和陶诗。肖占鹏、刘伟认为苏轼禅意诗具有如下美学内涵：心外无物的色空思想、平淡自然的艺术风格、随缘自适的生存智慧。②此外，他们还从悟得生命真谛、从容应对挫折和微笑拥抱人生三个方面阐释苏轼禅意诗的当代价值。③李向明认为北宋时期苏轼的禅理诗创作最具特色，并从"以禅入诗，借诗遣怀""以诗说禅，空观自省""诗禅融通，随缘自适"等三个方面对苏轼禅理诗进行了简要分析。④程磊从"圆融无碍，融通出处""无念无住，随缘任运""即心是道，立地超越"三个方面分析了苏轼和陶诗的禅悟体验，试图把握经禅理浸润后苏轼学陶的基本风貌。在他看来，苏轼在生命实践上呈现禅宗的人生智慧，在诗歌创作上呈现禅宗美学的平淡风格。⑤

另一方面，学者们更加关注佛典阅读对苏轼创作的影响，因而能够将苏轼诗歌的研究和分析落实到具体的佛典上。因此，佛典与苏轼诗歌研究成为此一时期的重大特色。早在20世纪90年代，刘石就撰文指出，苏轼诗文的佛禅用典，前人虽已做了不少工作，但仍需进一步加强。⑥进入21世纪，刘石的这一呼吁得到学界的响应，萧丽华、周裕锴、张海沙、梁银林等学者的研究体现了这一特色。

周裕锴在他的论著中一再指出宋人通过阅读经典领悟佛禅的路径。

---

① 陈才智：《东坡诗中之禅影》，《乐山师范学院学报》2011年第1期。
② 肖占鹏、刘伟：《苏轼禅意诗审美内涵抉要》，《南开学报》2010年第5期。
③ 肖占鹏、刘伟：《智者的悟语——论苏轼禅意诗的当代价值》，《天津大学学报》2010年第2期。
④ 李向明：《随缘红尘是禅境　自适本性皆好诗——论苏轼禅理诗创作的特点》，《南京师范大学文学院学报》2010年第3期。
⑤ 程磊：《论苏轼以禅解陶》，《乐山师范学院学报》2010年第6期。
⑥ 刘石：《苏轼创作中与佛禅有关的几个问题》，《贵州社会科学》1992年第3期。

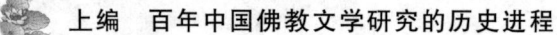

他在《文字禅与宋代诗学》中指出,"宋人参禅的过程,一般是由研读佛经入手,最后证之以禅家心印,从而使参禅不再是一种外在的宗教形式,而化为一种内在的心灵自觉,真正在破解疑团之后获得无上的喜悦"。① 他在《"六根互用"与宋代文人的生活、审美及文学表现——兼论其对"通感"的影响》一文中指出,"笔者近年来较注意探讨宋代士大夫接受和传释佛教经典教义的状况,并梳理佛教观想方式对其审美眼光的影响。""笔者始终相信,宋代士大夫阅读佛经和参究禅理的经验,尤其是阅读、理解和阐释《楞严经》的经验,不仅形成日常生活中的宗教性与世俗性相结合的特征,而且带来对感官及感觉世界的认识从生理层面到宗教层面、从现实性到超越性的变化,并由此而产生文学和文论'通感'表述中一系列话语的变化,而这种变化一直影响到元明清学佛士大夫对文学和生活的审美认识。"② 他的这一理念贯彻于《法眼与诗心——宋代佛禅语境下的诗学话语建构》一书的写作中。如在讨论六根互用与宋代文人生活、审美及文学表现时,他紧扣《楞严经》中"由是六根互相为用"的说法,以苏轼、黄庭坚、惠洪等人为代表,探讨他们追求六根通透、一心湛然无染的境界。他指出,《楞严经》对苏轼等人的影响带来三个变化:一是有意混同眼、耳、鼻、舌、身等感官之间的界限,尤其是主张眼听、耳观、目诵,从而形成听觉艺术(诗)与视觉艺术(画)相通的全新意识;二是将六根所接触的现象世界升华为心灵境界,将吟诗、作画、焚香、品茶、赏花、尝食诸多活动当作参禅悟道的途径或方式,从而出现诗禅、画禅、香禅、茶禅等宗教精神渗入世俗生活的现象;三是文学创作和理论中的"通感"书写,因"六根互用"的启示而由生理学、心理学层面的自发经验转向哲学、宗教学层面的自觉意识。③

---

① 周裕锴:《文字禅与宋代诗学》,高等教育出版社1998年版,第52页。
② 周裕锴:《"六根互用"与宋代文人的生活、审美及文学表现——兼论其对"通感"的影响》,《中国社会科学》2011年第6期。
③ 同上。

萧丽华先后撰有《东坡诗论中的禅喻》(《台大佛学研究中心学报》2001年第6期)、《佛经偈颂对东坡诗的影响》(2003年3月中兴大学"第四届通俗与雅正文学学术研讨会")、《苏轼诗禅合一论对惠洪"文字禅"的影响》(2003年4月玄奘大学"佛学与文学学术研讨会")、《东坡诗中的般若譬喻》(2004年12月11日"中央研究院"文哲所"圣传与诗禅：文学与宗教国际学术研讨会")、《从庄禅合流的角度看东坡诗中的舟船意象》(2005年10月14—16日成功大学文学院"中国近世文学国际学术研讨会")等一系列论文，这些论文后收入萧丽华《从王维到苏轼——诗歌与禅学交会的黄金时代》一书。这些论文涉及东坡的诗论、东坡的文字禅观、东坡得自佛经的各色意象等，主要是为了解析东坡诗中的禅境与诗笔而作，萧丽华将之统称为东坡诗禅。

萧丽华的这批论文均能将苏轼佛禅诗歌、诗论与佛典进行比勘，一一揭示其佛典来源，从而为正确解读苏轼与佛禅的内在关联提供了坚实的基础。她在论文中一再指出，"之前只从禅宗史演进与禅宗思想本身来观察东坡诗，终究是见树不见林，对于东坡诗禅的语言来源，仍未能全面清晰地掌握"。[①] 她的《苏轼诗的〈圆觉〉意象与思想》《苏轼诗中的华严世界》两篇论文，将苏轼诗歌和《圆觉经》《华严经》一一比勘，目的在于说明苏轼接受华严思想的情形。《苏轼诗中的般若譬喻》一文统计东坡诗中使用"般若十喻"与《金刚经》"六如"之情形（空588次、梦340次、露117次、化110次、影70次、响55次、镜像50次、电26次、幻25次、水月12次、虚空6次、泡与浮沤5次、焰4次、乾达婆城1次），并一一用佛经加以阐释，分析其般若譬喻的艺术成就。在她看来，东坡把玄虚杳渺的般若至理，借由诸般若譬喻呈现出来，因此东坡诗便成了以诗喻禅的理趣诗典范。在分析佛经偈颂对苏轼诗歌的影响时，萧丽华亦采用了相同的研究策略："全文先确定东

---

① 萧丽华：《从王维到苏轼——诗歌与禅学交会的黄金时代》，天津教育出版社2013年版，第207页。

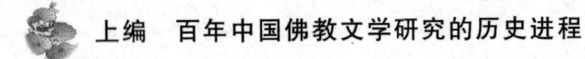

坡佛学之因缘与濡染之佛经，而后从这些佛经典籍中归纳偈颂的语言特征与风格，用以比对东坡偈诗之形式与内涵，以勾稽佛经偈颂对东坡诗的影响，间接证成佛经对北宋诗风所产生的作用。"①

梁银林的《苏轼与佛学》（博士学位论文，四川大学，2005年）采用了同样的研究策略。笔者未见该博士学位论文出版，但具体内容已经由作者整理成文，发表在相关刊物上。他曾论述苏轼不同时期诗作与《维摩经》的关系，分析《维摩经》在苏诗中的反映和表现，并对其采摄佛经语汇、点化佛学义理为诗进行探讨。② 他指出，苏轼对《楞严经》尤为推重，并以之作为一生随时奉读的释典；苏诗融摄《楞严经》义理、譬喻、事相而成者较多，其中既有寄寓深沉、了无痕迹的佳作，也有掉弄佛教义理、生套佛语的篇什，由于《楞严经》的加入，苏诗呈现出异样的风貌。③ 他还指出，苏轼采摄、融合《楞严经》水观修习之事而创作的诗歌，都有驱遣佛经以为我诗服务的特点。④ 在《佛禅事典与苏轼诗》一文中，他以《维摩诘经》《楞严经》《金刚经》以及《坛经》《景德传灯录》等立论，说明佛典与苏轼诗歌的内在关联。如他指出，《维摩诘经》两世界合一、天女散花、示病问疾、教化魔女、众香国求食等故事，都与维摩居士大显神通有关，因而被苏轼剪裁化用到诗歌中；《楞严经》善用譬喻言辞及故事来宣说佛法，指月之喻、怀珠之喻、妙音之喻，以及月光童子修习水观等，苏诗亦多有摄入；苏诗摄引《金刚经》"六如之喻"入诗，更多是表达对世事人生的感悟。⑤ 通过研究，他得出了如下结论：在苏轼的经典阅读和文学创作进程中，宗教与文学这两种异质的文化不断地相互交融渗

---

① 萧丽华：《从王维到苏轼——诗歌与禅学交会的黄金时代》，天津教育出版社2013年版，第283页。
② 梁银林：《苏轼诗与〈维摩经〉》，《文学遗产》2006年第1期。
③ 梁银林：《苏轼诗与〈楞严经〉》，《社会科学研究》2010年第1期。
④ 梁银林：《佛教"水观"与苏轼诗》，《西南民族大学学报》2005年第3期。
⑤ 梁银林：《佛禅事典与苏轼诗》，《贵州社会科学》2014年第3期。

透，其中又以那些富于文学色彩、形象化特征明显的佛经内容被采摄入诗最为突出。①

张海沙的专著《佛教五经与唐宋诗学》专门探讨《维摩诘经》《金刚经》《法华经》《楞严经》《心经》与唐宋诗学的内在关联，也深刻认识到经典阅读对文学创作和诗学理论的重要性。如她认为苏轼接受了《金刚经》的"梦幻"思想、"无所住"思想和灵异思想，不仅使苏轼的人生观发生了很大的变化，而且还让苏轼从《金刚经》中汲取了许多词语和写作手法，从而使他的诗文别开生面。②

除了以上几位学者外，还有不少论文探讨佛典与苏轼文学创作之间的关系。许外芳、廖向东钩稽《长阿含经》卷七、《中阿含经》卷十六、《大般涅槃经》卷二十六、《杂阿含经》卷四十三、《楞严经》卷四的相关记载，认为以乐器与乐声的关系说明诸法缘起之理在佛经中是一类使用较为频繁的譬喻，并分析了《琴诗》所蕴含的佛理，认为这是苏轼的一次戏笔之作，反映出大苏幽默诙谐的生活情趣以及才思敏捷、骋才好辩的性格。③ 李最欣指出，苏轼一生喜好佛禅，对大乘经典接触尤多，此种佛典譬喻遂成为其文学创作时左抽右取、融裁点化的资源，其名作《日喻》便是改造《阿含经》卷七、《大般涅槃经》卷二十五、卷十四中的譬喻而成。④ 另外，冯国栋的《苏轼〈日喻〉佛典探源》也对这一问题进行了探讨。

四 苏轼佛禅文学创作与宋代文学风貌研究

在对苏轼学佛因缘和文学创作展开深入研究的基础上，不少学者开

---

① 梁银林：《佛教"水观"与苏轼诗》，《西南民族大学学报》2005 年第 3 期。
② 张海沙、赵文斌：《苏轼与〈金刚经〉》，《中国文学研究》2010 年第 2 期。
③ 许外芳、廖向东：《苏轼禅诗代表作误读的个案研究》，《新疆大学学报》2004 年第 3 期。
④ 李最欣：《苏轼诗文创作与佛经譬喻——兼论〈日喻〉之佛典渊源》，《甘肃社会科学》2005 年第 3 期。

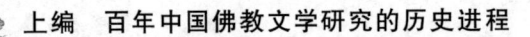

始从宗教文学的角度思考苏轼文学创作和宋代文学风貌的内在联系。这方面有两个焦点,一是宋人的文字禅如何影响到宋代的文学风貌,二是佛禅的宗教思维如何影响到宋代的文学风貌。在这个研究层面上,周裕锴和萧丽华的研究最具理论自觉意识,研究结论也最具有经典性。

  许多学者均强调苏轼在文字禅方面的倡导地位,并进而认为这种文字禅创作风潮对于宋诗主议论、尚理趣的诗风有重要影响。早在20世纪70年代,台湾的杜松柏就指出,"主张以参禅而学诗,最初举用,似以东坡最早"。[①] 周裕锴亦认为,唐代禅人偏重不立文字,宋代禅人偏重文字禅,苏轼在文字禅的倡导上厥功至伟:先有苏轼"台阁山林本无异,故应文字不离禅",后有黄庭坚"远公香火社,遗民文字禅",其后才有惠洪《石门文字禅》,"以临高眺远未忘情之诗为文字禅"。[②] 其专著《文字禅与宋代诗学》集中讨论佛教"文字禅"与"以文字为诗"之间的关系,对相应的宋诗艺术方法与成就进行了深入阐发,而苏轼是该书讨论的重点。这方面的研究已经比较成熟,诚如周裕锴所言,"学者多从'悟入''妙悟''活法''活句''饱参''熟参''不道破''羚羊挂角''镜花水月''静空'等等以禅喻诗的概念入手,对禅悟与诗悟、禅法与诗法、禅趣与诗趣、禅心与诗心、禅境与诗境的关系,申论重出,研究颇为深入"。[③] 近年来,周裕锴关注佛经阅读、佛禅思维、佛禅观照方式对宋诗特色的熔铸之功,苏轼是他讨论的重点。如他指出,唐前中国传统观念是五官各司其职,大乘佛教诸经论主张"六根互用",《楞严经》对此身体哲学尤有发挥;北宋后期以苏轼为代表的士大夫和以惠洪为代表的僧人接受了《楞严经》"六根互用"的思想,并将之运用到艺术审美活动中,形成打通艺术各媒体之间界限的"出位之思";苏轼关于王维"诗中有画""画中有诗"的评论其实是首创了一

[①] 杜松柏:《禅家宗派与江西诗派》,《中兴大学文史学报》1978年第8期。
[②] 周裕锴:《文字禅与宋代诗学》,高等教育出版社1998年版,第42页。
[③] 周裕锴:《法眼看世界:佛禅观照方式对北宋后期艺术观念的影响》,《文学遗产》2006年第5期。

种利用六根互用的原理来欣赏作品的方法。① 又如，他认为，佛教禅宗观照世界的独特方式对北宋后期诗人观察、认识世界的审美眼光颇有启发，因此，以诗禅双修的诗僧惠洪的艺术观念为中心，结合苏轼、黄庭坚及北宋后期其他诗人的相关论述，着重讨论佛教的"万法平等""周遍含容""如幻三昧""转物""六根互用"等观念对北宋后期诗人观察、认识世界的审美眼光的影响和审美观念的形成。②

萧丽华的系列论文亦旨在通过分析苏轼与佛禅的关系来揭示唐诗主情韵、宋诗主议论的文化渊源。她在论文中一再指出，"为能了解东坡诗的诙谐议论与人生哲思的特征，有必要从北宋佛经流传的情形与东坡所涉猎的佛典类型加以考察，进一步比对东坡诗中的意象，分析出东坡诗中重要意象的具体来源。如此对东坡诗所产生的境界，才能充分体会，对东坡诗禅也才能有丰富的认识。更重要的是，对宋诗新变的关键，能探得真髓"。③ 她通过举证分析，认为东坡以《圆觉经》思想和语言入诗，有时传达《圆觉经》所谓的如幻三昧，有时脱化出《圆觉经》的空华、第二月与摩尼宝珠等意象，有时化用《圆觉经》的"游戏"意涵，形成北宋惠洪诗为文字禅的前导作风，东坡诗本身也成了《圆觉经》思想之文字禅櫽栝。④《苏轼诗中的华严世界》一文梳理了《华严经》和《法界观》在宋代元祐年间的流传情形，分析了东坡诗的华严诗境（空花鸟迹，世界的虚幻性；大千一脉，一与多的相即；法身遍现，华严世界海的概念），是为了说明："东坡诗语言风格或庄或谐，或俗或雅，或比兴或议论，但以人生玄思为旨，充分体现出诗歌的机趣与理趣。在华严思想的辅助下，其文辞尤显得想象恢弘，博喻奔放，开

---

① 周裕锴：《诗中有画：六根互用与出位之思——略论〈楞严经〉对宋人审美观念的影响》，《四川大学学报》2005 年第 4 期。
② 周裕锴：《法眼看世界：佛禅观照方式对北宋后期艺术观念的影响》，《文学遗产》2006 年第 5 期。
③ 萧丽华：《从王维到苏轼——诗歌与禅学交会的黄金时代》，天津教育出版社 2013 年版，第 223 页。
④ 同上书，第 220 页。

展百态千姿的现象世界，出入无中生有的大千法，使诗体别具一格，形成宋诗以文字为诗，以学问、博喻为诗的风貌。""东坡诗之所以能出唐人之右，为宋诗开展门庭，雄放千古，完全得自佛经之理。"① 她认为，分析东坡诗歌的庄禅意象，一方面可以进一步观察出东坡诗如何交融庄禅在作品中创造出高度的人生反思完成宋诗的理趣；另一方面也能欣赏到东坡诗新颖、奇警、深刻、丰富的多样象征。由此推出如下结论：东坡诗之所以能出唐人之右，雄放千古，继欧阳修革新北宋诗坛，完成宋诗典型，主要得益于三教融合之学养。② 她分析了佛经偈颂对苏轼诗歌的影响，以及东坡偈诗的形式与内涵，认为东坡偈诗具有如下特征："以人生玄思为旨，充分显出机趣与理趣，文辞博喻奔放，百态千姿，使诗别具一格，形成宋诗以文字为诗以议论为诗之风貌。""佛经偈颂促使他对诗体主兴象、含蓄、言志的解放，形成以文字议论为诗，力求反常合道的诗风，这正是宋诗风潮中重要的侧影，也是微观宋诗演变时不可略过的重心。"③

除了结合苏轼具体作品揭示宋诗的尚理、主议论的特质外，萧丽华还从诗论的角度来揭示这一特征。她的《东坡诗论中的禅喻》先从北宋反佛、道儒释融摄开始起论，次将苏轼全集中诗论文字分次条析，最后以苏轼门下以及北宋诸子以禅喻诗诸论作为承应，期使苏轼禅喻诗论在宋代诗禅合辙儒佛融会的意义上可以得到彰显。④ 她从创作论和批评论的角度对苏轼以禅喻诗的若干现象（以禅法作诗、以梦成诗、诗禅辩证、以禅论诗）进行了深入分析，认为苏轼开启了融儒入佛以文字为佛

---

① 萧丽华：《从王维到苏轼——诗歌与禅学交会的黄金时代》，天津教育出版社2013年版，第241、242页。
② 萧丽华：《从庄禅合流的角度看东坡诗中的舟船意象》，载萧丽华《从王维到苏轼——诗歌与禅学交会的黄金时代》，天津教育出版社2013年版，第324页。
③ 萧丽华：《佛经偈颂对苏轼诗的影响》，载萧丽华《从王维到苏轼——诗歌与禅学交会的黄金时代》，天津教育出版社2013年版，第320、321页。
④ 萧丽华：《从王维到苏轼——诗歌与禅学交会的黄金时代》，天津教育出版社2013年版，第345页。

事的道路，从以禅喻诗的角度来看苏轼是北宋诗坛第一个开风气者，宋代以禅喻诗、以禅论诗由他开始，而后才有黄庭坚、惠洪、陈师道、韩驹、吕本中、范温、刘克庄、叶梦得、严羽等人的继往开来。在《苏轼诗禅合一论对惠洪"文字禅"的影响》一文中，她指出，文字禅的产生其来有自，源自唐代诗僧的努力是其远因，宋代禅门文字走向是其近因，而诗禅交涉成就最深最大者应为苏轼，因此将苏轼诗论与惠洪《天厨禁脔》《冷斋夜话》《石门文字禅》有关诗论进行比对，借以观察文字禅之内涵及其在北宋发展之轨迹。她认为，惠洪借由阅读苏轼的诗文、游览苏轼所走过的地方、探访苏轼的生平事迹，将其所知所闻，记录于《冷斋夜话》《石门文字禅》中，并且也曾模仿苏轼的口吻，行文作诗；惠洪几乎言必称苏轼，论诗以苏轼为标的，继承苏轼文字禅诗观，以文字与禅为职志，一生创作立说，不辞劳苦，不避谤议，终于成就妙观逸想之游戏三昧。

台湾宋代文学研究专家张高评教授认为会通化成是宋型文化的主要特色之一。他在这一视野下对苏轼、黄庭坚佛禅文学的研究也颇具特色。他指出，宋代不同学科间之互动会通频繁，跨界整合蔚为时代主潮，禅学对文学之影响，诗思受禅思之濡染，特其一而已；宋代士人禅悦成风，禅思亦多会通诗思，表现有四：呵佛骂祖与破体出位、绕路说禅与不犯正位、参禅悟入与活法透脱、自性自度与自得自到。东坡一生得失荣辱多现于诗，往往以《金刚经》"如是观"安顿生命，超脱自在；以《六祖坛经》"无住为本"追求随缘自由，出入于法度豪放之间，斟酌乎有法无法之际；东坡娴熟《华严经》，以诗融禅，于是理事圆融，事事无碍；其诗风之巧便尖新，开示捷法，实得云门宗风之启发。在他看来，宋诗大家苏轼、黄庭坚"以禅为诗"之诗风如此，对宋诗特色自有推助之功，于是宋诗相较于唐诗，遂有殊异之风格。[①] 另

---

① 张高评：《禅思与诗思之会通——论苏轼、黄庭坚以禅为诗》，《中文学术前沿》2011年第1期。

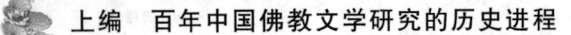

外，他还在这一理论视野下综考北宋苏轼、黄庭坚之咏竹诗篇及墨竹题咏，认为苏轼对于绘画之诠释，往往赋予佛学之理解：或以绘画为证道成佛之手段，或以绘画为幻境的创造，或以游戏三昧贯通诗与画，或以禅喻画，以画证禅。苏轼所作题画诗与书画题跋可见画与禅之融通与体现。① 这也是在论述佛禅对宋诗特色的熔铸。

近年来，上述研究风潮得到不少中青年学者的响应。梁银林便指出，"宋人以才学为诗，别开盛唐以后殊胜景象，此种新局之形成，实与宋代佛教转向世俗化、文士热衷习佛参禅有莫大关系。作为宋诗重要代表人物，苏轼一生与佛教结缘甚深，其才力之提升，颇得佛禅之益；学识的积累，佛禅内容占有较大比重。苏轼驱遣佛禅事典入诗，大多能顺手拈来，简练融摄，自然凑泊。更多佛禅事典的织入，改变了诗歌言志缘情、摹山描水的传统风貌，宗教对文学新变的助推之功，文学对宗教传播的推广之效，于此皆可管见一斑"。② 张培锋对苏轼等宋代士大夫与佛禅关系进行研究后指出："士大夫佛学提倡的是一种理性的、宽容的快乐哲学，既不主张禁欲，也不主张纵欲。它对宋代儒学的发展产生重要影响，同时促进了道教内丹术的发展，形成了中国特有的尊生观念，其本质是对现世人生可贵性和人生责任感的肯定。佛禅思想的影响，使得宋代士大夫对人生采取更超脱更达观更冷静的态度，把世态的炎凉冷暖人生的荣辱沉浮看得淡薄通透，多能在生活中保持乐观旷达的态度；宋代文学因此普遍呈现出一种快乐爽朗的格调，善于将人生的苦难转化成审美的心境和情趣，士大夫佛学与文学因而有着密不可分的关系。"③ 张煜认为元祐诗学所受佛禅影响，实不专在诗境，而多为诗法之层面，因此以苏诗与江西诗学的迎拒为切入点，对于东坡诗法与佛禅的关系加以考察，以便清楚地呈现荆公体到东坡体再到山谷体的北宋中

---

① 张高评：《诗、画、禅与苏轼、黄庭坚咏竹题画研究——以墨竹题咏与禅趣、比德、兴寄为核心》，《人文中国学报》2013年第19期。
② 梁银林：《佛禅事典与苏轼诗》，《贵州社会科学》2014年第3期。
③ 张培锋：《宋代士大夫佛学与文学》，宗教文化出版社2007年版，第286页。

晚期诗坛风气的演化过程。① 他指出，点铁成金、脱胎换骨在东坡诗中已经出现，论江西诗派必溯源苏轼；苏轼的翻案、以文为诗、破体乃至活法、诗眼、从创作到理论，与江西诗派所呈现的种种相似联系，与他们同受佛禅影响有关。

五　小结

本文从苏轼的佛禅因缘、学佛特征、佛禅与苏轼文学创作、苏轼佛禅文学创作与宋代文学风貌四个层面综述百年来苏轼与佛禅的研究论著，发现学者们从通论、泛论走向细部论证，揭示了佛禅对士大夫生命意识、文学创作乃至一代文风的影响。这其中，周裕锴、萧丽华的研究具有典范意义，以他们为代表的学者凸显了经典阅读对于安顿士大夫心灵、形塑士大夫创作思维的重要作用。由此我们可以确认，经典阅读是宗教实践的重要环节，从宗教实践的角度来探究宗教文学创作是最为妥当的一种研究模型；由此我们可以确认，居士学佛迥然有别于僧尼学佛，居士禅实际上就是一种生活禅，主要用于安顿心灵，具有强烈的实用理性特征，其文学呈现也就迥然有别于高僧的文学创作。由此我们还可以确认，这种宗教上的实用理性导致士大夫对儒道释兼收并蓄，我们探讨士大夫此类创作时要有融通的视野。对于百年来苏轼与佛禅研究来说，尽管佛教文学研究者已经注意到了苏轼创作中的庄禅合流，但这种融通视野还是做得不够，因为苏轼还进行了大量的道教实践，创作了大量与道教有关的文学作品。研究宗教与苏轼乃至古代士大夫与文学创作的关系，应该在儒道释融通的视野下加以展开，这要求研究者具备儒道释三方面的知识和理论素养。

---

① 张煜：《心性与诗禅：北宋文人与佛教论稿》，华东师范大学出版社2012年版。

明末清初僧诗研究综述

明末清初,佛教界涌动着声势浩大、发展迅猛的复兴浪潮,这股浪潮"从嘉靖、隆庆时期初露端倪,到万历时达到高潮,一直延续到清雍正(1723)时期"。① 与之相应,此期僧人的文学创作亦呈勃兴之势,这在诗歌领域体现得尤为明显。近年来,以廖肇亨、李舜臣为代表的一批学者致力于明末清初僧诗研究,相关专著、论文相继问世。本文基于该领域现有重要研究成果,从文献整理和文学探研两大面向展开陈述,并就今后的研究思路、研究路径、研究重点略陈己见,敬请方家指正。

一 文献整理

明清僧诗文献繁多芜杂,积累甚薄,整理难度极大。通过爬梳相关材料,可知目前学人的文献整理工作大致分为两个层面:一是僧诗文献的著录与考辨,二是僧诗文献的校录与出版。

(一)僧诗文献的著录与考辨

明末清初僧人留存的大量诗集散见于版本学、目录学等著作。这些目录学著作对彼时僧侣的诗歌创作概貌作了初步判断。

崔建英《明别集版本志》著录见存明代诗僧别集33家,内含洪

---

① 季羡林、汤一介总主编,魏道儒著:《中华佛教史·宋元明清佛教史卷》,山西教育出版社2013年版,第270页。

恩、圆复、慧秀、智舷、真可、德清、道盛、苍雪等 20 位明末高僧诗集。① 冼玉清《广东释道著述考》首次细致稽考了历代广东释道著作，包括清初岭南诗僧著述 200 多种，并对部分僧人的生平事迹加以考究。② 袁行云《清人诗集叙录》考辨了清初函昰、函可、今释、道忞、晓青等著名诗僧别集的刊刻、流传情况。③ 李灵年、杨忠主编的《清人别集总目》为第一部全面清理清人别集的目录学巨著，共计著录作者近 2 万人，著作约 4 万种，其中僧侣作者 265 人，著作 360 种④；而在柯愈春编写的《清人诗文集总目提要》中，僧侣别集约为 300 种，有别集传世、可作专题研究的僧侣近 300 人⑤，这两部清代诗文集目录巨著对清初重要诗僧别集之著录考订，贡献甚巨。

李舜臣、欧阳江琳就《四库全书总目》集部中的 37 种诗僧别集、4 部诗僧总集进行了梳理，其中包含明清诗僧别集 20 种、诗僧总集 2 部，涉及明末清初部分高僧诗作。⑥ 李舜臣又根据《千顷堂书目》和《明别集版本志》等书志著录，在参稽其他文献的基础上，估算行世明代释家别集应有 220 种以上，而现存约有 63 种，其中万历至崇祯年间的集子占据一半以上。⑦ 江庆柏对清代僧人诗集的典藏及检索进行了细致考察，指出现存清代僧人诗歌别集为 210 种左右，约 500 万字，若加上总集、方志和寺院志、山志等典籍中所收录的零散作品，则可达到 600 万字左右。从作者所处时代来看，主要集中在清前期，尤以康熙朝为最多。⑧ 鲁小俊认为《清人别集总目》主要依据公私书目和藏书卡片编纂而成，在现有条件下，不可能一一目验，故而难免小有疏漏。作者通过

---

① 崔建英辑，贾卫民、李晓亚整理：《明别集版本志》，中华书局 2006 年版。
② 冼玉清：《冼玉清文集》，中山大学出版社 1995 年版。
③ 袁行云主编：《清人诗集叙录》，文化艺术出版社 1994 年版。
④ 李灵年、杨忠主编：《清人别集总目》，安徽教育出版社 2000 年版。
⑤ 柯愈春主编：《清人诗文集总目提要》，北京古籍出版社 2002 年版。
⑥ 李舜臣、欧阳江琳：《〈四库全书总目〉中的诗僧别集批评》，《武汉大学学报》（人文科学版）2006 年第 5 期。
⑦ 李舜臣：《明代释家别集考略》，《学术交流》2015 年第 9 期。
⑧ 江庆柏：《清代僧诗别集的典藏及检索》，《中国典籍与文化》1997 年第 2 期。

核检，对《清人别集总目》中的僧侣资料进行了补正。① 同时，他又撰文指出：清代诗僧较为重要的别集多已收入《丛书集成续编》《丛书集成新编》《续修四库全书》《四库存目丛书》《四库未收书丛刊》《四库禁毁书丛刊》《清代诗文集汇编》《禅门逸书初编》《禅门逸书续编》《北京师范大学图书馆藏稀见清人别集丛刊》《上海图书馆未刊古籍稿本》等大型丛书，除去重复收录者，已经收入丛书的别集数量有60多种，其中尤以清初占比最多。②

（二）僧诗文献的校录与出版

明末清初著名高僧的诗文别集偶有整理、点校、出版，但更多僧人的诗文作品则被辑录于总集之中，以待进一步单独开掘。

其一，此期僧诗别集校注侧重于宗门名僧，数量甚少，现将已有成果加以介绍：（1）担当别集。担当著述整理在20世纪20年代由云南学者方树梅开启，刻有《担当和尚诗》七卷。据此版本，由余嘉华、杨开达点校的《担当诗文全集》是迄今为止最完整的担当诗文集，包括《翛园集》《橛庵集》《罔措斋联语》《拈花颂百韵》《文论序跋》及《传记》《年谱》等，书中作品编排以各集刊刻的时间先后为序。借由此书，可以更深入地了解担当的文艺观及文艺创作实践。③（2）苍雪别集。由王培孙校辑注疏的《南来堂诗集》于1940年在上海出版，共收入苍雪诗669题1048首。难能可贵的是，编者还抄引了大量方志典籍和诗文，对苍雪的265个诗题作了详细注释。时至今日，王培孙校辑本仍是苍雪诗稿中收集较为完整、注疏极为严谨的一个版本。④ 在此基础

---

① 鲁小俊：《〈清人别集总目〉僧侣资料补正》，《学术交流》2013年第2期。
② 鲁小俊：《清代佛教文学的文献情况与文学史编写的体例问题——〈清代佛教文学史〉编撰笔谈》，《哈尔滨工业大学学报》（社会科学版）2015年第5期。
③ （清）担当：《担当诗文全集》，余嘉华、杨开达点校，云南人民出版社、云南美术出版社2003年版。
④ （清）苍雪：《南来堂诗集》，王培孙校辑，1940年铅印本。

之上，杨为星又有《苍雪大师〈南来堂诗集〉诗注》出版。①（3）大汕别集。由中华书局1987年出版的《海外纪事》记述了大汕赴越弘法的因缘、经过和见闻，并收录了作者与大越国政要往来的书札、议论、禅论以及当时所写的律、绝一百多首，为研究大汕诗歌创作（尤其是域外诗文弘法）提供了重要参照。②（4）东皋心越别集。《旅日高僧东皋心越诗文集》由陈智超编纂，乃国内第一部全面介绍东皋心越诗文作品的专集。该书在《东皋全集》（祇园寺住持浅野斧山编，1911年）和《明末义僧——东皋禅师集刊》（荷兰驻华大使馆馆员高罗佩编，1944年）的基础上，收录东皋心越诗作507首、文章41篇、书信118封，另有25幅配图，从中可窥探一代旅日高僧的宗教情怀与文化心态。③此外，由浦江县政协文史资料委员会编纂的《东皋心越全集》亦于2006年出版发行。④（5）清初岭南诗僧别集，包含《千山诗集》《瞎堂诗集》《大汕和尚集》《遍行堂集》《咸陟堂集》。除去《千山诗集》外，其余四部同属中山大学中国古文献研究所编《清初岭南佛门史料丛刊》（第一辑4种）。函可诗集相关文献题名不一，在其生前未曾刊刻，仅以各种手抄本的形式流通。康熙四十二年（1703），岭南华首台僧众汇合各抄本，编纂为一集，题名《千山诗集》，凡二十卷，另补遗一卷，收诗逾一千五百首，各体俱备，蔚为大观。本书即据此康熙本点校排印。书前冠以编者所撰导论：《忠义、流放、诗歌——函可禅师新探》，比较全面地论述了函可诗歌的重要思想内容及特色。⑤《瞎堂诗集》以中山大学图书馆藏道光海幢寺刻本为底本，参校梅、雪诗单行本及《天然昰禅师语录》本，加以标点和校勘，校注统附全文之后。此集共二十

---

① （清）苍雪：《苍雪大师〈南来堂诗集〉诗注》，杨为星注，云南人民出版社2011年版。
② （清）大汕：《海外纪事》，中华书局1987年版。
③ （清）东皋心越著，陈智超编纂：《旅日高僧东皋心越诗文集》，中国社会科学出版社1994年版。
④ （清）东皋心越著，浦江县政协文史资料委员会编：《东皋心越全集》，浙江人民出版社2006年版。
⑤ （清）函可：《千山诗集》，严志雄、杨权点校，"中央研究院"中国文哲所2008年版。

卷，共收诗1719首，在总数万余首的清初岭南僧诗中，巍然成一大家。①《大汕和尚集》为清初著名禅僧大汕和尚诗文集汇编，包括《离六堂集》《离六堂二集》《潮行近草》《离六堂近稿》和《海外纪事》，共收录大汕所作诗词歌赋1450余首。② 此外，另有澹归《遍行堂集》③和成鹫《咸陟堂集》④ 行世。（6）仓央嘉措别集，主要有《六世达赖情歌：仓央嘉措情诗集》和《仓央嘉措圣歌集》。《六世达赖情歌：仓央嘉措情诗集》是后人从六世达赖喇嘛仓央嘉措创作的诗歌中，选出60多首代表作编纂而成。仓央嘉措的情歌多用比兴手法，直抒胸臆，语言自然流畅，通俗易懂，开拓了藏族诗歌的新风尚，具有很高的艺术价值。于道泉先生在1930年将仓央嘉措的诗歌首次翻译成汉语和英语，引起国内外极大的反响。此书选取该版本62节情歌，每一节配赏析文章，可在赏析朴实纯美的诗歌过程中品读中外爱情美文。⑤《仓央嘉措圣歌集》采取汉、藏文对照的方式，收录了仓央嘉措现存于世的124首诗歌，堪称迄今为止最忠实于仓央嘉措的译文。全书去伪存真，澄清讹传、误解和想象，认为仓央嘉措的诗乃为"圣歌"，而非狭隘的"情歌"，力图还原一个真实的仓央嘉措。⑥

其二，总集对明末清初僧诗的收录。总集又有专门的僧诗总集和辑录部分僧诗的诗歌总集之别，以下分而述之。

僧诗总集方面，以《古今禅藻集》《海云禅藻集》《禅门逸书初编》和《禅门逸书续编》收录最为集中。释普文等辑《古今禅藻集》选录自东晋至明万历年间366位僧人2829首诗歌，是我国古代收录僧诗最为完备的总集。该书录有明末约80位僧人近700首诗歌，德

---

① （清）天然：《瞎堂诗集》，李福标、仇江点校，中山大学出版社2006年版。
② （清）大汕：《大汕和尚集》，万毅、杜霭华、仇江点校，中山大学出版社2007年版。
③ （清）澹归：《遍行堂集》，段晓华点校，广东旅游出版社2008年版。
④ （清）成鹫：《咸陟堂集》，曹旅宁、蒋文仙等点校，广东旅游出版社2008年版。
⑤ （清）仓央嘉措：《六世达赖情歌：仓央嘉措情诗集》，于道泉译，当代中国出版社2011年版。
⑥ （清）仓央嘉措：《仓央嘉措圣歌集》，龙冬译，北京十月文艺出版社2011年版。

清、洪恩、如愚、德胜、法杲、斯学等人的入选诗作均在 30 首以上。① 徐作霖、黄蠹编《海云禅藻集》收函昰之出家弟子、在家弟子等 128 人诗作，总计 1000 余首。全书四卷，卷一收释今无、释今摩等 7 人之诗 115 首，卷二收释今湛、释古卷等 29 人之诗 230 首，卷三收释今锡、释古电等 25 人之诗 396 首，卷四收袁彭年、何运亮等 67 人之诗 263 首。② 释明复编有《禅门逸书初编》和《禅门逸书续编》，前者收录了洪恩（《雪浪续集》二卷）、僧悦（《尧山藏草》三卷）、如愚（《石头庵集》五卷、《石头庵宝善堂诗集》五卷）、道开（《密藏禅师遗稿》二卷）、大香（《云外录》十八卷）、昙英（《昙英集》四卷）、通门（《懒斋别集》十四卷）、敏膺（《香域自求膺禅师内外集》十四卷）、道忞（《布水台集》三十二卷）、济悟（《鹤山禅师执帚集》二卷）等僧人诗集③；后者补录有洪恩（《雪浪集》一卷、《雪浪续集》不分卷）、如愚（《空华集》二卷、《饮河集》二卷）、法杲（《雪山草》九卷）、海观（《林樾集》二卷）、智舷（《黄叶庵诗稿》一卷）、高泉（《一滴草》四卷）、澹归（《遍行堂集》四十六卷、《遍行堂续集》十六卷）、大汕（《离六堂集》十二卷）、成鹫（《渔樵问答》一卷）、元玉（《石堂全集》十卷、《石堂近稿》一卷、《金台随笔》一卷）等诸僧作品④。此外，据魏禧《〈诗遁〉序》所言，释梵林辑有《诗遁》一书，"采方外与隐者之诗，选而辑之……愤世譬俗，多哀怨激楚之音"⑤，朱泽杰认为该书"总体上属于清初遗民诗的范畴"⑥，可惜此集或已亡佚。

---

① （清）释普文等辑：《古今禅藻集》，载《文渊阁四库全书》第 1416 册，上海古籍出版社 1987 年版。
② （清）徐作霖、黄蠹编，黄国声整理：《海云禅藻集/海云文献辑略》，西泠印社 2004 年版。
③ 释明复主编：《禅门逸书初编》，台湾明文书局 1981 年版。
④ 释明复主编：《禅门逸书续编》，台湾汉声出版社 1987 年版。
⑤ 参见（清）魏禧撰《魏叔子文集》中册，胡守仁、姚品文、王能宪校点，中华书局 2003 年版，第 479 页。
⑥ 朱泽杰：《全国性清诗总集佚著五种序跋辑考》，《淮阴师范学院学报》2006 年第 3 期。

诗歌总集方面，以《明诗综》《列朝诗集》《晚晴簃诗汇》（即《清诗汇》）、《清代诗文集汇编》为主，而《清诗纪事初编》《清诗纪事》《清诗选》《清代东北流人诗选注》亦收录有僧诗。朱彝尊《明诗综》选录有明一代诗僧108位、僧诗341首，德清、真可、洪恩、智舷、苍雪、函可等明末高僧代表诗作悉数在内。① 《列朝诗集》是钱谦益编选的一部明代诗歌总集，录有108位僧人的1349首诗作，其中万历至崇祯朝包含38人，德清、洪恩等名僧作品均达到40首以上。② 徐世昌编《晚晴簃诗汇》收录清代僧侣作家多达260人，清初著名诗僧如澹归、弘智、苍雪、函昰、光鹫、函可、元璟、晓青、德元、髡残、道济、宗渭等均囊括在内，但遗憾的是部分僧人没有诗集存世。③ 《清代诗文集汇编》收录清初近20位高僧诗集，诸如苍雪《苍雪大师南来堂诗集》（四卷）、担当《担当遗诗》（八卷）、道忞《弘觉忞禅师北游集》（六卷）、函昰《瞎堂诗集》（二十卷）、函可《千山诗集》（二十卷）、晓青《高云堂文集》（十六卷）、灵耀《随缘集》（六卷）、今无《阿字无禅师光宣台集》（二十五卷）、大汕《离六堂集》（十二卷）、元璟《完玉堂诗集》（十卷）等等，为学人研究提供了极大便利。④ 此外，邓之诚《清诗纪事初编》辑录大汕、成鹫二僧诗作⑤；钱仲联主编的《清诗纪事》（第四册）设有"释道卷"，选录清初岭南诗僧16人⑥；丁力选注、乔斯补注的《清诗选》，将函可、吴兆骞、沙白张并列为"清初抗清三大诗人"，对三人所作诗歌予以辑录⑦；张玉兴编选的《清代东北流人诗选注》，选录函可诗作55首，指出函可实为清初"辽沈

---

① （清）朱彝尊辑录：《明诗综》，中华书局2007年版。
② （清）钱谦益编辑：《列朝诗集》，中华书局2007年版。
③ 徐世昌编：《晚晴簃诗汇》，中国书店1929年版。
④ 《清代诗文集汇编》编撰委员会编：《清代诗文集汇编》，上海古籍出版社2010年版。
⑤ 邓之诚编：《清诗纪事初编》，中华书局1965年版。
⑥ 钱仲联编：《清诗纪事》，凤凰出版社2004年版。
⑦ 丁力选注，乔斯补注：《清诗选》，湖南人民出版社1985年版。

文化的中心人物"①。

二　文学探研

相较于文献整理,从文学研究的面向侧探明末清初僧诗状貌,其视角愈显多样,成果更为广泛。概而观之,可作群体研究与个体研究之别。

(一) 群体研究

此层面注重群体考察,强调整体规律的探研。廖肇亨、李舜臣、王启元、孙宇男分别就晚明清初空门遗民、清初岭南诗僧群、晚明僧侣、明清之际诗僧进行了卓有见识的探讨。此外,陆草对于明清寺院诗系的研究,张煜对于明清比丘尼的探究亦值得关注。

廖肇亨《忠义菩提:晚明清初空门遗民及其节义论述探析》从思想史、佛教史、文化史、文学史等不同角度,对明末清初蔚为壮观的"遗民逃禅"之风进行了深入探究。该书指出逃禅遗民的人生选择不仅代表了个体与国家权力之间的冲突与纠葛,更引导了未来文化与学术思想潮流的走向。而在众多逃禅遗民中,方以智与金堡始终是众人注目的焦点。金堡出家后,便毅然转向佛教阵营,成为一代高僧今释澹归;方以智虽然在曹洞宗尊宿道盛门下出家,法号无可大智,但其儒家色彩始终不曾消退,成就出另外一种文化图像。② 李舜臣在《20 世纪以来清初岭南诗僧群研究综述》一文中梳理了学界对此诗僧群的重要研究成果,并对今后的研究方向进行了展望,指出应当融通文史哲、艺术、宗教等学科的方法进行综合系统之研究③;在其新著《岭外别传——清初岭南

---

① 张玉兴选注:《清代东北流人诗选注》,辽沈书社 1988 年版。
② 廖肇亨:《忠义菩提:晚明清初空门遗民及其节义论述探析》,"中央研究院"中国文哲所 2013 年版。
③ 李舜臣:《20 世纪以来清初岭南诗僧群研究综述》,《淮阴师范学院学报》2009 年第 1 期。

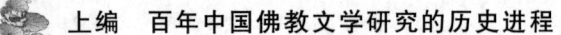

诗僧群研究》里，他将清初岭南诗僧置于明季清初特定的历史时空中加以考察，彰显这一诗群的群体特征和时代特征，以区别于一般诗人群的僧之特性，和区别于史上其他僧人群所具有的遗民特色[1]。王启元再现了晚明僧侣作为一个群体参与上层政治与俗世生活的形态原貌，并在考证僧侣生平、重大事件的基础上，深入讨论僧人之文学交游及其诗歌创作，从而发掘方外群体在文化史背景下的文学史意义。[2] 孙宇男整合了国内外学者对明末诗僧个案研究的成果，在此基础之上，分析明清之际的社会背景、文化变迁对诗僧文学创作的影响，并以诗僧之间的唱和、交游来探究他们的人格、诗格，最后借由诗僧游走于儒道释之间来阐释儒教、道教、佛教的现实价值。[3]

　　陆草对明清寺院诗系进行了详细考察与系统分析。首先，作者指出中国寺院诗系大多形成于明末清初，至清代中期达于鼎盛，绵延至近代，其创作内容多以阐述禅理为主，艺术风格与禅宗的思维方式和行为方式密切相关。其次，作者选取焦山、天童、三峰、灵隐四大诗系加以具体阐述，探究其各自特征，并指出寺院诗系作为一种特殊的文学现象和文化形态，具有广博、深刻的历史内涵，是某一历史时期的政治、经济、文化、宗教之综合体现。[4] 张煜以明清比丘尼为重点研究对象，通过对她们出家、修持与写作的考察，揭示其背后所隐含的性别焦虑。同时引入清恽珠所编的《国朝闺秀正始集》《国朝闺秀正始续集》两部大型清代女性诗歌选集作为参照系，比较出家尼众与闺阁女子在生活遭际、宗教情怀乃至诗作旨趣风格方面的异同。[5]

---

[1] 李舜臣：《岭外别传——清初岭南诗僧群研究》，南方日报出版社2017年版。
[2] 王启元：《晚明僧侣的政治生活、世俗交游及其文学表现》，博士学位论文，复旦大学，2012年。
[3] 孙宇男：《明清之际诗僧研究》，博士学位论文，吉林大学，2014年。
[4] 陆草：《明清的寺院诗系》，《中州学刊》1992年第2期。
[5] 张煜：《明清比丘尼与闺阁女性的生活、写作比较》，《东方丛刊》2007年第4期。

(二）个体研究

明末清初单个僧人的诗歌研究，由黄海章、陈永正、姜伯勤较早开启；廖肇亨、李舜臣着力最多，成果最丰；皮朝纲、潘承玉、杨旭辉、林观潮等人亦从各自角度探研僧诗创作、内蕴及价值；王红蕾、杨燕韶的论著虽然是对僧侣生平、交游、禅学等的全面研究，但兼及诗文创作，具备一定的借鉴意义。

黄海章《明末广东抗清诗人评传》一书对函昰、函可二人的诗歌艺术和思想内容给予充分评价。[①] 陈永正《岭南文学史》专设"方外诗人"一节，对函昰、函可、成鹫三位诗僧有相对详备的阐述。[②] 姜伯勤《石濂大汕和澳门禅史》则专列篇章论及大汕诗学，指出大汕诗歌具有"自然"与"雄浑"兼备的美学风格。[③]

廖肇亨《巨浪回澜——明清佛门人物群像及其艺文》一书以明末清初佛教领域另一波巨浪高峰的涌现为时代背景，以单个人物为纲，采用纪传体的方式书写了三十三位佛门高僧的生平经历、修行实践和艺文创作。该书视野宏阔，涵盖宗教、文学、文化、艺术等多个维度。同时，尤重艺文在展现僧人精神世界方面的价值，对诸位大德的创作与行藏进行了详细钩沉，绘制出一幅佛门参与世俗精神活动的生动图景。对于宗教与文学的关系，作者大量征引高僧诗文，以具体实例说明了以禅解诗、以诗证禅的重要意义。他多方网罗相关史料，悉心品察原始文献，深入解析禅门修为，将人物、历史、宗教、文学、艺术有机地熔于一炉，让读者经由这些明清僧人群像，透视当时的佛教面貌、社会现象与艺文创作，为佛教文学全面、系统、深入之研究提供了相当意义的借

---

① 黄海章：《明末广东抗清诗人评传》，广东人民出版社1987年版。
② 陈永正：《岭南文学史》，广东高等教育出版社1993年版。
③ 姜伯勤：《石濂大汕与澳门禅史》，学林出版社1999年版。

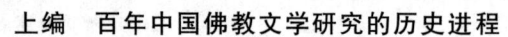

鉴与指导。① 其另一部论著《中边·诗禅·梦戏：明末清初佛教文化论述的呈现与开展》，系以对明清禅林文化的论述为中心而展开，重新省思其与传统诗学、社会文化脉络之间的关系，包括继承、批判、转化等各种不同的层次与方式。书中收录论文12篇，依研究旨趣与特色的不同大致分为两类：一是明清禅林诗学，二是明清文化概念与佛教。作者以坚实的文献解读为基础，深入明清时期各种佛典、禅籍之中，以第一手文献作为立论依据，在历史真相与理论架构之间力求兼顾，阐发佛教在文化史上的重要性与独创性，同时也对佛教在文化承传上的角色、功能及其限制加以反思，对于明清文学、佛教、文化史的研究都具有重要的参考价值。② 同时，廖肇亨撰文指出，今释澹归（俗名金堡，即金堡澹归）绝非传统定义下的遗民，其晚年生命的认同与归属都在佛法，佛禅在其文艺观与诗词创作中始终扮演着无可取代的角色。作为明清之际最为特出的诗僧之一，其文艺观与诗词创作，既是江南与岭南两大文化场域沟通的桥梁，亦体现了雅正与俗化相交互渗的特征，其文学史意义不可小觑。③

李舜臣对澹归、苍雪、大汕作过细致深入的爬梳和研究。澹归方面，有《释澹归与〈遍行堂〉词》和《法缘与俗缘的反复纠葛——金堡澹归逃禅考论》两篇文章。前者指出出家后的澹归，内心受到两种精神力量的主导，其一是亡国和个人所经之屈辱、激愤，其二是源自佛教安顿身心的"精神良方"，而且澹归填词可以博采众长，转益多师，故其词在内容、风格上显示出不同层次的变化。④ 后者认为作为明季清初逃禅遗民中备受非议之人，澹归的逃禅经历充满法缘与俗缘的反复纠

---

① 廖肇亨：《巨浪回澜——明清佛门人物群像及其艺文》，台湾法鼓文化出版社2014年版。
② 廖肇亨：《中边·诗禅·梦戏：明末清初佛教文化论述的呈现与开展》，台湾允晨文化出版公司2008年版。
③ 廖肇亨：《今释澹归之文艺观与诗词创作析论》，《武汉大学学报》2010年第6期。
④ 李舜臣：《释澹归与〈遍行堂〉词》，《中国韵文学刊》2002年第2期。

葛。李氏结合其诗文创作，对其在佛门中的"逃蛇"晚节进行了重新解读，强调不应以世俗观念而当以佛教出世法去衡量，这样或许对澹归更能作"同情之了解"。① 苍雪方面，有《明季清初滇南诗僧苍雪论略》一文。该文参照苍雪的生平经历，详述其诗歌类型、别样特征及创作实绩，试图对其在清初吴中诗坛的影响作一准确的评价。② 大汕方面，则有《石濂大汕和他的诗》。作者给予大汕诗作很高的评价，认为其诗题材丰富，诗思精妙，风格变化多端，无美不备，在清初诗坛影响甚大，于古代僧诗中亦有"一片自家田地"。③

皮朝纲论述了真可的"文字般若"说与禅宗的审美主义，肯定了真可独特的文艺美学思想。④ 潘承玉认为诗僧大汕的作品具有摆脱酸笋、气近儒者、性灵主导、摹形独到四个主要特色。⑤ 在其与吴承学合撰的另一篇文章中，他指出澹归的《遍行堂集》展现出深沉的民族情怀和执着的民族气节。⑥ 杨旭辉对清初僧诗中内蕴的遗民故国情结进行了阐释，认为当时诗僧虽已毁衣出世，但面对改朝换代的剧痛，在诗歌中仍刻刻与众生同休戚，表现出一种强烈的故国情思。⑦ 林观潮尝试从佛教文学的视角，分析晚明禅门大德隐元的诗与偈。作为明清时期禅僧语录的代表作，隐元语录包含着优秀的佛教文学作品，而其诗偈更是数量众多、内容多样、体裁完备。基于丰富的创作经验，隐元提出了对诗偈的独特看法，并强调诗偈创作主体须是学道有成的明心见性之人。⑧ 王红

---

① 李舜臣：《法缘与俗缘的反复纠葛——金堡澹归逃禅考论》，《宗教学研究》2006年第4期。
② 李舜臣：《明季清初滇南诗僧苍雪论略》，《云南师范大学学报》2003年第1期。
③ 李舜臣：《石濂大汕和他的诗》，《中国韵文学刊》2004年第3期。
④ 皮朝纲：《紫柏真可的"文字般若"说与禅宗的审美主义》，《四川师范大学学报》2009年第1期。
⑤ 潘承玉：《屈大均之友石濂：一位值得关注的清初岭南诗僧》，《绍兴文理学院学报》2003年第1期。
⑥ 潘承玉、吴承学：《和光同尘中的肮脏气骨——澹归〈遍行堂集〉的民族思想平议》，《南京师大学报》2005年第3期。
⑦ 杨旭辉：《清初僧诗的故国情怀》，《盐城师范学院学报》2005年第3期。
⑧ 林观潮：《佛教文学中的隐元诗偈》，《文学与文化》2010年第3期。

蕾立足于晚明文化的时代背景,将晚明僧俗思想、文学互动视作一种广泛联系着的、深刻的文化现象来考察,特别是对德清的文艺观——"心光说"予以细致探讨。① 杨燕韶将函可和尚的《诗集》《语录》及其与朋友间酬唱的诗歌以及其诗友之诗集、文集,相互印证,展现函可和尚的成就与贡献,以及明末政治对当时知识分子的影响。②

此外,在仓央嘉措诗歌研究方面,《仓央嘉措及其情歌研究(资料汇编)》和《六世达赖喇嘛仓央嘉措诗意三百年》两部专著值得提及。前者是关于西藏六世达赖仓央嘉措情歌的原文、译文及论文汇辑,涉及仓央嘉措生平研究、仓央嘉措情歌和仓央嘉措情歌评论三大方面。③ 后者由中国藏学出版社主编,以《仓央嘉措及其情歌研究》为底本进行重新编辑,在基本保留原书样貌的基础上,新增了当代专家的评述、译作,并对诗歌的藏、汉、英几种文本作了勘误,对民国时期译文中用典之处尽可能地作了注释。④

三　结论

从已有成果来看,明末清初僧诗研究仍处于初始阶段,基本文献尚待全面清理,经典个案以外的众多作家作品仍需给予足够观照。就内容而言,学界尚未对此期僧诗创作进行系统性、整体性、全面性之考察,亦未考量其在世系传承、地域分布中所呈现出的宗派特色;依方法而论,缺乏从宗教实践的角度切入来探究宗教文学本质内涵的经典研究,进而难以准确把握僧诗所呈现的宗教意蕴等规律性命题。有鉴于此,今后研究需要注意以下几点。

其一,全面体认和系统探研明末清初僧人诗歌创作状貌。明末清初佛门龙象辈出,其诗歌创作无论在文学史上还是禅学史上均可视为一道

---

① 王红蕾:《憨山德清与晚明士林》,中国社会科学出版社2010年版。
② 杨燕韶:《明季岭南高僧:函可和尚的研究》,文史哲出版社2013年版。
③ 黄颢、吴碧云编:《仓央嘉措及其情歌研究(资料汇编)》,西藏人民出版社1982年版。
④ 中国藏学出版社编:《六世达赖喇嘛仓央嘉措诗意三百年》,中国藏学出版社2011年版。

壮丽的景观。但是，目前学界往往聚焦于少数经典个案，缺乏对此期僧人诗歌创作的全面、整体考量。

其二，注意挖掘僧诗创作中的宗教徒身份和宗教实践特性。"宗教文学史既是宗教徒创作的文学的历史，也是宗教实践活动中产生的文学的历史。"① 因此，以创作者身份来标识宗教文学史的书写对象，用宗教实践活动来界定宗教文学史的书写对象，有助于更加客观、准确、深刻地揭示宗教文学的本质内涵。

其三，着力还原宗教文学创作中的教派、宗派意识。不同教派、同一教派的不同宗派，其文学创作差异明显甚至截然不同。例如明末清初临济宗、曹洞宗诗歌研究需要联系当时出现的大量僧诤事件，力求还原隐藏在文字背后的宗派意识。

其四，努力观照明末清初佛教、政治、文学、文化综合交融的盛况。宗教文学是一门交叉型学科，涉及面广，内蕴丰富。仅就该领域而言，便涵盖明末清初佛教、政治、文学、文化等诸多层面，借此可观照当时社会多重思潮综合交融的盛况。

其五，借由文学视域重新认识明末清初乃至整个明清的佛教发展态势。在传统的佛教史观看来，明清佛教正处于衰退的时代，但结合明末清初佛教文学的现实情形来看，却未必如此。此期诗僧、僧诗的规模和数量均远胜前代，这种丛林文艺风尚的繁荣是佛教兴盛态势在文学领域的切实反映。透过僧人文学创作，可以还原、解读佛教发展的具体脉络与复杂状况，进而补益佛教研究。

---

① 吴光正：《宗教文学史：宗教徒创作的文学的历史》，《武汉大学学报》2012年第2期。

下编

百年中国道教文学研究的历史进程

二十世纪中国道教文学研究史论

20世纪中国道教文学研究的历史进程总是和各种学术话语尤其是权利话语纠缠在一起，它首先彰显的是意识形态的变迁，然后才是学术理念的变迁，体现了文化建构和学术建构的双重变奏；有鉴于此，本文拟从学术语境的变迁与论述话语的转变、理论兴趣的提升与研究维度的凸显、研究对象的拓展与研究深度的追求三个层面对百年来的中国道教文学研究进行全面而彻底的清理，以期认清百年学术研究的惨痛教训，汲取前辈的经验将专题研究推向新的台阶。

一 学术语境的变迁与论述话语的转变

20世纪的中国道教文学研究可以分为四个阶段，即20—40年代的创建期、50—70年代的变质期、80年代的转型期、90年代的深化期，各个时期专题研究的特色突出表现为学术语境的变迁与论述话语的转变。

创建期的学术研究已经触及中国道教文学的各个层面，并且确立了相关的研究范式。主要体现中国道教文学如下五个层面。

其一，关于道教对文人的影响。鲁迅对魏晋名士服食五石散的详细情况作了介绍，并进而指出服散对文人生活习性、社会风尚和文学创作的影响。[①] 王瑶《中古文学史论》第二部分"文人生活""主要是承继

---

① 鲁迅：《魏晋风度及文章与药及酒之关系》，《北新》1927年第2卷第2期。

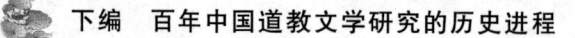

鲁迅先生《魏晋风度及文章与药及酒之关系》一文加以研究阐发的，着重在文人生活和文学作品的关系"。其中"文人与药"一章详细介绍寒食散的服法、原料、用处、症候后，结合当时的文化背景、时代风气、文学创作指出道教服食的盛行是由于其长生理想和刺激性生理效果满足了当时士人忧虑时光飘忽、生命短暂、希冀延年长生、追求仪表容貌、尽情享受性生活的普遍心理。① 李长之以李白的"神仙交"为经，以岷山、嵩山、随州、齐等活动地点为纬勾勒了"李白求仙学道的生活之轮廓"，又以道教经典和李白的诗作相互印证，最后指出："道教的五大根本概念：道、运、自然、贵生爱身和神仙'都处处支配着李白'，所以我说李白是一个忠实的道教徒，大概是没有错的了。"② 陈寅恪指出《客有说》《答客说》两诗系白乐天"晚年皈依释迦而不宗尚苦县"的实录，"然此前乐天实与道教之关系尤密"，并从丹药之行为与知足之思想两方面作了阐释。③ 黄侃、苏雪林、朱偰等人则考证了李商隐与女冠的艳情。④

其二，关于神仙和仙话。闻一多认为齐为西方的羌族，神仙是随羌族的灵魂不死观念逐渐具体化而产生的一种想象或半想象的人物，并从发生学的角度对神仙说的理论和技术作了全面的论述。⑤ 刘国钧指出老子之神化"盖肇于西京，衍于洛下，盛于魏晋，极于六朝，而成于唐宋"。⑥ 吴晗列举《山海经》等四部书中的材料从纵的层面详细梳理了西王母形象的九次变迁，而后又从横的方面钩沉了西王母传说的七大内容；方诗铭则利用罗振玉《汉两京以来镜铭集录》、容庚《金文续编》

---

① 王瑶：《中古文学史论》，棠棣出版社1951年版。
② 李长之：《道教徒的诗人李白及其痛苦》，商务印书馆1940年版。
③ 陈寅恪：《白乐天之思想行为与佛道之关系》，《岭南学报》1949年第10卷第1期；《元白诗笺证稿》，上海古籍出版社1978年版。
④ 黄侃：《李义山诗偶评》，载刘学锴、余恕诚《李商隐诗歌集解》，中华书局1998年版；苏雪林：《李义山恋爱事迹考》，又称《玉溪诗谜》，北新书局1928年版；朱偰：《李商隐诗新诠》，《武汉文哲季刊》1935年第6卷第3期。
⑤ 闻一多：《神仙考》，载《闻一多全集》，开明书店1947年版。
⑥ 刘国钧：《老子神化考》，《金陵大学学报》1934年第4卷第2期。

和日人梅原末诏氏《欧美储藏之中国古镜》中的铭文和图像说明西王母和东王公是汉人长生不老信仰的体现者。①浦江清对八仙的形成原因和锺吕等八人的情况进行了详细的考辨。②黄华节（即黄石）梳理了烂柯山传说从六朝到清朝的流变，分析了烂柯山由一个变为四个（蔡州、达州、衢州、端州）的原因。③张星烺钩稽神仙成仙的地方以及仙境的变迁，指出燕齐方士的超世神仙和世外仙境太过虚无缥缈，所以自从《列仙传》开始便不得不认道士即为神仙、所有深山皆为仙境。④

其三，关于游仙诗。滕固列举大量游仙诗说明中世人的苦闷在于"对于富贵荣华的厌烦，对于人生短促的失望"，"而最能在有限中显示无限，就是游仙的文学"；另外，他还认为《典论》的儒家立场、《古诗十九首》的享乐精神、陶渊明《归去来兮辞》的厌世隐逸的乐天精神等反感、怀疑游仙思想的作品，表明游仙文学作为一种异端精神在当时是很流行的。⑤朱光潜把《离骚》当作游仙诗的开山祖，精到地勾勒了《楚辞》系统、五言古风系统、格律诗系统的游仙诗的演变过程，揭示了游仙诗的个性特征和演变规律：游仙诗展示了古人解脱苦闷的企图，所表现的心理往往是矛盾的；《离骚》是道家思想流行以前的作品，《远游》则是道家思想盛行以后的作品；郭璞的游仙诗除了运用较早的道家神话以外又加了一个新的成分即道教经典中的典故；曹唐的游仙诗发展了《离骚》的"求女"母题并在炼丹和房中方术的影响下将"极超人间性的景象与极人间性的情感打成沉瀣一气"，"从曹唐以后游仙诗就与宫词合流了"。此外，他还认为《远游》是文人对《离骚》的

---

① 参见吴晗《西王母的传说——西王母与昆仑山之一》，《清华周刊》1932年第37卷第1期；方诗铭《西王母传说考——汉人求仙之思想与西王母》，《东方杂志》1946年第42卷第14期。
② 浦江清：《八仙考》，《清华学报》1936年第11卷第1期。
③ 黄华节：《烂柯山传说的起源和转变》，《太白》1935年第2卷第2、3期。
④ 张星烺：《道家仙境之演变及其所受地理之影响（二）》，《中国学报》1944年第1卷第4期。
⑤ 滕固：《中世人的苦闷与游仙的文学》，载郑振铎编《中国文学研究》（上），商务印书馆1927年版。

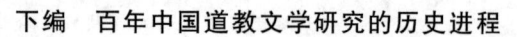

戏拟，《招魂》《大招》是替《离骚》《远游》作翻案文章，可称为"反游仙诗"，不信神仙的曹植写游仙诗也是戏拟以显才情。① 程千帆以作品为中心结合时代氛围和历代评论对郭璞、曹唐游仙诗的差异进行了辨析："就传统而言，景纯得屈子之全，而尧宾得屈子之偏。就背景而言，则景纯为一己政治生涯，尧宾为当时社会风气。就旨意言，则景纯乃出处犹豫之吟叹，尧宾乃天人情感之歌咏。"②

其四，关于道教与小说戏剧的关系。王瑶的《小说与方术》用六节的篇幅说明小说的产生与道教方士的追求和活动密切相关。③《封神演义》的作者，向来被认为是许仲琳，经过张政烺、胡适、孙楷第尤其是柳存仁的研究，认为是道教徒陆西星，柳存仁还指出陆压道人乃作者理想中最闲散无已之人，乃作者自况也。④ 王国维认为，"歌舞之兴，其始于古之巫乎？""后世戏剧当自巫优二者出。""吾国之文学中，其具有厌世解脱之精神者，仅有《桃花扇》与《红楼梦》耳。"⑤ 吴梅也指出《桃花扇》"至《修真》《入道》诸折，又破除生旦团圆之成例，而以中元建醮收科，排场复不冷落"。吴梅还认为：《南柯记》"畅演玄风，为临川度世之作，亦为见道之言"；《邯郸记》"盖临川受陈眉公媒孽下第，因作此泄愤，且藉此唤醒江陵耳"；"故就表面言之，则四梦中主人为杜女也，霍郡主也，卢生也，淳于棼也。……殊不知临川之意以判官、黄衫客、吕翁、契玄为主人。所谓鬼侠仙佛是曲中之主，非作者意中之主人，盖前四人为场中之傀儡，后四人为提缀线索之人；前四人为梦中之人，后四人为梦外之人。"⑥ 其他学者如卢前、刘大杰的观

---

① 朱光潜：《〈楚辞〉和游仙诗》，《文学杂志》1948年第3卷第4期。
② 程千帆：《郭景纯、曹尧宾〈游仙诗〉辨异》，载《程千帆全集》第8卷，安徽教育出版社2001年版。
③ 王瑶：《中古文学史论》，棠棣出版社1951年版。
④ 柳存仁：《封神演义作者陆西星》，《宇宙风》（乙刊）1940年第24期。
⑤ 参见王国维《宋元戏曲考·上古至五代之戏曲》，《红楼梦评论》，载《王国维文集》，中国文史出版社1997年版。
⑥ 吴梅：《中国戏曲概论》卷下和卷中，大东书局1926年版，第33、35页。

点和吴梅基本相同。①

其五，关于《道藏》文学。刘师培《读〈道藏〉记》对《金箓斋三洞赞咏仪》中所收宋太宗、真宗和徽宗的步虚词作了评述，认为这些作品"虽系道场所讽，然词藻雅丽，于宋诗尚称佳什"。②庐前则对《自然集》作了研究。③道教学者陈撄宁著有《〈孙不二女功内丹次第诗〉注》《〈灵源大道歌〉白话注解》④，常遵先著有《吕祖诗解》。⑤

创建期的中国道教文学研究者都是20世纪的学术大家，他们在"独立之精神、自由之思想"的学术氛围中所作出的探索显示了国学和西学的强大威力。这些有着深厚国学功底的学者高扬乾嘉学派的旗帜，尽可能地挖掘史料、辨析史料来说明相关的问题。王瑶用几十条材料来说明如下这一观点：方士们需要举出令人信服的例证来让他们的信仰为人所接受，从而把集中文治武功的英雄式的领袖汉武帝、淮南王刘安当作理想的目标，为他们编造了大量的小说，因此小说的发展和道教的盛行存在极密切的关系。浦江清对八仙的形成原因和锺吕等人的情况所作的考辨几已对当时条件下所能收集到的文献作了"竭泽而渔"式的发掘。吴晗采用实证主义研究方法几已将宋前传世文献中的西王母传说故事搜刮殆尽。方诗铭则另辟蹊径采用了地下出土文献和传世文献相互参证的方法。刘国钧《老子神化考略》最大的特点就是最大限度地钩稽载籍中的史料来说明问题并且善于对材料进行精辟的辨析。

在史料考辨的基础上，这些学者还引用西方理论对相关专题进行分

---

① 刘麟生主编：《中国文学八论》，中国书店1986年版；刘大杰：《中国文学发展史》下卷，中华书局1949年版，第364、363页。

② 刘师培：《读〈道藏〉记》，《刘师培全集》第4册（影印本），中共中央党校出版社1997年版。

③ 庐前：《读〈道藏〉中之〈自然集〉》，《暨南学报》1936年第1卷第2期。

④ 陈撄宁：《〈孙不二女功内丹次第诗〉注》，《扬善半月刊》1933年第1卷第5期；《〈灵源大道歌〉白话注解》，《仙道月报》1938年第3期。

⑤ 常遵先：《吕祖诗解》，冀化堂善书局1935年版。

析和阐释。王国维等人用悲剧理论来探讨《桃花扇》，闻一多用文化人类学和训诂学相结合的方法来研究神仙的起源，黄华节用神话学理论来梳理烂柯山传说，滕固的研究还带有比较文学的意味；李长之对德国古典哲学和文艺美学有着深厚的造诣，因此他的李白研究处处体现着德国哲学尤其是尼采的灵魂，就连写作风格也有意追求一种异域风格；朱光潜纯熟地运用西方关于艺术想象、悲剧和史诗的理论来分析游仙诗，艺术的感悟和理论的阐释展示了作者作为美学家的风采，他还站在比较文学的立场认为"《离骚》以他的独特的形式代替了史诗和悲剧"，唯一运用神话题材而且含有若干宗教超世思想的游仙诗并不能演变成史诗，因为真正的史诗都是一个民族的原始时期的产品，游仙诗的三大涣散零乱的神仙境界无法为史诗的宏大建构提供基础。

这些学者援引西方理论不仅没有使他们的研究沦为西方理论的附庸和注脚，而且开创了新的研究范式，其关键在于他们的研究是建立在对历史的同情之理解的基础上。陈寅恪以历史学家的眼光考辨出每一篇作品的创作年代，揭示乐天关于佛道两教、关于炼丹烧药之行为言语相矛盾的心理历程，并指出这种矛盾的心理历程是由韩愈、白居易这些士大夫"为声色所累，即自号超脱，终不能免"的阶级风气所造成的；其论乐天之思想，则又体现了作者一贯主张的文史互证的特色："乐天之思想乃纯粹苦县之学，所谓禅宗者，不过装饰门面之语"；而乐天屡于作品中倾诉乐天之思想乃由于不得已，系由于家世姻戚科举气类的缘故不得不回避党争所采取的措施。李长之同样认为："与考证同样重要的，我想更应该是同情，就是深入于诗人世界中的吟味"，加之他善于从时代和文化背景去阐释研究对象，所以他能极其简练而到位地揭示李白与道教的关系。比如，他指出道教的概念"运"体现在李白的诗歌中就是："他是自己宇宙化了，宇宙又自己化了。由前者，我们感到他的旷达；由后者，我们感到他的情深。"王瑶1947年初开"汉魏六朝文"课程时就指出，研究过去的历史，"其基本点必须注重在历史时代的发展",研读古代作品时"一定要培养一种历史的兴趣,对古人有合乎历史真实的了解"。①

这些学者援引西方理论不仅没有使他们的研究沦为西方理论的附庸和注脚,而且开创了新的研究范式,其关键还在于他们试图从文学史实中提炼理论和思想。王瑶认为文学史的性质"应该是研究能够体现一定历史时期文学特征的具体现象,并阐明文学发展的过程和它的规律性",鲁迅的文学史研究"比较完满地体现了文学史既是文艺学科又是历史学科的性质和特点";朱自清的文学史立场便是"得弄清楚自己的立场,再弄清楚古文学的立场……自己有立场,却并不妨碍了解或认识古文学,因为一面可以设身处地为古人着想,一面还是可以回到自己的立场上批判的"②;他的《中古文学史论》就是在这两位先生的影响下完成的。程千帆的游仙诗研究采用了文学理论和文学作品、文献考证与艺术感受相结合的研究方法。其论郭诗旨意,则认为"传世诸制,第五篇乃阙枢机",乃综合李善、黄侃的评论和注释,并参证郭的《答贾九州愁诗》,揭示其要义,"更推而及于他篇",得出如下结论:"景纯乃由入世之志难申,故出世之思转炽,因假《游仙》之咏,以抒尊隐之怀,殆无可致疑者也。"其论曹诗产生之背景,则认为《唐才子传》"所谓高情奇遇,究属何等,则仍郁而未宣,斯亦有待于疏通证明者也"。于是钩稽史料证明仙与游仙在唐代实际指妓女、女冠及士人的冶游风尚,再证以唐代女冠两性风习,说明所谓高情奇遇,实则指曹"假借天人情感之咏歌,以迎合当日之社会心理"。③

20世纪50年代至70年代,新的意识形态需要树立新的文学经典。由于宗教被当作毒害人民的鸦片,中国道教文学的研究被打入冷宫,民国时期的相关研究成果则遭到批判。如李长之就不得不在不同的场合公

---

① 王瑶:《谈古文辞的研读》,《国文月刊》1948年第68期。
② 王瑶:《中古文学史论》,北京大学出版社1998年版。
③ 程千帆:《古诗考索》,载《程千帆全集》第8卷,安徽教育出版社2001年版。

下编　百年中国道教文学研究的历史进程

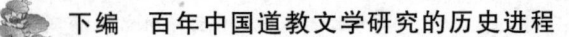

开检讨他的错误，说他的李白研究"宣扬颓废的个人中心，有尼采超人哲学毒素"，"思想反动"；不得不把作品改写为《李白》，强调"李白对盛唐的政治之认识"，强调其作品具有"更多的暴露和批判"。①

道教徒葛洪在此时备受关注，并且引发了一场讨论。杨明照率先指出葛洪的文学主张最基本的思想表现为两个方面，即反对形式主义，倡导"今胜于古"的文学观；杨向奎对杨文作了补充，分析了这种文学观产生的社会根源；陆侃如、牟世金在承认他的小说家和文艺理论家的身份的基础上指出《抱朴子内外篇》所反映的世界观是矛盾的，我们应当"剔除其封建性的糟粕，吸收其民主性的精华"；凌南申指出葛洪《抱朴子内外篇》对待人民的态度是反动落后的，其文学发展观是以形式主义技巧发展论否定《诗经》开辟的揭露与讽刺黑暗现实的创作道路。②研究者试图从新的视角确立《西游记》和《封神演义》的经典地位，但对作品中的宗教内涵却有着很大的争论。《封神演义》的争论是由黄秋云挑起的，一方面，他先后撰文指出，《封神演义》的反暴政具有进步意义，哪吒等神话具有反封建礼教和伦理观念的精神；另一方面，又认为书中的神佛妖魔斗法场面充满着封建性的糟粕，艺术描写是低劣的。③李骞、刘世德、可永雪等人对黄秋云的后一观点提出了不同的看法。④可永雪指出《封神演义》的创作过程就是反暴政和宿命论这两种思想的斗争过程，尽管反动思想给作品带来了损伤和污点，但反暴政、歌颂仁政成了作品的基本倾向和主导方面，宿命论思想甚至能够为

---

① 于天池：《批评家李长之》，载陈平原主编《中国文学研究现代化进程二编》，北京大学出版社2002年版，第433页。
② 杨明照：《葛洪的文学主张》，《光明日报》1960年6月19日；杨向奎：《论葛洪》，《文史哲》1961年第1期；陆侃如、牟世金：《葛洪的文学观》，《山东大学学报》1963年第1期；凌南申：《如何评价葛洪的文学发展观》，《山东大学学报》1963年第3期。
③ 黄秋云：《〈封神演义〉是一本怎样的书》，《文艺学习》1955年第10期；《略谈〈封神演义〉》，《新建设》1956年第4期。
④ 李骞：《评〈略谈《封神演义》〉》，《新建设》1956年第7期；刘世德：《〈封神演义〉的思想内容和艺术描写》，《光明日报》1956年12月9日；可永雪：《〈封神演义〉的精华与糟粕何在?》，《光明日报》1956年7月1日。

反暴政思想服务，因而是现实主义创作方法的胜利。关于《西游记》的大讨论是由张天翼引起的，他认为，把《西游记》看作一部深奥的谈禅讲道的书是可笑的，群魔是统治阶级的对立体这一"现实性"就恰恰否定了"心生种种魔生，心灭种种魔灭"的说法；故事中的神魔斗争使人联想到封建社会的统治阶级和人民（主要是农民）之间的矛盾和斗争，天界的统治者成了作者讽刺揶揄的对象，孙悟空闹天宫的失败和保护唐僧去西天取经反映了农民起义的失败。① 沈玉成、李厚基、刘樱村、童思高、霍松林、沈仁康等的论文都赞赏他的理论模式，但对具体结论有着不同的看法。② 高熙曾还指出《西游记》"有意的来揭露道士们的无能、阴谋、专横以至祸国殃民"，这和明代嘉靖皇帝的奉道是分不开的。③ 胡念贻揭示了当时以阶级斗争模式分析《西游记》的状况，即张天翼认为神魔之争是统治阶级和被统治阶级的矛盾和斗争，其他人不同意张氏的妖魔代表农民说，纷纷去调查妖魔的出身和罪状，认为妖魔是地主恶霸、贪官污吏、皇亲国戚的代表；胡先生对这些论点一一进行了反驳，认为支撑《西游记》阶级划分的象征说实际上是索隐，观点是庸俗社会学，方法是主观主义。④ 但是这种批判并没有改变学术研究的历史进程，20世纪60年代的研究依然沿着张天翼代表的意识形态分析法则前进，最终在"文化大革命"中推向极致。

在新经典的确立过程中，马致远和汤显祖的命运截然相反，前者遭到彻底否定，后者不仅获得认可而且其作品中的宗教内涵也拥有了特殊的阐释空间。徐朔方在承认神仙剧含有逃避现实倾向的基础上指出马致

---

① 张天翼：《〈西游记〉札记》，载作家出版社编辑部编《西游记研究论文集》，作家出版社1957年版。
② 沈玉成、李厚基：《读〈《西游记》札记〉》，《光明日报》1955年10月23日；刘樱村：《〈西游记〉的现实性》，《文艺学习》1955年5月号；童思高：《试论〈西游记〉的主题思想》，《西南文艺》1956年2月号；霍松林：《略谈〈西游记〉》，《语文学习》1956年2月号；沈仁康：《〈西游记〉试论》，《新建设》1956年2月号。
③ 高熙曾：《〈西游记〉里的道教和道士》，《文学书刊介绍》1954年第8期。
④ 胡念贻：《谈〈西游记〉中的神魔问题》，载《中国古典文学论丛》，古典文学出版社1957年版。

下编　百年中国道教文学研究的历史进程

远以神仙幻想来安慰自己是发生在蒙古占领军的黑暗统治下的,"他的逃避现实的倾向含有对异族的精神上的抗拒在内","在那些飘飘然的遗世而独立的神仙身上,还应该看出一个反抗者与爱国者的灵魂"。①徐朔方的研究方法立即给出切中要害的商榷意见:"如果先认定马致远有反元的思想,有民族思想,再到他的作品里去'搜索''民族思想',这样的方法,实际是主观主义的研究方法。"所举的那些例子"都是从作品里一条一条撕下来的,它们和上下文的关系都割断了"。何况《中吕·粉蝶儿》这支曲子是"不能说马致远是有民族思想的"。②吴国钦认为徐朔方"不顾剧本的内容,千方百计地替他涂脂抹粉",因此"批判在马致远研究中的资产阶级文艺思想,消除它的贻害,这是今天马致远研究的一个重要任务"。③徐扶明不仅否定了神仙道化剧,而且连他的历史剧也加以否定,并认为徐朔方把鸦片烟当成了营养品。④赵景深甚至认为除《黄粱梦》之外的神仙道化剧全是坏作品,其思想前期落后、后期反动。⑤

由于汤显祖以其《牡丹亭》的人性解放思想而被确立为新经典,被誉为东方的莎士比亚,所以他的宗教思想和作品的宗教内涵在文学史叙事中不仅获得了正视而且获得了合理化的阐释。谭行认为"《邯郸记》虽含有空的思想,但他的积极意义并不在于表现空,主要是通过空——梦的本身这种浪漫主义的艺术手法去剖析和控诉现实的残酷和不合理,同时也表现了作者那种傲世的内在精神结构以及和封建统治阶级坚决不合作的态度"。⑥侯外庐认为"《邯郸记》的梦境主要是暴露黑暗世界的矛

---

① 徐朔方:《马致远的杂剧》,《新建设》1954年12月号;《元明清戏曲研究论文集》,作家出版社1957年版。
② 孟周:《读〈马致远的杂剧〉——与徐朔方先生商讨元杂剧的研究方法》,《光明日报》1955年8月14日;《元明清戏曲研究论文集》,作家出版社1957年版。
③ 吴国钦:《马致远杂剧试论》,《中山大学学报》1961年第1期。
④ 徐扶明:《马致远杂剧作品的思想性和艺术性》,《光明日报》1960年11月6日。
⑤ 赵景深:《关于评价马致远及其作品的一些问题》,《光明日报》1961年1月15日。
⑥ 谭行:《略谈汤显祖和他的〈邯郸记〉》,《中山大学学报》1958年第2期。

盾，在揭示出矛盾之后，便从矛盾中潇然物外，走入虚无的怀疑主义"；"《邯郸记》的梦境使人从讽刺的画面里激发出憎恨心"。① 由于作品的虚无思想受到批判，游本文学史和文学所本文学史都强调作家晚年思想的转变导致了作品蕴含的转向："汤显祖早年就喜欢看佛道两家的书，受佛家的思想影响更深。晚年因政治上失意和爱子的夭折，消极出世的思想有所滋长，这在他的《邯郸记》《南柯记》及部分诗文里都表现出来。""由于作者晚年受宗教思想的影响，因而在这两个作品中，人们听到的已经不是作者当年冲击封建礼教的呼喊，而是一个垂暮老人对人生无常的叹息了。"②

在新的意识形态面前，几乎所有的研究者都把李白作品的宗教内涵阐释成他的一种积极的人生手段。陈贻焮根据当时的历史背景和政治情况清理了像李白这样的知识分子志向高远、自命不凡的原因以及他们通过交游干谒、隐逸求仙以求功名富贵的终南捷径。③ 李继唐认为李白"前期的求仙学道可以说是进仕的手段和方法，后期表现为'飘然超世'。对于后期的飘然超世应当给予批判。但就其整体看来，飘然超世不是主要的，除了是进仕的方法和手段外，主要的是表现对自由和理想的追求"。④ 麦朝枢也表达了同样的看法。⑤ 只有郭沫若在特殊的语境中不厌其烦地介绍道教典籍中的宗教知识来说明李白的求仙学道，不过其目的则是批判李白类似那些"愚蠢透顶的狂信徒""倾家事金鼎"，最后连自己的健康也倾了；但李白毕竟是郭沫若要肯定的人物，所以李白注定是要觉醒的，而酒便是"使他从迷信中觉醒的触媒"，"酒与诗的

---

① 侯外庐：《论汤显祖〈邯郸记〉的思想与风格》，《人民日报》1961年8月14日。
② 参见游国恩等《中国文学史》第4册，人民文学出版社1964年版，第75页；中国社会科学院文学所《中国文学史》，人民文学出版社1962年版。
③ 陈贻焮：《唐代某些知识分子隐逸求仙的政治目的——兼论李白的政治理想和从政途径》，载《李白研究论文集》，中华书局1964年版。
④ 李继唐：《谈谈李白的求仙学道》，载文学遗产编辑部编《文学遗产增刊》（第13辑），中华书局1963年版。
⑤ 麦朝枢：《李白求仙学道与政治活动的错综变化》，《光明日报》1962年11月18日、11月25日。

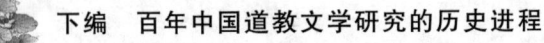

联合战线，打败了神仙丹液和功名富贵的凯歌"，而《下途归石门旧居》一诗则是"他前往当涂的横望山去向旧友吴筠道士诀别，也是他和道教迷信的最后决别"。①

20世纪80年代的中国道教文学研究是在对过去研究的全面清理和文化热的背景下展开的，这两个学术语境在本质上显示出惊人的一致性，前者以否认作品中的宗教内涵来达到为相关作品平反的目的，后者却通过分析作品中的宗教内涵，发表《生死·自由·享乐——道家和道教的关系及其人生理想》②，中国道教文学的研究居然承担了解构意识形态和建构文化理想的功能。

新时期的游仙诗研究肇始于陈飞之等人为三曹游仙诗所做的平反工作，但这一平反工作是以否定游仙诗的宗教内涵为前提的，并引发了一场所谓正格游仙诗的大讨论。陈飞之、何若熊认为曹操确实是我国诗史上写作游仙诗的第一人，开创了游仙诗的传统，求仙就是求贤是其游仙诗的特色。③ 陈飞之为了肯定曹植游仙诗在诗歌史上的贡献提出了所谓"正格游仙诗"的概念，认为游仙诗的产生源于屈赋的影响，《远游》"悲时俗之迫阨兮，愿轻举而远游"成了创作游仙诗的指导思想，曹操、曹植继承这一传统写出了"忧世不治""忧生之嗟"的真正成熟的"正格游仙诗"；《仙真人诗》《仙赋》、汉乐府游仙诗则"既无深切的寄托，更没有从中显现作者的精神气质，且道教方士的影响很深，只能算是一些道士诗"。④ 张士骢则认为曹操初期写的游仙诗表现了求仙与求贤、求仙与立业、长生久视与人寿有限的思想冲突，最终发展成为虚无缥缈的真正成熟的正格游仙诗，其诗歌生命也就此终结；他还批评陈飞之为解决曹植不信神仙而写游仙诗的矛盾而只从形式技巧上来谈游仙

---

① 郭沫若：《李白的道教迷信及其觉醒》，《李白与杜甫》，人民文学出版社1971年版。
② 赵有声、刘明华、张立伟：《生死·自由·享乐——道家和道教的关系及其人生理想》，国际文化出版公司1988年版。
③ 陈飞之、何若熊：《曹操的游仙诗》，《学术月刊》1980年第5期。
④ 陈飞之：《应该正确评价曹植的游仙诗》，《文学评论》1983年第1期。

诗的产生，认为游仙诗产生的社会基础是方士以及世人对神仙幻境灵丹妙药的追求和摆脱尘世忧患烦恼时空限制而获得永生的愿望，因此《仙真人诗》才是最早的游仙诗。① 张平批评陈飞之为指出游仙诗作者从屈原、曹操、曹植到陈子昂、李白"都是对社会生活最感兴趣的人物"而无视乃至不承认他们逃避现实求神仙的消极的一面，认为曹植不信神仙是在其早期，《赠白马王彪》也从反面说明曹植有一个信仰神仙的时期，《释疑论》《释愁文》《神龟赋》等说明曹植晚期是信神仙的，其不少作品是纯粹的游仙诗。②

20世纪80年代的学者为了给马致远平反、重新认识汤显祖，把他们的作品说成是社会问题剧，无视甚至否定作品中的宗教蕴含。瞿钧指出马致远并不醉心于全真教，其作品也不是宗教剧，其神仙剧体现了作者对统治者的揭露和鞭挞。③ 吕薇芬指出马致远"在剧作中既宣扬了消极出世思想，却又流露出对世俗生活的不能忘情"。为了强调马剧的现实性，她还认为"必须和元后期的趋于落后乃至反动的作品区分开来"，因为后者失去暴露社会现实黑暗的成分，是纯粹的宗教教义的宣传，是借神仙的嘴来为人间帝王歌功颂德。④ 刘荫柏认为马剧"不再是遁世者的歌声，而是抗世者的歌"，具体体现为四大特点：第一，他笔下的神仙，不仅有古代文人、隐士、逸人之风度，还带有一些遗民的气质；第二，赞赏"山中犹避秦"，不与元室合作；第三，通过影射来写实写愤；第四，显示灵魂深处的双重人格。⑤ 沈尧认为神仙道化剧和隐

---

① 张士骢：《是求仙还是求贤——评曹操的游仙诗》，《中国人民大学学报》1988年第4期；《关于游仙诗的渊源及其他——与陈飞之同志商榷》，《文学评论》1987年第6期。
② 张平：《有关曹植游仙诗的几个问题——与陈飞之同志商榷》，《文学评论》1987年第6期。
③ 同上。
④ 吕薇芬：《马致远的"神仙道化"剧和它产生的历史根源》，《文学评论丛刊》1980年第7辑。
⑤ 刘荫柏：《马致远剧作论考》，文化艺术出版社1985年版；《仙道虚掩抗世情——试论马致远的"神仙道化"剧》，《河北师范大学学报》1983年第3期。

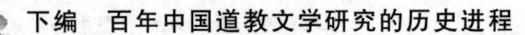

居乐道剧与全真教的传播有关,但一以贯之的思想线索是对现实的不满。① 为了给《邯郸记》平反,20世纪80年代的学者否定汤显祖晚年思想转化说,忽视甚至拒绝承认作品的宗教蕴含,片面强调作品的批判精神。如郁华、萍生指出"四梦"四年一气呵成,并非"是一个垂暮老人对人生无常的慨叹";"二梦""强化了某些神仙道化场次的渲染,恰表明作者别出心裁地想在剧中强烈地抨击政治,使之成为当代的《官场现形记》",甚至把这种批判的思想渊源归结到资本主义萌芽、泰州学派。② 何苏仲也指出晚年说不确切,晚年受宗教影响也言过其实,"二梦"的基本特色就在于作者对封建主义及当代政治的批判精神;郭纪金认为"二梦"的梦幻意识反映了明末封建士大夫痛苦的内心生活,"二梦"运用的梦幻象征就在于表现对封建主义政治现实的厌弃和否定。③ 周育德从"四梦"的"伤世之语"入手,指出"四梦"描写了腐败透顶的最高统治集团、腐朽黑暗的政治制度、纷繁复杂的民族战争、虚伪惑人的统治思想和无法实现的政治理想,因此"四梦"是"良史发愤之作",是社会问题剧。④

20世纪80年代的《西游记》研究开始正视作品的宗教内涵,但相当一部分论文强调作者对宗教的利用乃至揶揄,旨在拨乱反正。钟婴指出,禅宗的"离经叛道"是《西游记》创作思想解放的一个重要渊源,《西游记》用取经的执着否定了宗教的虚无思想;《西游记》借大乘佛法"普度众生"的观念来表达进步的人生哲理与社会理想,并以此构成正面人物的思想体系;借道教追求长生不老的目标、深山修炼之路、

---

① 沈尧:《马致远杂剧的思想倾向与艺术特色》,《戏曲研究》1980年第1辑。
② 郁华、萍生:《〈邯郸记〉新探》,载江西省文学艺术研究所编《汤显祖研究论文集》,中国戏剧出版社1984年版。
③ 何苏仲:《应当重新评价〈南柯梦〉与〈邯郸梦〉》,载江西省文学艺术研究所编《汤显祖研究论文集》,中国戏剧出版社1984年版;郭纪金:《从梦幻意识看汤显祖的"二梦"》,载江西省文学艺术研究所编《汤显祖研究论文集》,中国戏剧出版社1984年版。
④ 周育德:《"临川四梦"和明代社会》,载江西省文学艺术研究所编《汤显祖研究论文集》,中国戏剧出版社1984年版。

服药成仙之法等构成反面人物的人生哲理和思想体系，并导致吃唐僧肉的争夺战，构成《西游记》取经途中的情节结构上的基本矛盾；这种为"众生"与为"一己"的对比，深化了《西游记》思想主题的哲理性。① 宁宗一、罗德荣认为大闹天宫是为第一主人公孙悟空西天取经做武装准备和实战演习，《西游记》的复杂性体现在作者以庄严神圣的取经的宗教故事为题材，但在具体描绘时却使宗教失去了庄严的神圣性，对神佛进行了揶揄。② 随着研究的深入，不少论著开始分析作品中的宗教内涵。张乘健认为，《西游记》的神灵来自道教系统、佛教系统、儒教系统以及由古宗教孑遗杂糅道教民间宗教及佛教而成的妖魔系统；《西游记》中的孙悟空等人改邪归正、弃道从释显示了该书宗教思想的主导倾向，其评道弘佛的积极意义在于评道而不在弘佛，孙悟空扫荡妖魔实际上就是安良除暴、扶正祛邪；因此，《西游记》作者对佛道两教都有所不敬而做了儒教苦口忠忱的诤臣，出世的题材反映了入世的思想。③ 张锦池认为孙悟空"既孕育于道教猿猴故事的凝聚，又发展于释道二教思想的争雄，且定型于个性解放思潮的崛起"。④

20世纪80年代文化大讨论氛围中的中国道教文学研究从严格意义上来说应该算作一种文化激情的张扬，反思历史的需要，具有很强的现实动机。葛兆光的道教文学研究就体现了这一特色，他的《想象力的世界——道教与唐代文学》⑤ 一书即通过宗教文学的研究来张扬人的个性、讴歌人性的解放。一方面，他描述了道教对古代文人的影响，认为道教使文学家更直率、更强烈地表露出内心深处久被理性压抑的欲

---

① 钟婴：《论〈西游记〉与宗教的关系》，《世界宗教研究》1987年第3期。
② 宁宗一、罗德荣：《论〈西游记〉的整体意识及其对宗教神学的揶揄》，《天津师范大学学报》1988年第3期。
③ 张乘健：《论〈西游记〉的宗教思想》，《社会科学战线》1988年第1期。
④ 张锦池：《论孙悟空的血统问题》，《北方论丛》1987年第5期。
⑤ 葛兆光：《想象力的世界——道教与唐代文学》，现代出版社1990年版。

望;另一方面,他又从诗、词、小说三个角度论述道教对唐代文学的渗透,指出道教使唐代文学在相当大的程度上显示了文人追求自由的情欲并极大地刺激了文学家的想象力。在他看来,道教之所以能对文人生活、文学创作产生影响乃在于其宗旨契合了文人士大夫的心理,即道教激发了他们对生命本体和人生意义的探寻、引发了他们内心深处的生命力的张扬和情欲的高涨,刺激了他们想象力的回归。在他看来,唐代诗人借助道教的想象力表现的是追求世俗欲望的种种历程:李白深得道教三昧却又超越宗教意识束缚而具有了真正非凡想象力与豪迈气度的大手笔,从他的游仙诗中我们可以看到盛唐气象的博大与诗人主体意识的扩张;中晚唐诗人如卢仝、李贺、李商隐的诗歌中则充满着对大千世界、个人命运乃至爱情悲剧的绝望,道教的想象使得他们的诗歌充满着阴冷、晦涩、朦胧乃至病态的色彩;鲍溶、曹唐等诗人的诗歌则充满着对生命的忧患,道教对自由与永恒的追求使得他们对神仙世界的期望掺入了太多的世俗欲望。在他看来,唐代文人的宗教心态使得他们创作的宗教故事向人间小说转化:"道士与人"的故事反映了道教对小说的强烈渗透也体现了人类追求自由的精神;"神灵与人"的故事表明当文人把他们的情感掺入宗教故事时故事的情感内核便逐渐由宗教宣传转向世俗人性,既向往超越世俗的仙境又贪恋人间欢娱的心理冲突便成了这类故事的原型心态;"鬼魅精怪与人"的故事显示本来用来构筑宗教体系的神仙与仙境、鬼魅与精怪以及宗教意象却常常站在道教的对立面,作为人间情感的象征向非情感的宗教挑战。在他看来,道教那种迎合世人欲念的教义尤其是纵容享乐的教义被失落了人生理想与价值标准的晚唐五代文人普遍接受下来,他们借助道教音乐填词作乐,借助女冠来抚慰心灵与肉体,借助道教宗旨来抒发情感,从而使词成了士大夫心灵的自白,晚唐五代词便尽情宣泄了作者对性欲情欲的追求。总之,一句话,"古代中国人不能突破封建伦理道德的限制,而把情欲满足转移到宗教行为中,不能理解生命的生理局限不可逾越,而把超越生命的希望寄托在宗教幻想中"。

经历了整整十年的学术转型,20世纪90年代的中国道教文学研究才开始客观地探讨作品中的宗教内涵,或以还原历史客观性为目标,或以开拓新的研究视野为旨归,或以建立新的研究范式为标的,整个学术语境和论述话语气象一新,体现了对学术理性的自觉追求,孙昌武、葛兆光、王青等人的研究堪称这方面的典范。

孙昌武的《道教与唐代文学》[①]一书就唐代炼丹术、神仙术、宫观文化和三教调和思想与唐代文学的复杂关系进行了描述和分析,体现了孙先生一贯提倡的历史描述和理论提纯的内在理路。他描述了唐代炼丹术的公开化、神仙术的世俗化、宫观文化的社会化以及三教调和思想的形成;描述了唐代文人对待丹药、神仙术和儒道释三教的态度,指出唐代绝大部分文人信仰心的普遍缺乏,表明那个时代的作家"倾心宗教往往是出于精神慰藉、'安身立命'的需要,或只是以'赏玩'的态度寻求精神寄托";描述了唐代道教文学所蕴含的人生哲理和美学意蕴,认为出世的、超世的宗教在唐代文人那里变成了人生的、伦理的和美学的宗教。孙先生在描述和分析唐代道教文化与文学的复杂关系的基础上进行了理论提纯,指出道教在唐代体现出政治化、学理化、世俗化和美学化的倾向并对唐代文学产生了更为深刻的影响:政治化的结果是,道士们以帝王臣民以至仆从的身份活动在朝廷,从而使得士大夫有机会和他们进行广泛的结交和交流;学理化的结果是,增强了宗教对文人的影响,但也表现出逸脱宗教信仰的倾向,从而使得许多唐代文人对道教的兴趣更多表现在对其学理尤其是《道德经》的倾服,并进而去赞赏宣扬道家的人生态度和处世方式;世俗化的结果是,宗教固有的神圣性、超越性逐渐蜕化,宗教被充实以平凡的人生内容,并以更加贴近生活的形式表现出来,从而给文人提供了更多接触参与的机会并形之于作品之中;美学化的结果是指道教的蜕化培养了人们对它的欣赏态度,道教被

[①] 孙昌武:《道教与唐代文学》,人民文学出版社2001年版。

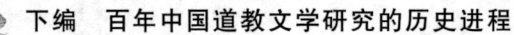

当作艺术表现和艺术欣赏的对象的成分得到增强,道教文学创作的独立艺术价值越来越高,其纯宗教信仰的意义相对地越来越小了。

葛兆光的研究从宗教学的视野乃至宗教史和文学史相结合的视野探讨宗教文学的历史面目,探索宗教文学的叙事空间和研究维度,具有发凡起例的作用。在《中国宗教与文学论集》[①]一书中,他清理了20世纪宗教文学研究的历史语境、基本轮廓和研究得失,目的在于提出问题,即"宗教与文学的研究者应当如何借鉴宗教与历史研究,使自己的视野更宽阔,使取资的文献更丰富,使问题的研究更深入";并举例说明宗教界关于仪式方法和语言(隐喻、象征、句法)的研究会给文学研究提供新的文献、新的例证,提供超出传统的艺术想象力;指出宗教影响文学的途径除了经典的阅读之外,主要的就是参加宗教仪式或观看宗教活动时的感受,宗教语言的隐喻、象征、句法的特性对文学创作会产生重要的影响,寺观作为民间集会与宗教仪式的中心、作为表现文化人"业余生活"和"私人兴趣"的自由空间对文学创作也作出了特殊贡献。他还通过个案研究的方式开拓道教文学研究的空间。例如,倡导宗教文学研究应该注意宗教经验对文学创作的影响问题,并通过中西比较指出"中国宗教都不是通过想象寻求启示,而是通过体验寻求觉悟或通过幻想寻求安慰",这在文学中有显著的表现,但由于佛道宗教哲理之于士大夫,佛道仪式方法之于民间百姓常常是界限清晰,文人信仰者与世俗信仰者在宗教经验的接受上是分道扬镳的,并对作为士大夫文学的诗歌和作为大众文学的小说戏曲产生了影响,使文学具有了觉悟与安慰心灵的宗教意义,最后在时代的变迁中悄然隐去。又如,倡导宗教文学的语言学研究,分析了佛道两教语言传统"不立文字"与"神授天书"的形成过程,指出学术界应该研究佛教与道教的语言传统及其对中国古典诗歌的影响,并用《青铜鼎与错金壶:道教语词在中晚唐诗歌中的使用》《禅意的"云":唐诗中一个语词的分析》等个案研

---

① 葛兆光:《中国宗教与文学论集》,清华大学出版社1998年版。

究来论证其感悟。作者对思想史、文学史研究的进化论视野进行了质疑,认为思想史、文学史不应该仅仅做加法而且还应该做减法,探讨历史上的一些文化现象、文学现象是怎么消失和如何消失的;因此在研究道教和道教文学时还引进了福科的知识考古学方法,《妖道与妖术》《历经试练——小说、历史和现实中的道教信仰考验》就是对这一方法的运用。

王青的《汉朝的本土宗教与神话》[①]是援引西方学术理论建构新的研究范式的标本。该书援引西方理论把两汉时期的国家宗教界定为"普化宗教",把作为民间宗教的道教界定为制度化宗教,认为神话是宗教不可分割的一部分,宗教需要通过神话来神化教主、建立权威、培养及巩固信仰、宣传及解释教义,以及传授各种宗教技能。与此同时,他对中国古代神话的历史属性作了重新界定,认为"中国神话零碎不系统且较为缺乏"的论断是学术界用自然神话派理论套出来的错误结论,因为"不同民族的神话内容取决于神话产生时期的民族文化构成",而中国文明的产生是靠政治秩序而非技术或商业的程序造成。这一时期的政治秩序乃是由以父系氏族为单位的社会组织确定的,因而决定了中国古代的神话在根本上是以氏族团体为中心的人文神话。他利用考古学的成就证明中国的古史系统含有相当多的信史成分,目的在于说明中国人文神话的主要形成途径并非是"神话的历史化",而是"历史的神话化",即"历史上的人物经过神化而有神话,其事迹经过夸张而变得非凡"。两汉时期的神话属于文明神话,是出于政治和宗教目的而创作的:"这些神话往往利用这一时期流行的某种信仰或观念来供给一种实际的解释,虽然它并不是一种普遍性的客观知识,而是作为支援它行动的理由";"它虽然不能分析实证,却被相信为事实或真理,并以此鼓舞某种行动达到某种目的";"每一个时段每一个地方,一个事实的权威只能由授任一个流行的神话而合法化,只有神话能提供合法性"。在上述

---

① 王青:《汉朝的本土宗教与神话》,台湾洪叶文化事业有限公司1998年版。

理论的指导下，作者清理了汉代政治宗教和民间宗教道教的形成过程，对太一神神话、封禅神话、钓鱼得符神话、黄帝神话、老子神话、西王母神话、赤松子神话、王子乔神话以及《汉武帝内传》《神仙传》等道教文学作品作了非常到位的分析。

二 理论兴趣的提升与研究维度的凸显

随着研究的深入，中国道教文学的研究开始就道教文学的性质展开探讨，并在宗教学、文献学和宗教诗学等层面作横向开掘，理论兴趣和研究维度得到提升和凸显。

中国道教文学这个专题涉及两个命题，一为道教文学，一为受道教影响的文学，这两个命题的内涵和外延是不一样的，对它们的分析和探讨有助于确定研究范围、辨析研究对象的性质，并采取相应的研究方法。滕固第一次对"游仙文学"下了一个定义："现在我在中世文学里，提出道家的思想，来沾定道家的'仙界'一种艺术的价值。……在中世文学里，魏晋六朝人的诗歌中，渴慕老庄的精神，随处可以看出。……这种东西，我假定一个专名，叫做'游仙的文学'。"[①]《中国大百科全书·宗教》指出"道教文学"是"以宣传道教教义、神仙出世思想以及反映其宗教生活为题材内容的各种形式的文学作品"，主要内容有赞颂神明（诗歌、骈文）、阐述教义（论说、散文）、述说方术（诗歌、散文）、神仙传记（记叙散文）和戏剧小说。这标志着"道教文学"作为一门边缘学科开始得到学界的关注。[②] 日本学者游佐升也对道教文学的内涵作了界定：（1）道教徒创作的东西，而与一般社会有关系者：如步虚词，本是道教斋仪时所使用的宗教性相当强的东西，后来由中国文人作为文学形式之一而加以采纳，通过这样的创作过程而扩

[①] 滕固：《中世人的苦闷与游仙的文学》，载郑振铎编《中国文学研究》（上），商务印书馆 1927 年版。

[②] 古存云：《道教文学》，载《中国大百科全书·宗教》，中国大百科全书出版社 1988 年版。

展到一般社会中的；（2）道教徒的创作，是以一般社会的人为对象，而有意识创作的东西，即指那些浅显易懂地向一般人传授道教教义而创作的"道情"和"宝卷"等属于所谓俗文学的作品。① 伍伟民、蒋见元指出："道教文学，顾名思义有两种理解，一是道教内部的文学，一是反映道教的文学，这就是本书所谓的藏内藏外文学。"② 马焯荣根据对宗教所持的态度将宗教文学分为弘扬宗教的文学、批判宗教的文学和对宗教作现实主义描绘或浪漫主义描绘的作品，认为道教属于"杂色宗教文学"，包括道藏文学和非道藏文学两大类，后者即是指各个历史阶段大量的文人创作和民间创作。③ 张松辉的系列研究主要是想说明道教产生以后，对中国文学发展产生了哪些影响，中国文学在道教的作用下，发生了哪些变化。④ 詹石窗对道教文学的概念、道教文学史的研究范围和基本框架进行了理论探讨和技术设计。他认为，"道教文学是以道教活动为题材的"，而道教活动的基本要素包括：第一，活动的精神支柱——道体与诸神仙；第二，活动的主体——人，包括职业人员——道士以及一般信仰者；第三，活动的场所——宫观、名山；第四，活动的方式——仪式以及方术的实施；第五，活动的基本理论指导——教义；第六，活动所产生的作用、影响。这些基本要素产生了相应的道教文学作品。道教文学史"不仅要研究收在道教经典《正统道藏》《万历续道藏》《道藏辑要》《庄林续道藏》等丛书中的文学作品，而且也要研究道藏以外的其他反映道教活动的文学作品；不仅要研究道教中人所作的文学作品，而且也要研究非道教中人所创作的以反映道教活动为内容的作品"。此外还要研究那些受道教思想影响的作品、以老庄道家思想为宗旨的作品、受玄学影响或直接以文学形式弘扬玄理的作品、反映

---

① 游佐升：《道教与文学》，载福井康顺等监修《道教》第2卷，上海古籍出版社1992年版。
② 伍伟民、蒋见元：《道教文学三十谈》，上海社会科学院出版社1993年版，第13页。
③ 马焯荣：《中西宗教与文学》，岳麓书社1991年版。
④ 张松辉：《汉魏六朝道教与文学》，湖南师范大学出版社1996年版。

下编　百年中国道教文学研究的历史进程

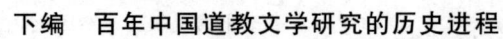

隐逸的作品、志怪和以阴阳五行为宗旨的文学作品以及道教中人所创作的以阐述哲理为主的作品。① 道教文学史的叙事框架包括纵横两方面，从纵向结构来看，它主要通过历史分期来确定文学史叙事的时间维度，指出道教文学史应该分成汉魏两晋南北朝的形成期、隋唐五代北宋的丰富期、南宋金元的完善期、明清的流变期来加以叙事；从横向结构来看，它主要从作家在道教中的思想归属程度来架构有关内容，一部分侧重于从道教组织派别方面进行考察，另一部分则主要讨论那些具有一定崇道倾向或谙熟道教事务的著名文人反映道教活动的作品。

林帅月在对以往的研究进行辨析的基础上提出道教文学范畴的两个基本前提："作品必须是产生于道教形成之后。必须是以宣传道教活动及体道情怀的抒发为其创作目的的文学作品。""希望这样的界定能将那些属于渊源性以及影响说下的作品排除在道教文学的范畴之外。其内容则包括涉及道体、神仙思想或事迹、道士或信仰者情感、生活，以及道教仪式及方术的施行、阐发道教的基本理论、教义，或者宣扬道教影响等等，相当驳杂，简言之举凡与道教活动有关者均应包含其中。"②

20 世纪 50 年代以来，民国学者所高扬的乾嘉学派的旗帜一直被扣上"烦琐考据"的帽子而被新近学者所抛弃；直至 90 年代，乾嘉学派的文献考据和文献释读才重新被运用于中国道家文学的研究工作中来，张松辉的《汉魏六朝道教与文学》《唐宋道家道教与文学》③ 就是其中一个显著的例子。他的系列研究在史料的发掘、史料的释读和文学史的重构等方面取得了新的突破，为宗教文学史、古代文学史的理论建构提

---

① 詹石窗：《道教文学史·导论》，上海文艺出版社 1992 年版；《道教与戏剧》，台湾文津出版社 1997 年版。
② 林帅月：《道教文学一词的界定及范畴》，《中国文哲研究通讯》1996 年第 6 卷第 1 期。
③ 张松辉：《汉魏六朝道教与文学》，湖南师范大学出版社 1996 年版；《唐宋道家道教与文学》，湖南师范大学出版社 1998 年版。

供了坚实的文献基础。

比如，他广搜教内、教外文献，注重从文人的奉道背景、交游状况、政治活动和创作业绩来说明文人和道家道教的关系。他揭示了文人奉道的四种类型：一部分文人或真心信奉道教甚至出家修道或对道教的养生术深信不疑并与道教保持着密切的联系；一部分文人对道教成仙理想和养生方术都不甚热心，但对道教理论尤其是其中的老庄思想却颇感兴趣；一部分文人在政治、伦理和信仰方面对道教持排斥态度，但在文学创作中充分吸收道教资源；政局变动或生活的苦难也使一部分文人与道家道教的关系变得更为密切。他还用大量史料对文人奉道的种种心路历程进行了考察：一些文人的心态是非常矛盾的，一些文人在不同的时期和场合对宗教的态度有着明显的变化轨迹，一些奉道文人总是在入世与出世之间徘徊，一些文人甚至把道家道教的一些政治思想运用到政治策略之中。他还用大量史料对古代文人与儒道释的复杂关系进行了辨析，指出一些文人同时信奉佛道但信奉的程度是各不相同的，一些文人对佛道的信奉有着不同的发展轨迹，一些信仰儒学的文人乃至大政治家和道教的关系也非常密切。

又如，他从道教学的角度对古代文学的许多史料进行了释读，不仅纠正了学术史上的许多成说，而且开辟了新的研究领域。他认为"采菊东篱下，悠然见南山"中的菊花是道教的留年驻颜仙方，千百年来以"高洁"释读"菊花"其实是一个历史的误读；他从道教生命意识的角度考察玄言诗却发现玄言诗借旷达的玄理、借道教的长生自由理想来抒写心中幽愤，其大多数作品的基本框架都是"先叙述人生之艰，再评析玄理以自慰"，体现的是魏晋时代的宗教徒和士人在险恶的政治环境和生命短暂的压迫下寻求解脱的痛苦心灵；他还认为谢灵运的《岁暮》《登池上楼》《石壁精舍还湖中作》和《登江中孤屿》的结尾诗句体现的是典型的道教思想，把这几首诗联系起来，就是一套完整的养生成仙的思想体系；他还利用道教服食、胎息、啸法的知识指出阮籍和孙登两

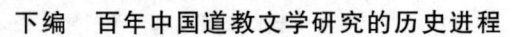

人均为道士,阮籍《咏怀诗》清晰地显示出诗人由感叹人生短暂到羡慕神仙长生再到相信道教延年术的思想发展历程,而嵇康则到山中拜孙登为师,不仅服食养生,而且在理论上对道教作出了贡献。

再如,他从宗教学的视角清理中国的文学史生态,为文学史的重构作了积极的探索。他指出第一位大力创作五言诗的文人应是东汉的魏伯阳,现存最早最完整的文人七言诗是道教的传教诗——干吉所创作的《师策文》等传道诗,曹丕创作《燕歌行》后的两百多年间,文人视七言为鄙体,文人七言诗寥寥无几,直到鲍照才改变了这种局面,但是道教徒在这期间却创作了大量的七言诗进行传教。这都说明道教在七言诗形成过程中起到了重要的促进作用,可是一直没有引起文学史家的重视。他从三个方面说明道教的崛起启动了玄言和玄言诗的发展并促使它们走向繁荣:史料所载最早的玄谈人物是道士张玄宾且大批著名道士都参与玄谈,玄谈的知名人士都和道教信仰有密切的联系;玄谈的主题是道教经典《老》《庄》《易》,文人们读《老》《庄》《易》既是宗教信仰也是积累谈资,玄言诗人多是道士或与道教有密切联系的文人;玄言诗包含有大量的道教养生内容,其主旨与道教养生修仙的思想是一致的。他还认为山水诗与玄言诗并不是学界所说的孕生关系,而是并列关系,道教与玄言诗、山水诗是一藤二瓜的关系:庄子首先从理论上阐释山水的审美作用,道教徒进入深山赋予山水以养生修炼意义的同时使得山水的审美价值得到凸显,养生与审美成为道士和文人的时代风尚,在这种氛围中诞生的山水诗其主题往往是游仙养生与审美的双重结合。

随着研究的深入,学者们越来越感觉到要研究中国道教文学就必须具备道教的知识结构,并从道教学的立场探讨道教文学的个性。詹石窗习惯于从宗教学的立场把握道教文学的个性,揭示其独特的表达空间、观照方式和演变历程,体现了宗教史与文学史相结合的研究方法。[①]

[①] 詹石窗:《道教文学史》,上海文艺出版社 1992 年版;詹石窗:《道教与戏剧》,台湾文津出版社 1997 年版。

比如，无论是纯粹的道教文学作品还是受道教影响的文学作品，詹石窗都习惯于从宗教的角度揭示它们所表现的宗教内涵和创作心态。他指出，魏晋南北朝道教咒语诗的内容包括成仙的幻想、战胜灾祸的愿望和养性延年的经验；葛玄升霞之迹的三首临终诗，抒写了轻举游仙的乐趣、漫游仙境的见闻和情思，并将漫游的境界和修炼方术联系起来，将道教玄义寄寓于重叠的漫游幻觉图中；孙思邈的四言炼丹诗以含蓄的手法来表现内丹修炼的操作感受性，在内丹修炼快感的委婉表达中寄托其"回情易性"的审美情趣。他还指出，地理博物体志怪小说《博物志》与道教的关系约有四端：对上古神话传说人物的进一步仙化、搜罗方士作法"变形"资料及上古异人遗闻、杂记药物属性以及服食、辟谷之偏方趣谈、描写山水之貌显仙居之灵。他又指出，干宝性好阴阳术数留意卜筮灾异之学，其《搜神记》反映了民间巫鬼信念和神仙道教方术；《搜神后记》与道教相关的最为新鲜生动的故事是仙窟异境的传说。他在研究元代神仙道化剧的同时也研究了道教对元代非神仙题材杂剧及散曲的思想渗透，指出道教对军事题材作品如《马陵道》和《隔江斗志》的影响主要体现在道教法术方面，对历史题材作品如《圯桥进履》《蒋神灵应》等的影响主要体现在人物体系的神仙化。

又如，詹石窗在研究中发现，作家在创作道教文学的过程中观照外在世界时往往有着特殊的视野，对意象、事件的选择、处理和阐释往往具有道教特有的倾向性，许多作品还体现着宗教视野与世俗视野的双重变奏。吴筠的高士赞美诗用道教哲理对神话、仙话和历史传说进行提炼概括，用"隐居明道"作为材料的取舍尺度，塑造了一系列具有道家道教色彩的高士形象。盛唐宫廷诗人陪同帝王游览道教名山宫观、参加道教斋醮活动而创作的应制诗在渲染道教氛围、创造清虚意境的同时也带上了帝王有色眼镜的折光，或满足帝王追求奇异的心理癖好，或满足歌功颂德的需要，或满足帝王享乐欲、占有欲的需要；王孟等山水田园诗人把道教宫观作为山水田园的一部分来欣赏，既能抓住景物的特性也能表现道士的内在神韵,在揭示道教圣地的独特文化意蕴的同时也抒发其对清心寡欲生活的向往;边塞诗人游览观赏道教圣地由于带有放松紧张心情的目的,所以其诗歌也带有清冷的色调。

再如,詹石窗还从道教学的立场辨析了道教文学相关文体和相关主题的形成与变迁,揭示了道教文学独特的演变历程。他分析了影响道教剧形成的诸多要素,指出戏神二郎神由李冰父子变为赵昱体现了二郎神的彻底道教化,享有梨园行业香火的"相公"与"老郎"神也是在道教思想的支配下产生的;指出道教神仙体系的完善和相关基本理论的确立为古代戏剧的神灵塑造奠定了信仰基础,慕道羡仙的文人在道教与戏剧关系形成过程中起了重要的媒介作用;戏剧作品中道教意蕴的渊源则可以追溯到游仙诗和仙歌道曲、唐宋神仙词,它们分别对戏剧诵诗和戏剧唱词的思想蕴含和艺术特征产生了影响,戏剧诵诗的神仙意趣和空灵意境借鉴自前者,戏剧唱词的音乐和内容与后者关系密切。他勾勒了北宋仙歌道曲的渊源与内容,并进一步从形式和内容两方面揭示了北宋文人词与道教的关系:《金箓斋三洞赞咏仪》《玉音法事》主要为太宗、真宗、徽宗的作品,以表白皈依之心、描绘神仙胜景、期望仙人降福、以祥瑞粉饰太平为基本内容,其赞颂和皈依的对象由早期郊庙歌词的以上帝为核心的神团体系改变为以三清尊神、玉皇大帝为核心的神仙体系,其思想宗旨紧紧贯穿着长生不死、修炼成仙的意识;不少作者常常在咏物、咏怀之际触景生情并在情景的诱惑下产生神仙下降的幻象性感受,神仙的意象在言情的词中常常被作为意中人或美人的喻体,神仙在北宋文人咏物、言情词作中有时也成为美人歌女类比的对象,跟神仙有关的洞天福地、音乐、药物作为派生意象在文人词中充当了引人注目的角色。

随着研究的深入,学者们不再套用西方文艺理论来阐释作品,转而从中国道教文学的具体文学史实中探索古代文学的民族传统,体现了建立中国自己的宗教诗学的努力,张稔穰、孙逊、张锦池、詹石窗等学者的努力就是其中最为经典的个案。

不少学者探讨了道教对古代小说叙事形式的影响，基本上触到古代小说的民族特色。一部分学者是从整体上进行把握的。张稔穰、刘连庚指出，佛道影响了古典小说的思想结构，具体体现为：辅教宣教、以儒为主以佛道为辅的"神道设教"和儒道释互补互渗三种方式，而尤其以第三种方式体现着价值判断和哲学玄思的完美统一；佛道思想在人物形象上超越儒家、史家的尚实而朝着虚的方向发展，增强了人物形象的虚幻色彩，导致人物、情节的虚幻性以及形象构成的玄秘性、二元性；佛道丰富了古典小说的表现手段，宗教力量成为情节发展的驱动力和结构逻辑的依据，更具有民族特色的是宗教思想刺激了古典小说假象见义方法的运用，使得古典小说具有了隐喻性、象征性、夸张性和抒情性的特征。[①] 张振军认为道教影响小说最深最本质的东西就是幻想力，道教的空间意象和人物形象拓展了小说的描写空间和人物画廊，道教的神仙洞窟型、仙凡相恋型、度脱型、降妖斗法型仙话成了传统小说永恒的母题，仙道斗法增添了小说情节的奇谲变幻，像祈禳、授书、占梦等还成了总括小说叙事结构的关键和锁钥。[②] 詹石窗、汪波指出道教梦幻模式为小说家提供了一个把握全局的理论意识和整体框架，作品中的道士扮演着凡夫俗子的度脱者、有情之人的沟通者、英雄危机的救助者、未来前景的预言者四种角色。[③] 刘书成将道教对小说的影响和渗透概括为哲学观念指向、艺术思维指向和情节模式指向三个方面，极为精当。[④] 苟波认为神魔小说，"天—地—天"的结构有助于作家确立叙事权威，提供巨大的空间跨度和广度，推动情节发展，其谪仙通过"犯戒—补过—飞升"的叙事流程完美地表达了修道、济世主题；其神魔形

---

① 张稔穰、刘连庚：《佛道影响与中国古典小说的民族特色》，《文学评论》1989年第6期。
② 张振军：《论道教对中国传统小说之贡献》，《道家文化研究》1996年第9辑。
③ 詹石窗、汪波：《道教小说略论》，《道家文化研究》1994年第4辑。
④ 刘书成：《道教文化向古代小说渗透的三个指向》，《甘肃高专学报》2000年第1期。

象是人类心性结构中"善"与"恶"的对立,神魔斗争成了一种"明心见性""去欲归真"的象征性描写。① 万晴川在《命相·占卜·谶应与中国古代小说研究》一书中也对宗教叙事问题进行了探讨。② 孙逊认为古代小说中的宗教观念逐渐由内容淡化为一种形式而成了小说诗学的重要组成部分:遇仙小说模式在后来的小说中主要起组织全书结构、推动情节发展、暗示人物命运的作用;"转世"和"谪降"模式是古代小说常见的两种结构模式,为古代小说提供了时空自由,从而增加了小说的容量和表现力;为古代小说提供了宗教关怀,使小说拥有了哲学意味;为小说提供了回环兜锁、圆如转环的结构特点,从而使小说具有了独特的形式美感。③

　　一部分学者则从个案的角度加以分析。汪远平指出《水浒》的某些宗教观念成了《水浒》情节结构的思想支柱、中轴线和黏合剂,作品中丰富的宗教习俗描写对于情节的展开起到了一定的作用,作者显然把宗教思想当作了一种创作指导思想。④ 潘建国认为道教文化、佛教文化和儒教文化分别影响了艳情小说的三种情节模式,一为一男携数女点化入仙境,一为因淫受果报顿悟入空门,一为虽淫却合礼共享天伦之乐。⑤ 郭明志指出《西游记》中的刀圭等别名代称源于道教内丹原理,与作品的主旨和人物的基本性格有着精微的内在关系,使作品具有了深厚的文化意味。⑥ 张锦池在研究《水浒传》和《西游记》的神学问题时将宗教在古代小说的形象设计、艺术构思和叙事结构中的作用界定为"神道设教":小说通过"神—外魔内神—神"否定之否定三段式生命历程来设计人物形象,从而决定了作品的讽喻文学特色;小说中的"神

---

① 苟波:《道教与神魔小说》,巴蜀书社1999年版。
② 万晴川:《命相·占卜·谶应与中国古代小说研究》,中国文联出版公司2000年版。
③ 孙逊:《中国古代小说与宗教》,复旦大学出版社2000年版。
④ 汪远平:《漫说〈水浒〉里的宗教描写》,《西北大学学报》1985年第4期。
⑤ 潘建国:《明清艳情小说结局模式的宗教分析》,《中州学刊》1997年第4期。
⑥ 郭明志:《刀圭与〈西游记〉人物的别名代称》,《求是学刊》1997年第2期。

喻"和"圣喻"亦即作者的自喻；神道设教在叙事结构中的作用有三：提供了"神境—人境—神境"这样一种三段式情境结构格局，用天命论和五行说安置人物的内部关系，或以偈子作为情节发展的伏脉，或以菩萨出没沟通"人境"和"神境"，从而严密了作品叙事结构的针线。张先生还通过分析偈语在艺术构思中的作用指出最早的《水浒传》版本无征辽事，可谓慧眼独具，为我们考证古代小说的版本演变提供了新的思路。[1]

周育德、郭英德、郑传寅、詹石窗等学者还就道教对中国古代戏曲的内容以及戏曲表演和戏曲文本艺术表达的渗透作了初步的研究，体现了建构宗教诗学的尝试和努力。周育德从"儒教纲常与高台教化""因果报应与大团圆""无常无我与大舞台"以及"太极阴阳与无中生有"四个层面分析了戏曲美学和宗教哲学之间的关系。[2] 郭英德《世俗的祭礼》"中编"讨论了宗教文化影响下的叙事模式、审美情感和思维范式，认为宗教给戏曲提供了谪凡模式、度脱模式、命定模式、报应模式等四种叙事模式，以虚幻性、理想性、寓意性为特征的宗教梦幻思维启迪了戏曲的审美思维，宗教的介入使戏曲在意境构成、人物塑造、表演艺术（如脸谱、面具的应用）上追求象征意蕴。[3] 郑传寅从戏行祀神、摄取意象、托庇神庙、以戏说法、反映宗教生活等层面分析了宗教与戏曲的表层结构，从装神弄鬼与戏曲表演、因果业报观念与戏曲结构模式、宗教幻想与戏曲情节的传奇性、形神二元论与戏曲的传奇特色等层面分析了宗教与戏曲的深层结构。在分析戏曲与宗教梦幻的勾连时，作者在列举戏曲以梦入戏的多种形式后指出"其主要贡献在于：将剧作家观察生活的视点由传统的人伦政治方位扭转或提升到哲理层次，从而深

---

[1] 张锦池：《论〈水浒传〉和〈西游记〉的神学问题》，《人文中国学报》1997年第4期。
[2] 周育德：《中国戏曲与中国宗教》，中国戏剧出版社1990年版。
[3] 郭英德：《世俗的祭礼》，国际文化出版公司1988年版。

化了剧作家对社会人生的认识"。① 詹石窗指出道教的象征思维成为传统戏剧创作的基本借鉴，道教的语言符号象征由传统戏剧所借鉴造成了朦胧的隐喻效果，戏剧中道教神仙作为冥冥"玄道"思想载体在客观上也具有符号象征之功能。② 他的这一观点在《道教与戏剧》一书中得到全面展开。他把神仙道化剧的象征源头追溯到戏剧的表现性特征和诗词意象以及神话的象征性特征，认为神仙道化剧形象系统的形式化、原型性和语言系统的显象性、意象性、符号性都体现了宗教象征。在分析明代杂剧时，作者又强调神仙典型的社会意义与戏曲的象征审美：认为明代度脱剧的神仙由元代的愤世者向救世者转化，是智慧老人原型在神仙剧中的体现；杂剧的意象系统乃至人物系统往往指向一定的修道法式、修道情感而成了具有象征意味的符号体系，《洞天玄记》《太平仙记》甚至以整部作品来象征整个修道过程。在"传奇戏曲的艺术手法与道教审美情趣"一节中，他还认为道教神仙意象给戏剧提供了生死命运的幻象遐想，仙、人、鬼的"三相空间"成了剧作家展开叙事的审美追求，梦幻模式和对立意象群的构建为戏剧的布局谋篇、表情达意提供了可能。③

还有不少论著对道教诗歌美学作了探究。詹石窗探讨了道教的符号特性及其象征功能，区分了道教艺术自然符号与人工符号的特性与功能，考察了具象符号与抽象符号在道教艺术中的不同表现及其象征蕴含，并进而发掘隐含于道教艺术中的人的精神，说明道教的生命意识在很大程度上是通过符号象征来体现的。④ 在诗文研究中，他强调易学的符号和象征的重要影响，指出：早期丹鼎派作品《周易参同契》的形象思维是一种寓理于形象之中的思维方式，通过卦象将天体星宿、地上物象、人体脏器等具体可感的形象组织转换成修炼模式、符号体系，从而使得这种符号化的形象思维具有系统性、整体性、象征性、模糊性的

---

① 郑传寅：《传统文化与古典戏曲》，湖北教育出版社1990年版。
② 詹石窗：《简论道教对传统戏剧的影响》，《世界宗教研究》1997年第4期。
③ 詹石窗：《道教与戏剧》，台湾文津出版社1997年版。
④ 詹石窗：《道教艺术的符号象征》，《中国社会科学》1997年第5期。

特征，对后代的炼丹诗赋产生了重大影响，在道教文学史上占有重要的地位；魏晋道教炼丹诗《黄庭内景经》《黄庭外景经》遵循着《周易参同契》"法天则天""三道由一"的基本法则而专讲内丹修炼，其用以联结诸意象的链条是人体器官组织的名称，其意象暗示内丹功法，具有虚幻性，是一个系统的神灵意象群，具有更为隐晦的含义意象；隐说的动力关系，基本上是建立在内景之物象与外在物象的相似性上。徐翠先认为金代全真教丹道诗是生命体验与审美体验合一的产物，其性功描写展示了诗人的心性修炼和心理体验，其命功描写则将具有比喻象征功能的丹道符号转化成了诗歌的审美意象。①

此外，还有不少学者对道教美学作了探讨。张松辉清理了道家道教重自然、重生、重玄、尚简、贵真、言不尽意等理论对文人审美情趣、文学创作的影响，也从道家道教的角度分析《典论·论文》《文心雕龙》《诗品》《随园诗话》《艺概》等文艺理论著作中的相关理念。不少见解是发人深省的。他指出，星气决定人的才能和命运的思想很早就在道教中流传，第一次把"文"和"气"结合起来提出文气说的是道教典籍《太平经》，曹丕就是在这一基础上提出著名的文气说的。潘显一对道教美学的四个范畴及其衍生的十六个命题四十八个代表性观点作了论述，勾勒出一个道教美学思想的基本范畴体系。②

三　研究对象的拓展与研究深度的追求

上文分别从纵横两个层面探讨了20世纪中国道教文学研究的思维特征和探索维度，本节拟从"道教与诗歌""道教与小说""道教与戏剧""道教音乐与道教说唱"四个方面对八九十年代尤其是90年代的相关研究作一述评，以期揭示专题研究的广度和深度。

---

① 徐翠先：《论金代全真丹道诗的审美特征》，《忻州师范专科学校学报》1999年第1期。
② 潘显一：《大言不美——道教美学思想范畴论》，四川人民出版社1997年版；王世德：《美学研究的新收获——评〈大言不美——道教美学思想范畴论〉》，《天府新论》1998年第1期。

（一）道教与诗歌研究

"道教与诗歌"研究主要包括综合性研究、道教与先唐诗歌研究、道教与唐代诗词研究、道教与宋元明清诗词研究四个层面。

关于"道教与诗歌"的综合性研究体现为两个方面，一为对游仙诗的起源和变迁的研究。肖弛指出，游仙诗存在两个思想传统和文学传统，其一为《庄子·逍遥游》和《远游》，其二为从燕齐神仙家到道教的思想传统和《仙真人诗》；曹植秉持了前一个传统并奠定了后世游仙诗的基调，郭璞则拓展了《远游》和曹植以来的游仙诗的内容；汉乐府游仙诗是后者的续响，这一传统和前一传统存在不同程度的混合，并在南北朝时期膨胀起来走向堕落，道教鄙俗不堪的物质主义扼杀了审美范畴的艺术；拯救这一艺术的李白和李贺等知识分子把游仙诗从宗教的天国变成心灵的天国后，游仙诗的历程也就走完了由宗教至艺术的过程。[①] 陈顺智认为，三曹游仙诗体现了"肉身成仙的渴望"，其环境特征、人物特征和时空特征均染上了超现实的色彩，表现了诗人对理想人生的憧憬与追求和对短暂现实人生的否定与幻灭；正始游仙诗体现了"玄仙参半的情致"，其最高目的在于"精神的愉悦自适与意志的逍遥自适"，从超现实的人生理想转移到现实的人生理想上来；东晋初叶郭璞和庾阐的游仙诗则追求"仙隐互渗的归宿"，成了出世隐逸人生理想的形象载体，玄学内容的表达逐渐移位于玄言诗、隐逸诗、田园诗、山水诗，因此，可以说他们的游仙诗是游仙诗发展的终点，也代表着玄言诗的新起点。[②] 赵敏俐考察了山在原始崇拜和道家道教文化形成过程中的重要地位，指出山崇拜和道教文化推动了游仙诗的形成和发展。[③] 李乃龙从仙的起源、特征以及修仙术等方面讨论了仙的观念对"坎壈咏

---

① 肖弛：《中国诗歌美学》，北京大学出版社1986年版。
② 陈顺智：《魏晋玄学与六朝文学》，武汉大学出版社1993年版。
③ 赵敏俐：《山崇拜与道教文化及游仙诗》，《东方丛刊》1994年第1期。

怀""列仙之趣"两类游仙诗产生的深刻影响，以期引起人们对游仙诗的重新审视和检讨。①

一是为了对游仙文学的主题和形式特征进行整体把握。王立指出，重精神超越解脱与重肉体飞升长生构成了游仙主题的两大层面，前者分入世（屈原）与出世（庄子）型，后者分求实（帝王求寿祈命之作）与戏语（文人咏怀）型，反映了人类的审美超越和人类对理想的执着追求；游仙主题形成了咏怀写心与求仙写实两大系列，增加了中国文学非正统的否定的反抗的因素，拓展了文学的表现手段和思维空间。② 朱立新指出，游仙诗是一种"乐园—追求型"的象征文学，其三大动机决定游仙诗的类型：一是为了摆脱由时间局限而产生的生命悲剧——死亡恐惧，此类作品多表现"列仙之趣"。二是为了摆脱由空间局限而产生的生命悲剧——尘世迫隘，此类作品旨在追求自由与超越。三是为了摆脱由人世局限所产生的生命悲剧——社会束缚，此类作品多表现为坎壈咏怀。早期游仙诗的路径也较为明晰，大致有三，其一为登山升天，其二为东西向飞行，其三为上下沉浮、四方周游，这些路径及其变化都与特定的文化背景密切相关。朱氏还分析了游仙诗中的仙境、仙人、仙术三类意象和"游"模式、"仙"模式、"反游仙"模式三种结构模式，并对其形成原因和文化背景作了探讨。③

学界对道教与秦汉文学关系的探讨主要集中在两个方面，其一为从整体上探讨方士文化和神仙思想对秦汉文学的渗透。汪小洋认为方士是作家队伍的重要组成部分，方士活动作为素材和物象成了文学创作的重要题材，这种同构现象以及对生命的忧患为方士影响文学创作提供了可能性和必然性，方士文化对生命的珍惜还启发、促进了文学的自觉。④

---

① 李乃龙：《论仙与游仙诗》，《西北大学学报》1995年第2期。
② 王立：《论中国古代文学中的游仙主题》，《新疆师范大学学报》1988年第1期。
③ 朱立新：《游仙的动机与路径》，《中州学刊》1998年第3期；朱立新：《游仙诗的意象组合与结构模式》，《上海师范大学学报》1998年第3期。
④ 汪小洋：《秦汉方士与秦汉文学》，《南京师范大学学报》1989年第3期。

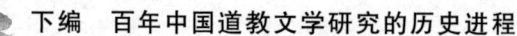

王宗昱指出汉代辞赋促成了游仙这种文学类型，拓展了文学创作的题材，其神仙论中隐含的归隐的含义开了后人将游仙等同于归隐的先河，对扩大神仙长生信仰的影响也起到了推动作用。[1] 其二为对乐府诗中的神仙内容进行探讨。张宏认为，"真人"之名乃出于燕地方士卢生之言，《仙真人诗》为博士创作于秦始皇三十六年，主要针对陨石咒语"秦始皇死而地分"而作，其内容一为祝颂秦始皇像仙人真人那样长生不死，二为歌颂秦始皇一统天下的文治武功[2]；汉武帝召集当时最优秀的作家和音乐家创作的《郊祀歌十九章》虽然名为祭祀天地诸神，却表现了浓郁的游仙长生思想，这是汉武帝在祭祀大典中用方士、好神仙、求长生的文学再现[3]。

学界对"道教与六朝诗歌"的整体探讨包括道教对六朝文学的影响、六朝游仙诗的流变两个方面。李生龙认为，六朝游仙诗可以分为宗教诗、哲理诗和抒情诗三类，道教影响山水文学的关键点在于它的养生思想促进了文人去追求艺术的、审美的人生并由此推动了想象力的提高，神仙境界、神仙思想和著名道士则成了志怪小说的重要反映对象。[4] 刘跃进认为谶纬神学和道教早期经典往往采用汉语语言的隐语和谐音传播政治观念，上清派经典也用隐语表达传授缘起和教团祖师的名字和官位，这种表达方式由于道教在社会上的盛行而成为影响江南民歌隐语的一个重要原因。[5] 高华平指出，北方士族固守天师道信仰而使文学带有浓厚的质直古朴的道教文化色彩，南方士族由尚玄谈而偏尚佛理乃至弃道入佛导致文学烙上了浮华丽靡的色彩。[6] 韦凤娟指出游仙诗的基本特征表现为企慕长生不死的神仙、描写虚幻不实的仙境、追求神

---

[1] 王宗昱：《评汉人辞赋中的神仙思想》，《天津社会科学》1995 年第 6 期。
[2] 张宏：《道骨仙风》，华文出版社 1997 年版。
[3] 张宏：《汉代〈郊祀歌十九章〉的游仙长生主题》，《北京大学学报》1996 年第 4 期。
[4] 李生龙：《魏晋南北朝文学与道教》，《中国文学研究》1991 年第 3 期。
[5] 刘跃进：《道教在六朝的流传与江南民歌隐语》，《社会科学战线》1996 年第 3 期。
[6] 高华平：《士族宗教信仰的分野与南北朝文学的差异》，《华中师范大学学报》1998 年第 4 期。

奇、瑰丽的色彩，但是从西晋太康年间到东晋郭璞的游仙诗创作则出现了人间化的倾向，其仙景以大自然景物为蓝本，人物多为遗世高蹈的隐士，这与魏晋时期受玄学理论支配的朝隐风气、魏晋士大夫的生活理想、生活态度以及魏晋以来爱好林薮、向往大自然的时代风气有关。①王钟陵以嵇康的养生思想和阮籍的迁逝之悲为切入点透视二人诗歌的意趣及其异同，并进而指出魏晋游仙诗是一种抒怀诗，其产生的基础是企求解脱现实罗网，其核心意义是个性意识的觉醒，其最高的艺术境界是追求宏大的自我人格；他还认为郭璞是玄言诗的创始者，其游仙诗将"列仙之趣"和"坎壈咏怀"成功地融为一体。②孔繁认为阮籍、嵇康的诗将游仙、招隐和玄言融为一体，太康诗人受玄风影响，其所作游仙诗、招隐诗多富道家情趣，含有玄理玄言，永嘉以至东晋玄言诗盛行，郭璞之作也含有道家思想情趣。③张海明认为正始以后的游仙诗由于受玄言诗的影响而与此前的游仙诗存在不小的差异：第一，游仙诗的发展的确受到玄学的影响，这种影响应该说在曹植诗中便已现端倪，而以嵇、阮之作最为明显；第二，庄玄的人生观对游仙诗的影响具体表现为超现实色彩的淡化、对"出处去就"问题的关注、直接以玄理入诗等；第三，玄学的影响形成了郭璞"坎壈咏怀，非列仙之趣"的特征。④

学界对六朝游仙诗作家也投入了很大的兴趣。顾农指出，曹操不相信神仙，晚年为争取长寿而相信方士的养生之道和房中之术并加以实践，其游仙诗创作体现了理智与感情的矛盾；曹植作于曹丕上位之初的游仙诗由于感受到生命的威胁而重在求长寿，作于黄初四年以后的游仙诗由于完全失去行动自由而变为求自由，抒情中心在于超越时

---

① 韦凤娟：《游仙诗的"人间化"及其原因》，《光明日报》1983年11月8日第3版。
② 王钟陵：《中国中古诗歌史》，江苏教育出版社1988年版。
③ 孔繁：《魏晋玄学和游仙诗、招隐诗、玄言诗》，载《魏晋玄学和文学》，中国社会科学出版社1987年版。
④ 张海明：《魏晋玄学与游仙诗》，《文学评论》1995年第6期。

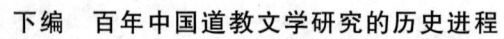

下编　百年中国道教文学研究的历史进程

空的远游。① 鲁红平认为，前期的曹植以强烈的理性之思来排斥神仙方术；中期（即曹丕在位期间）的曹植创作了一批游仙诗，其内容一为养晦待时，宣泄自己"抱利器而无所施"的抑郁，一为对自由与快乐的追求，一为守默安身的追求；后期（即曹叡在位时）的游仙诗除了注目于精神世界的漫游、追求自由快乐之外还增加了两方面的内容，即长生久视之想和淡泊达观之思。② 马宇辉指出，三曹相信神仙，其游仙诗体现了对长生不死的真诚追慕，其反神仙诗反映的是他们在思想观念上处于由信仰动摇的惶惑向明确的怀疑论过渡状态，而这种大胆的怀疑精神最重要的历史意义就在于提供了魏晋玄学产生的土壤。③ 蔡锦军指出，阮籍的游仙诗受到玄学的影响而清远恬淡，其所描写的仙境是玄学的理想精神家园，其所描绘的仙人则是作为玄学理想人格体现者的高级隐士，其玄理化主要体现为演绎玄理、引用玄学词语、引用老庄典故、具体描写得道的高峰体验。④ 孙明君认为，嵇康把长生久视作为道士修炼的目的和养生的核心思想从而开创了神仙道教的新局面，这种新的道教形态欲使生命归于虚静的精神状态以实现心灵的安适与审美的愉悦；嵇康所开创的文士道教促进了道教从下层社会向中上层知识分子阶层的转移，促进了道教从民间道教向士族道教、官方道教的转化；文士道教的内在品格对中古诗人的生活方式、思想观念和人生哲学产生了重大影响。⑤ 曹道衡对郭璞《游仙诗》进行研究时采取了一种独特的研究思路：他首先引证历来的文学评论说明郭璞《游仙诗》绝非消极厌世之作，然后又从游仙类题材的演变史说明绝大多数《游仙诗》"都不像李善所要求的那样'滓秽尘网，锱铢缨绂'、且对世事漠不关心"来说明

---

① 顾农：《曹操游仙诗新论》，《山东师范大学学报》1993年第3期；顾农：《从游侠到游仙——曹植创作中的两大特点》，《东北师范大学学报》1995年第3期。
② 鲁红平：《论曹植游仙诗》，《青海师范大学学报》2000年第1期。
③ 马宇辉：《论三曹"反神仙"诗的思想实质及历史意义》，《天津师范大学学报》1999年第1期。
④ 蔡锦军：《正始玄学与阮籍的游仙诗》，《广西师范大学学报》1992年第1期。
⑤ 孙明君：《嵇康与文士道教》，《哲学研究》1996年第6期。

不能因郭璞写游仙诗而责备其不关心现实；而后又通过剖析郭璞宗教术士活动中体现出来的政治态度和政治追求来断定"因为郭璞的《游仙诗》中多放达语而断言他不关心现实或消极出世恐怕是皮相之谈"；对于作品中无可避讳的出世思想，曹先生则侧重分析其现实的苦闷以及对人世的关怀。① 郭润伟肯定了郭璞的文学成就、学术成就和政治追求，指出郭璞是一个积极用世却终身不得志的知识分子，并分析其内心分裂的痛苦和彷徨愤激的心态。② 陈道贵钩稽了批评史上关于郭诗寄托说和出世说两种观点的发展脉络。③ 钟来因对《真诰》中的神谕作了解释和探索，认为《真诰》的核心是上清派对以房中术为中心的长生术的探求，道士们只不过借用了玄学成分极为浓厚的五言诗、用充满隐晦的比喻说出他们的心里话而已。④ 陈庆元用大量文献证明沈约兼习儒道释而归于道，其骨子里奉事的是道教，因此要准确理解沈约这个作家离不开对其仙道诗和仙道思想的探讨。⑤

道教与唐代文学的整体研究有两个特色，一是有相对集中的专题研究，一是研究论著集中在少数几位专家手中。黄世中以"道教与唐诗"为中心写过一系列论文，出版有《道教与唐诗》，⑥ 分别探讨了道士、女冠和崇道诗人的诗心、诗意和诗境，山水诗、恋情诗和醉酒诗中的道意、道韵和道味以及道教对唐诗审美的影响，在具体的论述中有着精彩的表达。如他认为那些以感慨人生短暂、以生死为主题的诗篇充满着惆怅之美，那些以歌咏人仙（道）相恋破灭的诗篇氤氲着感伤之美，那些感叹世路坎坷、否定荣辱得失的诗歌充溢着傲岸之美，那些歌咏山水田园、以回归自然为主题的诗歌则有一种静穆之美，惆怅、感伤、傲岸

---

① 曹道衡：《郭璞和〈游仙诗〉》，《中古文学史论文集》，中华书局1986年版。
② 郭润伟：《郭璞的文化成就及其悲剧结局》，《晋阳学刊》1990年第2期。
③ 陈道贵：《郭璞〈游仙诗〉主旨说述评》，《中国典籍与文化》2000年第4期。
④ 钟来因：《长生不死的探求：道经〈真诰〉之谜》，上海文汇出版社1992年版。
⑤ 陈庆元：《沈约的事道及其仙道诗》，《古典文学知识》1996年第5期。
⑥ 黄世中：《道教与唐诗》，漓江出版社1997年版。

下编　百年中国道教文学研究的历史进程

和静穆恰好成了道蕴诗审美中的一个多维结构,而这个交会点则在于道教徒和崇道者大多是失意者、在野者;因此,从某种意义上说,道家和道教美学是失意者的美学。李乃龙从纵横两个方面对唐代各个时期的游仙诗和唐代道教与诗歌的各种类型作了整体上的把握。纵的方面,他指出,李白"谪仙"意识来自父母的期许,并在此后逐渐被强化而成为其好道和游仙诗创作的原初动力;中唐诗人或将他们对现实的失望、悲愤乃至哀叹写入仙境或将现实艳情仙化,因此中唐游仙诗的社会学意义远远超过其美学意义;上清派的修仙方式、等级观、空间观、释道兼修观对晚唐游仙诗有全面而深刻的影响,道教从丹鼎派(盛唐)到上清派(晚唐)的嬗变过程在唐代游仙诗中也具体而微地重演了一遍;最后他还对唐代各个时期的游仙诗特点作了总结,认为初唐游仙诗是对魏晋时期建立的仙道对应关系的确认和发展,李白的游仙诗建立在诗人的谪仙意识基础上也反映了诗人的政治遭遇,中唐游仙诗折射出时代的悲怆和积愤情绪,曹唐《小游仙诗》具有人间化和集成性的特点。[①] 横的方面,他对艳情游仙诗、道士诗人以及唐代诗人与道士交游的诗学意义作了分析。[②] 除了黄世中、李乃龙和前面提到的詹石窗、葛兆光外,重要的论文还有以下几种。葛晓音分析了方外十友的活动和创作,指出这批文人并未在创作中体现出方外之游的实绩,但造成了文人好尚隐逸、游于物外的风气,并促使游仙诗与山水诗合流,为盛唐山水诗增辟了一种新的境界;道教以入世为心、以出世为迹的宗旨最能体现初、盛唐的时代精神,因而必然会通过改变这代文人的生活方式和精神面貌来影响山

[①] 李乃龙:《论李白"谪仙"意识的形成及其表现》,《广东社会科学》1994 年第 6 期;《中唐游仙诗的社会学阐释》,《东方丛刊》1996 年第 1 期;《道教上清派与晚唐游仙诗》,《陕西师范大学学报》1999 年第 4 期;《唐代游仙诗的若干特质》,《陕西师范大学学报》1998 年第 3 期。

[②] 李乃龙:《论唐代艳情游仙诗》,《广西师范大学学报》1997 年第 3 期;《道士与唐诗》,《江苏社会科学》2000 年第 4 期;《论唐诗人与道士交游的范型及其诗学意义》,《唐都学刊》2000 年第 3 期。

水诗的内在气韵。① 朱易安指出儒道释在士人的实际生活中形成一种相互交融、相辅相成的关系，并导致中唐士人采用儒学为体、释道为用的实用主义生存方式，成为三教并存的社会基础；同时，释、道教的感悟式和思维方式导致新儒学向心性学的方向发展，并支援了中国诗歌创作中直觉型的审美方法；释、道教中适意的生活观还为儒教"达则兼济，穷则独善"的行为方式拓宽了界面。② 汪泛舟辑录了敦煌文献中的道教诗歌，并加以校释和解析，同时还对敦煌道教诗歌在敦煌文献中的存在状态作了分析，再现了敦煌地区的宗教状态和道教文学形态。③

道教与唐五代词的关系也是整体研究中的一个重要专题。陶尔夫从文学史的层面揭示了宗教与词体形成的关系，并对其四个发展时期的特点作了理论上的总结："孕育期，如前所述，主要表现为在赞呗与讲经的同时夹杂一些俗曲与其他技艺的演出，为歌词与音乐乐曲的结合提供某些经验或从中得到某种启发。初始期，已经开始运用俗曲演唱经卷内容，试探选取某些宗教乐曲填入宗教教义、描述法会活动过程并开始涉及宗教以外的生活情事。成型期，大量选用宗教乐曲或与宗教无关的乐曲作为词调，填入内容与宗教有关或无关的歌词，在宗教信徒、乐工艺人之外，文人学士也逐渐加入了这支创作队伍，促进了词体形式的稳定、作品内容的充实、艺术技法的提高。成熟期，一方面是选择宗教乐曲或其他多种乐曲作为词调，填入与宗教内容有关或无关的歌词并已得心应手，十分成熟；另一方面则是通过融化于思维之中的境心禅韵对客观现实进行审美观照，从而表现出一种迥异于其他作品的特殊韵味。"④ 刘尊明从"唐五代词与道教音乐文化之关系""唐五代词所反映的道教文化意蕴"两个层面对道教与词的关系的相关文献作了全面的清理和详细的论述，前者充分注意到了道教音乐的繁荣及其世俗化对词乐的影

---

① 葛晓音：《从"方外十友"看道教对初唐山水诗的影响》，《学术月刊》1992年第4期。
② 朱易安：《中唐诗人的济世精神和宗教情绪》，《江海学刊》1998年第5期。
③ 汪泛舟：《敦煌道教诗歌补论》，《敦煌研究》1998年第4期。
④ 陶尔夫：《论宗教与词体的兴起》，载《中国诗歌与宗教》，香港中华书局1999年版。

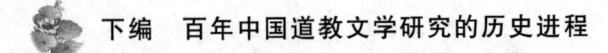

响,后者则对道教歌词和世俗歌词中的道教内涵以及相关的艺术手段作了分析,充分注意到了道教享乐主义倾向对词作的影响。① 陶亚舒指出,花间词大量使用了道教故事意象和仙化意象,道教生活画面被用来描写女冠们或世俗男女的情爱与性爱,而晚唐词的文化与审美倾向、巴蜀文化的独特风貌是造成这一现象的根本原因。②

具体作家作品的研究则主要集中在三李、韩孟诗派、白居易以及吴筠、曹唐等诗人身上。关于李白,很多研究者在为李白平反否认其游仙诗宣扬迷信的同时,对李白对待道教的复杂态度进行了阐释。薛天纬认为李白的"游仙醉"作品是诗人在坎坷不平、艰难曲折的生活道路上奋力前行时所吟唱的抒情之歌和批判现实追求光明的一种手段。③ 裴斐指出,李白对神仙的态度反复无常是由于他把游仙访道当作一种从政的手段、失意时逃避现实排遣苦闷的方式,前期的游仙诗基本上属于《文选》注家所谓"正格"游仙诗,后期的游仙诗寄寓着政治上怀才不遇的幽愤,表现了放浪纵志和蔑视礼法的性格,抒发了对自由解放的理想生活的憧憬。④ 夏晓虹认为李白的好神仙可以分为三个阶段:"在他入朝前,主要是用来交游干谒,以达到'名动京师''一飞冲天'的问政目的;在朝中则欲以道干政,不满于朝政的黑暗,又要借'谪仙'之名存身远祸;放归以后,一腔悲愤无处发泄,乃以求仙为寄托,但又不甘心沉埋至死,仍希图凭道隐东山再起。"⑤ 还有不少学者对李白学仙的经历作了客观的钩稽。郁贤皓利用出土文献参证纸本文献对李白与玉真公主的过从作了新的考证。⑥ 罗宗强勾勒了李白神仙道教信仰的大致轮廓:"他曾行过入道仪式,且早在少年时期,一生中不止一次;他曾

---

① 刘尊明:《唐五代词与道教文化》,《社会科学战线》1997 年第 3 期。
② 陶亚舒:《略论花间词的宗教文化倾向》,《贵州社会科学》1994 年第 1 期。
③ 薛天纬:《李白游仙醉问题初涉》,《西北大学学报》1980 年第 2 期。
④ 裴斐:《谈李白的游仙诗》,《江汉论坛》1980 年第 5 期。
⑤ 夏晓虹:《谈谈李白的"好神仙"与从政的关系》,《文学遗产增刊》1982 年第 14 辑。
⑥ 郁贤皓:《李白与玉真公主过从新探》,《文学遗产》1994 年第 1 期。

受过炼外丹的秘诀,并且多次亲自炼过外丹,但都没有成功,对于炼丹的兴趣,直到晚年也仍然不衰退。而由于材料不足,难以断定他的外丹烧炼属于哪一派,也不清楚他炼的是哪一种丹。他没有服食过他自己炼的丹药,但服食过经过简单处理的丹砂。他还曾炼过内丹,似是属于茅山上清派。"①

关于李贺是否相信道教神仙、其神仙题材反映了何种创作心态,学界曾有激烈的争论。陈允吉认为《梦天》前四句体现了作者感念人生短促而梦想超脱尘世在天国中获得生命的永恒和男女的爱情,后四句则在于表现李贺以神仙自比而产生的超越时间空间的幻想。② 廖明君指出,李贺对长生不死始终抱着怀疑乃至否定的态度,却在游仙诗中创造了一个理想的人生世界,借以对生命进行肯定和赞美,表达对生命的渴望和理想,是诗人将其生命哲学诗化的表现。③ 孙昌武认为,李贺接触并熟悉道教及其神仙思想和炼丹方术,并进行服食炼养活动,但李贺绝不是道教徒更不是坚定的神仙信仰者,他对神仙世界的批判也没有抵消其意识中的神仙形象和神仙幻想的存在及影响,神仙世界的描写证明了他深刻的心理矛盾和现实孤愤,并由此形成了独特的艺术风格。④

关于李商隐诗歌与道教的关系,学者们的关注焦点有二。一为李商隐与女冠的关系问题。钟来因认为,李商隐玉阳学仙,熟读道教经典,因与女冠恋爱事败,触犯道规,被赶出教门;李商隐为玉阳山上清派道士,《戊辰会静中出贻同志二十韵》是用上清派典故写玉阳山恋爱风波,是李商隐玉阳之恋的铁证。⑤ 詹石窗则从宗教史的立场指出李商隐

---

① 罗宗强:《李白的神仙道教信仰》,《中国李白研究》(1991 年集),江苏古籍出版社 1993 年版。
② 陈允吉:《〈梦天〉的游仙思想与李贺的精神世界》,《文学评论》1983 年第 1 期。
③ 廖明君:《生命的渴望与理想——李贺游仙诗论》,《暨南学报》1993 年第 4 期。
④ 孙昌武:《道教与唐代文学》,人民文学出版社 2001 年版。
⑤ 钟来因:《唐朝道教与李商隐的爱情诗》,《文学遗产》1985 年第 3 期;钟来因:《李商隐玉阳之恋补证》,《中州学刊》1998 年第 4 期。

玉阳山学仙是出于生徒通过"道举"做官这样的社会大环境使然。《圣女祠》中的"龙凤"与恋情无关，因此"与道姑相恋说"不能成立。李商隐描写宋华阳姐妹只表明作者和宋真人姐妹有交情并对其家世有一定了解而已，李商隐修仙的河南济源玉阳山和宋华阳姐妹修道的京城华阳观相距太远不可能产生恋情。① 一为道教对李商隐诗歌的影响问题。钟来因认为，义山的恋爱经历使他的爱情诗充满了仙风道气，呈现出谲怪、隐僻、晦涩、精深的风格。② 孙昌武认为，李商隐接受道教主要是赞赏其内丹心性观念和做法，而不是信仰神仙和追求成仙，他接触道士、女道士是风气使然，并不表明他在宣扬神仙信仰，他对宗教生活的一定程度的向往和对待宗教的理性态度都是真实的，利用道教的修养和思维方式、修辞手法、表现手段写出的作品往往别有寄托，而不是宣扬道教神仙。③ 李乃龙利用道教学的知识对《戊辰会静中出贻同志二十韵》的分析指出李商隐的仙道观有二，一是在修持方法上必须用守一存真的内丹术，二是修仙者必须具有仙才。④

关于白居易与道教的研究主要涉及两个问题。一是从整体上讨论白居易与三教的关系问题。钟来因指出，白居易善于调和三教并贯彻于他的政治生活和日常生活之中，他崇尚道教服食以解决多病早衰与及时行乐的矛盾，其慕道的目的是追求自由自在的生活。⑤ 孙昌武也指出，白居易是三教调和思想的典型，他对道教的理解体现了洪州禅的平常心，即在观念中和实践上极力使平凡的人生转化为神仙生活，把自己当成人世间的神仙，把道家道教的体道追求和享受人生的现实态度等同起来，宗教在他那里成了一种理想的人生境界。一是从个案上探讨《长恨歌》《霓裳羽衣歌》与道教的关系问题。陈允吉认为《长恨歌》是根

---

① 詹石窗：《道教文学史》，上海文艺出版社 1992 年版。
② 钟来因：《唐朝道教与李商隐的爱情诗》，《文学遗产》1985 年第 3 期。
③ 孙昌武：《道教与唐代文学》，人民文学出版社 2001 年版。
④ 李乃龙：《论李商隐的仙道观》，《江汉论坛》1995 年第 9 期。
⑤ 钟来因：《论白居易与道教》，《江海学刊》1987 年第 4 期。

据民间传说改写而成，而民间传说又是根据《欢喜国王缘》等佛经脱胎而来。① 傅璇琮、赵昌平指出《欢喜国王缘》的前身《杂宝藏经·优陀羡王缘》虽早于《长恨歌》，但其中并无关键的"人间天上喜相逢"的情节；而有此情节的《欢喜国王缘》一般认为是五代作品；方士致魂魄的起源应归属于道教的汉武帝、李夫人故事，玄宗故事继承了这个传统。② 钟来因指出白居易在结婚前认识极信神仙的王质夫时就有强烈的出世求仙思想，唐明皇派方士寻杨贵妃的传说就是由王质夫收集并介绍给白居易和陈鸿而产生了《长恨歌》和《长恨歌传》。③ 詹石窗指出霓裳羽衣不仅是古老宗教巫师的服装也是神仙道士的服装，《霓裳羽衣曲》就是道教从古老宗教仪式传统中沿袭而来以服饰命名的一种乐曲，白居易所描写的演奏场面和演奏过程正体现了道教歌舞仪式的风格特点。④

关于韩孟诗派，卞孝萱根据白韩交游、韩愈卒年、唐代士大夫生活情况、韩愈晚年好声色、韩愈向友人乞取丹药等情况断定白居易《思旧》诗所云"退之服硫磺，一病讫不痊"中的"退之"即"韩愈"。⑤ 马奔腾指出，韩愈诗歌受到道教的深刻浸染，主要表现为大量道教意象丰富了他的诗歌艺术表现力、道教思维方式影响到他的创作中追求奇、险、怪的特色的形成、道教对他的诗歌的浪漫主义特色和偏向古体的创作选择也产生了影响。⑥ 谢建忠分析了孟郊受道教文化影响的三个特征和道教影响孟郊诗歌的三大表现。⑦

关于道士诗人，蒋寅指出吴筠游仙诗包含了游仙的全过程和各

---

① 陈允吉：《从〈欢喜国王缘〉变文看〈长恨歌〉故事的构成》，《复旦学报》1985年第3期。
② 傅璇琮、赵昌平：《谈古代文学研究中的文化意识》，《文学评论》1989年第6期。
③ 钟来因：《论白居易与道教》，载《中国文化》第5辑，复旦大学出版社1985年版。
④ 詹石窗：《道教文学史》，上海文艺出版社1992年版。
⑤ 卞孝萱：《"退之服硫磺"五说考辨》，《东南大学学报》1999年第4期。
⑥ 马奔腾：《道教与韩愈的诗歌创作》，《文史哲》2000年第4期。
⑦ 谢建忠：《道教与孟郊的诗歌》，《文学遗产》1992年第2期。

个方面,"容纳了道教典籍的天界观念,使弱水、阆风、姑射、扶桑一系的庄屈话语系统与玄都、玉清、蓬壶、太虚一系的道教话语系统相融合,形成了游仙诗独特的仙界模式,也促成了中国传统神话系统与道教神话系统的融合"。① 李乃龙指出曹唐游仙诗具有两大独特的规定性,一为对传统游仙诗的集成性,一为全面的人间化,这两个规定性全方位地展示了游仙诗超越现实却又极具现实感的人生理想。② 孙昌武认为曹唐"既具有道教生活的亲切体验,又有人生坎坷的经历,所以他能把修道的精神感受和人世间的真情实感融汇无间地结合起来,又能使用唐代诗歌创作的新技巧,在游仙题材的写作中开拓出新生面"。③

无论是质量还是数量,关于道教与宋元明清诗词的研究都可以说得上是一个薄弱环节。关于总体研究:龙晦对道教佛教影响下的文人创作和道教徒、佛教徒的文学创作进行了勾勒,基本上呈现了宋代宗教与文学的发展轮廓。④ 蒋安全在两篇论文中对宋代宫观建筑、斋醮礼仪、道士生活等文学题材、步虚词、青词等体裁以及道士的文学创作进行了分析,并从政治变动、家族渊源、宗教宣传和地域文化等几个方面论述了道教对宋代文学家的影响。⑤ 史双元从五个方面就佛道思想与宋词的关系展开了论述:一、敦煌词及调名所表现的佛道思想;二、宋代词人与佛道思想的联系;三、佛道思想对宋词内容之影响:道教对艳情词、游仙词和炼丹词的影响,佛教对苦情词的影响,道家对隐逸词的影响;四、宋词融摄佛道思想的诸种方式:用佛道语汇和典故入词、化义理入词、融禅境道趣入词;五、艺术风格和写作特点与佛道思想的关系:含

---

① 蒋寅:《吴筠:道士诗人与道士诗》,《宁波大学学报》1994年第2期。
② 李乃龙:《论曹唐小游仙诗的文学意义》,《广西社会科学》1998年第5期。
③ 孙昌武:《道教与唐代文学》,人民文学出版社2001年版。
④ 龙晦:《宋代文学与宗教》,《成都大学学报》1986年第1期。
⑤ 蒋安全:《宋代道教文学刍议》,《广西师范大学学报》(社会科学版)1995年第4期;蒋安全:《试论道教对宋代文学家的影响》,《广西民族学院学报》1997年第3期。

蓄比兴、自然、清空、活法、俚俗与谐谑。①

关于具体作家作品的研究：孔繁认为，苏轼吸收道教哲理并发掘孔庄的一致性从而形成了蜀学的特色，吸收道家道教养生思想而以清净专一为理论依据的做法使得苏轼获得一种对生命和人生的理解，道家的影响促成了苏轼文学创作的转折和成熟。② 钟来因的专著揭示了苏轼一生的崇道概况，分析了道家道教对苏轼创作的影响，是一部建立在文献考辨、作品解析基础上的力作。作者紧扣苏轼一生政治浮沉及其心态的变迁，来分析苏轼的崇道经历及其文学创作，认为苏轼时而儒时而道，充满着出世与入世的流转变迁，时而追求世俗享乐时而慕道修仙，反映了士大夫在特殊政治境遇中的鲜明特色；指出苏轼的文学创作体现了其摆脱、扬弃人生烦恼忧愁的快乐哲学，其中的齐物论、超然物外安于命运明显来自庄子，崇道学仙忘却现实明显受道教的濡染，苏轼洗尽唐风唐调而呈现出的文学新风格跟他崇尚天然平淡、崇尚幽独虚静、崇尚妙理学问的审美追求密切相关，而这三者又是深受道家道教影响而形成的。③ 张松辉考证了徐渭的道士身份及其与道家道教的关系，指出徐渭政治上主张清净无为、理论上主张三教合一、学道求仙上主张内丹修炼。④ 刘逸生根据龚自珍的身世采《南屋述闻》等书所载军机处掌故和道教典籍对十五首游仙诗一一疏证，指出龚氏考试失败后借游仙诗的体裁隐约发露军机处内幕。⑤

关于道藏所载道教文学的研究：伍伟民、蒋见元呼吁进行藏内文学研究，并对道藏文学作了拓荒性的研究，其中的一些观点今天还值

---

① 史双元：《宋词与佛道思想》，今日中国出版社1992年版。
② 孔繁：《苏轼和道家（道教）》，《世界宗教研究》1993年第1期。
③ 钟来因：《苏轼与道家道教》，台湾学生书局1990年版。
④ 张松辉：《谈徐渭的道士身份及其与道家道教的关系》，《古籍整理研究学刊》2000年第6期。
⑤ 刘逸生：《龚自珍〈小游仙诗十五首〉辨释》，社会科学战线编辑部《古典文学论丛》1981年第2辑。

得一提。① 朱越利发现了《磻溪集》的同类作品是按创作日期先后排列的，因而成功地考证了该诗词集金刻本所收作品的创作年代；他还通过分析丘处机苦修、修性、内丹修炼、佯狂玩世、读书、吟诗填词、放情山水、深入农民和传教等斗闲方式，揭示了一个宗教徒修行证道的心路历程，开启了宗教心理学的个案研究。② 李豫对 45 位道教诗人的生平和创作的钩稽，不仅说明道教文学的创作构成了金代文学的一个重要层面，为文学史的撰写提供了史料；更重要的是提醒我们道教文献中存在大量未被探究的可能修正或重构文学史的材料和现象。③

（二）道教与小说研究

道教与小说研究主要表现为道教与古代小说的综合研究、道教与古代文言小说研究、道教与古代白话小说研究三个方面。

孙逊站在文学的立场着重探讨了道教与古代小说的历史渊源、文化价值和诗学建构，在方法上既注重史料的充分占有又注重思辨的缜密细致，以专题的形式凸显了古代小说与宗教的历史变迁。④ 他在《中国古代小说与宗教》中探讨了宗教在小说形成史上的作用，认为前期古小说的作者为古巫、方士及方士化的儒生，巫术思想、神仙思想和鬼神思想为古小说提供了思想资源、人物形象、环境意象和结构形式。该书注重在历史的变化和当代社会背景下对古代小说的文化价值作纵横考察，指出小说在宗教意识和世俗情感的张力结构中传达了古代中国人的人生哲学。他认为，古小说传达了浓厚的巫术现象和巫术观念，早期神仙小说

---

① 伍伟民、蒋见元：《道教文学三十谈》，上海社会科学院出版社 1993 年版。
② 朱越利：《〈磻溪集〉创作时间考》，《文献》1994 年第 4 期；朱越利：《从〈磻溪集〉看丘处机的苦修》，《道家文化研究》1996 年第 9 辑。
③ 李豫：《金代道教诗人考》，李正民、董国炎主编《辽金元文学研究》，文化艺术出版社 1999 年版。
④ 孙逊：《中国古代小说与宗教》，复旦大学出版社 2000 年版。

倡扬的是道教的内修和外养，六朝志怪小说反映了古代的鬼神崇拜；频繁出现于明清小说中的胡僧具有浓厚的性色彩，这种性色彩和道士味与六朝隋唐的胡僧无涉而与元代以来密教文化的广泛内传及密道文化的紧密交融密切相关；道教房中文化确立了明清小说性描写的话语方式和言辞面貌，铸成了艳情小说宣淫成仙的结局模式，构拟了艳情小说独特的女性主题，这一主题主要体现为对性的赤裸追求、择偶标准向性剧烈倾斜、贞节观念彻底崩溃、女性成了宣泄者却不是受害者。该书还注重从历史的演变中梳理宗教观念向世俗情感的演变。他认为，古代遇仙小说经历了由汉魏六朝宗教化到隋唐世俗化再到明清艳情化的历史变迁，既反映了人性意识的觉醒历程也折射了道教的世俗化历程；唐人小说中的仙妓合流现象跟历史无涉而主要与唐代社会现实密切相关、跟文人狎妓经历密切相关，这种合流塑造了超逸而多情的女性新形象，提升了婚恋悲剧的格调，产生了与事功不朽观相对立的情感不朽观；古代小说中的情僧在空与情（友情与性欲）的对立结构中经历了复杂的变迁最终集成地造就了《红楼梦》中"情不情"的贾宝玉——一个情门的仁者和佛门的智者。

道教与古代文言小说研究集中在道教仙话、道教与唐前志怪小说、道教与唐传奇三个论题上，道教与宋元明清志怪传奇的关系则很少有人关注。

罗永麟、梅新林、山曼、王汉民、王青等人的论著凸显了中国古代仙话的历史进程，并对相关的理论模式进行了探索，为研究的深入提供了文献基础和理论基础。罗永麟以专题的形式重点探讨了"仙话与文化及文学的关系""仙话、神仙、道教思想与哲学的关系""仙话与神话的关系及其分类问题"和"研究仙话的现实意义和今后的方向"等四个问题，对以往的研究进行了突破。[①] 刘守华从民间文艺学的立场对中国民间道教与神话、传说、民间故事、民歌、曲艺、民间戏剧的关系作

---

① 罗永麟：《中国仙话研究》，上海文艺出版社1993年版。

下编　百年中国道教文学研究的历史进程

了全方位的述评，揭示了中国民间道教信仰与民间文学相互影响的若干特点和规律。① 在此基础上，刘守华陆续启动了相关的研究，例如，指出道教对中国民间文学特别是幻想故事有着深远的影响，一种情况就是许多故事在口头传承过程中吸收道教影响在枝节上发生变异，另一种情况就是借助道教神秘幻想创造新的故事类型或增添新的情节单元，由新旧复合产生具有相对独立的新类型。② 又如，他对以"观棋烂柯""仙乡奇遇"为原型的"仙乡奇遇"型仙话的流变作了勾勒，指出该故事类型的异文虽多但体现的是仙凡之间的联系和宗教性与世俗性的有趣契合。③ 梅新林第一次系统地对仙话的形成基础、发展历史和构成机制、思想主题和历史意义作了全面研究。他指出，对自由与永恒的不懈追求、以主持求仙活动传播神仙思想和编织长生不死、自由飞行特性的故事为主要活动的神仙方术集团的崛起以及中国神话仙话化，即在内在驱动力、主体力量与文学渊源三个方面为中国仙话之诞生铺平了道路；仙话在战国前期初步形成后经历了秦汉成熟期、六朝繁荣期、隋唐裂变期、宋元续盛期和明清衰弱期五个历史阶段，其中尤其以东汉、南朝、晚唐五代、元代、明清之交为各时期的高潮，而尤其以晚唐五代为顶峰；西王母与东王公、西王母与黄帝、太上老君、三清四御直至玉皇大帝与王母娘娘为仙界主宰的神仙谱系有着独特的形成轨迹；仙界是由天上仙宫、海中仙岛、凡间仙窟的空间结构以及与之相对应的绝对永恒、人为修炼或死后复活与逐渐接近凡间的时间结构为特点的神仙世界；远古神话、历史事迹和民间传说是仙话发展的三大源头，并分别演化出神话变形型、历史附会型和传说衍生型仙话三大系列，这种演化是遵循着宗教、道德、审美和知名的原则以及司属、授度、婚恋、仙会的整合方式；神仙思想对自由、生死、享乐的追求导致了仙话自始至终存在"成

---

① 刘守华：《道教与民俗文学》，北京燕山出版社1993年版。
② 刘守华：《道教信仰与中国民间故事类型》，《黄淮学刊》1996年第2期。
③ 刘守华：《著名仙话"仙乡奇遇"的构成与演变》，《宗教学研究》1998年第4期。

仙"与"还俗"的矛盾冲突,并衍生出修道、婚恋和济世三大主题;仙话具有宗教、艺术、科学、政治和民俗五大文化效应,其深层文化意蕴体现为"命(长生)"与"性(性爱)"的对抗与裂变,及其深层驱动力——原始母神崇拜意识;作为俗文学的仙话的这些特点与正统文学存在距离、差异乃至对立,反映了中国雅俗文化、中国文化精神和中国文人人格的二重分裂。[①] 山曼的《八仙传说与信仰》[②] 和王汉民的《八仙与中国文化》[③] 对八仙作了较为全面的研究,前者从民俗学的立场对八仙传说和八仙信仰作了较为全面的钩稽,并用大量的图像来阐释八仙信仰;后者认为八仙信仰是中国神仙文化、和合文化的产物,并从八仙与道教文化、八仙与民俗文化、八仙与中国戏曲、八仙与中国小说、八仙与古典诗词等层面作了论述。此外,顾颉刚等学者还对神话及其仙话化进行了精彩的分析。顾颉刚揭示了分别渊源于西部高原地区的昆仑神话系统和东部沿海地区的蓬莱神话系统的相互融合,然后形成新的世界及其在庄、骚中的影响的详细历程。[④] 朱越利分析了《山海经》中长生信仰、神仙、彼岸世界、仪礼与方术等四个方面的资料,证明古代神话和原始宗教是道教神学的远源。[⑤] 郑土有用史料证明了神话仙话化的历程,这一历程的外在氛围主要包括文化环境的演化、农耕文化的土壤、神仙信仰的崛起,其内在因素则是指两者都是"文学—宗教"的结合体、"想象—虚构"的产物,都具有某些相通的思维方式。[⑥]

唐前志怪小说与道教关系的研究主要体现为整体研究和个案研究。整体研究主要有如下一些论文。张兴杰指出中国小说的真正萌芽始于汉

[①] 梅新林:《仙话——神人之间的魔幻世界》,上海三联书店1995年版。
[②] 山曼:《八仙传说与信仰》,学苑出版社1995年版。
[③] 王汉民:《八仙与中国文化》,中国社会科学出版社2000年版。
[④] 顾颉刚:《〈庄子〉与〈蓬莱〉中昆仑与蓬莱两个神话系统的融合》,《中华文史论丛》1979年第2期。
[⑤] 朱越利:《从〈山海经〉看道教神学的远源》,《世界宗教研究》1989年第1期。
[⑥] 郑土有:《中国古代神话仙话化的演变轨迹》,《民间文学论坛》1992年第1期。

代，所谓晋人伪托的汉代小说实际上就是方士出于干禄的需要而创作的。[1] 吴维中认为志怪作为一种文学化的宗教活动，反映了魏晋南北朝宗教的特点和发展趋势，反映佛教和道教思想的志怪书都在集中宣扬鬼神迷信、关注人生和现世利益的获得上呈现出一致性。[2] 陈文新指出志怪小说的作者处于一种绝望的境地："在对地上的人间社会感到绝望后，继而又对天上的神仙世界感到绝望，就意味着悲剧已无可解脱"；"由人世而阴间，又由阴间而人世的辗转不已，却找不到一片略胜于人世的乐土"；只有在精怪世界面前，人们在欣赏精怪的神通和聪慧的同时，更多地拥有了对精怪的厌恶和蔑视。[3]

　　个案研究则主要集中在《十洲记》《神仙传》《汉武帝内传》等著名作品上。詹石窗根据道教经典的征引情况说明《十洲记》在隋唐之前就已经流行，产生的下限最迟也在南北朝末年；根据灵宝派神仙体系的建构情况指出"《十洲记》中天尊、大禹事当非直接承袭《灵宝五符序》，而是《度人经》先袭用了《灵宝五符序》并加以改变，《十洲记》又根据《度人经》的新编排，汲取其中资料，从而完成十洲之构想"；《十洲记》中昆仑山出现上元夫人说明编撰者可能是一个熟悉《汉武帝内传》的上清派中人，且出现于灵宝上清二派相互融合之时；作者还进一步指出该书不是单纯的地理书，而是通过模式的建造为道士提供修行仙境的新志怪，作者心目中的初步理想是地仙。[4] 宁稼雨指出《十洲记》创作于两晋间，是道教地理形成的关键所在，十洲的方位组合反映了宗教性舆图的玄密色彩，体现了道教上清系的特征，其仙药、仙真特点具有早期朴素的神仙思想的特点。[5] 王青从宗教史的角度指出

---

[1] 张兴杰：《论方士与汉代小说》，《中国古代、近代文学研究》1989年第12期。
[2] 吴维中：《志怪与魏晋南北朝宗教》，《兰州大学学报》1990年第2期。
[3] 陈文新：《魏晋南北朝小说中的仙鬼怪形象及其悲剧意蕴》，《武汉大学学报》1992年第3期。
[4] 詹石窗：《道教文学史》，上海文艺出版社1992年版。
[5] 宁稼雨：《妙笔生花的神仙世界——读道教小说〈十洲记〉》，《文史知识》2000年第2期。

直至唐以后内容上仍有变化的《神仙传》产生于汉代、结集于东汉，在具体作品的研究中，作者认为赤松子神话和王子乔神话分别是焚巫祈雨仪式和乘跷陟神仪式的神话再现。① 詹石窗根据《汉武帝内传》推崇《五岳真形图》和金丹服食推断《汉武帝内传》"最初可能是金丹派系中人根据汉代已有的《汉武故事》及《汉禁中起居注》等杂传书并拾取有关史实汇缀而成，其中葛洪可能是主要的撰写者之一，日本《见在书目》著录《汉武帝内传》为葛洪作，估计唐前当有这样的本子"。但《汉武帝内传》所反映的对房中术的冷淡、对守一术存想术的重视、西王母上元夫人以及诸侍女为上清女神等情况说明"现在所见《内传》当已经过东晋南北朝间上清派道士重新改造、充实、润饰"。"上元夫人这种男传男女传女的戒规与上清派的规定大体相同，这又进一步证明她在这里实际上还是上清派的化身，而西王母的言行则更近于金丹一系。"② 钟来因根据六朝小说和道经《真诰》中的神人之恋来印证《汉武帝内传》中的西王母与汉武帝相会为神人之恋，他考出"隐书"即指上清派教内流传的以长生求仙为目的的房中经书，指出上元夫人所授十二事的核心内容为上清派的房中术。③ 王青用道教史考证神话史，指出《汉武帝内传》中的西王母下凡会汉武帝这一传说乃是在神女降真传说背景下产生的，产生这种传说的原因乃是灵媒技法的广泛应用；《汉武帝内传》中的接神仪式、西王母服饰和服食很明显地接受了道教早期经籍的影响，其时间不会迟于宋齐年间，可以将它视为西晋末年或东晋的材料；他还钩稽上清派道士尤其是王褒等人的经历，并将《汉武帝内传》和上清派的《茅君内传》《真诰》记载作比较，指出西王母形象具体化、西王母侍女名称具体化等变化都说明《汉武帝内传》人物均以教团教徒作原型，反映的是茅山教团南渡以前的宗教活动，即上清

---

① 王青：《汉朝的本土宗教与神话》，台湾洪叶文化事业有限公司1998年版。
② 詹石窗：《道教文学史》，上海文艺出版社1992年版，第136、139、144页。
③ 钟来因：《论〈汉武帝内传〉中的人神之恋》，《东南大学学报》1999年第3期。

派的活动。关于《汉武帝内传》的作者,小南一郎认为与上清派人士密切相关,李丰楙进一步推测为王灵期,詹石窗认为是灵宝派,王青从《汉武帝内传》是一次传经仪式的实际记录这一观点出发,指出《汉武帝内传》作者一定属于同时拥有《五岳真形图》、"灵飞六甲十二事"等经籍的教派,而且作者应该熟知《消魔服食经》及《四极明科经》等经籍,排除了作者为葛洪的可能性,指出《汉武帝内传》原始作者为非茅山派嫡系的周义山之门徒,后来经过楼观道的加工和增饰。[①]

道教与唐传奇的研究也积累了相当的成果,尤其以整体研究和类型研究值得注意。前者如徐翠先探讨了唐传奇产生、发展的道教文化背景及其文体艺术定位、研究唐传奇的道教文化意蕴、道教思想在唐传奇作品中的不同表现和功能以及道教对唐传奇的艺术表现方法和思维方式的影响。[②] 胥洪泉认为道教对唐代传奇的主题思想、审美情趣、艺术想象产生了深刻影响,唐代崇道风气、作者构成以及传奇本身的特点都为这种影响的形成提供了现实土壤。值得一提的是,作者认为道教的审美情趣区别于道家的清净淡泊、清心寡欲而有着崇尚艳冶瑰丽的特点,这对唐传奇的情节描写产生了巨大的影响。[③] 纪德君认为唐代神仙小说的世界是唐人渴望长生富贵而去慕道求仙的现实景况中催生的一个欲望的世界,体现了唐代文人对生命、爱情、社会的独特思考。[④] 程国赋对唐代佛道小说的内容及其在后世的嬗变作了分析,认为唐代前期以佛教小说为盛,后期以道教小说为盛,这些小说在后世存在劝诫色彩浓郁、与儒家思想逐渐融合的嬗变特点。[⑤] 后者如,詹丹认为唐传奇中的仙妓合流构成了一种新女性的艺术形象,赋予妓女以灵致飘逸、赋予仙女血肉情感,提升了悲欢离合的格调;改变了宗教的不朽观,使得宗教故事有着

---

① 王青:《汉朝的本土宗教与神话》,台湾洪叶文化事业有限公司 1998 年版。
② 徐翠先:《唐传奇与道教文化》,中国妇女出版社 2000 年版。
③ 胥洪泉:《论道教对唐代传奇创作的影响》,《四川师范大学学报》1990 年第 4 期。
④ 纪德君:《从神仙小说看唐代文人的精神世界》,《海南大学学报》1994 年第 4 期。
⑤ 程国赋:《论唐代佛道小说及其嬗变》,《汉中师范学院学报》1995 年第 4 期。

"情执"的内容，其感情不朽观与事功不朽观的对立构成了唐代士大夫人生哲学新趋势的基本内容。① 路云亭指出唐代豪侠小说所弥漫的阴性、静谧、神秘的情愫和阴柔与恬静、洒脱与空灵、玄虚与缥缈的审美情趣跟道教文化密切相关。②

道教与宋元明清文言小说的研究只有一篇重要论文，那就是刘敬圻的《〈聊斋志异〉宗教现象解读》，该文对《聊斋志异》的四种芜杂的宗教现象、两大宗教模式及其儒教指向作了分析。③

道教与古代白话小说的研究集中在两个层面，一为从整体上把握道教与白话小说的关系，二为从个案上探讨道教与明清经典小说的关系，神魔小说的其他作品虽然有人探讨，但从宗教学角度立论的论著并不多见。

关于道教与白话小说的整体研究主要涉及三个方面，一为道教与神魔小说的关系。徐振贵指出，道教的人生观决定了神魔小说的主题，神魔小说将动物、神魔和人的属性融为一体而具有了独特的民族风格，歌颂追求长生不死以及为此所进行的顽强斗争，所表现的坚强不屈的斗争精神，是道教对神魔小说的最积极也是最重要的影响。④ 莫其逊指出道教使得神魔小说人物形象的塑造和故事情节的虚构上充满着浪漫主义色彩，其人物形象善恶贤愚各不相同但主要形象往往寄托了作者的思想感情和内心渴望，其创作目的或有意识地宣扬道教或借神仙传达感情或反映现实生活，其创作倾向则包含着反封建或维护封建正统思想两个方面。⑤

二为明清小说的道教内涵。潘建国指出明清小说的性描写所涉及的

---

① 詹丹：《仙妓合流的文化意蕴——唐代爱情传奇片论》，《社会科学战线》1992 年第 3 期。
② 路云亭：《道教与唐代豪侠小说》，《晋阳学刊》1994 年第 4 期。
③ 刘敬圻：《〈聊斋志异〉宗教现象解读》，《文学评论》1997 年第 5 期。
④ 徐振贵：《试论道教对明代神魔小说的影响》，《齐鲁学刊》1980 年第 6 期。
⑤ 莫其逊：《道教与明清神魔小说》，《学术论坛》1993 年第 4 期。

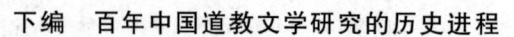

典故和术语都和道教人物、道教房中术密切相关。① 王立从主题学的角度指出道教经典崇拜杂糅了神话、历史与传说中的英雄盛事，建构了天书母题的原型系统，这种原型以政治意识形态的方式出现于古代通俗小说中，对作品形象的塑造、情节的展开以及"惩恶扬善"教训意旨的表达有着几乎不可替代的特殊作用。② 苟波指出，神魔小说受宋元以来道教的影响详细介绍内丹的操作原理和过程、强调内丹的同时也把服食作为辅助手段；神魔小说所反映的"济世"与"修道"的相融、利己与利他的一致是宋元以来道教伦理世俗化的重要标志；神魔小说的空间结构描写与道教宇宙图式有直接关系，且与道经出世神话有同构关系；神魔的超凡能力来自道教法术，且体现宋元以来以内炼为法术之本的思想。③

三为道教与世俗的互动关系。胡胜指出明清神魔小说的创作思想主要体现为托神魔以刺世、借鬼怪以劝惩、以戏言寓诸幻笔和现民众间巷间意四类。④ 皋于厚指出神魔小说在侈谈怪异、阐扬佛道的同时描写社会百态反映世俗生活情趣，隐晦曲折地批判弊政陋风，寄寓作者拯世济民的人生理想和重建社会秩序的主张。⑤ 苟波强调道教的世俗化进程和神魔小说的世俗背景："济世"主题既是世俗伦理的内容也是道教宗教伦理强调的重点，神魔小说不以道教仙系的三清为尊而以玉皇大帝为尊，将佛教菩萨视为天界神仙的神佛合一现实，实际上反映了宋元以来道教的发展趋势和世俗社会的宗教观念，神魔的道德内涵体现了世俗道德的需求，因而世俗色彩厚宗教色彩弱。⑥

《封神演义》所反映的道教神灵和教派斗争得到学术界的关注。张

---

① 潘建国：《道教房中文化与明清小说中的性描写》，《明清小说研究》1997年第3期。
② 王立：《道教与中国古代通俗小说中的天书》，《东南大学学报》2000年第2期。
③ 苟波：《道教与神魔小说》，巴蜀书社1999年版。
④ 胡胜：《明清神魔小说创作思想试论》，《辽宁大学学报》2000年第5期。
⑤ 皋于厚：《神魔小说的世俗化倾向与入世情结》，《学海》2000年第4期。
⑥ 苟波：《道教与神魔小说》，巴蜀书社1999年版。

政烺率先对《封神演义》的成书经过作了交代，然后对书中主要的道教神灵进行了考证。[1] 封苇认为该书作者可能是下层宗派的成员，其攻击的对象是主流教派，他还联系作品推崇西方清净之教的情节进一步推测该书作者是一个弃道归佛的人。[2] 陈辽指出《封神演义》是宣扬道教教派的长篇小说，小说中的阐教、截教以及西方的那个未提到名字的教派都是道教，阐教、截教之争反映了道教南北宗之争、天师道与全真教之争、符箓派与丹鼎派之争。[3] 潘百齐、刘亮认为《封神演义》的道教文化涵蕴体现在道教观念的渗透、宗教故事宗教人物的描述、神仙思想神仙系统的建构和教派合作教派斗争思想的展示等层面。[4] 马焯荣认为《封神演义》里的阐教是明代现实生活中的正统道教——天师道的化身，而由杂牌炼气士和自然精怪组成的截教显然是影射明代现实生活中的武当道自然派；《北游记》与《封神演义》唱对台戏，显示了为明代现实中的武当道自然派张目的用意。[5]

当学者们逐渐从意识形态话语中挣脱出来，《红楼梦》的宗教内涵也得到客观清理。陶秋英不厌其烦地罗列材料旨在说明《红楼梦》中存在佛道杂糅思想、道家思想、道教与术数观念习俗的影响。[6] 文克平将《红楼梦》中的宗教人物分为三种形态：一类为茫茫大士、渺渺真人、空空道人、警幻仙姑等非现实境界中的具有象征意义且体现作者意图的人物，一类为甄士隐、柳湘莲等看破红尘的出家人，一类为道无道释莫释到处行骗的世俗宗教人物，他们给本已十分龌龊的社会增加了一抹污痕。[7] 魏崇新指出《红楼梦》中的神话系统隐含着人从何处来到何

---

[1] 张政烺：《〈封神演义〉漫谈》，《世界宗教研究》1982年第4期。
[2] 封苇：《〈封神演义〉谈》，《中国古代、近代文学研究》1984年第14期。
[3] 陈辽：《道教和〈封神演义〉》，《吉林大学学报》1987年第5期。
[4] 潘百齐、刘亮：《论〈封神演义〉的道教文化涵蕴》，《明清小说研究》2000年第2期。
[5] 马焯荣：《中西宗教与文学》，岳麓书社1991年版。
[6] 陶秋英：《〈红楼梦〉中的佛道思想》，《文献》1983年第15期。
[7] 文克平：《道无道释莫释——谈谈〈红楼梦〉中的道士僧人》，《红楼梦学刊》1990年第4辑。

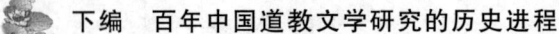

处去、人生价值何在的哲学命题，曹雪芹运用这种神话叙事程序作为《红楼梦》的深层结构将人生悲剧、家族兴衰、世事沧桑、社会循环等内容包含在小说中用以探索人生的意义。①崔小敬指出《西游记》与《红楼梦》对石头原型的神话重构尽管有着不同的结构模式和叙述原则，一指向修成正果的天路历程，一指向彻悟情缘的尘世历劫；一诙谐俗熟，一雅正端庄；但在终极的意义旨归上，神话又都成为作者个人心灵的象征语言，成为对有限生命存在状态的寓言表述。②对《红楼梦》的哲学精神和美学意蕴研究得最为透彻的是梅新林。梅新林根据入俗与出俗的不同、形体与精神的不同、法术与哲理的不同指出《红楼梦》中的宗教人物可以分为两类，一类以法术为器以谋生为作者所否定，一类以哲理为旨归以宗教之至善关注人生、反思人生为作者所肯定，因此他认为《红楼梦》中的佛道宗教主要体现为一种宗教哲理、宗教情怀、宗教境界，是形而下向形而上的升华与超越。在具体的论述过程中，作者分析了佛道二教宗教信仰、悟道方式的差异及其在《红楼梦》中的体现，指出《红楼梦》的悟道模式及其宗教哲学以道教哲学为主以道教梦幻观为核心。这篇文章可以看作其专著的总纲。③《红楼梦的哲学精神》借鉴原型批评、结构主义和解构主义方法复原了《红楼梦》的本然结构即神话原型结构，认为石头的生命循环三部曲以及蕴含于其中的思凡、悟道、游仙三重复合模式都是神话原型，蕴含着儒、佛、道家哲学旨归，它们都经《周易》阴阳哲学的复合而有了阴阳悖论的形而上学意味，并使《红楼梦》确立了"对立幻影"符号分形、循环易位、本体象征等艺术法则；其主题由贵族家族的挽歌向尘世生命的挽歌再向生命之美的挽歌不断超越，最后通过天道之命与人道之情的两相悖裂的矛盾运动及其之于人类悲剧命运终极旨归的深

---

① 魏崇新：《〈红楼梦〉的神话哲学与叙事程序》，《徐州师范学院学报》1996年第2期。
② 崔小敬：《石头的天路历程与尘世历劫——〈西游记〉与〈红楼梦〉石头原型的文化阐释》，《红楼梦学刊》2000年第2辑。
③ 梅新林：《〈红楼梦〉宗教精神新探》，《学术研究》1996年第1期。

刻思辨而获得了永恒魅力。①

　　《西游记》的宗教学研究是专题研究中的一个重点。张乘健考证了《西游记》成书过程中在佛教主干上所渗入的道教影响，论及道教思想在《西游记》里所留下的印记以及小说作者以文学的自觉意识对宗教观念的改造。② 徐朔方在介绍柳存仁《全真教和小说西游记》一文的基础上，指出《西游记》作者引用全真教韵文时并没有如柳教授所说的那样尽量道教化而是恰恰相反，并认为柳教授关于百回本之前存在全真教本子的小说《西游记》的推测是子虚乌有的主观臆测。③ 萧相恺认为《西游记》中的宗教文化描写充满着随意性，虽然包含了儒释道三家的宗教文化因子，但是实在又哪种纯宗教文化也不是，甚至也谈不上什么互补，用哪种纯宗教文化去套《西游记》都难免削足适履之讥。④ 王国光《西游记别论》对小说中的道教内丹学作了极为精彩的研究。⑤ 徐传武认为五行思想贯穿《西游记》全书，其最突出的是以取经集团的"五众以配五行"，并结合具体情节进行了详赡的剖析。⑥ 陈金宽指出《西游记》不少故事意象构思来源于修行过程身心变化之现象，认为学术界以往只利用佛教资料关注了心性方面的变化而未利用道教资料关注生理方面的变化。⑦ 苟波指出八十一难是受谪仙人成仙了道的一种考验，小说大量存在的内丹思想蕴含着一个"修道成仙"的主题，道教的法术、道教"去欲就善"的思想构成了小说人物如孙悟空的"超凡能力"和宗教象征。⑧ 李安纲有《苦海与极乐——〈西游记〉奥义》《西游记新评新校》先后出版、主编《西游记文化学刊》和一系列论文发表。《苦海与极乐——〈西游

---

① 梅新林：《红楼梦的哲学精神》，学林出版社1995年版。
② 张乘健：《略论〈西游记〉与道教》，《河南大学学报》1997年第6期。
③ 徐朔方：《评〈全真教和小说西游记〉》，《文学遗产》1993年第6期。
④ 萧相恺：《〈西游记〉宗教文化的随意性》，《明清小说研究》1999年第4期。
⑤ 王国光：《西游记别论》，学林出版社1990年版。
⑥ 徐传武：《试谈〈西游记〉的五行说思想》，《中国古代、近代文学研究》1990年第7期。
⑦ 陈金宽：《〈西游记〉宗教修行内景探微》，《郑州大学学报》1998年第2期。
⑧ 苟波：《试谈〈西游记〉的道教内涵》，《宗教学研究》1999年第4期。

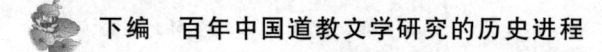

记〉奥义》对《西游记》的主题、人物、结构作了研究,其主题论从儒释道文化和人体文化的角度切入,研究了《西游记》的人生观、宇宙观、天人观和性命观;其人物论指出孙悟空、猪八戒和沙和尚分别代表精气神,精气神分藏于心肾脾三脏(藏)而构成"唐三藏",故唐三藏的西天取经过程实际上就是这精气神、心肾脾三者合一的过程;其结构论指出《西游记》第一回是按照十二辟卦来安排的,八十一难的文化原型为《还源篇》,孙悟空成长修炼的文化原型是《大丹直指》。① 另外,他指出《西游记》的作者引用、化用前代金丹学大师的诗词韵文乃至自己创作金丹学诗词来表现作品的金丹学主旨。②

《水浒传》《金瓶梅》等小说中的宗教内涵也引起了研究者的重视。黄毓文认为《水浒传》崇道废佛的立场十分明显,作者为了崇道把好汉们塑造成驱除宋朝祸殃的神团体系——天罡地煞,并抬高了公孙胜、宋江等人的地位,这和宋明时期道教的繁盛发展以及作者是个道家意识浓厚的文人是密切相关的。③ 邢东田分析了《水浒传》两类谶言(预示国家大事历史进程,预示重要人物命运前途),认为对这类谶言的研究有助于对进一步拓展和深化中国神秘文化的研究起到抛砖引玉的作用。④ 王尧对《金瓶梅》中的金兰拜盟、寄名佑子、命相占卜、疗病驱鬼和水火炼度等五大类斋醮场面作了分析,指出该书作者非常熟悉道教正一派在民间的法事活动,且在一定程度上具有虔诚的信仰,这也体现了嘉靖皇帝崇信道教的社会影响,因此作者为嘉靖大名士说值得重视。⑤ 田秉锷通过对宗教人物行事的梳理对小说中王姑子、薛姑子、胡僧代表的"性",道坚、普静、韩爱姐代表的"空"和潘道士等人代表

---

① 李安纲:《苦海与极乐——〈西游记〉奥义》,东方出版社1995年版。
② 李安纲:《论〈西游记〉诗词韵文的金丹学主旨》,《晋阳学刊》1996年第3期。
③ 黄毓文:《论〈水浒传〉崇道抑佛的倾向及产生的根源》,《北华大学学报》(社会科学版)1990年第1期。
④ 邢东田:《〈水浒传〉谶言初探》,《世界宗教研究》1999年第3期。
⑤ 王尧:《〈金瓶梅〉与明代道教活动》,《道家文化研究》(第7辑),上海古籍出版社1995年版。

的"道"进行了阐释,认为"在宗教之外才能体味宗教的大慈大悲,在世俗之上才能反观世俗的大红大紫",极富哲理性。①孔繁华对《金瓶梅》中的宗教观念、宗教故事、宗教术数、宗教意识作了勾勒,认为因果报应的叙事模式构成了《金瓶梅》形式美的重要特征。②李峻锷指出《绿野仙踪》"对道教宗教思想、教义和教仪等一整套宗教内容,用形象进行宣传,其完整性、详尽性、狂热性,在我国古代其他文学作品中是少见的,所以我们不得不认为《绿野仙踪》是一部不折不扣的道教宗教小说。这部小说的产生和作者一生坎坷而变成狂热的道教徒以及当时的社会现实有关。③朱越利通过小说来研究宗教生存状态,指出清代盛世正统士人以程朱理学为安身立命之本,大多数士人对佛道采取居高临下、排斥异端的严厉态度,少数士人继续利用佛道教的通俗神学作为向下层民众施行教化的补充,不过几乎所有的士人都对融入风俗习惯的佛道教活动采取宽容态度。④

（三）道教与戏剧研究

道教与戏剧的研究集中探讨了戏剧起源、道教戏剧发展、元代神仙道化剧、明清经典戏剧与道教的关系,除了前面提到的专著外,还有一批代表性论文值得关注。

学者们利用文本文献和田野调查资料探讨戏曲和原始宗教原始巫术及其发展形态——道教的关系。任半塘认为孟郊《列仙文》所托故事就是晋朝魏夫人得道飞升的始末,是演故事、有情节、有一定歌者的唱辞,推论唱辞是伶人或教坊为演出需要而求孟郊所作。⑤郭英德《世俗

---

① 田秉锷:《〈金瓶梅〉佛道人性论》,《徐州师范学院学报》1994年第2期。
② 孔繁华:《〈金瓶梅〉与宗教》,《徐州师范大学学报》1999年第1期。
③ 李峻锷:《道教文学作品〈绿野仙踪〉浅析》,《上海师范大学学报》1999年第28卷。
④ 朱越利:《〈歧路灯〉展示的清代盛世士人对三教的态度》,《世界宗教研究》1996年第3期。
⑤ 任半塘:《孟郊〈列仙文〉究竟是什么"文"——唐代道家的一本戏文》,《学术月刊》1983年第3期。

下编　百年中国道教文学研究的历史进程

的祭礼》上编指出中国古代戏曲起源于上古宗教祭祀活动、中古民间娱神活动，前者或流布入礼乐仪式，或萎缩为原始状态，后者尤其是其中的迎神赛社成了戏曲起源的最主要的动源。周育德指出中国的原始宗教以及儒道释三教对中国戏曲的源头、胚胎、雏形和诞生产生了重要的作用，又利用被称为活化石的地方戏证明中国戏曲"在宗教文化中孕育，在宗教仪式中脱胎，进而成为一种独立的戏剧艺术形式"。[①] 朱越利在《道藏分类解题》的文学类中专列"戏剧（科仪）"一目，其依据是"道场是宗教活动，也是布景、绘画、服饰、音乐、舞蹈、唱颂等综合艺术，不仅有繁复的程序，而且有人物和情节。清初曾称道场'竟同优戏'。科仪著作可视为道场的脚本，列于本类"。[②] 郑传寅认为戏曲并非导源于宗教；但认为"戏曲文化在创生起源过程中融进了宗教仪式的某些成分"，因而可"视宗教仪式为戏曲文化多元'血统'中的一元"。[③]

关于道教戏曲发展的探讨主要集中在道教活动与戏曲活动的关系、道教戏曲的创作两个方面。王兆乾对戏神作了考察，指出巫觋尊灌口二郎神为川主，道教进一步奉他为"清源妙道真君"，并将他换为赵昱以依附人间帝王，后来又依附天帝而成为玉帝的外甥杨戬；他还用地方戏曲史料说明了二郎神由祭祀歌舞走向戏曲舞台的历程。[④] 詹石窗利用道教文献指出戏神二郎神由李冰父子变为赵昱，体现了二郎神的彻底道教化，享有梨园行业香火的"相公"与"老郎"神也是在道教思想的支配下产生的。[⑤] 周育德研究了宗教精神在戏曲活动中的渗透，谈到了宗教性的戏剧节、戏神的诞生、戏神之祭等戏剧活动。[⑥] 至于道教戏

[①] 郭英德：《世俗的祭礼》，国际文化出版公司1988年版。
[②] 朱越利：《道藏分类解题》，华夏出版社1996年版，第161页。
[③] 郑传寅：《中国戏曲文化概论》，武汉大学出版社1993年版，第64页。
[④] 王兆乾：《戏曲祖师二郎神考》，《中华戏曲》1986年第2期。
[⑤] 詹石窗：《道教与戏剧》，台湾文津出版社1997年版。
[⑥] 周育德：《中国戏曲与中国宗教》，中国戏剧出版社1990年版。

剧的创作，则有詹石窗对元明清的道教戏剧以及受道教影响的戏剧进行了研究。①

"道教与元代戏曲"的专题研究主要聚焦于马致远的神仙道化剧研究和元代神仙道化剧的整体研究。侯光复指出，元前期曲家与全真师、元曲创作与全真教之间存在紧密的联系，而形成这种联系的根本原因并不是文人的厌世情绪而是全真教自身具备了足以被曲家接受甚至喜爱的素质②；神仙道化剧的人物、情节和思想观点都和全真教密切相关，半数以上的作品是根据全真教的传说构置而成，其他作品所采取的基本情节形式却显系套用全真教传说的模式，是全真教的宇宙观、人生观和禁条戒律、修持方法的体现③。神仙道化剧通过形象表现出来的思想倾向主要不是宗教的出世思想，而是现实的批判精神，前期作品中的人物交织着恋世与愤世复杂因素的现实批判精神，中后期作品宗教色彩加强但还是反映了当时的社会现实。④ 么书仪认为元代"神仙道化"戏不仅不是一般的宗教宣传品，实际上是社会剧：这些作品不仅直接或间接反映了当时的社会现实，更重要的是这些作品中道化和隐逸以及道士、文士和隐士相混融的现象使作品更具有当时的现实生活内容；元代知识分子的强烈苦闷和绝望的思想情绪、应运而生的为知识分子树立信仰提供退路的全真教以及元代的山林隐逸风气是造成这种现象的三大原因；元代神仙道化戏后期作品反映的社会矛盾和现实生活越来越淡薄、概念化倾向明显、宗教说教增加、隐逸思想削弱、感情由激愤痛苦变为平淡冷漠，这跟后期知识分子、作家的地位和全真教性质的变迁有密切的关系。⑤ 吴新雷认为马致远的神仙道化剧是道教文学作品，并给度脱剧

---

① 詹石窗：《道教与戏剧》，台湾文津出版社 1997 年版。
② 侯光复：《元前期曲坛与全真教》，《文学遗产》1988 年第 5 期。
③ 侯光复：《谈元代神仙道化剧与全真教联系的问题》，《中华戏曲》（第 1 辑），山西人民出版社 1986 年版。
④ 侯光复：《神仙道化剧与元代社会》，载王季思等《中国古代戏曲论集》，中国展望出版社 1986 年版。
⑤ 么书仪：《元杂剧中的"神仙道化"戏》，《文学遗产》1980 年第 3 期。

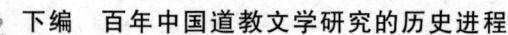

下了一个定义:"所谓度脱,就是神仙向凡人说法,解脱人世间'酒色才气''人我是非'及'富贵名利'等烦恼罪恶,点化迷津,使之顿悟红尘之非而归于正道,成为神仙。度脱是道教教义的一个重要部分,其来源是袭取佛家禅宗的学说,再加上阴阳迷信之术附会而成。'度脱剧'便是以道教经典中编造出来的这类故事为题材的。"① 庆振轩认为,释道剧是典型的综合性的宗教文学,大力宣传释道教义和戒律,倡导的宗教道德和社会伦理具有一致性;戏曲人物大多是释道传说中的人物,戏剧故事多是奇幻的宗教故事、传说故事和劝善惩恶故事,其曲白也都具有宗教语言特色。② 刘水云分析了度脱剧的梦幻类型,认为其基本模式是仙境与尘世的二元对立,而隐藏其中的是生与死的深层结构,通过"梦喻人生""梦观人生"的方式表达了对永恒、自由、快乐的向往,度脱剧的梦幻带有全真教的色彩,具有超越时空的一面,又具有浓郁的现实性和理性色彩。③ 苟波认为神仙道化剧人物形象设计、情节安排以及戏剧观念产生了重大影响:有些故事是直接以民间流传的道教传说或故事为依据创作的,是依照道教故事的共同模式和基本特征来再创作的;宣扬仙隐合一、禁欲思想和厌世思想,对七情六欲、对家庭、夫妻关系的严厉态度是全真教极端化的禁欲主义的特征。④ 翁敏华指出《桃花女》杂剧是文艺和民俗结合的产儿,展现了完整的中世婚俗及其他民俗,这些民俗带有远古巫傩色彩。⑤ 阙真分析了元杂剧中隐逸思想的表现:否定现实,流露出绝尘避世的思想;咏唱隐逸生活,表达倾心自由的情感;安排被度脱者最终都觉悟的结局,暗示超世出尘成为大多数人

---

① 吴新雷:《也谈马致远的"神仙道化"剧》,《中华戏曲》1986 年第 1 辑。
② 庆振轩:《元代释、道剧初探》,《兰州大学学报》1990 年第 1 期。
③ 刘水云:《浅谈元杂剧"神仙道化剧"中"度脱剧"之梦幻》,《南京师大学报》1997 年第 2 期。
④ 苟波:《"神仙道化剧"中的仙踪道影》,《宗教学研究》1998 年第 4 期。
⑤ 翁敏华:《论〈桃花女〉杂剧及其蕴涵的"桃木辟邪"意象》,《上海师范大学学报》1999 年第 6 期。

的选择。①

　　道教与明清戏曲的关系颇为复杂，但专题研究主要集中探讨了汤显祖、孔尚任等少数人的作品。饶龙隼认为汤显祖前"二梦"向外积极反映现实生活的观念，"情在理亡"；后"二梦"向内专注于实现自我人格，禅寂之意，绝想澄清。② 周育德对汤显祖的宗教实践、宗教著述与宗教意识及其思想上的矛盾作了实事求是的研究，体现了作者对研究对象的同情和了解。③ 张乘健认为《桃花扇》的纲领是儒教和道教，是一篇形象的"过明论"，体现了作者"对士大夫阶层的失望和对儒教的反省"，因而"寄希望于下层，以道教为逋逃薮"。④ 张松辉指出《桃花扇》不仅把整个故事情节镶嵌在道教的框架之中，而且把道教看作所有人物的归宿，同时还宣扬了真假齐同、人生如梦的思想，使整个故事笼罩了浓郁的宗教色彩。⑤ 刘继保认为《长生殿》在描写了杨李爱情之后，用色空观否定情欲，用道教的度脱模式让主人公悟道，从而完成了"历情—补恨—忏悔—悟道"的生命历程，使作品的主题拥有了强烈的宗教哲学意味。⑥ 毛小雨指出净明道中的两个重要人物都与戏剧有联系，"通过对黄元吉其人及其剧作的研究，可以填补撰写戏曲史对此人身份不明的空白；而对朱权剧作的爬梳，可以清理朱权本人的思想脉络"。⑦

（四）道教音乐与道教说唱研究

　　道教音乐和道教说唱（道情和宝卷）也是学术界比较关注的一个领域。任半塘探讨戏剧的形成时多次涉及道教音乐和道教戏剧，《唐戏

---

① 阙真：《论元杂剧的隐逸思想》，《东方丛刊》1998年第3期。
② 饶龙隼：《论汤显祖的二重文学观》，《江西社会科学》1991年第1期。
③ 周育德：《汤显祖论稿》，文化艺术出版社1991年版。
④ 张乘健：《〈桃花扇〉发微》，《文学遗产》1984年第4期。
⑤ 张松辉：《谈〈桃花扇〉中的道家道教思想》，《宗教学研究》2000年第4期。
⑥ 刘继保：《补恨与悟道：谈〈长生殿〉的宗教意味》，《天中学刊》1998年第6期。
⑦ 毛小雨：《净明道与戏曲》，《文学遗产》2000年第1期。

弄》收集到了大量的道教音乐资料。丘琼荪《燕乐探微》中也有"法曲考"一章。① 王小盾对道教科仪音乐的渊源和产生过程作了全面的考察，认为它根据建立独立而统一的道教教团的需要对各方面文化因素都有所吸收；其音乐素材来自古代雅乐和房事琴歌，吟诵声法和斋官制度模仿佛教的梵呗转读，叩齿、咽液、存思等修行节目承自古代神仙术，禹步、礼斗、礼太一等祭祀方式脱胎于古代巫术；道教音乐的仪式化过程体现为通神、宣化、养生、遣欲等功能次第转型的过程，早期道教音乐品种也是依次出现的，由祭神音乐而仙歌而诵经音乐而赞道音乐。② 他还对唐代的67支道曲的创制和功能作了详细的考辨，认为道曲是产生于唐高宗时期，兴盛于开元、天宝时期的道教音乐品种，主要用于祭献道教宫观的仪式和宫廷的宴飨活动，是一批器乐性、艺术性的音乐，道调则是专用于道曲的宫调，即雅乐律林钟均上的宫调式。③ 关于道情，刘光民最早对其起源、发展演变以及体制、特点作了分析。④ 詹石窗探讨了道情的由来与体式，并对张三丰《道情》、郑板桥《道情》《珍珠塔》中的道情的内容和艺术特色作了分析。⑤ 于天池、李书对郑板桥《道情》的创作、传播、版本和内容作了介绍。⑥ 陈泳超指出徐灵胎对道情曲体颇有研究，找到了道情的初始音律，其《洄溪道情》包括警世、闲游、应酬三部分，都能够以道情为诗歌却"总不离于见道者之语"，融生活感慨和道气于一体，称得上第一部抒情性道情专集。⑦ 武艺民以毕生之精力对全国的道情艺术进行了田野调查，用田野文献和文本文献相参证的办法完成《中国道情艺术概论》，对道情的发展演

---

① 丘琼荪：《燕乐探微》，上海古籍出版社1989年版。
② 王小盾：《早期道教的音乐与仪轨》，载《中国早期艺术与宗教》，东方出版中心1998年版。
③ 王小盾：《唐代的道曲和道调》，载《中国早期艺术与宗教》，东方出版中心1998年版。
④ 刘光民：《说道情》，《文史知识》编辑部编《道教与传统文化》，中华书局1992年版。
⑤ 詹石窗：《道情考论》，《宗教学研究》1996年第4期。
⑥ 于天池、李书：《说板桥〈道情〉》，《文献》1998年第2期。
⑦ 陈泳超：《徐灵胎〈洄溪道情〉》，《苏州大学学报》1998年第1期。

变、体制特征、音乐形态、演出状况作了详尽的分析，厘清了道情艺术史上的许多谜团。比如，他厘清了法曲道情和俗曲道情的历史分野与它们之间的内在联系；找到了俗曲道情"一经二韵三道情"的系统性演变规律。① 马西沙梳理了宝卷的发展历程，对宝卷中存在的道教炼养思想进行了详尽的分析，最后还从形成过程、思想体系和哲学观念三个层面研究了宝卷和道教炼养思想的异同。②

四 小结

从上述颇富戏剧性的研究历程的回顾中，我们发现20世纪的中国道教文学研究实际上就是20世纪学术理念和研究范式变迁的一个缩影：学术研究的历史进程在近半个世纪内成了意识形态的建构、消解过程，成了文化理想的建构过程，经典的确立和阐释过程成了权利话语建构的过程，民国学者创建的学术范式、倡导的学术理想直到90年代才得到恢复，这样一种曲折的历程严重干扰了学术的薪火传承，严重地影响了专题研究的广度和深度。

中国道教文学这一专题研究是一个边缘性、交叉性的课题，拥有无限广阔的阐释空间和研究维度；可是由于意识形态的强行介入而遮蔽了研究者的视野，相关的研究仅仅局限于少数经典作家作品上，一些具有史论特点的论著也由于基本的道教文学文献没有得到有效清理而在整个论述过程中以个案的分析代替整体的把握，甚至由于缺乏充分的个案研究而有待于深化；值得庆幸的是20世纪90年代开始的对道教文学理论的探索和文献学、宗教学、宗教诗学的研究维度已经使专题研究有了新的进展。

中国道教文学这一专题研究作为一个交叉课题，需要研究者从文学史、道教史乃至文化史相结合、宗教学和文艺学相结合的角度进行研

---

① 武艺民：《中国道情艺术概论》，山西古籍出版社1997年版。
② 马西沙：《宝卷与道教的炼养思想》，《世界宗教研究》1994年第3期。

究,用以达到对文本的还原解读,从而在厘清基本事实和文本蕴含的基础上进行理论建构。可是,长期以来,研究者宗教理论和道教知识的匮乏严重影响了专题研究的深入:除了引用人类学的艺术起源论和马克思、恩格斯关于宗教的极"左"论述外,我们从专题研究史中所看到的其他的宗教理论并不多;除了少数几位专家外,大部分研究者对道教的知识和理论所知不多。这就严重影响了他们对有关史实的判断和解读,也导致了无数认识上的盲点,更为严重的是影响了研究者对这些作品艺术特点的把握,道教文学作品所反映的民族精神没有得到有效的挖掘,民族诗学的建构也处于尝试阶段。

中国道教文学的专题研究尽管已经走过了一个世纪,但由于意识形态的干扰,这一专题的研究仍然存在盲区。比如,道教文学文献的整理几乎是一片空白,宗教题画诗等题材也无人问津,金元明清道教徒的文学创作也没有引起研究者的兴趣,道教文学对人生的安顿、道教文学对人生的治疗意义也没有引起足够的重视,道教思维方式对文学创作的意义也不见有厚重的研究论著发表。凡此种种,都需要引起学界的关注。

20世纪的中国道教文学研究尽管存在这样那样的不足,但其探索和奠基之功是值得肯定的。正是有了这批学者的不懈努力,21世纪的相关研究才获得了长足的进展。

域外中国道教文学研究史论

域外学界对中国道教文学的翻译和研究已经有一百年的历史了,但是取得突破性进展还是近三十年来的事情。20 世纪 50 年代,域外学术界还在使用西方的宗教观坚持认为中国没有宗教,直到 70 年代,才有学者认为中国存在自身的宗教[1]。这样一种学术理念影响到学者对中国宗教文学的理解,他们一直认为中国文学缺乏"宗教启发性问题"[2],80 年代美国一部权威中国文学作品选依然认为中国文学缺乏超越性[3]。随着西方学者对中国宗教研究的深入,他们一方面批评界限分明的学术分工阻碍了学术界对道教文学的观照,另一方面又批评西方的宗教观、文学观无法发现中国宗教文学的特质,开始关注中国道教文学自身的发展传统,中国道教文学研究由此走向深入,以致西方近年出版的两部中国文学史——《哥伦比亚中国文学史》《剑桥中国文学史》均拿出相当

---

[1] Maurice Freedman, "On the Sociological Study of Chinese Religion", In *Religion and Ritual in Chinese Society*, edited by Arthur P. Wolf, Stanford: Stanford University Press, 1974, pp. 19 – 41.

[2] 如 1959 年出版《楚辞》英译本、1964 年开始英译《红楼梦》的戴维·霍克斯就指出:"如果我们检讨我们文学与中国文学难以并置而论的发展过程,我们会发现其中最显著的不同,是缺乏'宗教启发性'的问题……常人泛论中国文学,或因此而涉及中国社会时,多用'世俗性'一词加以描述。"David Hawkes, "Literature", in *The Legacy of China*, ed. Raymond Dawson, Oxford: Clarencon Press, 1964, pp. 86 – 87。

[3] 如沃森在《哥伦比亚大学中国诗词选》导言中指出:"大体而言,中国诗词表现出来的传统态度,大多出之以不凡的人本精神与常识感,鲜少触及超自然的层面,遑论敢于幻想与修辞上耽迷于放纵的翱游。" *The Columbia Book of Chinese Poetry: From Early Times to the Thirteenth Century*, trans. and ed. Burton Watson, New York: Columbia University Press, 1984, p. 3。

下编　百年中国道教文学研究的历史进程

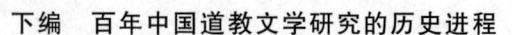

篇幅论述中国道教文学。① 反观国内，百年来产生的四百多部《中国文学史》，没有一部关注过道教文学。他山之石可以攻玉，我们有必要将域外的学术成果介绍给国内学术界，以推进中国道教文学研究和中国文学史书写进程。由于域外中国道教文学研究涉及的语种和国家太多，域外相关学者又无一专门治中国道教文学者，笔者无力全面综述此一发展进程，只能就笔者能看到、能看懂的相关论著加以述评，重点聚焦于研究思路和研究视野，期望能对中国学者有所启迪。挂一漏万，在所难免。②

一　先秦两汉宗教祭祀与文本生成研究

正如道教起源要追溯到先秦两汉宗教祭祀，道教文学的起源也同样需要追溯到先秦两汉的文本。在这个领域，域外学术界关注的是先秦两汉宗教祭祀与文本的内在关联性。在他们看来，任何文学乃至任何文本的产生均要追溯到先秦两汉的宗教祭祀和宗教仪式。在这一点上，学者们似乎一致认同文艺的宗教起源说，韦利和藤野岩友的楚辞研究、葛兰言的诗经研究、张光直和艾兰的商周神话研究、柯马丁的仪式与文本研究、巫鸿的图像与神话研究，均体现了这一特色。

关于中国古代宗教与神话，西方学者用神话理论加以观察时认为中国没有神话故事，马伯乐等人都将其归因于文人学士的理性思索和对神话中无理性特征的抑制。例如，马伯乐用远古文献和人类学田野调查文献相结合的办法，分析了太阳神话、洪水神话、重黎绝地天通神话，认为尧舜及其臣子的历史记载都是上古创世神话被历史化的结果，他称之

---

① Victor H. Mair, Edited, *The Columbia History of Chinese Literature*, New York: Columbia University Press, 2001. Kang-I Sun chang, Stephen Owen, Edited, *The Cambridge History of Chinese Literature*, Cambridge: Cambridge University Press, 2010.

② 读者欲了解此一领域的详细情形，请参阅即将出版的《中国宗教文学研究述评》（吴光正主编）、《域外中国道教文学研究论文选》（吴光正、李松主编）、《欧美学者论中国道教文学》（吴光正、陈伟强主编）、《日本学者论中国道教文学》（吴光正、土屋昌明主编）。本文的写作要感谢所有支持、参与以上四书编撰的学者。

为历史即神话论。① 但也有学者如葛兰言受神话是祭祀延伸出来的理论的影响，试图重建与古代神话传说相关的祭祀仪式和舞蹈。②

中国古代宗教与神话的研究在考古学的伟大成就的推动下获得了突破性进展，这些进展让学界重新界定中国神话、艺术的概念与内涵。张光直认为中国古代的文字和神话都是宗教祭祀的产物，古代中国的艺术与神话和政治有着不解之缘。他指出，"中国文明的起源，其关键是政治权威的兴起与发展。而政治权力的取得，主要依靠道德、宗教、垄断稀有资源等手段，其中最重要的是对天地人神沟通手段的独占。中国古代文明有一个重要观念：把世界分为截然分离的两个层次，如天与地、人与神、生者与死者。上天和祖先是知识和权力的源泉。天地之间的沟通，必须以特定的人物和工具为中介，这就是巫师和巫术。统治者只要掌握了这二者，以及附属于他们的艺术、文字等物事，就占有了与上天和祖先的交通，也就取得了政治的权威"。③ 围绕着这一学术理念，张光直发表了一系列论文讨论神话和青铜纹饰的宗教功能和政治功能。④

艾兰认为十日神话是商代宗教的核心，商人起源神话、卜辞先公先王干支标志、扶桑与若木神话、一月十旬制度、羲和与帝俊神话，都与这密切相关。扶桑十日神话是商代信仰，到周代被一个太阳的信仰所取代，这就是所谓的后羿射日神话。商人灭亡后，扶桑神话的原型流传到周边地

---

① Henri Maspero, "Légendes Mythologiques Dans le Chou King", *Journal Asiatique*, 204, 1924, pp. 11 – 100；冯沅君译：《书经中的神话》，载［法］马伯乐《马伯乐汉学论著选译》，伭晓笛、盛丰等译，中华书局2014年版。

② Marcel Granet, *Danses et Légendes de la Chine Ancienne*, Paris: Presses Universitaires de France, 1959.

③ K. C. Chang, *Art, Myth, and Ritual: The Path to The Political Authority in Ancient China*, Cambridge: Harvard University Press, 1983；［美］张光直：《美术、神话与祭祀》，郭净译，辽宁教育出版社2002年版。

④ ［美］张光直：《中国远古时代仪式生活的若干资料》，《"中央研究院"民族学研究所集刊》1960年第9辑；《商周神话之分类》，《"中央研究院"民族学研究所集刊》1962年第14辑；《商周神话与美术中所见人与动物关系之演变》，《"中央研究院"民族学研究所集刊》1963年第16辑；《商周青铜器上的动物纹样》，《考古与文物》1981年第2期；《中国古代艺术与政治——续论商周青铜器上的动物纹样》，《新亚学术季刊》1983年第4期；《仰韶文化的巫觋资料》，《"中央研究院"历史语言研究所集刊》1994年第64辑。

下编 百年中国道教文学研究的历史进程

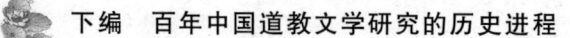

区，在中原地区则演变为商人起源神话而残留下来。在这个分析的基础上，艾兰认为，商代以前的历史，从黄帝到建立夏王朝的传说都可以看作商代神话在后来的系统化结果和演变形式。他由此得出如下结论：中国宗教的动力是祖先崇拜，用"超自然的故事"来界定中国神话并不合适，"神话最重要的特点是突破自然界的限制，对人间现实、常识逻辑的冲破是神圣化的标志，它不是偶然而是必然性的"。商代祭祀礼器的目的"只有一个，就是供奉神灵进食，出于这一点，它们的装饰是用神灵世界的语言，通过它，活人跟死人的界限就可以穿越了，用它献上的祭品就被神灵接收了。这些纹饰的含义不在于这个世界，它表明生死之界的穿越"。[1]

杨晓能以中国古代青铜礼器上的三种视觉媒体为基点来探讨古代中国社会、政治、宗教与文化。在他看来，"青铜器器表纹饰以图案化的形式展示当时共享的宗教观和宇宙观，传播以兽面纹为代表的包罗万象的众神动物崇拜，致力于宣传王朝宗教，为王朝统治的合法性和凝聚力服务，其职责不仅肩负装饰的功能，又承担传播青铜器时代早期宗教信仰和政治教化的责任。图形文字的主体是制作（和首次使用）青铜礼器时具体祭礼的记录，还有所信奉的神灵、作器者的族徽或徽识、作器时的占卜记录、其他专用名词诸如某一特定群体和事项的名称等。图像铭文是历代所崇拜的动物形远祖和动物神灵的象征，是跨越时空文化氏族的超级载体，或为那些代表性和影响力介于纹饰与图形文字之间的远祖神灵的一种特殊表现形式，目的是为了怀念远祖追记远古动物神灵崇拜，同时兼顾特殊铭文的功能。它们全服务于祖先和动物崇拜，但方式和侧重点不同"。[2] 他认为，早期中国的宗教文化到商王朝时发展到顶点，其特征是神权和泛神主义（上帝、神圣化的先祖及所有神灵）。周

---

[1] Sarah Allan, *The Shape of the Turtle: Myth, Art, and Cosmos in Early China*, Albany: State University of New York Press, 1991；[美]艾兰：《艾兰文集·龟之谜——商代神话、祭祀、艺术和宇宙观研究》，汪涛译，商务印书馆 2010 年版，第 208、163 页。

[2] 杨晓能：《另一种古史：青铜器纹饰、图形文字和图像铭文的解读》，生活·读书·新知三联书店 2008 年版，第 382 页。

王朝建立后，强调每一族或每一群体都有他们自己的祖先神，而这种自家的祖先神与世俗的血亲网络系统（分封制和宗法制）的建立，其功用是相辅相成的。

近年来，以柯马丁为代表的一批学者致力于探索先秦两汉文本和宗教仪式之间的关系。如柯马丁考察了"文"的发展史，认为"文"的概念经历了从仪式符号向经学文本的过渡，"儒"的身份也经历了从指导礼仪实践的专家到研习经典文献的学者的演变。[1] 他主编的《早期中国的文本与仪式》一书由柯马丁、戴梅可（Michael Nylan）、鲍则岳（William Boltz）、罗泰（Lothar Von Falkenhausen）、根茨（Joachim Gentz）、史嘉柏（David Schaberg）、齐思敏（Mark Csikszentmihalyi）七人撰写，采取通论和个案分析相结合的方式对先秦两汉文本与宗教仪式之间的关系进行了考察。柯马丁在序言中指出，先秦两汉文本的创作与流传符合仪式性结构，礼仪的实践同时也具备文本性特质；他还指出，五经都是仪式性的文本：《诗经》《尚书》有大量的仪式描述，《仪礼》是理想的礼仪准则，《易经》是仪式中所用的占卜手册，《春秋》则通过仪式将消息传递给祖先的魂灵。[2] 再如柯马丁将秦始皇石刻铭文所运用的表达模式纳入周代（多为东周末年）的文学传统之中加以分析，认为这些石刻铭文是精致的礼仪文本和文学文本，是周代宗庙祭祀传统和巡狩传统的延续，这表明秦始皇将周代的知识系统和知识传承人纳入了国家系统，所谓的焚书坑儒需要重新认识。在柯马丁看来，汉代作者出于意识形态需要对秦始皇作了过多的妖魔化处理。为了分析这些石刻，柯马丁对周代铭文和诗歌作了研究。他指出，颂诗与铭文文本"在宗庙祭祀中各有其特定的位置，并借助不同的媒介传递给神灵。颂诗通过演唱，铭文则通过声音（如钟磬）、馨香（如礼器里盛的酒食）将其呈至

---

[1] Martin Kern, "Ritual, Text, and the Formation of the Canon: Historical Transitions of wen in Early China", *T'oung Pao*, 87.1–3, 2001, pp. 43–91.

[2] Martin Kern, ed., *Text and Ritual in Early China*, Seattle and London: University of Washington Press, 2005.

所祭奉的对象之前"。①

韦利和藤野岩友等一批学者的楚辞研究均聚焦于其巫术信仰。韦利翻译了《九歌》,认为《九歌》表现了中国古代的巫术文化。② 其弟子戴维·霍克思翻译了《楚辞》全书③,并指出《楚辞》代表着由早期宗教、口头文学所组成的崭新的、世俗的文学传统:《九歌》是根据传统宗教素材而加以文学改写而成,如《湘君》展示的是巫觋上下寻觅却没有联系上河中女神,《湘夫人》也是一种宗教仪式的体现;《离骚》沿袭了这一传统,展现了一个更甚于诗化和激动的追寻女神过程的中国文学想象力;《楚辞》中的许多作品在巫觋传统上发展出两大新的质素,即哀怨之诗和巡游之诗。④ 苏古柏的《巫与异端:〈离骚〉新解》对《离骚》中出现的巫觋形象展开细读,对其象征性与隐喻性作了深入研究。⑤ 藤野岩友亦视《楚辞》为巫系文学,并从巫者掌管的占卜、祝辞、神歌、神舞、神剧、招魂歌中寻求《楚辞》的起源。他指出,"采用这样的方法来研究楚辞,可以归纳出以下五个系列文学,即(1)问卜文学(来源于问卜辞,采取设问形式);(2)祝辞文学(来源于祈祷,采取自序形式);(3)占卜文学(由并用的问卜辞和占断辞构成,为问答形式,也有不经占卜而由神人直接对话构成的形式);(4)神舞剧文学(神前歌舞剧的歌曲);(5)招魂文学(招生人魂之歌)。这五个系列的文学都是出自巫觋系统的宗教

---

① [美]柯马丁:《秦始皇石刻:早期中国的文本与仪式》,刘倩译,上海古籍出版社2015年版,第83页。

② Arthur Waley, *The Nine Song: A Study of Shamanism in Ancient China*, London: Allen & Unwin, 1955.

③ David Hawkes, *The Song of the South: A Anthology of Ancient Chinese Poems by Qu yuan And Other Poems*, Harmonsworth: Penguin, 1985.

④ David Hawkes, "The Quest of the Goddess", *Asia Major* n. s. 13, 1967: 71 - 94. Cyril Birch, ed., In *Studies in Chinese Literary Genres*, Berkeley: University of California Press, 1974.

⑤ Gopal Sukhu, *The Shaman and the Heresiarch: A New Interpretation of the Li sao*, Albany: State University of New York Press, 2012.

文学"。① 他指出，这五类文学均属口头文学的范畴，其代表作分别是《天问》《离骚》和《九章》，《卜居》和《渔父》，《九歌》《招魂》和《大招》。

葛兰言致力于描述中国宗教史中最古老的事实，认为《诗经》的"风"起源于宗教祭祀，并试图通过风诗去复原远古的宗教祭祀图景。他指出，《诗经》风诗表达了乡野主题、乡村爱情和山水之歌，是古代农民共同体在春秋举行的季节性节庆过程中，青年男女在竞赛时相互挑战、轮流演唱的产物。"传统的权威性、节庆的庄严性、仪式的重要性和参加者的数量，所有这些共同体赋予神圣的狂欢一种非同寻常的情感力量"，"他们在日常生活的贫乏语言中找不到合适的表达办法：要想真实地表达这些庄严的感情，就必然需要一种庄严的语言，即诗歌的语言"。② 他还指出，透过《诗经》可以看到地方性的祭礼、季节性的共同体祭礼以及对神圣地的盛大祭礼，这些祭礼有着认同或区别地方性部落与性别性团体的社会功能，它调整了社会生活的过程。夏含夷研究颂诗时亦持类似观点，认为《周颂》中的早期诗篇是直接在仪式中吟唱、表演的祷文（liturgical prayer），后期的篇章则是仪式结束之后对仪式过程的描述（description），这一变迁致使诗篇书写与仪式实践的分离，为专门化、个人化的诗歌创作提供了可能。③

周策纵指出，古巫以玉事神，巫之名称即由玉字转变而成，是中国医药的创始者；古巫与古代求生祭高禖有关，又常以歌辞乐舞娱神与人，巫师之巫术对中国古代诗歌文学艺术浪漫传统的起源与发扬厥功至伟：陈、齐、郑、卫的《国风》之所以多含美艳的情诗，楚国文化之所

---

① ［日］藤野岩友：《巫系文学论》，韩国基译，重庆出版社2005年版，第491页。
② ［法］葛兰言：《古代中国的节庆与歌谣》，赵丙祥、张宏明译，广西师范大学出版社2005年版，第184页。
③ Edward Shaughnessy, *Before Confucius: Studies in the Creation of the Chinese Classics*, Albany: State University of New York Press, 1997; 中译本参见［美］夏含夷《孔子之前：中国经典诞生的研究》，黄圣松、杨济襄、周博群等译，台湾万卷楼图书股份有限公司2013年版。

下编　百年中国道教文学研究的历史进程

以能产生恣肆的乐舞和敏感而富于形象力的辞赋,《九歌》湘灵、《离骚》驾龙以及宋玉《高唐赋》《神女赋》《登徒子好色赋》《招魂》《九辩》诸作,都与巫的高禖活动有关;古代所谓六诗或六义——赋比兴风雅颂实际上是六种诗体,可能与古巫有过密切关系。① 具体说来,"'风'字最初实象'指风标'或'相风鸟'之形意,后来乃发展有四方风、八风、风土、风俗之意,又与性、生命相关联,因此有风化、风情、风流、风月等观念的产生。风体诗多为土风、风谣与情歌,或和婚姻有关,名实相符。凡巫风盛行的地方,也多半产生许多这后一类的风情诗"。"'兴'字原象四手持一长方形的承盘。兴字亦作䕵。礼书中此字原来表示陈器物,而往往伴以乐舞或歌辞。古人于喜丧庆祝典礼中常陈列器物为纪念某事或某人,或以为和乐。有时亦有祝贺庆吊之辞,如诔即为其一种。今本《诗经·颂》诗里还保存有原是兴体的诗,如酌、般、桓、武诸诗之类,《国风》里容或亦有些渗入。殷墟卜辞中透露,兴祭可能与祀生育有关。又其后因陈器物而作颂祝诔赞这习惯,乃引申有作诗缘物起兴的方式。""古时赋舞,往往和颁赐物品相涉,也可能和巫医之登高山、高禖有关系。'登高能赋,可以为大'的登高当由此而来,大夫则可能有巫医的意义。宋玉的《高唐赋》《神女赋》《登徒子好色赋》实际受了这一传统的影响。后世的登高赋诗和山水诗、登临诗、游仙诗的发展也可能受此助益。""比本有匹配之意,《易经》有比卦,可看出巫能育虫蛇作蛊毒。比与辩同义,辩诗可能有两人或数人对白或对唱,如成相、方相等相声的表演,故必善于言词。辩乃古变字,从宋玉的《九辩》里还可以见到其变异的主题。我认为后世的啭变、变相、变文,大抵由佛教人士以格义的方式,采用此中国传统比(辩)诗体的名词,而应用于新发展的体制。""雅诗之名,原用'疋'字,义为腿足,当指舞蹈时多用足。后改用义为乌鸦的'雅'字。周代认

---

① 周策纵:《古巫医与"六诗"考——中国浪漫文学探源》,上海古籍出版社2009年版,第171页。

其祖先有赤乌受命的祥瑞,可能以此表示官话雅言。而且这种士大夫和庙堂饮宴应酬的诗乐,本来也就较重视严肃形式,故发展出雅正典雅之义。而且因这些历史关系,后来特别强调了以政治伦理社会和历史说诗的作风。""颂字所从之'公'实为古'瓮'(甕)字,'页'本象人形。所以'颂'原示人持或对容量器而歌舞,以庆祝祈祷事物的丰富,并感谢或祈求天恩祖德。故《诗经》中的'颂'诗都含此种意义。""扣缶、击瓮、鼓盆,以至于作'颂',实际上乃是把容量器用来当乐器用。"[①]

正如古代宗教在春秋战国开始实现"哲学的突破",古代宗教文学也开始挣脱远古宗教祭祀和宗教仪式而走向突破。域外汉学家的研究对这一突破路径也作了仔细研究,探索了先秦宗教文学发展、突破的几个面向。一是继续在通俗宗教中发展。侯思孟指出,5世纪的神弦歌是俗教中应用的一组特殊诗歌。第一首诗请神降临,恰是仪式开始所用的诗;其后6个题目11首诗属于不同的神,其中三神来自南京,后面3题6首属于流行的民歌,与前面12首诗没有关系,其宗教意义不明。"这些歌的最大价值,是证明了我们知之甚少的通俗宗教的存在。"[②] 二是演变为个人化的世俗文学。如顾彬认为中国诗歌起源于宗教,但到了三曹尤其是曹植手上实现了从宗教仪式到艺术的飞跃:"在他的作品和人格中不仅预示着中国诗歌创作从宗教仪式向语言艺术、从歌颂统治者向(一个新的阶层)自我表达、从诗行的统一向诗的统一的逐渐过渡,而且也预示了从歌唱向写作、从听到读、从纯粹的声音向有条件的思想性的逐步过渡。这时第一次出现了一个虽然依旧保持模糊但却可以被感觉到的抒情的我,一个将情感世界的关联——这是新生事物——主要当做诗意的终结来热爱的我。"但作者也同时指出,"从宗教仪式向

[①] 周策纵:《古巫医与"六诗"考——中国浪漫文学探源》,上海古籍出版社2009年版,第172—173页。
[②] 侯思孟:《神弦歌:中国五世纪的通俗宗教诗歌》,载乐黛云、陈珏、龚刚编选《欧洲中国古典文学研究名家十年文选》,江苏人民出版社1998年版,第82页。

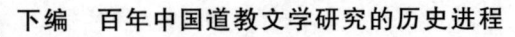

艺术的过渡中，宗教成分并未完全丢失，而是获得了一种新的重要意义——在一种以个人及其所属阶层为标准的诗歌创作的范围内，宗教成分第一次具备了一种个人的特征，就是说，它可以但未必作为诗歌的一部分，对于个人获得其内心的平静来说，它可以但未必总是重要的。"① 三是在后世文学中置换变形。如桀溺就《陌上桑》和法国诗人马卡布律的牧羊诗进行溯源考察，网罗关于桑园的祭祀和传说史料，认为《陌上桑》描写的桑园并非仅仅是春季劳动场所，而是古代节庆时青年男女幽会和庆祝婚礼的圣地；《诗经》中有大量反映这种古代春祭活动的情歌，但是这些情歌的桑园主题后来在道德家的禁锢下产生了变异，即经历歌颂、诋毁、乔装和道德化阶段后，原先放荡不羁的采桑女变成了儒家道德典范，终于有了被公开接受的模式——《陌上桑》。他最后指出，"'罗敷'一诗承担了、也概括了一个悠长的过去，以及一个最有原始想象和基本冲突的领域。桑树和桑园在引发礼仪风习、神话传说或者道德思辨的繁荣间，展现了一幅中国文化初始阶段的画图。《陌上桑》继承了这一遗产，并或多或少地表现出其矛盾之处。可以说，它既集中了一切传统的成果，同时作为新诗体的样板，又是一个新的起点"。② 当然，最重要的发展和突破，便是道教文学的诞生。域外汉学家对道教文学投注了极大的兴趣，这是下文要综述的主要内容。

二 道教经典的文学研究

域外学术界对汉魏两晋南北朝道经的出色研究让学者们关注到道经的文学成就，或者说关注到文学尤其是诗歌在道教实践中的突出地位和卓越贡献。

---

① 顾彬：《宗教仪式到艺术——曹植和五言诗》，余常译自《中国诗史》，K. G. 绍尔出版社2002年版。
② 桀溺：《牧女与蚕娘》，载钱林森编《法国汉学家论中国文学——古典诗词》，外语教学与研究出版社2007年版，第313页。

学者们或对道经生成中的文学要素展开分析，进而揭示道经生成、传播的文化语境。柏夷对早期道教神灵塑造和经典诞生神话的关注就属于这类研究，且具有方法论意义。他对《六度集经》、支谦《菩萨本愿经》、圣坚《太子须达拏经》以及《灵宝经·智慧定志通微经》中的佛本生情节进行了辨析，试图对佛教"影响"道教的研究模式提出质疑。他认为，《灵宝经》对道教神祇前世的描写借鉴了佛本生故事，但是佛教版本生故事凸显了布施者与家庭成员之间的矛盾即宗教奉献与社会责任之间的矛盾，而道教版的本生故事则凸显了家庭成员合作共谋宗教奉献，柏夷将这一考验情节中的情感呈现称为"感情校准"。这表明，所有的译者都是针对其预期的受众来进行创作的，佛本生故事中凡是符合家庭情感关怀的情节可能都是译者添加的。① 他与小林正美对话，认为关注老子和《道德经》的《灵宝经》经文应当是道教天师的作品，这些经文关注道在仪式中的实践，并影响了它们如何描述老子，即老子在他还没有被称呼为"老子"的前世中，在成为灵宝想象故事中的五方神之西方的皇老君之前，作为女性经历了转世，由此可断定灵宝经的书写都是在重塑天师信仰。② 他还指出，成书于3世纪末或4世纪初的《灵宝五符经序》有一则游历洞天的故事，是陶潜所著《桃花源记》的灵感来源。在此基础上他还对这类故事乃至所谓的志怪小说研究方法提出了质疑，认为"我们对于六朝时文人可能已准备相信什么并将其作为事实而记录下来，实际上所知甚少。简而言之，在我们决定志怪小说中何者为真实何者为想象之前，仍有一个庞大的知识文学库等待我们去研究，即圣人传记、地理书、神话故事及其相关文献"。③ 此外，李福对

---

① ［美］柏夷：《佛教须达拏太子本生故事与其道教版本》，载柏夷《道教研究论集》，孙齐、田禾、谢一峰、林欣仪译，中西书局2015年版。

② Stephen Bokenkamp, "The Prehistory of Laozi: His Prior Career as a Woman in the Lingbao Scriptures", *Cahiers d'Extrême-Asie*, 14, 2004, pp. 403 – 421.

③ Stephen Bokenkamp, "The Peach Flower Font and the Grotto Passage", *Journal of the American Oriental Society*, 106, 1986, pp. 65 – 77.

灵宝道经《五称符》进行了深入研究，着力说明了早期道教仪式中的时间控制，也谈到汉朝政权合法性的神话建构。①

学者们或将道经当作文学经典展开分析，进而揭示文学书写对宗教实践的重要意义以及这批道教经典在文学史上的地位。吴鲁强和特利·戴维斯认为《周易参同契》最显著的特色便是精致的文风及隐语的创制。② 柏夷认为杨羲是中国文学史上的创新者之一，他的语言隐晦、凝练、朦胧而含蓄。③ 神冢淑子认为《真诰》和《上清经》在文学史上的地位引人注目。她指出，《上清经》的大部分最初仅确定了经名，是后来根据《魏夫人内传》这一类"内传"所记载的经名目录加以再创作的，而"内传"类的故事性及文体特征对上清经产生了影响。通过对《皇天上清金阙帝君灵书紫文上经》《上清后圣道君列纪》《洞真太上神虎玉经》《上清金真玉光八景飞经》思想内容和文体特征的考察，她认为，来自"内传"类的神秘、幻想的故事性内容和说明道术、科仪等程序的实用性部分，都是以不同的文体写成的，其中故事性内容多使用五言诗和骈文等修辞文体，这与上清派道教的主体是江南士族密切相关。④ 陈伟强的系列论文则旨在透过存思修炼来分析上清道经意象，揭示其宗教内涵与文学境界，进而思考道经书写与文学书写的内在关联。其《早期道教诗歌中的"玉华"意象与玄境之游》一文指出，"玉华"一词在早期文献中指玉造之花，是戴于马首的饰物。它在道教文献中有玉女之名、耳旁的头发、额门头发、修炼成果等含义，这些含义在道士的修炼活动中扮演着不同角色，并对玄境之游这个文学和宗教的主题作

---

① Gil Raz, "Time Manipulation in Early Daoist Ritual: The East Well Chart and the Eight Archivists", *Asia Major*, 18, 2005, pp. 27–65.

② Wu Lu-ch'iang and Tenney L. Davis, "An Ancient Chinese Treatise on Alchemy Entitled Ts'an T'ung Ch'i", *Isis*, 18, 1932, pp. 210–289.

③ Stphen Bokenhanmp, *Early Taoist Scriptures*, Berkeley: University of California Press, 1997, pp. 277–278.

④ ［日］神塚淑子：『六朝道經の形成とその文體——上清經の場合』，『東洋文化研究所紀要』1996年第129冊，第53—118页。

出了重要贡献。作者在文中强调,玄游在文学文本和道教文本之间呈现出一个重要的差异,即两者各自体现不同的双重世界观,文学作品中的玄游在尘世上空的想象世界发生,道教关于冥想的文学作品一方面旨在保存人身内的神,另一方面和培养神通视野的文学理论有相同之处。[①]在另外一篇文章中,作者尝试从文献学和文学角度研读上清经典《上清高圣太上道君洞真金元八景玉箓》,认为该经虽以"箓"为体,但主要描写太上道君的生平和功德,在行文上体现了《上清经》以意象飞翔为主的艺术手段。作者结合上清派存思理论审视《玉箓》的诵读与文学的交叉关系,从而确认此经和上清经系作品的文学性,是道教修炼的重要手段之一。这篇文章的成功之处在于作者对道教存思活动和道教隐语的深入体悟,认为这些道经体现的上清诗学使得上清道经具有"意象飞翔"的特质,这表明造经的道徒在撰写上清经文时极度注重文学技巧。[②] 在另外一篇文章中,陈伟强干脆以《意象飞翔:〈上清大洞真经〉中所述之存思修炼》名篇。他首先从《上清大洞真经三十九章》的文献考辨入手,揭示文本结构和文体特征,然后追溯存思的历史,探讨该经图像与文字的表意特点和关系,审视形象思维活动在修炼中的运作情况和特色。通过作者的分析,我们可以知道,所谓的存思是一种意念集中的冥想,修炼者通过观看图像、阅读文字以及诵经、念咒、烧香、扣齿、咽津等声音和仪式动作,精思冥想,将神灵招回体内,引入神光,照彻脏腑,以保健康,达致长生,整个精思冥想的过程本质上就是在思维活动中将神灵及其活动的世界视觉化从而构建一个形象的世界。《大洞真经》所述由形象思维活动建构的世界包括大小宇宙两个图景,既有天宫神明的遨游也有神明进入人体内的进程及其在体内的飞翔,其主要

---

① Tim Chan, "'Jade Flower' and the Motif of Mystic Excursion in Early Religious Daoist Poetry", Alan K. L. Chan and Yuet-Keung Lo, eds, *Interpretation and Literature in Early Medieval China*, New York: State University of New York Press, pp. 165 – 187.

② Tim Chan, "The Quest of Lord of the Great Dao: Textual and Literary Exegeses of a Shangqing 'Register' (HY1378)", *T'ang Studies*, 26, 2008, pp. 143 – 173.

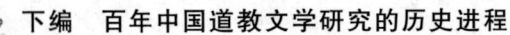

描写对象有三：神明活动、天宫景象、降魔伏妖。由于上清经派特定的宗教规定和存思需要高强度的情感，修炼者在存思中要调动所有感觉器官来开展思维活动，因而使得《大洞真经》开辟了无限深广的艺术境界，其时空之跨越、色彩之绚烂、动态之奔腾、静态之清穆、事项之姿采，均对《离骚》《远游》有所超越。作者用"意象飞翔"来描述这种艺术境界，可谓神来之笔。① 康儒博通过对《黄天上清金阙帝君灵书紫文上经》的内容、修辞以及存、祝、书符等宗教活动的扮演特质的分析，指出上清经典之修炼方法的中心意旨可视为一种想象式的角色扮演活动——一种在现时实地进行的表演模式。②

还有一批学者就道教经典中的各类文体尤其是诗歌的宗教功能和文学成就进行了深度剖析。柯睿译注了《灵宝经》尤其是上清经《真诰》中的大部分诗歌，并进行了深入研究。他在《道教诗歌与求仙》一文中对道教早期诗歌如《远游》、天师道七言诗和四言诗、上清派七言诗和五言诗进行了评点，既强调这些诗歌在诗歌发展史上的独特地位，更揭示了这些诗歌在道教实践即沟通人神中的核心地位和独特魅力。《远游》是最早的一首基于（可识别的）道教主题的长篇诗歌，是六朝与唐朝游仙诗的鼻祖；七言诗的出现要归功于早期天师道，曹植的七言诗可能就受到天师道的影响；道教的咒语诗表明四言诗依旧是魏到西晋，甚至东晋头两三个世纪最重要的诗体；《真诰》诗歌所体现的炉火纯青的文学技巧正是此书最动人、最引人注目的特征，以《真诰》为代表的道教诗歌具有个性化甚至私人化的特点，和西方宗教诗歌的虔诚性不太相同，因此用西方的宗教诗歌理论是无法解释这些诗歌的。就道教实践来说，《远游》是《楚辞》诗歌背后的萨满神歌、祈祷与后世道教游仙叙述的重要连接点，这首诗中独特的用语已被中古早期道士用来描述

---

① 陈伟强：《意象飞翔：〈上清大洞真经〉中所述之存思修炼》，《中国文化研究所学报》2011年第53期。
② 康儒博：《上清经的表演性质》，载陈伟强主编《道教修炼与科仪的文学体验》，凤凰出版社2018年版。

重要的修炼实践；真人们对杨羲的降诰是中古道教全新且具深远意义的转折点，标志着"北方"天师教理与"南方"（即吴越之地）本土玄学的合流，这些降诰的文学技巧是为了将这位东晋王朝中文学造诣颇高且老于世故的士子引入迷狂的境地，因此完美地将内心的愉悦与诗词的技巧结合起来；四言咒语诗具有很强的节奏性，反复念诵能够使人达到入迷的效果，是在特定修行中可以不断重复念诵的仪式语言，与诗歌——甚至是真人所作的——相比更富有严格意义上的宗教性。① 他还在《中古道教诗歌中的天光》一文中分析了《真诰》仙真降诰诗歌对天光的描写，认为上清派对彼岸世界的探索开启了人们对天界更为广泛的探索，开拓了中国诗歌的表现视域和符号体系。② 柯睿还对《真诰》中的真人仙曲进行了研究。③ 比如，他勾勒了紫薇夫人向杨羲展示的、以诗歌形式抒写的生涯，对这位美丽脱俗的诗人所用的众多非同一般、我们所不熟悉的术语进行了准确阐释。他在文中强调，在上清派和灵宝派诰语形成之后的三四百年，道教历史与中国的文学、社会、政治的发展已然紧密地交织在一起。许多重要的、具有启示性的经典为了迎合受众的偏好，都是用诗歌的形式写成，这也开创了中国宗教史上一个极具影响力的新时代。因此，这些道教文学作品的重要性非同寻常。杜鼎克对诗歌体《老君变化无极经》进行了介绍和分析，他按韵部将该经逐节逐段加以翻译，并还原到历史语境中加以探讨，认为该经的叙事主体包括老君的显灵和作者的逃亡经历、现实苦闷和宗教诉求，推定该经作者为

---

① Paul W. Kroll, "Taoist Verse and The Quest to the Divine", in *Early Chinese Religion*, Part 2: *The Period of Division* (220—589 A. D.), ed. John Legerwey and Lü Pengzhi, Leiden: Brill, 2010, pp. 963 – 996.

② Paul W. Kroll, "The Light of Heaven in Medieval Taoist Verse", *Journal of Chinese Religions*, 27, 1999, pp. 1 – 12.

③ Paul W. Kroll, "Seduction Songs of One of the Perfected", in *Religions of China in Practice*, ed. Donald S. Lopez, Princeton: Princeton University Press, 1997, pp. 180 – 187. Paul W. Kroll, "The Divine Songs of the Lady of Purple Tenuity", in *Studies in Early Medieval Chinese Literature and Cultural History: In Honor of Richard B. Mather & Donald Holzman*, ed. Kroll & David R. Knechtges, Provo: T'ang Studies Society, 2003, pp. 149 – 211.

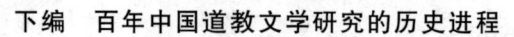

下编　百年中国道教文学研究的历史进程

王羲之（303—361），该经创作时间应该在357年后不久。① 除了诗歌外，还有学者对早期道经的仪式文体作了研究。傅飞岚（Franciscus Verellen）认为《赤松子章历》是一本关于祈祷的书，该书全方位地呈现了中古时代中国社会的宗教仪式、物质条件以及宗教信仰，并细致分析了《赤松子章历》所反映的天师道教科仪规范，即上章仪式的本质特征及上章文献的结构性特征，并对天师传统中拯救与赎罪的关系进行了探讨。② 如柏夷反对本尼迪克特用耻感和罪感来区分东西文化，认为中古道教《灵宝经》中的忏悔文同时存在就社会期待而言的"耻"和就个体之错而言的"罪"。他指出，忏悔仪式提供公开表达羞耻感的场合，促成了群体的凝聚性与共同行动；同时，忏悔仪式也唤醒个人的罪恶感，并对这些只有透过个体改善才能缓和的罪恶感提出适当的引导与对应之道。③

一些学者还对早期道经中的通灵书写展开了分析。吉川忠夫对上清派道士周子良生平、冥通过程、冥通记录和编撰情形进行了详细的分析和阐释，尤其长于结合《真诰》来分析《周氏冥通记》所涉神灵世界，对于了解上清派的宗教实践具有重要意义。④ T. C. 拉塞尔对《周氏冥通记》的分析旨在说明宗教启示和神话之间的特殊而又复杂的关系。作者从幻想与神启、神交的开始、神启与现实生活、约定与怀疑、仙箓等层面分析了周子良的通灵记录，认为《周氏冥通记》"辩证处理了神灵的精神领域的高贵、纯洁的需求与周子良所生活的黑暗的、阴沉的充满

---

① A. Dudink, *The Poem Laojun Bianhua Wuji Jing: Introduction, Summary, Text and Translation*, Edited by Jan A. M. De Meyer and Perter M. Engelfriet, Linked Faiths: Essays on Chinese Religion and Traditional Culture in Honour of Kristofer Schipper, Brill, 2000.

② Franciscus Verellen, "The Heavenly Master Liturgical Agenda According to Chisong zi's Petition Almanac", *Cahiers d'Extreme-Asie*, 14, 2004, pp. 291 – 344.

③ ［美］柏夷：《早期灵宝经中的定型忏悔文》，张显华译，载李丰楙、廖肇亨主编《沉沦、忏悔与救度：中国文化的忏悔书写论集》，"中央研究院"中国文哲研究所2013年版。

④ ［日］吉川忠夫：《梦的记录——〈周氏冥通记〉》，载吉川忠夫《中国古代中国人的梦与死》，平凡社1985年版；又载麦谷邦夫、吉川忠夫编《周氏冥通记研究（译注篇）》，齐鲁社2010年版。

死亡的物质世界之间的冲突与矛盾", "这一冥通 (个人) 剧,实际上就是一个同自己的社会环境抗争着的、一个努力要不仅在这样的社会环境中而且是在更大范围内的整个宇宙中谋求自身位置的年轻人的矛盾和恐惧心理的反映"。作者进一步指出, "包括周子良在内的茅山道士的神交血统的地位和作用,就在于他们以自发的文学作品的形式,开发和利用这种创造和表达的潜能。或许,很少有人在阅读《真诰》后而不对杨羲等神灵的鲜明的文学形象留下深刻印象。虽然,造访周子良的那些神灵在这方面缺乏天赋,但周子良的贡献 (我们再次假定是无意识的) 就是他的冥通体验的记录成为了非常个性化的表现工具。他的神灵启示允许他去述说一个追求神仙的年轻人的精神拼搏过程"。[1]

域外中国道经文学性研究的深入是建立在道经研究和道经研究方法反思的基础上的。司马虚、贺碧来、柏夷等人对六朝隋唐道经的研究,施舟人、傅飞岚组织编撰《道藏通考》[2],京都大学人文科学研究所于20世纪八九十年代组织"六朝道教研究"读书班[3],对于推动欧美、日本中国道经的文学性研究和中国道教诗歌研究厥功至伟。例如,司马虚对茅山宗降授的历史背景 (江南士族接受天师道)、茅山宗降经的传播特征 (降授的垄断与精神拯救事业) 以及降经研究、整理者的真实面目 (被装饰为隐士的高道) 进行了深入辨析,澄清了上清派发展历程中的重要节点。我们由此可知,茅山宗的降授从一些精彩而私人化的"情景碎片"逐渐演变成一个稳定的宗教组织的权威文献,并在社群和

---

[1] T. C. Russell, "Revelation and Narrative in the Zhoushi Mingtongji", *Early Medieval China*, Volume 1. [加拿大] T. C. 拉塞尔:《〈周氏冥通记〉中的神启和故事》,刘雄峰译,载 [日] 麦谷邦夫、吉川忠夫编《周氏冥通记研究 (译注篇)》,齐鲁书社 2010 年版,第 303、304 页。

[2] Kristofer Schipper, Franciscus Verellen, ed. , *The Taoist Canon: A Historical Companion to the Daozang*, Chicago: University of Chicago Press, 2005.

[3] 先后完成《中国古道教史研究》,同朋舍 1992 年版;《六朝道教の研究》,春秋社 1998 年版;《真诰研究 (译注篇)》《周氏冥通记研究 (译注篇)》。其中的两部书已经翻译成中文:[日] 吉川忠夫、麦谷邦夫编:《真诰校注》,朱越利译,中国社会科学出版社 2006 年版;[日] 麦谷邦夫、吉川忠夫编:《周氏冥通记研究 (译注篇)》,刘雄峰译,齐鲁书社 2010 年版。

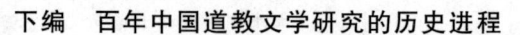

国家的精神生活中发挥重要作用。① 再如，贺碧来对上清派的存思与神游作了分析。② 她认为，存思修行发生于一个"精神得以呈现、肉体得以神圣化"的图像世界，其目标在于建立一种对身体的全新认识（即陶弘景所谓的"身神"、内丹派所谓的"阳身"），修行者通过存思不仅能成为自身机体的中心和主宰，而且能在根本上获得与宇宙完全相同的本质和结构。她利用上清派文献详细分析了道教徒在修行中对世界遥远尽头和天界尤其是日月以及北斗所进行的存思，并认为这些存思活动有着诸如折返与退藏、折返与重复、反转、编织与覆叠、开启与关闭、到来与前往、分解与融合等共同的主题与结构。学术反思如上文提到的柏夷诸文，此外如祁泰履对白牧之与白妙子《〈论语〉辨》、小林正美《六朝道教史研究》的考据学研究方法进行的反思也颇具参考价值。③ 他指出，小林正美的主要创新是建立道家学说关键概念的发展轮廓，然后运用这些概念的呈现与否，判定经文的存有散佚；白牧之对《论语》的研究采用了一种全新的方法，采用各种考据方法说明《论语》不是一个单独的文本，而是由一系列不同年代的文本汇聚形成，这其中只含有小部分可以追溯到孔子的时代，其他大部分是接下来的两世纪中继承者添加的内容。在祁泰履看来，他们的研究方法为中国宗教研究打开了新视野，但也存在很多缺陷。这类研究对于推进学术界对道教经典的认识厥功至伟，对道教文学的研究具有重要启发意义。

三 道教诗歌研究

在域外道经研究和域外汉学语文学传统的推动下，道教徒的诗歌创

---

① Michel Strickmann, "The Mao Shan Revelation: Taoism and the Aristoeracy", *T'oung Pao*, Vol. 63, 1977, pp. 1–64.

② Robinet Isabelle, "Visualization and Ecstatic Flight in Shangqing Taoism", in Livia Kohn, ed. *Taoist Meditation and Longevity Techniques*, Ann Arbor: University of Michigan, 1989, pp. 157–190.

③ Terry F. Kleeman, "Reconstructing China's Religious Past: Textual Criticism and Intellectual History", *Journal of Chinese Religions*, 32, 2004, pp. 29–45.

作和文人的道教诗歌创作研究取得了突破性进展。为了叙述的方便，我们还是按照朝代展开相关综述。

先来谈汉魏六朝道教诗歌研究。在这一研究领域，域外学术界一般都会溯源到《远游》，并就这一时期的代表性诗人和代表性题材展开分析。大卫·霍克斯认为《远游》的作者可能是公元前1世纪30年代聚集在淮南王刘安门下的门客之一，刘安主持汇编了《淮南子》以及一些诗歌的早期版本，这些诗歌后来被王逸收集汇编成《楚辞》。[①] 柯睿认为《远游》中关涉的道教自我修行的观念其实应该是在屈原后的时代才形成的，《远游》诗人可以被认作不同于巫师的道教徒，但其作者目前无法确认。这首诗歌是现存最早的以道教为主题进行创作的，"或许可实际上被看作是六朝以及唐代游仙诗（roaming to transcendence）的鼻祖，因而它是《楚辞》诗歌背后的萨满神歌、祈祷与后世道教游仙叙述的重要连接点。这种游历过程中全方位的探求、令人着迷的远游，是中古时期道教思想中'存思'的核心活动之一，也是道教思想在这一领域开花结果的表现"。[②] 关于游仙诗，侯思孟和宇文所安的研究代表了两种解读策略。侯思孟等人力图揭示游仙诗作者与道教之间的内在关联。其《曹植与神仙》一文致力于解读曹植诗文对于神仙的矛盾态度。他结合曹植的政治命运来解读曹植早晚期关于神仙的诗文，认为"虽然曹植在青年时代对道教和求仙术士抱有恶感，但是因为他成年时过着接近软禁的生活，对获得某种成就又产生了失望，所以使这个纯粹的儒家弟子在他的生活中要从儒家之外来寻找精神的满足。神仙的神话在当时的艺术和宗教中无所不在，为他提供了一条道路，使他可以得

[①] David Hawkes, *The song of the south*: *A Anthology of Ancient Chinese Poems by Qu yuan And Other Poems*, Harmonsworth: Penguin, 191, 1985; 霍克斯在他的早期译文中提出的观点代表了一个转变，认为《远游》的作者写这首诗是对司马相如《大人赋》的模仿；详参《楚辞：南方之歌——中国古代文学选集》，波士顿：灯塔出版社（Beacon Press）1962年版，第81页。

[②] Paul W. Kroll, "On 'Far-Roaming'", *Journal of the American Oriental Society*, 116, 1996, pp. 653 – 669.

到实际生活未能给予他的想象的自由"①，由此确认曹植游仙诗除了表达他对命运的隐喻性抱怨外，确实渴望着某种不朽之追求。他还认为，阮籍拜访孙登，首先被表现成一位传统学者，随即又被表现成一位道家啸者，追求长生的道家思想确实在他的生活和作品中起了重要作用。他那些描写神仙的诗歌，有的具有鲜明的讽喻色彩，有的描述了神仙们因长生而享受到永恒的快乐，有的表达了对能否长生的怀疑和寻找替代长生办法的努力。② 此外，侯思孟还对嵇康的求道与诗歌创作作了勾勒。③ 陈伟强《阮籍、嵇康寻仙考论》一文利用各种资料考订出阮籍曾两度拜访孙登，其后嵇康亦曾从游孙登三年，后又从王烈入山学仙，阮籍、嵇康的思想行为受孙登、王烈的影响很深。④ 郭璞的游仙诗赋，则有大平幸代作了分析。⑤ 宇文所安讨论汉代游仙诗时指出，"我感兴趣的不是这些主题的思想背景或社会历史背景，而是它们在一个诗学话语中的构成方式"。"游仙主题具有目的论性质，它的目的是得仙（或得仙的否定形式，即求仙的失败或求仙的徒劳）。但是有一些基本的变量，把话题组织成两个互有重叠的次主题。第一个次主题以获得仙丹为焦点，也有少数强调获取道术或真秘。第二个次主题的核心是古老的周游天庭。"⑥ 在这一理念的指引下，他对汉代三曹游仙诗和乐府游仙诗一一作了分析。

关于山水诗，一些学者也认为道教的影响起了关键性的作用。保

---

① Donald Holzman, "Ts'ao Chih and the Immortals", *Asia Major*, 3rd series, 1.1, 1998, pp. 15 - 57；[法]侯思孟：《曹植与神仙》，《法国汉学》1999 年第 4 辑。

② [法]侯思孟：《论阮籍二题》，载钱林森编《法国汉学家论中国文学——古典诗词》，外语教学与研究出版社 2007 年版；钱林森译自 Donald Holzman, *Poetry and Politics*; *The Life and Works of Juan Chi*, chapter 8/9, Cambridge University Press, 1976。

③ Donald Holzman, *La vie et la Pensee de Hi K'ang* (223—262 ap. J. C.), Leiden: Brill, 1957. Donald Holzman, La poesie de Ji Kang, *Journal Asiatique*, 268, 1980, pp. 107 - 177；陈文芬：《寻找中国诗歌中的美——访汉学家侯思孟教授》，载《国学新视野》，漓江出版社 2011 年版，第 10—13 页。

④ Tim Chan, "Ruanji's and Xikang's Visits to Two 'Immortals'", *Monumeta Cerica*, 44, 1996, pp. 141 - 65。

⑤ [日]大平幸代：『郭璞「遊仙詩」の孤立』，『東方学』2001 年第 101 期。

⑥ [美]宇文所安：《中国早期古典诗歌的生成》，胡秋蕾、王宇根、田晓菲译，生活·读书·新知三联书店 2012 年版，第 161、163 页。

尔·戴密微认为中国文学发现山岳并从中汲取艺术力量比西方早了一千五百多年，道家道教的传统让山岳成了一块净土即一个与尘世明确划定界限的天堂。他还进一步指出，佛教"在4至5世纪中国文学和艺术的变革中，仅仅是产生新流派的催化剂，此外没有起过其他作用。人们熟悉其种种特点的近代禅学，那时只不过处于萌芽阶段。如果说'禅那大师'给我们留下了不少令人赞叹的山水诗，那当在六朝之后很久的唐朝，尤其是宋朝。谢灵运时代的山水诗依旧恪守古典的主题与方法"。① 日本学者对道教与谢灵运的研究似乎印证了戴密微的看法。北岛大悟认为谢灵运不仅受到佛教、玄学而且也受到道教的影响，他以谢灵运出生传说和早年寄住道观这一事实为切入点，探讨谢灵运家族与钱塘天师道道士杜明师（文献中提到的杜昊、杜昺、杜丙应为一人）的密切关系，进而认为这一道教经历影响了谢灵运的宗教关注和文学创作。② 在此基础上，他仔细分析了道教思维对谢灵运文学创作的影响。③ 堂薗淑子则聚焦有待、无待一类玄学话语将谢灵运诗作和《真诰》作了比较分析。④

另外，还有学者从宏观上考察道教对六朝文学的影响。如赤井益久批评日本中国文学研究界没有同步吸收宗教研究和历史研究成果，认为探究中国文学中的道教因素时要反复思考道教对文学本身具备的特定内容即语言、修辞和表达、样式等的投射，同时还要通过考察道教与文学的关系去发现中国文学自身的特质。他分别以"长啸""叩齿"和"步虚""飞翔"在诗歌中的呈现为例，考察诗人如何通过感官捕捉、感知周身的世界，并以处世观之隐逸观为主线，分析隐逸场所的空间意义，探明山岳、

---

① Paul Demiéville, "La Montagne Dans Tart littéraire chino", *France-Asie*, 183, 1965, pp. 7 - 32;［法］保尔·戴密微:《中国文学艺术中的山岳》, 载钱林森编《法国汉学家论中国文学——古典诗词》, 外语教学与研究出版社2007年版, 第263页。
② ［日］北岛大悟:『謝霊運における道教的背景』,『筑波中国文化論叢』2003年第23号。
③ ［日］北岛大悟:『謝霊運にみる道教的思惟の受容』,『日本中国学会報』2005年第57号。
④ ［日］堂薗淑子:『謝霊運の文学と「真誥」—「有待」「無待」の語を中心に』,『日本中国学会報』2016年第68号。

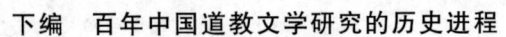

下编　百年中国道教文学研究的历史进程

园林以及作为宗教性空间的"静室""精庐"与"山斋""郡斋""读书斋"等的关系。他指出,啸作为一个固定用语指代中国文学所思考的一种理想境界,即对自然的一体感和对永恒生命的感知,步虚飞翔成了中国文学一个重要的母题,"壶中天地"这一理念对于以意境—交融为大主题的中国文学具有重大启示。他最后总结道:"中国文学由于与道教的遇合而变得丰富起来,其特色可以归纳为以下几点:一,开始设想'长生不死'的神仙世界,构想超越现实的世界。二,在领悟宇宙、自然之际,能够用身体去感性地把握。三,成为自然观、处世观之格局发生变化的契机。"①

在唐代道教诗歌研究领域,薛爱华无疑是一个开拓性的人物。他先后著有《神女:唐代文学中的龙女与雨女》②《步虚:唐代对星空的探讨》③《唐代的茅山》④《时间之海上的幻景:曹唐的道教诗歌》⑤ 四部著作以及一系列论文⑥,被认为"破译了曾给中国中古诗歌带来丰富意象和隐喻的道教玄义"⑦。这些论著透过唐代诗歌、唐代小说来分析唐代的道教想象和道教蕴含,把诗歌当作思想史、文化史的史料来处理,诚如他在研究茅山的宗教地理和历史地理时指出,"唐代诗歌作为一种

---

① [日] 赤井益久:『身体・小風景・宇宙—中国文学に見える道教的なものについて』,『筑波中国文化論叢』2003 年第 23 号。

② Edward H. Schafer, *The Divin Women: Dragon Ladies and Rain Maidens in T'ang Literture*, San Forlio: North Point Press, 1978.

③ Edward H. Schafer, *Pacing the Void: T'ang Approaches to the Stars*, Berkeley: University of Califorlia Press, 1977.

④ Edward H. Schafer, *Mao Shan in T'ang Times*, Boulder: the Society for the Study of Chinese Religions, 1980.

⑤ Edward H. Schafer, *Mirages on the Sea of Time: The Daoist Poetry of Ts'ao T'ang*, Berkeley: University of Califorlia Press, 1985.

⑥ Edward H. Schafer, "Mineral Imagery in the Paradise Poems of Kuan-hsiu", *Asia Major*, Vol. 10, 1963, pp. 73 – 102; "Empyreal Powers and Chthonian Edens: Two Notes on T'ang Taoist Literature", *Journal of American Oriental Society*, 106, 1986, pp. 667 – 678; "Li Po's Star Power", *Bulletin of the Society for the Study of Chinese Religions*, 6, 1978, pp. 5 – 15; "Wu Yun's Cantos on Pacing the Void", *Harvard Journal of Asiatic Studies*, 41, 1981, pp. 377 – 415; "The Jade Woman of Greatest Mystery", *History of Religions*, 17, 3 – 4, 1978, pp. 387 – 398; "Three Divine Women of South China", *Chinese Literature: Essays, Articles, Reviews*, Vol. 1, 1979, pp. 31 – 42.

⑦ [法] 索安:《西方道教研究编年史》,吕鹏志、陈平等译,中华书局 2001 年版,第 84 页。

史料是多么重要……无论其诗歌的质量如何"。① 又如他研究步虚，是从唐代文人和道士对星空的认识着手，关注星空体系背后的心理和文化依据。再如他的《神女：唐代文学中的龙女与雨女》分为"女人、仙女与龙""中古时代之江河神女崇拜""唐诗中之江河蛇女""李贺诗中的神女显现""唐传奇中之龙女与江河神女"五章，聚焦李贺、李群玉等诗人的诗歌和唐代民间传说、传奇故事，阐释龙女、蛇女在不同时代、不同版本、不同文献语境中的发展和变异，"旨在通过唐代文学的片段，揭示神话、宗教、象征以及浪漫想象诸端彼此之间的纠结。很显然，即使最隐微的诗篇，或者最平顺的故事，也会混合神话与历史、传说与事实、虔诚的希望和理性的信念。这么做的时候，它表达了人们对于古代神仙世界所普遍持有的看法"。② 即使是对曹唐诗歌的研究，他关注的也不是这些诗歌的文学属性，而是这些诗歌背后的道教意蕴，并试图改变学术界对道教、道教文学的偏见和漠视。《时间之海上的幻景：曹唐的道教诗歌》包括导言、曹唐及其游仙诗、海上仙乡：道教的想象世界三部分。"曹唐及其游仙诗"一章在考辨曹唐生平与创作、曹唐游仙诗所涉人物的基础上重点对曹唐诗歌的人神遇合母题进行研究，揭示了曹唐游仙诗所反映的"时间与变化"主题，是对人事乃至仙事脆弱、衰朽的哀叹。"海上仙乡：道教的想象世界"一章利用曹唐大小游仙诗以及相关的唐人涉道诗对蓬莱、壶天、玉妃与海服（海装）（Jade Consorts and Pelagic Costumes）、海市蜃楼（Clam Castles and Fata Morgana）、麻姑（Miss Hemp）、扶桑（Fu-sang）、与青童与方诸宫（Blue Lad and the Fang-chu Palace）等仙境名物进行了考证和研究。他的最大研究特色是运用西方语文学的汉学传统解读词语尤其是名物背后的道教意蕴。如他发现《女冠子》词存在大量的套语，这些套语关乎女冠举行科仪

---

① 参见［法］索安《西方道教研究编年史》，吕鹏志、陈平等译，中华书局2001年版，第84页。

② ［美］薛爱华：《神女：唐代文学中的龙女与雨女》，程章灿译，生活・读书・新知三联书店2014年版，第202页。

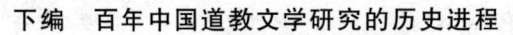

的坛场、动作、穿戴、发式、情态等。他在深入解读这些词语的道教蕴含后指出,"《女冠子》词重要的主题不是世间恋人的分离——这些显然是道教徒假扮的,而是女道士对于嫁给仙人或与上清仙界的悟道者神秘媾合的渴望"。① 薛爱华指出,"一个语文学家对名称感到兴趣——物的名称,抽象概念的名称,制度的名称,对这些字词在文学之流中的生命感兴趣,对它们在人类的理性、想象和情感生活中起到的作用感兴趣"。② 了解了这一点,我们就会明白薛爱华何以会在分析道教诗歌时紧扣相关词语不厌其烦地加以铺陈。他的学生柯睿在唐代道教诗歌的研究上也取得了突出成就,《中古道教与李白诗歌论文集》一书就是这一成就的体现。③ 此外,他还发表了一系列论文。④ 日本方面,也有一批学者关注唐代文学尤其是唐代诗歌中的道教意蕴。游佐升《道教和文学》一文分"六朝唐代的文学与道教""中国小说与道教""敦煌俗文学与道教""近代的俗文学与道教"四节对道教文学进行了纵向梳理,揭示了中国道教文学在文体、题材等方面的诸多面向。作者也坦言,相比于佛教文学,道教文学这个概念也难以确定。从这个角度来说,游佐升对道教文学的梳理代表1990年前后日本道教文学研究的前沿水平。⑤

在唐代道教诗歌研究领域,一批域外学者关注唐代一些著名诗人与道教的内在关联。李白、李商隐、吴筠等著名诗人成为研究热点。关于李白,柯睿、柏夷等人的研究值得重视。如柯睿认为亚洲和西方的学者几乎都故意忽视或者可悲地错译了李白在其诗中所使用的道教意象和措辞,因

---

① Edward H. Schafer, "The Capeline Cantos Verses on the Divine Loves of Daoist Priestesses", *Asiatische Studien*, 32/1, 1978, pp. 5 – 65.
② 转引自田晓菲《关于北美中国中古文学研究之现状的总结与反思》,载张海惠主编《北美中国学:研究概述与文献资源》,中华书局2010年版,第604页。
③ Paul W. Kroll, *Studies in Medieval Taoism and the Poetry of Li Po*, Aldeshot, Eenland: Ashgate, 2009.
④ Paul W. Kroll, "Li Po's Purple Haze", *Taoist Resources*, 7.2, 1997, pp. 21 – 37; Paul W. Kroll, "Lexical Landscapes and Textual Mountains in the High T'ang", *T'oung Pao*, 84, 1998, pp. 62 – 101.
⑤ 参见[日]福景顺康、山崎宏、木村英一、酒井忠夫监修《道教》第2卷,上海古籍出版社1992年版。

此细致分析李白诗歌中的一组道教词语（锦囊、紫霞篇、鸣天鼓、流霞、天关、金阙、玉京）、受箓诗、登太白山诗，认为道家天庭和经文的迷人魅力以明显而又变幻的力度闪耀于李白的诗歌中。① 再如，他考察了李白六首《游泰山》诗的道教思想，并进一步指出，准确理解这些诗需要读者恢复这些诗整体上的宗教架构，而要恢复此一架构，不仅要对道教有通盘认识，还要对符咒、打坐和仙山圣地有深刻体认。② 柯睿统计李白诗歌颜色用词时发现李白对紫色特别偏爱，指出紫霞是太阳精华的凝练物，乃道教修炼中的重要食物。他对李白诗歌中的紫霞、紫烟进行了剖析，认为紫霞、紫烟象征着那些超越世俗、超越俗世生命的存在区域，李白将宇宙的全部和整体的光辉视为紫色，有点类似于西方基督教世界诗人对白色象征意蕴的理解和运用。③ 柯睿还翻译了李白的《大鹏赋》，从注释中可以看出，他运用了大量道教知识来翻译该赋中的词句，这表明柯睿是将《大鹏赋》当作道教文学作品来解读和翻译的。④ 柏夷用大量上清、灵宝经文解析李白多达十首描写黄山或与黄山有关的诗歌，认为黄山是李白想要炼制其丹药的处所，并在诗中频频召唤友人归隐黄山炼丹，最后丹成并中毒身亡。他在文章中强调，《草创大还丹赠柳官迪》《宿鳆湖》《古风》（其四）对于确定李白何时炼丹十分重要。⑤ 土屋昌明《唐代诗人与道教——以李白为中心》一文强调道教诗歌研

---

① Paul W. Kroll, "Li Po's Transcendent Diction", *Journal of the American Oriental Society*, 101.1, 1986；又见［美］柯睿《李白的道教词汇》，载倪豪士编选《美国学者论唐代文学》，上海古籍出版社 1994 年版。

② Paul W. Kroll, "Verses from on High: The Ascent of T'ai Shan", *T'oung Pao*, 69, 1983, pp. 223 – 260.

③ Paul W. Kroll, "Li Po's Purple Haze", *Taoist Resources*, 7.2, 1997, pp. 21 – 37；又载［美］柯睿《李白与中古宗教文学研究》，白照杰译，齐鲁书社 2017 年版。

④ Paul W. Kroll, "Li Po's Rhapsody on the Great P'eng-Bird", *Journal of Chinese Religions*, 12, 1984, pp. 1 – 17；又载［美］柯睿《李白与中古宗教文学研究》，白照杰译，齐鲁书社 2017 年版。

⑤ Stephen Bokenkamp, *Li Bai, Huang Shan, and Alchemy*, T'ang Studies, 25, 2007, pp. 1 – 27；中文译文见［美］柏夷《李白、黄山与炼丹术》，载柏夷《道教研究论集》，孙齐、田禾、谢一峰、林欣仪译，秦国帅、魏美英、纪赟、谢世维校，中西书局 2015 年版。

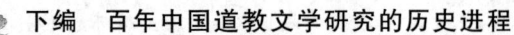

究要关注道教发展的多样性和个别性，即在厘清与道教相关文学作品之个体背景的同时将其放置在唐代社会与道教界的整体发展状况之中进行解读。他认为与李白等诗人交往的焦炼师应该是同一人，即茅山派道士司马承祯之高足、备受玉真公主尊崇的焦真静；李白是经由焦炼师或元丹丘认识玉真公主的，玉真公主进而推荐李白参加科举考试、进入翰林院，李白诗歌所本之上清经典的冥想道法由此可以比较具体地判明。在此基础上，作者指出，判明唐诗中道士身份后还有必要梳理道士道法之特征和门派之立场及其对诗人的影响，进而思考这些因素是否有可能成为文学史划时代变革的诱因之一；作者还指出，道教研究界需要向佛教研究界学习，开展道观的具体位置、宗教功能、教众的交际网络的研究，这有利于我们了解道观和道士们的生存状况、诗人的宗教背景以及二者之间的互动。[1] 他指出，李白深受古上清经影响，其道教背景与司马承祯的弟子、唐玄宗妹妹玉真公主的师傅——女道士焦真静有关，这一背景可以解决关于李白入长安的问题。[2] 他还指出，李白探求洞天、倡导神仙实践冥想的思想渊源为司马承祯的洞天思想，即五岳名山之洞天有神仙栖息、于洞天冥想上清经法可获得神仙指教。[3] 砂山稔《李白与唐代道教——复古和现代之间》一文认为李白对永恒的生的希求突出表现在对道教的青睐上，他倡导清真复古，和唐代当时风行一时的重玄派没有任何关系，而是欣赏能够长生不死的、具有神秘实践性的道教，所以他亲近以李含光为代表的茅山宗道士。[4] 在这个领域，值得一提的还有金秀雄《中国神仙诗研究》，该书围绕屈原、曹植、嵇康、郭璞、谢灵运、鲍照、谢朓、萧衍、沈约、张正见、王绩、卢照邻、王勃的创

---

[1] ［日］土屋昌明：『唐代の詩人と道教——李白を中心に』，『筑波中国文化論叢』2003年第23期。

[2] ［日］土屋昌明：《李白之创作与道士及上清经》，《四川大学学报》2006年第5期。

[3] ［日］土屋昌明：《李白与司马承祯之洞天思想》，载陈伟强主编《道教修炼与科仪的文学体验》，凤凰出版社2018年版。

[4] ［日］砂山稔：『李白と唐代の道教』，载『赤壁の碧城——唐宋の文人と道教』，汲古書院2016年版。

作梳理神仙诗从屈原到初唐的发展轨迹后,并重点从山岳、鸟类意象探讨了李白的神仙诗。①

关于李商隐,深泽一幸等人的研究颇有参考价值。深泽一幸认为,晚唐五代保持了本来原型的真本《真诰》被隐藏起来,似乎不大为众人所见,代之的是经过修改的故事以《真诰》之名流传于世,而这影响到诗人对《真诰》的体悟。他指出,韦应物、白居易、李贺乃至顾况、曹唐、秦系这样与道教关系密切的诗人在咏叹、引用《真诰》事典时有隔膜之感,而李商隐理解的《真诰》世界有茅君和许掾两个中心,其相关诗作尤其是《戊辰会静中出贻同志二十韵》对《真诰》的理解广博而深入,不仅有贴近原本的鲜活生动之感,而且就像是从他心中已经形成的形象里自然而然地流露出来,这与李商隐道观修炼并阅读到原本《真诰》密切相关。② 他还考释李商隐为从叔李褒代书之公文以及李商隐写给李褒的书信,发现两人之间以茅山道教为媒介的交流极为浓厚,从而认定李商隐之向道与李褒的引导密切相关。③ 此外,加固理一郎还从道教存思修炼的角度观照李商隐的诗歌。④

关于吴筠其人其作,日本和荷兰学者有重要贡献。神塚淑子和麦谷邦夫对其生平事迹和思想作了考辨。⑤ 麦谷邦夫广搜文献尤其是从道经、文集、地方碑刻等资料中搜罗出《宗玄先生全集》未收诗文近20种,采用年谱式的手法考证吴筠的道教师承、嵩山活动、长安期间与玄宗对答的道

---

① [日]金秀雄:『中國神仙詩の研究』,汲古書院2008年版。
② [日]深泽一幸:《李商隐与〈真诰〉》,载深泽一幸《诗海捞月——唐代宗教文学论集》,王兰、蒋寅译,中华书局2014年版。
③ [日]深澤一幸:『李商隱を茅山に導きし者—從叔李褒』,載麥谷邦夫編『三教交涉論叢』,京都大学人文科学研究所2005年版,第587—621页;[日]深泽一幸:《引导李商隐到茅山的人物——从叔李褒》,载深泽一幸《诗海捞月——唐代宗教文学论集》,王兰、蒋寅译,中华书局2014年版。
④ 参见[日]加固理一郎『李商隱の詩歌と道教——存思内観を描いた詩』,『文京大学国文』2013年第42期。
⑤ [日]神塚淑子:『吳筠の生涯と思想』,『東方宗教』第54期;[日]麦谷邦夫:《吴筠事迹考》,《东方学报》2010年第85期。

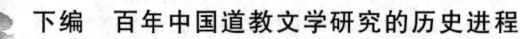

下编　百年中国道教文学研究的历史进程

教义理思想。在此基础上,麦谷邦夫又撰成《吴筠的生平、思想与文学》一文。① 在该文中,作者主要以被视为吴筠最早期作品的诗、其在长安担任翰林供奉时期及在庐山躲避兵乱时期所作的诗以及步虚词为考察对象,指出其步虚词刻意驱除了陆修静步虚词中的佛教影响,并多次流露出自身的想法和意识。麦约翰批评体现儒家价值观的正统史学文献对道士生平的记载不仅简陋而且漏洞百出,转而希望借助诗歌、逸事和方志材料来复原道士的生平。他通过两首联句(尤其是《中元日鲍端公宅遇吴天师联句》)及其关联的历史语境的深入分析,"看到了吴筠作为道士、医者以及地位尊崇的社会人物的一面。作为颜真卿、严维、鲍防等名人高官的座上宾和文友,他与江南的豪门望族例如谢家建立了友好的宗教关系,并让他们的家庭成员例如王氏终身信道"。这表明大历期间是吴筠声望最高的时期,吴筠不仅仅像传统认为的那样只是一个好隐居、好诗歌的道士。② 此外,麦约翰翻译了吴筠的《览古诗》,对其隐逸思想进行了解读,认为其"反映归隐的文章和这系列特殊的《览古》诗主要表达了他对两方面的关注:对于仕宦和本国政治文化的态度,以及在生理与精神上更高水准的追求"。这表明,全身远害、入世不如隐逸正是吴筠的情操和志趣所在。③

关于道教步虚词,施舟人④、薛爱华、⑤ 深泽一幸⑥等域外学者投注

---

① 〔日〕麦谷邦夫:《吴筠的生平、思想与文学》,载陈伟强主编《道教修炼与科仪的文学体验》,凤凰出版社2018年版。

② Jan A. M. de Meyer, *Linked Verse and Linked Faith: An Inquiry into the Social Circle of an Eminent Tang Dynasty Taoist Master in Linked Faiths: Essays on Chinese Religions and Traditional Culture in Honor of Kristofer Schipper*, edited by Jan A. M, De Meyer and Peter M. Engelfriet, Leiden: Brill, 2000, pp. 148 – 183.

③ Jan A. M. de Meyer, "A Daoist Master's Justification of Reclusion: Wuyun's Poems on 'Investigating the Past'", *San Jiao Wen xian*, 2, 1998, pp. 11 – 40.

④ Schipper Kristofer, "A Study of Buxu: Taoist Liturgical Hymn and Dance", in *Studies of Taoist Rituals and Music of Today*, Pen-yeh Tsao and Daniel O. L. Laweds, ed. Hong Kong: The Chinese Music Archive, Music Department, CUHK, and Society of Ethnomusiciological Research in Hong Kong, 1989, pp. 110 – 120.

⑤ Edward H. Schafer, "Wu Yun's Cantoson 'Pacing the Void'", *Harvard Journal of Asiatic Studies*, 41, 1981, pp. 377 – 415.

⑥ 〔日〕深澤一幸:『步虚詞考』,吉川忠夫编『中国古道教史研究』,同朋舍1992年版,第363—416页。

了巨大热情。施舟人认为步虚至少在东晋后期已经被熟知和践行，并对灵宝步虚之内容和实践作了辨析，提醒人们关注唱诵、存思、舞蹈等步虚要素。薛爱华对吴筠的十首步虚词作了翻译和释读，在分析其语言和意象的基础上确认吴筠作品的独特性，即其步虚词与道场和宇宙炼丹过程关联不那么密切，它更个人化、更让人神迷。此文的贡献在于对词语的准确释读和翻译。如果说施舟人关注仪式本身、薛爱华关注词语本身，那么深泽一幸则更关注文学本身，他的《步虚词考》一文对道教文学史上的步虚词作了深入的分析。如他认为，陆修静《步虚词》的内容特征与押韵特征与《真诰》收录的众真诰授之诗密切相关，两者有着共同的古老来源。

透过对唐代诗歌的深入考察，域外学者发现道教对唐代社会和唐代文学的渗透无所不在。薛爱华弟子柯素芝叙述了唐朝铜镜的道教意象与主题的多样性，并将理想的道教实践者与文人的精英理想联系起来，认为我们以宋代儒家的理念来观照唐朝是对唐朝的误解。[①] 柯睿也试图透过唐诗去了解唐代道士司马承祯，他对唐玄宗以及一大批诗人咏叹司马承祯的诗作一一加以分析，揭示这个道士和唐代宫廷和诗坛的密切关系。[②] 陈伟强探讨了误入桃源故事在唐代诗词中的意蕴，认为该故事在唐代出现新的理解，一是如刘禹锡的政治讽刺诗那样借助这一典故表达政治寄托，一是成为士子风流生活的喻象，故事中的女子被仙化，成为女冠和风月女子的喻体，催生了众多诗词名篇。[③] 日本学术界较早高举"茅山派（上清派）"的术语来解读唐代诗歌的是森濑寿三。[④] 深泽一幸

[①] Suzzane Cahill, "The Moon Stopping in the Void: Daoism and the Literati Ideal in Mirrors of the Tang Dynasty (618—907)", *Bulletin of the Cleveland Museum of Art*, Claudia Brown, ed., special volume on First International Conference on Chinese Mirrors, 2007.

[②] Paul W. Kroll, "Ssu-ma Cheng-chenin T'ang Verse", *Society for the Study of Chinese Religions Bulletin*, 6, 1978, pp. 16–30.

[③] Tim Chan, "A Tale of Two Worlds: The Late Tang Poetic Presentation of The Romance of the Peach BlossomFont", *T'oung Pao*, 94, 2008, pp. 209–245.

[④] ［日］森濑寿三：『李賀詩の道教的側面』，『日本中国学会報』第28辑，关西大学出版社1998年版。

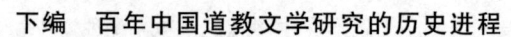

下编　百年中国道教文学研究的历史进程

通过考释杜甫《望岳》（泰山、华山、衡山）诗、三大礼赋和《前殿中侍御史柳公紫薇仙阁画太一天尊图文》等作品的用词蕴含来说明杜甫对道教世界的兴趣，认为杜甫对道教体系的理解非常深刻、非常独特，凌驾于同时代诗人之上。①而砂山稔《赤壁の碧城——唐宋の文人と道教》一书对王维、杜甫、沈佺期、宋之问、李白、柳宗元、韩愈、李商隐与道教关系的揭示有力地表明道教对唐代诗歌的影响无所不在。②

与上述关注道教实践与唐诗创作的研究路径不同，唐诗研究权威宇文所安的兴趣点则在于道教给唐代诗歌创作所给予的灵感。他在《晚唐——九世纪中叶的中国诗歌（827—860）》之第九章"道教：曹唐的例子"中指出，尽管薛爱华揭示了曹唐诗歌对道教意象的运用，但他则认为"也许理解曹唐与其道教诗的关系的最好方式，是撇开信仰的问题，将他的道教看成既是一种话语，也是一种专门的学问"。在他看来，曹唐的"小游仙诗描绘神仙世界，展示了丰富的技术性知识；大游仙诗涉及神仙，但是这些故事大多已传入普通文化之中"。③他认为，"李白并不关心道教的宇宙观，也不醉心炼养服食的道家仙术。他只是利用仙人道术等概念来进行玄想和释放灵感"。④这和柯睿的观点迥然不同。这让柏夷开始思考该如何解读唐诗中的道教意象，其《道教思想与文学：从"碧落"一词说开去》一文，通过对灵宝经词语"碧落"一词原意的解读及其在唐诗中的借用提出了自己的看法："若作者诗中某道教词汇被认定为概念借用或复合借用，则可推断作者已通过某种渠道对道教有所了解，但我们不能据此认定作者是'道教徒'（姑且不论'道教徒'在中古时期的含义）。反言之，若作者诗中的道教借用词只属于

---

①　[日]深泽一幸：《杜甫与道教》，载深泽一幸《诗海捞月——唐代宗教文学论集》，王兰、蒋寅译，中华书局2014年版。
②　[日]砂山稔：『赤壁の碧城——唐宋の文人と道教』，汲古書院2016年版。
③　[美]宇文所安：《晚唐——九世纪中叶的中国诗歌（827—860）》，贾晋华、钱彦译，生活·读书·新知三联书店2011年版，第312、316页。
④　Stephen Owen, *The Great Age of Chinese Poetry: The High T'ang*, New Haven: Yale University Press, 1981, p.140.

形式借用或只为增添文采，就不能断定作者对道教一无所知。"①

宋元明清一直到近现代的道教诗歌研究相对沉寂，但不乏力作。砂山稔《赤壁の碧城——唐宋の文人と道教》一书是这方面的力作。该书分为上下两部，分论唐宋文人、文学与道教的关系，下部涉及欧阳修、曾巩、王安石、苏洵、苏轼、苏辙、苏过、苏符、苏籀等著名作家。②法国内丹学者胡素馨试图透过苏轼的养生修炼来观察宋代文人圈中的道教信仰。她认为，以苏轼为代表的宋代士大夫有着丰富的道教修炼实践并得到了翔实记录，这些记录可以帮助我们考察他们对于道教的态度。就苏轼来说，他有儒道释的素养和实践，熟悉养生诀、胎息法、养生说、龙虎铅汞说等养生技术和理论，对金丹尤其是朱砂的功效也深信不疑。他对道教有强烈的求知欲与好奇心，经常慷慨分享其炼丹及养生的心得，但没有足够的恒心，金丹炼好后亦不敢服用。③蜂屋邦夫利用王重阳和全真七子诗词别集研究全真宗师的生涯和教说，试图尽可能地接近他们的宗教精神本身。作者指出，由于这些诗词充满了内丹学的隐语和比喻，所以需要研究者尽可能努力去理解隐藏在文意背后的秘而不宣的修行方法和他们的心情。④高万桑分析了全真教留下的十五首"五更"组诗，认为这些诗歌记录了全真道士在众多冥思之夜为长生不老所付出的努力，试图引导读者"认识到抒情诗的传统，并自我追问苦行实践与诗歌体裁之间的关系"。在他看来，五更诗记录了全真道士夜晚战睡魔苦修的主题和方法，但这类诗歌的持续创造并不构成一个体系，只是为全真道士将独一无二、无法言说的因素融入集体经验中提供

---

① Stephen Bokenkamp, "Taoism and Literature: the 'Pi-lo' Question", *Taoist Resources*, 3.1, 1991, pp. 57–72.

② [日]砂山稔:『赤壁の碧城——唐宋の文人と道教』，汲古書院2016年版。

③ Baldrian-Hussein Farceen, "Alchemy and Self-Cultivation in Literary Circles of the Northern Song Dynasty: Su Shi (1037—1101) and his Techniques of Survival Cahier", *d'Extrême-Asie*, 9, 1997, pp. 15–53.

④ [日]蜂屋邦夫:《金代道教研究——王重阳与马丹阳》，钦伟刚译，中国社会科学出版社2007年版；[日]蜂屋邦夫:《金元时代的道教——七真》，金铁成等译，齐鲁书社2014年版。

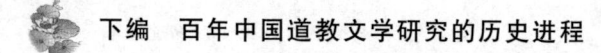

了一种方法。① 大木康梳理了明清戏曲、小说、诗歌中的道教、神仙思想，在综述相关研究成果的基础上指出明清时代的道教文学作品其直接的宗教性意识薄弱，但道教、神仙思想渗透到各个文学领域；他还分别以皇帝、士大夫、民众为对象，考察道教、神仙思想在社会上的传播，并思考其对文学的影响，发现道教影响下的高雅生活理念和庭园思想在明清社会和文学中颇为风行。②

关于明代道教与文坛的互动，王岗和王安作出了重要贡献。王安主要研究昙阳子信仰与王世贞文学集团之间的宗教互动。③ 如他以王世贞所撰《昙阳大师传》为核心材料，分析昙阳子存思修炼以至羽化成仙的过程和昙阳子崇拜得以形成的原因。从这个个案研究可以看出，晚明的神仙崇拜是一个儒道释杂糅、精英文化与民间文化互动密切的宗教行为。④ 王岗研究明代道教时发现，明代藩王的文学创作中，王府属官和方外与他们有密切交流，以道教为主题的书写格外耀眼，且在数量上要比其他文人高。许多藩王组织文社，讨论诗歌创作，撰写游仙诗和步虚词，出版道家圣地作品集；许多藩王沉迷丹道，频繁参与道教实践，甚至以道士自居，编撰、刊刻了大量道书。他们创作、刊刻道教典籍的主要目标和读者是皇帝和其他亲属，包括他们的后代和其他藩王。有时出于道教信仰，他们会将这些典籍送给道观。⑤ 他还指出，他们修炼内丹时喜欢从事内丹著作的编撰和刊刻，不少藩王喜欢采用诗赋的方式吟咏内丹。⑥ 他

---

① Goossaert Vincent, "Poèmes Taoïstes des Cinq Veilles", *Etudes Chinoisesxix*, 1–2, 2000, pp. 249–270.

② ［日］大木康：『明清文学における道教・神仙思想に関する覚え書き』，『筑波中国文化論叢』2003 年第 23 期。

③ Ann Waltner, *The World of a Late Ming Mystic: T'an Yang-Tzu and her Followers*, Berkeley: University of Califounia Press, 2000.

④ Ann Waltner, "Tan-yang-tzu and Wang Shih-chen: Visionary and Bureaucrat in the Late Ming", *Late Imperial China*, Vol. 8, No. 1, 1987, pp. 105–133.

⑤ Richard G. Wang, *The Ming Prince and Daoism: Institutional Patronage of an Elite*, Oxford University Press, 2012.

⑥ ［美］王岗：《明代藩王与内丹修炼》，秦国帅译，《全真道研究》2016 年第 5 辑。

还指出，全真教能在上清派基地茅山建立乾元观开创法脉和王世贞集团的文学支援密切相关：以王世贞为核心的江南文学集团的40多位文人为茅山撰写了80多篇诗文碑记，这些作品作为象征性资本对乾元观的发展至关重要。①

刘迅则对清代和民国时期的道教文学作了深入探讨。他以《自然好学斋诗钞》为分析文本，探讨晚清江南女诗人汪端的道教追求和文学创作。他指出，汪端婚后活跃于其家族内部的文学交游网络中，并经常参与经典背诵、治疗仪式、冥想和扶乩等宗教活动，诗人高启被地方神殿尤其是江南地区的精英阶层的乩坛团体奉为天神和汪端的个人崇拜及其信仰活动直接有关。他还指出，汪端创作的诗歌记录、反映了她的宗教经验与宗教追求，这些经验和追求被她参与的社会文学圈的其他精英女性分享，这些诗歌因此成了建立和维持文学宗教团体或友谊的一种重要方式。② 他还对发表在20世纪三四十年代专为追求内丹修炼而创办的《扬善半月刊》和《仙道月报》上的五首丹道旅行诗进行了分析，试图透过诗歌分析彰显这一时期丹道修炼的历史面貌和新的发展轨迹。他认为这些旅行诗透露了四个方面的信息：旅行依然是20世纪早期与内丹修炼关系密切且不可缺少的组成部分，旅行诗反映了内丹修炼及其相关旅行的社会和个人生活，修炼者开创性地号召用团结的力量来满足"法、侣、财、地"四个修炼根本条件，旅行可以作为修行的隐喻和一种知识论范式用来思考整个内丹修炼过程。③

王燕宁曾参加过祁泰履和柏夷教授主持的"道教文献与历史"暑期学者班，对清代道教诗歌颇为关注。如她曾就清代女作家的道教书写

---

① [美]王岗：《明代江南士绅精英与茅山全真道的兴起》，载刘大彬编《茅山志》，上海古籍出版社2016年版。

② Xun Liu, "Of Poems, Gods, and Spirit-Writing Altars: The Daoist Beliefs and Practice of Wang Duan (1793—1839)", *Late Imperial China*, 36, No. 2, 2015, pp. 23 – 81.

③ Xun Liu, "In Search of Immortality: A Study of Travels in Early 20th Century Neidan Poems", *Taoist Resources*, No. 1, 1997.

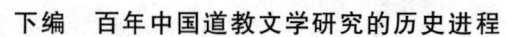

发表过两篇长文。一篇论文对骆绮兰、顾太清、凌祉媛和高凤阁四位女诗人撰写的以《女游仙》为题的诗歌进行了深入研究①，另一篇论文对女作家钱希的写作和扶乩信仰作了分析②。透过前者的分析，她指出：女游仙诗很可能是在女性文学空前繁荣的明清时期由清代女诗人首创的。这类诗歌的崛起体现了女作家在男性传统中艰难探寻她们自己声音的历程以及日益高涨的女性意识。女诗人们通过重塑仙界来突破人间内外有别的性别空间的桎梏，而她们的文学创作则在中国文学史上赢得一席之地。透过后者的分析，她指出：扶乩在建构钱希文学想象和提升钱希创作产量方面扮演着意义非凡的角色；在满足其情感需要、突显其才女的身份、展示其独特存在价值方面，钱希利用扶乩刺激文学创作的书写策略非常重要。清代的厉鹗曾写过多达 300 首的游仙诗，王燕宁撰文分析了厉氏游仙诗中关于梦的典故。③她指出，厉鹗游仙诗中的梦幻典故是一种修辞策略，其中隐含着厉鹗对于自身身份的多重思考。厉鹗透过游仙诗展示了他的复杂思想，他时而遵循儒家传统寻求政治荣誉，时而选择其他传统尤其是道教文化以追求个人的不朽，时而远离政治而寻求个人的浪漫情感，用多种手法塑造一个在人间和天上皆被认可的才子形象。

四　道教说唱与道教戏曲研究

域外学术界还就道教说唱、宗教仪式与戏剧创作、道教实践与戏剧内涵等议题展开分析，在清理宗教实践与说唱文学、戏剧文学互动关系的基础上，揭示说唱文学、戏剧文学的发展演变。

道教说唱是道教宣教的重要手段，学者们关注的焦点是道情。游佐

---

① Wang, Yanning, "Roaming as a Female Transcendent", In Wang, *Reverie and Reality: Poetry on Travel by Late Imperial Chinese Women*, 31–65. Lanham: Lexington Books, 2014.

② Wang, Yanning, "Gendering the Planchette: Female Writer Qian Xi's (1872—1930) Spiritual World", *Journal of Chinese Literature and Culture* 4.1 (2017): 160–179.

③ Wang, Yanning, "The Dream of the 'Talented Man': Dream Allusions in Qing Poet Li E's (1692—1752) Youxian Poetry", *Extrême-Orient, Extrême-Occident* 42 (2018): 129–152.

升《唐代社会与道教》一书分为敦煌道教、蜀地道教、成都道教三部分，每部分由若干专题论文组成。其中第一部分讨论到变文与道教、叶净能诗、道教唱导、道教俗讲，是道教说唱研究的代表作。[①] 日本学者泽田瑞穗视道家的步虚词为道情的先声，[②] 小野四平则认为道情起源于南宋，以韵散交错的方式展开故事，并对山行大学图书馆藏《新编增补评林庄子叹骷髅南北词》进行了分析。[③] 美国学者韩南发现台北"中央"图书馆藏有一部明代的道情作品《云门传》，讲述李清入洞寻仙，后因思家返回人间成为著名儿科医生的故事。这个道情作品大概成书于1550—1627年间，其原型为唐代故事，其发展形态便是冯梦龙改编的《李道人独步云门》。这部作品的发现不仅为学术界提供了一个鲜活的道情作品，还揭示了白话文学从唱本到小说的发展轨迹。[④] 伊维德梳理了《庄子叹骷髅》《韩湘子九度文公道情》的发展演变史，强调全真教的宗教理念和宗教实践对这两个故事的形塑具有重要意义。他在书中翻译了17世纪分别由杜蕙、丁耀亢、王应麟撰写的"庄子叹骷髅"故事和19世纪或更晚的三首篇幅较短的唱词，并在导论中梳理了"庄子叹骷髅"故事自《庄子》到辞赋、诗歌、道情、戏曲和现代小说的演变，认为"庄子遇骷髅"故事在金元明的突然出现和繁盛，与王重阳——12世纪全真教创教者的传教活动密不可分，早期的全真宗师通常在其诗歌中描写自己遇骷髅的场景，之后的全真教徒则又重新开始复述庄子遇骷髅、叹骷髅的故事，从而推动了该故事的传播和演变。[⑤] 在另外一篇文章中，伊维

---

① [日]游佐昇：《唐代社会与道教》，东方书店2015年版。
② [日]泽田瑞穗：《关于道情》，《中国文学月报》1938年第44号；澤田瑞穗：『佛教と中國文學』，株式會社圖書刊行會1975年版。
③ [日]小野四平：《中国近代白话短篇小说研究》，施小炜、邵毅平、吴天锡、张兵译，上海古籍出版社1997年版。
④ Patric Hanan, "The Yün-men Chuan: from Chantefable to Short Story", *Bulletin of the School of Oriental and African Studies*, 36, 2, 1973；中译文由苏正隆翻译，载《中外文学》1975年第4卷第5期。
⑤ Wilt L. Idema, *The Resurrected Skeleton: From Zhuangzi to Lu Xun*, New York: Columbia University Press, 2014.

德还分析了南宋画家李嵩《骷髅幻戏图》,清理了中国文化中的相关主题和母题,并指出,"庄子遇骷髅这个传说之所以在公元 17 世纪的道情中广泛流传,可能与全真教大肆宣讲骷髅的重要作用有关"。① 咏叹骷髅的传统在近现代以来的宗教仪式中仍然很盛行。弗朗索瓦·皮卡德聆听到台湾道士表演的《骷髅歌》后,从跨教别文体的角度分析了《骷髅歌》在道教仪式、佛教仪式中的运行机制和音乐特质,揭示了骷髅主题从印度到东亚的流变。② 伊维德还重点介绍了韩湘子度化叔父韩愈的两部道情。这两部道情一是仅存日本东京大学东洋文化研究所图书馆的《韩湘子十二度文公蓝关记》,这部道情可能出自 16 世纪或更早,采用散体片段与七言诗段交替的形式叙事,是小说《韩湘子全传》的源材料之一。另一部道情便是《新编韩湘子九度文公道情》,仅存 19 世纪已降的本子,叙事采用散、韵交替,且多使用《耍孩儿》曲牌,可能出自清初。伊维德还指出,晚宋以来的戏曲形式影响了这个传说的内容:韩湘子与韩愈蓝关相会的情节变成韩愈皈依韩湘子的情节最早出现在杂剧如《韩湘子三度韩退之》中,南戏如《韩湘子九度文公升仙记》(适合在祈雨仪式上搬演)还首先在叙事中增加了韩愈夫人和湘子之妻这两个角色,这和杂剧的三段度脱模式、南戏的男女角色设计有关,而这些情节在《新编韩湘子九度文公道情》中得到了强化。③

宗教仪式与戏剧创作研究涉及中国戏曲生成研究。较早从宗教仪式角度研究中国戏剧生成的是英国学者龙彼得。他于 1976 年 3 月 10 日在巴黎作演讲时,列举大量田野调查资料和历史文献中的仪式和戏剧信

---

① [荷]伊维德:《绘画和舞台中的髑髅与骷髅》,宋学立译,载张广保编《多重视野下的西方全真教研究》,齐鲁书社 2013 年版,第 588 页。

② Picard François, "Le Chant du squelette (Kulou ge)", *Journal Asiatique*, 292 – 1/2, 2004, pp. 381 – 412.

③ Wilt L. Idema, "Narrative Daoqing, the Legend of Han Xiangzi, and the Good Life in the Han Xiangzi Jiudu Wengong Daoqing Quanben", *Daoism: Religion, History and Society*, No. 8, 2016, pp. 89 – 146;[荷]伊维德:《说唱道情、韩湘子传说,以及〈新编韩湘子九度文公道情全本〉中的美好生活之观念》,郭劼译,《曲学》2017 年第 5 辑。

息，论证中国戏剧起源于宗教仪典。① 在这个领域作出杰出成就的则是田仲一成。他受希腊戏剧、日本戏剧发生研究的启发，认为中国的祭祀戏剧是古代农村社祭仪式在中晚唐以后丧失其宗教巫术性而转化为演出活动即文艺的过程中产生的，转化的关键在于宋代农村市场圈的发达导致分散的"社会"活动朝着以核心集市的寺庙为中心的新兴"社会"发展，原来祭祀农业神的春秋祭祀被迎神赛会活动即神诞庆祝和超幽建醮所取代。具体转化情形可分为三个类型：社祭中的竞赛活动在宋代新兴"社会"里转变为武技表演、巡游活动并衍生出舞狮舞龙等杂技文艺，神诞祭礼转变为参军戏和院本（爨体）等庆贺戏，超度幽鬼的建醮祭礼在南宋后转变为悲剧——镇魂剧，即镇抚武将英灵的悲剧和镇抚冤魂的审判剧。他还认为，中国祭祀禳灾祈福型的阴阳二元结构决定中国祭祀戏剧无法产生彻底的悲剧。他还批评王国维将戏剧定义为"以歌舞演故事"完全忽略了戏剧背后的祭祀因素——即死而复活这一祭祀因素。田仲一成的这些结论建立在大量田野调查和文本分析的基础上。一方面，他用田野调查所得和文献记载的祭祀材料进行互动分析，另一方面又将分析结果和残留下来的戏剧史料和经典戏剧文本如《关张双赴西蜀梦》《霍光鬼谏》《地藏王证东窗事犯》《昊天塔孟良盗骨杂剧》《窦娥冤》等进行比对分析，其思路和结论对研究中国戏剧发生学和戏剧本质有重要参考价值。②

以《中国祭祀戏剧研究》（1981）为起点，田仲一成先后出版有《中国的宗族与戏剧》（1985）、《中国乡村祭祀研究——地方戏的环境》（1985）、《中国巫类戏剧研究》（1993）、《中国演剧史》（1998）、《明清的戏曲——江南宗族社会的表象》（2000）、《中国地方戏曲研究——元明南戏向东南沿海地区的传播》（2006）等一系列著作深化和延展其理论体系。

《中国的宗族与戏剧》是《中国祭祀戏剧研究》的续编。该书紧扣

---

① Piet von der Loon, "Les Origines Rituelles du Theatre Chinois", *Journal Asiatique*, 215, 1977, pp. 141–168；[英] 龙彼得：《中国戏剧源于宗教仪典考》，王秋桂、苏友贞译，《中外文学》1979 年第 7 卷第 12 期。

② [日] 田仲一成：《中国祭祀戏剧研究》，布和译，北京大学出版社 2008 年版。

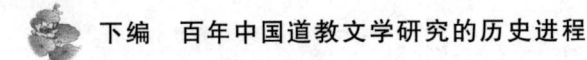

下编　百年中国道教文学研究的历史进程

构成中国地域社会的地缘集团、血缘集团来分析其中的祭祀组织、祭祀礼仪、祭祀歌谣和祭祀戏剧，以及它们如何被大地主宗族的支配权力所制约和影响。通过一系列田野调查个案分析，作者指出：农村的祭祀戏剧是一种社会制度，具备社会性功能，其社会性功能的存在与否决定其存活与消亡；祭祀戏剧的社会功能与其说是娱乐还不如说是通过娱乐来强化和维系农村的社会组织；祭祀组织的性质直接规定了祭祀戏剧的性质，祭祀戏剧反映了华南农村社会的宗族观念。[①]

《古典南戏研究——乡村、宗族、市场之中的剧本变异》以《琵琶记》、四大南戏和南戏化的《西厢记》为对象分析明清时期各地方剧本的文本流传、变异与社会性质。他认为南戏虽然有一部分戏剧在城市剧场表演，但大部分是在乡村祭祀环境中演出，因此需要从农村内部的祭祀礼仪来研究戏剧表演。在这一理念支配下，他提出了三大戏剧概念：乡村戏剧是在中国农村的基层单位——社上成立的祭祀戏剧，其历史悠久，具有宋元以来的传统，又是向神灵恳求丰收及太平奉上的供戏，可以看作农村生产活动不可或缺的一部分；宗族戏剧是在宗族富裕家庭"冠婚葬祭"生活习俗上成立的祭祀戏剧，也含有向神恳求保佑的宗教性因素，但具有一部分士商彼此联谊交流的世俗因素，这类戏剧在明代中期以后的江南地区发达起来；市场戏剧是几个乡村或几个宗族联合起来的祭祀戏剧，大约在以有名的市场庙宇为中心的广域地方社会上成立。在以市场为核心的广域之中，士商农工各阶层都参与并合作，其中含有向神灵祈求五谷丰收、商贾隆盛、工匠发达、加官进禄等各阶层投射的多元因素。但组织中出钱最多的是商人，所以综合起来说，商人的影响力是最大的，因此叫作市场戏剧。其组织形式模仿乡村戏剧，因此可以说是乡村戏剧的扩大形态或延伸。[②]

[①] ［日］田仲一成：《中国的宗族与戏剧》，钱杭、任余白译，上海古籍出版社1992年版，第3—4页。

[②] ［日］田仲一成：《古典南戏研究——乡村、宗族、市场之中的剧本变异》，吴真校，中国社会科学出版社2012年版，第29—30页。

《明清的戏曲——江南宗族社会的表象》一书把重点放在明清以来的江南戏曲（特别是传奇）如何表现这一地区特有的宗族社会理念这个问题上，概要考察了明清江南的演剧空间及其产生的戏曲作品的性质。他指出，"在相当于中国戏剧史初期阶段的元杂剧中，以中国北方为中心，英雄悲剧、烈妇悲剧这两者是并存的，而在随后的明代江南戏剧的阶段，英雄悲剧却完全销声匿迹，只有烈妇悲剧独擅胜场，盛极一时"。① 他认为，形成这种局面的关键是支配戏剧的社会背景的地域差别和时代差别，即小姓杂居村落和大姓村落的差别。

　　《中国演剧史》译成中文时命名为《中国戏剧史》，是对《中国祭祀戏剧研究》《中国的宗族与戏剧》《中国乡村祭祀研究——地方戏的环境》《中国巫类戏剧研究》的理论总结。该书是按照王国维《宋元戏曲考》（1907）的思路来写的，但王国维突出了倡优因素，田仲一成则凸显了巫觋因素，对只关注宫廷和城市戏剧研究的学术传统、对王国维以来的戏剧形成综合说进行了深入反思；与此同时，该书也揭示了宗教戏剧逐渐世俗化的历史进程。②

　　此外，还有学者观察佛教戏剧如何在道教仪式被运用。如施舟人对中国礼拜仪式中的目连戏及其派生物作过调查，其中用到的数据大部分是有关道教炼度仪式的。他指出，道教目连戏的仪式内容可能与佛教的极为相似，尤其是丧葬仪式，佛、道传统几乎已经彻底同化。③

　　道教实践与戏剧内涵研究涉及多个面向。有的学者关注戏剧中的进香仪式。如伊维德逐一分析张国宾的《汗衫记》、杭州书会写的《小孙屠》、郑廷玉的《看钱奴》以及《焚儿救母》四部杂剧中的泰山进香情

---

　　① ［日］田仲一成：《明清的戏曲——江南宗族社会的表象》，云贵彬、王文勋译，北京广播学院出版社 2004 年版。
　　② ［日］田仲一成：《中国戏剧史》，布和译，吴真校译，北京大学出版社 2011 年版。
　　③ Schipper Kristofer, *Mu-lien Plays in Taoist Liturgical Context*, in *Ritual Opera*, *Operatic Ritual*:"*Mu-lien Rescues His Mother*" *in Chinese Popular Culture*, ed. David Johnson, Berkeley: University of California, 1989, pp. 126 – 154.

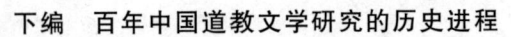

节,指出戏剧重点关注了香客个体进香的动机和香客在东岳庙逗留时或者归途上的感情,认为这些戏剧没有给我们提供这些特殊民众进香的心理活动情况,但是确实反映了社会上所接受的个体宗教信仰形式,这说明13—14世纪的戏剧和宗教仪式、信仰关系紧密而多元。① 有的学者关注戏剧中的扶乩仪式。如蔡九迪认为,扶乩文化与士大夫文化的融合成为明清时期最为显著的特征,尤侗的生平和创作对于扶乩和戏剧表演之间复杂关系的研究大有裨益。她指出,尤侗通过诗歌、传记、书信、笔记以及自传记载了他的扶乩活动,其中有两次是在仕途和政治转折点上通过扶乩来了解皇帝和好友、妻子在彼岸世界的状况,这种扶乩经历对其《花史传》(1643)和半自传性传奇《钧天乐》(1657)的创作产生了重要影响。②

但更多的学者聚焦于道教的度脱主题和内丹修炼。杨富森考察八仙史料后指出,元代戏剧最早对八仙进行介绍和讨论,但剧作家对八仙的认识很有分歧,八仙之间的差异也很大,吕洞宾在八仙中有很突出的地位。③ 霍克思指出,元代杂剧中的大多数杂剧可以称为全真戏,其主题是一成不变的,即救度皈依,其角色经常为钟吕八仙、王重阳、马丹阳而不是丘处机,这表明元代的剧作家很好地利用了全真教度化弟子的各种故事,并将其作为他们作品的题材。④ 余孝玲认为马致远的神仙道化剧不仅没有如刘大杰、郑振铎所认为的那样脱离现实,反而是忠实地反映了当时道教运动的盛行。她认为,马致远剧作的主题是劝化和度脱,其戏剧张力来自度脱者和被度脱者对于彼此信

---

① Wilt L. Idema, "Pilgrimage to Taishan in the Dramatic Literature of the Thirteenth and Fourteenth Centuries", *Chinese Literature: Essays, Articles, Reviews*, 19, 1997, pp. 23 – 57.

② Judith T. Zeitlin, "Spirit Writing and Performance in the Work of You Tong", *T'oung Pao Second Series*, Vol. 84, Fasc. 1/3, 1998, pp. 102 – 135.

③ Richard L. S. Yang, "A Study of the Origin of the Legend of the Eight Immortals", *Oriens Extremus*, 5.1, 1958, pp. 1 – 22;[美] 杨富森:《八仙传说探源》,载吴光正主编《八仙文化与八仙文学的现代阐释》,董晓玲译,吴光正校,黑龙江人民出版社2006年版。

④ David Hawkes, "Quanzhen Plays and Quanzhen Masters", *Bulletinde l'École Française d'Extrême-Orient*, 69, 1981, pp. 153 – 170;[英] 霍克思:《全真戏与全真宗师》,载张广保编《多重视野下的西方全真教研究》,宋学立译,齐鲁书社2013年版。

念的执着,其情节链反映了全真教的传承谱系和丹道理念,且表现出和禅宗理念折中的倾向;她还认为,马致远杂剧的另一主题是退隐,其情节体现了现实的无奈和道家的人生观。① 此外,中钵雅量对元代度脱剧的内涵②、赵晓寰对元杂剧中的道姑形象③、秋冈英行对兰茂《性天风月通玄记》的内丹修炼作了考察④。赵晓寰以《鸳鸯被》《望江亭》《女真观》和《竹坞听琴》这四部媒婆剧和思凡剧为考察对象,认为它们和"才子佳人"剧在设置、情节、人物中有非常多的相似之处,这些作品塑造的过失道姑在道和俗之间向往世俗生活和追寻自我,女性欲望和不守戒律的主题也使她们不同于元杂剧里那些主要关注宗教救赎和教化的典型道化剧。伊维德认为明代皇室成员周宪王朱有燉是15世纪最重要的剧作家,晚年对道教颇感兴趣,比较崇信张伯端的内丹南宗。他在《朱有燉戏剧研究》第三章"新旧典礼"、第四章"庆祝"中对相关剧作一一进行分析,介绍了其中的道教内涵。⑤ 他指出,超度剧的特别作用就是在庆寿时作喜庆演出,不过,超度剧来自葬礼仪式,其内容为表演死亡及复活即引导死者的灵魂来到天国,其礼仪起源可追溯到汉末有组织的道教出现之时。"到了元朝,道教的超度剧已从引导死者走向永生改变为在人活着时祈求长寿。因此,这种戏只能在庆寿时演,而不能在别的场合演……朱有燉在写超度剧时,一开始完全遵循过去的传统。后来,他认识到传统的超度剧在内容和功用上有冲突,于是他就离开传统的故事情节,以发挥超度剧的功用。实际上,他在最后几

---

① Yu Shiao-ling, "Taoist Themes in Yuan Drama (With Emphasis on the Plays of Ma Chih-yuan)", *Journal of Chinese Philosophy*, 15.2, 1988, pp. 123 – 149.
② [日] 中钵雅量:『中國の祭祀と文藝』,創文社1989年版。
③ Zhao Xiaohuan, "Love, Lust, and Loss in the Daoist Nunnery as Presented in Yuan Drama", *T'oung Pao*, 100, 1 – 3, 2014, pp. 80 – 119.
④ [日] 秋岡英行:『内丹劇初探——蘭茂「性天風月通玄記」』,載麥谷邦夫編『三教交涉論叢』,京都大学人文科学研究所2005年版,第685—705页。
⑤ Wilt L. Idema, *The Dramatic Oeuvre of Chu You-tun (1369—1439)*, Leiden: E. J. Brill, 1985.

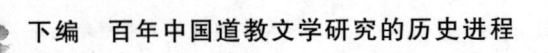

个超度剧中,又回到了过去的传统布局,只是比较柔和弱化而已。"①

五 道教神话与道教小说研究

道教神话与道教小说研究主要围绕道教宇宙论、道教神仙、丹道修炼、道教科仪、道教法术而展开,域外学者视这些神话和小说的产生为一种宗教实践的记录,从而对学术界关于神话、小说的性质乃至研究方法造成了冲击。

早期道经中蕴含的道教神话是学者们的兴趣所在。其中的代表性著作为吉瑞德的《早期道教的混沌神话及其象征意义》。② 他对《老子》《庄子》《列子》《淮南子》等典籍中的混沌神话及其象征意蕴展开了详细分析,认为混沌神话反映了中国的宇宙论思想,是道教秩序的体现。

道教神仙研究主要集中于老子、西王母和吕洞宾。③ 关于老子的神话建构,索安和孔丽维作了精彩研究。④ 常志静则对《老子八十一化图》展开文学与图像学研究。⑤ 鲁唯一通过对西王母这一神话人物的研究去检验各类和长生不老神话人物有关的神话主题,该书的最大特点是将图像资料与历史学、考古学研究方法相结合。⑥ 柯素芝的专书梳理了唐朝之前的文学和艺术来源中西王母的形象。⑦ 她在一篇文章中利用杜光庭

---

① [荷]伊维德:《朱有燉的杂剧》,张惠英译,北京大学出版社2009年版,第70页。
② [美]吉瑞德(N. J. Girardot):《早期道教的混沌神话及其象征意义》,蔡觉敏译,齐鲁书社2017年版。
③ 张三丰也有学者关注:Anna Seidel, "Chang San-feng: A Taoist Immortal of the Ming Dynasty", in Wm. T. de Baryed, *Self and Society in Ming Thought*, New York: Columbia University Press, 1970。
④ Anne Seidel, "La Divisation de Lao Tseu Dans le Taoïsme des Han, Publicationsde L'EFEO", *Paris*, 71, 1969; Livia Kohn, *God of the Dao: Lord Lao in History and Myth*, Ann Arbor: Center for Chinese Studies, University of Michigan, 1998, pp. 208 – 209.
⑤ Reiter Florian C. Ed., *Lebenund Wirken Lao-Tzu's in Schriftund Bild*, Lao-chunpa-shih-i-huat'u-shuo, Würzburg: Königshausen and Neumann, 1990a.
⑥ Michael Loewe, *Ways to Paradise: Chinese Quest for Immortality*, London, George Allen and Unwin, 1979.
⑦ Suzzane Cahill, *Transcendence & Divine Passion: The Queen Mother of the West in Medieval China*, Stanford: Stanford University Press, 1993.

的女神传记、朝代历史、道教经典文本、唐代诗歌分析西王母与王权的关系，认为许多故事中西王母的到访和馈赠是为了确认西王母授予中国帝王权力与象征，以利于其实现统治，不过随着道教自主意识的发展，道教祖师开始干涉统治者的力量和王权，西王母教导祖师，并向其传达象征性的指示，道教祖师于是进一步转化为死亡的征服者与乐土的统治者。[1] 小南一郎探讨西王母作为神的性格与七月七日男神、女神相会传说的密切关联以及神话的置换变形。在小南一郎看来，七夕礼仪牵连着牛郎、织女和西王母三位神灵，织女的工作和西王母的玉胜都带有宇宙论的意义。"西王母本来只是一个神，它居于大地中心的宇宙山（世界树）顶上，以绝对的权力赋予整个宇宙以秩序。而赋予秩序一事，就由它的织机行动来象征，西王母可以说是织出世界秩序的神。因此，正是织机部件的胜就戴到了它的头上。"而乞巧的本意是"希望织女本身不失去其机织技巧的、使这个世界不陷于混乱的具有宇宙意义的行事"，"到后汉时，牵牛、织女已经分别代表曾由西王母一人所统合的男女二要素了"。他还进一步指出，牛郎织女相会的古老传统可追溯至地上的渡河相会即《诗经·溱洧》所载春祭仪式。[2] 关于西王母的更多域外研究论文，还可参阅《西王母文化研究集成·外文论文卷》一书，该书共收欧美、日本学者论西王母的论文14篇。[3]

吕洞宾的神话传说研究也是域外道教文学研究的关注点。弗雷泽·巴列德安·侯赛因认为：早期传说中的吕洞宾具有内丹专家、书法家兼诗人、炼丹术士、医生、驱妖者、占卜者、商人、手艺人甚至佛教徒身份；北宋对吕洞宾的祭祀是由商人和小贩或其他人群沿着水路从一地传

---

[1] Suzzane Cahill, "The Goddess, The Emperor, and the Adept: The Queen Mother of the West as Bestower of Legitimacy and Immortality", in Elizabeth Bernard and Beverly Moon, eds., *Goddesses Who Rule*, Oxford: Oxford University Press, 2000, pp. 196–214.

[2] ［日］小南一郎：《西王母与七夕文化传承》，载小南一郎《中国的神话传说与古小说》，孙昌武译，中华书局2006年版，第125、127页。

[3] 迟文杰、陆志红主编：《西王母文化研究集成·外文论文卷》，广西师范大学出版社2009年版。

下编 百年中国道教文学研究的历史进程

到另一地的,但故事的传播主体应该是道教徒或相关人群;北宋时期出现的吕洞宾及其师父钟离权的丹道文献给道教徒的冥想术带来了彻底的革命,吕洞宾因而在此后成为道教教派宗师;吕洞宾在文化阶层受欢迎的原因有三,一是宋初皇帝对道教采取保护政策,一是新王朝建构合法统治的需要,一是城市经济的繁荣。① 洪怡莎以《夷坚志》《妙通纪》为中心对南宋时期的吕洞宾信仰进行分析,认为偏爱吕洞宾信仰的地点越来越集中在江南一带,主要以居家祀奉、通灵信仰、祠祭的方式展开,这种信仰形式与其所涉阶层主要为民众和道士密切相关。但随着自立的民间祠庙的增多以及道士的支持,仙人被更重要的宗教建筑群道观、佛寺尤其是天庆观所接受,这大大有利于全真教在元廷获得成功。② 森由利亚将《纯阳吕真人文集》所收"吕真人本传"和《纯阳帝君神化妙通纪》前十化作比较,分析其异同,认为《妙通纪》赋予钟吕传道以全真教道统继承的意义。正因为如此,《妙通纪》的普及程度不如《纯阳吕真人文集》,后者因为不具教派色彩而在民间得以广泛信仰和流传。③ 结合全真教开展吕洞宾神话研究的是康豹的《多面相的神仙——永乐宫的吕洞宾信仰》。④ 该书梳理了吕洞宾的信仰史和永乐宫的兴建史,重点分析了永乐宫的碑文和壁画,揭示了全真教对吕洞宾信仰的贡献。尽管作者的目的在于探索中国宗教地理的文化多样性,但全书对吕洞宾多元形象的分析和把握颇为到位。遵循这一思路,康豹后来还撰文指出,《飞剑记》作者邓志谟对道教学和内丹术有浓厚兴趣,由

---

① Farzeen Baldrian-Hussein, "Lü Dongbin in Northern Song literature", *Cahiers d'Extrême-Asie*, 2, 1986, pp. 133 – 169;[法]弗雷泽·巴列德安·侯赛因:《北宋文献中的吕洞宾》,李丽娟、吴光正译,载吴光正主编《八仙文化与八仙文学的现代阐释——二十世纪国际八仙论丛》,黑龙江人民出版社2006年版。

② Isabelle Ang, "Le culte de Lü Dongbin sous les Song du Sud", *Journal Asiatique*, 285 (2), 1997, pp. 473 – 507;洪怡莎:《南宋时期的吕洞宾研究》,《法国汉学》2002年第7辑。

③ [日]森由利亚:《关于〈纯阳帝君神化妙通纪〉所表现四位全真教特征》,载吴光正主编《八仙文化与八仙文学的现代阐释——二十世纪国际八仙论丛》,黑龙江人民出版社2006年版。

④ [美]康豹:《多面相的神仙——永乐宫的吕洞宾信仰》,吴光正、刘玮译,齐鲁书社2010年版。

此激发了他对吕洞宾崇拜的兴趣,并将吕洞宾置于苦修情境中;而《东游记》等小说和此前小说的差异,是吕洞宾与白牡丹的性描写非常露骨,这表明《东游记》有明显的娱乐性。①

关于道教仙传,域外学术界做了不少翻译工作。如欧洲学者康德谟对《列仙传》的翻译②,英国学者韦利对《长春真人西游记》的翻译③,美国学者柯素芝对《墉城集仙录》的翻译,康儒博对《神仙传》的翻译。④ 关于道教仙传的研究,学者们则习惯于从道教实践与神话建构的角度来立论,这些研究集中在几部重要的道教传记上。施舟人译注了《汉武帝内传》,其导言对《汉武帝内传》的道教理念作了细致分析。⑤ 泽田瑞穗较早开展了道教传记研究。⑥ 小南一郎结合中古宗教史料尤其是宗教故事和道经对《汉武帝内传》所载传说的来历和性质进行分析,进而阐述其形成特质。他指出,西王母七月七日率诸女降临凡间向汉武帝授经是祖灵归还和未婚而夭的神女降迹人间的宗教神话遗迹再现,而这些神女降迹故事是以集月神和大地母神之长生、生殖、死亡特性的西王母为中心而发展出来的故事群,是巫觋人神交接仪式的艺文化。他还指出,《汉武帝内传》人神交接技法和场景在上清派的经典中有类似的记载,《汉武帝内传》中与群神共食的厨会场景则是天师道三会日行厨共食礼仪的反映;遁甲孤虚和内视等具有知识阶层观念的强烈咒术倾向的六甲灵飞等十二事,结合到在江南圣山信仰里独立发展起来的《五岳

---

① [美]康豹:《明代文学中的吕洞宾形象》,载吴光正主编《八仙文化与八仙文学的现代阐释——二十世纪国际八仙论丛》,黑龙江人民出版社2006年版。

② Kaltenmark Macime, *Le Lie-sientchouan*, *Traduiteta nnoté*, Peking: Universitéde Paris, Centred'Etudes sinologiquesde Pékin, 1953.

③ Arthur Waley, *The Travelsofan Alchemist*: *The Journey of the Taoist Ch'ang-ch'unfrom Chinatothe Hindukush at the Summons of Chingiz Khan*, Recorded by His Disciple Li Chih-ch'ang, 1963.

④ Robert Ford Campany, *To Live as Long as Heaven and Earth*: *Ge Hong's Traditons of the Divine Transcendents*, Berkeley: University of California, 2002.

⑤ Kristofer Schipper, *L'Empereur Woudes Han dans La Légende Taoiste*, Bulletinde l'École Française d'Extrême-Orient, Paris, 1965.

⑥ [日]澤田瑞穗:『神仙説話の研究』,載澤田瑞穗『仏教と中国文学』,国書刊行会1975年版,第327—357页。

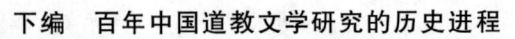

真形图》的传承中，构成了《汉武帝内传》的基础。他还指出，《汉武帝内传》所载药品和玉女名称承袭了《道迹经》和《真迹经》的内容，而与改造这两部经典的《真诰》有别，这说明构成《汉武帝内传》内容的正是陶弘景等人的道教所不重视的，《汉武帝内传》对汉武帝的批判显示其作者不满东晋以后上清派抛弃民众要素并与君权调和的做法，是以对抗上清派的意味被编集起来的。这一分析的理论背景是艺术活动起源于宗教祭祀仪式即宗教祭祀剧和祭祀传说这一理论。[1]

《神仙传》也是西方学界的关注焦点。康儒博指出，各式各样的形象归因于葛洪的创作（至少对于他的一生来说），但是其中大多数应为公元4世纪的材料。[2] 裴凝确认《神仙传》作者是葛洪，认为葛洪之前并不存在一部同名的《神仙传》，《抱朴子》和《神仙传》存在互补关系，葛洪之后《神仙传》曾经重编的说法需要检讨。他还考察唐宋文献对《神仙传》的征引和近代版本，认为《神仙传》的原始内容无法从现存文献的基础上复原，但却能对初唐时期的状况下一个合理结论，并证明明代及其后的版本是不可靠的。[3] 小南一郎指出，葛洪《神仙传》的思想基础是祖灵祭祀，并以刘安、汉武帝升仙故事分析这一思想基础在巫觋、方士手中的变迁发展；他还认为《神仙传》发展出了一种新神仙思想，即神仙术不再是远古特选英雄的专利，而是任何人均可享有的技术，这种神仙思想有着把绝对者下降到人的水平的倾向，从而在中国文艺中保留了持久的影响。[4] 小南一郎还认为，《西京杂记》的诸多内容是在与宫廷艺人有关的专业传说者之间形成的，其讲述故事的方式与方士小说家所使用

---

[1] ［日］小南一郎：《〈汉武帝内传〉的形成》，载小南一郎《中国的神话传说与古小说》，孙昌武译，中华书局2006年版。

[2] Robert Ford Campany, *To Live as Long as Heaven and Earth: Ge Hong's Traditons of the Divine Transcendents*, Berkeley: University of California, 2002.

[3] ［澳］裴凝（Benjamin Penny）：《〈神仙传〉之作者与版本考》，*Journal of Oriental Studies*, Vol. 34, 2, 1996, 卞东波译，载《古典文献研究》2007年第10辑。

[4] ［日］小南一郎：《〈神仙传〉——新神仙思想》，载小南一郎《中国的神话传说与古小说》，孙昌武译，中华书局2006年版。

的技法有密切关联，即以事件经历者或经历事件后死而复生者的口吻讲故事。作者最后推论指出，"《西京杂记》与葛洪集团的诸作品一样，应认为是与葛氏道的后裔有关联并是在南北朝时期于江南编纂的"。① 土屋昌明则将《神仙传》和《历世真仙体道通鉴》作了比较研究。②

域外学术界对金元道教传记的研究旨在强调全真教通过传记书写来建构宗教认同。例如，高万桑强调："在早期全真教团中最具权威的并不是那些基本的文献，而是全真祖师和宗师们的言与行。……全真宗师的事迹、语录和诗文也成为全真道士们进行研习评注并在自己修道实践中加以参考的文献。"③ 马颂仁讨论了全真教创立者的生平和仙传，指出全真道士"撰写历史的方法使我们意识到，全真史家并不是想写历史本身，而是想藉此宣扬救度生命的教义、阐发宗教的理想、弘扬教团的辉煌。出于这种目的，他们自然就会对全真教的历史有所取舍和抽象。因此，为了阐明他们所要宣扬的上述理念，全真史家就采用了那些在他们看来最具说服力的材料。王重阳遇仙、马丹阳倡导的对王重阳的崇拜、王玉阳提出的七真理论以及众多带有仙传色彩的七真传记全都是出于传教的目的。这就是全真道士对待历史的关键"。④ 康豹梳理了史志经《玄风庆会录》的编撰、出版、重刊进程，以翔实的材料说明全真道士写作传记是为了创造或强化宗教认同。⑤ 此外，景安宁有《圣徒吕洞宾画传》一文，专门研究永乐宫的吕洞宾画传。⑥

---

① ［日］小南一郎：《〈西京杂记〉的传承者》，载小南一郎《中国的神话传说与古小说》，孙昌武译，中华书局2006年版，第181页。
② ［日］土屋昌明：『「歴世真仙体道通鑑」と「神仙伝」』，『国学院雑誌』1996年第97卷第11号。
③ ［法］高万桑：《教团的创建：十三世纪全真教的集体认同》，载张广保编《多重视野下的西方全真教研究》，宋学立译，齐鲁书社2013年版，第25页。
④ ［法］马颂仁：《全真教的创立：仙传与历史》，载张广保编《多重视野下的西方全真教研究》，宋学立译，齐鲁书社2013年版，第79页。
⑤ ［美］康豹：《撰写历史创造认同——以玄风庆会图为例》，载张广保编《多重视野下的西方全真教研究》，宋学立译，齐鲁书社2013年版。
⑥ Jing Anning, *A Pictorial Hagiography of Lü Dongbin*，本文以《吕洞宾与永乐宫纯阳殿壁画》为名收入傅飞岚、林富士主编《遗迹崇拜与圣者崇拜》，台湾允晨文化实业股份有限公司2000年版。

下编　百年中国道教文学研究的历史进程

不少论文还对仙传中的特有主题进行了分析。例如，傅飞岚对《神仙感遇传》的感遇主题进行了分析。① 他认为，"感遇"就是道教徒受点化的契机和最终成仙的手段，虔诚寻求仙人的努力成为道门中人精神之旅的隐喻，而通过感遇获得仙人直接降授的期望则产生了一种自生的虔诚文学。此外，他还从"神、圣、仙""圣地与博物志""蜀的天命"三个层面翻译、分析蜀国宫廷道士杜光庭创作的《录异记》，认为杜光庭献给朝廷的这部书在关键的时刻强化了这个地区的社群意识，为前蜀王朝及王室取得神圣地位、建立王朝提供了应有的凭据。② 柏夷清理仙传、诗歌和道经中的文献，揭示了菖蒲在中国文学及宗教中的传说及象征意义。他指出，菖蒲是由北斗七星中第五颗玉衡星散落而来的，它不仅是人类政治生活的干预者，而且能够让修道者长生不老，因而成了仙境圣地的标志，不过它在道教修炼的药物体系中排名并不高。③ 此外，侯思孟对王子乔碑的研究亦值得重视。④

关于中国的狐精传说，西方学术界已经贡献了三部专著，即陈德鸿的《狐狸和鬼魂中的话语：纪昀和十八世纪文人讲故事》⑤、韩瑞亚的《异类：狐狸和封建中国的晚期叙事》⑥ 及康笑菲的《狐狸崇拜：权力、性别和封建晚期及现代中国的民间宗教》⑦。这三部论著均在讨论文人对狐精传说的不同策略，也涉及其中的道教内涵。如康笑菲从社会史的

---

① Verellen Franciscus, "Encounter as Revelation: A Taoist Hagiographic Theme in Medieval China", *Bulletin de l'Ecole Francaise d'Extreme-Orient*, 85, 1998.

② Verellen Franciscus, "Shu as a Hallowed Land: Du Guangting's Record of Marvels", *Cahiers d'Extrême-Asie*, 10, 1998, pp. 213 – 254.

③ Stephen Bokenkamp, "The Herb Calamus and the Transcendent Han Zhong in Daoist Literature", *Studies in Chinese Religions*, 1.4, 2015.

④ Donald Holzman, "The Wang Ziqiao Stele", *Rocznik Orientalistyczny (Warsaw)*, 47: 2, 1991, pp. 77 – 83, 53.

⑤ Leo Tak-hung Chan, *Discourse on Foxes and Ghosts: Ji Yun and Eighteenth-Century Literati Storytelling*, Honolulu: University of Hawai'i Press, 1998.

⑥ Rania Huntington, *Alien Kind: Foxes and Late Imperial Chinese Narrative*, Cambridge, Mass.: Harvard Univerity Asia Center, 2003.

⑦ Xiaofei Kang, *The Cult of the Fox: Power, Gender, and Popular Religion in Late Imperial and Modern China*, New York: Columbia University Press, 2005.

角度，研究中华帝国晚期华北地区狐精崇拜故事的财富和两性观念。她指出，凡女更有可能与狐精保持性关系以换取家族财富，男性家长默许狐精与年轻的女性家庭成员发生"不正当"性关系，实际上是选择了积累钱财而非选择名誉；而狐女被男性特别是文人广泛描述成热情的恋人和体贴的妻子，其诉求只限于在男权社会中获得一个从属性的角色，其超自然能力限制在世俗男性权威的界限之内。这表明，这类传说和崇拜例证了一种动物如何获得表达人们对世界的认识及其在社会中所处位置的象征意义。①

在域外道教仙传和志怪小说研究领域，有一种研究趋势值得重视。从杜德桥的《广异记》研究开始②，西方学术界往往习惯于将志怪和仙传作为宗教实践的历史记录加以看待，其研究方法往往是历史学、社会学、宗教学而非文学。如杜德桥对于我们习称为志怪小说的那批材料采取了历史学的研究维度，在穷尽相关材料的基础上揭示文本的历史内涵。他集纳唐代安抚北周忠臣尉迟迥魂灵的官方文献和民间文献，发现这些文献存在不同的叙述声音，得出如下启示：中国宗教的历史性大变动，往往伴随着一个复杂的、无规律可寻的过程，而不是一个简单的、规律的过程。我们需要对现存的文件进行仔细的、严格的阅读，它们会慷慨地给予我们更丰富的认识。③ 再如，他将《柳毅传》置于《三卫》《蓝勃庐山龙池》《汝阴人》等同类故事中加以分析，得出如下结论：人龙之间由对峙而归于姻亲，伦理价值由冲突而达于统一，传统故事层层叠加累积，最后以一个悖论式的综合将它们统于一体。④ 在分析明清

---

① Xiaofei Kang, "Spirits, Sex and Wealth: Fox Lore and Fox Worship in Late Imperial China", In David Aftandilian, ed., *What Are the Animals to Us? Approaches from Science, Religion, Folklore, and Art*, Knoxville: University of Tennessee Press, 2006, pp. 21–35.

② Glen Dudbrige, *Religious Experience and Lay Society in T'ang China: A Reading of Tai Fu's Kuang-i chi*, Cambridge: Cambridge University Press, 1995.

③ [英]杜德桥:《尉迟迥在安阳：一个8世纪的宗教仪式及其神话传说》，载乐黛云、陈珏、龚刚主编《欧洲中国古典文学研究名家十年文选》，江苏人民出版社1998年版。

④ [英]杜德桥:《〈柳毅传〉及其同故事》，载乐黛云、陈珏、龚刚主编《欧洲中国古典文学研究名家十年文选》，江苏人民出版社1998年版。

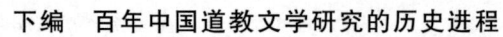

下编　百年中国道教文学研究的历史进程

小说时，他也采取了同样的路径。例如，他利用小说《醒世姻缘传》分析朝山进香的宗教组织、财务运作与后勤保障、朝山进香过程以及个人进香动机与家庭之间的紧张关系，并认为作者公开或隐含的态度贯穿于整个情节，因此，"进香、婚姻、社会反叛、伤风败俗、凌辱权威等主题都摆出了它们最激进最令人难忘的姿态"。这部小说"研究了一个女人因为下定决心去进香而引发的家庭内部矛盾，进香途中结伴的情况，微妙的社会等级差异"，作者的叙事态度让"颠倒"成了整个小说的主要基调。①

康儒博翻译《神仙传》的同时②，完成《志怪》③和《成仙》④两书，他在两书中继承杜德桥的理念，强调这些作品反映了中古时期道教实践的真面相，志怪故事和神仙传记因而是一种记录文学，用小说（以虚构为特征）这一概念研究这些作品是有问题的。他在《志怪》中指出，志怪小说应该看作宇宙观的映像和宗教说服的媒介，志怪是古代史官采集传统的延续，代表中央对异常的掌控和驯服。他所说的宇宙观是指"一种以推广、改善、巩固或挑战一个信仰体系和世界观（或意识形态）为目的的、有关异常的话语的创造、发展和说服用途"。⑤在《成仙》一书中，康儒博认为成仙是一种社会性事务，仙传故事参与并展现了社会群体的集体记忆，是社会宗教生活的重要组成部分。康儒博在论文中讨论到修仙者的自述文本。⑥他指出，仙传文本的研究必须将

---

① Glen Dudbrige, "A Pilgrimage in Seventeenth-century Fiction: T'ai-shan and the 'Hsing-shih Yin-yuan chuan'", *T'oung Pao*, 77, 1991；载乐黛云、陈珏、龚刚主编《欧洲中国古典文学研究名家十年文选》，江苏人民出版社1998年版，第304、305页。

② Robert Ford Campany, *To Live as Long as Heaven and Earth: A Translation and Study of Ge Hong's Traditions of Divine Transcendents*, Berkeley: University of California Press, 2002.

③ Robert Ford Campany, *Strange Writing: Anomaly Accounts in Early Medieval China*, Albany: State University of New York Press, 1996.

④ Robert Ford Campany, *Making Transcendents: Ascetics and Social Memory in Early Medieval China*, Honolulu: University of Hawai'i Press, 2009.

⑤ Robert Ford Campany, *Strange Writing: Anomaly Accounts in Early Medieval China*, Albany: State University of New York Press, 1996, p. x.

⑥ Robert Ford Campany, "Narrative in the Self-Presentation of Transcendence-Seekers", *Interpretation and Literature in Early Medieval China*, ed. Alan K. L. Chan and Yuet-Keung Lo, Albany: State University of New York Press, 2010, pp. 133 – 164.

"仙人"拉回到阅读仙传的历史时空中才能得出科学的结论。在他看来，修行者的自我叙述以及自我确认是一种向社会展示"成仙"以建构文化记忆的社会活动，修行者创造了一个听众渴望达到的神仙境界，也创造了对于他们自己的崇拜，因此这些"成仙"的故事支撑了整个世界。他的这些研究，是西方叙事学在中国志怪、成仙书写研究中的回响，对于反思学界将这些书写当作"小说"来研究的路径具有一定冲击力。

关于明清神魔小说研究，则存在两种研究路径。一种是纯文学的研究路径，这一路径主要体现在对《西游记》的研究上。代表性人物有柳存仁、杜德桥、浦安迪、余国藩和中野美代子等。他们试图解读《西游记》人物、情节中所蕴含的丹道意义，进而揭示其作为寓言的各种文学表现手法。

从事《西游记》本事、版本研究的几位学者都不约而同地意识到了《西游记》中的宗教意蕴尤其是道教寓言。杜德桥《西游记源流考》对从玄奘取经到小说的演化过程进行了考证，尤其聚焦于孙悟空的出身及其与三藏的关系，认为今本《西游记》形成之前，确实有人所共知的几近定本存在，其成书过程中含有不少道教成分。[1] 杜德桥还质疑吴承恩的著作权，认为1592年版世德堂本才是最近于任何原本《西游记》的本子，朱本、杨本"清楚地表明粗心的抄录和改动"的省略与不连贯处，是百回本的节写本，杨本改写朱本，朱本也有可能出自杨本，陈光蕊故事无论就结构及戏剧性来讲，与整部小说风格并不谐洽，因此应该出自朱鼎臣，其编成之年应在1662年前后。[2] 柳存仁认为朱本是吴本的直接蓝本，朱本压缩改写本杨本也是吴本的蓝本。[3] 柳存仁从分析《西游记》虞集序与道教的关系入手，进而认为充斥于《西游

---

[1] Glen Dudbidge, *The His-yu Chi: A study of Antecedents to the Sixteenth Century Chinese Novel*, Cambridge: Cambridge University Press, 1970.

[2] ［英］杜德桥：《西游记祖本的再商榷》，《新亚学报》1964年第6卷第2期；Glen Dudbrige, *The Hundred-chapter His-yu Chi and Its Early Versions*, Asia Major. n. s. XIV, 1964, pp. 141–191.

[3] 柳存仁：《孙悟空的原型〈四游记〉》，《通报》1964年第51卷第1期。

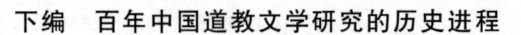

记》中的道教韵文大部分来自道教尤其是全真教的诗词别集,提出了《西游记》是否存在一个全真教本子这样的学术命题。他通过对小说中诗词、叙述文字、情节及全真教教义的阐释确认全真本《西游记》存在的可信度,认为真正撰写这个假定的全真本《西游记》的人,他的生存和活跃的时代,也许要比丘处机迟五六十年到一百年。① 而太田辰夫则认为虞集序为真,《西游记》在元朝确实经过道士修订。② 矶部彰对《西游记》资料和版本的整理和研究也有助于学界探讨《西游记》的道教因缘。③

余国藩在翻译《西游记》的基础上对《西游记》的道教寓言展开了精彩的分析。其初译本历时十三年,2004 年余国藩又辞去教职,花七年时间进行修订。④ 这个译本,较之韦利的节译本⑤,是个全译笺注本,被西方学术界誉为内化翻译的典范。西方学术界据此认为余国藩不仅是一位伟大的文学翻译家,而且是以其儒雅和语言亲和力将文化翻译人格化的典范。⑥ 余国藩的《西游记》修订本,无论是导论、笺注还是宗教语汇的翻译上均颇见功力,他甚至在前贤研究的基础上找出 22 条出自道教文献的韵文。他指出,《西游记》不仅有佛教寓意更有道教寓意,是内化旅行(interior journey)的寓言。他在《西游记》全译本导论中指出,该书第十回《西江月》化用秦少游《满庭芳》,而《淮安府志》谓吴承恩"有秦少游之风",这表明吴承恩是最可能的作者;在漫

---

① 柳存仁:《全真道与道教小说〈西游记〉》,《明报》(月刊)1985 年第 233—237 期。
② [日] 太田辰夫:『西遊證道書考』,『神戶外大論叢』1970 年第 21 卷第 5 號。
③ [日] 矶部彰:『「西遊記」資料の研究』,東北大学出版会 2007 年版。
④ Anthony C. Yu ed. and trans, *The Journey to the West*, 4Vols, Chicago: University of Chicago Press, 1977 - 1983; Yu Anthony C. ed. and trans, *the Monkey and the Monk*: *A Revised Abridgment of the Journey to the West*, Chicago and London: University of Chicago Press, 2006; Yu Anthony C. revised. ed, *The Journey to the West*, Chicago: University of Chicago Press, 2012.
⑤ Waley Arthurtrans, *Monkey*, London: John Day, 1942, Repr, New York: Grove Press, 1958.
⑥ 相关介绍,参见 [美] 王岗《余国藩(1938—2015)先生的学术成就与学术理念》,《世界宗教研究》2015 年第 4 期。

长的发展过程中,取经一直是说者或编纂者的中心主题,《西游记》里的韵文和叙述者共同担负起说故事的重责大任,作者在各回回目、叙事写景与究明故事含义的韵散文中,大量使用来自《道藏》的道教语汇,使得西行的漫漫旅途也煞似修行的朝圣寓言。他最后指出,"和尚、道士和秀才对《西游记》的了解,也许比胡适之博士更透彻,更深刻!"[①]

余国藩还撰写了一系列研究《西游记》道教内涵的论文。他指出,小说中大量涉及唐僧出身的情节,"即使不能显示陈光蕊故事确属百回本不可或缺的一环,也能够指出故事自有意义"。"百回本的作者一定非常熟悉元明戏曲搬演的玄奘早岁的故事,而且这位作者还故意把江流儿出生与遇难等传说以高明的技巧编织进他的小说中。"而今天所见的陈光蕊故事一回,很可能是朱鼎臣的手笔,清代编者再予以润色。第九回是全书唯一一回欠缺诗作的单元,这让人怀疑该回的可靠性,但该回的插入倒算和谐。在他看来,第九回攸关全书结构。[②] 他认为朝圣应该包含圣地的概念、参与的形式和旅行的回报三个要素,并以此为基点比较研究《神曲》和《西游记》的朝圣,从充满冒险的旅行传奇、寓意佛教业报(karma)和解脱的故事以及内外修行的寓言故事来解读《西游记》。他指出,《神曲》和《西游记》不仅奇迹般地将玄想和朝圣的故事熔于一炉,更制造出引人入胜的文体,《神曲》和《西游记》的读者都可谓幸运。[③] 他还反思西方学术界关于中国文学缺乏宗教性的观点,梳理学术研究成果,认为唐宋笔记和汉唐诗歌并未缺乏"宗教启发性",在此基础上,分析《西游记》的"玄道",认为"《西游

---

① [美]余国藩:《源流·版本·史诗与寓言——英译本〈西游记〉导论》,载余国藩《〈红楼梦〉〈西游记〉与其他》,李奭学编译,生活·读书·新知三联书店2006年版,第314页。

② Anthony C. Yu, "Narrative Structure and the Problem of Chapter Nine in the His-yu Chi", *Journal of Asian Studies*, 34, 1975, pp. 295–311;[美]余国藩:《〈西游记〉的叙事结构与第九回的问题》,载余国藩《〈红楼梦〉〈西游记〉与其他》,李奭学编译,生活·读书·新知三联书店2006年版,第314页。

③ Anthony C. Yu, "Two Literary Examples of Religious Pilgrimage: The 'Commedia' and 'The Journey to the West'", *History of Religions*, Vol. 22, No. 3, 1983, pp. 202–230.

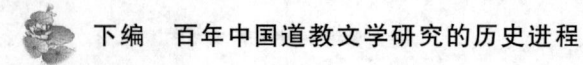

记》中有违史实的地方，一向公认是中国宗教史上最为辉煌的一章，而这个事实，正是作者赖以架设其虚构情节，使作品深具复杂的宗教意义的所在。这种宗教意义，乃由小说中直指儒释道三教的经典所形成的各种典故与象征组成。三教并陈，又大量撷取所需教义，也是《西游记》能够鹄立于中国小说史的原因"。"把金丹的玄理演化成一部有趣易读的小说之际，《西游记》的作者确乎可以归入第一流的天才之列。"①

浦安迪、戴斯博、中野美代子等学者的《西游记》研究也凸显了《西游记》的道教内涵。浦安迪认为《西游记》与《红楼梦》中穿织于人生万象流变的寓意，在很大程度上借用了所谓的阴阳五行的宇宙观来加以表现。《西游记》"除了很多评点家点出的心猿意马及大乘佛教超度的术语外，作者还很多次运用阴阳五行与五行的宇宙观、卦象知识以及道家修炼的专门术语，尤其还有很多隐喻借自炼丹术。……对求仙得道过程的隐喻尽管以释道术语的含义为主，但考虑到作者所处时代的折中主义潮流，决不能排除其中也有来自新儒家思想的重要内容。无论如何，只有当这些孤立的人物形象连接成叙事世界的结构图式时，对哲学术语的引用才是呈现寓意的层次"。② 内丹专家戴斯博也对《西游记》中的内丹法作了诠释。③ 詹妮弗·欧德斯通-莫尔利用西方内丹学研究成果对《西游记》"车迟国"情节进行研读，认为"车迟国"的故事混合了丹道概念和早期版本如《朴通事谚解》所载西游故事的意象，不仅是道教小周天功法中河车载物过脊柱的寓言，而且强调了兼修身心的

---

① ［美］余国藩：《宗教与中国文学——论〈西游记〉的"玄道"》，载余国藩《〈红楼梦〉、〈西游记〉与其他》，李奭学编译，生活·读书·新知三联书店2006年版，第366、383页。
② ［美］浦安迪：《〈西游记〉与〈红楼梦〉中寓意》，载刘倩等译《浦安迪自选集》，生活·读书·新知三联书店2011年版，第196页。浦安迪对《西游记》的研究还可参考［美］浦安迪《明代小说四大奇书》，沈亨寿译，生活·读书·新知三联书店2006年版。
③ Despeux Catherine, *Leslecturesalchimiquesdu Hsi-yu-chi*, In Religionund Philosophiein Ostasien: Inhonour of Hans Steininger, G. Naundorf, K. H. Pohl, H. H. Schmidt, ed, Wiirzburg: Konigshausen & Neumann, 1985, pp. 61 – 72.

重要性。她指出,阐释《西游记》和小说中的取经经历时,最重要的方法是从道教视角考虑身心修炼的并重。① 中野美代子从道教与炼丹术的角度分析了西游记人物、数字、情节背后所隐含的宗教内涵,解释其象征性表达艺术。其观点可圈可点。如她从《西游记》的插诗入手,指出"铅汞即为坎离、即为男女、即为龙虎,其象征意义随着隐语范畴的扩展而无限增幅。尤其是作为男女的铅汞,脱离了炼丹术中本来的即物性格,而与房中的性爱技巧结合在一起,使此后的炼丹术经典更具韬晦性特点","在炼丹术深奥的名目之下展现了一种驾驭隐语的色情世界,并且被原封不动地搬入《西游记》之中"。"《西游记》中随处可见的这类关于炼丹术的诗,是在《西游记》故事已经达到成熟阶段之后才有意加入的。"她还分析了取经队伍的丹道隐喻:"首先把孙悟空喻为金,并依此把猪八戒配属于水。然后进行理论处理,把孙悟空和猪八戒再分别配属于火和木。最后又通过一番理论处理,从孙悟空和猪八戒之间金木和水木的对立出发,把沙悟净配属于二土、刀圭和黄婆。""孙悟空除了是一部围绕着孙悟空而展开的成长史之外,还是一个充满了对人物事件进行解释的解释史的世界。正是在这个世界里,隐藏着至今尚未解开的道教隐秘学的趣味。""大概是在16世纪的明末之后,有人注意到了孙悟空具备的金的属性,并试图运用五行和炼丹术的象征意义加以解释。我们不清楚他是一个人还是很多人。总之,这种解释是以诗词的形式插入进了已经完成的故事中,并且,有时也可能像接枝一样续写了已经形成了的诗词。新诗词的插入反过来又促使人们整理和重编了故事。"②

除了关注《西游记》的道教内涵外,域外学者对其他神魔小说的道教内涵亦有所关注。柳存仁在他的专著中再次论证《封神演义》的

---

① Jennifer Oldstone-Moore, "Alchemy and Journey to the West: The Cart-Slow Kingdom Episode", *Journal of Chinese Religions*, 26, 1998, pp. 51–66.

② [日] 中野美代子:《西游记的秘密(外二种)》,王秀文等译,中华书局2002年版,第67、86、95、103、104、105页。

下编　百年中国道教文学研究的历史进程

作者是道士陆西星。① 他指出，根据仅见于舒载阳刻本卷二所署的"钟山逸叟许仲琳编辑"字样来确定《封神演义》著作权是不行的，《封神演义》的作者必定是道教出身同时又能够融贯佛教尤其是密宗和儒家生活的人，作者的线索可从《传奇汇考》《曲海总目提要》"顺天时"条提到的元朝道士陆长庚和《兴化县志》《扬州府志》《宗子相集》提到的明代道士陆西星展开来，作者的线索还可以从《武王伐纣平话》尤其是明万历刊、陈眉公批点《列国志传》的成熟承袭中展开来，作者的线索还可从《封神演义》的情节描写推导出来，而道士陆西星既具备宏博的佛教知识又倾向三教合一、三教同源的个性造就了《封神演义》的内容和情节特征。柳先生根据《封神演义》提到的职官、地理、时事、称谓以及陆西星生平断定《封神演义》成书于嘉靖年间，陆西星《南华经副墨》和《封神演义》之间居然有几十处相同的特点，柏鉴、鸿钧道人的命名来自《庄子·德冲符》《南华副墨》卷六，而陆西星字长庚也是《封神演义》中独多用"庚"命名的缘由。后来，他在一篇文章中对他当年的研究作了回顾。本来他的《佛道教影响中国小说考》分两卷，第一卷研究《封神演义》，第二卷研究《西游记》。第二卷拟研究《西游记》的版本演变、故事演变和作者吴承恩。只是由于研究兴趣的转移，只完成了第一卷。第一卷有个副标题《封神演义的作者》。他指出："拙著是企图研究这部小说的作者，一层层地推究下去，旁涉佛教的密宗和道教的杂籍，以及自平话以迄明代各白话小说的发展，加上我所发现的明刻本《封神演义》这部小说上面的一些文字证据，因而确定他的作者、作者的生平历史、作者与佛道教的关系这些问题的。"② 康儒博透过《西游记》和《封神演义》来研究中国的宗教伦理。他发现，两部作品中都有妖魔的修炼阻碍了宇宙发展的内容：《西

---

① Liu Ts'un-yan, *Buddhist and Taoist Influences of Chinese Novels*, Otto Harrassowitz, Wiesbaden, Vol. 1, 1962.
② 柳存仁：《关于〈佛道教影响中国小说考〉》，载柳存仁《和风堂新文集》，台湾新文丰出版公司1997年版，第675页。

游记》的妖魔之所以为妖魔并非是它们本性邪恶,而是因为没有正确处理修炼与宇宙进化的关系;《封神演义》的魔道人物将对忠诚的过度关注和偏狭理解标榜为自我修行,结果导致个人过度膨胀,超出了宇宙演变的合理边界,扰乱了宇宙演变本来顺利的进程。不过,这些妖魔的阻挠行动对宇宙的发展和降魔"英雄"的修行是必不可少的,妖魔最终也被纳入宇宙模式之中。① 余文章通过分析《平妖传》的妖术和超自然主题,试图辨析该书的文本演变。他指出,历史上王则叛乱有着弥勒教背景,在小说中却被转换成了道教背景,二十回本女主人公胡永儿的塑造和狐精密切相关但却莫名地缺失了与狐精有关的内容,小说中大量的道教法术的运用表明《平妖传》与《醉翁谈录》所载"妖术"类说话《贝州王则》密切相关,因此四十回本是冯梦龙在二十回本基础上增补而成的观点不成立,这两个版本可能存在一个更原始的版本。② 小野四平对《三言》中的道教题材进行了分析,认为这些作品的神仙色彩是古已有之的神仙思想以及由其孕育的神仙说话所赋予的。③ 柯若朴翻译了杨尔曾《韩湘子全传》,并在前言中介绍了该书的内容和成就,并宣称"这部小说是韩湘子文学的总结,它对其后清代文学中的韩湘子文学产生了巨大影响"。④ 冈瑟·恩德雷斯翻译了清代全真教小说《七真传》,并对其故事来源作了考察。⑤ 戴文琛对晚清出现的5部七真仙传小说作了简要介绍,就七真与祖师、女性、对手、皇权等主题作了比较

---

① Robert Ford Campany, "Cosmogony and Self-Cultivation: The Demonic and the Ethical in Two Chinese Novels", *Journal of Religious Ethics*, 14.1, 1986, pp. 81–112.

② Yue Issac, "Vulpine Vileness and Demonic (Daoist) Magic: a Reconsideration of the Textual History of Suppressing the Demons", *Ming Studies*, 69, 2014, pp. 46–59.

③ [日] 小野四平:《中国近代白话短篇小说研究》,施小炜、邵毅平、吴天锡、张兵译,上海古籍出版社1997年版。

④ Yang Erzeng, *The Story of Han Xiangzi: The Alchemical Adventures of a Daoist Immortal*, trans. by Philip Clart, Seattle: University of Washington Press, 2006, p. xxii.

⑤ Günther Endres, *Die Sieben Meister des Vollkommenen Verwirklichung: der Taoistichen Lehrroman Ch'i-chen Chuan in Übersetzung Undim Spiegel Seiner Quellen*, Würzburger Sinojaponica 13, Frankfurt: Perter Lang, 1985.

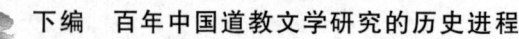

研究，并尝试分析这些小说兴盛的宗教背景。[1] 此外，王岗以"愿景"和"信仰"为明代中篇传奇小说《天缘奇遇》中的主要宗教元素，着重考察它们所表现或反映的道教意象、象征、观念和实践，认为这部小说在继承上清派以来的神人互动模式的基础上表达了放纵欲望与得道成仙这两种主题。[2]

另一种研究路径则是将这批所谓的神魔小说还原到明清时期的宗教语境中加以解读，一方面认为明清时期民间的宗教实践、道教神谱、道教科仪催生了这批作品，另一方面又认为神魔小说反过来强化了神灵的传播和塑造。贝桂菊、蔡雾溪、二阶堂善弘、梅林宝、夏维明等人的研究均从社会学、人类学、宗教学视野彰显了明清小说的这一特性。

贝桂菊研究福建临水夫人崇拜，认为这一崇拜有三个基本特征：它体现了与闽国历史和领土的紧密联系，代表了当地巫术传统，以及这个王国这一仪式传统中女巫的神性。其论文分临水夫人崇拜、福建和台湾的祖殿、陈靖姑生平、闽国的巫师、崇拜的不同阶层、妇女陈靖姑与父系的儒家社会、当代崇拜景象七个层面展开论述，融历史文献与田野调查、神话传说与宗教祭祀、宗教传统与儒家传统于一体，揭示陈靖姑从女人到女神的演变过程。[3] 这一研究表明，有关陈靖姑的文学文本诸如《搜神记》《闽杂记》《三十六婆姐志》《闽都别记》《临水平妖》《陈十四奇传》《夫人全本》《夫人唱词》《陈大奶脱胎传》《大奶灵经》《玉林顺懿度脱产褥真经》《三奶夫人劝世真经》的产生具有深厚的宗教土

---

[1] Durand-Dastès Vincent, "A late Qing Blossoming of the Seven Lotus: Hagiographic Novels about the Qizhen", in Liu Xun & Goossaert Vincent eds., *Quanzhen Taoists in Chinese Society and Culture, 1500 – 2010*, Berkeley: Institute of East Asian Studies, University of California-Berkeley, *China Research Monographs*, 70, 2013, pp. 78 – 112.

[2] Richard G. Wang, "An Erotic Immortal: The Double Desire in a Ming Novella", In *Literature, Religion, and East/West Comparison: Essays in Honor of Anthony C. Yu*, ed. Eric Ziolkowski, Newark: University of Delaware Press, 2005, pp. 144 – 161.

[3] Brigitte Baptandier, "The Lady Linshui: How a Woman Became a Goddess", In *Unruly gods: divinity and society in China*, edited by Meir Shahar and Robert P. Weller, Honolulu: University of Hawai'i Press, 1996, pp. 105 – 149.

壤，这些文本在寺庙散发，这些故事在科仪中表演，这些作品在20世纪80年代以来的地方宗教复兴中甚至成为寺庙建设和寺庙图像的重要依据。

蔡雾溪指出，汉学家对中国普通民众生活与思想的关注促进了他们对宗教、戏剧和小说的研究。《南游记》引起蔡雾溪的注意是起因于蔡氏对源于山魈崇拜的五通祭祀的研究，这一研究让蔡氏意识到《南游记》完全脱胎于五通与五显的复杂历史，因而著长文探究该小说的宗教根源。[①] 作者的研究表明，华光的早期原型为无恶不作的独脚山魈，佛教试图以神通理念收编山魈，这导致山魈以"五通"的身份出现在11—12世纪以来的佛教信仰中，成为佛教的护法神和伽蓝神；不过五通神迅速脱离寺庙，在华南、中南地区受到广泛祭拜，淫人妻女却赐予被淫之家财富的行径成了五通的标签；城市经济的兴盛使得婺源地方士绅向朝廷奏请庙额和封号，婺源的五通庙从此获得官方认可，封侯封公，并以五显的名义分布在香江南各城市间，原来的五通祭拜则被宣布为淫祀；而道教则始终将五通和五显视为山魈，对之进行了无情打压，一批道教元帅神在对抗五通的过程中其形象和华光、五通、五显融为一体，道教神谱最后也接受了五显；五通神的各种面相共存于15—16世纪，官方和士绅对五通的打压事件不断发生，对五通的又敬又怕的心态盛行民间，民众接受的华光和五显于是进入了小说和戏剧。作者的研究还表明，五通、五显祭拜发展史上的诸多面相被修改、重组和重新诠释，以各种形式被写作者融进了《南游记》的情节和人物体系中。加里·西曼在台湾玄帝庙田野调查的经验让他感觉到《北游记》可能是扶鸾神启之产物，即《北游记》的著作权为灵媒，《北游记》是一部圣书，而并非仅仅是为了娱乐而创作的小说。他指出，《北游记》叙事者有着超自然属性，叙述视角为宇宙视角，这和灵媒的神启极为相似；

[①] Ursula-Angelika Cedzich, "The Cult of the Wu-t'ung/Wu-hsien in History and Fiction", In David Johnsoned, *Ritual and Scripture in Chinese Popular Religion: Five Studies*, Berkeley: Publications of the Chinese Popular Culture Project, 1995, pp. 137–218.

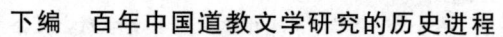

下编　百年中国道教文学研究的历史进程

《北游记》等游记体小说文本存在一种宇宙结构学,是对空间等级的前因后果的散文叙述,而令宇宙结构及其象征变得通俗易懂,是牧师、巫师以及灵媒一类专业人员的责任;现存游记类鸾书依然体现《北游记》的结构和功能,依然在寺庙和宗教圣地散发;《北游记》附录的宗教仪式是证明《北游记》作者、读者宗教素性的有力证据。[1]

二阶堂善弘的《元帅神研究》使用了《道法会元》等道教文献、《三教搜神大全》等民间信仰资料以及《西游记》《封神演义》等通俗文学作品对马元帅、赵元帅、殷元帅等元帅神进行综合研究,探讨其演变过程。他认为,元帅神是在自五代到宋之间伴随着神霄派、天心派等的发展而被吸收进道教的洪流之中,唐代密教的流入及其与中国宗教文化的碰撞导致在各种各样的信仰作用下元帅神的形成,《西游记》《封神演义》等通俗文学作品深刻地反映了发展于民间的元帅神的诸实相。[2]

梅林宝《鬼神之军:道教、地域网络与一部明代小说的历史》一书将《封神演义》放置于广阔的宗教社会语境中加以考察,认为《封神演义》扎根于民众的宗教行为之中,小说中的人物直接取自地方社会用以对抗邪神的神祇系统。他引用道书《道法会元》清理元明道教雷法的发展、雷法的炼度科仪和神部配置,据以分析《封神演义》,认为《封神演义》中的战神神谱出现于明初。在他看来,道教仪轨、道教祭典上所歌唱的内容为《封神演义》的逻辑架构提供了基础,《封神演义》则利用周朝神圣而正统的历史将道教的祭祀结构体系化,为仪轨提供注解,在其与祠庙网络之间建立紧密联系。[3] 田仲一成指出,安慰英

---

[1] Gary Seaman, "Divine Authorship of 'Pei-you chi (Journey to the North)'", *Journal of Asian Studies*, 45.3, 1986, pp. 483–497; Seaman Gary, *The journey to the North: An Ethnohistorical Analysis and Annotated Translation of the Chinese Folk Novel Pei-yu-chi*, Berkeley and Los Angeles: University of California Press, 1987.

[2] [日]二阶堂善弘:《元帅神研究》,刘雄峰译,齐鲁书社2014年版。

[3] Mark Meulenbeld, *Demonic Warfare: Daoism, Territorial Networks and the History of a Ming Novel*, Honolulu: University of Hawai'i Press, 2015.

灵的宗教活动首先由佛教的水陆道场承担，但进入南宋以来，以安慰孤魂为目的的道教系统的黄箓斋或九幽斋更为流行，这类道教镇魂仪式是《封神演义》相关情节的基础。① 他首先注意到江西、湖南、四川等地搬演《目连救母》之前会搬演《封神演义》，并认为这是出于镇魂之考虑；他认为小说中的封神台、封神仪式是道教以安抚孤魂为目的的斋醮真相。

早在 1952 年，贺登嵩就认识到神魔小说在神灵传播上的作用。他在一篇文章中指出，小说《北游记》对传播真武崇拜颇为关键。② 夏维明认同这一观点，指出白话小说在神祇的跨时空传播上具有重要作用。③ 他指出，白话小说在神祇崇拜传播中所扮演的角色对于神祇的社会特征具有重要启示：他们表现了与社会主流思想完全相反的一种景象，女性、武士和离经叛道之神均在很重要的方面公然反抗社会精英的儒家理念，这些神灵颠覆了封建社会末期占支配地位的儒家精神；他还指出，白话小说在神祇传播中扮演的角色对中国小说研究也有启示：将"长篇小说"（novel）这一术语运用在"小说"（xiaoshuo）体裁的长篇叙事上在某种程度上会让人误解，"长篇小说"（novel）这一术语在西方主要指以人类经历为主题的作品。当然，许多"小说"（xiaoshuo）的叙事涉及人界，但正如我们所见，许多其他作品的主题却是志怪，它们的主角是神祇，即使当他们以幽默诙谐的方式被刻画时，其宗教力量也从未被质疑。而在西方，人界与神界被严格划分，在中国则是相互混杂。这正是因为大多数中国的神祇原本是人类，而同一个文学体裁"小说"（xiaoshuo）可用来描写两者。

---

① ［日］田仲一成：《道教镇魂仪式视野下的〈封神演义〉的一个侧面》，载陈伟强主编《道教修炼与科仪的文学体验》，凤凰出版社 2018 年版。

② Willem A. Grootaers, "The Hagiography of the Chinese God Chen-Wu: The Transmission of Rural Tradition in Chahar", *Folklore Studies*, 11: 2, 1952, pp. 139 – 181.

③ Meir Shahar, "Vernacular Fiction and the Transmission of God's Cults in Late Imperial China", In *Unruly gods: divinity and society in China*, edited by Meir Shahar and Robert P. Weller, Honolulu: University of Hawai'i Press, 1996, pp. 184 – 211.

六　小结

　　域外中国道教文学研究表明，中国道教文学渊源于先秦两汉宗教祭祀和宗教仪式，深深地扎根于中国的现实土壤中，有着自身的精神传统和文学传统。域外汉学家们逐渐发现，这一精神传统和文学传统的研究不能完全套用西方理论，而是需要凸显中国宗教文学自身的属性，建构中国自己的宗教理论和宗教文学理论。域外中国道教文学研究表明，宗教经典研究的语文学传统和宗教社会学、人类学分析对于中国宗教文学现象和宗教文学文本研究的突破厥功至伟，这意味着中国道教文学研究绝不能仅仅采用纯文学视野或单一学科视野，而应该聚焦文本释读和宗教实践，进行跨学科研究。域外中国道教文学研究表明，道教文学研究在短暂的时间内取得突破性进展后很快就进入文学史书写领域，这对中国大陆的文学史书写无疑具有重要的启示意义。不过，我们也必须看到，域外汉学家在文献释读方面或多或少都存在误读，在理论建构层面亦存在对文献求之过深或理论表达过于晦涩的问题，中西文化对话中的西方模式还有待于转变。

民族精神的把握与宗教诗学的建构

——李丰楙教授的道教文学研究述评

台湾学者李丰楙教授自 1974 年开始撰写博士学位论文《魏晋南北朝文士与道教之关系》（自印本，1983 年）以来，他一边研究道教文学一边研究《道藏》并进行宗教仪式的田野调查，甚至从事道教内丹修炼并成为拥有最高道箓级别的道教徒，这一特殊的经历使得他的研究产生了研究本体上的位移，即以一个道教学者乃至道教徒的眼光来体悟道教文学的生成、衍变及其独特的意蕴，这一特殊的经历也使得他的研究拥有了鲜明的民族本位立场，即试图在尊重中国道教文学史的生成语境、文体特点和文化属性的基础上分析其发展规律，揭示中国文学的民族精神，建构中国自己的宗教诗学，从而改变文学研究界长期套用西方文论话语的窘境，达到对中国道教文学的"同情之理解"和中国自身的文论话语的建构。三十多年来，他先后确立了一系列微观的个案研究课题，不仅自己持之以恒地在这片土地上耕耘，而且指导了许多硕士生、博士生参与其中，使得整个道教文学史的基本轮廓和基本理论架构浮出了历史的地表，其中的部分成果已经先后结集为《六朝隋唐仙道类小说研究》（台湾学生书局 1986 年版）、《忧与游：六朝隋唐游仙诗论集》（台湾学生书局 1996 年版）、《误入与谪降：六朝隋唐道教文学论集》（台湾学生书局 1996 年版）、《许逊与萨守坚——邓志谟道教小说研究》（台湾学生书局 1997 年版）等四部专著。他的研究已经为宗教

下编　百年中国道教文学研究的历史进程

文学乃至整个古代文学的研究探索出了一种新的范式，有的学者如陈友冰先生就认为他和他的学生的道教文学研究已经"形成一个很有特色的学术流派"①。本文拟以上述四部专著为主并旁及李先生及其弟子的系列论文，对这一学派的学术定位、研究视角、研究方法和终极目标展开述评，以期对大陆学界的宗教文学研究有所启迪。

一　理论架构、基本轮廓、历史定位

李先生在当时国内外道教研究的风尚还属于初兴的阶段提出道教文学这一概念，探讨其内容、范围、性质和历史价值，可说是筚路蓝缕，榛狉初启。在三十多年的研究历程中，他从六朝道教文学上溯到先秦巫系文学并向下延展到明清道教文学，逐渐从一个个研究个案中提升道教文学的理论架构，勾勒出了道教文学的基本轮廓，并试图对道教文学进行历史定位。

早在研究六朝诗歌时，作者就觉得"六朝文学专家从文学史的立场既已累积了可观的成果，然则从道教文化的宏观角度考察，是否可以建立一种宗教文学史的解读？同一文本将它放在神仙道教的历史文化脉络中，应该可以较贴切地读出一些隐藏于语言、意象之后的讯息。因此如何重建'中国宗教文学史'就成为一个重要课题，从这一通史的宏观考察，始能更集中焦点思索'怎样才能写出一部高水平的中国宗教文学史'？"② 在长期的研究中，作者一直思考的就是自己的研究究竟是属于文学研究抑或是道教研究？直到1995年、1996年，随着台湾教育部门从体制上建立了宗教系，作者先后在两所大学开设了两门道教文学专题课程时才尝试将专题论文作出条理性的架构："如果从宗教系的课程规划言，'道教文学'可作为宗教文学中的一门课题；如果从神学课程中

---

① 陈友冰：《海峡两岸唐代文学研究史（1949—2000）》，广西师范大学出版社2001年版，第274页。

② 李丰楙：《忧与游：六朝隋唐游仙诗论集》，台湾学生书局1996年版，第2页。

的民族神学言,则道教文学应该属于一种神话神学,如此始能配合讲授道教科仪的圣事神学,而建立一个道教神学的教学、研究框架。"① 在这种理论架构下,作者感到道教文学作为道教学或神学的一支,其所具有的本质"绝非只是所谓的'影响说'——道教思想影响及文士创作或民间文学,是一种外烁的创作题材的选择、思想主题的激发,这样地理解'道教'如何影响了文学,就成为'道教文学'",这种理解是"将'道教文学性质的文学作品'作为中国文学的'边缘',这是基于中国文学在脱离了神话的创作传统后,而形成的以'抒情'为'中心'本位的观察"。② 他认为道教文学在本质上是一种神话文学、宗教文学的传统,其理论架构应该是宗教文学或神话神学的架构,从这一架构梳理其发展演变可以正确而完整地把握中国古代文学的源流正变。正是基于这种认识,李先生在具体的个案研究中一再强调"道教文学、道教小说较诸其他文学其他的通俗小说,应该特别具有某种宗教特质!而这些正是从文化学从宗教艺术学诸立场,可以为它建立一套理论、一个据以分析的方法论,从而论证中国文学中是否存在宗教文学的事实"。③ 在研究道教谪仙传说与唐人小说时,他"企图说明的是谪仙说在创发时期内,所有的理论依据、文学趣味及其相关的宗教问题,以此说明道教的罪感及其解罪方式,在道教早期的神学体系中为一核心问题;它涉及道教的他界主义,宗教上的终极关怀问题,尤其是奉道、修道者在修炼中的心性修持及面对人生社会所持的观照态度,凡此都是道教神学的重要课题,值得从神话神学中加以诠释"。④

从宗教文学或神话神学的理论架构来梳理道教文学的基本轮廓,李先生发现道教文学的前身就是古代的巫系文学,楚辞系远游类辞赋

---

① 参见李丰楙《忧与游:六朝隋唐游仙诗论集》,台湾学生书局1996年版,第3页。
② 同上书,第4页。
③ 李丰楙:《许逊与萨守坚——邓志谟道教小说研究》,台湾学生书局1997年版,第313—314页。
④ 李丰楙:《误入与谪降:六朝隋唐道教文学论集》,台湾学生书局1996年版,第247页。

· 283 ·

是游仙文学之祖,其中,屈原之作为士大夫文学之祖,宋玉之作为贵游文学之宗;道教文学是巫系文学的转化,在汉魏六朝唐宋时期主要以小说、诗词的面貌出现,在元明清时代则主要以小说与戏剧的面貌出现;道教文学在漫长的演变过程中逐渐出现了巫教版本、道教版本和世俗版本。就以该学派目前研究得最为充分的汉魏六朝以及唐代道教文学来说,他们认为东汉以来文士所竞拟的乐体游仙诗、民歌体的《神弦歌》及道曲体的《步虚辞》刚好继承了巫系文学的系谱;《国风》《小雅》及《楚骚》中的巫风传统、游仙传统历经汉赋而下仍完整地保存于六朝游仙文学系列中,它们从初期较素朴的游仙众作衍变为文人所寄托的创变之体,阮籍、郭璞这些希企隐逸的文人都是这方面的代表作家;这一时期的道教则承续神仙思想的本质,将原本素朴的神仙神话吸纳之后,再熔铸而成新的具有教派意义的宗教神话,这些宗教神话包括记录、传述有关仙真传说的笔记小说以及那些受道教思想影响所形成的作品。唐代道教文学完全接续了六朝道教文学的这些传统,并在新的道教教派发展和文化变迁的基础上产生新的成果,尤其是在科举文化、娼妓文化、宫观(女冠)文化的影响下形成了以曹唐为代表的游仙文学创作群体,甚至为词调的产生和词作的创作作出了新的贡献。其中最为突出的是,从唐到宋初,游仙诗向游仙词转变,娼妓文学重新让游仙文学获得了生机,尽管这种世俗化终结了游仙诗的文学生命,但道教语言却成功地转化为世俗语言。这一学派的系列论文完全勾勒出了此一时期道教文学发展的轮廓,关于仙道小说,主要有如下一些论题:《〈汉武帝内传〉的著成及其流传》《十洲传说的形成及其衍变》《〈洞仙传〉之著成及其内容》《道教啸的传说及其对文学的影响:啸法的形成史及相关的文学变迁》《唐人创业小说与道教图谶传说——以〈神告录〉〈虬髯客传〉为中心的考察》《六朝仙境传说与道教之关系》《西王母五女传说的形成及其演变——西王母研究之一》《六朝道教洞天说与游历仙境小说》《道教谪降传说与唐人小说》《魏晋神女传说与道教神女降真传说》《六朝道教与游仙传说的发挥》《六朝道教试炼传说的综合考察》《六朝精怪传说与道教法术思想》《六朝镜剑传说与道教法术传说》、张美樱《汉末六朝仙传集之叙述形式与主题分析》、许雪玲《唐代游历仙境传说研究》、吴秀凤《戴孚广异记研究》等。关于此一时期的诗歌作品，则有如下一些论题：《六朝道教与游仙诗的发展》《唐人游仙诗的传承与创新》《仙、妓、洞窟——从唐到北宋初期的娼妓文学与道教》《郭璞游仙诗创变说的提出及其意义》《曹唐〈大游仙诗〉与道教传说》《曹唐〈小游仙诗〉的神仙世界》《六朝乐府与仙道传说》《孟郊〈列仙文〉与道教降真诗》《唐代公主入道与送宫人入道诗》《唐人葵花诗与道教女冠——从道教史的观点解说唐人咏葵花诗》、林帅月《古上清派经典中的诗歌之研究》、吴淑玲《唐诗中的仙境传说研究》等，加上作者论述《离骚》《远游》《庄子》、李白、李贺、李商隐的系列论文，整个先唐道教文学史就基本上浮出了历史的地表。

李先生在研究过程中有一种强烈的意识，那就是对这些道教文学作品进行历史定位，确定它们在道教史和文学史上的贡献。比如，他认为研究六朝隋唐仙道类小说要注意两个问题，一个是道教史的发展问题，一个是这些作品在小说史的流变中所具有的特殊地位，因为这一时期的神仙传记的特色就是将原本朴素的仙说整合加以道教化、道派化，所以必须分别从道教史、小说史尝试考察其形成背景及意义，借以了解其特殊的地位。明清时期的白话道教小说是较为难得的宗教文学，但"由于以往小说研究者多只视之为神魔小说或灵怪小说，虽然多少也能显出其部分的价值，不过却也相对减低了作品深处所蕴含的严肃意义。这是宗教学特别是宗教文学，从创作、评点到现代式批评都未能给予应有的重视"[①]，因此必须从宗教学、神话神学的立场重新评价其历史地位。对于游仙诗的研究，李先生也有着相同的定位意识。比如他的《郭璞〈游

[①] 李丰楙：《许逊与萨守坚——邓志谟道教小说研究》，台湾学生书局1997年版，第351页。

仙诗〉创变说之提出及其意义》一文就试图从道教史的立场重新肯定郭璞《游仙诗》在中古文学史上的价值。六朝文论家提出郭璞创变说以肯定其文学史地位，但近代以来的解释却众说纷纭，具体体现为两大问题：其一为《游仙诗》究竟是玄言诗的导始者还是变创者；其二为《游仙诗》被称为变体的原因何在？这在游仙诗史上具有何种意义？在缘情说与言志说的两大系统中又具有什么特殊的代表性？他钩稽史料指出郭璞的方士化倾向使他易于接受新的仙道思想，晚期所作《游仙诗》具现了郭璞因现实迫厄而产生的人生悲感；关于六朝文论中的郭璞创变说，他认为郭璞的《游仙诗》承续了形似之语的诗语传统，造成了艳逸的风格，对于玄言诗的平淡确有创变、灵变的作用，其游仙诗不是玄言诗的导始者，但也因吸收部分玄言、玄语成分而对先前的游仙诗具有创变性；关于变体说提出的原委及意义，他认为关键就在于郭璞使游仙诗具现了咏怀的特质，具现了《楚辞》系游仙文学中游与忧的两大主题；另外，他还指出郭璞《游仙诗》在游仙诗史上的另一种变创的意义就是将当时新兴的仙隐与隐逸思想结合，使游仙诗拥有了新内容、新仙境。其游仙诗"无论在题材的选择、语言的运用、意象的锻炼，以至于主题的表现，均自觉性的有意灵变。因此无论是将其置诸游仙、玄言或招隐等类型诗的发展中，或是只从言志咏怀的文学本质论之，郭璞均具有承袭、创发之功，由此更足以进一步肯定其价值，并奠定其文学史上的地位"。[①]

二 文学史、宗教史、文化史

作者在长期的研究中体悟到道教文学"由于本身兼括道教与文学两大性质，因而在研究方法上也不限制于文学的技巧问题，而尝试从道教史，从社会文化史的立场，辨明其所以形成的外在、内在因素，借以深

[①] 李丰楙：《忧与游：六朝隋唐游仙诗论集》，台湾学生书局1996年版，第128—129页。

入了解其特殊的内涵"。① 从这个角度出发，可以清楚地解释作品的宗教动机、世俗背景、创作过程、文本内蕴、流传演变，从而深化对道教史、文学史的体认和研究。

跟道教有关的一些仙传和文学作品其真实的作者和时代一直是学术史上的疑案，李先生从道教史的角度对这些文献进行的甄别，能够准确地确定其形成年代乃至推断其作者并且揭示出作品的创作过程，甚至可以解说那些建立在传统上的作品为什么有更早期的材料却只能说它产生于教理成熟之时或之后。比如，李先生认为"真""仙"等字为道家、道教的专门术语，其内涵与外延的演变以及相关复合字的出现体现了神仙思想的变迁，但在汉末道教兴起之前并没有出现神仙品第观念；《列仙传》虽然罗列游名山、升虚及蜕化的列仙，但并未在成仙的方式中强调其高低，也未直接叙及分品的理论；因此，可以确证《列仙传》虽未必为刘向本人之作，但至少可代表东汉以前的神仙观念仍保存较为朴素的说法。又比如，六朝道经《洞仙传》只残存于《云笈七签》中，其作者隋志未著录，隋后的目录学则著录为见素子，陈国符、严一萍均认为此一见素子无考，且与唐宣宗时女道士胡愔无关。李先生从道教史的立场考述它的历代著录、考证情形及原本的编撰过程，指出《洞仙传》的原本尚流传于元代道士之手，赵道一编撰仙传时曾参用《洞仙传》原本并用《真诰》互相参证，现存《云笈七签》本《洞仙传》中的资料大多袭自梁代陶弘景《真诰》中的《甄命授第二》《稽神枢第四》，其中的诸仙真的排列顺序大致与《真诰》各篇各卷的前后次序相合，其题名也渊源于《真诰》中的华阳洞天说，但从《洞仙传》未列出仙真阶位可知该作品当未参用《真灵位业图》，由此可知《洞仙传》的编撰者，当为梁朝末熟谙上清经的道门中人；在此基础上，李先生进而从上清派重视《黄庭经》《洞仙传》也极言诵读《黄庭经》的功效的史实出发，认为《黄庭经》传授史上的重要人物、与茅山道派关系密

---

① 李丰楙：《六朝隋唐仙道类小说研究》，台湾学生书局1986年版，第3页。

切且撰述有《黄庭经法》的唐代道士胡愔对《洞仙传》进行了改编。李先生从净明道教派发展史的角度对关于许逊的一系列神仙传记的成书年代进行了研究，认为南宋所发展的西山真君传，可归属于胡慧超《十二真君传》的系统；至于余卡、谢守灏所搜整的，则近于增补改编一系，为白玉蟾、宋道升等所袭用，在内部传承的《十二真君传》的基础上增益了众多的新传说，保存了宋代社会共同创造的许逊集团的新说；北宋时期所出现的两种，均以许逊、吴猛为主，属于旁支，可作为过渡阶段的史料。关于这类作品的成书过程，李先生认为从文字风格证、从字句详简证都仍有争论之处，但从道教史的角度考察往往可以解决这些作品存在的教内文献相互袭用问题。比如，《汉武帝内传》的作者、年代、内容，目录学的记载和现代的研究成果众说纷纭，李先生从道教史的立场尝试说明《汉武帝内传》与《茅君内传》《消魔智慧经》《五岳真形序论》及《四极明科经》之间的传承关系，由此说明《汉武帝内传》是一部组合式杂传体小说。在分析《汉武帝内传》和《茅君内传》的因袭关系时，作者把重点放在《茅君内传》的出世、流传等复杂情形的考察上：通过版本辨析指出《云笈七签》本较为接近李遵《茅君内传》的原貌，其中仙歌的韵文部分、对话部分和《汉武帝内传》存在密切关系，即《汉武帝内传》前两首仙歌和《茅君内传》相同，《无上秘要》仅仅录后者表明仙歌属于后者所有；《汉武帝内传》后两首仙歌也可能本于上清经典，因为侍女田四飞和歌词风格都和上清经典有关。他根据陶弘景整理《真诰》的有关情况指出《茅君内传》的出世年代为哀帝兴宁年间构造上清古经时期，指出仅存《云笈七签》本李遵《茅君传》已经有佚失，其中的西王母为茅盈作乐一事保留在刘宋顾欢《道迹经》的一则佚文中，此事全为《汉武帝内传》袭用，但陶弘景《真灵位业图》以及不署撰人的《上清道宝经》引用茅君传诸天伎乐而不引用《汉武帝内传》的资料说明前者为真后者为伪。所以，《汉武帝内传》的编成不应早到杨、许等人造经的兴宁年间。从道教史的立场出发，李先生还敏锐地发现了《汉武帝内传》牵合甚至误会众多资料之痕迹。例如，《四极明科经》所述西王母传授道经并无《消魔经》，这表明内传作者是有意牵合但未尽能顾及西王母在上清经传授史中的真实情形；《汉武帝内传》中前无所承后无所照应的"守三一"法也是作者牵合《消魔经》卷三中的内容所致，这是在修炼方法的叙述中留下的斧凿痕迹。

　　李先生从道教史的立场对许多作品进行了版本考订，不仅澄清了文学史、道教史上的一些疑案，而且为版本研究提供了新的研究范式，其具体的做法就是运用道教教派、教理发展的历史来研究版本的佚失辑存问题，将文献的目录学的记载和教内、教外文献进行比较，用以推知现存版本的性质以及其原本的形态，进而增强对道教史的理解。李先生对《汉武帝内传》和《十洲记》的版本研究可以说是一个典范。为了说明《汉武帝内传》因袭《五岳真形图》，他从分析现存《真形图》的版本入手，指出《道藏》所存三系《真形图》，《云笈七签》本最为晚出，为《汉武帝内传》所影响的改编本；其次晚的为《五岳真形序论》，将《汉武帝内传》《十洲记》及《汉武帝外传》依次排列；而上清系拥有《洞玄灵宝五岳古本真形图并序》说明当时三洞经典已经互相容受，其中已经有西王母行《五岳真形图》的说法，其功用甚至受到上清存思法门的影响，从而为《内传》所本。作者一再强调，《汉武帝内传》和《十洲记》的研究，应该考虑到《汉武帝内传》《汉武帝外传》与《十洲记》的编成先后问题和撰成情形，相互印证其撰成的过程与时代：《汉武帝内传》中"于是帝乃知朔非世俗之徒"的表述是为《十洲记》的写作张本，《汉武帝内传》一方面叙述《真形图》的形成，另一方面为《十洲记》的写作张本，这成为六朝《五岳真形图序论》等道教经典将《汉武帝内传》《十洲记》等合为一体的契因，这就清楚地解释了类书征引《汉武帝外传》《十洲记》的内容却题作《汉武帝内传》的原因；李先生利用宗教文献说明了三卷本《汉武帝内传》包括《汉武帝内传》《十洲记》和《汉武帝外传》，两卷本《汉武帝内传》包括《汉武帝内传》和《汉武帝外传》,一卷本《汉武帝内传》包括《汉武帝内传》而以《汉武帝外传》作为附录,这就证明有关类书的征引确实有所根据,为版本研究提供了新思路。在《汉武帝内传》与《十洲记》的传播史上,它们也有着密切的联系和共同的命运,即它们构造出世后,都不为六朝道经所征引,这说明《汉武帝内传》《十洲记》都是上清派伪经;不过,这两部伪经在唐代以来逐渐为道经承认、引用乃至改造,成为构造道教神仙谱系、道教仙境的重要经典;李先生还发现道经对《十洲记》的引用除节引、撮引外,还有乃属于《新十洲记》而仍题名《十洲记》的,因此以《道藏》本为主比较《道藏》中的十洲传说,就在书志学之外拥有了了解道教教理史的意味。

李先生利用宗教文献对有关作品进行解读,往往能够读出一般文学研究者所读不出的讯息。他认为不同时代的道教文学作品会因道教史的变迁和教派理论的发展而出现不同的文本意蕴。比如,他认为"道教出现于汉晋之际,游仙诗即承袭乐府系的素朴仙说,并因应仙道体系的蓬勃发展,逐渐形成新风格。因此析论中古文学史中游仙诗的发展与衍变,凡经三变:魏、晋初为一变,属于早期素朴的神仙传说,间有变化为新说的趋向;至东晋又经一变,除模仿之作外,多能表现新的仙说,一种具有隐逸性质的地仙名山观念;南北朝道教统一意识形成之后,道教教理也影响游仙之作,逐渐展现道教化游仙诗的新风格,可与《上云乐》《步虚》等道乐艺术并观,又是一变"。[①] 在具体的个案研究中,他从道教史的立场对许多历史疑案和费解作品进行了还原考察和还原解读。比如,孟郊的《列仙文》历来就是孟郊研究史上的悬案,李先生将《列仙文》置于魏夫人的降真事迹中加以考察,指出孟郊《列仙文》歌辞并未出现在颜碑及《太平广记》魏传中,却又陆续出现于多种道经内,且多三首降真诗,并且存在异文问题、词汇与意象问题:《道藏》本七首歌诀符合上清派降真情景和宗教教派教义,仙歌与传文的肌理脉络有

[①] 李丰楙:《忧与游:六朝隋唐游仙诗论集》,台湾学生书局1996年版,第25页。

密切的照应关系；《列仙文》为有意改作，"将其中的神话地理名词改动，或部分重复词句略加更易，其中自有一种后出者求其精致、整齐的心意，殊不知此类作法刚好违离了降真诗的道教文化情境"。① 可见，关于魏夫人的事迹，颜真卿但取其叙事部分，孟郊则取其歌辞部分（源出箕坛的歌辞），可惜未录或遗失小序，不然就不至于引起千年来的诸多推测。又如，曹唐《小游仙诗》语言意象不容易为人所索解，作者采用道教文献与诗歌互相参证的方法，指出曹唐构建了一个以高仙上真为戏剧性代言人，以天宫地府为戏剧性空间，以神仙的朝宴、闲游与闲情为描写中心的戏剧性世界；他所描写的道教天界——名山洞府，他所描写的神仙名号、职司及其身份、形象，他所描写的神仙行乐图，均来自他对道教经典的阅读经验；他综合视觉、听觉及嗅觉、触觉诸意象使一首首诗熔铸而成色声交融、瑰奇美丽的感觉世界，透过动词的使用在整体结构中推动主角的动作并使之成为游仙的动力，这也来自他对道教经典的阅读经验。

李先生的研究表明，从文化史的立场分析道教文学作品的创作动机和生成背景可以深化我们对道教史和文学史的认识，像东晋文化史与仙传的讽喻手法、东晋政治情势与游仙诗乐园理想的产生、古代帝王创业神话与理想国的追求以及真君应谶当王的千年王国理论的出现、唐代道教文学的世俗化、娼妓文化与词体的形成以及白话仙道小说作家的创作心态等道教文学中的独特现象都可从此一立场获得准确的解释。

李先生认为《汉武帝内传》与《十洲记》中的仙真严厉斥责汉武帝以及它们在传播史上不为六朝道经征引的命运只有置于当时的文化史中方能有合理的解释，而这些解释最终可以揭开道经的作者之谜：西王母、上元夫人对明科的强调、对汉武帝的训斥、所授道经被焚以及《十洲记》对汉武帝的描写都是对汉武帝的丑化，这种丑化实际上体现了上清经派道士对向自己求经的东晋王室昏庸无道的不满。"这种传授对象

---

① 李丰楙：《误入与谪降：六朝隋唐道教文学论集》，台湾学生书局1996年版，第204—205页。

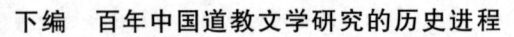

虽以传说中的汉武帝为主，实际则影射东晋武帝等皇室中人，借此讽喻孝武非有道之君。因而其构造的时间当在东晋孝武帝太元末年或安帝隆安年间，正是灵宝风教大行，激起上清经系也大量构造的关键期，适合担任此事的，则为王灵期等一类文士，因而得以引述大量上清古道经，成为早期篇幅最长的一篇杂传体小说。"①他认为《十洲记》多次呼应《汉武帝内传》，其中借助使者之口严厉批评汉武帝的文字一方面照应了《汉武帝内传》，另一方面仍可视为讽喻东晋孝武帝的影射手法。《汉武帝内传》构造行世，"最迟也在东晋末叶，而饱学的道教学者如顾欢、陶弘景等人，竟然在其搜集的《道迹》《真诰》资料中，绝口不提西王母降诰汉武之事。北周及唐初所编道教类书，最具有代表性的《无上秘要》《三洞珠囊》等，均未采录及此。以当时史家均能著录于史志中，而教内人反而未特别青睐。凡此均与《汉武帝内传》的撰述动机与目的有关，就是为一些较为特定的求经受道者所编撰的缘故"。②

他还从文化史的立场解说六朝地仙说的盛行原因，认为六朝时期地仙与名山的观念结合，除了发展出道教思想的地上神仙说外还具体反映出魏晋前后盛行于文人社会的隐逸思想。"名山与地仙说为最能代表六朝文士的宗教意识，就是古来传统的隐逸思想发展至魏晋时期，由于儒道的合同离异问题：名教与自然，出仕与隐遁，成为冲激于知识分子心中的一大课题。道教中人的思想实渊源于道家隐逸，并受方术说的影响，不管是葛洪抑是上清派的道士，多曾以儒家应世的态度进入仕途，但由于魏晋政途多变故名士少有全者；加以战乱频仍，道教神仙之说所具有的吸引力，又常诱使其离开官僚体制，而遁入山林之中。"③

李先生从道教史和文化史的立场解读唐代创业小说，不仅探明了这些创业小说隐微的意义，而且切中了中国政治文化的要害，即在中国历

---

① 李丰楙：《六朝隋唐仙道类小说研究》，台湾学生书局1986年版，第85页。
② 同上书，第76页。
③ 李丰楙：《误入与谪降：六朝隋唐道教文学论集》，台湾学生书局1996年版，第76页。

史上宗教与革命的关系中，道教以其宗教—政治性格扮演一极特殊的角色。他钩稽六朝史传中的大量李弘反叛事件说明民间社会利用道教图谶进行革命的普遍性，同时指出史官在记载中大多据事直书却未说明图谶内容以及其背后的神秘思想；而六朝道经中的残余史料则可说明"李氏当应图谶""李氏当为天子"渊源于六朝时期道教信仰形成之后的真君李弘传说与金阙后圣李帝君信仰，他们都属于老子神化以后的老子信仰，这些图谶为李渊、李密等政治集团所运用并最终在李渊手中取得胜利果实。唐人运用道教图谶的政治斗争在小说中得到了反映，由于因应不同的政治文化背景而在民间社会和文人笔下出现了不同的表现形式：李密的图谶传说除了站在李渊的立场抨击李密无法获得天命外，还存在将其塑造成出让天下的隐者形象，用以表现其深得部署、民众拥戴、怀念的一面。李渊受命的瑞征传说则一方面从李密维护者的立场将李渊描绘成一个老谋深算、急于得位的形象；另一方面则由于太宗将得天命的图谶归于自己一人而使得李渊起义事渐渐隐而不彰。李世民在玄武门政变后篡改历史将李渊应谶当王的符命归诸自己。《虬髯客传》的作者身当唐代政权风雨飘摇之际撰写此一小说，其目的在于肯定太宗受命的同时还为了"警告谬思叛乱的人臣——影射庞勋以至西突厥族出身的李克用等有力军人，勿存非份之想"。[①] 武后为其子取名为弘就是想利用李弘图谶来实现其拥立儿子的野心，而李弘的病亡刺激了武则天进而运用《大云经》的符谶合理化、神话化其政治野心，不过民间则通过利用图谶拥护李唐的方式来表达对武周政权的不满。

作者还从文化史的立场指出唐代的科举文化、娼妓文化、女冠文化导致了唐代道教文学的世俗化。比如，他的《唐代公主入道与〈送宫人入道诗〉》一文从社会文化史的立场分析了唐代公主入道的动机、意义及其对社会的影响，考察了宫人入道诗的时代情景，指出入道公主的宫观成为一时名胜，文士借以雅聚游赏，因而兴发感慨，使用夕照、落

[①] 李丰楙：《六朝隋唐仙道类小说研究》，台湾学生书局1986年版，第333页。

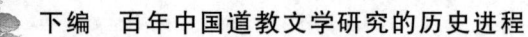

下编　百年中国道教文学研究的历史进程

花等具有凋零性格的意象,描述深院、松影中的幽深世界,这就成了题咏公主宫观诗歌的共性;"送宫人入道诗"则可以作为另一类的《宫词》,对宫人入道的种种情态进行了描摹,其关注的焦点在于初入道的过渡阶段。《唐人葵花诗与道教女冠》认为一些咏黄蜀葵的作品将联想的方向指向当时蔚为时尚的女冠及其独特的生活方式,因而发现黄蜀葵花与女冠之间具有一种新鲜的隐喻关系,而中晚唐部分女冠的变质是导致葵花与女冠之间出现隐喻关系的根本原因。

文学史可以帮助理解道教的形成、道教的演变。李先生一再指出:"仙传中的传主,不管是真实人物或虚构人物,都因道派的兴起,被赋予新的解释,成为虚构性的角色。因此由这些人物所构成的历史,自是只有道教内部的意义。""将仙道小说所整理、增饰的传说资料,当作某一造构者的用意所在,或是某一时代的意识形态的反映,都是道教史的真实事件。……它在朴素的传统说法中赋予新意,借以构成道教自身的系统,仙道小说正是这些现象最形象化的反映。"① 比如李先生指出《十洲记》传说所运用的资料当为《神异经》《博物志》《抱朴子》等书中的博物之学,作品中一再强调的动植物矿物以及相关的服食、使用的功效属于早期朴素的神仙服食观念,作品中的仙真府治观念以及仙真的命名反映的也是汉晋之际尚未被道派化的仙真观念;《十洲记》所传述的十洲三岛仙境说,为六朝道教吸收古来流传的各系乐园神话、纬书的神秘舆图说,综合修贯,转化为宗教性的道教仙境。这表明道教形成时期容纳、消化先秦、两汉宗教神话以及拟科学,借以形成自己的宗教思想体系。"十洲仙境既成之后,在道教世界中固然基于宝奉圣典之故,完整保存于道教秘笈;但流传于不同道派、不同时代,因应道派之需却被调整改变成不同形式的新十洲传说。深入探讨其源流正变,可以了解道教仙境的演变情形。"②

---

① 李丰楙:《六朝隋唐仙道类小说研究》,台湾学生书局1986年版,第12、14页。
② 同上书,第123页。

民族精神的把握与宗教诗学的建构

上述体悟是以作者的宗教修炼和宗教研究为根基的，而这种根基主要表现为三个方面。第一个方面表现为李先生以内丹派弟子的身份进行修炼。他爬过刀山，练过高功，并进入了道箓的最高级别——第一级。这种修炼对研究的意义，李先生有过亲切的体会："将近二十余年先后随师大体育系郭秉道、邓时海先生学习太极拳，体验拳法与气的运用。近年来从事调查研究期间，又有幸得遇明师指点气的理论与修炼，像王师傅（来静）、熊师傅（卫）都以深厚的道功夫、道学，指示宝贵的修道经验。这些实际的修炼对于这一研究中的上清经法（尤其是啸法），有极为亲切的证验。这是纯从文献的考证、分析所难以体会的，希望将来能从事宋元以下内丹派的研究，将文献与实践作一结合。"① 第二个方面表现为对道教的深入研究，并使其道教研究完全配合于他的道教文学研究。他著有《不死的探求——葛洪〈抱朴子内篇〉研究》（专著，台湾时报文化出版公司1986年版）、《嵇康养生思想之研究》《葛洪养生思想之研究》《道教炼丹术的发展与衰弱》《神话的故乡——山海经》（专著，台湾时报文化出版公司1981年版）、《山经灵异动物之研究》《昆仑、登天与巫俗传统》《不死的探求——从变化神话到神仙变化说》《传承与对应：六朝道经中"末世"说的提出与衍变》《老子〈想尔注〉的形成及其道教思想》《神仙三品说的原始及其演变》《六朝道教的度脱观》《〈道藏〉所收早期道书的瘟疫观——以〈女青鬼律〉及〈洞渊神咒经〉为主》《正常与非常：生产、变化说的结构性意义——试论干宝〈搜神记〉的变化思想》等一系列道教前史、道教史方面的专著和论文。第三个方面主要表现为宗教仪式的田野调查。他发动了一个由多学科的专家组成的"道教与民间文化整合计划"，并承担了其中的汉人丧葬仪式调查；和诸荣贵合作主编《性别、神格与台湾宗教论述》《仪式、庙会与社区——道教、民间信仰与民间文化》等书，著有《道教劫运论与当代度劫之说》《常与非常——中国节日庆典中的

---

① 李丰楙：《六朝隋唐仙道类小说研究》，台湾学生书局1986年版，第4页。

狂文化》《从成人之道到成神之道——一个台湾民间信仰的结构性思考》等论文。他认为"近年来不断从事田野调查的参与活动，有幸得访现存且仍生机蓬勃的道教团体，发现其中仍保存着珍贵的宗教仪式。他们热心地提供宝贵的经验，有些往往是文献资料上所难以体会的"。[1] 他在福州禅和派教徒手中发现《玉阳铁罐炼》将救苦萨真人当作重要的神祇，在白云观发现有浓缩版的"铁罐炼"录像带行世，在广州罗浮山、福建永春地区发现有萨祖信仰遗迹，因而展开了萨守坚的宗教仪式与宗教神话研究。

三 宗教神话学、民间文艺学、主题学

李先生认为道教文学是边缘学门，或是科际学门，因此"从事这一研究势需综合了中国文学、宗教学、文化人类学、神话学及相关的历史学、艺术学等，经由科际的相互考察，始能深入理解道教文学所具有的宗教文学或神话神学的特色，因此这是一门有待开拓的新学门"。[2] 应该说，李先生在宗教与文学的关系层面所作的整合研究已经结出了硕果，此处只就李先生整合宗教神话学、民间文艺学、主题学的理论和方法所作的研究作一述评。

李先生的研究表明，宗教与神话、宗教神话与文学从来就是一对孪生兄弟，研究道教、道教文学需要借助神话学的理论。他在研究中一再表示："民间信仰、道教信仰常与其传说相互依存，信仰仪式是行动象征，而神话传说则以语言象征支持、肯定其信仰。"[3] "宗教仪式与神话经常互相表里，仪式是行动的象征，而神话则是语言象征，藉语言、文字的表达支持、肯定或合理化仪式中所要表达的同一需要。"[4] "神话是

---

[1] 李丰楙：《六朝隋唐仙道类小说研究》，台湾学生书局1986年版，第4页。
[2] 李丰楙：《忧与游：六朝隋唐游仙诗论集》，台湾学生书局1996年版，第2页。
[3] 李丰楙：《许逊与萨守坚——邓志谟道教小说研究》，台湾学生书局1997年版，第250页。
[4] 李丰楙：《误入与谪降：六朝隋唐道教文学论集》，台湾学生书局1996年版，第224页。

一个统御一切的意象,它给日常生活的事实赋予哲学的意义",神话是"诗中不可避免的基础"。① 从这些理论出发,我们发现李先生的研究成果起码揭示了如下一些道教文学发生、发展的规律。

道教信仰的形成有赖于对远古神话的吸收和改造。比如,作者钩稽古书道经所征引的纬书资料以及灵宝、上清经派关于洞天的记载,说明洞天说是道教中人吸收、容纳汉代纬书地理说、两晋道经出世神话、修真遇仙神话以及江南地区喀斯特地形的探访经验而形成的包括洞天福地在内的系统化、组织化、圣数化的神秘舆图说。

道教神话对道教神仙谱系的建构起到了重要的促进作用。比如,他认为要完全了解西王母信仰的形成就必须探讨道教诸道派如何吸收、转化前道教时期的西王母神话使之成为道教诸神世界中的重要女仙。他通过对仙传和道经所记载西王母的治所、职司(原始天王弟子,传授宝经要诀)以及诸女排行、治所的分析,指出上清经派有意将一些分散的神灵或只作为祠庙的主神加以组织化、体系化,其中的一个突出现象就是以西王母为中心,将原本在西汉社会既已流传的神灵加以道教化,提升为道派中的仙界的神灵,并有意将原本并无联系的地区性神灵组织化,纳入一个神灵谱系中。唐代的《墉城集仙录》的原始编集构想就是以墉城、西王母为核心,将上清女真配列在前;再扩大金母为女子登仙得道者所隶的观念,将所搜罗的女仙事迹悉数列于该传记中。他还通过《真灵位业图》《墉城集仙录》《历世真仙体道通鉴后集》《三教搜神大全》等仙传的演变指出只有西王母能在民间社会具有普遍性的崇祀地位,杨、许集团未能够列出西王母儿女群的全部名单,以后的道书和民间类书中西王母女儿传说也就只能五六位了。"由此可知神话中的神仙或人物,在历史发展中其所以消失或变化,关键所在就在于不同时空条件下,社会是否基于需要继续加以吸收再创作,新的神话传说所赋予的新的意义,将不断地重新塑造其形象,让它具有新的多面相,使原本不

---

① 李丰楙:《忧与游:六朝隋唐游仙诗论集》,台湾学生书局1996年版,第137页。

变的神话形象获致新的支持、肯定。"①

他认为从信仰史的角度考察宗教传说就会发现，道教神话和道教信仰是互相支持的，神话传说的一再结集刚好强化了教团内部的共同需要。李先生分析了许逊传说的三次结集，指出许逊及其弟子之所以从祠庙信仰演变为净明忠孝道的教团，其中一个重要原因就是在关键期出现了一些睿智的道士总集前此流传的传说，借以支持、肯定或合理化其信仰，并使得这些经造构整备的传说与道教仙真、民间信仰具有宗教精英分子的主观而强烈的宗教意愿。"由此也可以证明许逊传说史的重要结集期都与净明忠孝道的振兴运动有关，其一兴一衰再兴再衰，充分显示道教在不同文化环境的条件下，均能发展形成新的神话情境，而重新赋予新的信仰意义，并完成一种具有独立风格的宗教。"②

道教神话往往会强化宗教仪式的权威性，并使宗教仪式具有强大的生命力。如李先生指出西河派教主萨守坚的神话本身就具有很强的仪式性：十二载中一件件连续出现的人生试炼的恶境象征着人性诸多欲望的一一通过，萨守坚的成道历程可视为通过仪礼式的自我完成的历程；王恶之从恶神变成赤心忠良的善神，则是从观察他人的戒行中悟道，也具有启蒙式的成人、成神的象征意义；萨守坚的冥间游行也是一场心性的历炼，十天十夜的一场大供，也让他完成"阳间救济群生，阴府超度众鬼"的功行，因而得以早日证入仙班，完成修道度世的人生历程。这种仪式性使得萨、王信仰成了道教科仪的内在构件，并以化石式的信仰仪式的形式继续存在于道教科仪、民间信仰中：萨守坚在正一、全真等大道派所建立的道法里，将他所悟得的雷法、幽济注入其中而能被容受，甚至形成独立一支的西河派，影响了道教施食科仪式的形成，强化了施食科仪的流行；他促进了全真道所施用的"铁罐炼"的形成，也影响及福州的禅和派、广州的斛食济幽科，福建省永春地区的道派也在醮科及度亡科中保有萨

---

① 李丰楙：《误入与谪降：六朝隋唐道教文学论集》，台湾学生书局1996年版，第245页。
② 李丰楙：《许逊与萨守坚——邓志谟道教小说研究》，台湾学生书局1997年版，第16页。

祖传法的遗迹，江西、湖南等地的西河派至今还在流传。

　　道教神话是文学创作的源泉。李先生从神话与文学的理论与方法，指出曹唐运用瑰奇美丽的道教神话传说作为诗歌的创作素材，从中表现他最具创意的丰富想象力及寄意深远的旨趣：他以道教新创的神话传说作为神话的架构，将游仙的"游"趣，重新安置在新出的神仙世界中，让人与仙的接遇关系具有世俗的人间情趣和道教的宗教体验；他还不囿于神话素材，在原有散文叙述体的叙述事件外，发挥诗歌的抒情功能，尽情抒发人仙之间的内心活动。

　　李先生的研究表明，道教信仰、道教神话的形成，在相当程度上是吸收整合原始巫教信仰、原始神话以及民间信仰、民间传说的基础上形成的，因而借助民间文艺学的丰硕成果来研究道教文学是一个可行而有效的措施。

　　李先生的研究表明，民间文艺学的理论确实有助于揭示道教信仰、道教神话与民间信仰、民间传说之间的复杂关系。在分析《神弦歌》时，他指出《神弦歌》是以江宁为中心的滨海地域的宗教祀歌，其所祀的神灵代表民间信仰与神仙道教交叠演进过程中的一种现象：所祀神灵多为水神，其仪式乃经由巫师及巫者集团所形成，或巡游以驱灾度厄，或褰慢歌舞以取媚神灵，为带有巫术信仰色彩的祠庙信仰，其中的苏林、赵尊、道君等为仙道观念逐渐影响于民间祠祀的遗迹，其仪式应由道士主持，其歌词显示出扶乩降真的特点。在分析许逊传说时，他认为许逊由真实人物逐渐被神格化、道教化成为宗教信仰中的主神是道教史与民间信仰之间相互依存的范例，而宋朝则是许逊传说史的关键阶段：在水神传说上，《道藏》所载宋代许逊的传说是一批珍贵的田野实录；在许逊信仰史上，这些民众创造、附丽的斩除水怪的新传说表明许逊信仰的新发展：帝王褒封，士庶崇奉，环逍遥山信仰圈的形成，洪、瑞二州之人定期来往的宗教仪式，水神传说的附丽，都是教团内部的振兴活动，因而可说传说的新创造、遗迹的附丽都是真君信仰圈内的自然

· 299 ·

产物。

李先生在研究过程中一再强调利用民间故事类型学理论研究道教神话的必要性,并对丁乃通的《中国民间故事类型索引》、中国大陆《中国民间故事集成》放弃宗教神话或改写宗教神话表示深深的遗憾。从他的研究中可以知道,道教神话不仅承袭了民间故事的某些类型,而且道教神话本身就是故事类型学绝好的研究对象。他根据道教所建立的彼岸世界与此岸世界的沟通方式而将道教神话分类为:谪降与赎罪型、误入与历险型、冥通与降见型、成仙试炼型、道教镜剑传说、法术传说等类型。他认为《离骚》《远游》等巫系文学及由此发展形成的游仙文学,均以游历为其主题,六朝仙境传说即基于同一母题,也遵循同一基型结构:出发—历程—回归。这一深层结构在不同的时间空间内因应社会文化背景的差异而有不同的表层结构,由此形成不同的类型,即服食仙药类型、仙境观棋类型、人神恋爱类型、隐遁思想类型等,而这些类型又可以分作原始形态的洞天游历传说与世俗化的仙境游历传说,即修真遇仙传说和误入仙境传说。在分析洞天传说时,作者根据民间文学类型学理论指出袁相根硕和刘晨、阮肇两则故事是同一传说的两种版本:一为晋宋间文士的笔录,一为刘宋间的文学化记载;一则较为朴素而近于庶民生活的情调,较接近于民间文学的原始状态,一则较文饰而近于豪门生活所提供的想象素材,所以是一篇较为晚出的口语文学的文学化。

李先生在研究过程中还发现,运用俄国普洛普(V. Propp)和法国葛黑玛(A. J. Greimas)等人的理论来研究道教神话、民间文学的母题演变及其相互关系是一种切实可行的方法。李先生对保留在笔记杂录《搜神记》《搜神后记》和道经《真诰》中的六朝神婚故事所进行的母题分析就是一个典型的范例。李先生指出神女传说起源于原始宗教祭仪中阴神下阳巫、阳巫接阴神的习俗,凡男具有圣婚性格,神女具有冥婚的痕迹;民间神女传说的诸母题同时具有道教和民俗的意义:神婚具有冥婚性质，神女与凡男的形象对比中折射出魏晋时期的寒门细族身份，而其中的饮食、对话描写则体现了道教服食、降诰的特点和宗教体验；上清经派的萼绿华降杨羲事迹和上清经派云林夫人降许谧事迹是基于宗教修炼因而获致神女降诰的体验，属于精致化且有意达成的宗教体验，是道教化、上清经派化的神人交接传说，其中的神人遇合不是世俗的缠绵情欲，也不是天师道的黄书赤道，而是一种神交的修行法门，目的在于接引有缘人上升天界，所以一般会交代未来而不会有民间传说的再会情缘；到了唐代，杜光庭改写时则进一步淡化神婚色彩，将她们一一改塑成谪降或具有导引者身份的仙真，表明道教内部对于上清道法已经有所修正。根据类型学和母题理论的一般规则，李先生还认为上清经派的神女传说可以填补民间传说在笔录过程中佚失的情节，还原民间传说的生成语境。比如，他认为《搜神记》成公智琼故事佚失的服食情节保留于类书所征引的《杜兰香别传》中，成公智琼故事的泄密情节以及《神女赋》保存于《墉城集仙录》中。

　　李先生的研究还表明，道教信仰和道教文学的主题在历史的时空中会因应现实的变化而出现变迁，这种变迁既体现在文学层面，也体现在宗教层面，因此适合运用主题学的理论和方法进行研究，其具体的思路就是"因应各不同的专题，分别论述其复杂的衍变过程，并尝试说明每一演化所代表的时代意义"。① 他对《汉武帝内传》和《十洲记》在后世文学后世道经中的演变的研究表明"从主题研究的方法考察仙道小说，可以较清晰地解说其中环绕的复杂问题，发现其长时期内的演化，变化多端；又在不同道派之中，被分别使用不同的形式处理"。② 《汉武帝内传》在六朝唐代文学中有着广泛的生命力，并取得了和《博物志》系相关传说并行不悖的地位；六朝时期关于西王母形象、七夕节日、仙桃行厨等场景的描写均体现了以上清经为主的道教化特质；唐代诗人如

---

① 李丰楙：《六朝隋唐仙道类小说研究》，台湾学生书局1986年版，第18页。
② 同上书，第17页。

韦应物、薛逢、李商隐、韩愈等将汉武帝西王母传说作为隶事的材料用以影射帝王贵族的求仙活动,上元夫人在唐传奇《封陟》中则一改严峻的仙经传授者形象而为一多情仙女形象从而使得神婚故事与娼妓、女冠的风流行径融为一体,诸天伎乐传说则已经诗歌化或成为文士诗歌中所歌颂的玉女、天乐或成为民间信仰中的女仙。《汉武帝内传》在唐及唐以后的道经中也发生了重大衍变,虽然唐代的《无上秘要》效法上清派著作没有征引《汉武帝内传》,但唐宋以来的道经也逐渐采录《汉武帝内传》的说法,其中最重要的为杜光庭编写的《墉城集仙录》,确定了以西王母为女仙领袖的地位以及元代通俗宗教书籍《搜神广记》将西王母传说定型化,这说明上清经系的伪经成圣传后便影响乃至造就了唐以及唐以后西王母、汉武帝、上元夫人的形象。《十洲记》为教内外普遍接受则是在唐代,十洲传说被纳入洞天福地的宗教地理构想中,从而奠定了唐以后十洲三岛传说的基础;在宋代,十洲三岛传说又走向科仪化和丹道化,或成为黄箓斋法的极乐世界,或成为清修理论的修炼图;在明代,十洲传说也因应时代变化而出现于三教合一的宗教性传说之中,但也随着道派发展的渐趋于固定而失去神话传说的灵活创造力。

值得特别强调的是,他引用西方文艺理论并不是一味地套用而是有着自己的独特理解。比如,他用"神话与文学"的观点重新评价曹唐作品时就指出他的研究"不只是套用新理论、新观点借以肯定其中的新价值,而是透过这一现代的诠释方法,落实到曹唐本有的创作意图,揭而出之以发现其中的隐奥,从而针对其作品所兼具的叙述、抒情手法重加评定"。[①]

四 民族本位、文学精神、宗教诗学

李先生将道教文学定位为宗教学、神话神学的一个门类,采用独特的研究视角、研究方法对它进行研究,除了勾勒其基本轮廓肯定其历史价

---

① 李丰楙:《忧与游:六朝隋唐游仙诗论集》,台湾学生书局1996年版,第170页。

民族精神的把握与宗教诗学的建构

值外，其终极的研究目的是从民族本位的立场探寻中华民族的文学精神并进而从其文学史事实中抽象出基本的文学理念，建构自己的宗教诗学。

出于对道教、道教文学的深刻体悟，也出于对学术史的深刻反思，李先生在整个研究过程中不断强调道教、道教文学是一个自足的文化系统、文学系统和表达系统，表现出强烈的民族本位立场。对于学术界倾向于认为道教受佛教影响的论点，他认为"这是一个较为表面的比对之后所下的论断，如果从道教的核心思想考察，将会发现其宗教精神根据之所在仍是本土的中华民族，特别是在终极关怀问题的思考上，'此界与他界'之间如何建构他界？两界之间又如何沟通？则道教确是表现出中国人的文化观点，而并非佛教所输入的印度古文化"。[①] 在道教仙境说和神仙位业说基础上形成的神仙三品说是道教思想的主要依据，"从其中的形成、演变过程，正可以显示六朝的宗教文化虽间接受外来佛教文化的冲激，而其大体则仍为中华本位的文化。由此也可理解为何道教会成为中国的民族宗教、本土宗教，关键即在于面对生命的终极关怀时，表现出一贯的民族风格，这一点为特别值得从事比较宗教学者多加注意之处"。[②] 堕落仙人的下凡受罚说体现的是宗教学上的救赎问题，其中的"此界苦观之建立，绝不能简单地从当时输入的印度佛教教义加以理解，而要探本溯源地直接渊源于道家及中国古神话的混沌论"。[③] 建基于谪仙说的道教谪谴神话，将贬谪到人间视为惩罚，较为具体地表现出人间官僚体制的折射反映，而与佛教所传布的终极理念有所区别。《误入与谪降：六朝隋唐道教文学论集》"导论"反映这种深刻的体认导致了他的研究思路上的民族本位立场，即认为"在国内不仅是道教学门，就是其他的学门也大多缺少理论及研究方法，有之也多是援用西方的理论与方法，但道教、道教文学作为本土宗教，是否在参酌外来

---

① 李丰楙：《误入与谪降：六朝隋唐道教文学论集》，台湾学生书局1996年版，第1页。
② 同上书，第92页。
③ 同上书，第23页。

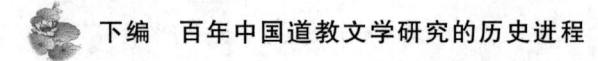

的理论之后，而应该从本土的素材中多加思索，并试着初步提出一些基本理念?"①

李先生认为道教文学所体现出来的民族精神就是中国人的生命意识，这种生命意识的终极追求是"为了解决人类生活上的共同困境：生存与秩序，对于人类存在的保证问题，试图经由神话思维的方式探求生命的永生、乐园的安乐"。② 为了达到这一目的，道教建立了一整套解决终极关怀的理论体系，它相信形魄可炼、神魂可存，形成一种魂魄炼度得以度世的长生思想，并建立了一个可以安顿这些长生成仙者的他界，这就是神仙三品说的形成。这一品第观念"基于两大观念：其一为道教宇宙观，包括天堂、名山及地下说，显示其努力造构的神仙世界。其二为仙真位业说，包括天仙、地仙及尸解仙说，乃是道教对于神仙形象的品级观念，由此两者始能建构为道教的神仙世界"。③ 此岸与他界之间的"冥通与降见、探访与误入、罪谪与重返，即是当时道俗用以接触世界的三种重要模式，道经中固然也有些理性的叙述用以陈述他界以及人仙接遇的理念，不过绝大部分所采用的多是一种神话语言，具有高度的隐喻性格，让人在多义的解读中各自有所体悟，这是宗教语言的本质"。④ "类此探索宇宙生命的奥妙之力，激发道教中人超越现实界的苦乱，期望回到生命的本质，这应该就是道教神话中'道'的神学意义。"⑤

李先生认为游仙是仙道文学、道教文学的中心思想，并用"忧"与"游"这两个字来加以概括，这可以说是抓住了道教生命意识的灵魂。"希企成仙的动机仍可归为'忧'之一字，因而如何获致短暂的解我忧之法，即是'游'——神游、想象之游所形成的奇幻之游"，"从

---

① 李丰楙：《忧与游：六朝隋唐游仙诗论集》，台湾学生书局1996年版，第426页。
② 李丰楙：《误入与谪降：六朝隋唐道教文学论集》，台湾学生书局1996年版，第241页。
③ 同上书，第33页。
④ 同上书，第30—31页。
⑤ 同上书，第31页。

'忧'的性质分析就可理解'游'的不同性质,这比从形式上分析游仙诗的正变,更能掌握游仙文学的精神特质,也较符合'诗人'的为文动机是为情而作的本质"。①"从道教成立前到成立后,道教作为中华民族的本土宗教,'探求不死'可说是一贯的核心思想,而期望成仙或游历仙界则是探求他界的神秘之行,它表现为宗教文学几遍存于历代文体中;从辞赋、乐府、五(七)言诗以至于词曲等,中国历来的名家都曾尝试过这类游仙诗的题材,用以表现其'忧'与'游'的情绪。由于前后历经千百年,不同时期的文士也常借以表达其一生的'不遇',而忧、不遇等有关的不满与挫折感,也是帝王贵游以至士庶求仙的基本动机。类此身在此界而心向往他界的愿望,正是一种宗教所关怀的终极真实,不管其人奉道与否,在面对生死大事如何超越生命的大限,借以获得生命存在的永恒保证,就成为道教所关注的重大问题,游仙文学正是这种探求之心的忠实反映。"② 其所传达出来的他界信息对于六朝人的意义就是乱世的佳音,而对唐人的意义则是补偿现实界的欠缺与不满足。比如,道教所结构完成的神仙世界及其成仙方法,直接关涉人生的终极关怀,让曹唐这样一些在现世受到挫折、困顿者有一向往、探求之道:不遇的情绪促使他深刻体验人生,因此能因缘凑合地运用道教神话语言以隐喻其人生观,写出深味有得的道教文学,借以表现他所探求的生命终极意义;他既传承了道教的终极关怀问题,也有假借仙言仙语折射地写出他的生活及生命感悟:包括长生与死亡、永恒与无常、无情与有情,以及神仙界的热闹与冷清之感等。

李先生对文体的生成状态及其功能进行了分析,希望在还原文学的历史语境的情况下把握文学作品的真正意蕴。比如,针对学术界用西方文艺理论的小说三要素来分析古小说的弊端,他一再强调古小说生成时的史家意识。六朝仙传被收录在《隋书·经籍志》史部杂传、地理类,

---

① 李丰楙:《忧与游:六朝隋唐游仙诗论集》,台湾学生书局1996年版,第8、10页。
② 同上书,第23页。

下编　百年中国道教文学研究的历史进程

《旧唐志》一仍其旧，而《新唐书·艺文志》就改列于子部道家、神仙家。这不仅是部籍分类的界域问题，还是牵涉当时人对于传说、对于采集到的口头文学的观念，就是认为这些记述下来的事迹具有某种程度的真实性。当时的作者如干宝等创作这类作品时也确实体现了浓厚的史家意识，"他采用神女传说，并提及张华作《神女赋》，也是依据以发明的态度。在赋文中，张敏则以征实的方法验证，经过多方求证后，虽觉得义起的行事诸多奇异，但又'近信而有征'，凡此均可代表儒家知识阶层的证验立场，经由征实之后，他也就将相关的传闻事迹加以整理，然后传述其事"。① 此外，《集仙录》收录《神女赋》同样体现当时的史家征实的创作态度。这种史家意识还关涉六朝到唐的文人为何要在正史的列传体之外，凡是立志为某些奇行特异之士传述事迹，以发其潜德幽光，也都依仿列传而径题作某传。传统四部分类法"并非完全是平行、并列的，而是蕴含有价值取向的，在尊经重史的文化传统下，它构成了一种本末、尊卑观，却也隐含着体用观。就是传统知识分子的学术训练，在读书、应试与任职的连锁关系中，经史为体，而子集为用，为广义的文学事业"。"因此唐人所撰写的传奇事迹仍想厕列于杂传之类，而明代文人一定要在通俗历史演义上提名为传，凡此都不应只是史传题材的模拟问题，而是关涉到不遇文人的挫折心态，需要以史传的传述者自居自许的。"② 白话小说出身修行传体的拟史传化体现了不遇文士的自我角色认同，即一群在仕途上不遇的文士，认同于道教宗教上的圣者，在为乱世驱妖除怪的痛快行径中获致一扫心中魔的快感。

从建构中国自身的文论话语出发，李先生一直在思考和研究道教谪降神话所具备的叙事功能及其对中国古代叙事学的贡献。在作者看来，"要建立道教文学不应将道教小说作为研究道教的材料，解说什么宗教

---

　　① 李丰楙：《误入与谪降：六朝隋唐道教文学论集》，台湾学生书局1996年版，第147页。
　　② 李丰楙：《许逊与萨守坚——邓志谟道教小说研究》，台湾学生书局1997年版，第321页。

观；而应从小说艺术分析宗教文学、道教文学的特质为何？因而从叙事学分析确有助于理解其结构"。① 他认为道教神话模式对于中国戏剧、小说的叙事艺术，最具启发的就是劫运说和谪谴说，它们从叙事学的角度解决了说话人的一大难题，帮助作家突破了历史演义小说、杂传小说及世情小说的现实格局，而能从一种超越性的宇宙观，以至高的视角俯瞰人世间，这是类似创世主创造世界的高角度。因此，他梳理了汉魏六朝和唐代的道教谪降神话，认为这些谪仙传说的谪降模式成为后世度脱剧、部分白话小说的主要结构，如金元以及明代的神仙道化剧、邓志谟的谪仙小说以及《水浒传》《红楼梦》《镜花缘》等一大批小说中的神话结构均可源于谪仙传说。他反对浦安迪教授把小说中的这些谪仙情节说成是描衬轮廓的装饰手笔的说法，认为这类"小说叙事方式，既具有叙事文学上为叙事者建立权威的叙事地位，又具有宗教学上为经典赋予极高权威的作用，两者合为一体后，就构成了道教小说独特的叙事结构"。② 他还认为这种结构体现了中国人的思维方式：本来神话就是在有意无意间破除一些理性的、逻辑的思考，而尝试建立一个单纯的、原始的世界，但其中并非是完全无意义的，而是隐藏着更原型性的人类经验；谪凡者所经的历劫前后的大间架，所开启的不仅是戏场或阅读反应中的疏离感，更是道教有以启发人生的宗教本质：就是超越凡俗而进入神圣；其所宣扬的命运——其中包括了天命的决定性与人类意志的超越性，这是传统中国社会尤其较属于非合理性主义者的集体意识，是一种行之数千年的生命哲学，天命与人力在此中并非冲突而是协调地运转的。这种宗教叙事学立场的分析还可以破除以往引用西方理论研究古代小说所带来的种种困惑。比如，李先生认为《水浒传》"在叙述结构上这股力量有如圆状的循环圈，从四面集拢分别朝向中间一点凝聚，其凝

---

① 李丰楙：《许逊与萨守坚——邓志谟道教小说研究》，台湾学生书局1997年版，第357页。

② 同上书，第299页。

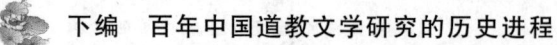

下编　百年中国道教文学研究的历史进程

聚力是由命定与人为合力完成的，在反常的社会中非常的力量聚集，最后终是需要回归正常，这是国人所深信的宇宙运转的原理"。"让好汉征方腊等也是一种自身的救赎行为，天罡地煞必得完成人世间的人物，始能谪谴期满。""谪谴的主题具有深刻的赎罪意义，这是一部水浒传英雄事迹真正的内在结构。"① 应该说，这种阐释是比较符合小说的文本意蕴的，因为这种解说已经超越了"弭盗—诲盗""农民起义颂歌—农民起义反面教材"说的二元对立，达到了作品的还原解读。因此，对这些叙事模式的分析"也就是尝试为中国中、长篇小说的结构寻求一种较为合理的解释，此类工作在建立中国小说的叙事学上应是一件有意义的事情"。"至少它对如何建立中国式的小说美学，类似谪仙神话架构的模式确是需要首先提出的严肃问题。"②

从李先生的研究可以知道，道教创造了一个符号系统来传达其信仰体系，并且通过影响道教徒和文人的内心世界激发出创造冲动，在文学作品中建立了一套意象系统，形成了独特的象征隐喻功能。比如，他指出啸除表现为一种啸傲、啸歌外，其本质应该是基于道教炼气原则所形成的一种道教秘术，并通过以《啸旨》为中心的考察，在语音原理、音乐原理之外肯定啸作为道教修炼的养生原理，并进而说明其在文学中的象征意蕴：六朝文士之啸与魏晋的言意之辨有着密切的联系，啸作为一种否定"言"的不言形式，甚至比"言不尽意"更具有彻底的否定意味，因而啸被视为一种傲态—一种隐逸风神，啸成为一种名士风流，表现在诗歌中，啸成为声乐、遣怀、隐逸、豪放的象征；唐代道士隐者的啸法已经神秘化传奇化，成为隐士高人有所关联的意象和动作，并作为典故定型于诗歌文学之中，啸法还以招魂禁术的面貌出现在唐人小说中，由于啸法在唐以后的道门中自有流传但记载已经不多，在诗歌中已

---

① 李丰楙：《许逊与萨守坚——邓志谟道教小说研究》，台湾学生书局1997年版，第308页。

② 同上书，第288、312页。

经脱离其真实内涵而成为一种象征意象。又如,道教为"唐诗人的观念世界,另外提供一种宗教性、神圣性的意趣。而道教在六朝以来所建构的语言、辞汇,经由新神话、仪式的实践,另外形成一套新的符号系统"[1],神仙世界成了一种隐喻的符号系统:道教登仙的语言符号成了唐人仕与隐、遇与不遇的隐喻符号,不遇时可以之表达世外之想,得意时也可隐喻其昂扬的心志;将它转用于游狭邪以隐避其行,也具体表现出唐型文士的风流自赏,即将狎妓比喻为游仙,将妓女说成谪仙、仙真,也将有艳情传闻的女冠说成是谪仙。在意象的创造和隐喻功能的开拓上,曹唐无疑是最突出的一个:"他所写的常是隐喻人生诸多经验的层面:不仅咏诵古仙的悲欢离合,也借此委婉地表达他与友人的久别重逢、离家远行的送别与还家,甚至游狭邪于北里仙窟,都可借助游仙的隐喻法来加以表现。""在游仙诗史上,曹唐的灵心、巧笔使他发现了神仙典故与唐人新事物、新生活间的关系,就大大地加以发挥,以新的认知关系重新创造了新的隐喻世界。他既可阐发世界的变化无常、憧憬神仙的长生永年,也可夸赞神仙的朝元、朝宴的奇景;更能借助世情渲染仙亦有情,借用神仙之游以夸张人间之游,在笔法的多变上确是少有其匹的。"[2]

---

[1] 李丰楙:《忧与游:六朝隋唐游仙诗论集》,台湾学生书局1996年版,第61页。
[2] 同上书,第254、255页。

疆域的界定与个性的彰显

——詹石窗的道教文学史研究述评

原本研究道教文化尤其是易学与道教文化关系的詹石窗由于教授中国古代文学的机缘自1986年开始编写《道教文学史》讲义起便一直致力于道教文学的研究，至今已经先后出版、发表了《道教文学史》[①]《道教与戏剧》[②]《道教术数与文艺》《南宋金元道教文学研究》[③] 等多部专著和一系列论文，对道教文学的内涵与外延及其发展演变作了探讨和清理，并试图彰显道教文学的个性特征，为道教文学基本框架的建立和历史进程的凸显作出了开创性的贡献。

一 道教文学的疆域

詹先生在一无依傍的情况下撰写《道教文学史》首先面临的是研究对象的界定问题和基本框架的确立问题，因此他对道教文学的概念、道教文学史的研究范围和基本框架进行了理论探讨和技术设计。

为了确定道教文学史的对象，作者对"道教文学"这一概念以及相关的子概念进行了界定。他认为"道教文学是以道教活动为题材的"，而道教活动的基本要素包括：第一，活动的精神支柱——道体与

---

① 詹石窗：《道教文学史》，上海文艺出版社1992年版。
② 詹石窗：《道教与戏剧》，台湾文津出版社1997年版；厦门大学出版社2004年版。
③ 詹石窗：《南宋金元道教文学研究》，上海文化出版社2001年版。

诸神仙；第二，活动的主体——人，包括职业人员——道士以及一般信仰者；第三，活动的场所——宫观、名山；第四，活动的方式——仪式以及方术的实施；第五，活动的基本理论指导——教义；第六，活动所产生的作用、影响。这些基本要素产生了相应的道教文学作品。① 因此，"道教文学是以中国传统宗教——道教的活动为基本题材内容的文学作品的总称"。"道教文学'以道教活动为题材'的具体含义指的是，其形象的塑造和意境的创造都是以道教活动为本原的。""凡是以说明道教本身或述说道教的神仙及信仰者（包括道士）的事迹、活动以及描写道教的宫观、名山，记录道教斋醮仪式活动和阐明道教教义，并宣扬信奉之效果及自我体道的情怀为题材的文学作品都可以说属于道教文学的范畴。""道教文学研究是中国文学研究的一大专题，同时也是道教文化总体研究不可缺少的组成部分。"② 确定了道教文学这个总体概念后，他还在具体的研究过程中对一些子概念进行了界定并作了类型学上的划分。他认为，道人诗是指道士围绕着道教根本目的而创作的一切作品，那些在表层上往往描写山水、咏叹史迹等甚至只是表现自身生活起居的琐事，但在背后却寄托了作者对道教根本目的的追求或见解的作品也应算作道人诗而归入道教文学的范围。他认为，神仙道化剧是指以道教活动为题材，以道教的基本宗旨——修炼成仙或隐居乐道为主导思想的戏剧，元代神仙道化剧包括体现神仙本旨的传道度人剧、象征去恶扬善的点化精怪剧、表现清规与仙道境界的断案剧和隐居修真剧。他指出，"研究道教小说，不仅要研究那些出于道教中人之手用以阐释教理、宣扬法术、记叙神仙事迹的作品，而且也需广泛涉及那些表面看来并无道教活动描写但又在纵深层次上表达道教观念情感的作品"。③ 值得注意的是，作者将戏剧、小说和诗歌以外的文体都纳入散文的范畴，因此

---

① 詹石窗：《道教文学史》，上海文艺出版社1992年版。
② 詹石窗：《南宋金元道教文学研究》，上海文化出版社2001年版。
③ 詹石窗、汪波：《道教小说略论》，《道家文化研究》1994年第4辑。

下编　百年中国道教文学研究的历史进程

"不歌而赋"的赋体文章以及道教科仪活动中的一些韵文也被作者归入散文的范畴；作者还对道教散文的类别和文体特征作了分析：以议论为主的道教散文包括语录问答体道教散文和经教畅玄体道教散文，以记叙为主的道教散文包括碑记体道教散文、游记体道教散文和杂记体道教散文，以通达、描写、抒情为主的道教散文包括章表之类道教科仪应用文、信息交流的书牍文和以描写抒情为主的道人赋。

他还对道教文学史的研究范围进行了界定，指出道教文学史"不仅要研究收在道教经典《正统道藏》《万历续道藏》《道藏辑要》《庄林续道藏》等丛书中的文学作品，而且也要研究道藏以外的其他反映道教活动的文学作品；不仅要研究道教中人所作的文学作品，而且也要研究非道教中人所创作的以反映道教活动为内容的作品"。"还包括那些受道教思想影响的作品"，"也要讨论那些以老庄道家思想为宗旨的作品"，"对于那些受玄学影响或直接以文学形式弘扬玄理的作品也须论及"，"还要涉及反映隐逸的作品以及志怪和以阴阳五行为宗旨的文学作品"，"对那些道教中人所创作的以阐述哲理为主的作品也要稍加探讨"。① 在具体的研究过程中，他除了研究那些纯粹的道教文学作品外，也研究了那些受道教影响的文学作品。如他认为，"由于道教小说与其他类型的小说在发展过程中往往互相交叉"，所以，"在论述过程中还将兼及历史题材、言情题材中道教蕴含之探讨"。② 他分析魏晋南北朝志怪小说之"道味"，指出地理博物体志怪小说《博物志》与道教的关系约有四端：对上古神话传说人物的进一步仙化、搜罗方士作法"变形"资料及上古异人遗闻、杂记药物属性以及服食、辟谷之偏方趣谈、描写山水之貌显仙居之灵；他也分析了杂史杂传体志怪的仙道意蕴，指出干宝性好阴阳术数留意卜筮灾异之学，其《搜神记》反映了民间巫鬼信念和神仙道教方术，《搜神后记》与道教相关的最为新鲜生

---

①　詹石窗：《道教文学史》，上海文艺出版社1992年版。
②　詹石窗、汪波：《道教小说略论》，《道家文化研究》1994年第4辑。

动的故事是仙窟异境的传说；他研究中晚唐五代杜光庭、王松年、沈汾所编神仙传记的体例、内容时也对该时期的梦幻题材、神仙道士题材、言情题材和历史题材传奇小说中的仙道意蕴作了分析。他还研究了受道教影响的戏剧和散曲。他在研究元代神仙道化剧的同时也研究了道教对元代非神仙题材杂剧及散曲的思想渗透，指出道教对军事题材作品如《马陵道》和《隔江斗志》的影响主要体现在道教法术方面，对历史题材作品如《圯桥进履》《蒋神灵应》等的影响主要体现在人物体系的神仙化。他通过对山水田园题材、爱情题材、咏物题材、咏史题材的分析，指出元散曲表现出文人们对个体生命欲望的宽容，他们撇开社会道德的评判牢牢抓住每一个富有刺激性的瞬间追求生命的快乐，这和道教对生命欲望的迎合是一致的；道教对散曲艺术风格的影响体现在三个方面：道教仙话传说以典故的形式积淀为元散曲的意象、设置空廖淡泊的诗境、语言风格追求自然质朴不加雕饰。他对道教传奇戏曲《邯郸记》《韩湘子九度文公升仙记》《龙沙剑传奇》的内容和艺术特色作了分析，并指出前两者重在演道后者重在驱魔，同时也指出言情传奇融摄着丰富的神仙意象和道教义理、公案传奇，以神鬼世界的冥力干预人间，而道教的神仙冥府则为这种艺术创造提供了广大的想象空间和善恶价值判断。细心的读者一定会发现，这个研究范围已经大大逸出了作者所界定的道教文学的内涵和外延。这一现象已经有人指出，并提出了商榷意见。①

他还依据道教文学自身的发展轨迹和内在特性确定了道教文学史的叙事框架。从纵向结构来看，他主要通过历史分期来确定文学史叙事的时间维度，指出道教文学史应该分成汉魏两晋南北朝的形成期、隋唐五代北宋的丰富期、南宋金元的完善期、明清的流变期来加以叙事；从横向结构来看，他主要从作家在道教中的思想归属程度来架构有关内容，如《南宋金元道教文学研究》"前言"所指出的那样由两部分构成，一

---

① 林帅月：《道教文学一词的界定及范畴》，《中国文哲研究通讯》1996年第6卷第1期。

部分"侧重于从道教组织派别方面进行考察",另一部分"则主要讨论那些具有一定崇道倾向或谙熟道教事务的著名文人反映道教活动的作品"。① 至于具体的叙事内容,则包含了他在《南宋金元道教文学研究》"前言"中回顾研究史时所提到的各个研究领域,如溯源研究与变形研究、区域性道教文学研究、道教文学分体研究、道教文学的专题、专史研究以及个案研究,个案研究还涉及从总体上探究道教对中国古代文学的影响、探讨某种文学体式与道教的相互关系、具体分析作家作品与道教的关系等内容。

二 道教文学的语境

探讨道教文学史还面临着道教和道教文学自身历史的复杂繁衍过程和宗教理论的艰深难懂等难题,所以詹石窗在撰写道教文学史时致力于道教文学语境的还原,并采取了相应的解读方式。

他觉得道教文学语境的还原"必须建立在考据学的基础上",即"由于经籍本身真伪混杂,许多道教文学作品首先面临着有关时代、作者等问题的考辨工作"。② 他站在道教史的立场从四个方面对相关作品和史料作了考证和辨析,纠正、澄清了大量的历史史实,为道教文学史的时空建构奠定了坚实的基础。其一,关于作品著作权的考证和作者履历的考证。例如,作者对现存彭耜有关的文献资料进行辨析,确定了彭耜对相关作品的著作权;指出《真诰》所载诸真降授一杨二许之歌实际上就是杨许等人所为可以当作游仙诗看待,其中的众真唱和之作表达了仙人"观赏—即景—逍遥"之乐、抒写了仙人"有待—无待—混一"的境界,其中的众真降喻之辞,名义上是众真开示后学,实际上是作者自我开通其内容是神仙飞翔游览与自训的结合;指出"吴筠度为道士与学'正一之法'当非出于同时,而师承亦不一。他的真正度师应是潘

---

① 詹石窗:《南宋金元道教文学研究》,上海文化出版社2001年版。
② 詹石窗:《道教文学史》,上海文艺出版社1992年版。

师正,所以,受度为道士的时间至迟当在嗣圣元年,也就是公元684年,而'正一之法'则又是由'冯君'传授的。由于吴筠生平传记最早的也在他死后六七十年才完成,没有把受度为道士和学习'正一之法'这两件事区别开来,在记载时也就造成了混乱,或者把他受度为道士之后的活动提前,或者把'受度'一事拉后,以至同天宝初拜冯君为师学习正一之法的活动混合起来"。① 其二,关于作品形成年代的考证。作者考辨出早期丹鼎派《周易参同契》成书年代当在东汉末期,不会迟于汉桓帝在位年间,炼丹诗作《黄庭内景经》当出于魏初、《黄庭外景经》当为魏晋间作品,敦煌写本《老子化胡经》卷十的玄歌《化胡歌》《尹喜哀叹》《太上皇老君哀歌》为南北朝时期的作品,《老君十六变词》见引于《颜氏家训》当出于太武帝废佛事件发生之后,揭傒斯的《送张天师归龙虎山》《和吴真人大明殿元日早起》分别创作于1317年和1322年。其三,关于作品成书过程的考证。他指出道教修行方术、仪式的发展促进了咒语诗的形成,并对真文咒、三皇咒、洞渊神咒、上清咒的造作年代、使用情况、主要内容、相互关系作了考辨;指出葛洪《神仙传》是在对前代神仙故事消化整理的基础上进行创新的,其中《列仙传》和汉代的《神仙传》对葛洪的影响最大;他还指出《汉武帝内传》经历了产生、改造、充实的发展过程,其道教理论非一般文士所能创作,其内容与金丹上清二派关系密切:他根据《汉武帝内传》推崇《五岳真形图》和金丹服食推断《汉武帝内传》"最初可能是金丹派系中人根据汉代已有的《汉武故事》及《汉禁中起居注》等杂传书并拾取有关史实汇缀而成,其中葛洪可能是主要的撰写者之一,日本《见在书目》著录《汉武帝内传》为葛洪作,估计唐前当有这样的本子"。② 但《汉武帝内传》所反映的对房中术的冷淡、对守一术存想术的重视、西王母上元夫人以及诸侍女为上清女神等情况说明"现在所见《内传》

---

① 詹石窗:《吴筠师承考》,《中国道教》1994年第1期。
② 詹石窗:《道教文学史》,上海文艺出版社1992年版,第136页。

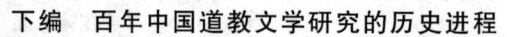

下编　百年中国道教文学研究的历史进程

当已经过东晋南北朝间上清派道士重新改造、充实、润饰"。"上元夫人这种男传男女传女的戒规与上清派的规定大体相同,这又进一步证明她在这里实际上还是上清派的化身,而西王母的言行则更近于金丹一系。"① 此外,他还分析了《十洲记》的成书过程:他根据道教经典的征引情况说明《十洲记》在隋唐之前就已经流行,产生的下限最迟也在南北朝末年;根据灵宝派神仙体系的建构情况指出"《十洲记》中天尊、大禹事当非直接承袭《灵宝五符序》,而是《度人经》先袭用了《灵宝五符序》并加以改变,《十洲记》又根据《度人经》的新编排,汲取其中资料,从而完成十洲之构想";《十洲记》中昆仑山出现上元夫人说明编撰者可能是一个熟悉《汉武帝内传》的上清派中人,且出现于灵宝上清二派相互融合之时;他还进一步指出该书不是单纯的地理书,而是通过模式的建造为道士提供修行仙境的新志怪,作者心目中的初步理想是地仙。其四,关于文学史料和宗教史料的考证。比如,作者详细考证了白玉蟾的生卒年、修道授徒经历,认为"白玉蟾能够使陈楠以前那种相对松散的内丹传授法脉发展成为有组织仪式的道教派别,并非偶然。这除了白氏的个人禀赋之作用外,还与张伯端以来至陈楠时期诸位传人及重要门弟子的活动密切相关"②,而不是像过去所说的张紫阳以下至陈楠皆单传。关于李商隐与道姑的关系,学术界历来有不同说法,他从宗教史的立场指出李商隐玉阳山学仙是出于生徒通过"道举"做官这样的社会大环境使然,《圣女祠》中的"龙凤"与恋情无关,因此"与道姑相恋说"不能成立,李商隐描写宋华阳姐妹只表明作者和宋真人姐妹有交情并对其家世有一定了解而已,李商隐修仙的河南济源玉阳山和宋华阳姐妹修道的京城华阳观相距太远不可能产生恋情。

他还将道教文学语境的还原建立在对道教教理、仪式以及相关宗教历史的钩稽和剖析上,从而为感悟、理解和阐释道教文学作品扫清了障

---

① 詹石窗:《道教文学史》,上海文艺出版社1992年版,第139、144页。
② 詹石窗:《南宋金元道教文学研究》,上海文艺出版社2001年版,第44页。

碍。卿希泰先生曾指出"道教徒所作文学作品往往隐语成堆文义晦涩，这也影响到其他文人的作品。因此，对其思想内容和艺术风格的分析，更需要以弄通文义为前提"。① 有鉴于此，詹先生在解读有关作品时总是对作品所涉及的宗教概念进行追根溯源式的详尽剖析以期为作品的阐释提供宗教知识结构。例如，他认为南宋初叶李光、陆游等人创作大量具有忧患意识和爱国主义思想的作品的同时也写下了大量寄情玄境的道教诗词作品：为了分析李光《玄珠吟》《坐忘吟》等诗歌的宗教意蕴和凝气出形的艺术特色，作者特意钩稽了"玄珠"和"坐忘"在道家道教著作中的具体含义来加以阐释；作者对《醉乡行》《十方道院云堂记》中的道教术语及其象征色彩进行了详细的梳理和阐释，指出郑思肖所描写的"壶中"实际上是自身内景的意蕴，关于"道院"的记叙也可以看作内丹修炼空间的一种象征；他对道家道教关于理身思想的追溯，就是为了说明文天祥《彭通伯卫和堂》的养生旨趣。由于他对宗教活动具体情景非常了解，所以能够成功地解读出许多道教文学作品的内涵。如他从宗教仪式的角度分析了白居易的《霓裳羽衣歌》，指出霓裳羽衣不仅是古老宗教巫师的服装也是神仙道士的服装，《霓裳羽衣曲》就是道教从古老宗教仪式传统中沿袭而来以服饰命名的一种乐曲，白居易所描写的演奏场面和演奏过程正体现了道教歌舞仪式的风格特点：霓裳羽衣舞的人物设计是以道教神仙传记为根据的，情节的安排也是以道教神仙故事为蓝本的，舞蹈场面和队形变化是依据斋醮原理设计的，《霓裳羽衣曲》的演奏也是根据道教音乐的演奏习惯进行的。为还原道教文学作品的语境，他还注意钩稽道教历史事实和相关典故来解读有关作品。如为了解说杨时的《玉华洞》，他对相关的道教史迹及其神话传说进行了钩沉；为了分析白玉蟾《题三清殿后壁》，他对《历世真仙体道通鉴》中的魏王传说作了钩稽；为了说明揭傒斯对宫观圣物的题咏往往将宫观的来龙去脉的历史蕴含于诗歌之中，作者往往要回到具体

---

① 卿希泰：《道教文学史》，上海文艺出版社1992年版。

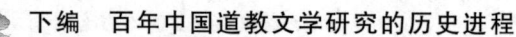

下编　百年中国道教文学研究的历史进程

的历史情景中去把握作品，如钩稽许氏斩蛟的历史和传说来分析其题咏"许旌阳斩蛟之宝剑"的诗歌并进一步指出其诗歌具有道教史话的意味；为了说明张雨对高士、道教文物、宗教图像进行题咏大三组文章具有史家逸韵，他对相关史实作了还原。[①] 他还注意将道教文学创作还原到道教自身的发展现状中去加以把握。例如，他认为揭傒斯无论在守贫耕读还是步入仕途后都与道教中人有密切来往，因此写下了大量与道士交往的诗歌和名山宫观圣物题咏诗以及宗教题图诗，对当时的道教发展作了形象的揭示。他认为南宋金元时期的道教文学与道教组织及其活动是密不可分的，"就作家的组成方面看，首先应注意的是道教组织中的大部分中坚人物都倾注精力于道教文学的创作之中"。这些人受过良好的教育，有较深的文学素养，"采用各种文学体裁，可以自由地抒写修道情感，表达自己的道教思想主张；同时，这也有利于他们进行传道布教的活动。他们收徒授业、传播思想在很大程度上是通过自己的诗词歌赋、修真语录入手展开的"。[②] 尤其值得注意的是，他从宗教教理史的角度还原作品的历史语境从而为作品内涵的成功把握和创作个性的揭示提供了有效的方法。如，指出白玉蟾作品的思想旨趣就是"艮止为门，先命后性，性命兼达"的修行观，具体表现为"止于物境，以物洗心""心物俱忘，道由真显""景随主化，因景寓玄""锻铸意象，火候天成"等四个方面；白玉蟾为历代天师写赞颂诗都有一定的文献依据，但却没有从符法方面着手，倒加重了金丹方面的内容，表现了他所属道派的基本立场。他从道教史的立场指出，传道度人题材梦的启迪和灾的谴告这两种方式其实质都是为了让人感受现实的痛苦和虚无从而彻悟入道，是全真教性命理论的体现；点化精怪题材关于精怪也可以通过转世为人在人世彻悟而入道的观念是济世思想与转世观念、轮回思想相结合

[①] 詹石窗：《赤城别有思仙梦——张雨诗歌的道教文化内涵及其艺术旨趣》，《中华文化论坛》2004年第1期。

[②] 詹石窗：《南宋金元道教文学研究》，上海文化出版社2001年版。

疆域的界定与个性的彰显

的产物,是道教思想转型的体现,是道教由外丹道向内丹道转型后的本质特征及其在文学中的反映。

为还原道教文学的语境,他还采用了文学鉴赏式的解读方式,用他的话来说就是"用形象分析法来研究具体作品的内在构成和价值"。[①]在研究具体的道教文学作品时,他总是在鉴赏的基础上进行理论概括。如,他认为白玉蟾以道的胸怀去观察周围的事物,于是物物似乎都蕴藏着玄机,其《咏雪》诗所咏叹物象如青女等就包含着普通意象和丹道意象等多重意涵,在深层次上有着作者内功体验的闪光;在此基础上,他再进而作出理论概括,指出"道人心与物俱化,对景无诗诗自成。诗句自然明造化,诗成造化寂无声",是白玉蟾在修道过程中形成的一种诗歌创作体验,"通过诗歌意象的显露,白玉蟾不仅加深了自己对大自然的感受,而且反观自我进一步认识内在的丹功造化"。[②]又比如,他指出王重阳的《钟》诗所咏之钟既是天地之钟也是人体之钟,蕴含着作者效法天地,以修丹道的思想旨趣以及混融人天的思想为旨归,指出他的"癫狂"形象实际上是一种象征性符号,显示诗人对凡间世界的超越和对大道法门的笃信,并认为要解读王重阳的作品就必须了解丹道理念以及这些理念和符号之间的象征关系。他分析了南宋金元道教散文的思想倾向和艺术手法,比如认为语录体道教散文体现了三教合流的思想倾向、天人感应的思想和以修行为热门话题等特点,有着采用步步追问探道法之要、借物发论露玄学秘蕴、语言多样显勃发风姿等特点;他还注意凸显道教散文的独特个性,如认为经教畅玄体散文往往托诸"神谕"或就经教作进一步的诠释、引申、发挥,前者往往采用信仰论证,即把"神"所说的话当作正确的前提并以之为基础展开论证,后者往往采用广说宏旨、追根溯源、颂论相辅、骈散结合的方式;道教书牍文往往会有通神的书信,道教赋体散文往往形容大道之妙且暗示修炼秘诀

[①] 詹石窗:《道教文学史》,上海文艺出版社1992年版。
[②] 詹石窗:《南宋金元道教文学研究》,上海文化出版社2001年版,第68页。

· 319 ·

或描写名山宫观、修炼场所之灵异；这些结论的得出都是建立在对相关经典散文作品赏析的基础上，为了赏析的透彻他甚至以个案的分析来代替整体的抽象。

三 道教文学的个性

詹石窗认为道教文学除具有文学的一般特征外，还有其独有特征，"从作品的主题思想上看，道教文学作品与道教的基本信仰、教理主张有极为密切的关系"；"从艺术心理基础方面来看……道教文学的心理意向则是趋向于'内'和'理想'"，"这是道教强调内心观照的结果"。[①] 基于上述考虑，他习惯于从宗教学的立场把握道教文学的个性，揭示其独特的表达空间、观照方式、表达方式和演变历程，体现了宗教史与文学史相结合的研究方法。

他对道教文学所展示的宗教理念和宗教情感进行了详尽的分析，揭示了道教文学的独特的表达空间。他对各类宗教作品所表达的宗教内涵作了揭示，如指出魏晋南北朝道教咒语诗其内容包括成仙的幻想、战胜灾祸的愿望和养性延年的经验，其咒语体现为对自然音的模拟，积淀着浓厚的宗教情感，并化用神话典故强化道教玄理，注意道德化色彩和宗教气氛的渲染；指出道教中人最早创作的游仙诗是葛玄在羽化之际创作的三首临终诗，描写了轻举游仙的乐趣、漫游仙境的见闻和情思，尤可注意的是葛玄将漫游的境界和修炼方术联系起来，将道教玄义寄寓在重叠的漫游幻觉图中；指出吴筠的游仙诗与步虚词都表现了仙界奇观，但游仙诗表现自我心灵的空旷高远、具有鲜明的个性特征，而步虚词则以表现众仙高妙为主、自我形象的再现是为抒写列仙之趣服务的；指出孙思邈的四言炼丹诗以含蓄的手法来表现内丹修炼的操作感受性（通过联想把分散游移的物象化成意象来表达"无状"的内在感受），在内丹修炼快感的委婉表达中寄托其"回情易性"的审美情趣；皈依佛教的耶

[①] 詹石窗：《道教文学史》，上海文艺出版社1992年版，第4页。

律楚材主张三教同源，承认道教存在的合理性，批判道教外丹和异端时也特别关注道门之玄学，他的"唱玄"诗歌体现了道教重玄修行理论在诗歌中的渗透；陆游不仅注意考察道观圣地，而且还严肃认真地在道室中读道经，探讨道教的修身养性妙理，陆氏对修道理身的探讨主要体现为三个方面：或依时而感抒写修道理身的不同体验，或由近而远拓展修道理身的情感空间，或以虚寓实寄托修道理身的生命意念。他还对宗教徒的修道心理进行了描述，如他指出，《周氏冥通记》是陶弘景根据周子良的杂记底稿整理编辑而成，展示了一个年轻道教徒所经历的种种磨难和走过的艰辛路程，反映了他的内心世界的巫教信仰和道教信仰的斗争；张氲的《醉吟》诗反映了一个徘徊于山林和市井之间的道人的心理性格，是道士和隐士二合一的写照；叶法善、赵惠宗的遗世诗具有秘赠徒弟告语后世的意图，着重表现了作者对未来归宿的追求。他还注意透视世俗作家出于不同背景而形成的宗教体验。如通过揭示王绩和四杰对道教的不同态度与不同反映来分析他们的宗教心态，指出"王绩的诗歌有不少地方反映了道教活动，但他对道教的基本信仰并不抱认真态度，他对道士采药等活动的诗歌表现是从救死与延年的角度出发的"[①]；王勃对神仙理想抱信奉态度，所以在游山玩水的过程中迸发出宗教激情，从而创造了不少有关道教活动和神仙题材的诗歌；杨炯的诗歌或通过法术、方术的描写再现仙人的典型性格，或把仙人、道士的形象塑造和环境的渲染、典故的应用相交叉的办法来增强仙家气息，流露出对道教的崇敬情感；卢照邻炼丹服饵虔诚奉道，但又备受疾病的折磨，因而在诗歌中企慕神仙的同时又诅咒皇天；骆宾王对自己不能入道也有着遗憾之心。他还指出，中晚唐作家是"具有双重思想性格的作家"，"当他们的仕途比较顺利人生比较得意时往往抨击老庄道教，而当他们在官场上受到挫折或因个人生活的某种不如意又往往一头钻进老庄道教所设

---

① 詹石窗：《道教文学史》，上海文艺出版社1992年版，第222页。

下编　百年中国道教文学研究的历史进程

计的'洞天福地'之中，从那里寻求精神的安慰"。① 如白居易由于遭遇政治上的挫折，其对道教的态度便由早期的讥讽求仙转变为在感情上和生活体验上一步步向道教靠近，在某种程度上甚至可以说接受了神仙道教的基本教义；对现实不满又无力改变现实的李贺对帝王的求仙访道进行了讥讽，同时又描写鬼魅交杂的世界来表达内心的愁绪，此外还善于借助神仙典故进行游仙式的遐想传达自己的忧患意识。詹石窗探讨了历来无人问津的道教对宋诗的影响问题，指出宋代各种类型的诗人不仅在思想情感、作品内容而且在作品风格与艺术手法上都受到道教思想的影响，这与传统惯性、宋代扶植道教和诗人的思想情趣密切相关。② 杨时的"期颐"唱具有仙家逸兴，一方面在于作者对道门义理有较为深刻的理解，另一方面在于作者能够捕捉相关"洞天福地"的物象来锤炼艺术意象；朱熹的"丹灶咏"体现了朱熹对道教圣地的雅好，以及对道教理论的探索热情；陈淳的"仙霞岭歌"朴素真切，这都表明理学家尽管在许多场合批评道教，但在宇宙论以及修身养性方面的互相融合则成了基本趋势。宋金时期的李光、陆游、杨时、朱熹、陈纯、文天祥、郑思肖、汪元亮、元好问、耶律楚材、揭傒斯等人的道教文学创作复杂多样，但"有一点却是共同的，那就是他们的道教文学作品寄托着深层的爱国情思"③：作为宋遗民的汪元亮是在元政府的批准下而入道的，他那些为元朝统治者代祀岳渎和游览道教胜迹的诗歌用神仙典故等来寄托对故宋王朝的哀思、运载着浓郁的遗民情绪，他那些为宋代皇族寿庆、醮斋而作的游仙词和表达脱胎换骨的修真炼性词则充满着浓郁的道教氛围；对道教科仪深有钻研的郑思肖把亡国之痛寄托于神仙世界中，其醉乡系列和读图系列在游仙遣兴、抒发道教情怀的同时寄托着国土安详、寰宇廓清的理想，表达了他对故国的深深怀念，体现了浓厚的

---

① 詹石窗：《道教文学史》，上海文艺出版社1992年版，第327页。
② 詹石窗：《论道教对宋诗的影响》，《道家文化研究》1996年第9辑。
③ 詹石窗：《南宋金元道教文学研究》，上海文化出版社2001年版。

遗民色彩；元好问的创作不仅反映了他对道教圣地的熟悉，而且体现了他试图通过神游仙家胜境以排遣郁闷的心迹，这在他的饮酒诗和记梦诗中表现得尤其明显，是乱世鲜卑知识分子的心灵写照。

詹石窗在研究中发现，作家在创作道教文学作品的过程中观照外在世界时往往有着特殊的视野，体现着宗教视野与世俗视野的双重变奏。他认为宗教情感深厚的作家在创作时对意象、事件的选择、处理和阐释往往具有道教特有的倾向性。例如，中唐道姑诗或即兴唱和立志丹霞，或因病出尘入道思仙，其诗歌一般具有鲜明的倾向性，或主观地赋予意象以某种可感性，或主观地放大、缩小客观意象，或对意象进行主观的纯化处理。吴筠的高士赞美诗用道教哲理对神话、仙话和历史传说进行提炼概括，用"隐居明道"作为材料的取舍尺度，塑造出了一系列具有道家道教色彩的高士形象；他的山水感兴诗带有道士特有的联想，与修道目的紧密相连，对景色的铺排也是为了衬托仙人形象和抒发轻举之幽情服务的。王重阳的度化诗常常将玄理融会于实际问题的解答中，也把自己的求道体验贯穿于日常生活起居过程中；其咏物诗借助客观存在物来表达自己的玄门理念，其述怀诗则用系列象征符号来表达修道思想和内丹体验，这种对于道教活动的关注和自我修行体验的抒写构成其作品内容和表现手法的一个基本特色。北七真通过诗词创作话史阐真显示道法高妙、即景感兴叙心路历程、见性明道寓修行玄理，往往采取了赋予旧词汇或原有意象以新意义、注重词汇意象的搭配与组合、对同一主题进行变奏性处理等以熟化生、以生成熟的艺术法门。文天祥那些反映道士生平事迹和道教术数的作品体现了独特的道门意境和审美旨趣，即作者对道门之修行具有深切的把握，因此在观察客体时便有了定向性，即那些能够沟通仰慕道法情感的事物才能引起创作主体的心灵感应，从而使作品呈现出清新自然的意境。揭傒斯往往根据宗教理念就题咏对象阐发深层次的义理，在《题南顿孔氏复明诗卷》一诗中揭氏对孔氏目盲十年而复明的"诗说"实际上融摄了《周易》与道教的"反复"理

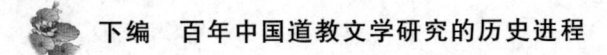

念。吴全节"看云"在深层次中乃是为了"看道",他笔下的"云"乃蕴藏着他修道、悟道的一种心灵轨迹,他的作品也就具备了飘柔和朦胧相兼的艺术美。[①] 对教外人士创作的道教文学作品,他又觉得应该发掘其世俗视野:"不仅看到其历史的沿袭性,而且也要看到其时代性,更要看到受诗派宗旨以及诗人本身的禀赋、气质、境遇所影响而形成的特异之处。"[②] 在比较盛唐主要诗派有关道教活动的作品时,他指出,宫廷诗人陪同帝王游览道教名山宫观、参加道教斋醮活动而创作的应制诗在渲染道教氛围、创造清虚意境的同时也带上了帝王有色眼镜的折光,或满足帝王追求奇异的心理癖好,或满足歌功颂德的需要,或满足帝王享乐欲占有欲的需要;王孟等山水田园诗人把道教宫观作为山水田园的一部分来欣赏,既能抓住景物的特性也能表现道士的内在神韵,在揭示道教圣地的独特文化意蕴的同时也抒发自己对清心寡欲生活的向往;边塞诗人游览观赏道教圣地,由于带有放松紧张心情的目的所以其诗歌也带有清冷的色调;李白吸收了老庄道教天道无为的思想并作为自己观察自然、社会、万事万物的基本准则从而形成自然美的艺术风格,继承老庄道教追求自由的人生理想从而养成了傲岸清高的个性、形成了飘逸的美学风格。在分析北宋文人诗词与道教的关系时,他也指出,西昆派诗人在处理道教题材时具有两面性,一方面他们能够把具有一定审美价值的意象写入作品,另一方面由于受到强烈的功利欲望的牵制往往表现出装饰性的色彩;寇准陪同皇帝游览道观的唱和诗总是把吟咏道事作为歌功颂德的一种方式,或宣扬瑞应,或对皇帝感恩;夏竦的诗歌则全面记载了宋真宗崇奉道教、制造天降天书等历史事件的全过程,可以说是一段特殊宗教史的文学再现,在再现这一历史时作者又将瑞应的宣传、神明的赞美和皇恩的歌颂混合为一。诗文革新派对道教的态度也影响了他们的道教文学创作:范仲淹歌咏神仙时往往有着深沉的忧患意识;欧阳

[①] 詹石窗:《吴全节与看云诗》,《中国道教》1997年第3期。
[②] 詹石窗:《南宋金元道教文学研究》,上海文化出版社2001年版,第447页。

修反对修道求仙但又在与道士交往的诗歌中表达他的审美情趣,潜藏着他对静观物化的思想境界的追求。苏氏二杰和江西诗派是北宋诗歌创作中与道教关系最密切、受老庄玄学影响最深的诗人群体:苏轼从启蒙时期直到走上仕途后都对道教感兴趣,甚至直接参与道教活动,所以他的创作从主题到手法都受到老庄的影响;苏辙的诗歌寓"理"于象的营构中,善于用复合比喻制造相互补充的意象群;黄庭坚善于将道教的仙境和名山实景的描绘合为一体,在处理神话和仙话素材时善于点铁成金。

詹石窗在研究道教文化和道教文学的过程中强烈地感觉到道教文化的符号特性影响了道教文学的独特表达方式,并试图在分析作品的基础上尝试建构中国自己的宗教诗学。他在多篇文章中探讨了道教的符号特性及其象征功能,认为"道教思想的解读存在诸多困难,其主要原因在于中国传统思维往往通过符号象征来表达思想理念,而道教在这个问题上尤其突出;因此,必须从符号学的角度对道教思想体系进行新的探讨"。[①] 他区分了道教艺术自然符号与人工符号的特性与功能,考察了具象符号与抽象符号在道教艺术中的不同表现及其象征蕴含,并进而发掘隐含于道教艺术中的人的精神,说明道教的生命意识在很大程度上是通过符号象征来体现的。[②] "道教符号不仅具有自身的完整性,而且有其内在结构和组码原则;道教符号系统包含着许多子系统,其间存在着互相转换的关系,通过对这种关系的解剖,我们可以进一步认知其语言通讯功能。"[③] 他还从"八卦神"形象与"易"的关系入手,指出东王公、西王母的"阴阳"对立统一神系的起源和发展都与道"身中神"系有关,勾勒出"易"与整个道教神仙体系的"符号学"关系。[④] 有鉴于此,他甚至主张"宗教研究完全可以在马克思主义科学世界观指导下

---

① 詹石窗:《道教符号刍议》,《厦门大学学报》2000年第2期。
② 詹石窗:《道教艺术的符号象征》,《中国社会科学》1997年第5期。
③ 詹石窗:《道教符号刍议》,《厦门大学学报》2000年第2期。
④ 詹石窗:《道教神仙形象与易学符号之关系》,《宗教学研究》1999年第1期。

引入符号学方法,这对于认识宗教特征、客观地探讨宗教与其他文化门类之间的关系而言都具有不可忽略的意义"。① 他认为"《易经》就是一座'象'的'大厦',通过八个经卦,推演出六十四卦,组成了抽象的独特符号系统。这种象征表达方式对中国传统文化的各个层面都产生了深刻影响。所以,我们发现,中国文化是颇富象征意识的。与之相应,便形成了宏大的象征体系。在这种文化背景下产生的道教自然也就继承了传统文化中各式各样的象征符号,并且予以衍扩。从汉代原始道教典籍《太平经》《周易参同契》到明清时期流行的《性命圭旨》等一系列道书从斋醮科仪法会到名山宫观诸建筑物,各种象征性符号以其神奇的魅力吸引着人们去探究、去思索"。② 在《道教文学史》的写作以及后来的研究中,他越发感到"道教文学研究与传统易学的密切关联:易学讲'观物取象',而道教文学作品则充满象征。要把南宋以来的道教文学考究清楚,很需要把道教思想体系中的易学底蕴探索明白"。③

在道教文学的具体研究过程中,詹石窗便抓住道教文学的这种符号性和象征性来分析作品,试图在此基础上走向理论的建构。在诗文研究中,他强调易学的符号和象征的重要影响,指出:早期丹鼎派作品《周易参同契》的形象思维与那些通过故事情节塑造形象的作品不同,是一种寓理于形象之中的思维方式,通过卦象将天体星宿、地上物象、人体脏器等具体可感的形象组织转换成修炼模式、符号体系,从而使得这种符号化的形象思维具有系统性、整体性、象征性、模糊性的特征,对后代的炼丹诗赋产生了重大影响,在道教文学史上占有重要的地位;《太平经》广泛运用从《易》学观象取物、因象明理的卦象比拟手法发展而来的类比手法;魏晋道教炼丹诗《黄庭内景经》《黄庭外景经》是对《周易参同契》的进一步发挥,遵循着《周易参同契》"法天则天"

---

① 詹石窗:《符号学在宗教研究中的应用初探》,《宗教学研究》1995年第3期。
② 詹石窗:《道教符号刍议》,《厦门大学学报》2000年第2期。
③ 詹石窗:《问学感想——写在母校四川大学宗教学研究所成立二十周年庆典之际》,《宗教学研究》2000年第3期。

"三道由一"（大易、黄老之学、炉火之法同源）的基本法则而专讲内丹修炼，其用以联结诸意象的链条是人体器官组织的名称，其意象暗示内丹功法，具有虚幻性，是一个系统的神灵意象群，具有更为隐晦的含义意象，基本上是建立在内景之物象与外在物象的相似性上；张伯端的《悟真篇》是根据炼丹情感模式来组织选择意象的，在利用前人积累的丹道符号体系的同时，在选择组织意象时做到了不变中有变，还注意通过变形性的重复手法来深化内丹功法的感受性再现，也通过不同意象来表达同一感受。他认为道教的象征思维成为传统戏剧创作的基本借鉴，道教的语言符号象征由传统戏剧所借鉴，造成了朦胧的隐喻效果，戏剧中道教神仙作为冥冥"玄道"思想载体在客观上也具有符号象征之功能。[1] 他的这一观点在《道教与戏剧》一书中得到全面展开。他把神仙道化剧的象征源头追溯到戏剧的表现性特征和诗词意象以及神话的象征性特征，认为元代神仙道化剧形象系统的形式化、原型性和语言系统的显象性、意象性、符号性都体现了宗教象征；在分析明代杂剧时，作者又强调神仙典型的社会意义与戏曲的象征审美：认为明代度脱剧的神仙由元代的愤世者向救世者转化，是智慧老人原型在神仙剧中的体现；杂剧的意象系统乃至人物系统往往指向一定的修道法式、修道情感而成了具有象征意味的符号体系，《洞天玄记》《太平仙记》甚至以整部作品来象征整个修道过程。

在一些专题性和综论性论文中，他还注意到道教文学的另外一些表达方式，如道教文学对梦幻的运用和叙事手段的选择等。例如，他将那些记梦或构思于梦中的诗歌作品以及歌咏梦事具有幻想特征的词曲类作品称为梦幻诗歌，认为道教的人生哲学影响了梦幻诗歌的主旨，道教思想体系、神仙传说和道教胜境影响了梦幻诗歌的意象，道教扶乩降笔的特点和梦幻诗歌的幻象性、随机性、指向性也存在对应关系。[2] 他还指

---

[1] 詹石窗：《简论道教对传统戏剧的影响》，《世界宗教研究》1997年第4期。
[2] 詹石窗：《试论道教与梦幻诗歌的关系》，《世界宗教研究》1992年第3期。

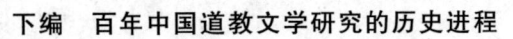

下编　百年中国道教文学研究的历史进程

出，李商隐诗歌具有阴柔之美，表现在神仙塑造上则体现为作者对女仙风神的刻画，表现在仙境描写上则体现为作者常把仙境置于水域之中同时又把水域仙境编织在梦幻中。他还指出，梦幻模式为小说家提供了一个把握全局的理论意识和整体框架，作品中的道士扮演着凡夫俗子的度脱者、有情之人的沟通者、英雄危机的救助者、未来前景的预言者四种角色[①]；他还认为，道教神仙意象给戏剧提供了生死命运的幻象遐想，仙、人、鬼的"三相空间"成了剧作家展开叙事的重要手段，梦幻模式和对立意象群的构建为戏剧的布局谋篇、表情达意提供了可能。

　　詹石窗还从道教学的立场辨析了道教文学相关文体和相关主题的形成与变迁，揭示了道教文学独特的演变历程。对于一些道教文学文体和表达方式的形成，他注重从宗教实践的角度解释其原因和氛围。如指出《太平经》语录体的形成与巫祝活动及方士的谶语制作有关，即扶乩降笔、即兴创作的特点可以解释该书许多地方文辞不连贯的原因，也跟天师真人拘校古书的活动密不可分；《周易参同契》多种文体杂糅的原因有三：一，不是有意识进行文学创作而是为了暗示炼丹方法、文体发展文体相互借鉴、后人注文的混入；二，南北朝时期炼丹活动在文学上的反映已经从文体杂糅的表述方式发展为《黄庭内景经》《黄庭外景经》那样的七言诗，这是道教原始歌谣流传和影响的结果，也与道教派别的互相影响和经籍的搜集、整理、共用相关联，更与道教的诵经活动相关联；三，步虚词是在为"神道设教"服务的祭祀颂神的歌词的基础上衍变、发展起来的，《太上洞渊神咒经》卷十五所录《步虚》的宗旨是为了通过颂神降灵而禳解祸难，《洞玄灵宝玉京山步虚经》所载《空洞步虚章》的主旨则是"长斋会玄都，鸣玉扣琼钟"，步虚是音乐、文学、舞蹈相结合的一种形式，其歌唱节奏和韵律是以"先天太极图""后天八卦图"的阴阳回复与错综变化原则为基础和总纲的，体现了卦图方位的阴阳变化的审美观念。他还注意从宗教学的角度分析道情、仙

[①] 詹石窗、汪波：《道教小说略论》，《道家文化研究》1994年第4辑。

歌道曲、散文、戏剧等文体的发展演变。例如，他探讨了道情的由来与体式，并对张三丰道情、郑板桥道情、《珍珠塔》中道情的内容和艺术特色作了分析。[①] 又如，他分析了影响道教剧形成的诸多要素，指出戏神二郎神由李冰父子变为赵昱体现了二郎神的彻底道教化，享有梨园行业香火的"相公"与"老郎"神也是在道教思想的支配下产生的；指出道教神仙体系的完善和相关基本理论的确立为古代戏剧的神灵塑造奠定了信仰基础，慕道羡仙的文人在道教与戏剧关系形成过程中起了重要的媒介作用；戏剧作品中道教意蕴的渊源则可以追溯到游仙诗和仙歌道曲、唐宋神仙词，它们分别对戏剧诵诗和戏剧唱词的思想蕴含和艺术特征产生了影响，戏剧诵诗的神仙意趣和空灵意境借鉴自前者，戏剧唱词的音乐和内容与后者关系密切。他还认为，明代神仙道化剧与元代神仙道化剧存在差异，明代度脱剧在贾仲名手中呈现出过渡性，显示出向人世靠拢与对神仙世界的宁静与永恒的向往与追求的矛盾，到了无名氏和朱有燉的手上，则完全由元代的愤世走向崇道，成了纯粹的宗教宣传品，同时也出现了世俗化的倾向，其人物来自社会各个阶层，作者用转世观念将这些人物的平凡性和神圣性融合为一体；庆寿剧、降魔剧、神仙生活故事剧体现了娱人与伦理道德教化的统一；神仙讽刺寓言剧是对政治生活、世俗生活的抨击。他还注意从道教学的立场分析道教对文学产生影响的历史进程。如他勾勒了北宋仙歌道曲的渊源与内容，并进一步从形式和内容揭示了北宋文人词与道教的关系。前者中的《金箓斋三洞赞咏仪》《玉音法事》主要为太宗、真宗、徽宗的作品，以表白皈依之心、描绘神仙胜景、期望仙人降福、以祥瑞粉饰太平为基本内容，其赞颂和皈依的对象由早期郊庙歌词的以上帝为核心的神团体系改变为以三清尊神、玉皇大帝为核心的神仙体系，其思想宗旨紧紧贯穿着长生不死、修炼成仙的意识；后者则主要分析文人们对神仙意象的爱好和神仙意象在作品中的重要角色和特殊功能：不少作者常常在咏物、咏怀之际

[①] 詹石窗：《道情考论》，《宗教学研究》1996年第4期。

触景生情并在情景的诱惑下产生神仙下降的幻象性感受,神仙的意象在言情的词中常常被作为意中人或美人的喻体,神仙在北宋文人咏物、言情词作中有时也成为美人歌女模拟的对象,跟神仙有关的洞天福地、音乐、药物作为派生意象在文人词中充当了引人注目的角色。他还注意从宗教学的立场清理宗教文学主题的变迁及其与世俗情感的复杂关系。他对六朝游仙诗主题的分析就是一个显著的研究个案。他的研究显示:教内人士创作的游仙诗完全是处于宗教自身的需要,如《玉清隐书》与《丹灵真王歌》等大型游仙诗采用了先铺陈后即境的表述方式,即先对神仙漫游或施法环境或空间进行一番描绘才正面描写神仙,表达的是一种纯粹的宗教情感。而教外人士的创作则往往与作家个人的心绪和时代氛围密切相关,体现了宗教主题与世俗主题的双重变奏。例如,曹操的游仙诗一方面认为神仙的养性延年是可以仿效的,另一方面则曲折传达了诸如求贤思治的雄心壮志,是企慕神仙观念与政治追求的结合;曹丕、曹植游仙诗表现出理性与遐想的二重性,曹丕作游仙诗恐怕是为了增加生活乐趣,曹植作游仙诗是借游仙以求解脱从而达到全身免祸;嵇康的游仙诗与作者对养性之方和自晦全身术密切相关,因而具有"玄学内蕴"与道教养生术重叠的现象;阮籍"咏怀诗"有相当一部分涉及神仙,有的实际是借助神仙漫游之境以寄托情思;郭璞的游仙诗有着多层次的内涵且各层次间相互交融,既有着超脱世事的神仙追求,也有着浓厚的玄学旨趣,后者既表现为坚实的根底和冥想的旨趣,也表现为对社会现实进行委婉批判;庾阐的游仙诗既展示了乘烟飞升、方术修炼的特点,也展示了玄言化倾向;南北朝文人梁武帝的《游仙诗》和《上云乐》体现了幻想成仙与现世享乐的双重追求,沈约的游仙诗体现了从玄想到山水描摹的初步过渡,陈朝张正见一边写宫体诗一边写游仙诗也沾染上了妖冶之气,王褒的游仙诗是享乐观念的寄托,颜之推游仙诗表现慕仙畅想的同时也体现了人生的沧桑。

四 道教文学研究的前景

作者开始进行道教文学研究时,"由于我国的道教文学研究几乎处于空白状态,参考资料少得可怜",因此"不得不从零开始,按照时代的先后顺序对原始材料进行探讨"。[①] 这就使得本该建立在大量个案研究基础上的《道教文学史》的写作不得不在浩瀚的宗教史料和文学史料中艰难前行。詹先生对道教文学的疆域、语境和个性的探讨无疑展现了道教文学的基本面貌,为道教文学研究的进一步深入提供了坚实的基础。由于上述原因的存在,他的系列研究无疑为学界提供了多方面的经验,昭示了更为广阔的前景。在笔者看来,主要有三个值得注意的问题。第一,需要进一步拓展道教文学史的材料空间并强化相关材料的辨析力度。比如,还有相当多的道教文学作品没有纳入《道教文学史》的视野,而作者在具体的研究过程中以个案的分析代替整体的抽象这种方式的运用又限制了研究对象的数目。又比如,詹先生对吕洞宾的诗歌作了精彩分析,但问题在于吕洞宾的不少作品是后世附会到他名下的,他在许多场合是作为宗教神话人物出现的,因此考察他的作品是需要进行甄别的;像书中提到的《纯阳帝君神话妙通纪》卷一《慈济阴德》所录吕洞宾警示乡宿亲属的一首诗完全是由元代整合吕洞宾神话的苗善时杜撰的,目的是应对佛教徒宣扬的吕洞宾飞剑斩黄龙的传说以纯化教主形象。[②] 第二,在尊重自身文化语境,尤其是道教文化语境的前提下从中国自己的文学史现象中抽象出中国自己的文艺理论。在这方面,詹先生关于道教符号与道教象征的论述显示了高度的理论自觉,他从宗教学和文艺学相结合的角度对作品艺术特色所进行的分析也揭示了不少道教美学的特性,但要建构中国的宗教诗学还需要在借鉴西方文艺理论的

---

① 詹石窗:《道教文学史》,上海文艺出版社 1992 年版。
② 参见吴光正《佛道争衡与吕洞宾飞剑斩黄龙故事的变迁》,《文学遗产》2005 年第 4 期。

基础上对道教文学史、中国古代文艺理论批评史进行系统整合和理论提纯。第三，需要把道教文学史放到整个文学史的语境中去重新审视。尽管作者在界定道教文学的疆域、还原道教文学的语境上力图彰显道教文学的个性，但要对具体作家的道教文学作品作更为深入的探讨，还有必要就相关作家的非道教文学作品作比较研究，要对道教文学史进行准确定位还需要把道教文学史放到其他宗教文学史，尤其是佛教文学史乃至整个中国古代文学史中去考察，为道教文学作品和道教文学史的研究确定文学上的坐标系。好在詹先生的《中国道教文学通史》已经接近尾声，相关思考肯定会更加成熟。

宗教视野与文学本位

——张松辉教授的"道家道教与古代文学"研究述评

张松辉教授先后推出《庄子考辨》[①]《老子译注》[②]《汉魏六朝道教与文学》[③]《唐宋道家道教与文学》[④]《元明清道教与文学》[⑤]《三维人生——儒释道与文人》[⑥]《十世纪前的湖南宗教》[⑦]和《先秦两汉道家与文学》[⑧]八部专著,就道家、道教与古代文学的关系作了全面的梳理。这些成果的特点,诚如张教授所指出的那样:"其内容重点既不是讲道教自身文学的发展状况,也不是在比较道教与文学的异同,主要是想说明道教产生以后,对中国文学发展产生了哪些影响,中国文学在道教的作用下,发生了哪些变化。"[⑨]我们把这种贯穿其著作始终的研究方法界定为"宗教视野与文学本位",这种方法在史料的发掘、史料的释读和文学史的重构等方面取得了新的突破,为宗教文学史、古代文学史的理论建构提供了坚实的基础。

[①] 张松辉:《庄子考辨》,岳麓书社1997年版。
[②] 张松辉:《老子译注》,广州出版社1997年版。
[③] 张松辉:《汉魏六朝道教与文学》,湖南师范大学出版社1996年版。
[④] 张松辉:《唐宋道家道教与文学》,湖南师范大学出版社1998年版。
[⑤] 张松辉:《元明清道教与文学》,海南出版社2001年版。
[⑥] 张松辉:《三维人生——儒释道与文人》,海南出版社2002年版。
[⑦] 张松辉:《十世纪前的湖南宗教》,湖南出版社2004年版。
[⑧] 张松辉:《先秦两汉道家与文学》,东方出版社2004年版。
[⑨] 张松辉:《汉魏六朝道教与文学》,湖南师范大学出版社1996年版,第11页。

下编　百年中国道教文学研究的历史进程

一　史料的发掘

与"佛教与古代文学"的研究相比，20世纪"道家道教与古代文学"的研究一直相当落后，古代文学研究界直至40年代才推出李长之《道教徒的诗人李白及其痛苦》这样的研究成果，但这一研究传统不久便由于政治原因一直被中断直至80年代后期才重新为学界所继承。张教授在个案研究极为不足的情况下就"道家道教与古代文学"这一专题进行研究无疑具有披荆斩棘的意义，这也使得这一工作首先所面临的难题便是研究者必须从前人从未梳理过的浩瀚的宗教史、文学史史料中挖掘出相关资料，并进行清理和分析，勾画出"道家道教与古代文学"发生、发展的原生态。

本节拟以张教授对"文人与道家道教的关系"的考辨为例来谈谈此一工作的意义。由于古代文人与宗教的关系错综复杂，而学术界对这种关系的整体探索还处于空白阶段，所以在一些个案研究中学者们从不同的角度各取所需得出的结论往往会各不相同甚至截然相反。张教授广搜教内、教外文献，注重从文人的奉道背景、文人的交游状况、文人的政治活动和文人的创作业绩来说明文人和道家道教的关系，在如下一些方面发掘、澄清了许多史实，为专题史的撰写提供了原汁原味的史料。

张教授用大量史料说明了文人奉道的四种类型。第一，一部分文人真心信奉道教，以生命重于一切、长生可求为自己的生活指导原则甚至出家修道，另一部分文人则对道教的养生术深信不疑并与道教保持着密切的联系。江淹、孔稚珪、沈约、宋之问、高骈、顾况等人堪为前者的代表。这些人的家族大都有奉道传统。江淹奉陶弘景为师，他在作品中宣扬教理教义的同时还不断反驳不信道教之人；孔稚珪的先人对著名道士孔灵产极为崇拜，他自己为奉道教甚至党同伐异般撰文攻击佛教徒；沈约的先人参加了孙恩的起义，他则拜孙游岳、陶弘景等为师，一度入山修道，对道教的养生、炼丹乃至斋醮仪式极为熟悉；宋之问受父亲影响,又与著名道士司马承祯交往甚密,在道教信仰上甚至超过一般道士;顾况为上清派道士,父子修炼很见成效;高骈迷信神仙方术,以一方诸侯的人力、财力炼丹求仙,最后竟然至于大权旁落为部下所杀。而道教的养生术则是卢纶、卢照邻、苏辙、陆游、宋濂、袁宏道、袁中道等人奉道的因缘,这一类文人往往对长生成仙有着很强的理性认识,像陶渊明、曹操、阮籍、嵇康等都积极学习道教的养生术,却都不敢奢望长生不死。第二,一部分文人对道教成仙理想和养生方术都不甚热心,但对道教理论尤其是其中的老庄思想却颇感兴趣。魏晋清谈中的许多文人便属于这种类型。第三,一些文人在政治、伦理和信仰方面对道教持排斥态度,但却在文学创作中充分吸收道教资源。如陆机、陆云都不信仰道教,但他们却写神仙以抒怀;李贺对道家思想吸收较少,对道教的信仰则持矛盾态度,但这并不影响他利用神仙意象进行创作。第四,政局变动或生活的苦难也使文人与道家道教的关系变得更为密切。金(宋)元之际、元明之际和明清之际异族入侵使得像郑所南、汪元亮、詹守椿、陶守贞、傅山这样的文人奉道修行,苦难生活或者说仕途失败也迫使像王绩、任蕃、罗隐、邓弼、王翰这样的文人到道家道教中去寻求肉体庇护和精神解脱。"不道儒冠已误身""一钱不值是儒冠"的人生体认让元好问感到自己"道人薄有尘外缘,迫入尘埃私自怜",这样的认识让他与道士有了更多的接触,让他向往道士、神仙的生活信奉道教的养生术、房中术,并在诗词中表达隐居修道、及时行乐的追求。赵孟𫖯以宋宗室而入元为官,但现实的政治环境又让他拜道士为师,向往神仙生活,抄写道经,写下了大量有关道教道家的诗文。

　　张教授还用大量史料对文人奉道的种种心路历程进行了考察。通过张教授的考察,我们发现不少文人的心态是非常矛盾的。例如,庾信的家庭有奉道传统,他本人与道教关系密切,并在作品中反映道教的各种理论,但他并不相信长生不死;韩愈批评佛道,却与佛道二教中人保持着密切联系,尽管他曾斥责道教金丹但最终却是因服食金丹而亡的;明

下编 百年中国道教文学研究的历史进程

确反对道教修仙活动的张籍学过道教服食甚至一边学道一边传道,可是在另外的作品中,他反对采药服食的同时却信仰道教内丹。我们还发现,在不同的时期和场合,文人对宗教的态度有着明显的变化轨迹。例如,靠镇压太平道起家、靠招抚五斗米道充实实力的曹操对可能成为政治异端势力的道教是恩威并用的,但在个人生活中,曹操对道教的长生养生术不仅倾心仰慕而且身体力行,他在文学作品中虽然对凡人成仙持怀疑态度,但对神仙生活是无限向往的。由于政治地位的变化,曹植对道教的态度由早期的视道士为臣民对道教居高临下式的抚用到后期的视道士为师长对道教仙境的仰慕和追求,这在早期的《七启》《辨道论》到后期的《释疑论》《释愁论》中有明显的发展轨迹,而早期的不相信神仙但对方术的叹服态度为后期的转变埋下了伏笔,后期创作的游仙诗拥有寄托和宗教的双重目的;钱谦益早期信道并明确表示他不信佛后期却变成了虔诚的佛教徒并大肆贬低道教,他的这种态度在其以入清前后为标志而编辑的《初学集》《有学集》中有明显的体现,这恐怕和清朝的宗教政策有关。我们还发现,一些奉道文人总是在入世与出世之间徘徊。卢藏用、种放接触道教是为了寻求终南捷径;杜荀鹤一边养生一边养名,但名利心重的他不惜阿谀朱全忠,与道家道教的精神背道而驰;从郑所南的作品可以看出他入道后并没有进入宗教的境界,而是依然对世事愤愤不平。更让我们难以置信的是,道家道教的一些政治思想甚至被文人运用到政治策略之中。王安石早年有功成身退的思想,壮年还作《老子注》发挥他的政治见解;归有光用庄子的意蕴来为他的小亭命名,甚至用庄子的重生思想作为其垂老之年还在为功名奔跑的理论支柱;作为明代开国文臣之首的宋濂在元末当过道士,他在哲学、个人生活乃至政治领域都深受道家道教的影响:他曾修炼内丹,写有研究道术的论著,曾为明太祖讲解《黄石公三略》,其《萝山杂言》是一篇缩写的《老子》,这篇文章的理论曾被他运用到政治之中;曾国藩自称其一生的思想经历了程朱理学—申韩法家—老庄道家的转变,并认为老庄思想是他为人为政的最佳指针。

张教授还用大量史料对文人信奉道家与道教的复杂关系进行了分析。通过张教授的勾勒，我们发现道家思想与古代文人的密切程度异乎寻常。孔子、墨子、孟子、荀子、韩非子等人或在人生际遇、或在哲学思想、或在政治思想、或在人生观等方面与道家有着密切的联系，陆龟蒙、黄庭坚、文天祥、冯梦龙、袁宗道等文人甚至用《老子》《庄子》的意蕴和词语来为他们乃至他们的居室取名取字，王建、金圣叹等文人对人生苦短的计算方式居然完全源自《庄子·盗跖》；吕不韦的《吕氏春秋》、扬雄的《太玄赋》、张衡的《髑髅赋》、辛弃疾的《哨遍·秋水观》等作品从思想到形式乃至语句都在化用甚至抄袭《庄子》。更多的人则同时信奉道家道教。仲长统赞成道家的政治观点，也向往修身养性尸解成仙；徐铉甚至能够将道家哲理与道教信仰熔于一炉；受家庭氛围熏陶的陈子昂对道教服食有很深的研究，居官不得意时便回到道家道教的怀抱，在政治生活中，他也以老庄为准则，几乎用老庄语言上疏论政；陆龟蒙的三个号来自《庄子》，他不仅在养生、炼丹、斋戒方面身体力行，而且攻击嘲笑佛教徒；苏轼早年就萌生了与道家相类似的人生观，道家思想成了他的人生支柱，他的许多作品甚至是用老庄的语言写成的，他学习道教服食法，甚至著有胎息、内丹养生学著作；服食金丹的黄庭坚用《老子》《庄子》的意蕴和词语来为自己取名，为自己的居室取名，其论著先《庄子》而后《论语》《孟子》，仿《庄子》内外篇而将集子编为前后集。不少文人甚至用道家道教的理论来为现实的享乐生活张本。东方朔继承道家隐逸之风首创"避世金马门"的隐居方式，其放浪生活也类似《列子·杨朱》；孔融反对孝道的思想及其放语高论、任性而为的性格开了魏晋风度的先河，这显然是受了道家的自然主义的影响；杨维桢耽好声色、素无品行却不妨碍他自号铁笛道人，鼓吹老庄；公安三袁的纵欲行为其理论思想都来自《列子》，中道甚至还学习过道教的房中术，甚至与女道士关系微妙；袁枚不尊儒家不奉佛道却崇尚道家的因任自然、为人率真的思想，这对他的人生哲学和文学思想性灵说的形成都有影响。

张教授还用大量史料对古代文人与儒道释的复杂关系进行了辨析。通过张教授的辨析，我们发现，一些文人同时信奉佛、道但信奉的程度是各不相同的。王维除了服膺佛教外，对道家道教也特别感兴趣，不仅与道士交往，而且参与道教的造神运动；柳宗元信仰佛教，但在被放逐期间学习了养生术，思想上深受老庄影响；学界一般认为谢灵运信奉佛教，但张教授却用史料指出谢灵运曾拿佛教的信仰、禁忌去攻击佛教徒来说明谢灵运感兴趣的是佛理而不是成佛的信仰，其作品所体现出来的佛道兼融的特点跟佛教以老庄玄学格义的时代学风有关，和他的奉道家风以及他自小寄养在著名道士身边有关。我们还发现，一些文人对佛道的信奉有着不同的发展轨迹。白居易对佛道的心态颇为复杂，前人对此有诸多不同看法，张教授通过材料的梳理指出，白居易十八岁时的一场大病使他产生了学习养生的念头，自此一生和道教保持着密切关系甚至还迷恋炼丹，对道家的理论有深刻的认识，其一生佛道同修，但在炼丹失败后对佛教有所偏重，不过始终徘徊于学道参禅之间；学术界一般都认为三袁属于佛教信仰者，但张教授指出，从学术的角度来看，他们是把老庄思想放在佛教之前的，宗道崇尚自然并接受了庄子人生如梦的看法，宏道著有《广庄》，中道著有《导庄》，他们都有学道经历，宏道、中道曾受兄长的影响改信佛教，但前者一生都在学习养生术，后者晚年佛道并重，甚至对自己改而学佛有悔意。我们还发现，更值得注意的是一些信仰儒学的文人乃至大政治家和道教的关系也非常密切。颜之推推崇儒家，兼信释道，赞成养生，但以修仙需要很多条件为由不让其子弟修仙；刘向、刘歆父子研究儒术，可是，刘向的父亲刘德隐匿刘安的《枕中鸿宝苑秘书》，刘向献黄白之术而使全家遭受朝廷惩罚，刘歆则因响应道士的政治谶纬预言而丧命；一代政治家、心学大师王守仁的家族有信道传统，王守仁八岁学道十七岁时竟然到了入迷的程度，此后出入于儒、道之间，其心学理论的哲学框架就建立在庄子的思想基础之上，无论得意还是失意，他都用道家的理论来指导其政治活动和个人修养，甚至把庄子的策略运用到政治斗争中去，并且在戎马倥偬之际还不忘学道修仙。

二　史料的释读

在 20 世纪的学术语境中，宗教是一个特殊的字眼，它在相当长的时间内被当作毒害人民的鸦片而打入十八层地狱，这严重影响了宗教学的学术研究和学术上的薪火传承；而中国古代文学却是在儒释道的文化语境中诞生成长起来的，宗教和古代文学有着水乳交融的关系，宗教研究的缺失导致古代文学研究者知识结构的不健全和研究视野的狭窄，这不仅使古代文学研究产生了许多真空地带，而且导致研究者对许多文学史史料的误读。张教授从道教学的角度对古代文学的许多史料进行了释读，不仅纠正了学术史上的许多成说，而且开辟了新的研究领域。

张教授从宗教学的角度对许多文学文本进行了释读，得出了许多新颖的见解。比如，诗歌方面。学术界一般认为老子是楚国人，但张教授认为这是一个误会：老子实际上是春秋陈国人，陈国是道家文化的发源地，这个国家不仅具有隐逸之风（中国第一首隐居诗《诗经·衡门》就出自陈国），而且其先祖舜还被孔子视为无为而治的典范。学术界一直把古代文学作品中的菊花当作高洁的象征来解读，但张教授认为从《离骚》《西京杂记》到《续齐谐记》《真诰》，菊花就是道家道教的养生长生秘方；张教授采用道教典籍、时人作品以及陶渊明的其他作品说明"采菊东篱下，悠然见南山"中的菊花是道教的留年驻颜仙方，千百年来以高洁释读"菊花"其实是一个历史的误读；陶渊明与道教的密切关系也说明了上述见解的正确性：陶渊明叔父、从弟、外祖父奉道直接或间接对他产生过影响，这使他对道教神仙故事非常熟悉，他本人也曾拜道士为师,从事服食活动。人们普遍认为玄言诗都是"淡乎寡味"的说理诗,可张教授从道教生命意识的角度考察玄言诗却发现玄言诗借旷达的玄理、借道教的长生自由理想来抒写心中幽愤,其大多数作品的基本框架都是"先叙述人生之艰,再评析玄理以自慰",体现的是魏晋时代的宗教徒和士人在险恶政治环境和生命短暂的压迫下寻求解脱的痛苦心灵。由于明确了山水诗和玄言诗是道教这根藤上结的两个瓜,所以张教授对早期山水诗的理解就推翻了许多成说。例如,学界总是把谢灵运的《岁暮》《登池上楼》《石壁精舍还湖中作》和《登江中孤屿》的结尾诗句说成是玄理,其实这些诗句体现的是典型的道教思想,"把这几首诗联系起来,就是一套完整的养生成仙的思想体系"。[1]

又如,散文方面。张教授指出,茅山洞天的特点和带有明显道教痕迹的《桃花源记》相吻合,《搜神后记》收入《桃花源记》并将它和几则洞天福地传说集纳在一起,这说明《桃花源记》写的就是道教的茅山洞天。

又如,小说方面。张教授利用内证和外证指出:"《西游记》是假借玄奘的西游来演绎丘处机的西游故事,《西游记》的作者不是吴承恩而是全真教或与全真教有密切联系的人。"[2] 他指出,《西游记》所有版本的署名作者都是道士,《西游记》所宣扬的三教合一、心性修炼、性命双修、化胡思想都是全真教的重要思想内涵,书中大量采用了全真教的诗词以及内丹修炼术语,更为重要的是,《西游记》的许多情节、细节都和丘处机西游相一致。比如西游的起因(佛祖通过观音选定、邀请—成吉思汗派刘仲禄邀请)、动身的时间(贞观十三年—嘉定十三年)、西游的时间(十七年)、随行、护送人员(四位徒弟十八位护教伽蓝—四位护送蒙古官员十八位随行弟子)、主角籍贯(海州而非玄奘的洛州—山东栖霞)、第一难(遇盗)、弟子法名(皆从心旁)

---

[1] 张松辉:《汉魏六朝道教与文学》,湖南师范大学出版社1996年版,第145页。
[2] 张松辉:《元明清道教与文学》,海南出版社2001年版,第249页。

等情节和细节都极为相似。这些证据无疑会对《西游记》的研究起到促进作用。

再如，戏剧方面。张教授从道教学的立场对许多戏剧作品进行了准确的释读。如张教授认为朱有燉的剧作反映了道教禁绝酒色财气以修仙的戒律观、"以欲止欲"的修行方式、名在仙籍方可成仙的成道观念和具体的内丹养生学。这些宗教思想尤其是内丹养生学术语的释读没有道教学的深厚理论是无法把握的。尤其难得的是，张教授利用道教学的知识指出"以离合之情写兴亡之感"的《桃花扇》中的主人公竟然是以道教为归宿的，道教理念竟然成了《桃花扇》的总体框架。他钩稽了孔尚任与道家道教人士的交往情况，指出《桃花扇》不仅把整个故事情节套在道教框架之中，使人事的发展变化笼罩着一层浓郁的宗教气氛，而且全剧主要人物的命运也都掌握在道教神灵或道士的手中。此外，全剧还宣扬了道家道教人生如梦、世事不常等思想。如果没有道教学的视野，张教授是不可能揭示上述宗教叙事现象的奥秘的。

张教授从道教学的立场释读有关文学史料，澄清了不少文学史实。比如，鲍照出身卑微，其生平史料记载阙如，但张教授却利用道教学的知识分析《行药至城东桥》从而判断出鲍照实践过养生术。他利用道教服食、胎息、啸法的知识指出阮籍和孙登两人均为道士，阮籍《咏怀诗》清晰地显示出诗人由感叹人生短暂到羡慕神仙长生再到相信道教延年术的思想发展历程，而嵇康则到山中拜孙登为师，不仅服食养生而且在理论上对道教作出了贡献。此外，他还指出杜甫的思想和创作中留下了道家道教的痕迹：仕途的失败、养生的需要使他接触道教并有过投师学道的失败经历，晚年南下衡州的目的之一便是寻找董炼师。

更为值得注意的是张教授通过大量史实的分析反复指出道家与道教"这两者在古人那里是被视为一体的，在阐述道家与文学关系的同时势必要涉及道教"；[①] 道家道教是一家学派发展的不同阶段而非两家各不

---

① 张松辉：《先秦两汉道家与文学》，东方出版社2004年版，第1页。

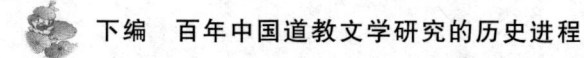

下编　百年中国道教文学研究的历史进程

相关的学派,"道教的追求,从本质上讲,仍是老庄这种重自由思想的继续"①,道家著作一直是道教最重要的经书,因此考察道教与文学的关系必须考察道家与文人、文学的关系。张教授分析了道家、道教的演变关系。他认为道家之所以能够演变为宗教,与黄帝这一概念的渗入有很大关系:老子、庄子或没有提到黄帝或没有把黄帝放在重要的位置,但先秦时期人们已经黄老并提,汉代初年黄老作为一个体现清静无为思想的政治学概念为人们普遍接受,汉武帝时期黄老便由政治概念变成了神仙概念,此后由于受汉语词义"感染"变异的影响,原本无神仙方术色彩的老子、庄子以及列子、文子都先后和黄帝一样成了神仙,这些道家人物的思想自然成了道教的思想。张教授还分析了道家道教影响文学创作的演变过程,并就道家道教的思想对作家创作的渗透作了分析。他认为:《老子》第二十章是一首抒情诗而非政治诗或哲理诗,是最早的楚辞雏形;屈原的《天问》《远游》中的思想甚至词句都来源于老庄,最早对楚辞作出评价的则是道家道教代表人物刘安,屈原作品中的神仙意象、游仙模式又对道教和道教文学的形成起到了促进作用,因此,屈原"是一位从道家到道教的过渡性人物"。② 汉代的道家人物如刘安集团积极参与辞赋创作促进了汉赋的繁荣,汉赋全方位地反映了道家思想的哲学观、政治观和人生观,汉赋不仅袭用了庄子的艺术手法而且在行文方式、内容典故等方面明显模仿袭用《庄子》,汉赋的夸饰文风源自《庄子》而非《战国策》,因为《战国策》在西汉并没有引起重视,汉赋很少引用它,汉赋大量引用的道家思想和典故;唐宋文人如李白、温庭筠、晏几道、黄裳、黄庭坚、秦观、苏轼等,他们或偏爱道家或偏爱道教或两者兼爱,创作了大量反映道家道教意象和哲理的词作;唐宋知名作家如王绩、魏征、李白、杜甫、柳宗元、陆龟蒙、苏轼、陆游等或写了同时体现道家道教思想的赋作或同时写作了反映道家和道教

---

① 张松辉:《汉魏六朝道教与文学》,湖南师范大学出版社1996年版,第17页。
② 张松辉:《先秦两汉道家与文学》,东方出版社2004年版,第151页。

思想的赋作；大量散曲作家自称道人，马致远、乔吉、张可久等散曲名家的作品中存在浓郁的道家道教气息和隐居乐道的情调；曹雪芹和高鹗在《红楼梦》中把道家道教视为一体，全书的骨架体现了道家的循环观念，具体情节体现了道家否定世俗欲望情感以及人生如梦的思想，书中还直接引用或间接化用《庄子》并利用道教人物来贯穿全书。

　　张教授利用道家道教文献阐释文学文献，为宗教诗学尤其是道教诗学的建设作了较好的铺垫。张教授清理了道家道教重自然、重生、重玄、尚简、贵真、言不尽意等理论对文人审美情趣、文学创作的影响，也从道家道教的角度分析《典论·论文》《文心雕龙》《诗品》《随园诗话》《艺概》等文艺理论著作中的相关理念。这些分析是发人深省的。比如对文气说的分析就是一个显著的例子。张教授指出，星气决定人的才能和命运的思想很早就在道教中流传，第一次把"文"和"气"结合起来提出文气说的是道教典籍《太平经》，曹丕就是在这一基础上提出著名的文气说的。又如，学术界认为司空图的《诗品》是受佛教的影响，但张教授却指出该书主要是受了道家道教的影响：他指出道家思想是司空图的主导思想，其对神仙方术的态度经历了一个信仰—怀疑—再信仰的过程；《诗品》除三、四、六、十六、十九、二十一、二十四品与佛道均无太大关系外，其余各品均表现出道家道教的思想倾向。如果张教授不利用道家道教经典与《诗品》相比勘相阐释，这些结论是轻易得不出来的。

三　文学史的重构

　　20世纪的古代文学史叙事纯粹是在西方文艺理论框架下建立起来的，这一框架忽视了中国古代文学自身的生成语境、文体特点和文化属性，随着近年来学术史反思和文学史研究的不断深入，这种文学史叙事开始遭到质疑。张教授的"道家道教与古代文学"研究从宗教学的视野清理中国的文学史生态，为文学史的重构作了积极的探索，可谓着人

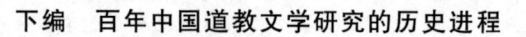

下编 百年中国道教文学研究的历史进程

先鞭,令人深思。

张教授从道教学的角度探索了古代文体的形成,提出了许多迥异于前人的观点。张教授论证了戏剧起源的几种说法都和道家道教有着密切的联系,并指出作为中国戏剧开端的《东海黄公》以及张衡《西京赋》中提到的《总会仙唱》本身就是神仙剧。张教授指出"学者们在研究文人五言诗发展时,忽略了道教作品。事实上,第一位大力创作五言诗的文人应是东汉的魏伯阳"①,班固的《咏史》并不是现存最早的文人五言诗,曹植也不是第一位大力创作五言诗的文人。他还指出现存最早最完整的文人七言诗是道教的传教诗——于吉所创作的《师策文》等传道诗,曹丕创作《燕歌行》后的两百多年间,文人视七言为鄙体,文人七言诗寥寥无几,直到鲍照才改变这种局面,但是道教徒在这期间却创作了大量的七言诗进行传教。这都说明道教在七言诗形成过程中起到了重要的促进作用,可是却"历来没有引起文学史家的重视,应该说这是一个不该有的疏漏"。②

张教授从道教学的角度探索了文学流派的产生,提出了许多迥异前人的见解。关于玄言诗的产生,学界有着种种争论。张教授从三个方面说明道教的崛起启动了玄言和玄言诗的发展并促使它们走向繁荣:史料所载最早的玄谈人物是道士张玄宾且大批著名道士都参与玄谈,玄谈的知名人士都和道教信仰有密切的联系;玄谈的主题是道教经典《老》《庄》《易》,文人们读《老》《庄》《易》既是宗教信仰也是积累谈资;玄言诗人多是道士或与道教有密切联系的文人;玄言诗包含有大量的道教养生内容,其主旨与道教养生修仙的思想是一致的。他还认为山水诗与玄言诗并不是学界所说的孕生关系而是并列关系,道教与玄言诗、山水诗是一藤二瓜的关系。庄子首先从理论上阐释山水审美作用,道教徒进入深山赋予山水以养生修炼的意义的同时使得山水的审美价值得到凸

---

① 张松辉:《汉魏六朝道教与文学》,湖南师范大学出版社 1996 年版,第 81 页。
② 同上书,第 102 页。

显，养生与审美成为道士和文人的时代风尚，在这种氛围中诞生的山水诗其主题往往是游仙养生与审美的双重结合。

张教授从宗教学角度对古代作家文学观念和文学表现手段的辨析也新见迭出。他结合道教的传道方式和为生存、为理想而展开的种种社会活动来分析道教对文学的贡献，指出道教开创了韵散结合的写作方式，提升了散文的论辩技巧，促成了山水散文的诞生，提升了志怪小说的地位，在题材和想象力方面为文学作出了贡献。他还指出唐代传奇涉及道家道教内容的篇数约占十之七八，纯粹描写凡人故事和佛教故事的并不多。这些作品的作者尤其是道教传记的作者都把他们的创作当作实录来对待，这些小说源于此前的志怪小说而有所发展，但只是一种量的变化而非质的飞跃，因此鲁迅关于唐人"始有意为小说"的论断并不准确。他还从词曲同体的角度指出全真教通俗化的词作以及大量"套词"（指全真道士使用同一支词曲反复演唱以说明同一个问题的组词）的出现对散曲的通俗化和套曲的出现起到了很大的促进作用，全真教的观念全方位地渗透到元代散曲中，所谓的黄冠体占了散曲数量的相当比例；全真教徒为加强宣传的力度，还对大量的词牌进行了改动。他还认为道教的思维模式影响了马致远杂剧"仙—凡—仙"的循环创作模式，道教思想对马致远杂剧"戏中有戏"的戏剧结构和"一人多角"的表演机制的形成产生了重大影响，"人生如梦"的道教观念影响了马致远"戏如人生"的戏剧创作观念。

张教授从宗教学的角度对古代文学尤其是其中的道教文学的钩稽和分析突破了以往的文学史叙事框架，拓展了文学史的叙事空间。在一般学者看来，"词为艳科"是个铁定的事实，但是张教授却用大量的史料证明大量的词牌源自道教，词人创作了许多反映道家哲理和道教神仙内容的词作甚至创作了所谓的"游仙词"，张教授特意指出大批道士用词来宣扬道教义理抒发修道情怀描写闲适生活，但文学史家却忽视了他们的存在。张教授还梳理了游仙诗、步虚词、道情、青词这些道教文体的

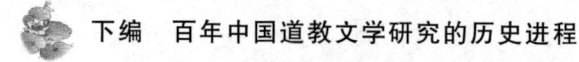

形成发展演变过程以及世俗化的历程。张教授指出游仙诗"最初主要是歌唱神仙生活或人仙共游情况的诗歌，但到了明清时期，文人便借用这一体裁来表达自己的某种独特情绪"。[1] 比如，洪亮吉用游仙诗讥讽人间官场，刘基写游仙诗抒发不平之气，吴梅村借道教意象抒发心中苦闷；袁枚甚至从理论上加以总结："游仙之题，将胸中一切鄙俗之情，扫除殆尽。托仙人之飘渺，抒在己之性灵。着一语感慨不得，着一念拘忌不得，要有飘飘欲仙之意。"[2] "游仙诗大半出于寄托。方南塘居士云：到底刘安未绝尘，昨宵相与共朝真。漫将富贵夸同列，手板横腰道寡人。此刺暴贵儿作态者也。"[3] 张教授还分析了道教徒创作的文学作品，指出这些作品或从宗教救世的视野关注人生，或从宗教体验的角度描写修行生活，为文坛提供了新的表现天地，像藤宾《鹊桥仙》那样的绝对不亚于马致远《秋思》艺术水平的作品是很多的。他将唐宋时期道士创作的诗歌分为赠答诗、游仙诗、道义诗和批判诗，试图通过对这些诗歌的分析去了解道士的生活和思想，以便进一步理解道教的教义和发展趋势。他还指出道教为女诗人的创作提供了广阔的空间：提供接触社会生活的天地、赋予更多的写诗权利、拥有了抒发真情实感的身份。他还用相当多的篇幅钩稽元明清道士的生平和创作，指出他们的诗词散文无论在数量上还是质量上都堪与世俗文人的作品相比肩。例如，张教授认为全真教徒的"诗歌散文都有独到之处，特别是在词曲方面，全真教道士形成了一个阵容庞大的作家群，他们承宋词之末，开元散曲之先河，其文学成就及对当时文坛的影响都是相当大的"。"然而由于道士为方外之人，他们的文学创作并没有引起今人应有的注意，多数的文学史著作没有或很少提及肯定他们的文学作品，这不能不说是文学史界的一件憾事。"[4]

---

[1] 张松辉：《元明清道教与文学》，海南出版社2001年版，第25页。
[2] （清）袁枚：《诗学全书》，贵阳人民出版社1990年点校本，第290页。
[3] （清）袁枚：《随园诗话》，浙江古籍出版社2019年点校本，第305页。
[4] 张松辉：《元明清道教与文学》，海南出版社2001年版，第264页。

四　理论研究的基石

张教授第一次就"道家道教与古代文学"的关系作了全面、系统的梳理，其披荆斩棘之功无疑具有重要的学术史意义，他在史料的发掘、史料的释读和文学史的重构等方面所取得的新突破无疑为宗教文学史、古代文学史的理论建构提供了坚实的基础，这是学界进行"道家道教与古代文学"这一专题研究的重要基石。

然而，作为专题通史，它本该建立在学界大量的个案研究的基础上的。学界个案研究的不充分不仅使得张教授的研究之旅充满艰辛而且使得他的专题史研究存在许多需要填补和深入的空间。事实上，张教授对文学和道教这两大学科的浩瀚史料以及个人时间、精力的有限有着清醒的认识，"面对这书山学海，我确实有一种'望洋向若而叹'之感。不能全面把握资料，就无法全面理出道教与文学这一关系的线索。这是我从事这一研究所遇到的最大困难。我解决这一困难的方法有二：一是尽力去阅读，去搜集，也就是用'辛苦'和'勤劳'的办法去克服这一困难；二是把一些资料收集不全、考虑还不成熟的问题暂时放下，或仅作简略交代，进一步的完善工作，则有待于来者"。[①] 在分析明清道教徒的文学创作时张教授也不无遗憾地指出："道教界不乏优秀诗歌，而有关道教诗歌的整理工作太滞后了，不仅无法望世俗诗歌整理工作之项背，即便是同佛教相比，也远远落后了。而清代的道教诗歌的整理工作尤其如此，至今，清代的道教诗歌几乎没有引起文学研究者的丝毫注意。"[②]

张教授的"宗教视野与文学本位"研究方法无疑具有非常鲜明的民族本位特色。事实上，张教授对马致远、孔尚任等作家的作品所作的分析以及就道家道教对中国古代文论的影响所作的论述已经具有宗教诗

[①] 张松辉：《唐宋道家道教与文学·自序》，湖南师范大学出版社1998年版，第4页。
[②] 张松辉：《元明清道教与文学》，海南出版社2001年版，第304页。

学的意味；如果我们能够对古代文学中的这类宗教叙事手段和文艺理论进行全面的清理，无疑可以建构中国自己的文学理论。但是，张教授在有关的论述中并没有始终坚持这一民族本位立场。本来，张教授对鲁迅关于唐人始有意为小说的质疑具有非常鲜明的民族本位立场；但是，张教授却又用西方的小说三要素来分析道家著作《庄子》《列子》，将其中的叙事情节作为成熟的小说。实际上，《庄子》《列子》在古代四部分类法中属于子部，而子书以议论为宗，虚构故事是为了说明事理，它与小说的文本宗旨和叙述方式存在重大差异，因此不能将《庄子》《列子》中的故事当作小说。①

或许等到专题研究日渐成熟的那一天，我们能够利用这些成果从事宗教诗学的建构，从宗教学的立场建立中国自己的文论话语，扭转古代文学研究界长期套用西方理论的尴尬局面。

---

① 参见陈文新《文言小说审美发展史》，武汉大学出版社2002年版。

二十世纪"道教与中国古代戏曲"研究述评

自从王国维将戏曲起源于宗教仪式这一理论引入中国古代戏曲研究以来,关于"道教与中国古代戏曲"的专题研究已经走过了近百年的历程,也产生了郭英德《世俗的祭礼——中国戏曲的宗教精神》(国际文化出版公司1988年版)、周育德《中国戏曲与中国宗教》(中国戏剧出版社1990年版)、郑传寅《传统文化与古典戏曲》(湖北教育出版社1990年版)、马焯荣《中西宗教与文学》(岳麓书社1991年版)、武艺民《中国道情艺术概论》(山西古籍出版社1997年版)、詹石窗《道教与戏剧》(台湾文津出版社1997年版)等一批颇具影响的学术专著;但是,受到意识形态的干扰,学术传统长期被中断,道教史与戏曲史相结合的整合研究一直步履艰难。有鉴于此,我们有必要对历史进行回顾,从历史的记忆中感悟前进的方向。

一 道教与中国古代戏曲的宏观研究述评

在道教与中国古代戏曲关系的宏观研究层面上,学者们主要就戏曲的萌芽和产生、道教戏曲活动的发展演变、道教对戏曲文本的影响三个方面展开论述。

王国维、张寿林先后援引戏曲起源于宗教仪式的理论研究中国戏曲的起源和形成后,他们的观点一度成为定论。但是由于1949年后意识

下编　百年中国道教文学研究的历史进程

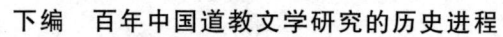

形态的干扰，这一观点一度走向沉寂，倒是西方学者提出了中国戏曲起源于宗教仪式的见解。如马林诺夫斯基指出："东方的戏曲艺术，都可能起源于这种早期的戏剧化的宗教仪式。"① 牛津大学龙彼德撰专文指出"中国戏曲起源于宗教仪典"。② 这些观点在 20 世纪 80 年代引进中国后，国内的讨论才再度成为热点。

王国维和张寿林的观点见于《宋元戏曲考》一书和《巫觋与戏剧》③ 一文。王国维指出："歌舞之兴，其始于古之巫乎？""后世戏剧当自巫优二者出。""古之祭也必有尸。宗庙之尸以子弟为之。至天地百神之祀，用尸与否虽不可考，然《晋语》载，晋祀夏郊以董伯为尸，则非宗庙之祀亦用之。《楚辞》之灵，殆以巫而兼尸之用者也。其词谓巫曰灵，谓神亦曰灵。盖群巫之中必有象神之衣服形貌动作者，而视为神之所凭依。……是则灵之为职，或偃蹇以象神，或婆娑以乐神，盖后世戏剧之萌芽已有存焉者矣。"④

20 世纪 80 年代以来，学者们一方面利用文本文献探讨戏曲和原始宗教原始巫术及其发展形态——道教的关系，另一方面又大量利用田野调查资料试图从那些被称为活化石的地方戏曲中寻求中国宗教尤其是道教与戏曲起源的联系。

从文本文献的角度入手的学者可以郭英德和任半塘为代表。郭英德

---

① ［英］马林诺夫斯基：《文化论》，费孝通等译，中国民间文艺出版社 1987 年版，第 87 页。
② ［英］龙彼德：《中国戏曲起源于宗教仪典考》，王秋桂、苏友贞译，《中外文学》1979 年第 84 期。国内的相关呼应主要表现在傩戏以及目连戏的研究上，许多学者如康保成（《傩戏艺术源流》，广东高等教育出版社 1999 年版）、刘祯（《中国民间目连文化》，巴蜀书社 1997 年版）、朱恒夫（《目连戏研究》，南京大学出版社 1993 年版）、凌翼云（《目连戏与佛教》，广东高等教育出版社 1998 年版）等学者都试图从傩戏以及目连戏中寻找戏剧起源于宗教仪式的证据，但一直没有找到古代的经典文本支持此一学说。
③ 张寿林：《巫觋与戏剧》，《东方文化》1938 年第 1 卷第 5 期。
④ 王国维：《宋元戏曲考·上古至五代之戏曲》，上海古籍出版社 1998 年版；此外，支持此一观点的文章还有：陈梦家：《商代的神话与巫术》，《燕京学报》1936 年第 20 期；冯沅君：《古优解》，载《冯沅君古典文学论文集》，山东人民出版社 1980 年版；闻一多：《九歌古歌舞剧悬解》，《什么是九歌》，载朱自清等编辑《闻一多全集》，开明书店 1948 年版。

《世俗的祭礼》上编"中国戏曲的宗教渊源"利用文本文献指出中国古代戏曲起源于上古宗教祭祀活动、中古民间娱神活动，前者或流布入礼乐仪式，或萎缩为原始状态，后者尤其是其中的迎神赛社成了戏曲起源的最主要的动源。一直对中国戏剧发生学、唐戏情有独钟的任半塘发现孟郊的四首诗在其文集内被命名为《列仙文》，不禁疑窦顿起。他钩稽史料，认为四首诗歌所托故事就是晋朝魏夫人得道飞升的始末，四诗是演故事、有情节、有一定歌者的唱辞，推论唱辞是伶人或教坊为演出需要而求孟郊所作。此外，除罗列大量唐代神仙戏加以旁证外，还从理论上指出"乱文"和"戏文"也可能殊途同归，唐代戏剧的方式之一或许就在此。尽管李丰楙等学者对此提出异议，但任先生此说足以和西方学者龙彼德的中国戏剧起源于宗教仪式的理论遥相呼应。①

利用田野文献的学者则更加注重文本文献与田野文献的相互参证。周育德指出中国戏剧"在宗教文化中孕育，在宗教仪式中脱胎，在宗教摇篮里成长，从而形成独特的戏剧文化"。② 他在《中国戏曲与中国宗教》一书中利用文本文献指出中国的原始宗教以及儒道释三教对中国戏曲的源头、胚胎、雏形和诞生产生了重要的作用，又利用被称为活化石的地方戏证明中国戏曲"在宗教文化中孕育，在宗教仪式中脱胎，进而成为一种独立的戏剧艺术形式"。作者从戏剧发生学的角度认为秦汉时期的"角抵戏"和神仙方术密切相关，作为活化石的"各种傩戏演出，民间习以为道教的活动。傩坛巫师也往往被称为'道士'"。同时，作者还认为寺庙游艺戏曲化，变文是准剧本，由变文演变而成的《目连救母》杂剧是"戏祖"。③ 朱建明也指出中国戏曲的形成与发展与道教有不解之缘：宋元戏文、元杂剧及南戏的弋阳腔深受道教音乐的影响；道教的形成与古老的巫术傩祭有关，所以早期道教戏曲继承了傩戏的遗

---

① 任半塘：《孟郊〈列仙文〉究竟是什么"文"——唐代道家的一本戏文》，《学术月刊》1983年第3期。
② 周育德：《中国戏剧文化的宗教基因》，《文艺研究》1990年第5期。
③ 周育德：《中国戏曲与中国宗教》，中国戏剧出版社1990年版，第67、75、109页。

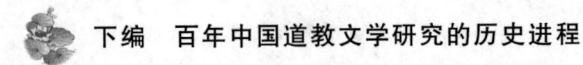

风,后来傩戏也借鉴吸收道教戏曲的养分";"道教戏曲分两大类,一类由傩戏演变,形成时间较早,艺术形式古朴、拙俚,其剧目、音乐曲调及表演形式还保留了傩戏特色,如各地的香火戏、僮子戏、端公戏、神道戏等";"另一类为道情戏,由说唱道情发展形成。"①

此外,不少研究者以田野作业为中心的个案研究也为这个问题的探讨作出了贡献。如张学成《端公戏与道教》②、毛礼镁《江西道士演出的目连戏》③。尤其是武艺民以毕生精力对全国的道情艺术进行了田野调查,收集了110余种属于道情艺术的曲种和剧种方面的资料,采录了各种道情的唱腔音乐30余盘,用田野文献和文本文献相参证的办法完成的《中国道情艺术概论》一书对我们的专题探讨贡献最大,这部专著对道情的发展演变、体制特征、音乐形态、演出状况作了详尽的分析,厘清了道情艺术史上的许多谜团。比如,他厘清了法曲道情和俗曲道情的历史分野与它们之间的内在联系,找到了俗曲道情"一经二韵三道情"的演变规律,揭示了宗教唱本向宗教剧本演变的轨迹。④

有的学者对这种观点提出了反对意见,郑传寅先生就是其中的代表。他对戏曲起源于宗教的三大重要论据作了总结:"远古歌舞曾经与原始宗教祭仪融为一体,而歌舞又是戏曲之先导,因此,原始宗教也就成了戏曲的'母体'。""先有巫觋,后有歌舞,歌舞为巫觋所创造。歌舞既然为戏曲的先导,那么,可见戏曲也就是宗教的子孙了。""宗教祭仪与戏曲表演颇多相似之处,而宗教祭祀仪式又产生于戏曲之前,可见戏曲美是宗教祭仪所培育的。"⑤ 而后逐一加以反驳,认为戏曲并非导源于宗教。后来,他又在另外一本书中述评戏曲起源的四大学说时,介绍了戏曲导源于宗教仪式说,并用中国的戏曲史料加以参证,认为这一

---

① 朱建明:《道教戏曲简介》,《上海道教》1991年第1期。
② 张学成:《端公戏与道教》,《云南戏剧》1993年第5期。
③ 毛礼镁:《江西道士演出的目连戏》,《剧海》1991年第6期。
④ 武艺民:《中国道情艺术概论》,山西古籍出版社1997年版。
⑤ 郑传寅:《传统文化与古典戏曲》,湖北教育出版社1990年版,第323、324、327页。

学说不能成立，但认为"戏曲文化在创生起源过程中融进了宗教仪式的某些成分"，因而可"视宗教仪式为戏曲文化多元'血统'中的一元"。①

值得注意的是朱越利在《道藏分类解题》的文学类中专列"戏剧（科仪）"一目。这本道教工具书在"戏曲"的名目下记载了道教的各种科仪，其依据是"道场是宗教活动，也是布景、绘画、服饰、音乐、舞蹈、唱颂等综合艺术，不仅有繁复的程式，而且有人物和情节。清初曾称道场'竟同优戏'。科仪著作可视为道场的脚本，列于本类"。② 作为道教总集的工具书，朱越利的这种分类受到了葛兆光等学者的批评自是难免，不过作者的这种分类明显地体现了戏剧起源于宗教仪式这种理论的影响，他的这种努力再次提醒我们从宗教尤其是道教的维度研究戏剧的起源。

关于道教戏曲活动的发展演变的探讨主要集中在道教活动与戏曲活动的关系、道教戏曲的创作两个方面。王兆乾网罗历史上的四个二郎神史料对李渔、汤显祖作品中提到的戏神作了考察，指出巫觋尊灌口二郎神为川主，道教进一步奉他为"清源妙道真君"，并将他换为赵昱以依附人间帝王，后来又依附天帝而成为玉帝的外甥杨戬；他还用地方戏曲史料说明了二郎神形象在由祭祀歌舞走向戏曲舞台的历程。③ 詹石窗利用道教文献指出戏神二郎神由李冰父子变为赵昱，体现了二郎神的彻底道教化，此外他还利用道教文献指出，享有梨园行业香火的"相公"与"老郎"神也是在道教思想的支配下产生的。④ 周育德研究了宗教精神在戏曲活动中的渗透，谈到了宗教性的戏剧节、戏神的诞生、戏神之祭等戏剧活动。⑤

周育德《中国戏曲与中国宗教》、马焯荣《中西宗教与文学》、詹

---

① 郑传寅：《中国戏曲文化概论》，武汉大学出版社 1993 年版，第 64 页。
② 朱越利：《道藏分类解题》，华夏出版社 1996 年版，第 161 页。
③ 王兆乾：《戏曲祖师二郎神考》，《中华戏曲》1986 年第 2 期。
④ 詹石窗：《道教与戏剧》，台湾文津出版社 1997 年版。
⑤ 周育德：《中国戏曲与中国宗教》，中国戏剧出版社 1990 年版。

石窗《道教与戏剧》都对中国道教戏曲的剧本创作作了勾勒，尤以詹石窗的著作最为详细，具有史的框架。他先从作家、剧目、剧种三个层面勾勒了道教与戏剧的广泛联系；而后从发生学的角度揭示了道教信仰与戏神的产生、道教与戏剧发生关系的信仰基础、民俗基础和媒介渊源；分类研究了传道度人、点化精怪、断案明戒、隐居修真四类元代宗教戏曲，也研究了道教对元代军事、历史题材的杂剧以及散曲的渗透；认为明代神仙道化剧可以分为度脱剧、庆寿剧、降魔剧和神仙生活故事剧，前者体现了作家由愤世到崇道的思想历程，后三者则反映作家娱人、济世、讽喻的创作心态；他还对明清传奇戏曲中的度脱剧、降魔剧的道教意蕴作了分析，同时也对恋情剧、历史剧和公案剧中的神仙意象、道教义理、道教法术作了清理。

学者们还就道教对中国古代戏曲的内容以及戏曲表演和戏曲文本艺术表达的渗透作了初步的研究，体现了建构宗教诗学的尝试和努力。这是周育德、郭英德、郑传寅、詹石窗四位学者的专著中重点论述的内容。

周育德从"儒教纲常与高台教化""因果报应与大团圆""无常无我与大舞台"以及"太极阴阳与无中生有"四个层面分析了戏曲美学和宗教哲学之间的关系。

郭英德《世俗的祭礼》作为"蓦然回首"丛书的一种，体现了20世纪80年代末传统文化大反思的学术诉求。该书中编"中国戏曲的宗教精神"分析了戏曲中的宗教故事系统和宗教神佛系统，讨论了宗教文化影响下的叙事模式、审美情感和思维范式；下编"中国戏曲的宗教功能"从参与宗教活动、宣扬宗教思想和强化宗教思想三个方面作了阐释。郭英德对中国戏曲的艺术特色的把握值得注意。他认为宗教给戏曲提供了谪凡模式、度脱模式、命定模式、报应模式等四种叙事模式，以虚幻性、理想性、寓意性为特征的宗教梦幻思维启迪了戏曲的审美思维，宗教的介入使戏曲在意境构成、人物塑造、表演艺术（如脸谱、面具的应用）上追求象征意蕴。在文本意蕴的分析方面，作者也强调宗教情感与世俗功利的互动，把作品放在儒道释交融的大文化背景下加以考察。

郑传寅从戏行祀神、摄取意象、托庇神庙、以戏说法、反映宗教生活等层面分析了宗教与戏曲的表层结构，从装神弄鬼与戏曲表演、因果业报观念与戏曲结构模式、宗教幻想与戏曲情节的传奇性、形神二元论与戏曲的传奇特色等层面分析了宗教与戏曲的深层结构。他认为道教比佛教对中国戏曲的影响要深得多，关系更为密切，"戏曲摄取的宗教意象却主要是道教的"，"宗教祭仪与戏曲表演不仅发生了功能上的混融，而且必会有精神上的渗透"，例如"步罡踏斗不只是给戏曲表演提供了举手投足的模仿对象，更为重要的是给戏曲表演以凿空蹈虚的美学启迪"，步虚声对戏曲的韵白产生了重要影响，"戏曲传神特色的形成得力于贵无轻有的老庄哲学和形神二元、重神轻行的宗教思想"。在分析戏曲与宗教梦幻的勾连时，他在列举戏曲以梦入戏的多种形式后指出"其主要贡献在于：将剧作家观察生活的视点由传统的人伦政治方位扭转或提升到哲理层次，从而深化了剧作家对社会人生的认识"。[1]

詹石窗的研究最值得我们注意。他的研究体现了一个道教学者特有的宗教学立场。他认为研究道教与戏剧的关系是深刻认识道教的思想内涵、正确评价其价值的需要，是把握戏剧作品的主题思想以及人物性格特征的需要，所以能够真正从道教的立场解读有关作品。在具体的论证过程中往往采用道教文献来阐释作品中的有关内容，并且联系道教史对涉及的道教概念作纵向梳理。这对于深化这类作品的理解无疑是具有示范意义的。如在分析《吕洞宾三醉岳阳楼》时，作者就引用道教文献从道教史的立场指出该作品中精怪的转世投胎、积功累行、禁欲修行是道教济世思想、禁欲理论和佛教转世轮回思想的体现，这就深刻地揭示

---

[1] 郑传寅：《宗教文化与古典戏曲》，载《传统文化与古典戏曲》，湖北教育出版社1990年版，第202、234、237、271、297页。

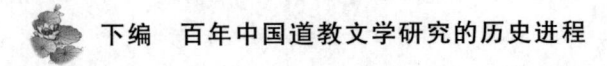

下编　百年中国道教文学研究的历史进程

了道教由外丹道向内丹道转型后的本质特征及其在文学中的反映。在余论中，作者还特意分析了作品中的气功养生和功德修行，并援引道教文献作了阐释。

　　他的研究还体现了建构宗教诗学的尝试和努力。他认为道教神仙故事是中国传统戏剧创作的重要素材，道教的气功养生和伦理涵养成了戏剧表现的重要内容，道教的象征思维成为传统戏剧创作的基本借鉴，道教的语言符号象征由传统戏剧所借鉴造成了朦胧的隐喻效果，戏剧中道教神仙作为冥冥"玄道"思想载体在客观上也具有符号象征之功能。[①]他的这一观点在《道教与戏剧》一书中得到全面展开。作者认为研究道教与戏剧的关系是借鉴古人艺术创作经验，推动新时期戏剧创作的需要，所以特别注重道教给戏剧提供的表现形式和审美情趣的考察。在研究元杂剧时，他认为其动作性乃与道教超凡入圣理想追求相联系，而悲喜剧手法在元道教戏剧中的兼用则创造了悲剧美与喜剧美相统一的艺术形象。此外，还对其宗教象征展开了探讨：把神仙道化剧的象征源头追溯到戏剧的表现性特征和诗词意象以及神话的象征性特征，认为神仙道化剧形象系统的形式化、原型性和语言系统的显象性、意象性、符号性都体现了宗教象征。在分析明代杂剧时，作者又强调神仙典型的社会意义与戏曲的象征审美：认为明代度脱剧的神仙由元代的愤世者向救世者转化，是智慧老人原型在神仙剧中的体现；杂剧的意象系统乃至人物系统往往指向一定的修道法式、修道情感而成了具有象征意味的符号体系，《洞天玄记》《太平仙记》甚至以整部作品来象征整个修道过程。在"传奇戏曲的艺术手法与道教审美情趣"一节中，作者认为道教神仙意象给戏剧提供了生死命运的幻象遐想，仙、人、鬼的"三相空间"成了剧作家展开叙事的审美手段，梦幻模式和对立意象群的构建为戏剧的布局谋篇、表情达意提供了可能。

　　此外，还有不少论文论及这一问题。如葛兆光指出道教意象的扩展

[①]　詹石窗：《简论道教对传统戏剧的影响》，《世界宗教研究》1997年第4期。

形态作为情节、场面及原型出现在戏曲和小说之中①，张玉芹指出道教对戏剧的传神美、传奇美也产生了重要的影响②。

二 道教与元代戏曲研究述评

除了少数几篇论文外，20世纪"道教与元代戏曲"的专题研究主要聚焦于马致远的神仙道化剧研究和元代神仙道化剧的整体研究，前者贯穿整个20世纪，后者主要集中于八九十年代。

民国时期的马致远研究建立在史实考证和实事求是的基础之上，马致远剧作的文本蕴含和艺术特色都受到研究者的推崇。仲玉《元曲作家马致远之生平及其著作》③、隋树森《元曲作家马致远》④ 勾勒了马致远的基本状况，效非《略论马致远杂剧的胚胎》《再论马致远杂剧》是马致远的文本研究中的重要论文。⑤ 青木正儿介绍了马致远的神仙道化剧，认为这些作品受到全真教的影响，对剧作的结构、曲白和情节也称颂有加。他还比较了马致远和谷子敬的同一题材的柳树精故事，认为后者的剧作"在结构曲白并佳这一点上，当可推为明初杂剧压卷之作吧"。⑥ 当时的研究者对马致远作品的艺术特色也推崇备至：艺术结构"简直整洁，情节的移动是用渐层法，直到收场，始终紧张，不弄小巧，脉络贯彻"；景物描绘"明白如画"；曲文合律，易歌之于口；使用市井口语，"绝不作才语"，"全无文人那种咬文嚼字的习气"，"格外显出他艺术上赤裸裸的美"。⑦

---

① 葛兆光：《想象的世界——道教与中国古典文学》，《文学遗产》1987年第4期。
② 张玉芹：《论道教对中国古代戏剧的影响》，《东岳论丛》1995年第4期。
③ 仲玉：《元曲作家马致远之生平及其著作》，《真知学报》1942年第2卷第1期。
④ 隋树森：《元曲作家马致远》，《东方杂志》1946年第42卷第4期。
⑤ 效非：《略论马致远杂剧的胚胎》，《北平华北日报》1935年8月27日；《再论马致远杂剧》，《北平华北日报》1935年9月13日。
⑥ ［日］青木正儿：《元人杂剧概说》，隋树森译，中国戏剧出版社1957年版，第90页。
⑦ 分见王季烈《螾庐曲谈》，台湾商务印书馆1971年版；［日］青木正儿《元人杂剧序说》，隋树森译，开明书店1941年版；谢无量《罗贯中与马致远》，商务印书馆1930年版；卢前《中国戏剧概论》，上海书店出版社2013年版；贺昌群《元曲概论》，中国书籍出版社2006年版。

下编　百年中国道教文学研究的历史进程

中华人民共和国成立后，徐朔方试图在新的历史视野中确立马致远作品的经典地位，但随即引发了一场大批判，马致远的神仙道化剧遭到彻底否定。徐朔方在承认神仙道化剧含有逃避现实倾向的基础上指出：马致远以神仙幻想来安慰自己是发生在蒙古占领军的黑暗统治下的，"他的逃避现实的倾向含有对异族的精神上的抗拒在内"，"在那些飘飘然的遗世而独立的神仙身上，还应该看出一个反抗者与爱国者的灵魂"。由于这种见解是建立在"可以摘引的句子仅仅是一点痕迹，我们应该从整个篇章的字里行间去体会"的基础上，所以徐朔方认为："元代杂剧作家对异族的黑暗统治怀着不满和憎恨，但是又不能畅所欲言地一吐为快；因此要用影射和寄托来描写。"由于这种方法不能畅怀表达，导致"他们在写没有影射没有寄托的戏曲里面，就情不自禁的把一腔悲愤在音律、格调和遣词造句上流露出来，形成一种悲凉、慷慨的风格"。①徐朔方的研究方法立即招致切中要害的商榷意见："如果先认定马致远有反元的思想，有民族思想，再到他的作品里去'搜索''民族思想'，这样的方法，实际是主观主义的研究方法。"所举的那些例子"都是从作品里一条一条撕下来的，它们和上下文的关系都割断了"。何况《中吕·粉蝶儿》这支曲子是"不能说马致远是有民族思想的"。②徐扶明不仅否定了神仙道化剧，而且连他的历史剧也加以否定，并认为徐朔方把鸦片烟当成了营养品。"他之所以写了好几个神仙道化剧，正是企图用虚无渺茫的神仙世界来自我陶醉，逃避现实的痛苦。""只能起着麻痹人民的战斗意志的消极作用，对人民是不利的，我们必须予以彻底的批判。"③ 吴国钦认为徐朔方"不顾剧本的内容，千方百计地替他涂脂抹粉"，因此"批判在马致远研究中的资产阶级文艺思想，

---

① 徐朔方：《马致远的杂剧》，《新建设》1954 年 12 月号；又载《元明清戏曲研究论文集》，作家出版社 1957 年版。
② 孟周：《读"马致远杂剧"——与徐朔方先生商讨元杂剧的研究方法》，《光明日报》1955 年 8 月 14 日；又载《元明清戏曲研究论文集》，作家出版社 1957 年版。
③ 徐扶明：《马致远杂剧作品的思想性和艺术性》，《光明日报》1960 年 11 月 6 日。

消除它的贻害,这是今天马致远研究的一个重要任务"。他认为作家"看不见出路,认不清前途,迷茫在'神仙道化'的八卦阵中,宣扬勿以暴力抗恶,宣扬老庄的消极遁世哲学,起着极为恶劣的麻痹人民斗志的作用"。并把作品的表现手法视为消极浪漫主义而加以批判。①赵景深甚至认为除《黄粱梦》之外的神仙道化剧全是坏作品,其思想前期落后后期反动。②

这种理论视界影响了当时的文学史叙事。如刘大杰就指出:"他作品的精神,有脱离现实的倾向。……指点神仙得道为最后的归宿,缺少现实生活的反映,同广大人民不发生血肉的联系。"③ 不过更多的文学史家采取了一种骑墙的认知态度:"要逃避现实却又不能完全忘情现实",在虚无中表现了"对现实的留恋,甚至还富有愤慨。"④ 马致远是"当时在北方流行的全真教的信徒",其受宗教影响的作品或歌颂了逃避现实的隐士,或"极力宣扬道教的教义,代表杂剧创作中的一种消极倾向"。⑤"其遁世逃名,隐居乐道,是消极的";"对当时政治的冷淡,却不能不说是具有对抗之意"。⑥

20世纪80年代的学者为了给马致远平反,把他的作品说成是社会问题剧,无视甚至否定作品中的宗教蕴含。瞿钧指出"马致远并不醉心于全真教,也不是宗教剧";虽然熟悉全真教,"但对于神仙事,他本人并不是完全赞同的;神仙剧只占一小部分,且只是一个外壳,体现了作者对统治者的揭露和鞭挞,甚至希望像陈抟那样为解救天下生灵挺身而出了"。"至于作品中的消极思想、思想的矛盾乃在于当时的民族斗争处于低潮、作者的世界观是矛盾的但对现实始终是有所揭

---

① 吴国钦:《马致远杂剧试论》,《中山大学学报》1961年第1期。
② 赵景深:《关于评价马致远及其作品的一些问题》,《光明日报》1961年1月15日。
③ 刘大杰:《中国文学发展史》(下卷),古典文学出版社1958年版,第73页。
④ 中国社会科学院文学研究所中国文学史编写组编:《中国文学史》第3册,人民文学出版社1962年版,第759页。
⑤ 游国恩等:《中国文学史》第3册,人民文学出版社1964年版,第223、225页。
⑥ 周贻白:《中国戏曲史纲要》,上海古籍出版社1979年版,第169页。

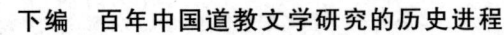

露有所斗争的。"① 佘大平把《荐福碑》《黄粱梦》《陈抟高卧》列为同一类型，认为它们"描写了元代知识分子追求功名、宦海沉浮和隐居山林的生活的'三态'……深刻地反映了当时的社会生活"，是不能算作神仙道化剧的，作品"鄙弃功名的思想"，"对于元代社会本质的揭露有其独到之处"。②

更多的论文是在承认作品中的宗教色彩的同时强调作者对现实的批判性，强调作品所反映的人间色彩。吕薇芬参证元人文集，通过揭示元代社会阶级矛盾和士人地位来说明元代士人"又爱功名又爱山林的"矛盾心理，指出马致远"在剧作中既宣扬了消极出世思想，却又流露出对世俗生活的不能忘情。因此作品虽有宗教色彩，却具有现实生活气息"。全真教对马致远的世界观产生了深刻影响，因此"他为大家指出的出路，那逃避现实的神仙世界也不免是剂鸦片烟"。为了强调马剧的现实性，吕薇芬认为"必须和元后期的趋于落后乃至反动的作品区分开来"，因为后者失去暴露社会现实黑暗的成分，是纯粹的宗教教义的宣传，是借神仙的嘴来为人间帝王歌功颂德。③ 刘荫柏对全真教作了详细的介绍，为分析作品提供了厚实的文化背景，指出了马剧的四大特点：第一，并不像一般道教徒单纯地叙述修真养性的道理或故意编造一些神异的故事，宣扬佛法神通……在他笔下的神仙，不仅有古代文人、隐士、逸人之风度，还带有一些遗民的气质；第二，赞赏"山中犹避秦"，不与元室合作；第三，通过影射来写实写愤，具有一定的现实意义；第四，显示灵魂深处的双重人格。因此，马剧"不再是遁世者的歌，而是抗世者的歌"。④ 沈尧认为神仙道化剧和隐居乐道剧"概念化、

---

① 瞿钧：《浅谈马致远的神仙剧》，载《古典文学论丛》(3)，陕西人民出版社1982年版。
② 佘大平：《马致远杂剧的时代特色》，《武汉师范学院学报》1982年第1期。
③ 吕薇芬：《马致远的"神仙道化"剧和它产生的历史根源》，《文学评论丛刊》第7辑，中国社会科学出版社1980年版。
④ 刘荫柏：《马致远剧作论考》，文化艺术出版社1985年版；《仙道虚掩抗世情——试论马致远的"神仙道化"剧》，《河北师范大学学报》1983年第3期。

公式化，而且涂满宗教迷信色彩"，是失意知识分子的情感，与全真教的传播有关。但一以贯之的思想线索是对现实的不满，只是由于世界观的作用却得出了错误的人生结论。①

20世纪90年代的论文还是在宗教与世情的互动框架内展开论述的，只不过更加具体详细而已。张燕瑾认为马致远是神仙道化剧的代表作家，但马致远并不是神仙，也不是神仙的信奉者，神仙二字不能概括马致远作品的特点。"'在超世的里面，寓有世间的人情味（《元人杂剧概说》）'，可作马致远神仙道化剧的概评。"② 申士尧认为后期所写的神仙道化剧和隐居乐道剧"正是他隐逸生活和出世思想的艺术再现"。"虽主要是演述全真教的事迹，然亦非纯为阐论道旨，弘扬教义。"其表达的中心在于：感叹历史兴亡，表现无力抗争的凄怆；描述宦海险恶，表现弃绝功名的高洁；歌赞林泉隐居，表现弃绝尘世的果决。③ 刘方政从人物的三种行为模式的分析入手，指出"被度脱者最后虽然出世，但他们的恋生、惧死却是入世精神的体现"。"度脱者虽以出世者的面目出现，但他们的愤世、惧世都是入世精神的体现。"因此，神仙道化剧是人生的另一种延续。④ 李德仁认为：全真教的流行及其与知识分子的特殊关系是神仙道化剧产生的直接社会原因，马致远怀才不遇的经历、隐居闲适的情趣、求仙学道的倾向是其创作神仙道化剧的主观原因；否定红尘肯定仙界是一种不可取的消极避世思想，其反映的全真教教义是糟粕，但反映了元前期动荡、黑暗的社会现实，抒发了文人的怀才不遇及其对异族统治的不满，揭示了文人依附全真教的社会原因，是一种以宗教为题材的社会剧本。⑤ 郝浚钩稽马致远生平经历，指出他读书从政的失败历程，说明他接受全真教的原因，着重指出他对统治阶级的深刻认识使他激

---

① 沈尧：《马致远杂剧的思想倾向与艺术特色》，《戏曲研究》1980年第1辑。
② 张燕瑾：《马致远的创作道路》，《河北师范学院学报》1990年第2期。
③ 申士尧：《忧患·抗争·超脱：马致远杂剧思想论》，《河北师院学报》1990年第2期。
④ 刘方政：《试论马致远的"神仙道化剧"》，《东岳论丛》1997年第6期。
⑤ 李德仁：《马致远神仙道化剧试论》，《中国文学研究》1990年第2期。

愤而隐。① 段庸生认为：马致远的神仙道化剧契合着他的人生历程，对功名、历史、人生的参悟表现着主体的心理流变；归隐潜志使马致远与神仙道化剧结下了不解之缘；追求精神的绝对自由，造成观念中的价值解体，因而剧中主人公没有让人共鸣的正面因素，剧中也不追求善与恶、忠与奸、正义与邪恶的激烈冲突，而是宣泄浮生若梦、万事由命的情绪。②

当然，也有少数论文强调马剧是宗教文学，并从宗教学的立场分析其艺术特色。吴新雷认为马剧是道教文学的作品。"马氏作品中所表现的神道观念，主要是直接取材于全真教的经典"，他还给度脱剧下了一个定义："所谓度脱，就是神仙向凡人说法，解脱人世间'酒色才气''人我是非'及'富贵名利'等烦恼罪恶，点化迷津，使之顿悟红尘之非而归于正道，成为神仙。度脱是道教教义的一个重要部门，其来源是袭取佛家禅宗的学说，再加上阴阳迷信之术附会而成。'度脱剧'便是以道教经典中编造出来的这类故事为题材的。"尽管作者对宗教思想还是持否定态度，但作者毕竟是站在宗教学的立场上来分析作品的内容和艺术特色的。③ 翟满桂以浪漫主义特色为切入点，指出作品具有主观情感的强烈抒发、高度的想象和幻想、比喻与夸张、象征与寓意等特征。④ 刘雪梅指出正是道教的渗透才使得马剧在内容和形式上取得了独特的成就：道教的思维模式影响了马剧"仙—凡—仙"的循环式创作模式，道教思想对马剧"戏中有戏"的戏剧结构和"一人多角"的表演机制的形成产生了重大影响，"人生如梦"的道教观影响了马致远"戏如人生"的戏剧创作观念。⑤

---

① 郝浚：《蹉跎半世，悲剧一生——元曲家马致远生平思想臆说》，《河北师院学报》1990年第2期。

② 段庸生：《马致远心态与神仙道化剧》，《重庆师院学报》1992年第4期。

③ 吴新雷：《也谈马致远的"神仙道化"剧》，《中华戏曲》1986年第1辑。

④ 翟满桂：《万花丛中马神仙：马致远的神仙道化剧述评》，《零陵高专学报》1999年第4期。

⑤ 刘雪梅：《万花丛中马神仙　百世集中说致远——论道教思想对马致远神仙道化剧的影响》，《中国文学研究》2000年第3期。

二十世纪"道教与中国古代戏曲"研究述评

关于元代道教剧的整体研究,20世纪80年代以前只有少数几位学者关注。石兆原《元杂剧里的八仙故事与元杂剧体例》①、冯沅君《元剧中二郎斩蛟的故事》②是其中的两篇重要论文。此外,严敦易对神仙道化剧的作者、版本、情节、本事等作了详细考订,为研究这些作品提供了详细的史料。③

20世纪80年代对神仙道化剧的整体研究作出突出贡献的是么书仪和侯光复。么书仪认为:元代"神仙道化"戏不仅不是一般的宗教宣传品,而且实际上是社会剧;因为这些作品不仅直接或间接地反映了当时的社会现实,更重要的是这些作品中道化和隐逸以及道士、文士和隐士相混融的现象使作品更具有当时的现实生活内容;元代知识分子的强烈苦闷和绝望的思想情绪、应运而生的为知识分子树立信仰提供退路的全真教以及元代的山林隐逸风气是造成这种现象的三大原因;元代神仙道化戏可以分为前中期和后期两部分,后期作品反映的社会矛盾和现实生活越来越淡薄、概念化倾向明显、宗教说教增加、隐逸思想削弱、感情由激愤痛苦变为平淡冷漠,这跟后期知识分子、作家的地位和全真教性质的变迁有密切的关系。这是一篇分析非常到位的论文。对全真教特点和元代知识分子生存状态的深刻理解是她能够揭示作品特征及其变异的基本前提,其成功的关键在于对道化和隐逸有很高的理论把握:"弃俗入道的念头,常由对人生的短暂,对生死轮回的恐惧引起;而退隐山林的思想,则多是伴随着追求进步、追求兼济的思想的破灭而产生。"④

侯光复连续发表三篇论文对神仙道化剧作了全面的研究。《谈元代神仙道化剧与全真教联系的问题》一文钩稽现存神仙道化剧,并能够运用大量的全真教文献加以印证,指出这些作品的人物、情节和思想观点都和全真教密切相关。比如,他认为近半数以上的作品是根据全真教的

---

① 石兆原:《元杂剧里的八仙故事与元杂剧体例》,《燕京学报》1935年第18期。
② 冯沅君:《元剧中二郎斩蛟的故事》,《语文月刊》1943年第3卷第9期。
③ 严敦易:《元曲斠疑》,中华书局上海编辑所1960年版。
④ 么书仪:《元杂剧中的"神仙道化"戏》,《文学遗产》1980年第3期。

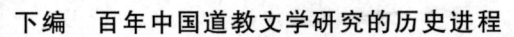

传说构置而成，其他作品所采取的基本情节形式却显系套用全真教传说的模式。这些作品是全真教的宇宙观、人生观和禁条戒律、修持方法的体现。①《元前期曲坛与全真教》一文认为元前期曲家与全真师、元曲创作与全真教之间存在紧密的联系，而形成这种联系的根本原因并不是文人的厌世情绪而是全真教自身具备了足以被曲家接受甚至喜爱的素质：以文人为骨干的全真教其思想体系具有儒家化的倾向、其崇尚心性修炼不事祭醮禳禁之科的修持方式接近隐士作风而体现出世俗化的倾向、其在元前期利用自身的宗教地位所从事的拯民救急等仁义之举和遭受佛教打压的遭遇都是促使文人向全真教靠拢并在作品中加以表现的内在原因。本文的特色在于作者能够准确地把握全真教教义及其宗教活动的特点，从而揭示了元曲家对全真教的总体印象和元曲家的创作心态。②《神仙道化剧与元代社会》一文则认为神仙道化剧"通过形象表现出来的思想倾向主要不是宗教的出世思想，而是现实的批判精神。……然而并没有把这种揭露和否定升华到反抗、斗争的高度，甚至还在批判现实的同时留下一条逃避现实的消极尾巴"。元前期作品中的人物交织着恋世与愤世复杂因素的现实批判精神；元中后期作品宗教色彩加强，但还是反映了当时的社会现实。③

20世纪90年代的研究已经基本上把神仙道化剧当作地道的宗教文学来研究，强调宗教对作品文本内涵和艺术表达的影响和渗透。如庆振轩认为释道剧是典型的综合性的宗教文学，大力宣传释道教义和戒律，倡导的宗教道德和社会伦理具有一致性。戏曲人物大多是释道传说中的人物，戏剧故事多是奇幻的宗教故事、传说故事和劝善惩恶故事，其曲白也都具有宗教语言特色，而这一切又通过戏曲表演表现出来。④ 王宜

---

① 侯光复：《谈元代神仙道化剧与全真教联系的问题》，《中华戏曲》1986年第1辑。
② 侯光复：《元前期曲坛与全真教》，《文学遗产》1988年第5期。
③ 侯光复：《神仙道化剧与元代社会》，载王季思等《中国古典戏剧论集》，中国展望出版社1986年版。
④ 庆振轩：《元代释、道剧初探》，《兰州大学学报》1990年第1期。

峨还给神仙道化剧下了个定义：以反映道教神仙信仰，宣扬道教教理教义、修持方术为内容的元杂剧被称为神仙道化戏。[①] 邹鹏志从宗教社会学的角度指出此类作品盛行的原因：文人从全真教思想中体会到老庄的道统文化，下层民众则喜欢全真教的自食其力、与人为善的教义和中华民族风格。[②] 刘水云分析了度脱剧的梦幻类型，认为其基本模式是仙境与尘世的二元对立，而隐藏其中的是生与死的深层结构，通过"梦喻人生""梦观人生"的方式表达了对永恒、自由、快乐的向往，度脱剧的梦幻带有全真教的色彩，具有超越时空的一面，又具有浓郁的现实性和理性色彩。[③] 苟波认为道教尤其是全真教对神仙道化剧人物形象设计、情节安排以及戏剧观念产生了重大影响。他指出，有些故事是直接以民间流传的道教传说或故事为依据创作的，是依照道教故事的共同模式和基本特征来再创作的；宣扬仙隐合一、禁欲思想和厌世思想，对七情六欲、对家庭、夫妻关系的严厉态度是全真教极端化的禁欲主义的特征。[④] 詹石窗指出神仙道化剧的动作性乃与道教超凡入圣理想追求相联系，而悲喜剧手法在元道教戏剧中的兼用则创造了悲剧美与喜剧美相统一的艺术形象，并在此基础上分析元杂剧的宗教象征及其表现特性。[⑤]

此外，还有几篇论文谈到元杂剧中的宗教问题。如郑志明《关汉卿杂剧的宗教意识（提要）》，周寅宾《论元杂剧〈碧桃花〉〈倩女离魂〉中的幻想》，李晓桃《元杂剧中的神话原型解析》，王洪涛、王青山《论杨景贤的"仙道"剧〈刘行首〉》，钟林斌《论元杂剧〈萨真人夜断碧桃花〉：兼谈小说戏曲中人鬼之恋情节的演变》，翁敏华《论〈桃花女〉杂剧及其蕴含的"桃木辟邪"意象》和阙真《论元杂剧的隐逸

[①] 王宜峨：《元代神仙道化戏和剧作家马致远》，《中国道教》1999年第2期。
[②] 邹鹏志：《元代神仙道化剧盛因考》，《山西师大学报》1994年第3期。
[③] 刘水云：《浅谈元杂剧"神仙道化剧"中"度脱剧"之梦幻》，《南京师大学报》1997年第2期。
[④] 苟波：《"神仙道化剧"中的仙踪道影》，《宗教学研究》1998年第4期。
[⑤] 詹石窗：《论元代道教戏剧的两个艺术特征》，《道家文化研究》1995年第7辑；《元代道教戏剧的象征性》，《中国典籍与文化》1994年第1期。

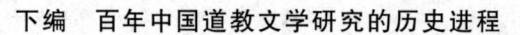

思想》等文都有可圈可点之处。①钟林斌将《萨真人夜断碧桃花》杂剧放到人鬼恋的故事传统中加以考察,指出人鬼恋题材发展到元明戏剧小说创作领域,存在维护礼教和崇尚情欲的两种主题倾向,《萨真人夜断碧桃花》借助道教的权威来展示自然情欲的合理性,成为志怪传奇走向《牡丹亭》的一个台阶。翁敏华指出《桃花女》杂剧是文艺和民俗结合的产儿,展现了完整的中世婚俗及其他民俗,这些民俗带有远古巫傩色彩。阙真分析了元杂剧中隐逸思想的表现:否定现实,流露出绝尘避世的思想;咏唱隐逸生活,表达倾心自由的情感;安排被度脱者最终都觉悟的结局,暗示超世出尘成为大多数人的选择。

三 道教与明清戏曲研究述评

道教与明清戏曲的关系颇为复杂,但专题研究主要集中探讨了朱有燉、汤显祖和孔尚任的作品,具体的研究思路和研究结论呈现出惊人的一致性,称得上是 20 世纪学术理念变迁的一个缩影。

早在 20 世纪 30 年代就有学者对朱有燉的生平和创作进行整理。如那廉君的《明周宪王之杂剧》是为《明代戏曲史》的写作做准备,对明周宪王的生平和创作系年以及版本作了详细的钩稽。②吴梅将他的 24 种杂剧收入《奢摩他室曲丛》,加上跋语予以出版,跋语对他的作品有较高的评价。郑振铎《插图本文学史》将他称作伟大的作家。在中华人民共和国成立后的前 30 年中,朱氏的作品被打入十八层地狱。朱君毅、孔家认为朱氏的作品能够流传下来"恰恰说明了朱有燉的剧作,对

---

① 郑志明:《关汉卿杂剧的宗教意识(提要)》,《河北师范学报》1990 年第 2 期;周寅宾:《论元杂剧〈碧桃花〉〈倩女离魂〉中的幻想》,《湖南师范大学学报》1990 年第 1 期;李晓桃:《元杂剧中的神话原型解析》,《艺海》1996 年第 3 期;王洪涛、王青山:《论杨景贤的"仙道"剧〈刘行首〉》,《学术交流》2000 年第 3 期;钟林斌:《论元杂剧〈萨真人夜断碧桃花〉:兼谈小说戏曲中人鬼之恋情节的演变》,《苏州大学学报》1999 年第 4 期;翁敏华:《论〈桃花女〉杂剧及其蕴含的"桃木辟邪"意象》,《上海师范大学学报》1999 年第 3 期;阙真:《论元杂剧的隐逸思想》,《东方丛刊》1998 年第 3 期。

② 那廉君:《明周宪王之杂剧》,《剧学月刊》1934 年第 3 卷第 11 期。

封建统治阶级的利益毫无抵触,并且正是符合了他们的政治要求和文化娱乐的要求";庆寿剧和牡丹剧"这些都是专门应景,歌功颂德,粉饰现实,内容空虚无聊的东西";空虚的生活使他产生了精神寄托的要求,于是从扮演花粉精怪的剧,便引向了神仙超升的所谓'度脱剧'";这些作品具有公式化、概念化的特点,模仿气息浓,用排场粉饰内容的空虚。因此,"朱有燉的杂剧应该被划入到封建统治阶级的文学的圈子中去。他的剧作,无论在社会意义上,美学意义上,都没有留给我们值得接受和学习的东西"。① 当时的文学史、戏曲史称之为"明初剧坛上一股发动的逆流"。20世纪80年代以来,学者们开始为朱氏平反。王永健对朱氏的创作进行了全面的评价,指出其神仙剧、庆寿剧是以为治世唱颂歌、宣扬风化为指导思想的。② 常丹琦从前人的评价、生平及对创作的影响、作品的艺术成就三方面试图为作者平反。③ 此外,吴振国的《马致远与朱有燉神仙道化戏异同辨》还展开了比较研究。④

"《邯郸》,仙也;《南柯》,佛也;《紫钗》,侠也;《牡丹亭》,情也。"⑤ 这是王思任在《批点玉茗堂牡丹亭词叙》中对临川四梦"立言神旨"的精当概括。20世纪的研究者由于受意识形态和学术理念的影响,对于汤显祖的宗教思想和《邯郸记》的"立言神旨"的分析经历了一段戏剧性的过程。

民国学者都能够准确把握《邯郸记》的道教蕴含及其象征手法。吴梅的看法最具代表性。他认为《南柯记》"畅演玄风,为临川度世之作,亦为见道之言";《邯郸记》"记中备述人世险诈之情,是明季宦途习气,足以考万历年间仕宦况味","盖临川受陈眉公媒孽下第,

---

① 朱君毅、孔家:《略谈朱有燉杂剧的思想性》,《光明日报》1957年12月1日。
② 王永健:《犹有金元风范 自得三昧之妙——评朱有燉〈诚斋乐府〉》,载王季思等《中国古典戏剧论集》,中国展望出版社1986年版。
③ 常丹琦:《朱有燉杂剧再评价》,《戏曲研究》1994年第50期。
④ 吴振国:《马致远与朱有燉神仙道化戏异同辨》,《青岛师专学报》1991年第4期。
⑤ 王思任:《批点玉茗堂牡丹亭词叙》,载汤显祖《牡丹亭》,古典文学出版社1958年版。

下编　百年中国道教文学研究的历史进程

因作此泄愤,且藉此唤醒江陵耳"。他还揭示了临川四梦的寓意手法:"故就表面言之,则四梦中主人为杜女也,霍郡主也,卢生也,淳于棼也。……殊不知临川之意以判官、黄衫客、吕翁、契玄为主人。所谓鬼侠仙佛是曲中之主,非作者意中之主人,盖前四人为场中之傀儡,后四人为提缀线索之人;前四人为梦中之人,后四人为梦外之人。"① 其他学者的观点和吴梅基本相同。如卢前引童伯章论《邯郸记》宗旨,谓该作目的"在唤醒富贵中人,使知百年有限,不如学仙"。② 青木正儿《中国近世戏曲史》也认为作家晚年"歌咏自适,悠然有出世之志","《邯郸》以道教为归宿,《南柯》以佛理一贯,同悟人生为一梦,此盖作者以晚年心境托之游戏之笔而发之乎?"二梦"均为梦中观人一生事,以喻人生一梦之寓言也"。③ 刘大杰也认为"《邯郸》《南柯》二记寓意相同,一归于道,一归于佛",是"寓言的讽刺剧","譬如两面镜子,把晚明官场的种种情形,文人士子的种种心理,一齐反映出来"。④ 只有赵景深觉得"此二记阐扬道家和佛家,在现在的我们看来,实在感不到什么妙处"。⑤

中华人民共和国成立后,树立合乎意识形态的新经典就成了当时学术界的一项基本工作。"要建设崭新的社会主义文化,我们必须创造性地继承祖国古典文学艺术的优秀传统,从而创作多样的艺术形式和形象,反映新的现实生活。每一个文学研究者应严肃地整理和研究我国丰富的文化遗产,任何轻视、排斥和粗暴对待祖国文学艺术遗产的态度都是不对的。"⑥ 这种激情代表了当时的一种理论诉求。由于汤显祖以其《牡丹亭》的人性解放思想而被确立为新经典,被誉为东方的莎士比

---

① 吴梅:《中国戏曲概论》卷中,大东书局1926年版,第33、35页。
② 卢冀野著,刘麟生主编:《中国文学八论》,中国书店1986年版。
③ [日]青木正儿:《中国近世戏曲史》,王古鲁译,作家出版社1958年版,第243页。
④ 刘大杰:《中国文学发展史》下卷,中华书局1949年版,第363、364页。
⑤ 赵景深:《中国文学史新编》,北新书局1947年版。
⑥ 谭行:《略谈汤显祖和他的〈邯郸记〉》,《中山大学学报》1958年第2期。

亚；所以他的宗教思想和作品的宗教内涵在文学史叙事中获得了正视，研究者还力图对汤显祖及其作品中的宗教思想寻求某种合理解释。

所有的研究者都承认汤显祖及其作品中的宗教思想，但都回避作品的宗教内涵而强调作品对现实的反映。徐朔方概述了儒道释三家对汤显祖的影响，并认为汤氏晚年对佛教下的功夫比道教要深。① 他还在比较中指出"《南柯记》和《邯郸记》一样是人所共知的出世思想的题材，所不同的是它没有像《邯郸记》一样写出积极的内容来"。② 谭行认为汤氏作品"对当时社会现象的概括是集中的。《邯郸记》虽含有空的思想，但他的积极意义并不在于表现空，主要是通过空——梦的本身这种浪漫主义的艺术手法去剖析和控诉现实的残酷和不合理。同时也表现了作者那种傲世的内在精神结构以及和封建统治阶级坚决不合作的态度。很概括地揭示某种社会现象的本质，达到浪漫主义和现实主义的结合"。③ 侯外庐则回避作品中的宗教内容，并做出合乎意识形态的解释：就主题思想来说，"《邯郸记》的梦境主要是暴露黑暗世界的矛盾，在揭示出矛盾之后，便从矛盾中潇然物外，走入虚无的怀疑主义"。就艺术风格而言，"《邯郸记》的梦境使人从讽刺的画面里激发出憎恨心"。侯外庐还建议："如果删去头尾，撷取精华，把作者规避迫害而不得不曲曲折折地虚构出的梦境，改编成暴露现实矛盾的历史讽刺剧。"④

由于作品的虚无思想受到批判，当时的研究论著和几部文学史不得不认为作品中的宗教意识是汤显祖晚年战斗意志削弱的结果。"两部剧作基本的艺术特点是以宗教作为剧本的主题，都是以梦幻的形式来宣扬宗教，表现了脱离生活的出世思想，要求人们从宗教里寻求救世良方。实际上反映了作者人生如梦的消极世界观；是一种脱离现实、企图在佛

---

① 徐朔方：《汤显祖集·前言》，《人民日报》1962 年 3 月 21 日。
② 徐朔方：《汤显祖和他的传奇》，《浙江师范学院学报》1955 年第 1 期。
③ 谭行：《略谈汤显祖和他的〈邯郸记〉》，《中山大学学报》1958 年第 2 期。
④ 侯外庐：《论汤显祖〈邯郸记〉的思想与风格》，《人民日报》1961 年 8 月 14 日；载侯外庐《论汤显祖剧作四种》，中国戏剧出版社 1962 年版。

道思想中寻求精神解脱的假想境界。因此这种梦从实质上来说是虚无的，在艺术上表现也是不真实的。"这反映了汤显祖严重的精神和艺术危机。①"从整的精神来说，两戏中归结于佛道的虚无，都有消极的情绪，而《南柯》尤著。"②"《邯郸记》和《南柯记》都表现出他对于当时所谓宦海升沉，只看作顷刻之间就归于幻灭的一种梦境，但是，在以假作真的剧情进行时，却具有他自己的一些见解。"③ 石凌鹏认为二梦表现汤显祖衰老时期的悲观厌世，是唯心主义者心灵空虚的结果。④"《邯郸记》和《南柯记》均系作者晚年所作。因汤在晚年颇受佛教思想影响，精神渐趋颓唐，故在作品中也表现出消极虚无的情调，成就也不甚高。"⑤ 游本文学史和文学所本文学史都强调作家晚年思想的转变导致了作品蕴含的转向。"汤显祖早年就喜欢看佛道两家的书，受佛家的思想影响更深。晚年因政治上失意和爱子的夭折，消极出世的思想有所滋长，这在他的《邯郸记》《南柯记》及部分诗文里都表现出来。"⑥"由于作者晚年受宗教思想的影响，因而在这两个作品中，人们听到的已经不是作者当年冲击封建礼教的呼喊，而是一个垂暮老人对人生无常的叹息了。"⑦

20世纪80年代的学者为了给《邯郸记》平反，否定汤显祖晚年思想转化说，忽视甚至拒绝承认作品的宗教蕴含，片面强调作品的批判精神。如郁华、萍生指出四梦四年一气呵成，并非"是一个垂暮老人对人生无常的慨叹"，《南柯记》也完成于长子亡故之前。对于作品的"谈禅叙道，也不能单从表象中得出片面的结论"。作品"强化了某些神仙道化场次的渲染，恰表明作者别出心裁地想在剧中强烈地抨击政治，抨

---

① 龙傅仕：《试论汤显祖的戏剧创作》，《光明日报》1965年3月21日。
② 刘大杰：《中国文学发展史》下卷，古典文学出版社1958年版，第183页。
③ 周贻白：《中国戏曲发展史纲要》，上海古籍出版社1979年版，第280页。
④ 石凌鹏：《试论汤显祖和其创作》，《江西日报》1957年11月。
⑤ 汤显祖：《汤显祖戏剧集》，上海古籍出版社1978年点校本。
⑥ 游国恩等：《中国文学史》第4册，人民文学出版社1964年版，第75页。
⑦ 社科院文学所：《中国文学史》，人民文学出版社1962年版。

击封建体制，嬉笑怒骂皆是文章地直刺封建王朝，使之成为当代的《官场现形记》"。他还把这种批判的思想渊源归结到资本主义萌芽、泰州学派。① 何苏仲也指出，晚年说不确切，晚年受宗教影响也言过其实；二梦的基本特色就在于作者对封建主义及当代政治的批判精神，二梦是照见了明王朝日益衰败的病态和封建官场的种种劣迹丑行的神镜。② 直到 20 世纪 90 年代，《戏曲艺术》1994 年第 2 期还发表了一篇题为《汤显祖创作的评价》的论文，对晚年说提出质疑。有的学者甚至认为二梦具有反宗教精神。万斌生认为后二梦"对佛道两教祖师讥讽嘲弄，表示了大不敬；对宗教，从理论到实践都进行了批判；几乎所有的佛道信徒都写成了可鄙可笑的小丑，或表面道貌岸然、实则贪财好色的'假面人'"。"批判现实主义和积极浪漫主义的创作方法，使他在创作自己的光辉剧作时自觉不自觉地向佛道一次次掷出了投枪。"③

在这么一种理论视界下，当时的学者侧重挖掘作品的批判精神，把作品当作社会问题剧来看待。周育德从四梦的"伤世之语"入手，指出四梦描写了腐败透顶的最高统治集团、腐朽黑暗的政治制度、纷繁复杂的民族战争、虚伪惑人的统治思想和无法实现的政治理想，因此四梦是"良史发愤之作"，是社会问题剧。④ 曾献平从故事的沿革说明《邯郸梦》在神仙道化的伞盖下蕴藏着"明季官场况味的真实写照"。⑤ 郭纪金认为二梦的梦幻意识反映了明末封建士大夫痛苦的内心生活，源出于当时混乱不堪的社会政治现状，间接反映了汤显祖由梦而癌的人生历程，概括了士大夫生活的本质内容，包含着积极批判的精神。二梦运用

---

① 郁华、萍生：《〈邯郸记〉新探》，《戏曲艺术》1983 年增刊；又载《汤显祖研究论文集》，中国戏剧出版社 1984 年版。
② 何苏仲：《应当重新评价〈南柯梦〉与〈邯郸梦〉》，载江西省文学艺术研究所编《汤显祖研究论文集》，中国戏剧出版社 1984 年版。
③ 万斌生：《浅谈〈临川四梦〉的非佛道思想》，《江西大学学报》1982 年第 2 期。
④ 周育德：《"临川四梦"和明代社会》，载《汤显祖研究论文集》，中国戏剧出版社 1984 年版。
⑤ 曾献平：《论〈邯郸梦〉》，载《汤显祖研究论文集》，中国戏剧出版社 1984 年版。

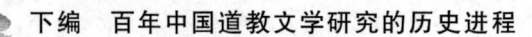

的梦幻象征就在于表现封建主义政治现实的厌弃和否定。① 杨忠、张贤蓉还从作者晚年的思想矛盾入手来说明他的创作处于出世与入世的困扰之中。②

只有到了 20 世纪 90 年代，作品的宗教意识才得到正视。饶龙隼认为前二梦向外积极反映现实生活的观念，"情在理亡"；后二梦向内专注于实现自我人格，禅寂之意，绝想澄清。③ 周育德在"汤显祖的宗教意识"这一章里对汤显祖的宗教实践、宗教著述与宗教意识及其思想上的矛盾作了实事求是的研究，体现了作者对研究对象的同情之了解。④ 此外，朱宇炎的《道教对汤显祖生平和创作的影响》也是从宗教学的立场立论的。⑤

自诞生之日起，《桃花扇》的道教意蕴就为接受者所瞩目。黄元治在《桃花扇跋》中就指出："纪事处，忽尔钟情；情尽处，忽尔见道。战争付之流水，儿女归诸空花。作史传观可，作内典观亦可；宁徒慷慨悲歌，听者堕泪乎！"⑥ 民国学者从悲剧的理论层面对作品的道教蕴含作了精彩的研究。王国维认为："吾国之文学中，其具有厌世解脱之精神者，仅有《桃花扇》与《红楼梦》耳。而《桃花扇》之解脱，非真解脱也；沧桑之变，目击之而身历之，不能自悟，而悟于张道士之一言；且以历数千里，冒不测之险，投缧绁之中，所索之女子，才得一面，而以道士之言，一朝而舍之，自非三尺童子，其谁信哉？故《桃花扇》之解脱，他律的也；而《红楼梦》之解脱，自律的也。"⑦ 吴梅也指出《桃花扇》"至修真入道诸折，又破除生旦团圆之成例，而以中元

---

① 郭纪金：《从梦幻意识看汤显祖的"二梦"》，载《汤显祖研究论文集》，中国戏剧出版社 1984 年版。
② 杨忠、张贤蓉：《厌逢人世懒生天——汤显祖晚年思想及"二梦"创作刍议》，载《汤显祖研究论文集》，中国戏剧出版社 1984 年版。
③ 饶龙隼：《论汤显祖的二重文学观》，《江西社会科学》1991 年第 1 期。
④ 周育德：《汤显祖论稿》，文化艺术出版社 1991 年版。
⑤ 朱宇炎：《道教对汤显祖生平和创作的影响》，《中国道教》1995 年第 3 期。
⑥ 蔡毅编：《中国古典戏曲序跋汇编》（三），齐鲁书社 1989 年版，第 1614—1615 页。
⑦ 王国维：《〈红楼梦〉评论》，浙江古籍出版社 2012 年版。

建醮收科，排场复不冷落"。①

中华人民共和国成立后的三十年，意识形态的介入遮蔽了作品的宗教内涵。对作品的评价以 1962 年为界限，体现了两种价值倾向。1962 年前，论者从《余韵》《入道》中看到的是"家国之恨"，从而认定作者有民族意识和爱国思想；1962 年，穆欣发表《不应当替投降变节行为辩护》②为欧阳予倩戏剧改编（侯方域穿清代官服出场，遭到李香君的痛斥）作辩护，连民族意识和爱国思想也否定了，更不用说分析文本了。在极"左"思潮的影响下，论者认为剧本让侯方域出家，是替投降变节行为辩护。只有刘知渐对原剧和改编本各打五十大板时指出作者让侯方域修真入道是"符合侯方域的精神状态，也符合历史真实的一个方面"，但原作让主人公在久别重逢后因张道士的几句话就出家修道不符合爱情戏的逻辑。③ 作为《桃花扇》的校注者，王季思在 80 年代对这段历史作了回顾。王季思当时认为：作者在结局里写他出家入道，从"以兴亡之恨批儿女之情"的主题思想来看，是允许这样虚构的；在艺术上也摆脱了向来传奇戏生旦团圆的俗套，因此作者不同意顾天石的生旦团圆结束的改本；出家情节"对今天的读者来说，也还有一定爱国主义教育意义"。"那些认为《桃花扇》只写权奸亡国，没有反映阶级斗争，因而也缺乏思想意义的论调，实际上是当时古典文学评论中一种左倾思想的表现。它客观上为'文艺黑线专政论'推波助澜。文化大革命期间，《桃花扇》传奇，连同根据它改编的电影剧本，统统被看作大毒草，难道会跟这些片面看法无关吗？"④

20 世纪 80 年代，张乘健的《〈桃花扇〉发微》首先对《桃花扇》的道教思想加以审视，并引发学界的相关讨论。张氏认为《桃花扇》

---

① 吴梅：《中国戏曲概论》卷下，大东书局 1926 年版。
② 穆欣：《不应当替投降变节行为辩护》，《光明日报》1962 年 12 月 29 日。
③ 刘知渐：《也谈侯方域的"出家"问题》，《光明日报》1962 年 8 月 23 日。
④ 王季思：《〈桃花扇〉校注本再版后记》，载《玉轮轩曲论新编》，中国戏剧出版社 1983 年版，第 53 页。

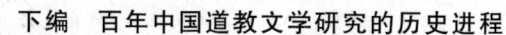

的纲领是儒教和道教,是一篇形象的"过明论",体现了作者"对侯方域的谴责和孔尚任的自我反省""对士大夫阶层的失望和对儒教的反省",因而"寄希望于下层,以道教为逋逃薮";但他认为作者不是道教徒,个人信仰中无道教倾向,作者把《桃花扇》最后归结为道教,犹如《红楼梦》作者逃儒皈佛,"仅仅是说明清初先进的思想家面临思想史的质变前夕那样惶惑苦闷而找不到出路的心理状态"。[①] 徐振贵认为《桃花扇》的主旨是为末世指点迷津,不是"以道教为逋逃薮","全剧自始至终都在暗示和强调迷津即归隐入桃源";全剧的纲领也不是道教和儒教,而是色与气,即以离合之情写兴亡之感。[②] 张燕瑾也认为"所谓'入道',只不过是隐居的同义词,并不是对道教的信奉","只是理想破灭后的迷惘困惑,非入道也"。[③] 冯文楼说得更加具体:诗扇变为桃花扇的过程是爱情的政治化,表现警世主题;赠扇、溅扇、画扇、寄扇到撕扇直至双双入道的悲剧化过程,体现归隐主题。[④]

只有张松辉站在宗教学的立场上分析《桃花扇》。他介绍了孔尚任和道家道教的交往,指出《桃花扇》不仅把整个故事情节镶嵌在道教的框架之中,而且把道教看作所有人物的归宿,同时还宣扬了真假齐同人生如梦的思想,使整个故事笼罩了浓郁的宗教色彩。[⑤]

此外,还有几篇文章谈到道教与明清戏曲的关系。徐陵宵认为袁瞿园的《仙人感》等杂剧"代表庚子以后,一个时期,一般的骚人墨客,伤时忧国、愤世嫉俗的作风"。[⑥] 吴梅指出《长生殿》"托神仙以便绾合,略觉幻诞而已"。[⑦] 刘继保认为《长生殿》的主题不该局限于"爱

[①] 张乘健:《〈桃花扇〉发微》,《文学遗产》1984年第4期。
[②] 徐振贵:《〈桃花扇〉的主旨和纲领》,《东岳论丛》1987年第1期。
[③] 张燕瑾:《历史的沉思——〈桃花扇〉解读》,《首都师范大学学报》1994年第2期。
[④] 冯文楼:《一个复合文本的建构——〈桃花扇〉二重主题说兼其他》,《甘肃社会科学》1993年第1期。
[⑤] 张松辉:《谈〈桃花扇〉中的道家道教思想》,《宗教学研究》2000年第4期。
[⑥] 徐陵宵:《瞿园杂剧述评》,《剧学月刊》1935年第4卷第6期。
[⑦] 吴梅:《中国戏曲概论》,大东书局1926年版。

情说""讽喻说",该剧在描写了杨李爱情之后,用色空观否定情欲,用道教的度脱模式让主人公悟道,从而完成了"历情—补恨—忏悔—悟道"的生命历程,使作品的主题拥有了强烈的宗教哲学意味。[①] 方海洋《试论明初神仙道化杂剧的时代特征》[②] 和毛小雨的《净明道与戏曲》也是两篇重要的论文。毛小雨对净明道的发展史作了梳理,指出净明道中的两个重要人物都与戏剧有联系,"通过对黄元吉其人及其剧作的研究,可以填补撰写戏曲史对此人身份不明的空白;而对朱权剧作的爬梳,可以清理朱权本人的思想脉络;从净明道与戏曲的关系来研究,又给我们研究元末明初的杂剧历史提供一个新的视点"。[③] 此外,徐子方对明代神仙道化剧的作者、本事、版本和文本意蕴都作了考订。[④]

四 小结

从上述颇富戏剧性的研究历程的回顾中,我们发现 20 世纪的"道教与古代戏曲"研究实际上就是 20 世纪学术理念和研究范式变迁的一个缩影。民国学者生活在"自由的思想、独立的精神"这样一种研究氛围中,能够实事求是地对"道教与古代戏曲"的内在联系进行史料考据和文本阐释;同时,他们还引进西方的戏曲起源理论和悲剧理论等对中国戏曲的起源和经典戏曲的文本内涵展开分析。尽管相关的成果不甚丰富,但毕竟开创了相关的研究范式。中华人民共和国成立后的三十年,宗教被当作毒害人民的鸦片,"道教与古代戏曲"的研究被打入十八层地狱。但由于确立新的文学史经典的需要,马致远的历史剧、汤显祖的前二梦、孔尚任的《桃花扇》由于符合意识形态的需要被当时的学术话语所肯定,这就牵涉这些作品的宗教蕴含以及对这些作家的宗教

---

① 刘继保:《补恨与悟道:谈〈长生殿〉的宗教意味》,《天中学刊》1998 年第 6 期。
② 方海洋:《试论明初神仙道化杂剧的时代特征》,《浙江师大学报》1987 年青年教师论文专辑。
③ 毛小雨:《净明道与戏曲》,《文学遗产》2000 年第 1 期。
④ 徐子方:《明杂剧研究》,台湾文津出版社 1998 年版。

作品的理解。学者为迎合以论带史的研究范式批判甚至拒绝承认这些作品中的宗教内涵，片面强调甚至寻章摘句地论证这些作品的人间性和批判性。20世纪80年代的学者为给这些作品平反，采用了相同的论证方式：要么否认这些作品的宗教内涵，要么认为这些作品具有反宗教内涵，从而把这些作品当作社会问题剧或政治剧来加以肯定。80年代末的一些论著才真正正视作品中的宗教内涵，但当时的研究是在文化大讨论大反思的背景下展开的，只有到90年代才有学者站在宗教本位的立场审视"道教与古代戏曲"的内在联系。这样一种曲折的历程严重干扰了学术的薪火传承，严重地影响了专题研究的广度和深度。

道教与古代戏曲这一专题研究是一个边缘性、交叉性的课题，拥有无限广阔的阐释空间和研究维度，可是由于意识形态的强行介入遮蔽了研究者的视野，相关的研究仅仅局限于戏曲起源、几位经典作家的作品上。就以作家作品为例，研究者只注意到了马致远、汤显祖、孔尚任和朱有燉几个人的作品，而且研究得很不充分。像李文蔚、吴昌龄、徐田臣、李寿卿、尚仲贤、张国宾、岳伯川、钟嗣成、范康、贯云石、谷子敬、史九敬先、郑光祖、李唐宾、杨讷、贾仲明、王子一、陈所闻、周履靖、徐霖、杨慎、徐渭、赵琦美、单本、史槃、屠隆、高则诚、汪道昆、高濂、顾觉宇、冯梦龙、凌濛初、茅维、王元寿、路迪、尤侗、王夫之、李渔、黄周星、许廷录、厉鹗、嵇永仁、蒲松龄、岳瑞、黄之隽、张大复、薛旦、毕魏、周坦纶、李玉、朱云从、万树、吴城、杨潮观、蒋士铨、吴震生、方成培、舒位、金德瑛、孔广林、黄治、陈烺、陈栎、杨思寿、许善长、林纾等一大批作家的道教戏曲基本上无人问津。詹石窗的具有史论特点的《道教与戏曲》也存在遗憾：在整个论述过程中以个案（少数作品）的分析代替整体的把握，影响了论述的深度、广度和理论色彩。

道教与古代戏曲这一专题研究作为一个交叉课题，需要研究者从戏曲史、道教史乃至文化史相结合、宗教学和文艺学相结合的角度进行研究，以达到对文本的还原解读，从而在厘清基本事实和文本蕴含的基础上进行理论建构。可是，长期以来，研究者宗教理论和道教知识的匮乏严重影响了专题研究的深入。除了引用人类学的艺术起源论和马克思、恩格斯关于宗教的相关论述外，我们从专题研究史中看不到任何其他宗教理论的指导；除了少数几位专家外，大部分研究者对道教的知识和理论所知甚少，更遑论深入研究了。这就严重影响了有关史实的判断和解读，也导致了无数认识上的盲点。更为严重的是影响了研究者对这些戏曲作品艺术特点的把握。尽管詹石窗等学者试图从宗教学和文艺学相结合的角度对作品的艺术特色进行分析，但由于理论阐释力度有待于加强，因而只可视为建构宗教诗学的初步尝试。

发凡起例，别创一格

——王青、孙昌武、孙逊的宗教文学研究

20世纪的道教文学研究在一些个案上取得了方法论的突破和研究深度的开掘，本章拟以王青、孙昌武、孙逊的宗教文学研究为例子来加以探讨。之所以选择他们三个人，不仅由于他们的研究具有个性，而且他们的个案研究涵盖了整个宗教文学史，具有高度的代表性。

一 理论建构与文献阐释的神话学力作

王青先生的《汉朝的本土宗教与神话》[①] 一书的理论建构和文献阐释具有重要价值，所以本节决定将这本大陆学者不易看到的可能会对神话理论和神话史研究带来冲击的神话学论著作一简单述评。

作者为阐释汉代本土宗教和神话建构了科学的理论视野，并指出宗教与神话是一对孪生兄弟。作者把两汉时期的国家宗教界定为"普化宗教"，即"是一种自身并不独自存在的宗教，其仪式、教义、神职人员均已和其他的世俗制度（如国家、政治）混杂在一起，融合在其他世俗制度的概念、仪式、结构里"；[②] 作者还把作为民间宗教的道教界定为制度化宗教，即"具备了普化宗教所缺乏的独自存在"，"具备了特有的宇宙观、崇拜仪式以及专业化的神职人员"，并进一步指出当时的

[①] 王青：《汉朝的本土宗教与神话》，台湾洪叶文化事业有限公司1998年版。
[②] 同上书，第5页。

黄老道、方仙道都可以从教团组织、政治倾向、信徒的社会地位和神学理论作出区分和界定。作者对神话的要素和功能作了重新阐释，指出神话应包含三大要素，即第一，神话必须包含一件或一件以上的故事，故事中必须有主角，主角必须要有行动；第二，下述两个要求至少要满足一项：主角乃是一个非凡的人物或与非凡的世界有牵连，主角的行动乃是常人所无法完成的；第三，神话的创作者及与他在同一个文化社会的人坚信神话的真实性并以它作为日常生活、社会行动、仪式或行为的基础。神话功能主要表现为"神话乃是宗教不可分割的一部分。无论哪一种宗教，都需要通过神话来神化教主、建立权威，培养及巩固信仰，宣传及解释教义，以及传授各种宗教技能"。[1]

在上述理论的指导下作者勾勒了汉代国家宗教的制度化过程，在彰显国家宗教的政治功能的同时指出汉武帝时期的国家宗教制度是在方士的参与、策划、操纵下建立起来的，郊祀、封禅、明堂祀典体现的是方仙道得道成仙、长生不死的精神，此后逐渐掌握朝政的儒生方士化使得儒学方术化、方士儒学化最终导致谶纬作为官方意识形态在两汉的盛行。比如，作者指出郊祭主神太一神地位的提高得力于新垣平等方士和巫师的鼓吹，公孙卿的《宝鼎策书》指出，"宝鼎的出土，并非如有司所说的是象征着受命合德，而是象征着将要成仙，只要完全按照黄帝的做法：郊雍、封禅、游五山、学仙，就能像黄帝一样仙登于天"[2]，于是至上神在汉武帝的支持下进入郊祀并使郊祀成了候神求仙的方仙道仪式；而董仲舒的君权神授神学理论使得汉代的郊祀、封禅仪式远比庙祭仪式隆重，受命之君比续位之君更重要，儒生们掌握权力后势必对汉武帝确立的仪式进行改革；因此，"太一的勃兴与衰落反映了方术和儒生两种不同的宗教观念在国家宗教领域内的斗争"。[3] 又比如，作者认为泰山封

---

[1] 王青：《汉朝的本土宗教与神话》，台湾洪叶文化事业有限公司1998年版，第49页。
[2] 同上书，第106页。
[3] 同上书，第119页。

下编　百年中国道教文学研究的历史进程

禅作为王者受命及太平盛世的标志与齐国的鼓吹分不开，汉武帝的封禅仪式完全按照方士的设想而确定，太一成了封禅的主祭之神，对太一的祭仪也完全照搬郊祀之礼，其主要目的在于成仙。又比如，作者认为明堂由古代帝王的办公宫室演变为以祭祀为主的宗教建筑凸显了神仙文化和政治文化的奥秘：西汉最早提出恢复明堂制度的儒生是借明堂朝诸侯之礼来压制梁孝王使其不得违逾礼制，汉武帝封禅时在奉高山旁建立明堂是为了宗教求仙的需要，其制度也是由方士进献的，王莽抬高明堂的地位是想以主祭身份进入明堂祭仪并用明堂祭仪代替、压制庙祭。

　　在上述理论的指导下，作者对中国古代神话的历史属性作了重新界定。作者认为"中国神话零碎不系统且较为缺乏"的论断是学术界用自然神话派理论套出来的错误结论，因为"不同民族的神话内容取决于神话产生时期的民族文化构成"，而中国文明的产生是靠政治秩序而非技术或商业的程序造成。这一时期的政治秩序乃是由以父系氏族为单位的社会组织确定的，因而决定了中国古代的神话在根本上是以氏族团体为中心的人文神话。作者利用考古学的成就证明中国的古史系统含有相当多的信史成分，目的在于说明中国人文神话的主要形成途径并非是"神话的历史化"，而是"历史的神话化"，即"历史上的人物经过神化而有神话，其事迹经过夸张而变得非凡"。两汉时期的神话属于文明神话，是出于政治和宗教目的而创作的："这些神话往往利用这一时期流行的某种信仰或观念来供给一种实际的解释，虽然它并不是一种普遍性的客观知识，而是作为支持它行动的理由"；"它虽然不能分析实证，却被相信为事实或真理，并以此鼓舞某种行动达到某种目的"；"每一个时段每一个地方，一个事实的权威只能由授任一个流行的神话而合法化，只有神话能提供合法性"。[①]

　　作者认为神话是古代的意识形态并通过国家宗教和道教的主要神灵如太一神、黄帝、老子和西王母的神话史来揭示宗教神灵谱系与宗教神

[①]　王青：《汉朝的本土宗教与神话》，台湾洪叶文化事业有限公司1998年版，第70页。

话的建构史。比如，作者认为黄老之学包括政治理论和方术之学并分别发展成为社会上层的意识形态和社会下层的民间宗教，而黄帝和老子的神话在黄老之学演变为具有明显政治色彩的宗教的过程中扮演了重要角色。作者指出：黄帝为实有的部族首领，黄帝传说在春秋时期湮没无闻的主要原因在于一些直接祭祀黄帝的姓族在当时的政治舞台上没有地位、其本身的宗教文化不可能得到广泛的流播，黄帝传说在战国中期以后的日益丰富取决于陈氏在齐国的崛起和"代齐"，从而使得黄帝代替姜姓祖先而成为齐国的远祖；黄帝世系传说具有高度的意识形态功能，黄帝作为各氏族的共同祖先反映了大一统的政治要求，并得到几乎所有诸侯国的认同，成为全国统一的理论依据之一；黄帝成为制器和发明方技术数的文化英雄，成为五色天帝之一、成为五德终始历史系统中的一环，成为《庄子》中的寓言人物并启发了后世道教的黄帝求经神话和各学派通过高人与黄帝对话来阐释理论主张的方式；黄帝神话在汉代及其以后分别出现长生神话、感生神话、异貌神话和受命神话，前者转化为求经与授经神话借此神化道教经籍，后三者是要强调黄帝的神性为君权提供合法性论证。在道家思想宗教神学化的同时，老子神话也在不断地演变和发展，渐渐从思想家而成为道教的教主。东汉时期，老子神话的重要进展有四，第一，老子已演变为长生不死的神仙，成为超自然的人物，受到民间与宫廷的崇祀，而且在有组织的教团如五斗米道中成为崇奉的主神；第二，老子被视为道之化，乃世界之本源，并相应地发展出老子化生之说；第三，老子从孔子之师演变为历代圣君之师；第四，老子西升化胡之说已有了端倪。作者的研究还表明老子神话的发展是道教应对各种文化势力和自身教派发展的结果。汉代儒生为了集团的政治目标和社会政治信念不断神化孔子，于是在野的方士集团也神化老子作为代表其集团的先师与圣者，与君权和儒生集团抗衡，以便在汉朝官方意识形态中占有一席之地；天师道尊崇老子并谓本派道术经籍亲受于老子，不同时代的天师道往往借助老子已经确立起来的权威、通过神话为他们的宗教活动提供合法性依据，《上清经》和《灵宝经》都成了老君所授，于是老子成了各个教派的中心人物；老子神话在魏晋之后的意识形态功能之一即是确立道教的权威，对抗佛教的流播，这种文化使命反而促进了对于佛教神话的吸收：天师道徒在佛道对抗中依托老子西游和老子度关传说制造老子化胡神话，他们奉《道德经》为最高经典，并对老子化胡之说有着浓厚的兴趣，制造了《老子化胡经》《老子西升经》《老子开天经》等重要经典，天水尹氏还将老子度关传说具体化并把尹喜塑造成楼观派的第二号人物，道教徒为神化老子还对老子名号、异貌、感生情节作了精心设计甚至借用了佛祖感生情节和异貌传说来对抗佛教。

作者尊重中国宗教神话的生成语境、文体特征和文化背景的同时融会现代神话学和宗教学理论指出宗教仪式与神话密不可分，并通过具体的个案研究彰显了宗教借助神话传播信仰建立权威的功能。作者认为起源于《管子·封禅篇》的神话在稷下学派那里成为统一帝国各项制度的重要宗教大典，这一神话规定了宗教领袖的身份资格，成为受命于天的贤圣君主和统一国家的君权标志，因此，"秦始皇统一后便去封禅，但祭祀仪式由于没有神话存在而没有章法，儒生方士争论不休乃在于主神没法确定，结果以秦国的上帝代替了全国性的上帝，封禅时的大雨从宗教上否定了秦王朝的合法性"，只有当封禅神话彻底完成后相关的封禅仪式才得以确立。作者认为赤松子神话和王子乔神话分别是焚巫祈雨仪式和乘蹻陟神仪式的神话再现。赤松子神话中的"雨师""入火自烧"与"随风雨上下"等现象与商周的祭祀传统密切相关，从侧面反映了炎黄之战基本上是一场巫术之战；宁封子、师门、啸父及陶安公神话都是赤松子神话的衍变，到了南北朝，这个故事变得不可理解，于是被时人合理化而使其发生了变异。作者引用卜辞文献和墓葬图画中的陟神仪式和道教文献中已经方技化的原始陟神仪式——虎蹻鹿蹻龙蹻仪式说明王子乔神话是乘蹻陟神仪式的神话再现。作者指出宗教通过神话宣扬其仪式、道德规范、价值标准和一整套传经仪式的操作程序，间接介绍了本派用以达到有价值的目标的手段和技能。他将道教传经仪式和《汉武帝内传》相关情节作比较，指出《汉武帝内传》的每一部分都与相应的仪式阶段有关，是典型的传经神话，由于所授的不仅是《五岳真形图》及"灵飞六甲十二事"这两种经符，而且还同时传授了以教派服食为中心的不形诸文字的口诀，所以有些基本程序有所重复。

作者坚信神话的建构是一个动态的发展过程，所以在研究汉代神话时在时间上向前后作了延伸，并采取了相应的研究方法，即"首先寻溯其历史依据，然后逐一考察它在后期的演变、分化及流播，以及它在现实政治宗教领域内的功能"。如作者分析了西王母传说在两汉的演变及其在魏晋间的发展，研究《汉武帝内传》的产生背景及与道教传经仪式的对应关系，探讨它在道教中的功能，考察作者并研究神话在魏晋南北朝的流播。又如，作者分析了钓鱼神话的形成及其在宗教中和政治上产生的长久而深刻的影响：指出涓子、吕尚、琴高、寇先、陵阳子明及子英神话中的五个神话实际上是同一神话——钓鱼得符神话的不同衍变，其原因在于在长达五百年的时间内，由于口头传承中的变异和文本传抄中讹误所引起，这一传说系统在谶纬中的变异是朝着把钓鱼得符这一情节视为天命显现与祥瑞标志的方向发展并逐渐失去其文本神话的原意。

作者还从宗教与神话互动的角度对相关作品的作者、成书年代和内容进行了透视，为文献考证提供了一个新的维度。作者从宗教史的角度指出直至唐以后内容上仍有变化的《神仙传》产生于汉代结集于东汉：医药技术上的突破促进了方术的繁荣形成了南北两派，南派以饵食芝草等养生方术为主也吸收了中部的呼吸导引，北派以来源于西方的金丹为主，这一变革掀起了战国中晚期以来的求仙热潮；与此同时以邹衍为代表的阴阳家把方士理论系统化并使其成为解释自然、社会、人事的一种哲学模式；秦始皇、汉武帝、淮南王身边的方士或在技术层面或在理论层面作出了贡献；东汉以后，在官方有意无意的鼓励下，方术在全国得

· 383 ·

到灌输，并形成以《列仙传》为中心的神话。作者用道教史考证神话史，指出《汉武帝内传》中的西王母下凡会汉武帝这一传说乃是在神女降真传说背景下产生的，产生这种传说的原因乃是灵媒技法的广泛应用；《汉武帝内传》中的接神仪式、西王母服饰和服食很明显地接受了道教早期经籍的影响，其时间不会迟于宋齐年间，可以将它视为西晋末年或东晋的材料；他还钩稽上清派道士尤其是王褒等人的经历，并将《汉武帝内传》和上清派的《茅君内传》《真诰》记载作比较，指出西王母形象具体化、西王母侍女名称具体化等变化都说明《汉武帝内传》人物均与教团教徒作原型，反映的是茅山教团南渡以前的宗教活动，即上清派的活动。关于《汉武帝内传》的作者，小南一郎认为与上清派人士密切相关，李丰楙进一步推测为王灵期，詹石窗认为是灵宝派，作者从《汉武帝内传》是一次传经仪式的实际记录这一观点出发，指出《汉武帝内传》作者一定属于同时拥有《五岳真形图》、"灵飞六甲十二事"等经籍的教派，而且作者应该熟知《消魔服食经》及《四极明科经》等经籍，排除了作者为葛洪的可能性，指出《汉武帝内传》原始作者为非茅山派嫡系的周义山之门徒，后来经过楼观道的加工和增饰。

二 历史描述和理论提纯

孙昌武先生的《道教与唐代文学》[①]一书就唐代炼丹术、神仙术、宫观文化和三教调和思想与唐代文学的复杂关系进行了描述和分析，揭示了唐代道教的政治化、学理化、世俗化和美学化倾向及其对唐代文学产生的深刻影响，再一次彰显了孙先生一贯提倡的历史描述和理论提纯的内在理路。

这本书的成功得益于孙先生在佛教文学研究上所积累起来的学术经验，体现了方法和理论的高度自觉。这本书沿用了作者以往研究佛教文学的历史描述的方法，同时也试图对相关的文学现象作出理论上的提

---

① 孙昌武：《道教与唐代文学》，人民文学出版社2001年版。

纯。作者指出:"对历史现象的研究应从弄清事实的本来面目入手,所以'描述'工作是首先要做好的"①;作者坚信这种工作能够"为进一步研究提供一些题目和资料,作些基础工作;另一方面,也为一般道教史和文学史的研究提供线索"。②同时作者也坚信"宗教意识、宗教信仰等等全部宗教现象,关系到人的观念、意志、欲望、激情以及对于宇宙真理的追求、人生奥秘的终极关怀等等,是十分隐秘、复杂、难以索解的。……从这复杂、矛盾的现象里寻求出某些规律性的东西,不仅对于认识中国古代文学、认识文学与道教以及一般宗教的关系,而且对于了解中国文化史和宗教史都会具有一定的意义"。③因此又在描述的基础上进行理论提纯,力图阐明唐代道教文化丰富的内涵,指出当时的文人主要是从观念、感情、知识、生活、文化内容等方面接受道教的,当时的作者又善于把道教的某些观念转化为审美意识,从而创作出具有更高思想、艺术价值的作品。

作者对唐代道教文化进行了准确描述并揭示了唐代道教文化的本质特征。这种描述的成功是建立在作者对唐代道教文化的准确定位上,即抓住了唐代道教文化的四大中心内容并敏锐地透视出这四大中心内容的灵魂所在。其一是炼丹术的公开化。作者指出《周易参同契》《抱朴子内篇》在唐代文人群体中的广泛流传这一现象表明炼丹术已经变成一种任何人都可以把握和利用的实用技术,唐代丹经的纂写、炼丹术的改进、丹药的医疗效果、黄白术的兴盛显示了唐代炼丹术的发达,是唐代炼丹术能在社会上广泛流传的内因,唐代统治阶层对炼丹术的热衷使得炼丹术迅速向社会扩散,炼丹术的效验和诱惑使炼丹术拥有了经久的魅力。其二是神仙术的世俗化。作者指出唐代神仙思想有了新发展,主要体现为:对神仙的认识的新变,即神仙形貌接近现世人生,成仙途径更

---

① 孙昌武:《道教与唐代文学》,人民文学出版社2001年版。
② 同上书,第36页。
③ 同上书,第8页。

为简易；唐代道士的行为、学养和活动接近现实人生，并且表现出丰富多彩的文化品格；朝廷的神仙观念和神仙追求的现实目的重于纯宗教的目的；人们在很大程度上把神仙转化为一种幻想、一种美好的理想、一种人生的境界，把隐居生活当成神仙生活，用谪仙来形容才能品行特异之人，用神仙来形容美女甚至把贵妇和娼妓当作女仙，甚至把神仙当作某种标格、境遇的美称。其三是宫观文化的社会化。作者描述了唐代长安宫观的数量与名称、宫观人数和道观规模、长安宫观与国家祀祷、道观与道士的管理、宫观与教理的研究、道观文化性质和文化活动等方面的情况，指出宫观不仅是修道的场所，而且是交游和游憩之所，也是都市中重要的文化生活中心。其四是三教调和思想的形成。作者认为儒道释三者的关系在唐代已经由相互攻击冲突演变为相互摄取包容，在儒家学术和思想传统中培养起来的士大夫对宗教的信仰心相当淡漠，这种宗教信仰心的蜕化又使得他们更加自由主动地对待三教，并根据个人的理解和需要来接受运用佛教和道教；而形成三教调和思潮的因素包括封建集权的政治体制、中国传统伦理观念和佛道二教的世俗化发展倾向，这一思潮的契合点则是三教对心性的体认。

  作者对唐代文人的复杂的宗教心态进行了准确描述，指出唐代绝大部分文人普遍缺乏虔诚的宗教信仰心。作者描述了文人出于不同观念而产生的对丹药的不同态度：一些有条件的人亲自尝试炼丹服药，有些人是出于虔诚的信仰，有些人则是为了求长生、除疾病，有些人则出于游戏的态度，有些人没有实践但由于接触了相关的事实而会有所感受，有些人出于理性还会对炼丹服食进行批判，有些人对炼丹服食作了猛烈的批判但由于嗜欲的强烈转而倾心丹药甚至中丹药之毒而亡，而真正好道的文人则未必嗜好丹药。作者描述了唐代文人对待神仙术的态度，指出唐代文人入道学仙，或出于不满现实隐居以求志，或出于追求人生的适意和意志的自由，多数人已经没有宗教信仰的真挚与狂热；指出唐代文人观念上羡慕神仙、不少人甚至有过学仙的经历，可是也仅仅局限于羡慕而已，没有了六朝文人的真挚的宗教旨趣；因此，他们中的许多人炼丹服药主要出于非宗教的目的，他们中的许多人在隐居生活中和僧道的交流与宗教信仰也没有什么关系。作者还通过那些表现神仙不可求和讽刺求仙的愚妄的作品说明唐代文人宗教信仰心的动摇与蜕化，说明唐代文人心目中的神仙和神仙世界主要体现为伦理价值和审美价值。作者还对文人游览宫观的心态进行了描述，指出宫观文化的发达以及符箓制度和斋醮科仪的完善定型只是为文人提供了接触道教的空间和激发创作的触媒，带着赏玩态度游历道观的文人除了表现道士和宫观的宗教含义外，更能利用这类题材抒写情志开拓出新的艺术空间：道士代表着特定的观念、人生方式和生活理想，宫观有着特定的宗教氛围和特殊的风景，因而分别成为神仙和仙界的象征。作者认为我们如果"不了解唐代思想、学术领域中'三教调和'潮流的发展趋势，是很难全面、正确地认识当时的文人接受道教的真实形态的"。[①] 通过他的描述，我们发现唐代的绝大多数文人对三教同等看待同样接待，就是像杜甫、李白、王维这样分别倚重儒、道、佛的文人也同样具有三教交流的倾向；一些士大夫出于政治、经济方面的原因或基于儒家伦理反对佛道二教但在观念和感情上却接受佛道二教的熏陶；佛道深深渗透到人们的日常教养、生活、心理和习俗之中，成了个人的日常行为，不再拥有六朝的狂热和规模化集体性的宗教行为。这种信仰心的普遍缺乏表明那个时代的作家"倾心宗教往往是出于精神慰藉、'安身立命'的需要，或只是以'赏玩'的态度寻求精神寄托"。作者的描述为我们解读相关作品提供了标尺，解决了以往研究史上为某一作家是否信仰某种宗教、到底信仰何种宗教而产生的无休无止的纷争。如作者通过白居易等著名文人在思想和行为上的矛盾的分析指出，"在这类人的观念里，金丹的效果往往变成一种幻想，成为可望而不可即的寄托；合炼金丹则只是姑妄为之的'游戏'或虚无缥缈的追求。在他们的作品里，写到服丹成仙、道士炼丹以

---

① 孙昌武：《道教与唐代文学》，人民文学出版社2001年版，第470页。

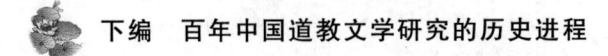

下编 百年中国道教文学研究的历史进程

至有关炼丹生活的场景等，多只是具有象征的表现，这些题材往往只体现某种意念或美学观念，而不再有真实的、信仰的意义"。[①]

作者通过对唐代"道教与文学"的四个专题的描述揭示了唐代道教文学所蕴含的人生哲理和美学意蕴。作者指出唐代炼丹题材的作品除了展示人类肯定生命追求生命长存等积极意识外，还有些作品是借这一题材来表现个人的意念、个人的主观情感，有的作家如李白甚至赋予炼丹服药以更加积极的意义，把它看成是不同于孔子甚至是超越孔子的另一种理想的人生境界，这就在一定程度上脱离了宗教内容而具有了隐喻的色彩和审美的意味，有的作家如白居易等在表现炼丹不成的苦恼或抒写对丹药的失望和矛盾心情时往往反映了人类悲剧性的人生体验和精神苦闷从而具有了哲学的高度。作者还指出唐代"有关神仙的题材成为各类艺术常见的表现内容，被赋予了独立的审美意义，神仙从而成为一种美学思想"。[②] 在作者看来，神仙思想的深层意识是对生命的热爱和对于无限延续生命的强烈愿望，体现了中土思维重人生重现实的品格，各种文艺形式对这种意识的表现，有的成为真正意义上的宗教文学，更多的是在不同程度上反映着宗教信仰或纯粹以神仙和神仙世界为象征来表达的喻义，即除了对宗教的真诚企慕和赞叹之外，作家们更注重借神仙题材来抒发个人情志或表达喻义，体现了人们对超越现实人生的理想境界的希冀和向往，体现了人们鄙视和否定现实名利、对抗现存体制和传统甚至希望从中解脱出来的愿望，这样，神仙和神仙世界就成为与现实对立的理想境界从而获得了独立的审美意义；同时，神仙幻想为艺术想象力的发挥提供了广阔的空间，作家笔下所涉及的关于神仙的意念、题材、形象、典故、语汇、表现手法也就成为一种具有独特地位的美学传统。作者甚至认为真正的宗教文学作品艺术水平一般不高、价值有限，真正有价值的是作家受到道教影响并把这种影响融入其思想感情后所从

---

① 孙昌武：《道教与唐代文学》，人民文学出版社 2001 年版，第 98 页。
② 同上书，第 124 页。

事的艺术创作。在作者看来,唐代文人描绘宫观风景的幽美胜异,刻画出另一种生活情境,抒写他们的感受,或表达对道教信仰的理解和仰慕,或将道观视为解脱人生拘束、安顿身心的场所,或用道观来衬托尘世生活的卑下和不足依靠,为士大夫提供了另一种生活出路和生活方式,其风格相应地以高逸空灵和神秘奇异为主。作者还指出内丹道的兴起尤其是心性修炼理论的完善,使得文人把锻炼心性、隐逸以求志、放心而外物当作理想的人生境界并把它们表现于作品之中。作者还论述了三教调和思潮对文学创作的影响,认为:佛道世界观为文学提供了广阔的超越现实的表现空间,佛道二教的人生观为文人表达生活体验、人生感慨提供了新的更为开阔的内容,佛道二教的思维方式为文学提供了恢宏的想象力,佛道二教的宗教生活为文学提供了新的文学题材,宗教经验使得作家对心性的抒发和表现更加深刻,造就了富于兴象、感兴和韵味的抒情文学,佛道二教在语言、事典、文体、体裁等方面也对文学产生了重要的影响。于是,出世的、超世的宗教在唐代文人那里变成了人生的、伦理的和美学的宗教。

正由于作者在历史描述中准确把握了唐代道教文化、唐代文人宗教心态以及道教影响唐代文学的本质特征,所以作者在具体的个案分析中能够用科学的尺度揭示出作品的深刻内涵。作者对神仙术与唐代文学的关系的分析就堪称道教文学研究的典范。这主要体现为对经典作家和主要文学类型的分析和研究。前者主要涉及李白、李贺、李商隐、白居易等人。作者认为"李白的神仙幻想和神仙追求都是极其强烈、真挚而持久的,但同样也鲜明地表现出这种幻想和追求中包含的内心矛盾"。他的神仙题材的作品主要体现三方面的内容:对生命、对某种理想的生活境界、对精神自由的讴歌;表达对于现世环境、体制和人情世态等不如意的一切的激愤和批判;抒写现世不可居、仙界不可求的矛盾和苦闷。这都表明神仙观念被李白诗情化并向积极的方向发挥,李白的神仙幻想和追求是热烈地追求个人生命价值的实现、强烈地追求个人理想和个性得以发挥的更自由更广阔的空间。关于李贺是否相信道教神仙、其神仙题材反映了何种创作心态，学界曾有激烈的争论。孙先生有鉴于此，从钩稽基本的史料出发，认为李贺接触并熟悉道教及其神仙思想和炼丹方术并进行服食炼养活动，但李贺绝不是道教徒更不是坚定的神仙信仰者，他对神仙世界的批判也没有抵消其意识中的神仙形象和神仙幻想的存在及其影响，神仙世界的描写证明了他深刻的心理矛盾和深刻的现实孤愤并由此形成了独特的艺术风格。他利用神仙题材来表达对世事和人生的感受和想法、抒发多样的体验和感情：一部分作品体现出强烈的生命意识、深沉的人生忧患和悲愤，一部分作品有着一定的隐喻含义、寄托了作者的情感和对人生的思考，一部分描写女仙女鬼的作品尽管主旨十分晦涩但却充分体现了诗人的心态、情绪和审美感情。神仙幻想造成了作者意识中极具悲剧意味的情结，这一情结激发了他的艺术才能和创造的想象力，心中的神仙世界成为艺术创造的材料，并使作品获得了隐喻色彩。"也正是这种对待神仙观念的艺术的而非信仰的态度，促使李贺在创作中刻意追求表现上的瑰诡奇特，惊采艳绝。"白居易是三教调和思想的典型，"他的宗教行为主要是实现'独善'之志的一种方式，或者是经世志愿不能实现的精神寄托。这样，在他的内心深处，宗教信仰也就不可能认真和虔诚地确立起来"。[①] 他对道教的理解体现了洪州禅的平常心，"即在观念中和实践上极力使平凡的人生转化为神仙生活，把自己当成人世间的神仙。所谓神仙观念的'世俗化'，在他身上表现得十分突出"。[②] 他把道家道教的体道追求和享受人生的现实态度等同起来，他不相信长生久视、神仙飞升而代之以放浪形骸、自由自在的乐天安命的生活追求，他对待道教的矛盾态度和言行体现了他立足于人生实际的宗教取向，宗教成了一种理想的人生境界。"对于李商隐来说，有关仙人和神仙世界的传说、典故、语汇等等则主要提供了艺术创作的

---

① 孙昌武：《道教与唐代文学》，人民文学出版社2001年版，第235页。
② 同上书，第236页。

材料。他在作品中写到有关神仙的内容，基本上已没有本来的宗教上的意义，而是一种比附、隐喻、象征。""他借用这些材料来表现自我、抒写自己的心迹，当然这种表现是有典型意义和审美价值的。"① 从作品中可以知道：他接受道教主要是赞赏其内丹心性观念和做法而不是信仰神仙和追求成仙，他接触道士、女道士是风气使然并不表明他在宣扬神仙信仰，他对宗教生活的一定程度的向往和对待宗教的理性态度都是真实的，利用道教的修养和思维方式、修辞手法、表现手段写出的作品往往别有寄托而不是宣扬道教神仙。总之，"神仙题材在他们的作品中主要是作为隐喻、象征而存在，是抒发情志的手段和依托；他们往往是借助于描绘另外一个美好的、超然的世界来和现世相对照；或是创造一个幻想的境界来表达对于现实和人生的看法和企望。这样，神仙观念和神仙术作为唐代诗人喜用的题材，其美学的成分就大大超过信仰的成分，其艺术的意义也远远超越宗教的意义了"。②

后者主要体现为文学类型的分析。作者对游仙诗作了分析，指出真正虔诚的道教信徒是难以写出好的神仙题材作品的，只有超出狭义的游仙主题的限制、表现出更深一层的含义或寄托的作品才是好作品。曹唐"既具有道教生活的亲切体验，又有人生坎坷的经历，所以他能把修道的精神感受和人世间的真情实感融会无间地结合起来，又能使用唐代诗歌创作的新技巧，在游仙题材的写作中开拓出新生面"。③ "大小《游仙》二者在旨趣和表达上又有共同处：仙人生活、仙界情景在这两组诗里都体现了诗人的人生感受、思想情绪；它们都被诗人赋予了某种象征意义；而这种种内容又借助艺术想象加以演绎、提炼、创新，描绘出生动的神仙形象和境界，抒写出鲜明、生动的诗情。"④ 作者通过对涉道诗的分析指出，唐代文人笔下的道士分为御用型道士、仙道型道士、仙

---

① 孙昌武：《道教与唐代文学》，人民文学出版社2001年版，第248页。
② 同上书，第263页。
③ 同上书，第280页。
④ 同上书，第287页。

隐型道士和文人型道士,道士们的超凡、脱俗、飘逸不群、不受拘束的风神引发了文人的羡慕和神往,因而这类人在作品中往往具有"现实和幻想""真实和虚玄"相结合的特色,艺术上显得空灵、简净,多用想象、联想、象征的手法,创造神秘、静谧的情境;道院则被描写成另外一个远离尘嚣的理想境界,是摆脱世俗束缚、性灵得以舒展的地方,是一种新型的"洞天福地";宫观生活为女道士提供了发挥文学创作才能的条件,她们兼具仙凡的地位和面貌为她们赢得了活动空间,也使得她们的生活兼有神秘和低俗、超逸和平庸的色彩,文人带着欣赏、同情、依恋、羡慕等感情描写她们的空灵与华艳之美,在赞赏中流露出感伤。作者还分析了小说中所反映的新型神仙传说,指出唐代文人的道教信仰由于艺术创作自觉的强化而进一步蜕化了,小说中的神仙尤其是地仙、谪仙形象表明神仙已经成为单纯的艺术创造和欣赏的对象;一些神仙小说的辅教色彩已经淡薄而政治意义和讽喻意义则更加突出,神仙世界已经成为作家表达讽喻的载体;神仙下凡和考验失败等神仙故事类型则表明道教神仙思想和神仙追求已经被现实享受彻底腐蚀和破坏掉了。

作者在描述和分析唐代道教文化与文学的复杂关系的基础上进行了理论提纯,指出中华民族的思想文化传统和思维方式决定了道教自身的发展趋势,道教在唐代体现出政治化、学理化、世俗化和美学化的倾向并对唐代文学产生了更为深刻的影响。政治化的结果是,道士们以帝王臣民以至仆从的身份活动在朝廷从而使得士大夫有机会和他们进行广泛的结交和交流;学理化的结果是,增强了宗教对文人的影响但也表现出逸脱宗教信仰的倾向,从而使得唐代许多文人对道教的兴趣更多表现在对其学理尤其是《道德经》的倾服,并进而去赞赏宣扬道家的人生态度和处世方式;世俗化的结果是宗教固有的神圣性、超越性逐渐蜕化,宗教被充实以平凡的人生内容,并以更加贴近生活的形式表现出来从而给文人提供了更多接触参与的机会并形之于作品之中;美学化是指道教的蜕化培养了人们对它的欣赏态度,道教被当作艺术表现和艺术欣赏的对象的成分得到增强,涉及道教的文学创作的独立的艺术价值越来越高,其纯宗教信仰的意义相对越来越小了。

三 古代小说的历史渊源、文化价值和诗学建构

孙逊先生的《中国古代小说与宗教》[①] 一书在内容上着重探讨了古代小说的历史渊源、文化价值和诗学建构,在方法上既注重史料的充分占有又注重思辨的缜密细致,以专题的形式凸显了古代小说与宗教的历史变迁。

该书探讨了宗教在小说形成史上的作用。作者认为前期古小说的作者为古巫、方士及方士化的儒生,巫术思想、神仙思想和鬼神思想为古小说提供了思想资源、人物形象、环境意象和结构形式。尤其值得注意的是,该书探讨了佛教论议、俗讲和转变等佛教说唱艺术向白话小说演变的轨迹,指出佛教讲唱艺术使话本走向世俗化(即帝王贵族的教育娱乐方式演变为直接面向世俗百姓的表演技艺,从戏说即片段性笑话谑语转向讲说富有人物情节的佛教、历史和民间传说故事),俗讲、转变的体制和讲唱语言直接影响了话本的体制和说话套语,佛道论议直接孕育了敦煌俗文学作品《茶酒论》《晏子赋》《孔子项橐相问书》《燕子赋》等,其表达方式和文体特征一直流传于民间,最后成了邓志谟创作争奇小说的传统资源。其中最为精彩的是对佛教说唱文学与话本、争奇小说体制渊源的辨析。如认为押座文、散座文与说唱开场诗、散场诗、法师开题与说话头回、转变配图与"画本"及"全相平话"、讲经文变文篇尾与话本题目之间存在演变传承关系,认为论议存在如下四大体裁特征。其一,除开题竖义时的论述外其主体部分短兵相接采用具有强烈角色分工色彩的对话体或问答体。其二,因其表演性质而有通俗化与口语化的风格。其三,常用"问曰""答曰""难曰"等提示语组成一个小

[①] 孙逊:《中国古代小说与宗教》,复旦大学出版社2000年版。

循环，再由若干小循环连缀成篇。由于表演方式是两人的论难由帝王裁决，故往往以仲裁者的插话为循环的起结。其四，为"频解圣颐"，故注重剧谈谑论，即充分运用民间的嘲谑体裁，喜作漫画式的形象描写，杂用协韵宽泛的四六骈句，在语辞上讲求铺陈夸饰、广征博引。此外，作者详细分析了敦煌俗文学作品和争奇小说的体制特征，认为它们之间存在承继关系。

该书注重在历史的变化和当代社会背景下对古代小说的文化价值作纵横考察，指出小说在宗教意识和世俗情感的张力结构中传达了古代中国人的人生哲学。该书指出，早期小说充满着宗教思想，后期小说的宗教观念则成了表达俗世情感的载体。古小说传达了浓厚的巫术现象和巫术观念，早期神仙小说倡扬的是道教的内修和外养，六朝志怪小说反映了古代的鬼神崇拜。作者指出频繁出现于明清小说中的胡僧具有浓厚的性色彩，这种性色彩和道士味与六朝隋唐的胡僧无涉，而与元代以来密教文化的广泛内传及密道文化的紧密交融密切相关。作者认为明清小说中的性描写与道教房中文化密切相关，道教房中文化确立了性描写的话语方式和言词面貌，铸成了艳情小说宣淫成仙的结局模式，构拟了艳情小说独特的女性主题，这一主题主要体现为对性的赤裸追求、择偶标准向性剧烈倾斜、贞节观念彻底崩溃、女性成了宣泄者却不是受害者。该书还注重从历史的演变中梳理宗教观念向世俗情感的演变。例如，认为古代遇仙小说经历了由汉魏六朝宗教化到隋唐世俗化再到明清的艳情化的历史变迁，既反映了人性意识的觉醒历程，也折射了道教的世俗化历程。再如，作者认为唐人小说中的仙妓合流现象跟历史无涉而主要与唐代社会现实密切相关、跟文人狎妓经历密切相关，这种合流塑造了超逸而多情的女性新形象，提升了婚恋悲剧的格调，产生了与事功不朽观相对立的情感不朽观。再如，作者认为古代小说中的情僧在空与情（友情与性欲）的对立结构中经历了复杂的变迁最终集成地造就了《红楼梦》中"情不情"的贾宝玉——一个伟大情人和佛门的智者。

该书还注重宗教对古代小说诗学建构的贡献。该书在一些章节中谈到古代小说中的宗教观念逐渐由内容淡化为一种形式而成了小说诗学的重要组成部分：遇仙小说模式在后来的小说中主要起组织全书结构、推动情节的发展、暗示人物命运的作用；宋元讲史平话中的阴阳五行说和因果报应说在历史小说的结构方面形成了封闭式的总体框架和前后呼应的情节脉络，即命定的循环的历史观不仅使封闭式的叙事结构首尾衔接，而且使小说的开头和结尾具有总括全局的功能，阴阳五行说涉及的关于自然征兆与事实应验对照以及因果报应说的作业与果报之呼应都使情节脉络贯通、前后呼应，自然现象与人事变迁、人物异相与人物命运的对应原则还影响到作家对自然景物隐喻性和人物肖像的重视；作者勾勒了因果报应思想及其形式特征在古代小说的发展历程，并进而指出了因果报应思想形式化对古代小说诗学的贡献，即因与果成了连接作品的两个端点从而为作品内容的充分展开提供了完整的艺术框架、果报成了人物性格的先天规定性并作为一种富有特征的个性而构成鲜明艺术形象的基础、果报框架甚至成了一种传达激进主题的保护伞；"转世"和"谪降"是古代小说常见的两种结构模式，为古代小说提供了时空自由从而增加了小说容量和表现力，为古代小说提供了宗教关怀、使小说拥有了哲学意味，为小说提供了回环兜锁、圆如转环的结构特点从而使小说具有了独特的形式美感。

附　录

附录一 《中国宗教文学史》导论

《中国宗教文学史》包括中国佛教文学史、中国道教文学史、中国伊斯兰教文学史、中国基督教文学史四大板块,是一部涵盖汉语、藏语、蒙古语、维吾尔语等语种在内的大中华宗教文学史。为了编撰这样一部文学史,课题组先后在四祖寺、佛光山寺、大觉寺、四祖寺召开四次学术研讨会[①],在《武汉大学学报》《哈尔滨工业大学学报》《学术交流》等刊物刊发过四组关于中国宗教文学史编撰的理论文章[②],在《武汉大学学报》《哈尔滨工业大学学报》《学术交流》《贵州社会科学》《江西师范大学学报》《云南大学学报》《海南大学学报》等刊物的专栏上刊发近一百篇专题论文。作为课题组负责人,笔者也先后发表过系列

---

① "《中国宗教文学史》编撰学术研讨会",2012年8月28日—9月1日,湖北黄梅四祖寺,武汉大学中国宗教文学与宗教文献研究中心主办;"宗教实践与文学创作暨《中国宗教文学史》编撰国际学术研讨会",2014年1月10—14日,台湾高雄佛光山寺,武汉大学文学院、佛光山人间佛教研究院、武汉大学中国宗教文学与宗教文献研究中心主办;"宗教实践与星云大师文学创作学术研讨会",2014年9月12—16日,江苏宜兴大觉寺,武汉大学文学院、武汉大学中国宗教文学与宗教文献研究中心、佛光山人间佛教研究院主办;"第三届佛教文献与佛教文学国际学术研讨会",2014年10月17—21日,武汉大学、湖北黄梅四祖寺,武汉大学文学院、武汉大学中国宗教文学与宗教文献研究中心、南华大学中国文学系、日本国际佛教学大学院大学主办。2015年年底,在台湾高雄道德院的资助下,《中国宗教文学史》道教文学课题组亦将在高雄参加相关学术研讨会。

② 吴光正、李小荣、高文强等:《重绘中国文学地图 建构中国宗教诗学(笔谈)》,《武汉大学学报》2012年第2期;吴光正、刘湘兰、罗争鸣等:《〈中国宗教文学史〉编撰与研究(笔谈)》,《哈尔滨工业大学学报》2012年第3期;李舜臣、鲁小俊、李松等:《〈中国宗教文学史〉编撰(笔谈)》,《学术交流》2012年第5期;吴光正、李舜臣、李小荣:《中国宗教文学研究》,《学术交流》2014年第8期。

附　录

论文。[①] 随着研究的深入，笔者以为，编撰这样一部大中华宗教文学史，编撰者需要探索如下一些理论问题。

一　宗教文学的定义

宗教文学即宗教实践（修持、弘传、济世）中产生的文学。它包含如下三个层面的内涵。

一是宗教徒创作的文学。宗教徒身份的确定，应依据春秋名从主人之义（自我认定）、时间之长短等原则来处理。据此，还俗之贾岛、临死前出家之刘勰、遁迹禅林却批判佛教之遗民如屈大均等不得列为宗教作家；政权鼎革之际投身方外者，其与世俗之关系，当以宗教身份来要求，不当以政治身份来要求；早期宗教史上的一些作家可以适当放宽界限。

宗教徒文学具有神圣品格与世俗品格：前者关注的是人与神、此岸与彼岸的超越关系，彰显的是宗教家的神秘体验和内在超越；后者关注的是宗教家与民众与现实的内在关联，无论其内容如何世俗乃至绮语连篇，当从宗教作家的宗教身份意识来加以考察，无常观想也罢，在欲行禅也罢，弘法济世也罢，要作出符合宗教维度的界说。其违背宗教精神的作品，不列入《中国宗教文学史》的考察范围。

道教的扶乩作品也可纳入这一范畴。

二是虽非宗教徒创作但出于宗教目的用于宗教场合的文学。这类作品包括如下两个层面：宗教神话、宗教圣传、宗教灵验记等神圣叙事类作品。其著作权性质可以分为编辑、记录、整理和创作。编辑记录整理

[①] 吴光正、何坤翁：《坚守民族本位　走向宗教诗学》，《武汉大学学报》2009年第3期；吴光正：《宗教文学史：宗教徒创作的文学的历史》，《武汉大学学报》2012年第2期；吴光正：《扩大中国文学版图　建构中国佛教诗学——〈中国佛教文学史〉编撰刍议》，《哈尔滨工业大学学报》2012年第3期；吴光正：《佛教实践、佛教语言与佛教文学创作》，《学术交流》2013年第2期；吴光正：《民族本位、宗教本位、文体本位与历史本位——〈中国道教文学史〉导论》，《贵州社会科学》2014年第5期。

的作品，其特征是口头叙事、神圣叙事的案头化；创作的作品，应该融进了创作者个人的宗教理念和信仰诉求。

用于仪式场合展示人神互动、表达宗教信仰、激发宗教情感的仪式性作品。这类作品有不少是文人创作的，具有演艺性、程式性、音乐性等特征。许多作品在宗教实践中传承演变，至今依然是宗教仪式中的经典，有的作品甚至保留了几百甚至上千年前的原貌，可以称得上是名副其实的活化石。

三是文人参与宗教实践有所感触而创作的表达宗教信仰、宗教体验的作品。在这个层面上，"宗教实践"可作为弹性概念，"宗教信仰"和"宗教体验"应该当作刚性概念。文人创作与宗教有关的作品，有的当作一种信仰，有的当作一种生活方式，有的当作一种文化资源，有的当作一种文化批判，其宗教性差异非常大，要作仔细辨别。只有与宗教信仰和宗教体验有关的作品才可以纳入宗教文学的范畴。因此，充斥于历代文学总集、选集中的与宗教信仰和宗教体验关系不大的唱和诗、游寺诗一类作品不纳入宗教文学的范畴。

本部分仅仅包括文人创作的"文"类作品，不包括文人创作的碑记序跋等"笔"类作品。文人创作的"笔"类作品可以作为宗教徒创作的背景材料和阐述材料。

文人创作的宗教性要参考教内的认可度，尽管教内的认可度宽严尺度不一。有的文人被纳入宗教派别的法嗣，有的文人被纳入教内创作的宗教传记如《居士传》等，这是很好的参考标尺。

梳理这部分作品时，应从现象入手，将有关文人作品纳入相关章节，并进行理论概括。理由如下：几乎所有古代文人都会写有关宗教的作品，其宗教性程度不等，甚至有大量反宗教的作品，所以需要从上述层面进行严格限定；几乎所有古代文人所写与宗教相关的作品只是其创作中的一个小景观，《中国宗教文学史》不宜设过多章节来介绍某一世俗作家及其作品。否则，中国宗教文学史就成了一般文学史。

附　录

这三部分之关系，应该遵循如下原则：宗教徒创作的文学是中国宗教文学史的"主体"，用于宗教场合的非宗教徒创作的作品是中国宗教文学史的"补充"，文人参与宗教实践而创作的表达宗教信仰、宗教体验的作品是中国宗教文学史的"延伸"。编撰《中国宗教文学史》时，要用清理"主体"和"补充"部分所确立起来的理论视野对"延伸"部分进行界定和阐释；"延伸"部分所占比例，比其他部分要小。这样就可避免宗教文学内涵与外延的无限扩大。

笔者对宗教文学的界说，是在总结百年中国宗教文学史和中国宗教研究史研究经验和教训的基础上展开的。

百年中国宗教文学研究关注的主要是"宗教与文学"这个领域[1]，事实层面的清理成就斐然，但阐释层面却存在不少隔靴搔痒的现象，其关键在于对宗教实践、对宗教徒文学的研究无比匮乏。我们甚至可以认为，不了解宗教实践与宗教徒的文学创作，我们就无法在"宗教与文学"这个领域作出成绩。从宗教徒的角度来说，宗教实践是触发其文学创作的唯一途径。宗教徒创作的文学作品，有的是出于宣教的功利目的，有的是出于感悟与体验的审美目的，有的是出于个人的宗教情怀，有的是出于教派的宗教使命，但无一不与其宗教实践的方式和特性密切相关，无一不与其所属宗教或教派的宗教理念和思维方式密切相关。从"宗教实践"的角度来界说宗教文学，目的在于切除反映论、关系论、影响论下的文学作品，纯化论述对象，把握宗教文学的本质。任何界说，作为一种设定，都具有其合理性和局限。本设定作为《中国宗教文学史》论述对象的理论界定，需要贯彻到具体的章节设计之中。

百年中国宗教研究，从业人员以哲学界占主导地位，哲学模式的宗

---

[1]　参见吴光正《二十世纪大陆地区"道教与古代文学"研究述评》，（台湾）《文与哲》2006 年第 9 期；吴光正《二十世纪"道教与文学"研究的历史进程》，《文学评论丛刊》2007 年第 9 卷第 2 辑；何坤翁、吴光正《二十世纪"佛教与古代文学"研究述评》，《世界宗教研究》2013 年第 3 期。

教研究成果无比丰硕，但值得深思的是，这个领域的经典论著却是从业人员最少的史学界完成的。国内近几十年的宗教研究一直是哲学界一统天下，从文本到文本，从概念到概念，缺乏史学、社会学、人类学、文学学者的观照视野，很多史实不清，无法还原宗教实践场景。有学者指出，目前出版的所有《中国道教史》居然没有一本介绍过道教实践中最为关键的一环——受箓，就是这一研究模式存在缺陷的显著例证。这一研究模式最大的缺陷还在于：由于唐代以后，大规模的宗教经典创作和翻译工作已经结束，不再产生新宗教教派或新宗教教派不以理论建构见长，哲学模式主导的宗教研究遂视唐以后的宗教彻底走向衰败，结果导致宋尤其是元明清宗教史一直被学术界忽视和否定，连基本事实的清理都未能完成，宗教实践的具体情形更是无从谈起。如果能从宗教实践的立场来研究这段历史，结论一定很不一样。近百年来，中国宗教史研究所使用的材料主要是经典、经论、史籍和碑刻，对最能反映宗教实践的宗教徒文学创作关注不够，导致许多研究无法深入。比如，王重阳用两年六个月的时间在山东半岛收了七大弟子后即羽化，他创建的全真教何以能够发展壮大最后占了道教的半壁江山？史籍和碑刻资料很难回答这个问题，但是王重阳和全真七子的文学创作却能够回答这个问题。[1] 明末清初的佛教其实非常繁荣，但是通过史籍和经论很难说清楚，不过，台湾学者廖肇亨的研究却很好地解决了这个问题[2]，原因就在于他能够读僧诗、解僧诗。从宗教实践的角度来看，就是被哲学模式研究得非常深入的唐宋禅学，也有反省的必要。哲学擅长的是思辨，强调概念和推理，而禅学偏偏否定概念和推理，甚至否定经典和文字，讲究的是"悟"，参禅和教禅强调的是不立文字，不立文字也即绕路说禅，具有很强的诗

---

[1] 吴光正：《宗教实践与马丹阳的文学创作》，《宗教实践与文学创作暨〈中国宗教文学史〉编撰国际学术研讨会论文集》，2014年1月10—14日，台湾高雄佛光山寺、武汉大学文学院、佛光山人间佛教研究院、武汉大学中国宗教文学与宗教文献研究中心主办。

[2] 廖肇亨：《中边·诗禅·梦戏：明末清初佛教文化论述的呈现与开展》，台湾允晨文化实业股份有限公司2008年版。

附 录

学意味。因此，从宗教实践的角度来看，唐宋禅学研究应该是语言学界和文学界最擅长的领域。

可见，无论是从宗教史还是从文学史的立场，宗教实践都是一个最为关键的切入点。

二 宗教文学经典与宗教文学文献

从宗教实践的角度将宗教徒的文学创作确立为宗教文学的主体，需要解决的问题是如何认定宗教文学经典？如何收集宗教文学文献？在课题组组织的四次会议上，我们都面临着这样的质疑：宗教徒的文学创作有经典吗？对此，我们的回答是：宗教文学从来不缺经典，缺的是经典的发现和经典的阐释。

关于宗教文学经典的认定，笔者觉得应该从如下层面加以展开。一是要从宗教实践的立场审视宗教文学作品的功能，对宗教文学的"文"类、"笔"类作品之优劣高下加以评估，确立其经典性。二是要强调宗教性和审美性的统一。具备召唤能力和点化能力的作品才是好作品，能激发宗教情感的作品才是好作品，美感和了悟兼具的作品才是好作品。三是要凸显杰出宗教徒在文学创作中的核心地位。俗话说，"诗僧未必皆高，凡高僧必有诗"。"诗僧"产出区域与"高僧"产出区域往往并不重叠。因此，各宗教创始人、各教派创始人、各教派发展史上的杰出人物的创作比一般的宗教徒创作更具经典性。因此，《真诰》《祖堂集》中的诗歌比一般的宗教徒如齐己的别集更具有经典性。四是要从宗教传播中确立经典。很多作品在教内广泛流传，甚至被奉为学习、参悟之典范，甚至被固定到相关的仪式中而千年流转。流行丛林之《牧牛图颂》《拨棹歌》《十二时歌》《渔父词》，以及腾腾和尚《了元歌》、香严和尚智闲《归寂吟·赠同住》、韶山和尚《心珠歌》、石头和尚《草庵歌》、道吾和尚《乐道歌》、乐普和尚《浮沤歌》、法灯禅师泰钦《古镜歌》、关南长老《获珠吟》、南岳懒瓒和尚《歌》等此类作品应该作为丛林之经典；在宗教仪式中永恒之赞美诗、仙歌道曲应该是教内之经典；被丛林奉为典范之《寒山诗》《石门文字禅》应该是教内之经典。总之，宗教文学经典的确立应从教内出发而不应从世俗出发。

有了这样的认识，我们才能从浩瀚的文献中清理宗教文学作品并筛选宗教文学经典。清理宗教文学文献时，我们拟采取如下步骤和措施。

各大宗教内部编撰的大型经书和丛书应该是《中国宗教文学史》首先关注的文献。《道藏》《藏外道书》《道藏辑要》《大藏经》《圣经》《古兰经》中的文献，需要全面排查。经典应该首先从这些文献中确立。《大藏经》中的佛经文学以及《圣经》《古兰经》的历次汉译本要视为各大宗教文学的首要经典和翻译文学的典范加以论述，《道藏》中的道经文学要奉为道教文学的首要经典加以阐释。《道藏》文献很杂，一些不符合宗教文学定义的文献需要剔除，一些文学作品夹杂在有关集子中，需要析出。《大藏经》不收外学著作，其内学著作尤其是本土著述，有的全本是宗教文学著作，有的只有一部分，有的只存在于具体篇章中，需要通读全书加以清理。

各大宗教家文学别集的编撰、著录、存佚、典藏情况需要进行全面清理，要在目录学著作、志书、丛书、传记、序跋、碑刻和评论文章中进行爬梳。

宗教文学选集、总集的编著、著录、传播和典藏情况要从文献学和选本学的角度加以清理，归入相关选本、总集出现的时代。因此，元明清各段的文学史要设置相关的章节。这是从宗教实践、宗教传播视野确立经典的一个维度。

《佛教寺庙志丛刊》《道教宫观志丛刊》和地方志等文献中存在大量著述信息，需要加以考量。

方内文人编撰的断代、通代选集和总集中的"方外"部分也需要从选本学、文献学的立场进行清理，归入相关选本、总集出现的时代。这类文献提供了方外创作的面貌，保留了大量文献，但其选择依据则是方内的，和方外选本有差距。这类选集和总集数量非常庞大，如果不能穷尽，则需要选择典范选本加以介绍。需要特别指出的是，近百年来编撰的各类文学总集往往以"全集"命名，但由于文学观念和资料的限制，"全集"并不全。比如，《全元诗》秉持纯文学观念，对大量宗教说理诗视而不见，甚至整本诗集如《西斋净土诗》也完全弃之不顾。在佛教界内部，《西斋净土诗》被奉为净土文学的典范。台湾的星云大师是当代最擅长文学弘法的高僧，他在宜兰念佛会上举办各种活动时就不断从中抽取相关诗句来吸引信徒。因此，收集宗教文学文献时，我们一定要秉持宗教文学观，不要轻易相信世俗总集之"全"，而要上穷碧落下黄泉式地搜寻资料。

总之，《中国宗教文学史》各段要设专章对本段宗教文学文献进行全面清理（可以分类列表和阐述），为后来的研究提供文献指南。不少专著和专文已经作了初步的研究，可以全面参考。这是最见功力最耗时间的一章，也是最好写的一章，更是造福士林造福教界的一章。

三　宗教文学文体与宗教诗学

近百年来，西方的纯文学观念彰显的是符合西方观念的作品，遮盖甚至扭曲了中国自身的文学传统，并且制造了一系列的伪命题。作为一种学术反思，学术界的本土化理论建构已经在探究"传统文学"的"民族传统"。在这个学术潮流中，吴承学倡导的文体研究、陈文新秉持的辨体研究均作出了卓越的贡献。这一研究路径应该引起宗教文学研究者的重视，《中国宗教文学史》应该继承和发扬这一研究范式，因为，宗教文学是最具民族特色的文学，而文体作为一种把握世界的方式，是最具民族特性的。

对中国宗教文学展开辨体研究，就意味着要抛弃西方纯文学观念，不再纠缠"文学"之纯与杂，而是从宗教实践的立场对历史上的各大"文"类、"笔"类作品进行清理，对其经典作品进行理论阐述。因此，我们特别注重如下三个方面的论述：我们强调，研究最具民族性的传统文学——宗教文学时，要奉行宗教本位、民族本位、历史本位、文体本位，清理各个时期宗教实践中产生的各类文体，对文体进行界说，对文体的功能、题材、程式、风格、使用场合进行辨析，也即对大文体、文类下定义，简洁、明晰、到位之定义，足以垂范后学之定义。我们强调，各文体中出现的各大类别也要进行界说，并揭示其宗教本质和文学特质。如佛教山居诗，要对山居诗下定义，并揭示山居诗的关注中心并非山水，而是山水中的僧人——俯视众生、超越世俗、自由自在、法喜无边的僧人。我们强调，宗教文学文体是因应宗教实践而产生的，有教内自身的特定文体，也有借自世俗之文体，其使用频率彰显了宗教实践的特色和宗教发展之轨迹。

在分析各体文学的具体作品时，我们不仅要强调"文各有体、得体为佳"，而且要建立起一套阐释宗教文学的话语体系和诗学理论。

抒情言志这类传统的文人诗学话语和西方纯文学的诗学话语在中国宗教文学面前捉襟见肘，无法揭示中国宗教文学的本质甚至过分否定其价值。比如，关于僧诗，唐代还能以"清丽"加以正面评价，从宋人开始就完全以"蔬笋气""酸馅味"一概加以否定了。中国古代宗教文学作品，无论是道教文学还是佛教文学，能得到肯定的只是那部分"情境交融"的作品，这类作品在现代研究者眼里被认为是已经"文人化"而备受关注和肯定。这是一种完全不考虑宗教实践的外在切入视野。如学术界一直否定王重阳和丘处机的实用主义文学创作，却认定丘处机的山居诗情境交融，是文人化的体现，是难得一见的好作品。殊不知，丘处机的山居诗是其苦修——斗闲思维的产物。为了斗闲，丘处机在磻溪和龙门山居十三年，长期的苦修导致他一生文学创作的焦点均是山居风物，呈现的是一种放旷、悠闲、自由的境界。西方纯文学观念引进中国后，宗教徒文学在相当长的一段时间内基本上淡出学者的学术视野，在百年中国文学史书写中销声匿迹。大陆晚近二十来年的宗教文学研究主

附 录

要在文献和事实清理层面上成绩突出,但基本上未能在理论上有所突破,倒是台湾的一些学者有着较为成熟的思考。因此,需要从宗教实践的立场探索一套解读、阐释宗教文学的话语系统和诗学理论。

因此,我们强调,宗教观念决定了宗教的传播方式和语言观,也就决定了宗教文学的创作特性。不同的宗教有不同的传播策略不同的语言观,从而影响了佛教、道教、基督教和伊斯兰教的经典撰述和翻译,也影响了宗教家对待文学创作的态度,更影响了宗教家的作品风貌。正如葛兆光指出的那样,佛教"不立文字"和道教"神授天书"的语言观和传播方式决定了佛教文学和道教文学的风格特征。[①] 基督教和伊斯兰教的语言观和传播方式不仅决定了经典的翻译特色而且决定了基督教文学和伊斯兰教文学的创作风貌。伊斯兰教强调《古兰经》是圣典,不可翻译,因此伊斯兰教徒一直用波斯语和阿拉伯语诵读《古兰经》,大量伊斯兰教徒的汉语文学创作难觅伊斯兰教踪影,直到明王朝强迫伊斯兰教徒汉化才形成回族,才有汉语教育,才有《古兰经》的汉语译本,才有伊斯兰教汉语文学。巴列塔理论实际上就是基督教的语言观和传播方式的一个象征。这一象征决定了中国基督教文学的特色。为了宣传教义,传教士翻译了大量西方世俗文学作品和基督教文学作品,李奭学的《译述:明末耶稣会翻译文学论》《中国晚明与欧洲文学——明末耶稣会古典证道故事考诠》[②] 已经成功地论证了晚明传教士在这方面的努力。与此同时,传教士不仅不断翻译、改写《圣经》来传播福音,而且利用方言和白话创作了大量文学作品,并借助现代传媒——报纸、杂志、电台进行传播,其目的就是适应中国国情而进行宗教宣传,其通俗化、艺文化和现代化策略极为高超,在客观上对中国现代文学产生了重

[①] 葛兆光:《"神授天书"与"不立文字"——佛教与道教语言传统及其对中国古典诗歌的影响》,《文学遗产》1998 年第 1 期。

[②] 李奭学:《译述:明末耶稣会翻译文学论》,香港中文大学出版社 2012 年版;李奭学:《中国晚明与欧洲文学——明末耶稣会古典证道故事考诠》,"中央研究院"、联经出版公司 2005 年版。

要影响。

因此，我们强调，中国宗教文学自身具有和传统士大夫文学、传统民间文学截然不同的表达传统。中国史传文学发达，神话和史诗不发达，这是一般文学史的看法。如果考察宗教文学就会发现，这样的表述是不正确的。佛教、道教的神话、传记在这方面有很显著的表现，形成了一种独特的叙事诗学，并对中国小说戏剧产生了重要的影响。[①] 中国抒情诗发达，叙事诗和说理诗不发达，这是一般文学史的定论。但是，宗教文学的目的在于劝信说理，宗教文学最为注重的就是说理和叙事，并追求说理、叙事、抒情兼善的表达风格，其叙事目的在于说理劝信，其抒情除了在人与人、人与自然之间展开外，更多在人与神、宗师与信众之间展开。这是一种迥异于世俗文学的表达传统，传统诗学和西方诗学或视而不见或横加指责，因此，需要确立新的阐释话语。

《中国宗教文学史》的目的在于通过宗教文学史史实、宗教文学经典、宗教文学批评史实的清理，建构中国宗教诗学。本领域需要发凡起例，垂范后学。即使论述暂时无法深入，但一定要说到写到，要周全要周延。这是一种挑战，更是一种诱惑。编撰者学术个性应该在这个层面凸显。

四　中国宗教文学史与民族认同、文化认同

《中国宗教文学史》将拓展中国文学史的疆域和诗学范畴，一个长期被忽视的疆域，一个崇尚说理、叙事的疆域，一个面对神灵抒情的疆域，一个迥异于传统文人创作、传统民间创作的表达传统和美学风貌。《中国宗教文学史》魅力无限，宗教徒文学魅力尤其无限，只有将宗教徒文学的精髓把握好了，我们才能更好地把握纯文学视野无法放下的苏轼和白居易们。

[①] 参阅吴光正《神道设教——明清章回小说叙事的民族传统》，武汉大学出版社2012年版。

附 录

《中国宗教文学史》需要跨学科的视野，其影响力不仅仅在文学领域，更可能在宗教和文化领域，也即《中国宗教文学史》不仅仅是文学史而且还应该是宗教史和文化史。

宗教文学史是宗教实践演变史的一个层面，教派的创建与分合、教派经典的创立与诵读、教派信仰体系和关怀体系的差异、教派修持方式和宗教仪式上的特点、教派神灵谱系和教徒师承风貌、宗教之间的冲突与融会均对宗教文学创作产生了重要的影响，有时甚至就是这些特性的文学呈现。在这个层面上，我们特别强调教派史和文学史的内在关联。并不是所有的作品均呈现出教派归宿，不少宗教徒作家出入各大教派之间，有的甚至教派不明，但教派史乃至宗门史视野一定能够发现更多的宗教文学现象，并加深研究者对作品的阅读和阐释，深化研究者对宗教史的认识。

《中国宗教文学史》的编撰一定能催生一种新的宗教史研究模式，并改变学术史上的一些所谓的定论。宗教信仰是一种神圣性、神秘性、体验性、个人性的心灵活动，其宗教实践和概念、体系关系不大。可是，哲学史模式主导的中国宗教史研究却忽视了这一问题。宋前的概念史是否真的就反映了历史的真实？宋后没有新教派、新体系、新概念就真的衰弱了吗？《中国宗教文学史》需要反思这一研究模式，对宗教文学史、宗教史作出新的描述和阐释。宗教文学最能反映宗教信仰的神圣性、神秘性、体验性、个人性，清理这些特性一定能别开生面。《中国宗教文学史》的断代和分期应该与宗教发展史相关，和朝代更替关系不大，和世俗文学史的分期更不相关。目前采取朝代分期，是权宜之计。如何分期，需要各段完成写作之后才能知道。因为，目前的研究还不足以展开分期讨论。我们坚信，对中国宗教文学史的深入研究足以改变学术界对宗教发展史的认识。目前关于明末清初佛教文学的研究已经表明，明清佛教并不像哲学学者所说的那样"彻底衰败"。通过对清代300余种僧人别集的解读，我们相信，这种彻底衰败说需要修正。

宗教实践的演变史和一定时代的文化氛围密切相关，冲突也罢，借鉴也罢，融合也罢，总会呈现出各个时代的风貌。玄佛合流、三教争衡、三教合一、以儒释耶等文化现象，僧官制度、道官制度、系账制度、试经制度、对外文化交流、宗教本土化等文化现象对宗教文学的创作均产生了重要影响。例如，金元道教出现了迥异于以往的发展面貌，从而形成了一些颇具特色的文学创作现象：苦行、试炼与全真教的文学创作；济世、救世与玄教领袖的文学创作；北游、代祭与道教文学家的创作视野；遗民情怀与江南道教文学创作；雅集、宴游、艺术品鉴与江南道教文学创作；宗教认同与金元道教传记创作。这些文学现象，是金元道教发展史上的独特现象，也是金元王朝二元政治环境下的产物，更是元王朝辽阔疆域在道教文学中的折射。这些文学现象，不仅是文学史、宗教史上的经典个案，更是文化史上的经典个案，值得我们深入探究。

文学史和宗教史向文化史靠拢，就意味着文化交流，就意味着民族认同和文化认同。中国历史上的两次南北朝时期，就是通过文化认同和民族认同熔铸了中华民族的精神谱系。其中，道教尤其是佛教所起的作用颇为重要，可惜这一贡献在百年来的文化建设和学术研究中没有得到足够的重视。其实，只要我们认真清理这两个时期留下的宗教文学作品，我们就能体会到宗教认同与文化认同、民族认同之间的密切联系。近现代以来，西方文明在列强的枪炮声中席卷全中国，包括宗教在内的传统文化受到强烈批判乃至抛弃，给今天的文化建设带来了巨大的困扰。但太虚大师倡导的人间佛教却在台湾战胜基督教，不仅成为台湾精神生活的奇迹，而且以中华文明的形式在全球开花结果。以佛光山、法鼓山、中台禅寺、慈济功德会为代表的台湾人间佛教，如今借助慈善、禅修、文化、教育和文学，不仅反哺大陆宗教界，而且在全球弘扬中国传统文化，提升中国文化软实力。星云法师、圣严法师的文学创作，不仅建构了自身的人间佛教理念，而且强化了自身的教派认同，不仅在台

附 录

湾岛内培育了强大的僧团和信众组织,而且在全球吸纳徒众和信众,其文学创作所取得的宗教认同、文化认同和民族认同,非同凡响,值得我们深思。这也提醒我们,编撰《中国宗教文学史》不仅是在编撰文学史、宗教史、文化史,而且是在进行一种国家文化战略的思考。

附录二 民族本位、宗教本位、文体本位与历史本位

——《中国道教文学史》导论

中国道教文学的研究已经有了近百年的历程，经过几代学者的努力，已经取得了不俗的成就①，一些学者已经开始尝试撰写道教文学史②，为进一步深入研究具有民族特色的中国文学奠定了基础。但是，当我们认真审视百年来的相关学术成果时，我们惊讶地发现，相关研究主要集中在道教与文学这个层面，道教徒创作的文学除了李丰楙等少数学者有精彩的个案研究外，可圈可点者为数不多，甚至连基本的文献和文体都没有清理明白。影响论、关系论和反映论支配下的"道教与文学"层面的研究由于缺少道教徒文学研究成果的参照往往显得隔靴搔痒，更为糟糕的是，由于受意识形态建构和文化建构的影响，相当长一段时期内的研究成果反映的是，阅读道教文学的时代而不是道教文学产生的时代，只具有文化史价值，没有多少学术积累价值。有鉴于此，近五年来，国内十六所高等院校、科研机构的一批中青年学者共同酝酿编

---

① 相关述评参见吴光正《二十世纪大陆地区"道教与古代文学"研究述评》，《文与哲》2006年第9期；吴光正《二十世纪"道教与文学"研究的历史进程》，《文学评论丛刊》2007年第9卷第2辑；吴光正《民族精神的把握与宗教诗学的建构——李丰楙教授的道教文学研究述评》，《武汉大学学报》2011年第6期；相关经典论文参见吴光正、郑红翠、胡元翎主编《想象力的世界——二十世纪"道教与古代文学"论丛》，黑龙江人民出版社2006年版。

② 詹石窗：《道教文学史》，上海文艺出版社1992年版；杨建波：《道教文学史论稿》，武汉出版社2001年版。

附 录

撰12卷25册本《中国宗教文学史》。该书的总导论和"佛教文学史"部分的导言已经酝酿成熟,并已刊发。① 现将"道教文学史"部分的导论写出来,祈请诸位前辈和同道批评指正。

一 道教文学的义界

与佛教文学义界的探讨相比,道教文学义界的探讨起步较晚。日本学者游佐升在20世纪80年代撰写《道教与文学》一文时指出,"佛教文学的体裁在中国文学史上已被赋予了稳固的地位,要相对地提到道教文学的话,那么恐怕连这个词的概念也难以确定,而这就是现状"。② 近三十年来,道教文学概念的探讨已经引起了相当多的学者的关注,不过,由于研究对象的复杂性和认识上的差异,其内涵和外延依然不是很清晰,需要学界付出更多的努力。

最早给道教文学下定义的是日本学者。游佐升在《道教与文学》一文的"六朝、唐代的文学与道教"一节中指出,考虑"道教与文学"这一问题时应该从如下三个方面思考:一是道教对于文学的影响,二是道教徒创作的与道教这种宗教相关的文学即道教内部产生的文学,三是如何对待道家与文学的问题。在讨论道教内部产生的文学时,游佐升对道教文学的义界作了探讨:"归根结底,本文想在道教徒创作的东西中,以与一般社会有关系者或一般社会的人为对象,而有意识创作的东西为焦点,加以考察。具体地说,前者是如步虚词那样本来在道教斋仪时所使用的宗教性相当强的东西,后来由中国文人作为文学形式之一而予以采纳,终于通过其作品扩展到一般社会中;后者是指为了浅显易懂地向

---

① 吴光正、何坤翁:《坚守民族本位 走向宗教诗学》,《武汉大学学报》2009年第3期;吴光正:《宗教文学史:宗教徒创作的文学的历史》,《武汉大学学报》2012年第2期;吴光正:《扩大中国文学版图 建构中国佛教诗学——〈中国佛教文学史〉编撰刍议》,《哈尔滨工业大学学报》2012年第3期。

② [日]游佐升:《道教与文学》,载[日]福井康顺等监修《道教》第2卷,上海古籍出版社1992年版,第253页。

附录二　民族本位、宗教本位、文体本位与历史本位

一般人传授道教教义而创作的'道情'和'宝卷'等属于所谓俗文学的作品。"①宫泽正顺则对道教文学的范围进行了界定：道教经典与注释文学、碑文记类、赞颂、法仪文学、道士得道升仙文学、神仙传记、神仙赞仰文学、道教说话文学、道教教义宣扬劝化教诫的文学、教团之历史文学（法会和道观之缘起、经验谈）、道教艺能词章、道教小说稗史类、道教随笔、道教纪行游记类等。②游佐升从道教内部产生的文学这一视域对道教文学下定义，这个方向是很准确的；但是，整篇文章的论述对象大部分并不是道教内部的核心对象甚至是影响论、反映论和关系论视域下的文学作品，其创作主体除了道教内部的道士更多的是道教外部的一般文人和一般民众，这说明作者的定义本身出了问题。两相比较之下，倒是宫泽正顺对道教文学外延的界定更加"道教内部"。

中国大陆学者对道教文学义界的探讨有一种包举宇内的气势，试图将所有跟道教有关的文学都纳入"道教文学"范畴。20 世纪 80 年代，当古存云为《中国大百科全书·宗教》编写词条时"道教文学"才有了一个定义："以宣传道教教义、神仙出世思想以及反映其宗教生活为题材内容的各种形式的文学作品"，主要包括赞颂神明之诗歌和骈文、阐述教义之论说文、述说方术之诗歌和散文、神仙传记以及戏剧、小说等。③ 这标志着"道教文学"作为一门边缘学科开始得到学界的关注。伍伟民、蒋见元指出："道教文学，顾名思义有两种理解，一是道教内部的文学，一是反映道教的文学，这就是本书所谓的藏内、藏外文学。"④ 马焯荣根据对宗教所持的态度将宗教文学分为弘扬宗教的文学、批判宗教的文学和对宗教作现实主义描绘或浪漫主义描绘的作品，道教

---

① ［日］游佐升：《道教与文学》，载［日］福井康顺等监修《道教》第 2 卷，上海古籍出版社 1992 年版，第 254 页。
② ［日］宫澤正順：『道教文學序說』，載『中國の宗教・思想と科學』，國書刊行會 1984 年版。
③ 古存云：《道教文学》，载《中国大百科全书·宗教》，中国大百科全书出版社 1988 年版，第 71—72 页。
④ 伍伟民、蒋见元：《道教文学三十谈》，上海社会科学院出版社 1993 年版，第 13 页。

附 录

属于"杂色宗教文学",包括道藏文学和非道藏文学两大类,后者即是指各个历史阶段大量的文人创作和民间创作。[①] 詹石窗认为,"道教文学是以道教活动为题材的",道教活动的如下基本要素产生了相应的道教文学作品:活动的精神支柱——道体与诸神仙、活动的主体——道士以及一般信仰者、活动的场所——宫观和名山、活动的方式——仪式以及方术的实施、活动的基本理论指导——教义、活动所产生的作用和影响。他还认为,道教文学史"不仅要研究收在道教经典《正统道藏》《万历续道藏》《道藏辑要》《庄林续道藏》等丛书中的文学作品,而且也要研究《道藏》以外的其他反映道教活动的文学作品;不仅要研究道教中人所作的文学作品,而且也要研究非道教中人所创作的以反映道教活动为内容的作品"。此外还要研究那些受道教思想影响的作品、以老庄道家思想为宗旨的作品、受玄学影响或直接以文学形式弘扬玄理的作品、反映隐逸的作品、志怪和以阴阳五行为宗旨的文学作品、道教中人所创作的以阐述哲理为主的作品。[②] 杨建波指出,"道教文学就是指以道教信仰、道教教理、道教人物、道教仙境、道事活动为表现题材的文学,如内丹诗、游仙诗、步虚词、神仙传记、神仙戏剧、道教名山志等"。道教文学除了指那些正面宣扬道教主题的作品,还包括那些虽不以神仙道教为主题但却反映了某些道教思想道教情感带有一定道教色彩的作品、以老庄道家为宗旨的作品、反映隐逸思想和生活的作品、受玄学影响的作品,其创作主体则包括道士和文人。[③] 李小荣指出,道教文学从思想和内容层面上既包括与道教思想有关的文学作品,也包括在道教行仪中具体应用的各种形式的文学作品,道教文学从创作主体看则包括"神授"的经典、道士创制与结集的经典、普通信仰者弘道护教、抒发修道情怀等方面的文学作品以及反对者的批判作品。[④]

---

① 马焯荣:《中西宗教与文学》,岳麓书社1991年版。
② 詹石窗:《道教文学史·导论》,上海文艺出版社1992年版,第4—11页。
③ 杨建波:《道教文学史论稿》,武汉出版社2001年版,第7—9页。
④ 李小荣:《敦煌道教文学研究》,巴蜀书社2009年版,第9页。

附录二　民族本位、宗教本位、文体本位与历史本位

　　以上定义均能围绕道教的宗教目的来探讨道教文学的内涵与外延，尤其是李小荣强调探讨行仪文学关注到一直被学术界忽视的一批文体，对于学术界加强道教文学的内部研究作出了贡献。但是，以上定义也存在着如下三方面的缺陷：一是在影响论和关系论的支配下扩大了道教文学的外延，凡是跟道教沾亲带故甚至敌视道教的作品都坐上了道教文学的交椅；二是在反映论的支配下扩大了道教文学的外延，只要是描写了道教活动的作品都被纳入了道教文学的家族；三是没有以宗教实践、宗教体验为核心来界定创作主体，从而将宗教情感程度不等、宗教态度各异甚至反对道教的文人和民众都当成了道教文学的创作主体。倒是赵益在论述六朝南方神仙道教与文学时凸显了宗教诗歌、宗教文学的宗教体验特质："宗教诗歌只能定义为在宗教影响下，表达宗教体验、宗教情感以及反映宗教影响下的主体精神世界并体现出与其他诗歌有别的特殊感情的诗歌作品。'宗教文学'的定义与此相通。"[①]

　　港台学者对道教文学义界的探讨均喜欢从宗教经验立论，且均受李丰楙学术理念的影响。台湾学者李丰楙教授一边研究道教文学一边研究《道藏》并进行宗教仪式的田野调查，甚至从事道教内丹修炼并成为拥有最高道箓级别的道教徒，这一特殊的经历使得他的研究产生了研究本体上的位移，即以一个道教学者乃至道教徒的眼光来体悟道教文学的生成、衍变及其独特的意蕴。1995年、1996年，随着台湾教育部门从体制上建立了宗教系，作者先后在两所大学开设了两门"道教文学"专题课程时才尝试将专题论文作出条理性的架构："如果从宗教系的课程规划言，'道教文学'可作为宗教文学中的一门课题；如果从神学课程中的民族神学言，则道教文学应该属于一种神话神学，如此始能配合讲授道教科仪的圣事神学，而建立一个道教神学的教学、研究框架。"[②]在这种理论架构下，作者感到道教文学作为道教学或神学的一支，其所

[①] 赵益：《六朝南方神仙道教与文学》，上海古籍出版社2006年版，第18页。
[②] 李丰楙：《忧与游：六朝隋唐游仙诗论集》，台湾学生书局1996年版，第3页。

附 录

具有的本质"绝非只是所谓的'影响说'——道教思想影响及文士创作或民间文学,是一种外烁的创作题材的选择、思想主题的激发,这样地理解'道教'如何影响了文学,就成为'道教文学'",这种理解是"将'道教文学性质的文学作品'作为中国文学的'边缘',这是基于中国文学在脱离了神话的创作传统后,而形成的以'抒情'为'中心'本位的观察"。① 他认为道教文学在本质上是一种神话文学、宗教文学的传统,其理论架构应该是宗教文学或神话神学的架构,从这一架构梳理其发展演变可以正确而完整地把握中国古代文学的源流正变。在另外一篇文章中,李丰楙指出,"关于'道教文学'这一观念的提出,如果只是'道教学'研究架构中的一体,那就只是道教研究的内部问题,乃是在六朝诗歌的大历史中,当时勃兴的新兴道教如何受到一时诗风的影响:道教中人如何巧妙借用了六朝时期的诗歌形式,用以表现其独特的宗教体验"。② 在他的影响下,青年学者们对道教文学作出了宗教本位的界定。林帅月提出了界定道教文学的两个基本前提:"(1)作品必须是产生于道教形成之后。(2)必须是以宣传道教活动及体道情怀的抒发为其创作目的的文学作品。""希望这样的界定能将那些属于渊源性以及影响说下的作品排除在道教文学的范畴之外。其内容则包括涉及道体、神仙思想或事迹、道士或信仰者情感和生活,以及道教仪式及方术的施行、阐发道教的基本理论、教义,或者宣扬道教影响等等,相当驳杂,简言之举凡与道教活动有关者均应包含其中。"③ 梁淑芳指出:"道教文学就是诸多文学中的一类,它是以道教思想与活动为主要题材,其形象的塑造和意境的创造都是以道教的思想和活动为本体。"④ 香港学者文英玲指出:"道教文学是宗教与文学复合的产物,它至少具有三点特征:(1)道教文学的作者为道教神明或道教教义所启示或启发,

---

① 李丰楙:《忧与游:六朝隋唐游仙诗论集》,台湾学生书局1996年版,第4页。
② 李丰楙:《忧与游:六朝隋唐仙道文学》,中华书局2010年版,第81页。
③ 林帅月:《道教文学一词的界定及范畴》,《中国文哲研究通讯》1996年第6卷第1期。
④ 梁淑芳:《王重阳诗歌中的义理世界》,台湾文津出版社2002年版,第193页。

并对这些启示有所回应，当然也包括抵制道教启示并怀疑其真实性，但其中亦能反映道教活动的文学作品；（2）道教文学的题材能反映道教的宗教活动或气氛境界；（3）道教文学具有文学特质，即是指作品的经验性和艺术性。""此外，还须具有强烈的感情色彩。""总的来说，道教文学作品，无论是正面或负面地表现道教精神或活动，都会呈现明显的经验性、艺术性以及感情色彩。这就是道教文学的普遍特征。"①港台学者的这些定义比较注重从宗教体验、从道教内部立场来界定道教文学的内涵与外延，其研究成果已经贴近道教文学的本质特征。但是，无论是李丰楙还是其后学，他们一方面从道教内部立场界定道教文学，另一方面又从文化史立场扩大了道教文学的外延。道教文学定义中出现"举凡与道教活动有关者均应包含其中""无论是正面或负面地表现道教精神或活动"这样的表述说明道教文学义界仍有进一步探讨的必要。

　　从以上的论述可知，道教文学的内涵与外延在慢慢贴近道教文学的本质。但是，道教文学的内涵一直不是很清晰，道教文学的外延更是捉摸不定。外延的不确定导源于内涵的不清晰。我们需要探讨一个既能揭示道教文学的宗教本质又能确定道教文学范围的概念。道教是一种信仰实践，文学是心灵的呈现，道教文学应该是道教实践中的心灵呈现。如果我们认可这一点，那么，我们可以将道教文学界定为道教实践即道教修持和道教弘传过程中产生的文学，其创作主体应该是道教徒。一部分无法确定作者或者虽非道教徒创作但却被道教徒用于宗教实践中的文学作品亦可纳入道教文学的范畴。作为道教文学的补充，这部分作品包括三个层面：一是关于道教的神圣叙事即神话、仙传、山志、宫观志、灵验记和古小说，这类作品有道教徒的刻意营造和编辑，也有文人客观的记录和编辑；二是道教实践中体现人神交接的仪式类作品，包括咒语、仙歌、步虚词、颂赞、章表等，这类作品大多属于"笔"的范畴，运用于道教仪式中，具有歌乐舞三位一体的特征；三是道教实践中体现神

---

① 文英玲：《陶弘景与道教文学》，香港聚贤馆文化有限公司1998年版，第112—113页。

附　录

灵圣训的扶乩类作品，包括经文、诗词、口诀等。这样的界定，可以将影响论、关系论和反映论视域下的"道教与文学"层面的作品全部切割掉，更将文人创作、民间创作切除掉，便于从宗教实践的立场在一个确定的范围内探讨道教文学的本质。这样的界定也许有可商榷之处，但为了对研究对象进行清晰明确的界定，亦不失为一种适宜的科学的研究路径。道教文学的义界不能无限放大，因为，文学史上任何一个著名文人，没有一个不写与道教、佛教有关的作品的。如果实在需要加以放宽的话，也只能将那些参与宗教实践而有所感触的文人创作的表达信仰和宗教体验的作品纳入考察范畴。

二　百年道教文学研究的盲点与误区

编撰《中国道教文学史》是一件非常艰巨而又充满诱惑的工作，需要扎实的文献功底和深厚的理论基础，不仅要参考海内外的优秀研究成果，更需要审视百年道教文学研究的诸多盲点和误区。由于受到特定的政治、文化和学术观念的影响，百年道教文学研究充满着艰辛和曲折，需要反思和审视的地方很多，笔者拟从如下四个方面加以回顾。

一是道教文学在百年文学史书写进程中全程缺席。与佛教文学在百年文学史书写中浮沉并或多或少拥有一席之地相比[1]，道教文学一直被百年来的文学史家所漠视。截至2010年，百年文学史书写共产出448部中国文学通史[2]，但没有一部文学史对道教徒的文学创作加以详细论述。20世纪一二十年代的文学史家喜欢就佛教与文人的关系、佛教与文体的关系、佛教与文学语言的关系、佛教思想与文学的内容等展开全面的思考，并以"方外"的名义设置独立的小节关注佛教徒的文学创作；20世纪三四十年代的文学史家还会就翻译文学、佛教白话文学展

---

[1] 参见吴光正《扩大中国文学版图　建构中国佛教诗学——〈中国佛教文学史〉编撰刍议》，《哈尔滨工业大学学报》2012年第3期。
[2] 参见吴光正、罗媛主编《中国文学史学术档案》，武汉大学出版社2012年版。

开论述。中国道教文学却没有这样的运气,整个民国时期的文学史书写中,仅有文化保守主义者钱基博的《中国文学史》第五章第三节"左思、刘琨、郭璞"一节附论葛洪、干宝,给了葛洪三百来字的简介,此外就是顾实的《中国文学史大纲》中的一句话:"前者(魏晋文学)当认为道教之影响,后者乃特受佛教之感化也。"① 随着纯文学观、进化文学史观、唯物论文学观和无神论在中国大陆的盛行,道教文学就更难以走进文学史的殿堂了。直到 20 世纪末,才有学者着手道教文学专史的编撰,不过,詹石窗的尚未完成,杨建波的只写到明代,还有很多事情要做。

二是百年来的相关研究主要集中在"道教与文学"层面,道教徒文学的研究寥若晨星。民国时期,论述道教徒文学创作的仅有杨易霖《紫阳真人词校补》、卢前《〈道藏〉及〈大藏经〉中散曲之结集》、朱光潜《游仙诗》、陈撄宁《孙不二〈女功内丹次第诗〉注》《〈灵源大道歌〉注》、常遵先《吕祖诗解》六篇论文。20 世纪 50 年代至 80 年代,大陆地区没有一篇论文论述道教徒的文学创作。不过,葛洪的反形式主义和"今胜于古"的文学观符合当时的意识形态的需要,在 60 年代引发了一次小争论,80 年代有几篇论文对之作了回应;另外,就是 80 年代有几篇论文谈到唐代女冠鱼玄机和李冶,那是从女性文学的角度立论的,和道教文学无关。90 年代,论述道教徒文学创作的论文才有五十篇左右。在这种研究态势下,道教文学文献的整理就根本无从谈起。在孙昌武、詹石窗、葛兆光、王青、赵益、蒋振华、罗争鸣、李小荣、吴真、吴光正等学者的努力下,道教徒文学创作在近十余年来已经引起了一定的关注。两相比较之下,倒是港台地区从 70 年代起在孙克宽、黄兆汉尤其是李丰楙等先生的不懈努力下,道教徒文学创作得到了充分的关注,编撰《中国道教文学史》应该参考这批研究成果。

三是观照视野的全盘西化。现代学术是用西方的七科之学取代传统

---

① 顾实:《中国文学史大纲》,商务印书馆 1926 年版,第 147 页。

附　录

的四部之学和方外之学建立起来的，为百年来的学术研究提供了理论思维和操作手段，但是，用西方视野切割中国文明传统建立起来的各大人文学科，除了彰显符合西方视野的那部分内容外，更多的是遮盖了中国自身的民族传统，并制造了无数的伪命题。这一后果在20世纪80年代已经引起了不少学者的警惕。就中国古代文学研究而言，学者们已经致力于探究传统文学的文学传统。中国道教文学是最具中国民族特色的一大文学类别，和西方的纯文学理论格格不入，这是导致道教文学长期被漠视、被忽略从而无法在百年文学史书写进程中取得一席之位的根本原因。就已有的研究成果来看，纯文学的体裁四分法抛弃了相当一部分道教文学体裁、曲解了相当一部分道教文学体裁。比如，仙传从范畴上来说属于道教的神圣叙事，从体裁上来说属于传记，体现了道教的神仙理想、神灵谱系、修行理论、修行技术和济世理念，并随着时代变迁和教派发展而不断进行调整和重塑。可是，这些仙传却从来没有被当作神圣传记加以研究，却被当作小说被小说研究者从虚构、人物和情节层面加以探究；民间文学研究界还发明了"仙话"一词[1]来指称这批作品，并从唯物论、无神论和民间意识等层面加以分析。这种偏离了对象属性的研究其成果是没有多大学术价值的。在纯文学视野的观照下，研究者还偏爱言志抒情传统，并用这套理论来苛求强调远离俗世、远离欲望、追求静谧的道教文学作品。且以近些年来研究得颇为深入的金元全真道士词为例来说，金元全真道士词人27人，词作2723首，在金元词坛上占有举足轻重的地位。大陆学者一般认为，全真教的这些词作"数量多而质量差，实为金词中之糟粕"。[2] 最早对金代全真七子词作深入研究的香港学者黄兆汉指出，"实际上在他们每一家的作品里，绝大部分的篇幅都是用来说教的，写景抒情的篇章就非常少见……藉词来说教论道，其艺术性的低落是意料中事，所以在七子的词作中，除了丘处机的《磻

---

[1]　袁珂：《仙话——中国神话的一个分枝》，《民间文学》1988年第3期。
[2]　张仓礼：《金代词人群体的组成》，《东北师大学报》1987年第4期。

溪集》较有文学气息之外，其余的都质朴劣拙，往往令人读之生厌"。[1]在他看来，《磻溪集》之所以有文学气息是因为其中有几十首写景抒情的作品。台湾学者陈宏铭在对金元全真道士的全部词作进行详尽研究后指出，"大体言之，金元全真道士的词作，多缺乏纯文学欣赏的艺术价值"。[2]他认为金元全真道士词中丘处机、长筌子、冯尊师的词作最具文学艺术价值是因为他们的不少词作抒情写景。这些结论表明，黄兆汉、陈宏铭评价这些说理的词作时，采用的是西方纯文学的言志抒情标准。这就难怪他们发现全真道士能巧妙运用各种文学的表现技巧却觉得全真道士的这些文学作品没有文学价值，费尽心思研究却只能得出这样的结论：这些词对于词曲、度脱剧和全真教史具有研究价值，这些词发挥了文学的实用价值。由此可见，我们应该像李丰楙先生所指出的那样，在纯文学的言志抒情标准之外建立另外一种适合道教文学的观照视野，确立中国道教文学的民族传统。

四是评判标准的意识形态化。民国时期的文学研究界欣赏的是"人的文学"，标榜的是人性论，加之受西方文化的影响，认为中国没有宗教、道教是迷信，道教文学很难得到认同和研究。1949 年后，学术研究成了意识形态建构的一个重要组成部分，而宗教又被意识形态界定为迷惑人民的鸦片，其对道教文学研究的影响便是：中华人民共和国成立后三十年中，道教徒文学无人问津，"道教与文学"的研究也被打入冷宫，不过，马致远、汤显祖和《西游记》等少数与道教有关系的作家作品被新的意识形态确立为新的经典，其解读进程便充满了戏剧性。在这个过程中，马致远先被肯定后被彻底否定，而汤显祖以其《牡丹亭》的人性解放思想被确立为新经典的代表作家，被誉为东方的莎士比亚，所以他的宗教思想和作品的宗教内涵在文学史叙事中不仅获得了正视而

---

[1] 黄兆汉：《全真七子词述评》，载黄兆汉《道教与文学》，台湾学生书局 1994 年版，第 48 页。
[2] 陈宏铭：《金元全真道士词研究》，《古典诗歌研究汇刊》2007 年第 2 辑第 14 册。

附 录

且获得了合理化的阐释。如侯外庐就认为"《邯郸记》的梦境主要是暴露黑暗世界的矛盾,在揭示出矛盾之后,便从矛盾中潇然物外,走入虚无的怀疑主义";"《邯郸记》的梦境使人从讽刺的画面里激发出憎恨心"。[1] 由于作品的虚无思想受到批判,游国恩本文学史和文学所本文学史都强调作家晚年思想的转变导致了作品蕴含的转向:"汤显祖早年就喜欢看佛道两家的书,受佛家的思想影响更深。晚年因政治上失意和爱子的夭折,消极出世的思想有所滋长,这在他的《邯郸记》《南柯记》及部分诗文里都表现出来。""由于作者晚年受宗教思想的影响,因而在这两个作品中,人们听到的已经不是作者当年冲击封建礼教的呼喊,而是一个垂暮老人对人生无常的叹息了。"[2] 20世纪80年代的"道教与古代文学"研究是在对过去研究的全面清理和文化热的背景下展开的,这两个学术语境在本质上显示出惊人的一致性,前者以否认作品中的宗教内涵来达到为相关作品平反的目的,后者却通过分析作品中的宗教内涵发现了《生死·自由·享乐——道家和道教的关系及其人生理想》。[3] 如郁华、萍生指出"四梦"四年一气呵成,并非"是一个垂暮老人对人生无常的慨叹";"二梦""强化了某些神仙道化场次的渲染,恰表明作者别出心裁地想在剧中强烈地抨击政治,使之成为当代的《官场现形记》"。[4] 葛兆光的《想象力的世界——道教与唐代文学》一书即通过宗教文学的研究来张扬人的个性、讴歌人性的解放。[5] 这些研究成果表明,学术研究成了意识形态建构和解构的角力场,成了张扬文化理想的舞台,其共同特点便是对历史、对道教、对道教文学缺乏同情之理解。

---

[1] 侯外庐:《论汤显祖〈邯郸记〉的思想与风格》,《人民日报》1961年8月14日。
[2] 分见游国恩等《中国文学史》第4册,人民文学出版社1964年版,第75页;中国科学院文学所《中国文学史》下册,人民文学出版社1962年版,第823页。
[3] 赵有声、刘明华、张立伟:《生死·自由·享乐——道家和道教的关系及其人生理想》,国际文化出版公司1988年版。
[4] 郁华、萍生:《〈邯郸记〉新探》,《戏曲艺术》1983年增刊;载江西省文学艺术研究所编《汤显祖研究论文集》,中国戏剧出版社1984年版。
[5] 葛兆光:《想象力的世界——道教与唐代文学》,现代出版社1990年版。

有鉴于此,《中国道教文学史》的编撰必须坚守民族本位、宗教本位、文体本位与历史本位,全方位地清理道教文学的文体和文献,回到道教发展和道教实践的历史语境,发掘道教文学所反映的民族精神,从道教文学作品中提炼民族诗学,彰显中国道教文学的本体性存在。

三 编撰《中国道教文学史》应注意的若干问题

如果我们认同以上看法,那么编撰《中国道教文学史》便应该关注如下几个方面的问题。

一是信仰、仪式与道教文学的文体生成。道教文学的文体包括道经文体和俗世文体两个类别,是道教徒在信仰实践和仪式践履过程中因应不同宗教目的而产生的文体,其目的决定了文体的题材选择、美学风格和价值取向。道教徒对宗教典籍进行综合整理确立了三洞四辅十二部的经籍分类体系和文体体系,本文、神符、玉诀、灵图、谱录、戒律、威仪、方法、众术、记传、赞颂、表奏各有各的功能、使用场合、表述要求。本文和玉诀的授受具有很强的秘契主义色彩,谱录、记传是一种神圣叙事,赞颂、表奏则使用于人神交接的仪式场合,歌乐舞三位一体。这些文体的使用频率还反映了道教信仰的变迁轨迹。比如,太上老君、玄天上帝、吕洞宾、文昌帝君、许逊等神真信仰催生了大量的灵验记,《度人经》《清静经》《玉皇本行经》《太上感应篇》在道士和信众中的传播也催生了大量的经籍灵验记,其间的嬗变轨迹足以从一个侧面勾勒道教信仰的变迁。道教徒还全方位地利用俗世文体来传达宗教体验和济世目的。比如,白玉蟾的《玉隆集》《上清集》《武夷集》采用了记、传、诗、游记、题诗、赠答、歌行、杂咏、词、赋、文、说、赞、铭、疏、章、歌、祝、表、题赠、骚体等二十余种文体,可谓文备众体。道士们借用俗世文体进行文学创作时总是根据宗教表达的需要而选择特定的文体。权德舆就敏锐地感觉到了宗玄先生吴筠的文体选择:"观其《自古王化诗》、与《大雅吟》《步虚词》、游仙杂感之作,或遐

附 录

想理古，以哀世道，或磅礴万象，用冥环枢，稽性命之纪，达人事之变，大率以啬神挫锐为本。至于奇采逸响，琅琅然若戛云傲而凌倒景，昆阆松乔森然在目。近古游方外而言六义者，先生实主盟焉。至若总论谷神之妙，则有《玄纲》；哀蓬心蒿目之远于道也，则有《神仙可学论》；疏沦澡雪，使无落吾事，则有《洗心赋》《岩居赋》；修胸中之诚而休乎天君，则有《心目论》《契形神颂》。其他操章寓书，赞美叙别，非道不言，言而可行。泊然以微妙，卓尔而昭旷。合为四百五十篇，博大真人之言，尽在是矣。"① 因此，我们要体会道教文体的精髓，就必须对道教的信仰实践和仪式践履进行深入研究。20世纪80年代以来，大陆宗教研究一直是哲学界一统天下，缺乏史学和社会学的参与，长期处于玄而又玄的哲理思辨中，道教的历史事实和传播方式、道教徒的信仰实践和仪式践履一直不太清晰。这些道教事实对道教文学的创作有决定性的影响，因此，我们有必要参考海外的道教学研究成果，并提升自己的史学素养和社会学素养。

二是宗教实践与道教文学的说理、叙事、抒情属性。道教文学是说理、叙事、抒情兼善的一大文学类别，且是以说理为首要的表达方式的一大文学类别。和一切宗教文学一样，道教文学的首要目的在于宣教劝信。就拿道教诗词来说，这一道教文学文体接续古代颂诗传统，在六朝道教神人交接的氛围中，在金元全真道士的宗教弘传中，取得了辉煌的成就，其内容百分之九十以上都是在说理。《重阳全真集》范择德序道出了其中的缘由："杖履所临，人如雾集，有求教言，来者不拒。诗章词曲，疏颂杂文，得于自然，应酬即辨。大率诱人还醇返朴，静息虚凝，养亘初之灵物，见真如之妙性。识本来之面目，使复之于真常，归之于妙道也。……真人羽化之后，门人哀集遗文约千余篇，辞源浩博，旨意弘深，涵泳真风，包藏妙有，实修真之根柢，度人

---

① 权德舆：《宗玄先生文集序》，载吴筠《宗玄先生文集》，载《道藏》第23册，文物出版社、上海书店、天津古籍出版社1988年影印本，第635页。

之梯航也。"① 我们要对这批作品所道之理有同情之理解,要站在宗教体悟的角度加以分析,并从效果论的立场区分出高低优劣来。对于其艺术形式,要建立起说理诗的阐释传统和解读路径,不能用纯文学的言志抒情传统和意境理论去苛求。道教文学的叙事是一种神圣叙事,是一种乐园叙事,叙事是为了说理,即说明长生久视的可能与必然,其中的大量母题作为一种叙事手段,已经成为中国古代叙事文学尤其是明清章回小说的叙事传统②,有很多叙事学理论值得深入研究。道教文学的抒情体现的是人神之间、此岸与彼岸之间的情感交流,是一种迥异于俗世情欲的情感体现,我们不能仅仅肯定其中描写得道之乐、隐逸情怀的那一小部分情景交融的作品。万紫千红总是春,人神情感也是一种情感,为什么就不能从另外一个角度加以认真体味呢。肃穆、静谧是道教抒情诗的美学风格,这种风格和讲究个性甚至张力的现代美学格格不入。要理解这类作品,我们不仅需要崇尚"文贵富赡,何必称善如一口乎"的理念,更需要建立一种新的诗学标准。

　　三是道教修炼与道教文学的思维特征。围绕着长生成仙,道教建构了其独特的宇宙论、神仙论和心性论,形成了天人合一、后天返先天的一系列修炼理论和技术,对道教文学的思维特征有着重要的影响。比如,上清派的存思通过文字、图像、声音和动作将出游体外的五脏神召回体内,达到保健养生的目的。存思的过程就是将修炼者的意念从视觉转入想象,从神游天界转入神游体内,具有和文学创作形象思维一样的特质。明白了这一点,我们就会明白存思对神仙传记和游仙诗创作的重要影响。比如,上清派《大洞真经》大量关于人物、数目、距离、动作、声音、色彩等刺激读者感官的词语的存在就是因应存思修炼的需要而产生,《汉武帝内传》中大量降真、行厨、行乐、降诰、授经场景的

---

　　① 范择德:《〈重阳全真集〉序》,载《道藏》第25册,文物出版社、上海书店、天津古籍出版社1988年影印本,第689—690页。
　　② 吴光正:《神道设教:明清章回小说叙事的民族传统》,武汉大学出版社2012年版。

附　录

细节描写也存在同样刺激读者感官的词语，也是导源于道教的存思。

　　四是师传秘授与道教文学的语言、修辞特征。修道成仙对所有生命个体都是一种诱惑，要达成这一目的，必须付出艰辛的努力，接受考验和磨难，因此，道教在长期的修炼过程中形成了宝经、宝药的传统，确立了科禁森严的师传秘授制度，深刻影响了道教和道教文学的语言观和修辞观。在道教徒看来，道经是上天神灵的启示是所谓的天文："寻道家经诰，起自三元；从本降迹，成于五德；以三就五，乃成八会，其八会之字，妙气所成，八角垂芒，凝空云篆。太真按笔，玉妃拂筵；黄金为书，白玉为简；秘于诸天之上，藏于七宝玄台，有道即见，无道即隐。盖是自然天书，非关仓颉所作。"[①] 天书是由隐语构成的，一般人是读不懂的，需要特定的神真加以解释和说明，于是道经出世神话便应运而生：天皇真人一类神真作为中介转达天书，并充当天书的解读者和转译者，从而确立了道经的秘箓特质和神圣地位。"道家之所至秘而重者，莫过乎长生之方也。"这个长生方是不能轻易传授的，是不能让外人一窥其奥妙的，因此，采用了口诀和隐语的修辞方式，在特定的场合向特定的弟子秘密传授，因此，从《周易参同契》到《悟真篇》，丹道经典著作借助中国的阴阳五行理论、易象理论建立了一套隐语系统和隐喻系统。道教文学受这套系统的影响，形成了委婉隐秘、优雅生动的语言风格和擅用隐喻、象征的修辞习惯，形成了独具民族风格的诗学范畴，需要认真总结、提炼。

　　五是生命意识与道教文学的民族精神。对人生短暂和人生困厄的深刻体认催生了道教的修道成仙理论，不死的探求和乐园的追寻构成了道士的生命旋律，"我命由我不由天"的宣言激起了一代又一代道士的修炼热情，因此生命意识是道教和道教文学最为本质的精神特质，是道教的灵魂更是道教文学的灵魂，这在世界宗教史和世界宗教文学史上也是独具个性的。为了劝人修炼成仙，张伯端在其内丹著作《悟真篇》的

[①] 张君房：《云笈七签》卷三，华夏出版社1996年版，第11页。

开篇便指出:"不求大道出迷途,纵负贤才岂丈夫。百岁光阴石火烁,一生身世水泡浮。只贪利禄求荣显,不顾形容暗悴枯。试问堆金等山岳,无常买得不来无。""人生虽有百年期,寿夭穷通莫预知。昨日街头犹走马,今朝棺内已眠尸。妻财遗下非君有,罪业将行难自欺。大药不求争得遇,遇之不炼是愚痴。"① 这样的生命意识构成了道教文学的主旋律,说理、叙事、抒情均是围绕着它展开。

六是修道、济世与道教文学的多元面相。道教有着很强的俗世品格,早期五斗米道、太平道甚至还有强烈的政治品格,这种政治品格导致六朝时期出现了大量利用道教造反的运动,正史中关于"妖道"起义的记载不断。有鉴于此,道门开始清整道教,将这种俗世品格改造成宗教伦理,将"欲修仙道、先修人道"的口号系统化为"真功与真行"的理论。这种俗世品格锻造了道教徒的济世情怀而促使他们积极参与社会活动乃至政治活动。于是,我们可以看到道士在唐代、宋代积极参与政治,催生了唐代和宋代的政治神话;于是,我们可以看到金元时期的全真教道士参与政治生活和社会生活并行之于笔端;于是,我们可以看到玄教作家吴全节的入世情怀:"予平生以泯然无闻为深耻,每于国家政令之得失,人才之当否,生民之利害,吉凶之先征,苟有可言者,未尝敢以外臣自诡而不尽兴焉。"② 元代一大批玄教道士的文学创作便是这种情怀的反映;于是,我们可以看到,道教文学作品中的道士、仙真除了修炼真功之外还需践履真行方可进入仙境朝元证果。可见,道教的济世情怀丰富了道教文学的面相。

七是教派互动与道教文学的发展变迁。中国道教史实际上是不同地域不同传承道派的互动史,除了共同的目标和基本的理论和经典外,修道理念和修道方法各异,并随着岁月的流逝而不断融会。比如各大道派

---

① 张伯端著,王沐浅解:《悟真篇浅解》,中华书局1990年版,第1—2页。
② 虞集:《河图仙坛之碑》,载陈垣编纂,陈智超、曾庆瑛校补《道家金石略》,文物出版社1988年版,第963页。

附 录

都有属于自己的经典：太平道有《太平清领书》，五斗米道有《老子想尔注》，上清派有《上清大洞真经》《黄庭经》和《真诰》，灵宝派有《灵宝无量度人上品妙经》和《灵宝五符序》，楼观派有《西升经》，内丹派南宗有《悟真篇》，内丹派北宗有《重阳全真集》。隋唐时期形成正一箓、灵宝箓、上清箓逐次上升的授箓位阶制度后，上清、灵宝、三皇和天师道的经典被分配到这个授箓位阶体系中，成了每个教派的道士必读的经典；宋元时期，外丹道士用内丹行符，内丹道士也兼善符箓，都需熟悉彼此的经典。这些差异和变化必然会对道教文学产生深刻的影响，我们必须加以体察。再如，各大道派崇奉的最高神也各异，最后随着教派的融合逐渐走向统一。五斗米道、太平道崇奉太上老君，上清派崇奉元始天王或太上大道君，灵宝派崇奉元始天尊和太上道君，天师道、楼观道崇奉老子，南北朝后期出现了融合上清派、灵宝派和天师道最高神灵的三清神：玉清元始天尊（天宝君）、上清灵宝天尊（灵宝君，即太上大道君）、太清道德天尊（神宝君，太上老君）。到了金元全真教那里，又冒出个最高神灵东华帝君。这些道派神灵谱系的建构及其融合必然会反映到道教文学尤其是仙传的创作中来。道教文学对仙真的刻画也总是打上了教派的印记。如果我们仔细比对《神仙传》和《茅君内传》中的茅君事迹和茅君形象，则可清晰地发现《茅君内传》中的茅君已经上清化了。这样一些变化，是我们编撰《中国道教文学史》时需要细加考查的地方。

附录三　扩大中国文学版图　建构中国佛教诗学

——《中国佛教文学史》编撰刍议

自从确定以《八仙故事系统考论》作为博士学位论文以来，笔者就一直在思考中国宗教文学研究的理论问题，并在个案研究、学术史回顾和理论建构方面进行了艰难的探索。① 在这个过程中，笔者感到百年来中国宗教文学研究在"宗教与文学"这个层面上已经硕果累累，但是中国宗教徒文学的文献整理和学术研究却仍然处于起步阶段，这不仅严重影响了学术界对"宗教与文学"这个专题的把握和体认，而且使得中国宗教文学研究界无法建立起中国自身的理论话语。有鉴于此，近五年来，笔者和国内十六所高等院校、研究机构的一批中青年学者共同酝酿《中国宗教文学史》的编撰②，现将《中国宗教文学史》"中国佛

---

① 个案方面完成了《八仙故事系统考论》（中华书局 2006 年版）、《冥河的图像再现与文学表达》（博士后出站报告，中央美术学院，2011 年），学术史方面编译了《八仙文学与八仙文化的现代阐释——国际八仙研究论丛》（黑龙江人民出版社 2006 年版）、《多面相的神仙——永乐宫的吕洞宾信仰》（齐鲁书社 2010 年版）、《想象力的世界——二十世纪"道教与古代文学"论丛》（黑龙江人民出版社 2006 年版）、《异质文化的碰撞——二十世纪"佛教与古代文学"论丛》（黑龙江人民出版社 2009 年版），理论探索方面出版了《中国古代小说的原型与母题》（社会科学文献出版社 2002 年版）、《神道设教——明清章回小说叙事的民族传统》（武汉大学出版社 2012 年版）。

② 相关编撰理念可参见吴光正、何坤翁《坚守民族本位　走向宗教诗学》，《武汉大学学报》2009 年第 3 期；吴光正、李小荣、高文强等《重绘中国文学地图　建构中国宗教诗学》，《武汉大学学报》2012 年第 2 期。

附　录

教文学史"部分的总体构想写出来，就教于学界前辈和同道。

一　佛教文学的定义

按照常理来讲，一个有着近百年历史的学术领域，其研究对象不仅应该很清晰而且应该有非常成熟的理论界定。可是，在中国佛教文学研究领域，学者们对于何谓佛教文学、佛教文学的内涵与外延这样的基本命题却一直没有很成熟的答案，相当多的研究者往往绕过这个话题直接进入他们喜好的课题。回顾百年来"佛教文学"的理论探讨，我们觉得有必要对这个概念进行界定。

最早提出"佛教文学"这一概念的是日本学者，但他们却将佛经文学当作"佛教文学"。日本学者深浦正文、前田惠学、山辺习学、小野玄妙等将佛教经典中具有文学意味的经典视为佛教文学。① 深浦正文指出："所谓佛教文学，这句话，在近来才被一般人士应用，而从来是没有的，所以现在所谓佛教文学，是以各自立场为契语，故其内容是有种种的。有的是：把这个题目说是关于佛教的习惯、仪礼等当作一种作品；又有的是：佛教徒关于佛教的教理将思想表现于文学的。……现在我要将这句话的意义，名为在释迦所说的佛典中，文学色彩比较浓厚的，称为'佛教文学'。"② 小野玄妙于1925年发表《佛教文学概论》③，该书第一篇『一切經全體を文學と見て』把汉译经典视为文学作品，第二篇名为『佛教文學小史』，第三篇『漢訳經典文學概観』把这类文学作品分成本生经文学、譬喻经文学、因缘经文学、纪传文学、立藏文学、阿含经文学、世纪经文学、方广经文学、论藏文学、秘密仪轨文

---

① ［日］前田惠学：《原始佛教圣典的成立史研究》，山喜房佛书林1963年版；［日］深浦正文：《新稿佛教文学物语》上、下卷，永田文昌堂1978年版；［日］山辺习学：《佛教文学》，大东出版社1932年版；［日］小野玄妙：《佛教文学概论》，甲子社书房1926年版。

② ［日］深浦正文：《佛教文学论》，觉初译，载唐大圆、姚宝贤等《佛教文学短论》，大乘文化出版社1980年版，第65页。

③ ［日］小野玄妙：《佛教文学概论》，甲子社书房1925年版。

学，第四篇『支那の文學と佛教』主要研究早期的中国佛教文学，第五篇『佛教と我が國文學』则主要谈日本佛教文学。这个界定显然是成问题的。

大部分学者是从研究对象的内涵与外延来界定"佛教文学"的。高观如1938年于上海佛书局出版佛学讲义《中国佛教文学与美术》。这是第一部中国佛教文学通史。该书根据时段分为七讲：佛教文学之初叶、晋代之佛教文学、南北朝之佛教文学、隋代之佛教文学、唐代之佛教文学、宋代之佛教文学、元明以来之佛教文学。每讲大体按照翻译文学、沙门文学、居士（文人）文学铺排。这实际上是从内涵和外延的角度来标识佛教文学。① 这奠定了此后"佛教文学"的定义模式。20世纪八九十年代的学者基本上遵从了这个模式。张中行《佛教与中国文学》分汉译的佛典文学、佛教与正统文学（诗、文、诗文评）、佛教与中国俗文学展开论述，孙昌武在《佛教与中国文学》中虽然认为广义的佛教文学一般是指那些佛教徒创作的、宣扬佛教思想的文学作品，但该书还是分汉译佛典及其文学价值、佛教与中国文人、佛教与中国文学创作、佛教与中国文学思潮四部分展开论述。龙晦的《灵尘化境——佛教文学》也是按照文人创作、僧人创作、佛教对文学的影响展开叙述的。蒋述卓认为佛教文学是佛经文学和崇佛文学的总和，通一则认为佛教文学应该包括翻译文学、训诂文学、通俗文学（变文佛曲等）和其他（诗歌辞章）②。21世纪学术界对佛教文学的界定依然遵循了这个模式。吴正荣、弘学、陈引驰、高慎涛等人的通论性著作走的就是这个路径。马焯荣撰有《中国宗教文学史》，认为宗教文学泛指一切以宗教为题材的文学，而不是特指弘扬宗教的文学，甚至将反对佛教的作品也纳入佛教文学的范畴。一些专论性著作也遵循这一模式。如罗文玲就在

---

① 奇怪的是，僧人巨赞曾作过"佛教与中国文学"的演讲，但他论述的却是佛教对诗歌、小说、戏曲、散文的影响，关注的主要是文人文学。

② 通一：《佛教文学的轮廓》，载唐大圆、姚宝贤等《佛教文学短论》，大乘文化出版社1980年版。

附 录

《六朝僧侣诗研究》中指出:"佛教文学一词,可以从较宽广的角度来界定,约可以分成两大部分:一是佛教经典文学的部分。在佛经中有许多都是富含文学色彩的,如十二分教的本生、本缘、本事、譬喻等。二是佛教文学创作的部分。亦即以文学的表现手法来表现佛理,或带有佛教色彩的文学创作。包括历来文士与僧侣表现在诗歌、散文、小说、戏曲及俗文学中的佛教文学创作。"[①] 就是一些专题性的理论文章,也未能突破这个模式。《郑州大学学报》曾发表一组题为《中国佛教文学学科建设的理论与实践》的笔谈,其中有三篇文章对佛教文学进行了界定,思路和高观如基本相同。一篇文章指出,佛教文学主要包括两个方面,一是佛教原典文学,一是区域佛教文学或国别佛教文学,后者主要指佛教传入地的佛教信仰者依据佛教教义教理创作的旨在弘扬佛法的文学作品或带有浓郁文学性的文字,连《三国》《水浒》《金瓶梅》也包括在内。一篇文章认为,佛教文学包括汉译佛典文学、中国佛教僧侣文学、中国文人居士创作的为解说佛教义理而与文学形式融为一体的文学作品。一篇文章指出,佛教文学的文本包括佛经、佛教思想理论的宣传文本、僧人写作的文学文本、受佛教影响的文人们写作的文本。[②] 台湾的丁敏也指出,"佛教文学一词,可从较宽广的角度来界定它。约可分为两大部分:一是佛教经典文学的部分。自阿含以来的各大小乘经典及律藏中,都有许多充满文学色彩的地方。十二分教中的本生、本缘、本事、譬喻更是经典文学中的主流。另一是佛教文学创作部分。即以文学手法来表现佛理,带有佛教色彩的文学创作。包括历来文人、僧人及庶民的佛教文学创作,表现在小说、戏曲、散文、诗歌及俗文学中的作品"。[③] 萧丽华撰文探讨佛教文学的范畴时认为,文人创作、佛经创作、

[①] 罗文玲:《六朝僧侣诗研究》,台湾花木兰出版社2009年版,第4页。
[②] 普慧:《佛教文学刍议》,高华平:《中国佛教文学的概念、研究现状及其走向》,张兵:《对"佛教文学"研究范围的一点看法》,《郑州大学学报》2007年第4期。
[③] 丁敏:《中国佛教文学研究近况初步评介》,《中国佛教文学的古典与现代:主题与叙事》,岳麓书社2007年版,第184页。

僧人创作三大范畴厘定后，《中国佛教文学史》的主题内涵便能呈现。[①]将佛教文学界定为翻译文学、僧侣文学、文人文学并不能清晰地揭示佛教文学的本体性特征，也不能很好地区分文人创作中的佛教文学作品。"带有佛教色彩"的作品如何界定，什么样的文人创作可以纳入佛教文学的范畴？根据这个定义，我们很难作出决断。在实际操作中，"佛教与文学"层面的作品往往成为论述的中心。

真正试图从概念上、理论上对"佛教文学"进行界定的只有日本学者加地哲定。他在《中国佛教文学》一书中指出，"所谓佛教文学是作者通晓佛教之悟境、有意识地以文学作品反映其心的东西"。[②] 他在该书序言中还指出，"那些为数众多的、为解释说明教理而把追求形式美作为目的的作品，不能称为纯粹的佛教文学。真正的佛教文学应当是为揭示或鼓吹佛教教理而有意识地创作的文学作品"。"当在中国把佛教文学作为问题提出的时候，中国已经出现了民间歌谣以及许多由僧侣写成的表达信仰的文学作品。例如佛教赞歌、禅门偈颂、语录等等。特别是后者多象征性譬喻性的内容，因此，那些看似平凡的文章，内蕴却达到了物我不分的境地，讽咏了心境冥会的绝对境界，颂赞了读者和作者若无感情共鸣即使多方玩味也难以体会的三昧境界。只有这样的作品，才是名副其实的真正的佛教文学。"[③] 在具体论述中，他将《广弘明集》"统归""佛德""启福""悔罪"等篇中的赞、颂、赋、铭、文、疏、诗、碑记、义、论、启、书、诏、令等剔除出佛教文学，而将唐代佛教文学分为作为正统文学的佛教文学、作为俗文学的佛教文学两类，前者的代表为玄觉、石头希迁、慧然、王维、寒山、柳宗元、白居易等，后者包括变文、佛曲、佛赞等，而能够呈现作者佛法体验境界的诗偈被推许为中国佛教文学的核心。加地哲定的这个定义推崇宗教体悟

---

① 萧丽华：《〈中国佛教文学史〉建构方法刍议》，载郑毓瑜主编《文学典范的建立与转化》，台湾学生书局2011年版。
② [日]加地哲定：《中国佛教文学》，刘卫星译，今日中国出版社1990年版，第235页。
③ [日]加地哲定：《中国佛教文学·作者原序》，刘卫星译，今日中国出版社1990年版。

否定宗教宣传，前后论述上也存在逻辑上的矛盾，探讨具体作品时存在举证过严和过宽的毛病，但毕竟触及了佛教文学的本体性存在。

有鉴于此，笔者拟从两个维度对佛教文学进行界定。笔者认为，佛教文学就是佛教徒创作的文学，就是佛教实践即佛教修持和佛教弘传过程中产生的文学。用创作者的身份来标识佛教文学有两个好处。一是可以干净利落地将"佛教与文学"层面的作品切割掉，从而有助于清理佛教文学的历史进程、探讨佛教文学的本质特征。一是可以尽情地开掘佛教文学的丰富性、复杂性和深刻性。信教出家在一个人的生命历程中是一个天翻地覆的变化，这一变化所可能开拓的心灵空间是一般世俗入世者无法企及的。佛教徒在圣与俗的框架中所可能触及的心灵空间和社会空间是一般世俗入世者无法望其项背的。用宗教实践来界定佛教文学也有两个好处。一是可以让佛教文学的内涵与外延更加周严一些。从这个定义出发，佛教僧侣创作的文学是佛教文学的主体和核心，一些虽非佛教徒创作或无法判定作品著作权但却出于宗教目的用于宗教实践场合的作品也应当包括在内。这部分作品可以分成两大类别：一类是佛教神话、佛教圣传、佛教灵验记，一类是佛教仪式作品。前者的本质特征是神圣叙述和口头叙述，后者的本质特征是演艺性和程式化。更为重要的是，这个界定凸显了佛教文学的本体性存在。佛教徒讲究知信行证，主张"佛法在世间不离世间觉"，禁欲、持戒、读经、行仪、讲经、弘法、济世、忏悔、祈愿、忍辱、精进、闭关、行脚、勘验、证道等宗教生活具有个人性、体悟性、神秘性、神圣性，其在文学中的反映是一般文人的涉佛作品无法触及的，与王维、白居易、苏轼、汤显祖等人的文字般若也迥异其趣。

二　百年中国文学史书写进程中的"佛教文学"

回顾百年来的中国文学史书写进程，笔者惊讶地发现，相比于中国道教文学在整个进程中销声匿迹，中国佛教文学却如游丝般顽强地在这个百年进程中若隐若现。笔者从章节设置和具体论述中对佛教文学在百年文学史书写中的浮沉进行清理后感到特别沮丧。① 因为，这部分内容有着"佛教文学"的躯壳却没有一丝一毫"佛教文学"的灵魂，文学史家给"佛教文学"穿上了各种各样的工具性衣裳，却忘记了"佛教文学"的本体性存在。因此，书写中国佛教文学史必须吸取这一教训，把"佛教文学"当作"佛教文学"来体认和把握。

早期的文学史家对文学、文学史这两个西方概念领悟不深，往往将中国文学史写成了中国辞章史甚至中国学术史。在这样的学术理念下，佛教、佛教僧侣诗文自然就进入了文学史中。清末的来裕恂便在文学史中谈论"南朝之儒学及梵学""北朝之儒学及道教佛教"和"唐代之佛学"；1930 年，王羽还可以在文学史中设置"东汉佛学输入中国的时期""南北朝的佛教思想"这样的章节。1904 年，黄人开始编写《中国文学史》。该书的"唐中晚期文学家代表"部分选入方外五人，"唐诗"部分选入方外十二人三十六首诗，"明前期文学家代表（下）"部分选入方外九人。谢无量的《中国大文学史》设专章论述佛教之输入、南北朝佛教之势力及文笔之分途，设专节论述司空图与方干、九僧与西昆派，顾实的《中国文学史大纲》设专节探讨唐代的宗教文学，汪剑余编《本国文学史》设专节讨论"北齐文体颜之推出入释家"，吴梅在文学史中探讨缁徒文学的成就，吴虞在文学史中论述僧祐的《弘明集》，欧阳溥存则在文学史中研究唐代佛教之文。到了 20 世纪三四十年代纯文学观念主宰文学史书写时，佛学、佛教僧侣的诗文创作便销声匿迹了。直到 90 年代，才见到郭预衡主编的《中国古代文学史长编》《中国古代文学史》谈论唐代诗僧。不过，这是二十年来唯一的一次亮相。

白话文学史观、进化文学史观凸显了佛典翻译文学、通俗诗、禅宗

---

① 截至 2010 年，百年文学史书写共产出 448 部中国文学通史。参见吴光正、罗媛主编《中国文学史学术档案》，武汉大学出版社 2012 年版。

附 录

语录的工具性价值,从而使得佛教文学大张旗鼓地走进了文学史殿堂。胡适为了推行白话文而撰写《白话文学史》,极力鼓吹佛典翻译文学、王梵志等人的通俗诗和禅宗语录。在他看来,佛典翻译文学极大地推动了白话文学的发展,王梵志、寒山和拾得等人是著名的白话诗人,禅宗语录是最好的白话文学。郑振铎不遗余力地颂扬佛典翻译文学、王梵志的白话诗,认为中国文学深受印度文学的影响,并把印度文学的影响作为中国文学史分期的一个重要指标,将东晋到明嘉靖时期的文学界定为受佛教影响的中世文学。在这样的潮流下,我们发现,谭正璧、胡怀琛、张长弓等纷纷谈论佛经的输入和翻译,谭正璧、赵祖抃、宋云彬等在讨论佛教对中国文学的影响,胡行之甚至在"中国民众文学之史的发展"的主题下讨论"佛经的翻译文学"。1949年后,随着国家将学术纳入思想建设进程,佛教文学的探讨就成了问题。1954年,谭丕模还可以在文学史中探讨"翻译文学的盛行";到了1962年,文学所本《中国文学史》设专节讨论佛典翻译便遭到严厉批判,从此佛典翻译文学从大陆文学史书写中销声匿迹,只有香港的冯明之,台湾的尹雪曼、台静农还在弘扬胡适的精神。直到今天,大陆编撰的文学史依然没有兴趣讨论佛典翻译文学,倒是台湾的龚鹏程专设一章讨论"佛道教的新资源",认为汉译佛经在故事、诗偈、佛经、譬况、思想等方面对中国文学产生了重大影响,而真正写佛教而成为文学大手笔的杰作,是北朝杨炫之的《洛阳伽蓝记》。关于白话语录以及禅学对文学的影响,则有吴梅叙述"佛教语录体的形成",谭正璧探讨"语录与禅学""禅学与宋代文学家之关系"等论题,锡森探究"语录体的流行",宋云彬探讨"宋词与语录"。1949年后,这部分内容也从文学史中蒸发了。直到1990年,我们才在袁行霈的《中国文学概论》中看到了"禅与中国文学"的论述。在20世纪二三十年代,佛教音声对中国诗歌格律的影响也在张世禄、顾实、曾毅、胡行之等人的文学史著作中得到了反映,这个功劳要记在陈寅恪的身上。1949年后,这一内容也从文学史书写领域蒸发了。最近，台湾龚鹏程著《中国文学史》作出了回应，不过，却是一个沮丧的回应："陈先生论学，喜说印度渊源，实不足为据。"[①] 至于王梵志等人的诗，在五六十年代批判胡适运动中折戟沉沙后便一去不复返了。

只有敦煌藏经洞发现的那批文学作品在俗文学运动中昂首挺胸地走进文学史，并顺应时代潮流而在百年文学史书写进程中站稳了脚跟，在文学史著述中拥有了一席之地。可惜的是，她站过好多地方，却没有一次站在她该站的地方——佛教文学。这批被称为变文的作品在文学史书写中的命运，可谓成也郑振铎败也郑振铎。他在《插图本中国文学史》《中国俗文学史》中将敦煌变文抬高到了无以复加的地步。他指出，变文的发现是中国文学史上的最大消息之一，人们突然之间发现宋元以来的诸宫调、戏文、话本、杂剧、宝卷、弹词、平话等文艺样式成了"有源之水"。这个调子决定了变文永远站错地方的命运。从此，敦煌变文便以俗文学、民间文学甚至人民文学的身份出现在文学史中。1948年，余锡森编《中国文学源流纂要》，把变文和宝卷、诸宫调、弹词、鼓词作为一个类别，统属于"在佛曲影响下产生的民间歌唱文学"。1950年，蒋祖怡《中国人民文学史》从人民的立场将佛曲和变文收编到人民文学的阵营中，可惜没有得到刚成立不久的人民政府的认可。中华人民共和国成立后三十年，变文作为民间文学在文学史叙述中享尽殊荣。新时期以来，变文的身份是俗文学、民间文学、讲唱文学、古代曲艺，常和传奇小说作为一章或一节，并排站在一起。有时候，变文的身份是白话小说的先驱，或以俗讲的面貌和说话站在一起，或以先驱的身份和话本站在一起。最近，龚鹏程以"被扭曲的说唱史"为题对变文的文学史命运进行了述评："20世纪20年代以后，敦煌遗书中的通俗文学作品，在当时文化思潮更是大获重视，先后有刘复《敦煌掇琐》、许国霖《敦煌杂录》、郑振铎《中国俗文学史》等，对说唱予以青睐，以致

---

① 龚鹏程：《中国文学史》，世界图书出版公司2009年版，第185页。

附 录

后来编写文学史者于此无不大书特书,甚或强调它们对文人之诗赋文章有过重大影响。实则正如前述,唐代无俗文学这一观念,此类通俗说唱也只是表演艺术,不是文学。""讲经说唱变文,主要是宗教宣传,以唱为主。"[①]

学术界还涌现了一批佛教文学的通论性著作。高观如《中国佛教文学与美术》,张长弓《中国僧伽之诗生活》,孙昌武《佛教与中国文学》,张中行《佛教与中国文学》,陈洪《佛教与中国古典文学研究》,胡遂《中国佛学与文学》,龙晦《灵尘化境——佛教文学》,弘学《中国汉语系佛教文学》,陈引弛《大千世界——佛教文学》《佛教文学》,吴正荣《佛教文学概论》,高慎涛、杨遇青《中国佛教文学》等著作都为佛教文学的研究作出了贡献。不过,严格来说,这些著作无论在史料的开掘上,还是在理论的建设上,需要开拓的地方还很多。

最近的动向表明,史料的梳理和理论的探索已经有了新的进展。孙昌武《中国佛教文化史》五册巨著中的许多章节大体勾勒出了中国佛教文学史的轮廓。[②] 萧丽华试图探讨中国佛教文学的范畴论与方法论,为佛教文学史的写作提供理论素养。[③] 吴光正、何坤翁在《武汉大学学报》"中国宗教文学研究"专栏的"开栏弁言"中倡导中国宗教文学的理论建构,呼吁就"中国宗教文学的生成与传播""中国宗教文学的文体构成与文体特征""中国宗教文学的话语体系""中国宗教文学与民族精神""中国宗教诗学"等命题展开学术研讨。[④]

佛教文学在百年中国文学史书写中的如上遭遇说明,佛教文学要么被文学观念、政治观念过滤掉了,要么就被文学观念、政治观念扭曲掉了,佛教文学走进文学史仅仅是一次又一次地扮演了工具性角色,佛教

[①] 龚鹏程:《中国文学史》(上),世界图书出版公司2009年版,第416页。
[②] 孙昌武:《中国佛教文化史》,中华书局2010年版。
[③] 萧丽华:《〈中国佛教文学史〉建构方法刍议》,载郑毓瑜主编《文学典范的建立与转化》,台湾学生书局2011年版。
[④] 吴光正、何坤翁:《坚守民族本位 走向宗教诗学》,《武汉大学学报》2009年第3期。

文学从来就没有扮演过自己。可悲的是，在佛教文学这个大家庭中，能够扮演工具性角色的也仅仅是佛典翻译文学、白话通俗诗、白话语录、敦煌变文。有鉴于此，中国佛教文学史的研究必须回归宗教文学的本体性存在，从宗教修持和宗教弘传的角度审视作品的精神内涵及其表达传统。

三　关于编撰《中国佛教文学史》的几点想法

《中国佛教文学史》叙述中国古代到今天的所有佛教徒翻译、创作的文学的历史，包括《汉译佛典文学》《魏晋南北朝佛教文学史》《隋唐五代佛教文学史》《宋代佛教文学史》《辽西夏金元佛教文学史》《明代佛教文学史》《清代佛教文学史》《现当代佛教文学史》《藏传佛教文学史》《中国蒙古族佛教文学史》《中国南传佛教文学史》，共十一册。编撰这样一部填补学术空白的大型佛教文学史著作，如下几点值得注意。

一是要将中国佛教文学史写成大中华佛教文学史。佛教从陆、海两路传入中国，成为中国境内多个民族共同信奉的宗教，催生了包含汉语、西域胡语、藏语、蒙语、傣语、契丹语、党项语、维吾尔语等语种在内的佛教文学。早在汉代，西域大夏、大月氏、安息、康居、龟兹、疏勒、于阗诸国就已经信奉佛教，并用西域诸国语言翻译了佛经。西域佛教对汉传佛教作出了重要贡献，早期汉译佛经底本很多是胡本，早期汉译佛经的僧人也多为西域、印度僧人。回鹘人先后信仰过萨满教、摩尼教、佛教、景教、祆教、伊斯兰教，但在9—15世纪，他们中的绝大多数是佛教徒，他们用回鹘语文翻译佛教经典，创作佛教作品。古代西域地区的佛教文学创作，我们可以从《弥勒会见记》剧本、维吾尔语佛经中窥见当年的风采，古代契丹族、党项族、女真族僧人的佛教文学创作亦可在相关材料中发现吉光片羽。包括汉语、藏语、蒙语、傣语等语种在内的佛教文学，是一个尚待开掘的宝藏。仅以蒙古族佛教文学而言，蒙元时期的蒙古文佛教文学文献大部分已经佚失，目前所能见到的

附 录

仅仅是残篇断简；从明末到晚清这二百年间，蒙古族僧侣创作了无数的佛教文学作品。这些文献散见各地寺院和图书馆，蒙古国也保存了大量的著作。据不完全统计，用蒙文、藏文撰写成的高僧作品集应该有200余种。因此，我们完全有理由将中国佛教文学史写成大中华佛教文学史。

二是要以宗教实践为关注焦点探讨佛教文学的文体规范。文各有体，得体为佳。佛教文学的文体是因应佛教实践即佛教修持和佛教弘传的需要而产生的，每种文体都有特殊的功能、特殊的表达技巧、特殊的美学风格乃至特殊的程式。中国佛教文学在佛教发展的不同历史时期、不同的教派演进过程中，亦形成了不同的文体形式。佛经的十二分教，佛经的翻译文体，魏晋南北朝时期的经序、论辩、僧传，隋唐五代时期的僧传体、碑诔体、灵验记、语录体、灯录体、偈颂体、变文、佛曲、题记、造像记，宋代的诗歌、散文、辞赋、唱赞、语录文、笔记文、仪轨文、僧传、灯录，均别具一格。唐以后产生的新文体虽然不多，但僧人们在诗歌、禅门偈颂、佛赞、拈古、忏悔、塔铭、碑铭、佛赞、科仪文体方面依然取得了不俗的成就。我们要根据宗教实践的特性对这些文体进行研究。比如，对禅门诗偈的分析，我们要了解汉译佛偈的特性，要了解禅宗的语言观，更要明白禅宗诗偈表达的是禅师修道生涯所获得的生命经验与生命境界，根据不同的宗教功能而用于不同的场合。特别要强调的是，科仪文体作为僧徒的日常功课，在反映宗教实践方面有着突出的地位。

三是要在教派史视野下观照佛教文学的生成语境与内在风貌。对教派史的体认，即对教派教义、仪式及其发展进行清理，对宗教徒的修持生活（尤其是经典阅读、参悟方式）、日常生活和社会活动进行描述，辨明宗教文学家的教派身份，凸显佛教文学的生成语境和内在风貌。大小乘佛教之间存在很多差异，对佛教文学创作产生了重要影响。比如，诗魔问题的提出和解决，实际上取决于小乘和大乘的语言观。佛教传入中国后，形成了不同的学派和宗派，修持目标、修行方式、崇奉经典、宗奉偶像各异，这不能不影响到佛教徒的信仰追求和精神体悟并表现于文学创作之中。比如，为了弘传各自的宗派，他们在神灵谱系、神话的建构等方面有着自觉的努力。菩提达摩的形象建构、达摩的大量谶诗应该是南宗禅僧有意为之。可见，禅僧的灯录不是为了写信史，而是为了建构谱系表达禅解。为了对抗禅僧的谱系建构，志磐站在天台宗的立场撰《佛祖统记》。净土系的《释净土群疑论》《释门自镜录》、天台系的《法华经传记》中有大量攻击三阶教的神话、灵验记，是因为净土宗、天台宗激烈反对三阶教对待经典的态度和修行方式。明末清初丛林出现的大量僧诤事件也是宗派意识的集中体现，这种宗派意识在作品中有很好的表达。最为特别的是，清代佛教文学在宗派之外，还形成了以寺院为中心的文学谱系，其中尤以镇江定慧寺、宁波天童寺、杭州灵隐寺最为突出。

四是要凸显经典阅读在佛教徒修行生活和创作活动中的特殊地位。丛林流行的经典、学派宗派崇奉的经典对于僧徒的宗教修持和文学创作有突出的影响。禅宗尽管倡言教外别传，但是不可否认的是，禅僧热衷宗门语录、公案，对于文学的创作有着重大影响。一些著名僧人的作品对于文学创作的影响也非常之大。如寒山之于元代佛教文学的创作，惠洪觉范之于晚明丛林的文学创作。特别要强调的是，试经制度强化了僧徒的经典阅读，提升了僧徒的文化素质，为文学创作提供了必要的保障。试经制度最早实行于唐高宗时期，所试经典为《法华经》《楞伽经》《维摩经》和《佛顶经》。宋代度僧制度更为完备，且普遍实行"试经度僧"，宋僧元照《释门登科记序》甚至将度僧制度称为"释门登科"，宋代僧徒文化素养、文学素养的普遍提升应该有这一制度的贡献。

五是要在圣与俗的框架中彰显佛教文学的丰富性、复杂性和深刻性。出家将一个生命切分成前后两个截然不同的世界，弘法又将这两个

附　录

截然不同的世界连接起来，其间所可能触及的心灵空间和社会空间应该是无限的。这就决定了佛教文学的丰富性、复杂性和深刻性。透过禅宗诗偈，我们发现了一个迥然不同于世俗社会的世界，其精神向度令人流连忘返。这种精神向度衍生出了一大批只属于丛林的文学题材，如牧牛诗、山居诗。僧人的弘法意识和济世情怀提供了一个从彼岸观照此岸的维度。如晚明僧侣的社会参与意识和担当意识都很强烈，其创作反映出的心灵空间和社会空间颇具特色。由于佛教寺院是西藏的教育中心，寺院成为培养知识人才的主要场所，于是僧侣便成了藏族古代文学的创作主体。他们的文学创作成为中华民族文学大家庭中特别璀璨的一颗明珠。就体裁而言，佛经文学包含了本生经、抒情诗、赞颂诗、格言诗、戏剧、仪轨文等文体，佛教文学在历史文学、僧传文学、诗歌方面有突出的成就。就教派而言，噶当派、宁玛派、萨迦派、噶举派、夏鲁派、格鲁派都诞生了一批优秀的文学家，而尤以格鲁派的文学家最为繁多和突出。这是一个迥异于汉传佛教文学的世界，其内涵的丰富性、复杂性和深刻性不比汉传佛教文学差。

　　六是要坚守民族本位立场建构中国本土的学术话语。长期以来，我们一直在用西方的知识体系切割我们的知识体系，一直在用西方的话语分析我们的传统文学，这一学术路径在发现的同时一直在遮盖，一直没能够建立起中国自身的学术话语。本土化的中国佛教文学应该是最具民族特色的文学，我们应该有信心建立起自身的理论来：即从宗教文学发展史、宗教文学批评史和宗教文学作品中提炼宗教文学的抒情手段和叙事手段，进行理论阐释，建构民族文艺学和宗教文艺学，改变理论界长期搬用西方文艺理论的命运。本土化理论建构应该是《中国佛教文学史》的灵魂所在。长期以来，我们一直苦于找不到解析中国佛教文学的理论利器。像山居诗，古人从传统文艺理论出发，给出的结论是：蔬笋气、酸馅味；面对这股蔬笋气、酸馅味，现代西方理论亦束手无策。我们能否提炼出一个合适的概念来指称这一写了漫长岁月的题材呢？

七是要在民族互动、国际交流的框架下探讨佛教文学的本土化历程。经典的选择和翻译过程实质上就是一种本土化的过程。中国境内各民族大藏经的翻译过程实际上就是一个本土化的过程，这一过程还是一个民族互动的过程。比如，中土早期译经僧人大都为西域人，西夏的佛经是从汉语大藏经翻译过去的，主持西夏佛经翻译工作的却是维吾尔族僧人。另外，藏传佛教对西夏佛教的影响也主要表现在佛经的翻译上，西夏时期，不少藏文佛经被转译成汉文。蒙语大藏经是从藏传大藏经《甘珠尔》《丹珠尔》翻译过去的。"蒙古族高僧在反复翻译、传写、说讲佛经故事的过程中，逐渐融入了本民族和个人的理解、创造，改变了原故事人物形象的某些侧面和情节环境的某些细节，产生形成了这些故事的变体。"[①] 蒙古族佛教文学深受藏传佛教的影响，大批高僧甚至直接用藏语进行写作，不过无论是翻译还是创作，无论是模仿还是独创，均呈现出本地化也即蒙古化的特征。南传佛教的传入促成了傣族文字的成熟与完善，促进了傣族与东南亚及印度佛教文化的交流，南传佛教文学在国际交流和本土化进程中取得了丰硕的成果。汉语佛教的本土化在思想层面经历了因果报应之争、形神之争、夷夏之争、沙门不敬王者之争、佛道之争以及《老子化胡经》的兴毁、佛道交融、玄佛合流、三教合一，最后在隋唐时期建立了教派，其中最适应中国本土的禅宗成为最为兴盛的教派。从唐代开始，佛教文学的体裁和内容已经彻底摆脱了印度模式，彻底本土化了。西夏辽金元时期，少数民族僧侣加入到汉语佛教文学的创作当中，为汉语佛教文学增添了新气象。

佛教的国际交流对于中国佛教文学的创作具有重要的意义，这是我们撰写《中国佛教文学史》时必须注意的。汉译佛典文学在中国佛教文学形成和发展中具有重要的地位，这是不言而喻的。中印之间，一批弘法高僧留下了一批著作，其中不乏精彩的文学著作。从唐代到明代，

---

① 荣苏赫等主编：《蒙古族文学史》第 2 卷，内蒙古人民出版社 2000 年版，第 477 页。

附　录

汉语佛教与东北亚、东南亚的交流留下了丰富的佛教文学史料。越南是中印佛教文化交流的中转站，唐代沈佺期、贾岛与李朝交州僧人无碍上人、惟鉴法师互有诗文往来，越南僧人庆善的《悟道诗集》、宝觉的《圆通集》是颇为宝贵的佛教文学作品集。陈朝太宗向中国僧人天封禅师学习，所著《课虚录》为越南竹林禅宗派的基本著作，《大香海印诗集》则是竹林禅宗派的第一代祖师创作的佛教文学代表作。高丽太祖王建（877—943）将佛教定为国教，显宗到文宗时期（11世纪）刊行了《高丽大藏经》。文宗四子义天（1055—1101）接受宋朝净源法师的邀请赴宋求法，所著《高丽大觉国师文集》，有100余篇作者与宋朝、辽朝皇帝、官员、僧人及高昌僧人的往来诗文，涉及表、书、状、疏、论、诏、记、行状、墓碣铭、诗等文体。中日僧人的佛教文化交流不仅开创了日本佛教史上的诸多宗派，而且促进了日本汉文学尤其是五山文学的繁荣。来华僧人和中土僧人唱和，记录中土朝圣见闻，留下了丰富的宗教史料和文学史料。入日僧人有很多长于诗文，我们撰写《中国佛教文学史》不能放弃这一部分僧人作家：鉴真、兀庵普宁、兰溪道隆、大休正念、东陵永玙、东明慧日、一山一宁、清拙正澄、明极楚俊、西涧子昙、竺仙梵仙、隐元隆琦、木菴性瑫、即非如一。

汉语佛教与东北亚、东南亚国家之间的交流亦呈现出本土化的迹象。大批僧人来到中国后，长期居留中国，甚至加入中国国籍，有的还在中国中举做官，留下了不少文学作品。韩国的金地藏在九华山甚至被神圣化，成为中国四大菩萨之一——地藏菩萨。中国的僧人前往日本弘法，成为不少宗派的祖师，他们留下的文集昭示了他们的故国之思和在地化的进程。廖肇亨曾经指出，"木菴禅师笔下的富士山面貌十分多样，既可比喻禅法源流，亦可比类人格或帝王的崇高；富士山既见证了他为故国奔走的努力，也肯认了他融入当地社会的热情与企盼"。"木菴禅师凝视日本佛教认真的态度，从东渡扶桑的鉴真和尚到禅宗诸师，还有曾经入华求法的弘法大师，乃至于并未到过中国的梦窗国师，其实包罗甚广。对木菴禅师而言，日本已经不再只是遥远的想象，而是他确确实实生活的土壤。"①

中日佛教之间的频繁交流导致大量中国僧侣的诗文集漂洋过海，今日成为孤本秘籍。这些材料对于撰写完整的《中国佛教文学史》具有重要意义。根据笔者的调查，仅仅南宋僧人的诗文集就有如下一些仅存日本：大观《物初剩语》、大观编《北磵外集》、元肇《淮海挐音》、友愚《籁鸣集附续集》、善珍《藏叟摘稿》、道璨《无文印》、卢堂等撰《一帆风》、孔汝霖《中兴禅林风月集》。中朝之间的佛教文化交流也在文献交流史上留下了重要的篇章。比如，一些宗派典籍的回流对中国宗教的发展起到了重要的作用。禅僧文学作品的交流也颇为频繁。高丽王朝初期，永明延寿《宗镜录》一百卷及其诗偈作品流传到高丽，高丽光宗阅读后曾遣使向永明延寿致敬。朝鲜和韩国也保存了一批中国佛教文学文献，著名禅宗语录《祖堂集》就是在韩国发现的。

---

① 廖肇亨：《木菴禅师诗歌诗中的日本图像》，载《中边·诗禅·梦戏——明末清初佛教文化论述的呈现与开展》，台湾允晨文化实业股份有限公司2008年版，第322、330页。

后　　记

　　本书为教育部社科基金项目"百年中国宗教文学研究史"的结项成果，也是国家社科基金重大招标项目12卷25册本《中国宗教文学史》的阶段性成果。

　　自从1999年开始攻读博士学位以来，笔者就一直在编撰中国宗教文学研究索引，收集中国宗教文学研究资料，并先后编、译了系列研究论文选。与此同时，自2002年开始，陆续撰写了一系列中国宗教文学研究方面的综述文章，目的是为自己充电。收入本书的文章，便是其中的一部分论文，以及为编撰《中国宗教文学史》而撰写的3篇导论。换句话说，本书的写作是为自己写作，在综述相关研究成果时采取了描述和总结的策略，试图从中提炼出中国宗教文学自身的特色。这些论文的写作时间前后相距达十多年，一些文章的论述对象为20世纪发表、出版的论著，一些文章的论述对象则延续至2018年，无论是论述对象还是笔者本人，学术理念均已发生巨大变化，但笔者相信，本书还是能够揭示中国佛教文学研究和道教文学研究的历史进程，因此还是打算结集出版。至于海外和近十年来的研究进程，可以参考笔者和友人主编的《中国道教文学学术档案》《中国佛教文学学术档案》《域外中国道教文学研究译文选》《欧美学者论中国道教文学》《欧美学者论中国佛教文学》《日本学者论中国道教文学》《日本学者论中国佛教文学》等论文选。

后　记

　　本次编集出版，只在《二十世纪以来僧诗文献研究综述》一文中增加了一节，对最近的相关成果进行了增补。至于近二十年中国宗教文学研究的成果，笔者将会另文处理。《二十世纪以来僧诗文献研究综述》一文由笔者和李舜臣合作完成，何坤翁、党晓龙、左丹丹参与了《二十世纪中国佛教文学研究史论》《明末清初僧诗研究综述》和《发凡起例，别创一格——王青、孙昌武、孙逊的宗教文学研究》的写作，特此说明。本书的出版得到武汉大学科研经费的支持，在此特致谢意。

2018 年 10 月 31 日于武汉大学振华楼